17세기 전반
정치·사회 변동과
사가사

17세기 전반
정치·사회 변동과
시가사

최재남

보고사
BOGOSA

책머리에

왜란과 호란을 겪은 뒤에 책임을 지고 물러서야 할 상층 집단이 도리어 입지를 강화하면서 권력을 유지하고 이익의 기반을 확보하게 된 17세기 전반 이후의 정치·사회의 변동을 설명하는 잣대와 방법은 많은 궁금증을 일으키기에 충분하다. 왜란과 호란의 영향이라고만 설명하기에는 설득력이 부족하기 때문이다. 광해군과 그때의 신하들이 나쁜 일을 서슴지 않았지만 인조가 광해군을 몰아낸 일이 나라를 위한 일인지 개인이나 집단을 위한 일인지 여전히 명쾌한 답이 나오지 않고 있다. 인조 임금과 그때의 신하들이 한 일이 그렇게 돋보이지 않기 때문이다. 아울러 이러한 정치·사회의 변동과 관련되어 있는 것으로 여겨지는 시가사의 추이는 더욱 궁금하기도 하다.

『선조실록』, 『광해군일기』, 『인조실록』을 읽으면서 나라의 운명과 집단이나 개인의 이익이 부딪치는 부분에서 치열하게 갈등을 일으키는 대목을 정밀하게 찾아내고, 각 개인의 문집을 정독하면서 개인의 행적과 내면의 추이를 견주면서 읽어내는 노력을 아끼지 말아야, 17세기 전반이나 그 이후의 정치·사회 변동이나 시가사의 추이를 성글게나마 짚어낼 수 있으리라 생각한 것이다.

출퇴근길에 버스를 타고 다니면서 마주 대하는 혜화문(惠化門), 홍화문(弘化門), 선인문(宣仁門), 단봉문(丹鳳門), 돈화문(敦化門) 등은 17세기에 정치·사회의 중심을 이루던 계층들이 빈번하게 드나들던 문인데, 오늘날은 닫혀 있거나 구경꾼들을 위해 열려 있기도 하다. 시대가 바뀌면 각각의 기능과 역할이 달라지게 되는 것인데, 거의 400

년이 지난 시점에 공변되기도 하고 사사롭기도 한 기록을 바탕으로 당대의 정치·사회 변동과 시가사의 추이를 읽어내는 일이 만만치 않으며 버거운 과제라는 것을 절감하면서도 용기를 내어 진행하게 된 것이다.

17세기 전반에 관심을 두게 된 것은 일자리를 서울로 옮기면서 자연스럽게 서울의 시가 향유에 관심을 가지게 된 연유도 있거니와 북한산에서 하산하는 길에 확인하게 된 인평대군의 구천은폭(九天銀瀑), 이정구가 가곡과 풍류에 대해 보인 관심과 연안이씨(延安李氏) 집안으로 이어지는 전통, 〈훈민가〉를 『경민편(警民編)』과 함께 간행하면서 정철의 신원을 위해 몇몇 사람들이 끈질기게 애쓰는 과정, 이항복의 〈철령가〉를 두고 기상의 저상이라고 염려했던 이정구의 태도, 그리고 관서·관북 지역의 시가 향유 자료를 점검하면서 무반(武班)과 역관(譯官)과 가기(歌妓)의 위상을 이해하게 된 점이 크게 작용한 것으로 볼 수 있다. 그리하여 10여 년의 관심과 노력의 성과를 세상에 내놓게 된 것이다.

서론과 결론을 제외하고 크게 Ⅱ, Ⅲ, Ⅳ의 3부로 구성하였는데, Ⅱ. 17세기 이전 문화의 지속 노력과 17세기 전반의 변화, Ⅲ. 정치·사회 변동과 시가 향유층의 성격, Ⅳ. 17세기 전반 시가 향유의 양상과 그 의미가 그것이다. Ⅱ부 17세기 이전 문화의 지속 노력과 17세기 전반의 변화에서는 16세기의 전통이 어떻게 지속되며 변화의 모습을 보이는지 점검한 것인데, 1. 감찰계의 지속과 〈상대별곡〉의 반향, 2. 전승 노래의 수습과 속편과 대응편의 구성, 3. 한강 선유와 삼각산 유산의 풍류, 4. 사부와 동당에 대한 예우와 시가의 대응 양상 등을 살폈다. Ⅲ부 정치·사회 변동과 시가 향유층의 성격은 담당층의 성격과 새로운 담당층의 부상을 주목한 것인데, 1. 중앙 기반 세력의 연회 전통과 시가 향유, 2. 정치 참여와 부침에 대한 반응과 그 이면, 3. 무반의 위상 변화와 시가 향유, 4. 사행역관의 위상과 가객으로의 전환, 5. 가기와 악공의 계보와 레퍼토리의 전승 등을 검토하였다. Ⅳ부 17세기 전반 시가 향유의 양상과 그 의미는 실제 17세기 전반 시가 향유의 구체적 실상을 정리한 것으로, 1. 서로의 풍류와 노래의 전파, 2. 노래 문화의 전통과 레퍼토리의 확산, 3. 애정과 풍류의 주제에 대한 주목, 4. 기상의 저상에 대한 경계와 상시·우국의 태도, 5. 풍류의 지역 안배와 속편 가사의 성격 등을 다루었다.

17세기 전반의 성과를 발판으로 삼아 현재 17세기 후반에 대한 연구를 진행하고 있으며, 18세기 이후에 대한 관심도 놓치지 않고 있다. 시간과 체력이 느긋하게 뒷받침하기를 기대한다.

이 저서는 2014년 7월부터 3년간 한국연구재단의 저술지원 연구 지원으로 진행되었음을 밝히고, 어려운 상황에도 늘 즐거운 마음으로 연구 성과를 출간해 주시는 보고사의 김흥국 사장님께 감사드리고, 편집에 애쓰신 이경민 님께도 고마운 마음을 전한다.

戊戌 正月
최 재 남

차례

I. 서론

1. 연구목표와 연구방향

　본 저술의 목표는 선조 말년과 광해군과 인조가 집권한 17세기 전반[1600~1649]의 정치·사회 변동과 관련하여 시가사의 추이를 통시적이고 공시적인 측면에서 서술하고자 하는 것이다. 17세기 전반은 한 세기의 반에 해당하는 50여 년의 기간이기는 하지만 선조 말년[1600~1608]과 광해군 시대[1608~1623]와 인조 시대[1623~1649]를 아울러 포함하고 있어서, 여러 차례의 전쟁과 정치·사회적 변동을 겪은 시기라는 점에서 그 추이에 관심을 가질 만하다.

　선조 말년은 임진왜란의 수습을 위한 노력을 경주하던 때이고, 광해군 시대는 왜란 이후 후금과의 외교 문제가 노정되면서 정치적 문제를 해결하는 과정에 정치적 이해를 달리하는 집단 사이에 치열한 갈등을 드러내었으며, 광해군을 몰아내고 새로 정권을 맡은 인조 시대는 특정 정치 집단의 정치적 승리에 못지않게 호란이라는 충격을 감당해야만 했던 것이다.

　한편 이 시기 국제 정세는 중국에서 후금이 청나라를 세우고(1616), 전쟁을 일으키고 많은 포로를 데리고 갔던 일본이 강화(講和)를 요청하고 나섰으며, 원군으로 참여했던 명나라가 약화되면서 망하던(1644) 때여서 외교 관계에서 매우 긴장된 순간이 지속되고 있었다. 결국 청나라와 정묘호란(1627), 병자호란(1636)의 전쟁을 치러야 했던 사정이 사회 변동에 고스란히 작용하고 있었다.

　이 시기는 권력을 추구하는 정치적 집단이 공정한 경쟁을 통하여 목표를 이루려고 하지 않고, 내밀하고 이면적인 방법을 통하여 정치적 목적을 추구하려 하면서 드러나지 않은 갈등과 드러난 혼란이 상존하고 있었던 것으로 파악된다. 실제 그러한 갈등을 해소하면서 중

심을 지켜야 할 지존(至尊)이 오히려 갈등을 부추기거나 정치적 야심
을 드러냄으로써 상황은 더욱 혼란으로 빠져 들기도 하였다. 이러한
정치 · 사회 변동에 대한 비판적 독해를 통하여 새로운 이해의 진전
을 위한 방안이 무엇인지 고민할 수 있을 것이다.

이 시기 시가사의 추이를 검토하는 일은 국가, 정치 · 사회, 집단,
가족, 개인 등 다양하게 드러난 현실의 여러 문제를 직접 부딪치며
대응해야 했던 담당층의 외연과 내면까지 아울러 밝혀야 하는 과제
를 제기한다. 점검해야 할 축은 정치 세력의 변화, 외부 충격에 대한
반응, 시가 향유 조건의 변화와 담당층의 변화, 시가 향유의 구체적
실상을 확인하면서 그 의미를 해석하는 일 등이다.

17세기 전반의 정치 · 사회 변동과 관련하여 시가사의 추이를 점검
하고 시가 담당층의 특성과 시가 향유 양상을 범주화하면서 그 구체
적 내용을 각 갈래의 연관 속에서 체계적으로 서술하는 것으로 목표
로 정하면서, 이 목표를 달성하기 위한 단계별 목표를 다음과 같이
세분화하고자 한다.

첫째, 후금[청]과 전쟁을 겪으면서 드러난 외세와의 투쟁 과정과 정
치적 실리를 차지하기 위한 당쟁 등의 내부 갈등의 양상을 『선조실록』
과 『광해군일기』와 『인조실록』을 포함한 관찬 기록, 개인의 문집 등을
통해 비판적으로 독해하면서 정치 · 사회 변동의 의미를 해석하고, 세
계의 자아화 혹은 현실의 내면화라고 특징지을 수 있는 시가(詩歌)의
흐름을 파악할 수 있으며, 정치 · 사회 변동에 대응하면서 사회의 진전
을 추동하고자 하는 원천에 대한 이해를 심화하고자 한다.

둘째, 정치 · 사회 변동에 동참하거나 관심을 표명하고 있는 문학
담당층 그 중에도 시가를 담당한 향유층의 특성을 살피고 그들이 시
가를 향유한 양상을 구체적인 자료를 확보하면서 범주화하도록 한

다. 시가 향유 양상에 대한 이해는 기존에 중심 담당층으로 설정한 사대부를 포함하여 정치·사회의 변동과 함께 새롭게 부상된 무반(武班)의 위상과 역할을 주목할 수 있고, 사행(使行)과 전별(餞別)의 자리에 동석하거나 무반(武班)과 수작(酬酌)한 가기(歌妓)의 역할을 중요하게 다룰 수 있다. 권부(權富)를 차지하고 있던 개인의 집에 소속된 가비(歌婢)를 포함하여 악공(樂工)도 논의에 포함시키도록 한다. 담당층의 신분 특성과 참여 자격을 포함하여 동참하는 집단의 성격도 아울러 밝히도록 한다.

셋째, 시가사의 추이를 체계적으로 서술하는 외연적 범주와 내부의 변화를 설명할 수 있는 준거를 마련하고자 한다. 시가 향유층과 담당층의 특성과 분화에 대한 이해를 바탕으로 시가 갈래의 개별적 특성, 갈래 상호간의 연결, 레퍼토리의 양상, 주제 영역, 풍류와 흥취의 지향 등이 중심 내용이 될 것이며, 이를 범주화할 수 있는 이론적 근거를 마련할 것이다. 시가사의 추이를 서술하는 과정에는 연행과 관련한 구체적인 내용, 사대부를 포함하여 무반과 가기의 이동으로 말미암아 지역적인 연관이 새로운 항목으로 부각될 수 있을 것이다.

넷째, 17세기 전반 시가사의 흐름을 정치·사회 변동과 관련하여 체계적으로 서술할 수 있는 준거를 마련함으로써, 17세기 후반에 외세와의 투쟁이 약화되고 내부적 고민이 노정되는 양상과 18세기 이후 또 다른 변인으로 새로운 변화의 움직임이 강하게 일어나는 시가사의 추이를 설명할 수 있는 잣대를 마련하고 활용할 수 있는 이론적 기반을 확보하고자 한다. 처음부터 17세기 후반을 포함하여 17세기 전체를 다루지 않고 17세기 전반을 대상으로 삼은 이유가 바로 여기에 있다고 할 것이다. 17세기 전반에 대한 심도 있는 이해가 선행된 다음에 17세기 후반에 대한 이해가 진전이 있을 것으로 기대하기 때문이다.

본 저술에서 중점적으로 논의하고자 하는 방향은 다음과 같다.

첫째, 정치·사회 변동에 대한 비판적 이해의 시각을 마련하는 일이다. 우선 관찬 사료인『선조실록』과『광해군일기』와『인조실록』을 정독하면서 정치적 국면에 대한 이해를 심화하고, 개별 문집을 독해하면서 개별 인물이 정치적 국면에 동참하거나 관련을 맺으면서 부침을 겪으면서 내면화한 반응을 확인하고자 한다.

우리가 개략적으로 환기할 수 있는 정치·사회적 국면의 변화는 선조 41년(1608) 2월 선조의 죽음과 광해군 즉위, 그리고 임해군 유배를 시작으로 광해군 시대에 급박하게 일어나고 있었다. 광해군 1년(1609) 이후 문묘 배향 문제와 관련한 문제, 광해군 5년(1613) 김제남 사사와 영창대군 안치, 폐모론 등으로 요약되는 계축옥사(癸丑獄事), 광해군 10년(1618) 대북파의 정권 장악, 광해군 11년(1619) 명 원군 파병 등이 중요한 변동의 국면이라 할 수 있고, 광해군 15년(1623) 3월 계해반정(癸亥反正)으로 인조가 즉위하고 서인이 집권하게 되면서 정국 담당층에 큰 변화가 일어났다. 이듬해인 인조 2년(1624)에 이괄의 난리가 일어나고, 인조 3년(1625) 소현세자를 왕세자로 책봉했다가 인조 23년(1645) 소현세자의 죽음을 맞게 되면서 봉림대군을 세자로 책봉하게 되었으며, 광해군 8년(1616) 후금(後金)이 청나라를 세운 뒤 인조 5년(1627) 정묘년에 우리나라를 침입하면서 정묘호란이 발발하고 인조 14년(1636)의 병자호란으로 이어지고 말았다. 인조 22년(1644) 명나라의 멸망과 함께 사대(事大)의 명분에 대한 갈등이 노정되었다. 인조 27년(1649) 인조가 승하하면서 봉림대군이 효종으로 보위에 오르게 되는 시기까지 17세기 전반에 해당한다. 이러한 정치·사회 변동을 각 개인이나 집단이 어떤 방향으로 이해하고 대응하려고 했는지 주목하고자 하는 것이다.

 둘째, 정치·사회 변동에 대응하는 태도를 주목하면서 문학담당층 특히 시가 향유층의 시가 향유 양상을 범주화하고 그 특성을 정리하고자 한다. 우선 그 신분이나 사회적 위상에 따라 외면적으로 권력의 핵심층, 사대부 층, 무반, 가기 등의 층위를 범주화할 수 있을 것이고, 내적 요소를 중요하게 고려하면 정치적 부침에 따른 내면화 양상, 공간 또는 장소의 이동이나 전파, 연결 또는 매개 역할을 맡은 담당층의 기능 등을 범주화할 수 있을 것이다. 이 중에서 특히 주목하고자 하는 것은 시가 향유에서 무반(武班)의 위상과 가기(歌妓)의 역할에 관한 것이다. 무반의 시가 향유에 관심을 두는 것은 실상에 대한 온당한 이해를 위한 것인데, 후금(後金)과 내밀한 외교 관계를 유지하기 위한 노력의 과정이나 변새(邊塞)에 출정한 무반(武班)을 위로하기 위한 자리와 연향에서 시가의 창작과 향유가 일상화되어 있었기 때문이다. 특히 장만(張晚, 1566~1629), 정충신(鄭忠信, 1576~1636), 박계숙(朴繼叔, 1569~1646), 구인후(具仁垕, 1578~1658) 등의 사례를 통해 구체적 양상을 정리할 수 있을 것이다. 정치적 부침에 따른 내면화도 정치·사회 변동에 대한 대응과 관련하여 매우 중요한 내용인데, 광해군 5년(1613) 계축옥사와 연계되어 파직된 신흠(申欽, 1566~1628)의 〈방옹시여〉와 광해군 10년(1618) 북청으로 귀양하면서 이항복(李恒福, 1556~1618)이 지은 〈철령가〉 등은 이 시기 시가 향유와 정서의 내면화를 가늠할 수 있는 중요한 거멀못이라 할 수 있다. 특히 〈철령가〉는 한 개인의 내면과 함께 당대에 정치적 국면과 연결시켜 이해하려는 시각이 강해서 여러 편의 한역으로 나타난 바 있다. 그리고 공간 또는 장소의 이동이나 전파는 사행과 전별의 자리에서 이루어지는 풍류(風流)의 성격이나 무반(武班)과 가기(歌妓)와의 수작

자리에서나 이들이 다른 지역으로 옮기면서 시가의 전파를 가능하게
했던 것으로 정리할 수 있다.

셋째, 시가 갈래의 갈래별 특성을 고려하여 개별 갈래의 향유 특성
과 역사적 갈래 사이의 상호 관련을 점검하도록 한다.

연행의 자리에서 향유되는 시가 갈래는 매우 다양하게 나타나고
있는데, 노래로 부르는 시를 포함하여 악부(樂府), 사(詞), 가곡(歌曲)
또는 시조(時調) 등 그 레퍼토리가 한두 가지 갈래에 한정되지 않고
있다. 〈출새곡(出塞曲)〉이나 〈출새가〉 등에서 보듯 발생의 측면에서
같은 이름을 가지고 있으면서도 실제 다른 모습으로 나타나는 사례
를 설명할 수 있는 준거를 마련하는 일도 해결해야 할 중요한 과제
이다.

가사(歌辭)의 경우는 이미 〈사미인곡〉 등이 노래로 널리 불리고 있
었고, 지역에 따라 정철의 〈관동별곡〉과 백광홍의 〈관서별곡〉이 해
당 지역에서 널리 유통되고 있었던 점을 인식하면서 조우인(曺友仁)
의 가사 향유를 주목하고자 한다. 앞의 두 작품의 속편으로 〈속관동
곡〉과 〈출관사〉도 있지만 관북의 풍물과 승경을 형상화한 〈출새곡〉
을 통하여 회포를 위로하거나 와유(臥遊)의 용도로 활용하는 사례 등
을 확인할 수 있기 때문이다.

넷째, 주제 영역의 확대와 정서의 방향에 대한 논의를 주목하고자
한다. 시가의 주제 영역은 조선전기부터 자연(自然)이 중심을 차지한
다고 할 정도로 자연을 내면화하는 흐름이 중심을 이루었다고 할 수
있는데, 17세기 초반에 이르러 애정과 풍류를 적극적으로 주목하고
있음을 발견할 수 있다. 특히 애정은 이정구(李廷龜)가 "남아의 좋은
마음속[男子好心腸]"이라 하고 풍류는 "풍류의 아름다운 자취[風流佳
事蹟]"라고 하면서 긍정적으로 평가하고 있는 점을 주목할 수 있다.

애정과 풍류에 대한 긍정적 인식이 17세기 후반 이후 시가의 주제 영역에서 애정 형상이 큰 비중을 차지하는 계기가 되었다고 평가할 수 있다.

한편 가곡(歌曲)에서 정서의 방향은 이정구가 〈철령가〉에 대해 평가하면서 기상의 저상(沮喪)을 경계한 점을 주목하고 그 이후의 변화까지 함께 검토하고자 한다. 호탕하게 노래를 불러서 가슴 속 시름을 쏟아내는 것을 인정하면서도 시름이 많아 소리가 막히면 강(腔)이 될 수 없다고 경계하고 있다. 시름이 많아 소리가 막히는 것은 기상의 저상과 연결된 것이다. 이러한 인식은 신흠(申欽)의 "노래 삼긴 사람 시름도 하도 할샤"에서 설정한 시름과 정두경(鄭斗卿)의 "순치경중지법(脣齒輕重之法)"과 견주면서 그 의미를 해석할 수 있을 것이다. '만대엽→중대엽→삭대엽'의 변화가 악곡의 빠르기와 관련된 인식을 보이는데 비해 우조(羽調)와 계면(界面)의 변별은 정서의 방향성에 대한 인식과 밀접하게 연결된 것으로 해석할 수 있을 것이다.

2. 정치·사회 변동에 대한 비판적 이해

정치·사회 변동에 대한 이해는 그 사이 알려진 역사서에 의존하는 것이 아니라 『선조실록』, 『광해군일기』, 『인조실록』을 정독하면서 정치적 국면에 대한 이해를 심화하고, 개별 문집을 독해하면서 개별 인물이 정치적 국면에 동참하거나 관련을 맺으면서 부침을 겪는 과정에 내면화한 반응까지 살피고자 하는 것이다. 이와 함께 역사의 국면에 등장하지 않은 인물들의 경우에도 시가 작품을 창작하고 향유한 경우까지 포함하여 살피도록 한다.

우선 선조 말년의 기록을 통한 이해의 방향은 다음과 같다.

전쟁으로 법궁인 경복궁이 소실된 뒤에 정릉동 행궁에 있던 선조(1552~1608)가 왕세자의 문안[1]을 받으면서 17세기가 시작되고 있었고, 그해 정월 21일(병인)에 이산해(李山海, 1539~1609)가 영의정[2]을 맡았다가 4월에 체차되었으며, 6월에는 이항복(李恒福, 1556~1618)이 그 자리를 이어받았다.

한편 원병으로 왔던 명군은 그대로 머물고 있어서 접대를 비롯한 부담이 만만치 않았다. 이 무렵 왕세자의 문안에 대해 임금은 임어(臨御)하는 것을 매우 엄격히 하였고, 불러서 보는 일이 드물었으며 문침(問寢)의 경우에도 외문에서 물러서게 하였다.[3] 이렇듯 세자에 대한 홀대는 선조의 내면이 드러난 것이라 할 수 있는데, 이미 세자

---

1) 『선조실록』 권121, 33년(경자) 정월, "正月朔丙午 上在貞陵洞行宮 朝 王世子問安 上行望闕禮 世子入參行禮", 『선조실록』 24(국사편찬위원회, 1979), 20면.

2) 『선조실록』 권121, 33년(경자) 정월, "李山海爲領議政", 『선조실록』 24(국사편찬위원회, 1979), 20면.

3) 『선조실록』 권123, 33년(경자) 3월, "朝 王世子問安 上於世子 臨御甚嚴 罕得引接 每於問寢 至外門而退", 『선조실록』 24(국사편찬위원회, 1979), 53면.

가 된 지 10여년이 지나도 황조에 책봉을 주청하지 않은 데서 내심을 짐작할 수 있다. 선조 35년(1602) 4월에 주청을 아뢰자 중궁의 혼례를 마친 뒤로 미루라고 한 데서 그 내면의 일단을 이해할 수 있다.[4]

선조 33년(1600) 6월에 반남인(潘南人) 박응순(朴應順)의 따님인 의인왕후 박씨(朴氏)가 후사도 없이 세상을 떠났으며, 장인인 황혁(黃赫, 1551~1612) 등과 함께 왜군에게 포로로 잡히기도 했던 넷째 아들 순화군의 패악[5]으로 선조는 가슴앓이를 하기도 하였다. 왕자들의 작폐는 순화군에 그치지 않고 임해군(臨海君)과 정원군(定遠君)도 만만치 않았다.[6] 그 뒤 선조 35년(1602) 2월에 김제남(金悌男)의 딸을 중전으로 맞아들이기로 정하고[7], 6월 하순 의인왕후의 대상이 끝나기 바쁘게 7월 초2일에 별궁에서 납채례를 행하고,[8] 13일(임신)에 태평관에서 친영례를 거행한 뒤에 중전이 입궐하였다. 그리고 이듬해 5월에 공주를 낳았는데,[9] 선조는 외명부가 진하하는 일을 못하게 하면서[10] 서운한 마음을 드러내기도 하였다. 선조 37년(1604) 11월에는

---

4) 『선조실록』 권149, 35년(경자) 4월, "癸丑 以封世子奏請使望 還下曰 封中宮 卽當奏請 此則有司 不爲啓稟 殊似顚倒 先正國母 然後倫紀立矣 豈有無母之國 察爲", 『선조실록』 24(국사편찬위원회, 1979), 376면.

5) 『선조실록』 권127, 33년(경자) 7월, "備忘記曰 順和君玨 自孩兒時 其性質 別於人 予已知其不能爲人 心常憂之 及長 其所行 難以形言…" 『선조실록』 24(국사편찬위원회, 1979), 99면.

6) 『선조실록』 권151, 35년(경자) 5월, "史臣曰… 第惟諸王子臨海君定遠君之作弊 罔有紀極" 『선조실록』 24(국사편찬위원회, 1979), 387면.

7) 『선조실록』 권146, 35년(임인) 2월, "傳曰 大臣命招… 傳曰 吏曹佐郎金悌男家 欲定大婚之禮" 『선조실록』 24(국사편찬위원회, 1979), 338면.

8) 『선조실록』 권152, 35년(임인) 7월, "辛酉 卯時 上具冕服 御別殿 命正使左議政金命元 副使戶曹判書韓應寅 行納采禮于別宮" 『선조실록』 24(국사편찬위원회, 1979), 394면.

9) 『선조실록』 권162, 36년(계묘) 5월, "甲戌… 中殿解娩生公主" 『선조실록』 24(국사편찬위원회, 1979), 481면.

중전이 사산을 하기도 하였다.[11]

명나라 군대가 철수한 뒤에 선조 34년(1601) 6월 하순에 왜인이 피로인(被擄人) 250여명과 함께 강화문서를 가지고 부산으로 들어왔다.[12] 한편 10월에는 건주위 추장 노을가적(老乙可赤)이 부장을 만포로 보내어 조선의 벼슬을 구하고자 하였다.[13]

한편 정철의 아들 정종명(鄭宗溟, 1565~1626)을 안성군수에 의망하려고 할 때에 선조가 간신(奸臣)의 자식이라고 지목[14]하자, 선조 22년(1589) 기축옥사에 대한 여론이 다시 일어나면서 당파 사이에 치열한 갈등이 드러났다. 정인홍(鄭仁弘)과 이귀(李貴) 사이에 일어난 공척(攻斥)도 당시 사류 사이의 마음을 드러낸 것이라 할 수 있다. 동인과 서인 사이의 갈등이 북인과 서인 사이의 갈등으로 확산된 셈이다.

그리고 선조 35년(1602) 윤2월에 이덕형(李德馨, 1561~1613)이 영의정이 되어 두 해 이상 자리에 있다가, 선조 37년(1604) 4월에 다시이항복으로 교체되었으나,[15] 굳이 정사(呈辭)하자 5월에 윤승훈(尹承勳, 1549~1611)을 임명하였으며,[16] 12월에는 유영경(柳永慶)이 영의정

---

10) 『선조실록』 권163, 36년(계묘) 6월, "壬辰… 傳于政院曰 外命婦勿爲陳賀"『선조실록』 24(국사편찬위원회, 1979), 489면.

11) 『선조실록』 권181, 37년(갑진) 11월, "癸巳 寅時 中殿誕死胎"『선조실록』 24(국사편찬위원회, 1979), 699면.

12) 『선조실록』 권138, 34년(신축) 6월, "甲子 倭人十名 持日本國講和文書二件 以我國被擄男女二百五十口及 前縣監南忠元來"『선조실록』 24(국사편찬위원회, 1979), 270면.

13) 『선조실록』 권142, 34년(신축) 10월, "丁亥 建州衛酋長 老乙可赤求來京城受職"『선조실록』 24(국사편찬위원회, 1979), 307면.

14) 『선조실록』 권144, 34년(신축) 12월, "癸酉… 以鄭宗溟 擬安城郡守 備忘記 傳曰 鄭宗溟 是奸臣之子…"『선조실록』 24(국사편찬위원회, 1979), 323면.

15) 『선조실록』 권173, 37년(갑진) 4월, "戊戌… 以李恒福爲議政府領議政"『선조실록』 24(국사편찬위원회, 1979), 603면.

의 자리를 맡았다.[17]

선조 37년(1604) 가을에 이정구(李廷龜), 민인백(閔仁伯) 등을 세자 책봉주청사로 보내어 명나라에 책봉을 요청했으나, 명나라는 광해군이 적장자(嫡長子)가 아니고 또 맏아들인 임해군(臨海君)이 있다는 이유로 책봉을 허락하지 않았다.[18] 그런데 선조가 승하하고 난 뒤에 이호민 등이 선조의 시호를 받고 광해군의 책봉 일을 주선하여 거의 이루어지게 하고, 이어서 진주사 이덕형 등이 광해군의 책봉을 인준하고 조칙의 사신까지 허락받게 되었다.[19]

오랜 병고에 시달린 선조는 재위 40년(1607) 10월에 유영경 등의 삼공을 불러 전위(傳位)와 섭정(攝政)을 부탁하였고, 젊은 중전은 삼공에게 언서(諺書)로 전교[20]를 내린 가운데, 이듬해 정월에 정인홍(鄭仁弘)이 유영경 등을 비판[21]하면서 문제가 불거졌으며, 선조 41년(1608) 2월 선조는 세자에게 동기 사이에 우애를 지키고 참언은 듣지 말라고 유서를 내리고 승하하였다.[22]

---

16) 『선조실록』 권174, 37년(갑진) 5월, "壬申… 以尹承勳爲領議政 柳永慶爲左議政 奇自獻爲右議政", 『선조실록』 24(국사편찬위원회, 1979), 612면.

17) 『선조실록』 권182, 37년(갑진) 12월, "辛亥… 柳永慶爲領議政 奇自獻爲左議政 沈喜壽爲右議政", 『선조실록』 25(국사편찬위원회, 1981), 3면.

18) 『선조실록』 권181, 37년(갑진) 11월, "辛丑… 大明禮部 爲朝鮮儲議 斷不可從…", 『선조실록』 24(국사편찬위원회, 1981), 700~704면.

19) 『광해군일기』 권11, 즉위년 12월 17일(경오), 『국역 광해군일기』 2, 270면.

20) 『선조실록』 권217, 40년(정미) 10월, "庚午… 中殿傳于洪慶臣曰 三公 會于賓廳 仍講諺書內旨曰 自上在病 一年幾盡 心氣倍於前日 今此傳敎 萬一不從 則心氣 益傷 慮其尤重 願大臣 承順上命 是望", 『선조실록』 25(국사편찬위원회, 1981), 370면.

21) 『선조실록』 권220, 41년(무신) 정월, "丙午… 前工曹參判鄭仁弘上疏曰…", 『선조실록』 25(국사편찬위원회, 1981), 383~384면.

22) 『선조실록』 권221, 41년(무신) 2월, "以內封遺書 下于賓廳 前日未寧時 諭世子 愛同氣如予在時 人有讒之 愼勿聽之 以此 托於汝 須體予意", 『선조실록』25(국사

계비(繼妃) 김씨에게 태어난 정명공주가 6살, 영창대군이 3살이던 무신년[1608] 2월에 선조가 승하하자, 세자인 광해군이 왕위에 올랐다. 선조가 칠신(유영경, 한응인, 박동량, 서성, 신흠, 허성, 한준겸)에게 유교를 내렸다는 사실이 알려지면서 중전 김씨와 그를 옹호하는 사람들에게 곱지 않은 시선이 쏠리고 있었던 것이다. 임해군은 임진년에 왜군에게 포로로 잡혔다가 이듬해에 돌아오기는 했지만, 종실, 무장, 잡류 등과 주계(酒契)를 조직했다는 행적이 의심을 받아 광해군 즉위년에 유배되었다가 이듬해에 위소(圍所)에서 죽음을 맞았다.

광해군이 왕위에 오른 해에 독서당에 사가독서할 12명을 뽑기도 하였는데, 이이첨, 홍서봉, 이지완, 김상헌, 이민성, 유숙, 김치, 정광성, 조희일, 이후, 이구, 목대흠 등이다.23) 그리고 광해군 14년 (1622) 2월에 독서당을 파했다가,24) 인조 원년(1623) 10월에 이민구, 조익, 임숙영, 오숙, 이명한, 정백창, 김세렴, 장유, 이식, 정홍명 등을 선발하여 사가독서하게 하였다.25)

광해군은 왕위에 오른 뒤에 신하들의 반대를 무릅쓰고 사친인 공빈김씨를 추존하여 공성왕후로 높이고 능의 이름을 성능(成陵)으로 삼았으며,26) 정리(情理)에 해될 것이 없다는 정인홍의 의견27)을 받아들여 중국에 알리기로 하고, 허균을 진주사로 정하였다가,28) 사간원 등의 반대로 정협으로 고쳐 삼기도 하였다.29)

편찬위원회, 1981), 393면.

23) 『광해군일기』 권10, 즉위년 11월 6일(기축), 『국역 광해군일기』 2, 205면.
24) 『광해군일기』 권174, 14년 2월 27일(계사), 『국역 광해군일기』 24, 242~243면.
25) 『인조실록』 권3, 원년 10월 28일(을유), 『국역 인조실록』 1, 285면.
26) 『광해군일기』 권26, 2년 3월 29일(을사), 『국역 광해군일기』 5, 87면.
27) 『광해군일기』 권59, 4년 11월 1일(신묘), 『국역 광해군일기』 10, 3면.
28) 『광해군일기』 권61, 4년 12월 15일(갑진), 『국역 광해군일기』 10, 116면.

광해군은 외척인 유희분을 비롯하여, 사직을 지키도록 도와준 정
인홍과 그의 문하 이이첨 등을 신임하면서, 경연 등에서 여러 신하들
의 의견을 듣는 것을 꺼린 채, 궁실에서 내기바둑놀이 등을 하고 관
직 임명에 이들 궁실의 의견에 기대기도 하였다. 광해군 4년(1612) 9
월에는 정인홍을 우의정으로 삼았다.30)

  그런 와중에 광해군 3년(1611) 10월 창덕궁으로 이어하였다.31) 창
덕궁을 새로운 법궁으로 삼은 것이다. 그리고 정릉동 행궁은 경운궁
(慶運宮)으로 이름을 바꾸었다.32) 이어서 통명전에서 대비를 위한 진
풍정(進豊呈) 연회를 베풀었다.33) 그런데 얼마 있지 않아 대비전이
경운궁으로 돌아가고,34) 임금도 경운궁으로 돌아갔다.35) 경운궁에
서 여러 차례 변괴를 겪으면서 자전은 경운궁에 거의 유폐된 채 두
고, 광해군 7년(1615) 4월에 다시 창덕궁으로 이어하였다.36) 창덕궁
은 단종과 연산군이 폐치되었던 기억이 있고, 경운궁으로 명명한 정
릉동 행궁에서는 저주의 변괴를 겪게 되었기 때문에, 창경궁을 새로
지었지만 거처하지 않고 지관(地官)의 건의를 받아들여서 새로운 궁
궐의 역사를 시작하였다. 우선 경운궁을 대대적으로 수리하는 일부
터 시작하면서,37) 인왕산 아래에 이궁(離宮) 정도로 짓도록 한 것인

29) 『광해군일기』 권61, 4년 12월 22일(신해), 『국역 광해군일기』 10, 127면.
30) 『광해군일기』 권57, 4년 9월 5일(병신), 『국역 광해군일기』 9, 169면.
31) 『광해군일기』 권46, 3년 10월 4일(경오), 『국역 광해군일기』 7, 170면, 『국역 광해군
    일기』 7, 197면.
32) 『광해군일기』 권46, 3년 10월 11일(정축), 『국역 광해군일기』 7, 176면.
33) 『광해군일기』 권47, 3년 11월 8일(계묘), 『국역 광해군일기』 7, 207면.
34) 『광해군일기』 권47, 3년 11월 25일(경신), 『국역 광해군일기』 7, 241면.
35) 『광해군일기』 권48, 3년 12월 20일(을유), 『국역 광해군일기』 7, 277면.
36) 『광해군일기』 권89, 7년 4월 2일(무인), 『국역 광해군일기』 13, 190면.
37) 『광해군일기』 권89, 7년 4월 6일(임오), 『국역 광해군일기』 13, 198~199면.

데,38) 결국은 대규모의 인경궁(仁慶宮)과 작은 규모의 경덕궁(慶德宮) 영건으로 확대되면서 광해군이 직접 거처하지도 못하고 국가 재정을 파탄 나게 하고 말았다.39)

광해군은 5년(1613) 3월에 네 가지 공신을 정하고 백악 아래에서 회맹(會盟)을 하였다.40) 네 가지 공신은 첫째 위성공신(衛聖功臣)으로 임란 때 왕을 따라 이천(伊川), 전주(全州)에 갔던 최흥원, 정탁 등이 며, 둘째는 익사공신(翼社功臣)으로 임해군의 역모를 무고하고 옥사 를 국문하였던 허성, 김이원, 유희분 등이며, 셋째는 정운공신(定運功 臣)으로 정인홍이 상소하여 유영경을 논한 것 때문에 녹훈한 이산해, 정인홍, 이이첨 등이며, 넷째는 형난공신(亨難功臣)으로 신율이 무고 한 공인데, 네 공신을 합하여 170여 명이나 되었다.

그런데 광해군 5년(1613) 4월에 조령 길목에서 박응서, 서양갑 등 이 행상인을 죽이고 은자를 탈취한 사건이 일어났는데,41) 이이첨의 사주로 박응서가 상변하여 역모 사건으로 확대되었다. 부원군 김제 남과 영창대군이 걸려들었고, 북인을 중심으로 집정하고 있는 상황 에서 서인들에게 공격의 화살이 날아갔다. 김제남은 사사되고 영창 대군은 강화도에 위리안치되었다가 죽임을 당했으며, 자전은 폐모 (廢母)의 논의와 함께 경운궁에 거의 유폐되었다. 해를 넘기는 추국 과정을 거치면서 이덕형, 이항복 등이 삼공에서 밀려나고 광해군 6 년(1614) 1월에 기자헌이 영의정, 정인홍이 좌의정, 정창연이 우의정

---

38) 『광해군일기』 권111, 9년 1월 18일(갑신), 『국역 광해군일기』 16, 53~54면.

39) 『광해군일기』 권114, 9년 4월 27일(신유), 『국역 광해군일기』 16, 213~214면. 재정 은 각도에서 부조한 쌀과 포목, 중외의 군량미 등과 조조사, 조도장, 조도관, 벌목관, 매탄관, 취철관 등을 파견하여 백성에게서 긁어모았다.

40) 『광해군일기』 권64, 5년 3월 12일(경오), 『국역 광해군일기』 10, 169면.

41) 『광해군일기』 권65, 5년 4월 25일(계축), 『국역 광해군일기』 10, 198면.

이 되었다.42) 광해군 8년(1616) 10월에 한효순을 우의정으로 삼았으며,43) 광해군 10년(1618) 1월에는 서궁을 폐출하라는 정청이 있고 난 뒤에 정인홍을 영의정, 한효원을 좌의정, 민몽룡을 우의정으로 삼았다.44) 민몽룡이 광해군 10년 5월에 죽자, 6월 9일에 박승종을 우의정으로 삼았다가,45) 8월에는 박승종을 좌의정으로, 박홍구를 우의정으로 삼았다.46) 광해군 11년 3월에 박승종을 영의정으로 승진시키고, 박홍구를 좌의정, 조정을 우의정으로 삼았다.47) 그리고 광해군 9년(1617) 3월에는 이이첨, 박승종, 유희분 등이 장원서(掌苑署)에서 회맹(會盟)을 다짐하기도 하였는데, 임금이 중사를 보내어 술을 하사하고 장려하였다.48)

이런 와중에 광해군 8년(1616) 12월에 윤선도(尹善道)가 이이첨의 전횡을 고발하는 장문의 상소를 올렸으나 대세를 바꿀 수는 없었고, 윤선도는 함경도 경원으로 유배의 길에 올랐으며, 이 상소로 윤선도의 명망이 높아졌다.49) 그 이후에도 이이첨을 비난하는 상소가 나오기도 했지만 이이첨은 여러 방법으로 모면했으며, 광해군 13년(1621) 5월 경에는 오래도록 권력을 잡은 이이첨을 논죄해야 한다는 논의가 크게 일어나고, 광해군도 내심 싫어하는 기색을 드러내기도 하였다.50) 그러나 권력 구도에 있어서 서로 물고 물리는 관계가 얽히면

42) 『광해군일기』 권74, 6년 1월 20일(계유), 『국역 광해군일기』 12, 53면.
43) 『광해군일기』 권108, 8년 10월 5일(임인), 『국역 광해군일기』 15, 238면.
44) 『광해군일기』 권123, 10년 1월 18일(무인), 『국역 광해군일기』 18, 49면.
45) 『광해군일기』 권129, 10년 6월 8일(을축), 『국역 광해군일기』 19, 104면.
46) 『광해군일기』 권131, 10년 8월 5일(신유), 『국역 광해군일기』 19, 295면.
47) 『광해군일기』 권138, 11년 3월 13일(병신), 『국역 광해군일기』 20, 277면.
48) 『광해군일기』 권113, 9년 3월 9일(갑술), 『국역 광해군일기』 16, 142~145면.
49) 『광해군일기』 권110, 8년 12월 21일(정사), 『국역 광해군일기』 15, 305~318면.

서 혼란이 증폭되기만 하였다.

광해군이 보위에 오를 수 있도록 강력하게 지원을 했던 정인홍 등의 북인들이 정권을 잡게 되면서 정치 세력들 사이에 첨예한 갈등이 노정되고 있었고, 명나라의 힘이 미약해지고 있는 상황에서 건주의 누르하치가 강성해짐에 따라 국제 정세도 매우 급변하고 있었다. 17세기 전반 조선 사회는 대내외적으로 커다란 소용돌이 속에 휘말리고 있었던 것이다. 후대의 시각이기는 하지만 권력을 추구하는 정치적 집단이 공정한 경쟁을 통하여 목표를 이루려고 하지 않고, 내밀하고 이면적인 방법을 통하여 정치적 목적을 추구하려 하면서 드러나지 않은 갈등과 드러난 혼란이 상존하고 있었던 것으로 파악된다. 실제 그러한 갈등을 해소하면서 중심을 지켜야 할 지존이 오히려 갈등을 부추기거나 정통성의 위기를 사친을 추숭하는 방향으로 전환하면서 상황은 더욱 혼란으로 빠져 들어가고 말았다.

박계숙의 『부북일기』에서 선조 39년(1606) 2월에 구인후와 정충신 등이 비밀리에 경성(鏡城) 등을 다녀간 기록[51]을 확인할 수 있는데, 이들이 여진과의 관계를 원만하게 해결하기 위하여 특수한 임무를 띠고 있었던 것으로 추정할 수 있다.

광해군 10년(1618) 윤4월에 명나라에서 징병의 요청이 들어왔는데, 광해군은 내심 꺼리면서도 조정의 2품 이상에 논의하도록 하였으며,[52] 7월에 군사를 일으키겠다고 자문을 보냈는데, 도원수로 강홍립, 부원수로 김경서, 좌조방장으로 김응하, 우조방장으로 이일원을

---

50) 『광해군일기』 권165, 13년 5월 20일(신유), 『국역 광해군일기』 23, 243~244면.
51) 박계숙, 『부북일기』 1606년 2월 20일, 이수봉, 『구운몽후와 부북일기』(경인문화사, 1994)
52) 『광해군일기』 권127, 10년 윤4월 26일(갑신), 『국역 광해군일기』 18, 357면.

삼고 포수 3천 5백 명, 사수 3천 5백 명, 살수 3천 명 등 1만 명의 군대를 뽑았다.[53] 그리고 광해군 11년(1619) 후금을 정벌하러 출정하여 2월 21일에 창성으로부터 강을 건너 중국과 접경한 대미동(大尾洞)에서 중국 장수와 만나서,[54] 24일 엄수령(渰水嶺)을 건너 양마전(亮馬佃)에 주둔하였다가, 26일 전두산(轉頭山)에서 진을 쳤고, 27일에는 압아하(鴨兒河)를 건너 배동갈령(拜東葛嶺)을 우모령 쪽으로 40리를 행군하여 주둔하였다가, 28일 우모령(牛毛嶺)을 넘었다. 그런데 박엽과 윤수겸이 양로(糧路)를 끊어서 이들이 큰 곤경에 빠지게 되었다.[55] 3월 1일 우모채를 떠나 울랑산성(鬱郞山城)에 진을 쳤고, 2일에는 심하(深河) 지방에 주둔하였다가, 4일 심하에서 크게 패전하였는데 좌조방장 김응하는 전사하고 강홍립과 김경서는 항복하였다.[56] 이들이 투항하게 된 배경에 광해군이 조정[57]하고 있었던 점을 고려하면 외치(外治)의 맥락을 이해하는 관점도 정밀해야 할 것이다. 그런 점에서 백성의 안위를 보장하기 위한 노력은 무비(武備)에 바탕을 두고 진행되어야 할 터인데, 이에 대응하는 태도와 방법은 두고두고 논쟁의 화두가 될 수 있는 것이다.

중국으로 들어가는 요동의 길이 막히자 수로를 통하여 중국으로 가는 길을 개척하였지만 뱃길에 익숙하지 못한 사신이 폭풍을 만나

---

53) 『광해군일기』 권130, 10년 7월 4일(경인), 『국역 광해군일기』 19, 231~232면.
54) 『광해군일기』 권137, 11년 2월 21일(을해), 『국역 광해군일기』 20, 249면.
55) 『광해군일기』 권137, 11년 2월 28일(임오), 『국역 광해군일기』 20, 254면.
56) 『광해군일기』 권138, 11년 3월 12일(을미), 『국역 광해군일기』 20, 271~272면. 3월 17일 양사에 답하는 기사에서, "…이번에 군대가 패전하게 되리라는 것을 위에서는 오래 전부터 알고 있었다. 이 적이 40년간 군사들을 길러 한창 사납고 교만한데, 우리나라의 지치고 나약한 병사들을 호랑이굴로 몰아냈으니 삼군이 패전한 것은 당연한 일이다.…"라고 하였다.
57) 『광해군일기』 권139, 11년 4월 2일(을묘), 『국역 광해군일기』 21, 4면, 12면.

물에 빠져 죽는 일이 거듭 일어나면서, 광해군 13년(1621) 4월에 박이
서와 유간이,[58) 광해군 14년(1622) 4월에는 강욱과 정응두가 죽었
다.[59) 이러한 일을 겪으면서 조정의 신하들이 연경에 가는 일을 죽
을힘을 다해 피했는데, 이식(李植)이 특히 지목되었다.[60)

　이 시기에 주목해야 할 인물인 정충신(鄭忠信)은 광해군 초에 변방
의 첨사를 맡으면서 오랑캐와 긴밀한 관계를 유지하고 있었는데, 광
해군 11년(1619) 4월에 후금과의 관계를 개선하기 위해 정충신을 들
여보내야 한다는 공식적인 전교가 내려지고,[61) 실제로 후금에 파견
하여서 전쟁을 억지하는 역할을 맡기도 했다. 그럼에도 후금의 세력
은 더욱 강성해져서 요양(遼陽)을 점령하고 동팔참(東八站)을 위협하
였으며, 명나라의 장수들은 이러한 위세에 제대로 대응하지 못하였
다.[62) 한편 포로로 잡혀간 장수 박난영(朴蘭英)이 적의 중군으로 용
사하자 동생 박규영(朴葵英)을 보내어 병화를 막도록 유세하게 했는
데,[63) 박규영은 적주에게 붙어서 정묘호란 때에 후금의 편에서 일을
하기도 하였다.

　정통성에 위기를 절감한 광해군과 그 주변의 입장에서는 영창대군
과 인목대비가 눈엣가시처럼 느껴졌을 수도 있고, 또 광해군과 그 주
변에 대해 불신을 가졌던 쪽에서는 명분이나 정통성을 내세워 광해
군에 맞서고자 했을 것이다. 계축년(1613)의 옥사는 바로 그러한 정
치적 대립이 드러난 것으로 이해할 수 있을 것이다. 계축년 이후 인

---

58) 『광해군일기』 권164, 13년 4월 13일(갑신), 『국역 광해군일기』 23, 216면.
59) 『광해군일기』 권176, 11년 4월 9일(갑술), 『국역 광해군일기』 24, 275면.
60) 『광해군일기』 권176, 14년 4월 12일(정축), 『국역 광해군일기』 24, 279면.
61) 『광해군일기』 권139, 11년 4월 19일(임신), 『국역 광해군일기』 21, 31면.
62) 『광해군일기』 권165, 13년 5월 12일(계축), 『국역 광해군일기』 23, 235~236면.
63) 『광해군일기』 권172, 13년 12월 26일(계사), 『국역 광해군일기』 24, 189~190면.

목대비는 서궁(경운궁)에 유폐되었는데, 광해군 9년(1617) 겨울에 서
궁을 폐출해야 한다는 논의가 유학, 생원 등을 중심으로 흉소(凶疏)
로 제시되어서 이른바 대론(大論)이 크게 일어났는데, 11월 24일(을
유)에 이항복이 자식의 도리를 다해야 한다는 헌의를 내면서[64] 25일
(병술) 도당에서 수의(收議)하게 하자 조정에 있던 백관이 대부분 논
의에 참여하였다. 이항복은 정배(定配)되었고, 광해군 10년(1618) 1월
4일(갑자)에 이이첨이 겁박하여 우의정 한효순 등 수백 명이 정청(庭
請)에 참여하여 서궁을 폐출하기를 요구하였다.[65] 한 달여 만에 광
해군은 서궁(西宮)이라고만 일컫고 대비(大妃)의 호칭을 쓰지 말라고
답하였다.[66] 『광해군일기』의 기록[67]처럼 광해군의 속내는 따로 있

---

64) 『광해군일기』 권121, 9년 11월 24일(을유), 『국역 광해군일기』 17, 159~160면.
65) 『광해군일기』 권123, 10년 1월 4일(갑자), 『국역 광해군일기』 18, 7~11면. 정청에
  불참한 사람은 정창연, 이정구, 윤방, 김상용, 박미, 이시언, 신식, 강인, 김권, 신익성,
  유적, 김현성, 오백령, 이시발, 김류, 권희, 오윤겸, 송영구, 박동선, 정효성, 이경직,
  박자응, 강석기 등이었다.
66) 『광해군일기』 권123, 10년 1월 28일(무자), 『국역 광해군일기』 18, 68면.
67) 『광해군일기』 권123, 10년 1월 25일(을유), 『국역 광해군일기』 18, 63~64면. "이때
  삼사가 논한 것은 바로 폐출하기를 청한 것이었다. 신하로서 임금의 어미를 폐하고
  자식으로서 모후를 축출하다니, 이는 실로 개벽 이래로 있지 않았던 큰 변고이다.
  그런데 왕은 그만 이렇게 하는 것도 부족하여 기필코 정신으로 하여금 정인홍이
  죽이라고 청한 의논을 곧바로 거론하게 할 목적으로 하교하여 격동시키기까지 하였
  으니, 아, 어찌 차마 이럴 수 있단 말인가." 『광해군일기』 권125, 10년 3월 19일(무
  인), 『국역 광해군일기』 18, 144~145면. "폐모론이 이이첨으로부터 나오긴 하였지
  만, 그의 뜻은 그저 역적을 토벌한다고 자처하며 준엄하게 논하여 임금의 뜻을 맞추
  려는 데에 불과하였을 뿐이었다. 그러다가 폐모론이 일단 행해지게 되자 이첨 스스
  로 '일이 이루어진 뒤에는 나쁜 이름이 나에게 돌아올 것이다.'고 의심이 들기도 하였
  다. 또 그렇게 되면 무엇을 빙자하여 총애를 굳힐 길이 없게 될 듯하자, 마침내 주문
  한 뒤에 영원히 폐출해야 한다는 의논을 강력히 주장하였다. 그 반면 허균은 공을
  세워 속죄하기에 급급한 나머지, 곧장 폐출하여 서인으로 만들어야 한다는 의논을
  극력 주장하였으므로, 의논이 마침내 두 갈래로 나뉘어졌다. 그런데 왕의 뜻은 허균
  의 의논에 따라 폐출한 뒤 민가에 놔두고 진(珒)과 의(㼁)를 처치했던 방식으로 처치

었다고 할 수 있지만, 광해군은 여전히 여론의 향방과 국면의 유불리를 주시하고 있었고, 대론의 주도권을 잡으려던 허균, 이이첨이 대립하는 가운데 허균은 불궤를 도모했다는 죄목으로 국문을 받고 저자거리에서 정형되었다.[68]

이 무렵 나주의 최찬(崔贊, 1554~1624)이 〈억대군가(憶大君歌)〉[69]를 지어서 영창대군을 회억하기도 하였다. 이는 나주 지역의 사람들이 붕당이 갈라져 있고, 뒤에 허균의 피죄(被罪)와 연계되어 있어서 이러한 정치적 입장을 드러낸 것으로 이해할 수 있다.

이항복(李恒福)이 중심에서 반대의 입장을 선언하면서 뜻을 같이한 사람들을 결집할 수 있었고, 철령을 넘어 북청으로 귀양 가면서 지은 〈철령가〉는 기상의 저상(沮喪)이라는 문제와 함께 서정적 태도의 방향을 정하는 계기가 되기도 하였다. 선조의 계비 김씨를 서궁에 유폐시키는 극단적인 정치적 처방은 견제 세력을 약화시킬 수 있었을지 몰라도 폐모(廢母)라는 반인륜적인 행태로 비난을 사게 되었고, 반정(反正)의 부메랑을 맞게 된 것이다.

이런 과정에 이미 서울에서 일정한 기반을 확보하고 있던 사람들은 당파적 입장에는 차이가 있기도 했지만, 악기와 가기(歌妓)가 수반된 연회의 자리를 마련하고 있었고, 삼각산 유람 등을 통하여 기상

하려 하였는데, 올린 폄손 절목으로 보니 그저 후궁의 예를 모방한 것으로서 명호는 낮추었어도 봉양하는 것은 모자람이 없는 것이었으므로, 마침내 화를 내고 사목을 판하하지 않은 것이다."

68) 『광해군일기』 권131, 10년 8월 24일(경진), 『국역 광해군일기』 19, 324~348면.

69) 송시열 찬, <박대하묘지명>, 『국조인물고』 권27, 『국역 국조인물고』 8, 160면. 박대하(朴大夏, ~1623)가 나주목사일 때 고을 사람인 최찬이 <억대군가>를 지었는데, 고을 사람들이 최찬을 죄주기를 바랐으나 힘써 말렸다고 하였다. 『광해군일기』에서는 최찬(崔纘)이 노래를 만들어서 시골로 내쫓게 되었다고 하였다. 『국역 광해군일기』 18, 205면.

을 기르고, 서호(西湖)를 비롯한 한강 가에서 유연(遊宴)을 즐겼으며, 중국 사행 과정에서 전별과 연회의 자리에서 다양한 노래 레퍼토리를 향유하고 있었다. 광해군 2년(1610) 2월에 여악을 재설치하고, 5월에 장악원 기악을 다시 설치하면서 각 읍의 기생을 서울로 불러올리게 되면서 기생들을 통한 레퍼토리의 환류가 일어났다고 볼 수도 있다.

선조 이후 오랜 기간에 걸친 사림의 요청을 받아들여 광해군 2년(1610) 9월에 5현(김굉필, 정여창, 조광조, 이언적, 이황)을 문묘에 종사하게 되었다.[70] 5현의 문묘 종사는 당시 정치에 참여하고 있던 사람들의 직계 사부(師父)에 대한 대우 문제가 노정되게 되었고, 정인홍이 자신의 스승인 조식을 배려한 입장에서 이언적·이황을 비판하다가 청금록에서 삭제되는 수모를 당하기도 하였으며, 반정 이후 이이·성혼 등의 종사 문제 제기로 이어지기도 하였다. 임금의 정통성 못지않게 당대 정치인들의 사승(師承)이 그들의 현실적 정당성을 확보하는 길이라고 인식한 결과인 셈이다.

후금은 요광(遼廣)을 점령하면서 더욱 강성해지고, 덕망 있는 선비들은 조정을 피하여 시골로 물러난 가운데, 광해군 14년(1622) 12월에 평산부사 이귀(李貴)가 사직을 안정시키려는 생각을 가지고 섣불리 감사 이명(李溟)에게 말했다가 체차되었으며,[71] 이귀의 말이 도성 안에 전파되고,[72] 광해군 15년(1623) 3월에 진도에 유배되었던 박홍인이 대궐에 나타나 진도군수 구인후(具仁垕)가 역적모의를 한다고 고발하려고 하다가 잡혔으며,[73] 3월 12일에는 이이반이 반란을 상

---

70) 『광해군일기』 권33, 2년 9월 5일(정미), 『국역 광해군일기』 6, 34~35면.
71) 『광해군일기』 권184, 14년 12월 9일(경오), 『국역 광해군일기』 25, 238~239면.
72) 『광해군일기』 권185, 15년 1월 5일(병신), 『국역 광해군일기』 25, 259면.

변했으나,[74) 이미 정권이 제대로 대응하지 못하였다. 결국 3월 12일 능양군이 연서역에서 주둔하였다가, 김류, 이귀, 최명길, 김자점 등과 홍제원 터에서 모여서, 이서, 이괄 등과 합류하여 거사를 일으켜 3경에 창의문으로 들어가 창덕궁에 도착하였다. 광해군은 궁성을 넘어 도망쳤다가 잡혔으며, 이귀가 경운궁의 대비에게 문안하면서 거사를 알리고, 대궐이 불탄 가운데, 3월 13일 어보를 수습하여 능양군이 경운궁에 나아가 문안드리면서 올린 어보를 돌려받아, 14일 왕위에 올랐다.[75) 이른바 계해반정으로 대북세력을 몰아내고 서인이 집권하게 되었다.

반정 초에 이원익을 영의정으로 삼고,[76) 정창연을 좌의정으로 삼았다가,[77) 윤방으로 바꾸었고, 우의정은 윤방에 이어 신흠으로 삼았으며,[78) 성혼의 복관,[79) 이이의 문묘 종사,[80) 정철의 신원 요구[81) 등 당파적 이해에 얽힌 문제가 제기되는 가운데, 정인홍 등은 복주되었다.[82) 인조 2년(1624) 5월에 정철이 추복되고,[83) 7월에는 황정욱이 복관되었다.[84)

73) 『광해군일기』 권187, 15년 3월 7일(정유), 『국역 광해군일기』 25, 291~292면.
74) 『광해군일기』 권187, 15년 3월 12일(임인), 『국역 광해군일기』 25, 299면.
75) 『광해군일기』 권187, 15년 3월 12일(임인), 13일(계모),14일(갑진), 『국역 광해군일기』 25, 299~307면.
76) 『인조실록』 권1, 원년 3월 16일(병오), 『국역 인조실록』 1, 27면.
77) 『인조실록』 권1, 원년 3월 24일(갑인), 『국역 인조실록』 1, 68면.
78) 『인조실록』 권2, 원년 7월 29일(정사), 『국역 인조실록』 1, 231면.
79) 『인조실록』 권1, 원년 3월 25일(을묘), 『국역 인조실록』 1, 70~71면.
80) 『인조실록』 권1, 원년 3월 27일(정사), 『국역 인조실록』 1, 84~85면.
81) 『인조실록』 권1, 원년 4월 11일(경오), 『국역 인조실록』 1, 112면.
82) 『인조실록』 권1, 원년 4월 3일(임술), 『국역 인조실록』 1, 97면.
83) 『인조실록』 권6, 2년 5월 29일(임오), 『국역 인조실록』 2, 260~269면.
84) 『인조실록』 권6, 2년 7월 12일(갑자), 『국역 인조실록』 2, 299~302면.

정사공신(靖社功臣)으로 김류, 이귀, 김자점, 심기원, 신경진, 이
서, 최명길, 이흥립, 구굉, 심명세 등을 1등에, 이괄, 김경징 등 15명
을 2등에, 박유명 등 28명을 3등에 녹훈하였다.[85] 이듬해에 2등에
녹훈된 이괄이 부원수로 출정하였으나 논공행상에 불만을 가지게 되
어 세력을 규합하여 군사를 일으켜서[86] 도성으로 진격하면서, 인조
는 공주까지 몽진하였으며, 정충신, 남이흥 등이 안현(鞍峴)에서 크
게 이기자[87] 이괄 등이 패주하다가 수하에게 피살되면서 사태는 일
단락되었으며, 장만, 정충신, 남이흥 등 27인이 진무공신(振武功臣)
에 책정되었다.[88]

인조 1년(1623) 인조의 집권은 정권을 잡은 쪽에서는 명분을 내세
운 것이라고 할 수 있었고, 선조의 후궁이었던 인빈김씨 소생인 정원
군(定遠君)의 아들이 왕위에 오르게 되면서 선조의 혈육임을 강조하
게 되었으며, 한때 정치적 야심을 가지고 있다는 공세에 몰려 아들을
죽음으로 내몰았던 계비 김씨는 위상을 강화하고 정통의 자리를 회
복하게 된 것이다.

실제 대비는 직접 대신과 거사를 일으킨 신하를 면대하려고 하였
고, 술과 음식을 내려 위로하기도 하는 등 정치에 대한 야심을 숨기
지 않았다. 이후에도 언서(諺書)를 내려 정사에 대한 적극적인 관심
을 드러내었다. 광해군을 비롯한 사람들이 염려했던 부분이 드러난
것이라 할 수 있는데, 가례의 혼수가 지나치게 사치스럽다는 비판을
받으면서 21세의 정명공주(貞明公主)가 홍주원(洪柱元)과 결혼하였

---

85) 『인조실록』 권3, 원년 윤10월 18일(갑진), 『국역 인조실록』 1, 301~302면.
86) 『인조실록』 권4, 2년 1월 24일(기묘), 『국역 인조실록』 2, 20면.
87) 『인조실록』 권4, 2년 2월 11일(을미), 『국역 인조실록』 2, 54~55면.
88) 『인조실록』 권5, 2년 3월 8일(임술), 『국역 인조실록』 2, 125면.

다.[89] 출가한 이후에도 넓은 집을 짓느라고 자전의 재산을 준다는 명목으로 여러 차례 대간의 논척을 받았으며, 17세기 후반에는 정명공주의 수연(壽宴)을 성대한 모임으로 만들기도 하였다.[90] 대비는 인조 10년(1632) 6월에 49세를 일기로 세상을 떠났는데,[91] 초상 때에 백서(帛書) 3통을 발견하였던 바, 반고(頒告)나 주문(奏聞)에 임금을 폐하고 세우는 내용처럼 되어 있었다고 한다. 서궁에 유폐되었을 때 쓴 것이라고 말하는데, 외부 사람들은 사실 여부를 알지 못한다고 기록하고 있다.[92]

인조는 보위에 오르면서 어머니를 계운궁으로 높이고 계운궁이 죽자 상주 노릇을 하려다가 신하들의 간청으로 제지당하였으며, 사친을 추숭하고자 하는 마음을 먹고 어머니의 묘소를 원(園)으로 받들고 보위에 오르기 전에 세상을 떠난 아버지 정원군의 묘소를 이장하여 어머니와 함께 모셨고, 보위에 오른 지 십여 년이 지난 뒤에 윤방(尹昉)을 영의정으로 삼아 결국 아버지를 원종(元宗)으로 어머니를 인헌왕후(仁獻王后)로 추숭하고 능을 장릉(章陵)으로 하였으며, 별묘에 봉안하였다가 태묘에 부묘하기도 하였다.[93] 이 과정에서는 광해군이 사친을 추숭하고자 한 전례를 반면교사로 삼아 오랜 시간을 끈 점이 있고, 광해군 때의 정인홍에 견주어 공신 이귀(李貴)의 주장을 십분 참조하였으며, 최명길을 비롯한 몇몇 신하의 주장을 원용하면서 대신(臺臣)들의 간쟁을 배척하였다. 인조 11년(1633) 2월 이조판서 이귀

---

89)『인조실록』권3, 원년 9월 26일(계축),『국역 인조실록』1, 273면.
90)『숙종실록』권14, 9년 3월 20일(임술),『국역 숙종실록』7, 189면.
91)『인조실록』권26, 10년 6월 28일(갑오),『국역 인조실록』12, 125면.
92)『인조실록』권27, 10년 10월 23일(정해),『국역 인조실록』12, 196면.
93)『인조실록』권31, 13년 3월 19일(기사),『국역 인조실록』13, 289면.

가 죽자 영의정에 추증하면서 정승에 임명하지 못한 것을 후회한
데[94]서 인조의 내면을 읽을 수 있고, 정전에 벼락이 치거나 목릉(穆
陵)에 벼락이 쳐서 하늘의 대응이 있다고 기록하고 있는 실록의 기록
도 액면 그대로는 아닐지라도 새삼 고려할 만하다.

　이러한 와중에 시대의 문제를 걱정하거나, 임금에 대한 개인의 심
회를 드러내면서, 정치 상황을 풍자하는 동요와 노래까지 출현하였
다. 이귀가 강가에 나가 지었다는 〈연군가(戀君歌)〉,[95] 여염 사이에
떠돌던 〈상시가(傷時歌)〉,[96] 임금은 좋은데 신하는 변변찮다는 〈금
의포상(錦衣布裳)〉의 동요,[97] 당시 정권을 비판하고 옛 임금을 생각
하는 양경홍과 정운백의 노래,[98] 〈인성의 노래〉[99]가 유행했는데,
시대에 대한 인식이 드러난 것이라 할 수 있다.

　인조 5년(1627, 정묘) 1월 17일에 조정에서는 다른 일을 의논하고

94) 『인조실록』 권28, 11년 2월 19일(신사), 『국역 인조실록』 12, 256면.

95) 『인조실록』 권8, 3년 3월 8일(병진), 『국역 인조실록』 3, 239면.

96) 『인조실록』 권9, 3년 6월 19일(을미), 『국역 인조실록』 4, 66~67면. 윤안성의 <次
李別坐大成韻>의 첫 수 "丘壑淸貧莫厭之, 石田茅屋在於斯. 封侯骨相非吾也, 當
國功名有彼其. 愛主心情常炳若, 傷時歌詠只哀而. 欲將行止追先輩, 命乃丁寧敢
不惟." 『冥觀遺稿集』 卷之三, 『한국문집총간』 속 5, 232면.

97) 『인조실록』 권9, 3년 7월 11일(정사), 『국역 인조실록』 4, 85면. 안방준, 「언사소(병
술십이월)」, 『은봉전서』 권2, 『한국문집총간』 80, 348면, "伏以反正之後, 內外變亂,
相繼而作, 君臣上下, 視爲尋常. 殿下則忘德晏起, 委靡日甚, 宮妾用事, 請託寢盛,
好惡偏私, 賞罰乖當, 紀綱板蕩, 號令顚倒. 是以癸亥初政, 擧國歡呼鼓舞, 皆以爲
有君無臣, 至作錦衣布裳之謠, 人爭傳誦. 未及數歲, 群情怨叛, 思亂者多. 今則望
絶, 無可奈何…"

98) 『인조실록』 권21, 7년 11월 20일(신축), 『국역 인조실록』 10, 77~81면. 한편 권24,
9년 2월의 기록에는 고용후(高用厚)가 옛 임금을 생각하는 시 "北闕更神主, 小臣餘
此生. 江村獨歸處, 身上愧簪纓."이라는 시가 수록되어 있다.

99) 『인조실록』 권28, 11년 12월 17일(을해), 『국역 인조실록』 13, 56면. 금원령 탁(錦原
令 倬)이 부른 노래로 "하늘의 뜻에 응하고 백성의 의사에 순종하여 인성이 나왔네.
(應天順人 仁城出矣)"의 내용이다.

있는 상황에서 후금의 군대가 이미 13일에 의주를 포위하고 접전한
다는 접반사 원탁(元鐸)의 치계와 곽산의 능한(凌漢)산성을 포위하였
다가 선천(宣川)·정주(定州)로 육박한다는 정주목사 김진(金搢)의 치
계를 받으면서 사태를 파악하였는가 하면,100) 후금은 광해군 11년
(1619)에 항복한 강홍립 등을 앞세우고 있었으며,101) 대비할 방법을
잃은 인조는 강화로 피신하였다. 후금이 조선에 명나라와의 관계를
끊고 형제화친을 요구하고,102) 상황을 파악하기 위해 왕은 강홍립과
박난영을 인견하기도 했지만, 3월 3일에 이명한이 맹세문을 읽으면
서 후금과 화친을 하였다.103) 강홍립과 박난영은 돌아왔으며, 얼마
있지 않아 강홍립은 병사하였다.104) 4월 12일 왕은 서울로 돌아왔는
데, 전혀 싸워보지도 않고 굴복한 사실을 망각한 듯 훈신을 비롯한
조정의 신하들은 여전히 고식적인 대책만 논의하고 있었다. 그 이후
후금은 여러 차례 군사를 이끌고 피해를 입혔으며, 인조 9년(1631) 6
월에는 1만여 명을 거느리고 중국의 요동 사람들이 차지하고 있던
가도(椵島)를 습격하겠다고 배를 빌려 달라고 했는데,105) 조정에서
는 정충신 등을 파견하여 대비하게 하였으며, 그달 28일 철수하여
돌아갔다.106)

　화친을 맺은 이후에도 후금은 여러 차례 호차를 보내어 무리한 요

---

100) 『인조실록』 권15, 5년 1월 17일(을유), 『국역 인조실록』 7, 14면.
101) 『인조실록』 권15, 5년 1월 17일(을유), 『국역 인조실록』 7, 19면.
102) 『인조실록』 권15, 5년 2월 2일(기해), 『국역 인조실록』 7, 65면.
103) 『인조실록』 권15, 5년 3월 3일(경오), 『국역 인조실록』 7, 144~145면.
104) 『인조실록』 권15, 5년 3월 24일(신묘), 『국역 인조실록』 7, 175면, 『인조실록』 권
　　15, 5년 7월 27일(신묘), 『국역 인조실록』 7, 328면.
105) 『인조실록』 권24, 9년 6월 8일(경술), 『국역 인조실록』 11, 159면.
106) 『인조실록』 권24, 9년 6월 28일(경오), 『국역 인조실록』 11, 173면.

구를 하였고 그때마다 임금은 임기응변으로 그들의 요구를 들어주었
다. 인조 14년(1636) 2월 대원(大元)까지 획득한 후금은 황제(皇帝) 칭
호를 의논한다는 핑계로 사신을 보냈는데 조정에서 받아들이지 않자
자리를 박차고 돌아가 버렸다.[107] 정묘년에 맺은 화친이 파기된 것
이다. 인조가 보위에 오른 지 십 수 년이 지나도 자강책을 마련하지
않고 미봉의 화의를 지키다가 인조 14년(1636) 12월 적병이 안주까지
이르렀다는 도원수 김자점의 치계를 받고서야 전쟁이 일어난 것을
알게 되었다.[108] 이른바 병자호란이 발발한 것이다. 강화도로 피신
하려던 임금은 다급한 상황에 강화도로 가지도 못하고 남한산성으로
피신하였고, 최명길 등이 주도한 강화론에 좌우된 상황에서 결국 이
듬해 정월 삼전도에서 굴욕적인 군신의 맹약을 맺게 되었다.[109] 국
가의 존망이나 백성의 안위보다 임금 자리만 보전하겠다는 무능한
왕은 척화를 주장했던 윤집, 오달제 등을 적의 손에 넘기면서 오히려
나라를 그르치게 했다고 책망하고 있었다.[110] 강성하게 일어나고 있
는 주변국의 정세에 대해 정확한 정보를 바탕으로 자강의 힘을 갖추
지 못한 지도자의 비열함이 그대로 드러난 것이다. 광해군을 나쁜 임
금이라고 평가한다면 인조는 더러운 임금[111]이라고 평가할 수 있을
것이다.

계해반정[1623]의 공신에 수록된 인물들이 인조정권의 핵심 요직
을 차지하면서 총애(寵愛)를 둘러싼 갈등이 지속적으로 노정되었고,

---

107) 『인조실록』 권32, 14년 2월 26일(신축), 『국역 인조실록』 14, 182~183면.
108) 『인조실록』 권33, 14년 12월 13일(계미), 『국역 인조실록』 15, 34면.
109) 『인조실록』 권34, 15년 1월 30일(경오), 『국역 인조실록』 15, 121면.
110) 『인조실록』 권34, 15년 1월 29일(기사), 『국역 인조실록』 15, 118면.
111) 『인조실록』 권35, 15년 8월 12일(정미), 『국역 인조실록』 15, 265면. 대사헌 김영
　　조의 상소문 참조.

결국 새로운 변화를 추동하지 못하고 정쟁에 휘말리게 되었으며, 정
묘호란과 병자호란을 겪으면서 강화와 척화의 대립 못지않게 청의
세력을 빙자하여 자신과 주변의 이익을 챙기려는 경향까지 두드러지
게 나타났다. 이괄의 반란은 공신의 등급에 대한 반감에서 비롯된 것
이라 할 수 있지만, 가장 총애를 받고 인조 5년(1627) 우의정을 거쳐
인조 14년(1636)에 영의정에 올랐던 김류(金瑬, 1571~1648)[112]가 이귀,
최명길, 신경진 등과 보여준 갈등은 반정(反正)의 의미를 퇴색하게
만들었고, 인조 임금의 조정 역할도 미진한 것으로 확인되었다. 특
히 이귀가 노골적으로 불만을 드러낸 내용[113]을 확인하면 이귀의 직
설적인 성격을 고려하더라도 공신들 사이에 심각한 알력이 드러나고
있었음을 알 수 있다. 김자점(金自點, 1588~1651)은 반정 때에 지평에
있다가 승지, 도원수, 병조판서 등을 거쳐 인조 24년(1646)에 영의정
에 올랐는데, 낙당(洛黨)을 결성하여 원두표의 원당(元黨)과 대립하였
고, 여러 차례 사행을 통하여 청나라 세력을 빙자하고 궁금의 조소의
와 인맥을 연결하여 전횡을 일삼다가 효종 즉위와 함께 원상(元相)이
되었지만 효종 2년(1501)에 죄를 입고 정형되기도 하였다.[114]

　광해군 11년(1619) 원병으로 갔다가 강홍립 등이 항복하고, 인조 5
년(1627)의 정묘호란, 인조 14년(1636)의 병자호란을 겪는 과정에 후
금 또는 청으로 투항하여 통역의 일을 담당했던 사람들 중에 실제적
으로 권력을 행사하면서 조선에 도움을 주기도 하고 폐해를 끼치기

---

112) 최명길과의 갈등은 『인조실록』 권8, 3년 2월 14일(계사), 『국역 인조실록』 3, 203
　　면, 이귀와의 갈등은 『인조실록』 권8, 인조 3년 3월 15일(계해), 『국역 인조실록』
　　3, 249면, 신경진과의 갈등은 『인조실록』 권9, 3년 4월 22일(기해), 『국역 인조실록』
　　4, 19면, 각각 참조
113) 『인조실록』 9권, 3년 7월 12일(무오), 『국역 인조실록』, 4, 87~88면.
114) 『효종실록』 7권, 12월 17일(경신), 『국역 효종실록』 3, 131~152면.

도 한 사람들이 늘어났다. 사이[間]에 끼어서 정보를 이용하여 이익을 챙기려는 사심이 시대를 막론하고 존재하는 것이지만, 17세기 전반의 상황은 매우 부정적이었다. 원병으로 참여했던 박난영의 동생 박규영은 정묘호란 때에 영향을 끼쳤고, 평안도 은산의 천예로 노적에게 사로잡혔던 정명수(鄭命壽)는 병자호란과 함께 사익을 챙기고 많은 해악을 끼쳤다.[115] 실제로 정명수에게 동지중추부사를 제수했다가 정헌(正憲)에 가자하기도 하고,[116] 김돌시(金乭屎)의 종제 김산해를 수문장으로 임용하기도 하였으며,[117] 정명수의 처족인 정주의 관노 봉영운(奉永雲)을 수령에 임명했는데, 봉영운은 끝내 나아가지 않았다고 한다.[118]

삼전도의 군신 맹약으로 소현세자와 봉림대군이 볼모로 잡혀갔는데, 인조 18년(1640) 3월에 왕이 병이 있다고 세자가 근친한 뒤에,[119] 4월에 다시 청나라로 돌아갔다. 그리고 인조 22년(1944) 1월에 세자가 입성했다가 2월에 다시 심양으로 갔다.[120] 그런데 임금은 청나라에서 '아들로 바꾸어 세운다.'는 말을 새기면서 의심을 품고 있었다.[121] 이런 와중에 광해군은 위리 안치된 제주에서 67세를 일기로 세상을 떠났다.[122] 인조 22년(1944) 4월에 명나라 황성이 이자성에 의해 함락되고, 명나라 황제가 자결하였으며, 총병 오삼계가 청병에

115) 『인조실록』 권34, 15년 2월 3일(계유), 『국역 인조실록』 15, 126면.
116) 『인조실록』 권43, 20년 1월 10일(경진), 『국역 인조실록』 18, 29면.
117) 『인조실록』 권39, 17년 7월 1일(병진), 『국역 인조실록』 17, 2면.
118) 『인조실록』 권39, 17년 8월 6일(신묘), 『국역 인조실록』 17, 26면.
119) 『인조실록』 권40, 18년 3월 7일(무자), 『국역 인조실록』 17, 106면.
120) 『인조실록』 권45, 22년 2월 19(무인), 『국역 인조실록』 18, 263면.
121) 『인조실록』 권39, 17년 7월 14일(기사), 『국역 인조실록』 17, 11면, 『인조실록』 권44, 21년 11월 3일(계사), 『국역 인조실록』 18, 231면.
122) 『인조실록』 권42, 19년 7월 10일(갑신), 『국역 인조실록』 17, 294면.

항복하면서 명나라는 실질적으로 망하고 말았다.[123] 세자도 청군을 따라 연경까지 가기도 하였다. 청나라가 북경으로 도읍을 옮기고 중원을 평정하자 세자를 귀국시켰다.[124] 그런데 세자가 귀국한 지 두달여 만에 34세로 죽자,[125] 인조 임금은 원손(元孫)이 있음에도 불구하고 봉림대군으로 세자를 삼았다.[126] 세자가 북경의 물화를 많이 싣고 와서 실망하기도 하고, 속환한 포로를 심양에서 데리고 있다가 근친하면서 데리고 왔다가 다시 데리고 가면서도 조정에 알리지 않았다고 임금이 의심하고 있었으며, 사인이 마치 약물 중독이라는 증언까지 제기되었다.[127] 그 이후 세자빈 강씨(姜氏)를 의심하여 사사[128]하였는데 비망기에서 왕위를 바꾸려고 도모했다고 의심하였다.[129] 그 뒤에도 강빈을 옹호한다는 명목으로 조정의 신하들을 배척하였으며, 소현의 세 아들을 제주로 유배시켜서[130] 첫째와 둘째가 죽은 뒤에 셋째를 남해로 이배하였다.

인조의 집권으로 반정의 공신들과 함께 서인들이 정치의 일선으로 복귀하게 되었고 사승(師承)의 중심에 있었던 이이·성혼에 대한 추숭(追崇) 요구가 정치적 흐름과 연결되어 강하게 드러나고 있었다. 그러나 광해군이 비선(秘線)을 통하여 후금과 맺었던 고리가 미약해지고 후금의 세력이 더욱 강성해지면서 정묘년(1627)과 병자년(1636)

---

123) 『인조실록』 권45, 22년 5월 7일(갑오), 『국역 인조실록』 19, 11~13면.
124) 『인조실록』 권46, 23년 2월 18일(신미), 『국역 인조실록』 19, 137면.
125) 『인조실록』 권46, 23년 4월 26(무인), 『국역 인조실록』 19, 187면.
126) 『인조실록』 권46, 23년 윤6월 2일(임오), 『국역 인조실록』 19, 265면.
127) 『인조실록』 권46, 23년 5월 27일(무인), 『국역 인조실록』 19, 256면.
128) 『인조실록』 권47, 24년 3월 15일(임술), 『국역 인조실록』 20, 129면.
129) 『인조실록』 권47, 24년 2월 3일(경진), 『국역 인조실록』 20, 70면.
130) 『인조실록』 권48, 25년 5월 13일(계축), 『국역 인조실록』 20, 302면.

에 후금의 침입을 받았다. 앞의 경우는 형제의 우의로 해결할 수 있었지만 뒤의 경우는 군신의 굴욕을 면할 수 없었고, 명나라와 사대의 외교도 끈이 끊어지면서 큰 혼란에 빠지고 말았다. 그 중에는 이러한 혼란을 틈타서 이익을 챙기려는 사람들이 출현하였고 청의 외세를 국내 정치의 발판으로 활용하기도 하였다. 화의(和議)와 척화(斥和)는 대립적인 태도뿐만 아니라 중국에 대한 인식의 체계를 뒤흔들어 놓은 것이다. 인조의 아들인 소현세자와 봉림대군이 볼모로 잡혀 갔고, 인평대군은 수시로 사행에 참여하지 않을 수 없었다.

  빈번한 사행에 역관(譯官)으로 동행하게 된 일부 집단은 사행 무역을 통하여 재화(財貨)를 축적하고 이를 발판으로 정치적 욕망을 실현하고자 하였다. 그리고 이들은 위로(慰勞)의 잔치에서 스스로 가객(歌客)으로 나서기도 하고, 가객들과 연행을 하면서 새로운 문화의 중심 세력으로 자리를 굳히기 시작했다. 이러한 변화는 변새의 무변(武弁)이 가기(歌妓)와 함께 한양으로 이동하면서 이들 문화에 합류하게 되어서 담담층의 대대적인 물갈이가 이루어졌다고 평가할 수 있다.

  그러나 인조는 지병을 번침(燔鍼)에 의존하면서 경연 등을 열지 못한 채, 인평대군에게는 저택을 마련해 주고, 총애한 조소의(趙昭儀) 소생의 효명옹주의 결혼은 풍족하고 사치스럽게 하기도 하였다. 인조는 계해년(1623)의 거의로 보위에 올라 자신을 임금으로 만들어준 훈신(勳臣)들에게 절대적으로 의지하다가, 인조 27년(1649) 5월 8일(병인)에 55세를 일기로 창덕궁에서 승하하였다.[131]

  이 과정에 주변을 아울러 돌아볼 필요가 있는데, 광해군 때에 궁중에서 펼쳐지던 여러 가지 연회(宴會)에서 불리던 레퍼토리와 연회에

---

131) 『인조실록』 권50, 27년 5월 8일(병인), 『국역 인조실록』 21, 251면.

서 활동하던 가기(歌妓)를 비롯한 궁녀들의 행방에 관한 것이다. 인
조반정 이후 이들의 일부는 궁궐을 벗어나 도성 안이나 도성 바깥으
로 옮겼을 터인데, 그 활동 반경에 대한 검토가 필요할 것이다. 그리
고 궁실 주변을 중심으로 기복(祈福)을 위하여 사찰(寺刹)과 맺은 고
리를 확인할 필요가 있고, 특정한 사찰의 승려들이 도성을 드나들면
서 궁실 주변의 인물들과 직·간접으로 연결된 내막도 관심의 대상
이 될 수 있다. 이들의 이면에 향유된 시가의 레퍼토리를 밝히는 과
정이 새로운 과제로 제기될 수 있는 것이다.

　인조의 뒤를 이어 봉림대군이 효종으로 즉위하면서 청나라에 대한
적개심으로 명분상 불벌(北伐)을 내세웠지만 현실적 힘이 이를 뒷받
침할 수 없었다. 청나라의 눈치를 보는 과정에 비굴하지 않다는 명분
을 축적한 집정 세력은 힘의 우위를 확보하면서 임금을 압박하기도
하였고, 신하들을 중심으로 한 권력이 임금을 중심으로 한 권력과 여
러 차례 부딪히기도 하였다. 이 과정에 다른 정파의 비판 대상이었던
정철(鄭澈)에 대한 신원 움직임이 〈훈민가〉 보급을 통하여 일어나기
도 하고, 실제 〈관동별곡〉과 〈사미인곡〉 등을 노래로 부르면서 노래
마당에서 정철의 작품이 커다란 반향을 일으키기도 하였다.

　전쟁으로 법궁인 경복궁이 소실되면서 그 주변에 있던 관청들도
훼손되었는데, 그 중에서 상대(霜臺)로 지칭되던 사헌부(司憲府)에 대
한 기억은 그곳에서 근무하던 사람들에게 매우 큰 상처로 남았던 것
으로 확인된다. 그들은 감찰계를 조직하고 여전히 경기체가 〈상대별
곡〉을 부르면서 그들의 집단적 자긍심을 회억하였다. 이렇듯 은대계
회(銀臺契會) 등을 포함한 계회(契會)의 모임은 17세기 전반에 매우 중
요한 결집과 소통의 통로였다.

　그리고 여러 자리에서 불리던 노래의 한역(漢譯)은 새로운 문화 현

상으로 평가해야 할 정도로 주목해야 할 내용이다. 왕방연의 〈천만리 머나먼 길에~〉를 비롯하여 이별의 〈장육당육가〉 등이 이 시기에 한역된 의미를 분명하게 살펴야 할 것이다.

3. 연구방법과 진행 절차

본 저술의 연구방법은 관찬 사료인『선조실록』·『광해군일기』·『인
조실록』등의 기사를 통하여 통사적인 흐름을 이해하고, 실록의 기사
에 등장하는 인물을 중심으로 그들의 문집을 독해하면서 정치·사회
변동에 대응하는 태도를 확인하고, 이를 바탕으로 시가 향유의 구체적
양상을 실증적인 자료를 바탕으로 정리하도록 한다.

우선 다룰 내용을 크게 세 부분으로 나누어, II부는 17세기 이전
문화의 지속 노력과 17세기 전반의 변화, III부는 정치·사회 변동과
시가 향유층의 성격, IV부는 17세기 전반 시가 향유의 양상과 그 의
미 등으로 정리하고자 한다.

세부 내용으로 II부에서는 17세기 이전 문화의 지속 노력과 17세
기 전반의 변화를 검토하는데, 1. 감찰계 등의 지속과 〈상대별곡〉의
반향, 2. 전승 노래의 수습과 속편·대응편의 구성, 3. 한강 선유와
삼각산 유산의 풍류, 4. 사부와 동당에 대한 예우와 시가의 대응 양
상 등을 다루고자 한다.

III부에서는 정치·사회 변동과 시가 향유층의 성격을 살피고자 하
는데, 문학 담당층에서 중앙 기반 세력이라 할 수 있는 사대부층뿐만
아니라, 무반, 역관, 가기와 악공 등이 중요한 역할을 맡고 있다는
사실을 중시하고 논의를 전개하고자 한다. 1. 중앙 기반 세력의 연회
전통과 시가 향유, 2. 정치 참여와 부침에 대한 다양한 반응과 그 이
면, 3. 무반의 위상 변화와 시가 향유, 4. 사행 역관의 위상과 가곡
연행에서의 역할, 5. 가기와 악공의 계보와 레퍼토리의 전승 등을 다
루도록 한다.

IV부에서는 17세기 전반 시가 향유의 양상과 그 의미를 살피고자

하는데, 시가 향유의 구체적인 내용을 점검하는 과정이다. 구체적으로 살필 내용은, 1. 사행과 서로의 풍류와 노래의 전파, 2. 노래 문화의 전통과 레퍼토리의 확대, 3. 애정과 풍류의 주제에 대한 주목, 4. 기상의 저상에 대한 경계와 상시·우국의 태도, 5. 가사를 통한 풍류의 지역 안배와 속편 구성 등으로 나누어 살필 것이다.

아울러 V부의 결론에서는 II, III, IV부에서 다룬 내용을 종합하여 17세기 후반 시가사 이해를 위한 제언을 제시하고자 한다.

본 과제와 관련될 수 있는 17세기에 대한 관심은 지속적으로 이어졌다. 17세기 전반을 따로 주목하지는 않았지만, 일찍부터 조윤제는『조선시가사강』(1937)과『국문학사』(1949)·『한국문학사』(1963)에서 이 시대를 중요하게 다루었다.『조선시가사강』에서는 제6장 시조문학발휘 시대로 설정하여, 제1절 시대의 개관에 이어서 제2절 신흠과 그의 시조, 제3절 가객 노계와 그 시가, 제4절 학자의 상영, 제5절 병란지사의 충의가, 제6절 시조대가 고산의 출현, 제7절 효종과 인평대군의 시가와 낭원군의 영언, 제8절, 숙종조 작가와 그 작품, 제9절 시가평론계 등으로 나누어 정리하였다.[132]『국문학사』에 이어서『한국문학사』에서는 발전시대로 설정하여, 제2절 시조의 발휘, 제3절 가사의 소유 등으로 나누어 살폈는데, 시조의 발휘에서는 학자의 상영 항목에서 신흠, 박인로, 장경세, 이항복, 김상용, 김광욱, 남구만 등을, 당쟁상심가 항목에서 이덕일을, 양란의사의 충의가 항목에서 이순신, 효종, 인평대군, 이정환, 김상헌, 이명한, 홍서봉 등을, 고산의 영언 항목에서는 윤선도를, 왕실의 음영 항목에서는 효종, 인평대군, 낭원군, 숙종, 적선군, 유천군 등으로 나누어 기술하고, 가사의 소유에서는 이원

---

132) 조윤제,『조선시가사강』(박문출판사, 1937), 296~356면.

익, 조위한, 임유후, 박인로 등을 거론하였다.[133]

다음으로 이상원은 『17세기 시조사의 구도』[134]에서 시조의 창작 배경과 접근 구도를 정치적 변동과 붕당 정치의 전개와 사회 경제적 변동과 사족층 내부의 분화로 파악하여, 17세기 시조사를 관료문인 시조와 향촌사족 시조로 크게 두 축으로 나누어 서술하고 있다.

그리고 이상보는 『17세기 가사전집』[135]에서 17세기 가사 연구 편과 가사 자료 편으로 나누어 연구 편에서는 작가별로 자료 편에서는 작품별로 작가와 작품의 내용을 정리하고 있어서 자료의 실상을 확인할 수 있다.

한편 김상진은 『16·17세기 시조의 동향과 경향』[136]에서 16·17세기를 묶어서 살피고 있다.

16~17세기를 묶어서 살피는 관례는 한국시가학회에서 기획한 「고전시가와 예술사의 관련양상(Ⅱ)」에서도 확인되고 있다.[137]

---

133) 조윤제, 『국문학사』(동방문화사, 1949), 193~237면, 『한국문학사』(동국문학사, 1963), 208~241면.

134) 이상원, 『17세기 시조사의 구도』(월인, 2000)

135) 이상보, 『17세기 가사전집』(교학연구사, 1987)

136) 김상진, 『16·17세기 시조의 동향과 경향』(국학자료원, 2006)

137) 한국시가학회, 「고전시가와 예술사의 관련양상(Ⅱ)」, 『한국시가연구』 9(한국시가학회, 2001), 5~132면.

II.
17세기 이전 문화의 지속 노력과 17세기 전반의 변화

1. 감찰계의 지속과 〈상대별곡〉의 반향

1) 〈한림별곡〉과 견준 〈상대별곡〉의 성격

13세기 한림원 선비들의 〈한림별곡〉에서 비롯된 경기체가는, 14세기 후반 조선의 건국과 함께 권력의 중심 축이 한림원에서 사헌부로 옮아가게 된 시절에, 권근이 〈상대별곡〉을 지으면서 새로운 국면을 맞이했던 것으로 볼 수 있다. 글을 하는 사람들이 중심이 된 〈한림별곡〉과는 다르게 〈상대별곡〉은 사헌부의 역할과 관련하여 사정(司正)을 맡고 있다는 자부심이 배인 노래라고 할 수 있다. 특히 3장의 "군명신직(君明臣直)"과 같은 내용은 신하로서의 당당한 역할과 나라의 기틀과 관련된 것이어서, 5장의 "총마회집(驄馬會集)"과 함께 구성원들의 자부심을 자극하기에 충분한 것이었다. 그리고 성종 10년(1479)까지 어명으로 〈한림별곡〉을 부르게 한 것1)과 다르게, 연산군 11년(1505)에는 〈상대별곡〉을 부르게 한 것2)도 곡조는 같으면서도 그 성격에 차이가 있다고 본 것으로 이해할 수 있다.

사헌부는 행정을 검사하고, 백관을 사찰하고, 풍속을 바로 잡으며, 원통하고 억울한 일을 풀어 주며, 외람되고 헛된 행위를 금하는 일을 관장하는데, 대사헌 1명(종2품), 집의 1명(종3품), 장령 2명(정4품), 지평 2명(정5품), 감찰 24명(정6품)으로 구성되었다.3) 한편 『동국여지비고』「경도」의 기록을 보면, 시정을 논집하고, 백관을 규찰하며 풍속을 바로하며, 원통한 일을 펴주고, 외람되고 거짓됨을 금하는 일들을 맡았는데, 대사헌(종2품)·집의(종3품) 각 1명, 장령(정4품)·지평

---

1) 『성종실록』 111권, 10년(1479) 11월 14일(을미), 『국역 성종실록』 15, 94면.
2) 『연산군일기』 57권, 11년(1505) 4월 23日(무인), 『국역 연산군일기』 8, 280면.
3) 『신증동국여지승람』 권2, 「경도 하」, 『국역 신증동국여지승람』 I, 101면.

(정5품) 각 3명, 감찰(정6품) 13명 중 문관 3명, 무관 5명, 음관 5명이 며, 또 서거정이 쓴 「제명기(題名記)」, 「제좌청기(齊座廳記)」와 성현의 「감찰청벽기(監察廳壁記)」가 있으며, 권근이 〈상대별곡〉을 지었는데, 본부 소미연(燒尾宴)에서 이를 부른다고 하였다.4)

〈상대별곡〉은 5장으로 구성되었는데 1장이 사헌부의 위치, 2장이 출근 광경, 3장이 사헌부의 업무, 4장이 퇴근 뒤의 풍류, 5장이 총마 회집을 각각 그 내용으로 하고 있다.

> 화산남(華山南) 한수북(漢水北) 천년승지(千年勝地)
> 광통교(廣通橋) 운종가(雲鍾街) 건나드러
> 낙락장송(落落長松) 정정고백(亭亭古栢) 추상오부(秋霜烏府)
> 위 만고청풍(萬古淸風)ㅅ 경(景) 긔 엇더ᄒ니잇고
> (葉) 영웅호걸(英雄豪傑) 일시인재(一時人才)
> 영웅호걸(英雄豪傑) 일시인재(一時人才)
> 위 날조차 몃 분니잇고
>
> 계기명(鷄旣鳴) 천욕효(天欲曉) 자맥장제(紫陌長堤)
> 대사헌(大司憲) 노집의(老執義) 대장어사(臺長御史)
> 가학참란(駕鶴驂鸞) 전가후옹(前呵後擁) 벽제좌우(辟除左右)
> 위 상대(上臺)ㅅ경(景) 긔 엇더ᄒ니잇고
> (葉) 싁싁ᄒ뎌 풍헌소사(風憲所司)
> 싁싁ᄒ뎌 풍헌소사(風憲所司)
> 위 진기퇴강(振起頹綱)ㅅ 경(景) 긔 엇더ᄒ니잇고
>
> 각방배(各房拜) 예필후(禮畢後) 대청제좌(大廳齊坐)

---

4) 『동국여지비고』 권1, 「경도」, 『국역 신증동국여지승람』 Ⅰ, 209~210면.

정기도(正其道) 명기의(明其義) 참작고금(參酌古今)
시정득실(時政得失) 민간이해(民間利害) 구폐조조(救弊條條)
위 장상(狀上)ㅅ 경(景) 긔 엇더ᄒ니잇고
(葉) 군명신직(君明臣直) 태평성대(太平聖代)
군명신직(君明臣直) 태평성대(太平聖代)
위 종간여류(從諫如流)ㅅ 경(景) 긔 엇더ᄒ니잇고

원의후(圓議後) 공사필(公事畢) 방주유사(房主有司)
탈의관(脫衣冠) 호선생(呼先生) 섯거안자
팽룡포봉(烹龍炮鳳) 황금예주(黃金醴酒) 만루대잔(滿鏤臺盞)
위 권상(勸上)ㅅ 경(景) 긔 엇더ᄒ니잇고
(葉) 즐거온뎌 선생감찰(先生監察)
즐거온뎌 선생감찰(先生監察)
위 취(醉)혼 경(景) 긔 엇더ᄒ니잇고

초택성음(楚澤醒吟)이야 녀는 됴ᄒ녀
녹문장왕(鹿門長往)이야 너는 됴ᄒ녀
명랑상우(明良相遇) 하청성대(河淸盛代)예
총마회집(驄馬會集)이아 난 됴ᄒ이다
(『악장가사』)

사헌부의 위치와 출근 광경, 사헌부의 업무와 퇴근 뒤의 풍류에 이
어서, 5장의 "총마회집(驄馬會集)"이 〈상대별곡〉을 향유하는 집단의
집단의식을 드러내는 것이어서 회집(會集)의 의미를 주목할 수 있다.
이러한 집단적 모임은 16세기 초반인 중종 시절에 남해로 유배된 김
구가 〈화전별곡〉 6장에서 "향촌회집(鄕村會集)"을 말한 바가 있어서,
비록 그 내질은 다른 것이라고 할지라도 함께 모이는 즐거움을 환기

하고 있는 것으로 파악할 수 있다.

그런데 사헌부에 소속되거나 사헌부에 근무했던 사람들은 조선전기부터 계회(契會)를 조직하여 공무 이외에도 집단적 결속을 이어가고자 하였다. 상대계(霜臺契), 감찰계(監察契), 총마계(驄馬契), 전중계(殿中契) 등의 이름으로 모인 것이 그것인데, 계회를 베푼 것을 비롯하여 시를 지어 계첩(契帖)을 만들고 모임의 광경을 계회도(契會圖)로 그리기도 하였다. 여기에서 '상대'는 사헌부의 다른 이름이고, '감찰'은 사헌부의 정6품 관원으로 사헌부에서 가장 많은 수를 차지하며, '총마'는 후한 때에 강직한 어사였던 환전(桓典)이 타던 말을 가리킨다.

15세기 중·후반에 총마계의 모임과 그 계축을 마련하는 일을 말한 서거정(徐居正, 1420~1488)의 〈총마계축에 제하다(題驄馬契軸)〉 3수 중 첫째 수와 둘째 수를 보도록 한다. 그 자리에서 그들 집단의 집단적 정서를 대변하는 〈상대별곡〉을 부르고 있다고 밝히고 있다.

> 오대의 여러 선비가 철로 간을 삼고
> 조정에서 물수리처럼 서서 해치관을 쓰고 있네.
> 총마 탄 환 어사를 함께 피하는데
> 늠름한 서리의 위엄이 사람을 차갑게 비추네.
> 烏臺諸彦鐵爲肝　鶚立朝端戴獬冠
> 共避乘驄桓御史　霜威凜凜照人寒
>
> 어젯밤에 법성이 어사대를 비추더니
> 스물네 낭관이 가려 뽑혔다네.
> 한 곡조 〈상대곡〉을 그 누가 알아들으랴?
> 큰 소리로 노래하고 일어나 춤추다가 취하여 떠받쳐 가네.

法星昨夜照霜臺　卅四郎官遴選來
一曲霜臺誰解聽　高歌起舞醉扶回5)

　첫 수는 사헌부 관리들의 마음가짐과 세상 사람들의 평가를 말한
것이고, 둘째 수는 사헌부의 구성과 그들 집단의 연회 자리를 기술한
것이다. 위엄을 지키는 집단의 성격과 연회 자리에서 〈상대별곡〉을
향유하고 있음을 알 수 있다. 앞에서 예시한 〈상대별곡〉 2·3·4장을
종합하여 제시한 것으로 이해할 수 있다.
　그리고 성현(成俔, 1439~1504)은 『용재총화』에서 사헌부의 직책과
그들의 집단적인 풍습의 성격과 〈상대별곡〉을 부르는 과정 등에 대
하여 다음과 같이 기술하고 있다.

　　감찰이라는 것은 옛날의 전중시어사(殿中侍御史)의 직책인데, 그
　중에서 직급이 높은 자가 방주(房主)가 된다. 상·하의 관원이 함께
　내방(內房)에 들어가 정좌하며 그 외방(外房)은 배직한 순위에 따라
　좌차(坐次)를 삼는데, 그 중에서 수석에 있는 사람을 비방주(枇房主)
　라 하고, 새로 들어온 사람을 신귀(新鬼)라 하여, 여러 가지로 욕보인
　다. 방 가운데서 서까래만한 긴 나무를 귀(鬼)로 하여금 들게 하는데,
　이것을 경홀(擎笏)이라 하며 들지 못하면 귀는 선생 앞에 무릎을 내놓
　으며 선생이 주먹으로 이를 때리고, 윗사람으로부터 아랫사람으로 내
　려간다. 또 귀로 하여금 물고기 잡는 놀이를 하게 하는데, 귀가 연못에
　들어가 사모(紗帽)로 물을 퍼내서 의복이 모두 더러워진다. 또 거미
　잡는 놀이를 하게 하는데, 귀로 하여금 손으로 부엌 벽을 문지르게 하
　여 두 손이 옻칠을 하듯 검어지면 또 손을 씻게 하며, 그 물이 아주
　더러워져도 귀로 하여금 마시게 하니 토하지 않는 사람이 없다. 또 귀

---
5) 서거정, <題驄馬契軸>, 『四佳集』 권50, 『한국문집총간』 11, 85면.

로 하여금 두꺼운 백지로 자서함(刺書緘)을 만들어 날마다 선생 집에
던져넣게 하고, 또 선생이 수시로 귀의 집에 몰려가면 귀는 사모를 거
꾸로 쓰고 나와 맞이하는데, 당중(堂中)에 술자리를 마련하고 선생에
게 모두 여자 한 사람씩을 안겨주는데, 이를 안침(安枕)이라 하며, 술
이 거나하면 <상대별곡(霜臺別曲)>을 노래한다. 대관(臺官)이 제좌
(齊坐)하는 날에 이르러서 비로소 자리에 앉는 것을 허용한다. 이튿날
아침 일찍 청에 나아가면 상관인 대리(臺吏)가 함께 뜰 안으로 걸어
들어가 뵙는데, 예가 끝나기도 전에 밤에 숙직한 선생들이 방안에서
목침을 가지고 큰 소리를 지르며 치는 짓이 있으므로, 신귀(新鬼)가
달아나다가 지체하면 그 몽둥이에 얻어맞기도 한다. 이런 풍습의 유래
는 이미 오래되었는데, 성종(成宗)이 이를 싫어하여 신래(新來)를 괴
롭히는 모든 일을 엄하게 금하니, 그 풍습이 조금 숙어졌으나 아직도
구습 그대로 폐하지 않은 것이 많다.6)

  한편으로 자신의 조카인 성세원(成世源, ?~1502)이 연산군 3년
(1497)에 감찰에 제수된 데 대하여, <유본이 감찰에 제수되었기에 장
난삼아 주다. 2수(有本拜監察戲贈 二首)> 중 첫째 수에서는 <상대별
곡>이 향유되는 잔치 마당의 상황을 예기하고 있다.

  나는 쇠잔한 몸에 머리가 셈을 재촉함이 부끄러운데
  기쁜 빛이 눈썹으로 누렇게 오르는 그대가 부럽네.
  두건을 벗고 <상대곡>을 끝까지 부르면서
  예쁜 여인 끼고 앉아 옥 술잔을 거꾸로 들리.
  愧我殘生催髮白   羨君喜色上眉黃
  岸巾唱徹霜臺曲   坐挾嬌蛾倒玉觴7)

─────────
6) 성현, 『慵齋叢話』 권1, 김남이 외역, 『용재총화』(휴머니스트, 2015).
7) 성현, <有本拜監察戲贈 二首>, 『虛白堂補集』 권2, 『한국문집총간』 14, 359면.

그리고 성현은 15세기 후반에 개인적인 입장에서 악부로 전해지는 경기체가의 풍류를 부러워하면서 거문고로 연주하는 등 그 전통을 이으려고 하였다. 한림원의 뒤를 이은 예문관과 홍문관에서 〈한림별곡〉을 노래하고, 사헌부에서 〈상대별곡〉을 노래하는 전통에 깊은 관심을 가지고 몸소 그 풍류를 즐기려고 애썼던 것이다. 〈한림별곡〉에 등장하는 김양경(金良鏡)의 시집에 쓴 서문과 큰조카 성세명의 집에서 마련한 연집(宴集)에서 고려시대부터 이어진 경기체가의 풍류를 환기하고 있는 것이다.

나는 어린 시절에 책을 읽을 줄 알아서 과거시험에 필요한 글을 익히다가 <신량부(新涼賦)>를 보고는 그 사어가 준매하여 당나라 오융의 <영효부(詠曉賦)>와 서로 어금버금한 것을 사랑하였는데 별소(別騷) 중의 한 체였다. 거문고를 연주하고 음악을 배우고 나서는 <한림별곡>을 연주하였는데, 이 곡은 고려 고종 때 한림제유가 지은 것이다. 당시의 유원순, 이인로, 이공로, 이규보와 같은 분은 그 뛰어난 시문으로 한 시대의 으뜸이 되었는데, 공은 시부로 그 반열에 끼어 이름을 나란히 하였고 악부에 전파되어 지금까지 계속 송영되고 있다.8)

고려 고종 때 한림제유의 모임에 참석한 인사들은 역시 일대의 영준으로 그들의 가곡이 악부에 전하는데 오늘날까지 사람들이 흠모하여 부러워하고 있다. 그러나 당시에는 천운이 몹시 험난하여 비록 그 모임은 있었지만 그 낙을 즐길 겨를이 없었으니, 어찌 수백 년 동안 태평을 누린 성대한 아조의 문물과 같겠는가.9)

---

8) 성현, 「金良鏡詩集序」, 『허백당문집』 권6, 『한국문집총간』 14, 460면. 余少時知讀書, 習擧子業, 見新涼賦, 愛其詞語俊邁, 與唐虞融詠曉賦相上下, 別騷中一體也. 及旣操琴學樂, 鼓翰林別曲, 則曲是高宗朝翰林諸儒所作. 當時若翁閱·陳·劉·二李, 其詩文傑篇, 爲一代之宗, 而公以詩賦, 齒列齊名, 播諸樂府, 至今誦詠不置.

한림원의 선비들이 모임을 갖고 〈한림별곡〉을 부르면서 즐기던 전통을 부러워하고 있는데, 고려 때보다 오히려 조선에 와서 그 낙(樂)을 누리고 있다고 보았다. 실제로 삼관(三館)의 신참례에서 〈한림별곡〉을 부른 사례를 『용재총화』에서 확인할 수 있다.

> 새로 급제한 사람으로서 삼관에 들어가는 자를 먼저 급제한 사람이 괴롭혔는데, 한 편으로는 선후의 차례를 보이기 위함이요, 다른 한 편으로는 교만한 기를 꺾고자 함인데, 그 중에서도 예문관이 더욱 심하였다. … 밤중에 이르러서 모든 손이 흩어져 가면 다시 '선생'을 맞아 연석을 베푸는데, 유밀과를 써서 더욱 성대하게 차렸다.
> 상관장은 곡좌하고 봉교 이하는 모든 선생과 더불어 사이사이에 끼어 앉아 사람마다 기생 하나를 끼고 상관장은 두 기생을 끼고 앉으니, 이를 '좌우보처'라 한다. 아래로부터 위로 각각 차례로 잔에 술을 부어 돌리고 차례대로 일어나 춤추되 혼자 추면 벌주를 먹였다. 새벽이 되어 상관장이 주석에서 일어나면 모든 사람은 손뼉을 치며 흔들고 춤추며 〈한림별곡〉을 부르는데, 맑은 노래와 매미 울음소리 같은 그 틈에 개구리 들끓는 소리를 섞였다. 날이 새면 헤어진다.[10]

한편 사헌부에서는 예문관이나 홍문관과는 달리 〈상대별곡〉을 부르면서 풍류를 즐긴 것으로 확인된다. 곡조는 같은 것인데 그 집단의 성격에 따라 노랫말이 달라진 것이고, 조선 초에 권력의 중심 축이 사헌부로 이동하면서 나타난 현상이라고 할 수 있다.

---

9) 성현, 「如晦家宴集詩序」, 『허백당문집』 권6, 『한국문집총간』 14, 465면.
10) 『용재총화』 권4, 김남이 외 역, 『용재총화』 237면 참조.

감찰은 옛날 전중시어사와 같다. 감찰 중 직급이 높은 자가 방주(房主)가 된다. 상·하의 관원이 내방에 들어가 정좌하고, 외방은 감찰에 임명된 순서로 자리를 정한다. 그중에서 가장 높은 사람을 비방주(枇房主)라 하고, 새로 들어온 사람을 신귀(神鬼)라고 하여 여러 가지로 괴롭힌다.

···

또 선배가 수시로 신귀의 집에 찾아오면 신귀는 사모를 거꾸로 쓰고 달려 나와 맞이하고, 마루에 술자리를 마련한다. 선배들은 저마다 여자를 한 명씩 끼고 앉으니 이를 안침(安枕)이라 하고, 거나하게 취하면 〈상대별곡〉을 부른다.[11]

이상에서 살핀 바와 같이 성현은 몸소 익힌 음악에 대한 감각과 함께 고려 고종 때에 한림원의 선비들부터 이어진 경기체가 〈한림별곡〉의 풍류를 이으면서, 조선에 들어서면서 사헌부로 권력의 중심이 옮기면서 지어진 〈상대별곡〉까지 향유하고 있어서, 고려 속악의 전통 속에서 그 풍류를 흠모하고 부러워하였으며 실제 직접적으로 적극적으로 경기체가의 풍류에 동참하고 있었던 것으로 평가할 수 있다.[12]

다음은 이행(李荇, 1478~1534)의 〈상대계회도(霜臺契會圖)〉인데, 사헌부의 구성원들이 청풍과 명망이 모두 뛰어나서 자부심을 가지고 있다고 밝히고, 서로간의 믿음이 지속되기를 바라면서 좋은 모임이 길이 전하기를 기대하고 있다.

11) 『용재총화』 권1, 김남이 외 역, 『용재총화』 60~61면 참조.
12) 최재남, 『성현과 그의 시대』(새문사, 2017), 312~316면.

상대는 지위가 빛나 맑은 풍도가 넉넉하나니
스물넷 제현들 명망 또한 높다네.
늠름한 풍모에 철석간장임을 알고
가는 길 다들 피하는데 말은 총마로세.
자부하여 함께 청운에 오를 것으로 여기고
의기가 투합하여 모두 백발에도 함께 하기를 기약하네.
그림으로 오늘의 좋은 모임을 길이 전하리니
제명이 후인의 공론에 부끄럽지 않기를.

霜臺地逈足淸風   四六諸賢望又隆
凜凜相知腸是鐵   行行且避馬爲驄
許身共擬靑雲上   托契終期白首同
繪畫爲傳今日勝   題名無愧後人公[13]

이에 비해 〈한림별곡〉은 이미 고려 때부터 문한(文翰)을 담당하던 관리들을 중심으로 향유하고 있었고, 16세기에는 지방의 사적인 연회에서 한림연을 재연하기도 하였다.

이행(李荇, 1478~1534)의 「쾌심정서(快心亭序)」(『용재집』 권7)에서 중종 15년(1520) 전주에서 한림연을 베풀고 〈한림별곡〉을 제창했다고 했는데, 사적인 주석에서 공적인 연회를 재현하고 있는 것으로 이해할 수 있다.

한편 주세붕(周世鵬, 1495~1554)은 명종 3년(1548)에 경상감사로 부임하는 정만종(鄭萬鍾)을 보내면서 쓴 〈영남을 안찰하러 떠나는 정공 인보를 받들어 보내다(奉送鄭公仁甫出按嶺南)〉에서,

---

13) 이행, 『容齋先生集』 권3, 『한국문집총간』 20, 385면.

예림에서는 모시는 자리를 함께 하고
시원에서는 외람되게 농지거리를 했지.
원순문을 소리 높여 노래 부르고
노자작에 함께 취했네.
藝林及侍席　試院叨善謔　高唱元淳文　共醉鸕鷀杓[14]

라고 하여 〈한림별곡〉 1장의 첫 구절에 나오는 '원순문(元淳文)'을 말하고 있다. 그리고 주세붕은 〈한림별곡〉에서 〈죽계별곡〉을 거쳐 〈도동곡〉 등에 이르기까지 경기체가 갈래에 대한 긍정적인 입장을 견지하고 있었던 것으로 확인된다.

　그런데 16세기 후반에 이황이 「도산십이곡발」에서 〈한림별곡류〉가 지닌 "긍호방탕(矜豪放蕩)", "설만희압(褻慢戲狎)"을 비판하였고, 황준량은 주세붕과의 논쟁을 통하여 〈도동곡〉 등이 지닌 문제점을 지적한 바 있으며, 권호문은 〈독락팔곡〉을 지어서 도리어 경기체가 해체로 몰아간 사실에 견주면, 주세붕이 정만종을 송별하는 자리에서 '원순문'을 소리 높여 부른다고 한 바와 같이 서울의 관리들 사이에서는 경기체가에 대한 호의적인 인식이 지속되고 있었던 것을 환기할 필요가 있다.

　16세기 후반 이황의 〈한림별곡〉 비판은 서울의 관리들 사이에 태평시대의 풍류로 호의적으로 인식되고 있는 것에 대한 반론의 의미

---

14) 주세붕, 『무릉잡고』원집 권1, 『한국문집총간』 26(민족문화추진회, 1988), 478면.
　…回首廿載前 風流入嶺幕 樓臺多傑句 醉墨尙龍躍 父老喜相告 其蘇可勿藥 攬之
孟博轡 循以仲尼鐸 農桑急先務 孝悌非外鑠 何勞運諸掌 只在四端擴 和風被草木
約束驅鮫鰐 漢廣女無游 鵲巢鳩有託 文敎振一方 異論闢宜廓 庶見辰韓民 鼓腹歌
耕鑿 鏡開竹溪窅 蓮聳金烏萼 孤雲已乘雲 達可不可作 遺俗尙醇厖 其人宛如昨
望日觀語臺 尋仙武陵約 山碑與海碣 餘事暗手摸 歸來備顧問 異書應滿橐 嗟我類
汗渠 望洋徒向若 藝林及侍席 試院叨善謔 高唱元淳文 共醉鸕鷀杓 …

를 지니는 것으로 이해할 수 있다. "긍호방탕", "설만희압"은 〈한림
별곡〉이 지닌 내용과 관련된 것인데, 실제 이황은 〈한림별곡〉을 향
유하는 풍류 현장의 분위기에 대한 비판까지 포함하고 있는 것으로
볼 수 있다.

이황은 34세인 중종 29년(1534)에 급제하여 승문원 권지부정자가
되었는데 이때 다른 사람들에게 이끌려 승문원의 연회에 자주 참석
한 것을 스스로 부끄러워한다고 밝히고 있다.

> 일찍이 말하기를, "내가 벼슬하던 처음에 서울에 있을 때에, 늘 사람
> 들에게 끌려 날마다 술을 마시며 놀았다. 아랫사람을 벌 줄 때에 술과
> 음식을 차려서 여럿이 마시는 것이 승문원의 옛 규칙이다. 한가한 날
> 에 문득 심심한 마음이 들어서, 돌이켜 생각하면서 부끄러워하지 않은
> 적이 없었다.15)

그리고 42세이던 중종 37년(1542)에 의정부 사인이 되어서도 기녀
들이 포함된 잔치 마당에서 기뻐한 것이 부끄러웠다고 실토하고 있다.

> 선생이 말씀하시기를, "어지러이 빛나고 시끄럽게 날뛰는 것이 사람
> 의 마음을 가장 쉽게 움직이게 한다. 나는 일찍부터 여기에 힘을 써서
> 거의 움직이지 않게 되었더니, 일찍이 의정부의 사인이 되어 노래하는
> 기생이 눈앞에 가득했을 때, 문득 한 가닥 기쁜 마음이 생김을 깨달았
> 다. 이 조짐은 살고 죽는 갈림길이니, 어찌 두려워하지 않을 것인가."
> 하였다.16)

---

15) 이황,『退溪先生言行錄』권1,「存省」, 嘗言吾出身初年 在京師每爲人所牽挽 逐
日宴飮 責罰下位辦酒食群飮槐院古規也 暇日輒生無聊之心 反而思之 未嘗不愧
恥焉(李德弘)

위의 두 기록을 검토할 때 벼슬살이의 연회 현장의 흐드러진 분위기에 대해 부정적인 태도를 보이는 것이다. 실제 이러한 연회의 현장에서 〈한림별곡〉을 비롯한 경기체가가 불리고 있었기 때문에, 〈한림별곡〉에 대한 비판은 바로 이러한 현장의 분위기를 포함하고 있는 것으로 이해할 수 있다.

그러므로 이황이 군자가 숭상할 바가 되지 못한다고 강하게 비판한 핵심이 이러한 연행 현장의 분위기라고 할 수 있으며, 이러한 밤의 풍류를 낮의 풍류라 할 수 있는 내면적인 것으로 전환시키고자 한 셈이다. 그 결과 〈도산십이곡〉이 마련된 것이다.

향촌으로 귀향한 사대부나 향촌의 선비들은 이황, 황준량, 권호문의 예에서 보듯 경기체가의 풍류가 지닌 난만함을 지양하고 연시조가 지닌 온유돈후의 내면을 지향하는 것으로 전환시킨 것으로 확인할 수 있다.

그럼에도 불구하고 이행이나 주세붕의 사례에서 보듯 서울에 기반을 두고 있거나 그런 의지를 가진 사대부들은 벼슬살이와 관련하여 여전히 경기체가의 난만한 풍류를 향유하고 있었던 것으로 이해할 수 있다.[17)]

2) 17세기 전반 감찰계의 지속과 풍류

향촌에서는 16세기 중반 이후 〈한림별곡〉을 포함한 경기체가를 비판

---

16) 이황, 『退溪先生言行錄』 권1, 「存省」, 先生曰 紛華波蕩之中 最易移人 余嘗用力
   於此 庶不爲所動 而嘗爲議政府舍人 聲妓滿前 便覺有一端喜悅之心 其機則生死
   路頭也 可不懼哉(金誠一)
17) 이상의 경기체가 수용과 관련한 논의는 최재남, 『서정시가의 인식과 미학』(보고사,
   2003), 제2장 「경기체가 수용과 서정의 범주」, 제6장 「『심경』 수용과 〈도산십이곡〉」
   참조.

하고 연시조로 정서적 통합을 이룬 것으로 정리할 수 있는데, 서울에서
는 15·16세기에 이어서 17세기 전반에도 사헌부의 관리들을 중심으로
감찰계를 조직하고 〈상대별곡〉을 부르면서 계축을 만들고 계회도를
그리면서 그들의 집단적 풍류를 이어가고 있었던 것으로 확인된다.

이미 17세기 이전에 총마계, 감찰계 등과 관련한 작품18)을 남기고
있지만, 17세기 전반에 이러한 모임이 가지는 의미를 새롭게 살필 수
있다. 임진왜란으로 경복궁이 소실되면서 궁궐과 가장 가깝게 광화
문 왼편에 있던 사헌부도 사라진 것인데, 권력의 판세가 달라진 상황
에서 나타난 문화 현상의 하나라고 평가할 수 있을 것이다.

17세기 전반에 실제 '총마계(驄馬契)'라는 이름으로 작품을 남기고
있는 사람은 이호민(1553~1634), 이정구(1564~1635), 김상헌(1570~
1652), 조경(1586~1669) 등이고, '감찰계(監察契)'라는 이름으로 작품
을 남기고 있는 사람은 이정구(1564~1635), 장유(1587~1638), 이민구
(1589~1670), 이명한(1595~1645), 이소한(1598~1645), 김지남(1559~
1631) 등이며, '상대계첩(霜臺契帖)'이라는 이름으로 작품을 남기고 있
는 사람은 이명준(1572~1630), 이명한 등이고, '전중계축(殿中契軸)'으
로 시를 지은 사람은 장유 등인데, 이들이 17세기 전반 서울에 기반
을 두고 정치의 중심 세력으로 부상한 사람들이라는 점에서 이들을
중심으로 감찰계를 구성하고 〈상대별곡〉을 향유하면서 이들 집단의
풍류를 이어가고 있다는 사실이 주목을 받는 것이다.

17세기 전반 서울에 기반을 둔 이들 사대부19)들은 삼사(三司)의 한

---

18) '감찰계'라는 이름으로 홍귀달, 심언광 등이, '총마계'라는 이름으로 정극인, 서거정,
   이승소, 강희맹, 김종직, 최숙정, 홍귀달, 성현, 신용개, 김안국, 이행, 신광한, 소세양,
   심언광 등이 작품을 남기고 있다.
19) 이정구의 <오성·일송·나·오봉·서경이 이어서 문단의 맹주가 되었는데, 지금은

축인 사헌부에 근무한 경력을 내세우면서 그들의 집단적인 결속을 강화하고 〈상대별곡〉이 지닌 풍류의 내면을 이으려고 한 것이다. 심희수, 이호민, 이경석, 이명한의 작품을 예시하도록 한다.

우선 심희수(沈喜壽, 1548~1622)의 〈감찰계축도(監察契軸圖)〉를 예시한다.

난리 뒤에 총마를 타니 또한 마음이 슬픈데
상대의 남은 자취가 모두 티끌이 되었네.
새벽부터 밤까지 바쁜 직무가 일상의 일이었고
문반과 무반의 어진 관료가 열한 사람이었네.
도의로 사귐에 운우처럼 흩어지게 하지 말고
위의와 풍모가 쌀과 소금으로 가까워진들 무슨 방해이랴?
잠시 빼어난 모임에 틈을 내어 새 그림으로 돌아가니
경물은 의연하게 옛 버들의 봄이네.
亂後乘驄亦愴神　霜臺遺迹摠成塵
晨昏劇務尋常事　文武賢僚十一人
交道莫敎雲雨散　威風何害米鹽親
偸閑勝集歸新畫　景物依然古柳春[20]

임진왜란의 전쟁을 겪으면서 사헌부의 위상과 감찰계의 계회가 이전과 조금 달라지고 말았음을 토로하고 있다. 경복궁이 불에 타고 경복궁 앞 천가(天街)의 서쪽에 있던 사헌부마저 같은 운명을 맞게 되었으니, 이제 감찰계의 풍류도 예전과 같지 않게 되었다는 것이다.

모두 죄적에 들었으니…(鰲城·一松·不侫·五峰·西坰 繼主文盟 今者具罪籍…)〉(『月沙集』 권14)의 시제에서 볼 수 있듯, 이항복·심희수·이정구·이호민·유근 등은 당시 서울에 기반을 두면서 문단의 맹주를 맡았던 인물이다.
20) 심희수, <監察契軸圖>, 『一松集』 권2, 『한국문집총간』 57, 194면.

다음은 이호민(李好閔, 1553~1634)의 〈감찰계축에 짓다. 2수〉의 첫째 수이다.

> 젊은 시절 일찍이 〈상대곡〉을 읊으며
> 상대에서 노래하노라면 즐거운 일도 많았어라.
> 흰머리 오늘에 거듭 이 노래를 읊으니
> 상대에서의 즐거운 일이 앞과 견주어 어떠한가.
> 少年曾賦霜臺曲　唱向霜臺樂事多
> 白首如今重賦此　霜臺樂事較前何[21]

젊은 시절 상대에서 〈상대별곡〉을 부르면서 호기 있게 지내던 시절과 견주어, 세월이 흐른 뒤에 감찰계의 모임에서 다시 〈상대별곡〉을 읊게 되면서 느끼는 감회를 견주어 제시하고 있다. 감찰계회의 모임을 "즐거운 일[樂事]"이라고 규정하고 있으면서, 17세기 전반에 느끼는 풍류가 전시대의 그것과 견주어 차이가 있음을 실감하고 있다.

그런데 다음에 예시하는 이경석(李景奭, 1595~1671)의 〈총마계첩에 짓다(題驄馬契帖)〉에서는 이러한 풍류가 17세기 전반을 기점으로 변화하고 있음을 말하고 있다.

> 스무 해 전 계를 닦을 때에
> 상대에서 여전히 옛 가사를 기억하였네.
> 지금 이 노래가 전하고 있는지 없는지?
> 흰 머리로 생각을 좇으며 부질없이 시를 짓네.
> 二十年前脩契時　霜臺尙記舊歌詞
> 如今此曲能傳否　白首追思謾賦詩[22]

---

21) 이호민, 〈題監察契軸〉, 『五峯集』 卷1, 『한국문집총간』 59, 328~9면.

이 시는 인조 22년(갑신, 1644)에 이경석이 사헌부의 대사헌으로 있으면서 지은 것으로, 이경석은 인조 2년(1624)에 감찰을 맡은 것으로 확인된다. 이 시에서 인조 2년(1624)에는 〈상대별곡〉의 가사를 기억하고 있었는데, 20여년이 지난 인조 22년(1644)에는 〈상대별곡〉의 가사가 제대로 전승되고 있는지 확인하기 어렵다는 것이다. 이경석은 인조 14년(1636), 인조 15년(1637), 16년(1638), 18년(1640), 19년(1641), 23년(1645) 3월[23])에 대사헌을 맡은 것이 확인되는데, 십여 년에 걸쳐서 여러 차례 대사헌의 직책을 맡고 있으면서, 지난날 젊은 시절에 정6품의 감찰을 맡았을 때의 일들을 환기하고 있는 것이다. 임진왜란을 겪은 뒤에 〈상대별곡〉을 부르면서 감찰계를 강화하는 쪽으로 나타난 변화가 병자호란을 겪으면서 〈상대별곡〉의 노래까지 잊을 정도로 상황이 바뀐 것으로 보고 있다.

17세기 전반의 이러한 변화는 사헌부의 위상이 달라진 현실과 〈상대별곡〉의 풍류에 대한 이해가 바뀌고 있다는 것을 드러낸 사례로 이해할 수 있을 것이다.

그리고 이명한(李明漢, 1595~1645)의 〈상대계첩에 짓다(題霜臺稧帖)〉에서는 〈상대별곡〉이 태평시대의 노래임을 밝히고 있다.

〈상대별곡〉은 태평한 시대인데
좋은 일은 오직 그림 속에 전해옴에 기대네.
흰 머리로 거듭 와서 윗자리를 차지하니
전중의 풍채가 뭇 어진 이에게 부끄럽네.
* 이때에 도헌이 되다.

---

22) 이경석, <題聽馬稧帖>, 『白軒集』 권6, 『한국문집총간』 95, 454면.
23) 『인조실록』 46권, 23년(1645) 3월 19일(임인), 『국역 인조실록』 19, 169면.

霜臺別曲太平年　好事唯憑畵裏傳
白首重來叨上席　殿中風采媿諸賢 *時爲都憲24)

이명한이 대사헌이 된 것은 인조 19년(1641) 3월25), 6월, 12월, 21
년(1643) 12월인데, 이 작품은 인조 19년 어름에 지어진 것으로 볼 수
있다. 태평시대에는 사헌부의 관리들이 〈상대별곡〉을 부르면서 그
풍류를 즐겼는데, 이제는 그림 속에서 지난날의 풍류를 떠올리고 있
다고 밝히고 있는 것이다.

위의 감찰계, 총마계 등의 계회에서 보듯 17세기 전반에 사헌부에
근무한 중앙의 관리들은 사헌부가 권력의 중추를 차지했던 시절을
떠올리며 〈상대별곡〉의 함의까지 포함하여 그들의 집단적 풍류를 지
속시키고자 하는 내면을 드러내고 있다.

3) 감찰계를 통한 사대부 집단 풍류의 향방

여기에서 우리가 확인한 바와 같이 17세기 전반을 겪으면서 〈상대
별곡〉을 중심으로 한 풍류를 이어가고자 노력하지만 실제로는 점점
그 역할이 줄어들고 있다는 사실을 알 수 있다. 그렇다면 〈상대별곡〉
으로 대표되는 사대부 집단의 집단적 풍류에 대한 이해가 다음 시기
에 어떤 방향으로 전개되었을까 매우 궁금해진다. 17세기 후반 이후
에 집단적 풍류의 변화에 대한 이해는 새로운 과제로 제기되는 셈이
다. 이러한 변화를 예고하는 몇몇 사례를 살피면서 방향성을 타진하
도록 한다.

---

24) 이명한, 〈題霜臺稧帖〉, 『白洲集』卷4, 『한국문집총간』 97, 283면.
25) 『인조실록』 42권, 19년(1641) 3월 27일(임인), 『국역 인조실록』 17, 248면.

이정구가 〈총마계축〉에서 읊고 있는 내용을 살피되, 특히 경련을
주목할 필요가 있다.

> 전중은 가리고 가려서 모두 어진 인재인데
> 어사가 총마를 탔던 고사가 전해지네.
> 갈도(喝道)를 하면 유독 창옥패가 울리고
> 압반(押班)할 때는 오화전에 나누어 서네.
> 마땅히 풍헌이 새로운 풍채를 높이게 하고
> 관함이 옛 궤도보다 줄어들었다고 의아해 하지 말라.
> 묘시에 출근하고 유시에 퇴근하는 동료라 사이가 친밀하니
> 겨르로움을 틈타 향기로운 자리에서 취함도 방해되지 않으리.
> 殿中掄選摠才賢　御史乘驄故事傳
> 喝道獨鳴蒼玉佩　押班分立五花甎
> 須令風憲增新彩　莫訝官銜減舊躔
> 卯酉朋簪投契密　不妨投暇醉芳筵[26]

이 시의 수·함련에서 지난날 사헌부의 관리들은 총마(驄馬)를 타
고 다녔으며, 수창옥(水蒼玉)을 차고 출근할 때 갈도(喝道)를 하면 사
람들이 자리를 피했고, 조회에서는 오화전(五花甎)에 섰던 일을 환기
하면서, 경련에서는 "관함이 옛 궤도보다 줄어들었음"을 밝히고 있
다. 전중어사(殿中御史)의 위상이 낮아졌다는 현실적 사유가 중요하
게 제기된 것이다. 그럼에도 불구하고 총마계를 통해 긴밀한 관계를
유지하면서 집단의 풍류를 이어가는 것도 괜찮을 것이라고 제시하는
것이다.
　다음 김상헌(1570~1652)의 〈총마계축에 짓다(題驄馬契軸)〉에서는 사

---

26) 이정구, <驄馬契軸>, 『월사집』 권17, 『한국문집총간』 69, 386면.

헌부의 위엄과 사헌부 관리들의 집단 모임을 말하고 있는데, 일정에 맞추어 바쁘게 움직이면서 겨를이 생기면 좋은 모임을 마련한다고 하였다.

> 천가(天街)에서 재촉하여 좇느라 물시계 소리가 남는데
> 얼굴에 서리의 위엄을 띠고 새벽 추위를 품었네.
> 대에 알리느라 급히 달릴 때에 푸른 옥을 차고
> 관아에서는 자줏빛 처마의 반열을 나누어 가지런하네.
> 뭇 까마귀가 잣나무에 모일 때에 총마는 돌아가고
> 한바탕 웃음으로 당이 밝아질 때에 해치관이 기울었네.
> 짧은 겨를을 얻으면 좋은 모임에 손뼉을 치리니
> 백 년 동안 머무르며 그림 속 얼굴을 마주하리.
> 天街催趁漏聲殘　面帶霜威挾曉寒
> 臺謁急趨蒼玉佩　殿衙分整紫宸班
> 群烏集柏歸驄馬　一笑烘堂側豸冠
> 聊得小閑抃勝會　百年留對畫中顏[27]

한편 장유(張維, 1587~1638)는 여러 편의 시를 남기고 있는데, 〈전 중계축에 짓다(題殿中契軸)〉, 〈감찰계축〉[28], 〈대감계회도에 짓다(題 臺監契會圖)〉[29] 등이 그것이다.

그리고 그 명칭에 대하여 다음과 같이 변증하기도 하였다.

---

27) 김상헌, <題驄馬契軸>, 『청음집』 권6, 『한국문집총간』 77, 88면.
28) 장유, <監察契軸>, 『계곡집』 권29, 『한국문집총간』 92, 465면.
29) 장유, <題臺監契會圖>, 『계곡집』 권30, 『한국문집총간』 92, 498면.

옛날에 어사대에는 3원이 있었으니, 첫째는 대원(臺院)으로 시어사 (侍御史)가 소속되었고, 둘째는 전원(殿院)으로 전중시어사(殿中侍御 史)가 소속되었으며, 셋째는 찰원(察院)으로 감찰어사(監察御史)가 소속되었다. 그러고 보면 전중(殿中)과 감찰(監察)은 이름이나 내용이 모두 같지 않은데, 지금 세상에서 감찰을 전중이라고 부르고 있으니, 이것이 근거 없는 첫 번째 일이다.30)

그 중에서 〈전중계축에 짓다(題殿中契軸)〉를 보도록 한다.

대원 안에는 무엇을 가졌으며
늘어선 잣나무는 얼마나 푸르디푸른가?
전중에서는 무슨 일을 하는가?
가슴과 소매에 풍상(風霜)을 머금었네.
청명한 시대에는 탄핵의 거조 드물거니와
말미의 시간에는 술잔을 마주하네.
그림 속에 있는 사람들에게 말을 붙이나니
옛 도를 서로 잊지 마시라.
臺中何所有　列柏何青蒼　殿中何所作　懷袖含風霜
清時稀刺擧　暇日接盃觴　寄語圖中人　古道莫相忘31)

경련에서 탄핵의 거조와 술잔을 견주면서 사헌부가 가진 긴장과 이완의 두 축을 진술하고 있는데, 〈상대별곡〉의 풍류가 이완에 해당 함을 이해할 수 있다.

이렇듯 감찰계를 통한 유대 강화와 집단적 풍류의 강조는 사실 사헌

---

30) 장유, 『계곡만필』 권2, 『한국문집총간』 92, 594면.
31) 장유, 〈題殿中契軸〉, 『계곡집』 권25, 『한국문집총간』 92, 413면.

부의 위상이 점점 약화되고 있음을 반영하는 것으로 이해할 수 있다.

다음의 사례에서 확인할 수 있듯이, 17세기 초반에 사헌부에서 무부(武夫)인 정충신(1575~1636)과 이완(1579~1627)에 대한 견제를 중요하게 다루고 있다. 이들 두 사람은 실제 무인(武人)으로 중요한 역할을 맡았던 사람들이다. 그런데 이런 인물들에 대한 견제는 비변사(備邊司)에서 첨사 등의 인사권을 담당하고 있거나 임금이 무반(武班)에 대한 관심을 높이고 있는 데 대한 반작용으로 이해할 수 있는 대목이다.

　　사헌부가 아뢰기를,

　　"고산리(高山里)는 바로 서방의 큰 진인데 장차 성을 쌓는 역사를 하게 되었으니, 새 첨사(僉使)를 마땅히 극진히 가려야 합니다. 정충신(鄭忠臣)은 천출인데다 재기가 과연 합당한지 알 수가 없으며, 조산(造山)에서 옮겨 제수하면 조산 역시 방어하는 지역이라 정체(政體) 역시 매우 구차스럽습니다. 뭇사람들이 매우 온당치 못하다고 여기니, 체차를 명하소서. 평안 병사 유형(柳珩)은 관질이 높은 무신으로서 조정의 사체가 중함을 모르고 친한 바에 가리워 사사로이 묘당에 문보(文報)하여, 마치 제배를 지휘하는 것처럼 하였으니 매우 형편없습니다. 추고하여 죄를 다스려 무부의 교만한 습성을 징계하소서. 남포 현령(藍浦縣令) 이완(李莞)은 관직 생활이 형편없어 오로지 자신을 살찌우는 것만 일삼아, 모리배들과 결탁해 대소의 공물을 모두 방납하도록 허락하고는 민간에서 갑절로 징수하고 있습니다. 이에 백성들의 원망이 길에 가득해 보고 듣는 사람들이 모두 놀라워하고 있습니다. 파직을 명하소서."

　　하니, 아뢴 대로 하라고 답하였다.[32]

---

32) 『광해군일기』 18권, 1년(1609) 7월 27일(병오), 『국역 광해군일기』 3, 306면.

그리고 다음 기사도 전선(銓選)에서 비변사의 역할이 강화되면서 인사권에 갈등이 일어나고 있음을 보여주는 사례이다. 서인과 북인 사이의 정치적 대립이 비변사 권한 강화와 맞물리면서 사헌부의 위상 변화를 초래한 요인이 되기도 한 것이다.

양사가 연계하여 의주 부윤 이극신을 체직시킬 것을 청하였다. 사헌부가 또 아뢰기를,

"관직을 나누어 설치하는 것은 제각기 맡은 관원이 있으며 전선 주의(銓選注擬)는 마땅히 해조의 책임입니다. 그런데 감사·병사·수령을 중요한 변방이나 큰 고을인 경우는 반드시 비변사로 하여금 의논하여 천거하게 하니, 이는 그 선발을 중시한 것입니다. 그러나 요즈음 비변사가 성상의 신중하게 선발하려는 뜻을 체득하지 못하고 감히 사사로움을 써서, 인재의 그릇이 마땅한지의 여부나 관계(官階)의 높고 낮음을 생각하지 않은 채 오직 친분의 친소 여부와 청탁의 경중만으로 인재를 등용하고 물리치는 터전을 삼고 있습니다. 그래서 겨우 5, 6품을 지낸 자가 혹 2, 3품의 반열에 오르기도 하며, 직책을 받은 뒤에는 드러난 실적이 없을 뿐 아니라 죄를 받거나 실패하는 자가 즐비하게 있으므로 이미 식자들이 한심하게 여기는 바가 되고 있습니다.

하물며 의주(義州)는 국가의 서쪽 관문으로 위로는 중국과 이어져 있고 옆으로는 오랑캐의 소굴과 인접하여, 그들을 상대하고 방어의 대비를 해야 할 책무가 많으니, 결단코 범상한 무리가 감당할 곳이 아닙니다. 또 2품의 재상이 있어야 할 자리로써 더욱 품계가 낮은 당하관의 사람을 품계를 뛰어넘어 임명할 곳이 아닙니다. 그런데 천거된 네 사람이 모두 당하관이니, 관리의 법도에 있어 서열이 없고 뒤섞임이 매우 심하여 전혀 관직을 위해 사람을 고르는 뜻이 없습니다. 청컨대 비변사의 유사당상을 추고하소서."

하니, 아울러 답하기를,

"이미 유시하였다. 윤허하지 않는다."

하였다.

왕이 즉위한 이래로 사론(士論)이 분열되고 전법(銓法)이 공정하지
못하였으며, 대신들도 시론(時論)에 추천받은 자들이 아니었다. 이 때
문에 비변사에서 사람을 등용하는 것이 전조(銓曹)와 현격히 달랐다.
이에 왕이 외직을 임명하는 권한을 비국에 주었는데, 그 선발해 쓰는
것이 대부분 이항복(李恒福)에게서 나와 자못 '임현사능(任賢使能)'
의 효과가 있었으며, 뜻을 펴지 못하던 사류들도 많이 이 길을 통해서
금관자와 옥관자를 차는 재상 반열에 뛰어 올랐으므로 전조(銓曹)에
서 이를 매우 미워하였다. 이 때문에 정인홍 등이 이항복을 제거하려
고 하지 않는 짓이 없었다. 이항복이 천거를 잘못했다는 논박을 당해
떠난 뒤에, 그를 계승한 자들은 기자헌(奇自獻)·박승종(朴承宗)·유
희분(柳希奮)이었는데, 이들이 번갈아 그 권한을 잡았다. 왕도 역시 그
들을 우대하여 유희분과 박승종의 원망을 누그러뜨리려 하였다. 이 뒤
로 변방에 있는 여러 고을과 내지(內地)라도 성지(城池)가 있는 곳은
모두 비변사의 추천과 의망에 맡겼다. 그래서 무관들이 뇌물을 주어서
많이 이 자리를 얻었는데, 이조와 서로 헐뜯는 것이 마치 물과 불의
관계와 같았다.[33]

앞 시기에 비변사 등의 설치로 인사 검증 등에서 사헌부의 위상이
약화되고 있었고, 서인과 북인 사이의 정치적 대립이 강화되는 가운
데 이들 사헌부 관리들을 중심으로 집단적 결속을 강화하면서 그들
집단의 집단풍류를 이어가고자 하는 움직임이 〈상대별곡〉의 향유를
통한 감찰계의 지속 등의 형태로 나타났다고 이해할 수 있다.

그렇다면 감찰계를 중심으로 〈상대별곡〉을 향유하던 집단적 풍류
는 다음 시기 어떤 방향을 잡았을까?

33) 『광해군일기』 72권, 5년(1613) 11월 2일(병진), 『국역 광해군일기』 11, 288~289면.

2. 전승 노래의 수습과 속편과 대응편의 구성

16세기 전반 심달원의 〈강월곡〉이나 박세구의 〈향촌십일가〉의 경우 당대에 우리말 노래로 만든 것으로, 김안국과 김정국이 이를 각각 소개하면서 수습될 수 있었는데, 17세기에 이르러 당대의 노래뿐만 아니라 이전 시대의 노래까지 수습하고 때로는 널리 전승되는 작품의 속편을 만들고 지역의 균형을 고려하여 대응편을 구성하기도 하였다.

우선 주목할 수 있는 것이 노래를 듣고[聞歌], 그것을 수습한 경우이다. 이러한 '들은 노래[聞歌]'의 수습은 전승에 대한 배려가 깔려 있고, 노래를 통한 감동이 전제되어 있는 것으로 볼 수 있다.

다음으로 특별한 작가가 창작한 노래이거나 화자의 의도를 고려하여 번사(飜辭)한 경우를 들 수 있다. 이런 작품에서는 화자의 일관된 태도를 주목할 수 있다. 번사(飜辭)는 노래 그 자체보다 노래가 지닌 가의(歌意)에 충실한 입장을 견지하고 있다.

한편 문가(聞歌) 여부는 표면적으로 밝히지 않았지만 전승하는 노래를 옮겨놓은 번가(飜歌)의 전통을 들 수 있다. 이 경우에도 구전되는 노래를 기록하여 전승할 수 있도록 하는 의지가 배어 있다.

그리고 다음으로 살필 수 있는 것은 전승하는 노래를 한시의 형태로 옮겨서 운시(韻詩)하는 경우이다. "압운성장(押韻成章)"(김정국), "운이시지(韻而詩之)"(이민성) 등의 표제를 내세우고 있기도 하다.

1) 전승 노래의 수습 양상

여러 사례에서 확인할 수 있듯이 16세기와 그 이전에도 노래를 수습하여 정리하는 노력이 나타났지만, 17세기 전반에 전승하는 노래를 수습하거나 한역34)하는 일이 빈번하게 관찰되고 있다. 실제 이러한 일이 '번가(飜歌)', '번사(飜辭)', '언가(諺歌)' 등으로 인식하고 있음을 알 수 있다.

우선 김지남(金止男, 1559~1631)이 왕방연의 "천만리~"를 수습한 사례부터 보도록 한다. 제목은 〈금강에서 여랑의 애가를 들었는데, 대개 천순 연간에 금오랑이 지은 것이다. 이언이라 전하기 어려울까봐 그 뜻으로 단사(短詞)를 짓다〉이다.

千里遠遠路　美人別離秋
此心無所着　下馬臨川流
川流亦如我　鳴咽去不休35)

천만리 머나먼 길에 고온 님 여희옵고
내 ᄆᆞ음 둘 ᄃᆡ 업서 냇ᄀᆞ의 안자이다
져 믈도 내 안 ᄀᆞᆺ도다 우러 밤길 녜놋다(『청구영언』 17)

이 노래는 김지남이 선조 39년(병오, 1606)에 사명을 받들어 부산으로 가는 길에 수습한 것으로 확인되는데, 노래의 성격을 애가(哀歌)로 받아들이고 160여년의 전승을 인식하면서 이언(俚言)이기 때문에 전하지 못할까봐 기록한다고 밝히고 있다. 세조에게 밀려난 단종을 강원도 영월까지 호송하고 돌아오는 길에 왕방연이 지은 것으로 알려진 "천만리~"는 님으로 설정한 미인에 대한 마음을 토로한 것인

---

34) 조해숙, 『조선후기 시조한역과 시조사』(보고사, 2005), 김문기·김명순 편저, 『시조·가사 한역자료집성』 1(태학사, 2010) 참조.

35) 김지남, 〈錦江聞女郎哀歌, 盖天順年金吾之作也. 俚語難傳, 用其意作短詞〉, 『龍溪遺稿』 권2, 『한국문집총간』 속11, 46면.

데, 5언 6구로 한역하고 있어서 노래의 형식에 대한 역자의 이해를
살필 수 있다.36)

　그리고 윤광계(尹光啓, 1559~1619)의 〈언가를 시로 옮기다(詩譯諺
歌)〉는 송인(宋寅, 1516~1584)이 지은 것으로 알려진 다음 시조를 한
역한 것인데, 16세기 후반 송인의 풍류37)가 17세기 전반까지 반향을
일으키고 있는 것으로 볼 수 있다.

　　　一月三旬不放盃　臂何生病口無災
　　　欲從暇日時休息　報送新醪又熟來38)

　　　흔둘 셜혼날에 盞을 아니 노핫노라
　　　풀病도 아니들고 입덧도 아니난다
　　　每日에 病업슨 덧으란 찌지말미 엇더리(『청구영언』 25)

　이와 더불어 윤광계는 〈깃들여 사는 도성 바깥에서 도성 안의 관
현성 소리를 듣다(寓居城外, 聞城內管絃聲)〉(『귤옥졸고』 권 상), 〈서울 어
귀에서 노래를 듣고 남의 운을 따다(京口聞歌, 次人韻)〉(『귤옥졸고』 권
상) 등에서 이미 서울과 서울 가까운 곳에서 불리는 노래에 대한 관
심을 보여주고 있어서, 위에서 한역한 노래를 비롯하여 당시에 곳곳
에서 불리고 있는 노래에 대한 관심을 표명하고 있다.

---

36) 세조대에 노산군으로 강등된 단종에 대한 평가는 중종 대부터 제사를 지내기 시작
　했고, 선조 36년(1603) 승지를 파견하여 치제하였으며, 17세기 후반인 숙종 대에 이
　르러 단종을 왕례로 모시게 되는데 이러한 상황과 관련하여 왕방연의 노래에 대해
　관심을 드러낸 것은 중요한 태도의 변화로 이해할 수 있다.
37) 신흠, 「游東湖水月亭幷小序」, 『상촌고』 권9, 『한국문집총간』 71, 385면. 송인의
　풍류에 대한 내용은 다른 장에서 다루도록 한다.
38) 윤광계, 〈詩譯諺歌〉, 『귤옥졸고』 중, 『한국문집총간』 속11, 321면.

여관에서 이별의 시름 생각하느라 밤에 잠을 이루지 못하는데
달은 꽃 피고 버들 늘어진 관현 가에 밝네.
동풍은 본래 정이 없는 물상이라
겨우 도성 문을 나서자 이미 쓸쓸하네.
旅思離愁夜不眠　月明花柳管絃邊
東風自是無情物　纔出城門已索然39)

서울 어귀에서 제일의 노래를 듣는데
해문의 안개 낀 나무에 해가 막 기우네.
갈대 마을에는 불을 빌려 어점으로 돌아가고
모래 언덕에는 배를 옮겨 주가에 묵으려 하네.
어느 곳에서 서로 천리 떨어진 달을 바라보랴?
옛 동산에서 부질없이 구추의 꽃을 저버렸네.
은근하게 <강남곡>을 부르지 말라.
이별의 시름을 다 부르면 시름이 또 많아지리.
京口來聞第一歌　海門烟樹日初斜
蘆村乞火歸漁店　沙岸移舟泊酒家
何處相望千里月　故園虛負九秋花
慇懃莫唱江南曲　唱盡離愁愁更多40)

　두 편의 시에서 모두 이별의 시름[離愁]을 말하고 있어서, 화자의
내면과 노래의 내용이 이별의 시름과 연계되어 있음을 짐작하게 한다.
　다른 사람들이 부르는 노래를 듣고 그것을 기록으로 남겨두고자
노력하는 자세는 전승하는 노래에 대한 관심을 드러내는 것이고, 실
제 각 지역에서 다양한 담당층이 향유하는 노래 레퍼토리를 주목하

---

39) 윤광계, <寓居城外, 聞城內管絃聲>, 『귤옥졸고』 상, 『한국문집총간』 속11, 274면.
40) 윤광계, <京口聞歌, 次人韻>, 『귤옥졸고』 상, 『한국문집총간』 속11, 293면.

는 것이라 할 수 있다.

이러한 사례는 김상용, 이윤우, 이안눌, 신민일, 윤신지 등의 기록에서 확인할 수 있는데, 실제 연회(宴會)의 자리에서 전문적인 가기(歌妓)의 경우가 아니라도 객창(客窓)에서 들리는 일반 사람들이 부르는 노래를 들으면서 그 노래가 지닌 특성을 이해하고 감회를 기술하고 있는 것이다.

우선 김상용(金尙容, 1561~1637)은 〈밤에 비가 내리는 중에, 먼 마을의 노랫소리를 듣다(夜雨中, 聞遠村歌聲)〉라는 제목이 붙은 두 편의 시에서 먼 마을에서 들려오는 노랫소리에 주목하고 있다. 처음 노래는 "무산(巫山)"과 "약수(弱水)" 등의 노랫말이 들어가는 노래로 추정되고, 둘째 노래는 〈알행훈(遏行雲)〉을 가리키는 것으로 노랫소리가 아름다워 무심한 구름도 가던 길을 멈춘다는 뜻인데, 아름다운 노래를 애끊는 소리로 부르고 있음을 말하고 있다.

> 울려 퍼지는 한 가락의 노래
> 그 노래는 또한 생각하는 것이 있네.
> 무산은 지척의 땅이요
> 약수는 삼천리라네.
> 漠漠一聲歌　其歌也有思　巫山咫尺地　弱水三千里[41]
>
> 여사의 처마에 떨어지는 빗소리는 괴로워 듣기 어려운데
> 밤새도록 방울방울 떨어지며 나그네의 뜻을 깨뜨리네.
> 어느 곳에서 구름을 멈추게 하는 노래 한 곡조가
> 바람에 기대어 때때로 애끊는 소리를 보내네.

---

41) 김상용, <夜雨中, 聞遠村歌聲>, 『仙源遺稿』 上, 『한국문집총간』 65, 119면.

　　　旅窓簷雨苦難聽　　點滴終宵碎客情
　　　何處遏雲歌一曲　　憑風時送斷腸聲[42]

　　그리고 이윤우(李潤雨, 1569~1634)의 〈달밤에 이웃집의 노래를 듣
다(月夜聞隣歌)〉에서는 "낙매화(落梅花)"가 들어가는 〈매화곡〉을 지적
하고 있다.

　　　오늘밤 달빛은 충분히 밝은데
　　　한 소리 맑은 노래가 누구의 집에 있는가?
　　　봄이 지난 고향에 사람은 떠나지 못하는데
　　　떨어진 매화에 넋이 끊어진 것을 견디지 못하네.
　　　月色今宵十分多　　一聲淸唱在誰家
　　　春去故山人未去　　不堪魂斷落梅花[43]

　　한편 이안눌(李安訥, 1571~1637)은 〈강의 서쪽에서 이웃 집 가자의
노래를 듣다(江西聞隣舍歌者)〉에서 이웃집의 가자(歌者)가 부르는 노
래를 듣고 눈물을 흘리게 되었다고 기록하고 있다.

　　　관서에 이월이면 눈이 모두 녹는데
　　　눈 가득 새로운 누른빛이 버들가지에 붙었네.
　　　한 곡조 고운 노래에 몇 줄기 눈물인데
　　　면양으로 돌아가는 길이 꿈결에 아득하네.
　　　關西二月雪全消　　滿眼新黃着柳條
　　　一曲姸歌數行淚　　沔陽歸路夢中遙[44]

---

42) 김상용, 〈夜雨中, 聞遠村歌聲〉, 『仙源遺稿』上, 『한국문집총간』 65, 123면.

43) 이윤우, 〈月夜聞隣歌〉, 『石潭先生文集』卷之一, 『한국문집총간』 속16, 324면.

그리고 신민일(申敏一, 1576~1650)의 〈파주 가는 길에 노래를 듣다
(坡州道中聞歌)〉는 다음과 같다.

　　길을 가면서 시끄럽게 노래하니 또한 생각하는 것이 있는데
　　원망이 가을 구름에 들어와 맺혀서 흐르지 못하네.
　　이 노래는 한편으로 나그네의 한을 재촉할 수 있는데
　　누가 고향을 그리워하는 시름을 일으키지 않으랴?
　　行歌嗚哳亦有思　怨入秋雲結不流
　　此曲偏能催客恨　何人不起望鄕愁45)

　　다음에 인용하는 윤신지(尹新之, 1582~1657)의 〈달밤에 노래를 듣
다(月夜聽歌)〉에서는 〈금루곡〉46)을 언급하고 있다.

　　송로(松露)가 내리고 밤기운은 차가운데
　　대나무 사립이 작은 집의 서쪽을 비스듬히 가렸네.
　　미인이 〈금루곡〉을 다 부른 뒤에
　　꽃 그림자가 성글게 트이고 달은 낮아지려 하네.
　　松露泠泠夜氣凄　竹扉斜掩小堂西
　　佳人唱罷金縷曲　花影扶踈月欲低47)

---

44) 이안눌, 〈江西聞隣舍歌者〉, 『東岳先生續集』, 『한국문집총간』 78, 536면.

45) 신민일, 〈坡州道中聞歌〉, 『化堂先生集』 卷之一, 『한국문집총간』 84, 12면.

46) 〈금루곡〉은 곡조 이름으로 남자의 욕정을 부추기며 유혹하는 노래 이름이다. 〈金
　縷衣〉, 〈賀新郎〉, 〈乳燕飛〉라고도 한다. 당나라 금릉의 소녀 杜秋娘이 15세에
　李錡의 첩이 되었는데, 이기를 위해 詞를 지어 노래한 일이 있었다. 그 곡에 "주군께
　권하노니 금색 실로 만든 옷을 아끼지 말고, 모름지기 소년 시절을 아껴야 하리.
　꽃이 피어 꺾을 만하면 바로 꺾어야 하니, 꽃 없어진 뒤에 부질없이 가지만 꺾지
　마소서.[勸君莫惜金縷衣 勸君須惜少年時 花開堪折直須折 莫待無花空折枝]"라
　고 하였다.

그리고 황혁(黃赫, 1551~1612)이 수습한 노래 2수는 평안도 이산(理山)에 유배되어 있을 때에 선조가 단가(短歌)를 지어서 내린 것이라고 하고 노래의 뜻을 옮긴다[飜歌意]48)라고 하였다. 선조의 후궁인 순빈 김씨의 소생 순화군의 장인이었던 황혁은, 아버지 황정욱과 함께 임해군과 순화군을 모시고 난리를 피했다가 왜적에게 포로로 잡히기도 했다. 임진왜란으로 도성을 버리고 피신을 해야 했던 사정과 왕자들과 헤어져야 하는 선조의 심사가 배어 있으며, 선조가 지은 노래라는 점에서 의미가 크다고 할 수 있다.

헤어질 때 맑은 눈물은 누굴 위해 뿌렸나?
하늘 끝에서 사람을 생각하니 가고는 돌아오지 않네.
서울의 봄빛은 아직도 적막한데
압록강 물결은 꿈속에 어렴풋하네.
別來淸淚爲誰揮　天末懷人去不歸
京國春光猶寂寞　鴨江波浪夢依依

밤비가 내릴 때에 등불이 희미한데
비낀 해가 진 뒤에 날던 기러기도 끊겼네.
어둑히 그대 생각하는데 어느 곳에 있는가?
들보에 남은 달이 맑은 빛이 가득하네.
夜雨來時燈火微　斜陽歿後斷鴻飛
杳杳思君何處在　屋樑殘月滿淸輝

---

47) 윤신지, <月夜聽歌>, 『玄洲集』 卷之一, 『한국문집총간』 속20, 279면.
48) 황혁, <謫在理山時 宣廟嘗製短歌以賜 仍飜歌意以上 二首>, 『獨石集』, 『한국문집총간』 속7, 201면.

그리고 〈스스로 만들어 부른 노래를 듣고, 느낌이 있어(聞自爲歌, 有感)〉에서는 평안도 도사로 부임하여 연광정에 올랐을 때에 가자가 부르는 노래를 듣고 그 느꺼움을 표현한 것이다.

소년 시절에 서정의 막부에서
달을 기다리며 연광정에 올랐네.
가을이 갠 패강 언덕에 시원한 비가 지나가고
구름이 다하는 변새 하늘에 기러기 소리 끊어져 슬프네.
문에 가득한 강산은 서울 어귀와 같은데
읊조리는 번가(飜歌)는 초 땅의 말을 띠었네.
오늘 밤 곡 중에 도리어 눈물을 가리니
내쳐진 신하의 뜻과 생각을 우연히 먼저 알아차리네.
* 가아가 노래하는 것을 들었는데, 뜻이 매우 슬펐다. 곧 이것은 평안도 도사 때에 연광정에 올라서 지은 것이다. 이에 느꺼워 이 시를 지었다.
征西幕府少年日　待月練光亭上時
浿岸秋晴涼雨過　塞天雲盡斷鴻悲
江山滿目如京口　吟嘯飜歌帶楚詞
此夜曲中還掩泣　放臣情思偶先知
*聞歌兒唱詞 意甚悲楚 乃是平安都事時登練光亭作者也 仍感而作此詩也[49]

한편 윤안성(尹安性, 1542~1615)의 〈번사〉는 구체적인 상황을 제시하지 않고 있지만 같은 화자가 부른 3수의 노래를 한역한 것으로 볼 수 있다.

---

49) 황혁, <聞自爲歌, 有感>, 『獨石集』, 『한국문집총간』 속7, 210면.

비록 그대 집을 그리나 할 일이 없는데
돌아가지도 못하고 도리어 머뭇거리네.
평소에 한 마디 마음속의 일을
낭군이 아는지 모르는지 상관하지 않으리.
雖戀君家無所爲　不能歸去却躊躇
平生一寸心中事　不管郞君知未知

마음속에 품은 것이 그대를 번거롭게 하는데
버려진 첩이 무슨 마음으로 시샘하는 말을 던지랴?
지난날 만약 저와 나를 없게 할 수 있었다면
어찌 집안일을 다툼에 끌어 들였으랴?
心中所抱欲煩君　棄妾何心進妬言
昔日若能無彼此　豈敎家事被爭分

젊어서 은총이 없었으니 늙어서 쉼이 마땅한데
그대가 마음을 알지 못하니 스스로 시름할 수 없네.
이 이별에 틈을 탄 이야기는 보태지 않으리니
운명이 궁박한들 또 누구를 원망하랴?
少無恩寵老宜休　君不知心莫自愁
此別不曾緣間說　命途窮薄更誰尤[50]

　　3수의 노래는 기첩(棄妾)으로 설정된 여성화자가 낭군을 향해 발화
하고 있다. 여성화자의 내면을 낭군이 제대로 이해하지 못하고 있다
고 보고 있지만, 낭군에 대한 원망보다는 자신의 운명이 궁박해서 일
어난 일이라 생각하고 도리어 마음을 추스르는 방향을 잡고 있다.
　　그리고 권필(權韠, 1569~1612)은 〈지연가〉를 한역하고 있어서 번가

---

50) 윤안성, <飜辭>, 『冥觀遺稿集』 권1, 『한국문집총간』 속5, 220면.

(飜歌)의 전통에 해당한다. 〈세속에 전승되는 지연가를 옮기다(翻俗傳
紙鳶歌)〉이다.

> 우리 집의 모든 액을 네가 띠고 가서
> 인가에 떨어지거나 들판의 나무에 걸리지 말고
> 다만 푸른 하늘에 비바람이 불 때에
> 찾을 수 없도록 저절로 없어지게 하여라.
> 我家諸厄爾帶去　不落人家掛野樹
> 只應春天風雨時　自然消滅無尋處[51]

　그리고 이민성(李民宬, 1570~1629)은 〈사람들이 이가를 노래하는
것을 듣고 압운하여 시로 만들다.(聞人唱俚歌, 韻而詩之)〉라고 하여 당
시에 불리던 가곡 12수를 한역하고 있다. 한역 시기는 이민성이 53
세 무렵인 광해군 14년(1622) 경으로 추정된다. 그러므로 이 작품들
은 적어도 그 이전에 불리던 것으로 볼 수 있다.

> 니언지 무신ᄒᆞ여 님을 언지 속엿관디
> 월침삼경에 온 뜻지 전혀 업니
> 추풍에 지ᄂᆞᆫ 닙소리야 니들 어니ᄒᆞ리오　/황진이
> 我來豈無信　月沈夜三更　秋風自落葉　非我惱君情
>
> 일뎡 빅년산들 긔 아니 초초ᄒᆞᆫ가
> 초초ᄒᆞᆫ 부ᄉᆡᆼ이 무ᄉᆞ 일을 ᄒᆞ랴ᄒᆞ야
> 내 자바 권ᄒᆞᄂᆞᆫ 잔을 덜 먹으려 ᄒᆞᄂᆞᆫ다　/정철
> 定使百年住　豈非草草過　草草百年內　君今不飮何

---

51) 권필, 〈翻俗傳紙鳶歌〉, 『石洲集』 권7, 『한국문집총간』 75, 73면.

헤어진 뒤에 몸은 여전히 있어서
추풍에 병에서 일어나기 어렵네.
지금 헤아리는 뜻을 뒷날 다행히 서로 보리.
別後身猶在　秋風病起難　至今支度意　他日幸相看

낙엽이 몰발에 지니 닙닙히 추성이라
풍백이 뷔 되어 다 쓰려 브고나
두어라 기구산로를 덥허둔들 엇더리
落葉響馬啼　秋聲箇箇俱　風吹掃山徑　何似覆崎嶇

추강에 밤이 드니 물결이 츳노미라
낙시 드리치니 고기 아니 무노미라
무심훈 둘빗만 싯고 븬 비 저어 오노라　/월산대군
浪足秋江夜　投竿魚不來　無心一片月　空載釣船廻

술이 취ᄒ거늘 송근을 벼고 누어
져든 듯 잠드러 꿈씨야 도라보니
명월이 원근방초에 아니 비췬 디 업드라
醉枕松根臥　覺來仍忘返　忽然望江村　明月無遠近

다리 하나의 병든 개미가
모래를 물고 패강 물가에 있네
끊어진 푸른 물결을 메우면 이 사이에 별리는 없으리
一足病行蟻　含沙湞江湄　塡斷綠波渡　是間無別離

뉘라셔 나 ᄌ는 창밧긔 벽오동을 심으돗던고
월명정반의 양파사는 됴커니와
밤듕만 굴근 비소리 애굿는 듯 ᄒ여라

誰種碧梧樹　婆娑月滿庭　只怕三更雨　令人睡不成

별리가 이미 오래 되었는데
옛날 얼굴을 보존할 수 있네.
여전히 나를 보기를 청하나니, 서로 좇기를 바람을 괴이하게 여기지
말라.
別離已久矣　能保舊時容　請看猶是我　莫怪願相從

사랑이 거즛말이 님 날 사랑 거즛말이
꿈에 와 뵌단 말이 긔 더욱 거즛말이
날갓치 줌 아니오면 어늬 꿈에 뵈리오　/김상용
戀我是虛語　疑他夢見之　如儂長不寐　安有夢來時

하늘이 부여함은 진실로 모두 정해졌는데
인간은 절로 알지 못하네.
오직 나는 저 하늘을 믿나니, 조화옹이 하는 대로 맡겨두네.
天賦固皆定　人間自不知　唯我信彼蒼　一任造化爲

시름 겨운 마음에 몰래 스스로 놀라는데
낙엽이 창문을 치는 소리이네.
어디서 길 잃은 기러기는 슬피 울며 홀로 가는가
愁心暗自驚　落葉打窓聲　何處失群雁　哀哀獨叫征[52]

　한편 신활(申活, 1576~1643)은 〈악부가사를 본받다(效樂府歌詞)〉에
서 5언6구의 형태로 짓고 있다.

---

52) 이민성, <聞人唱俚歌, 韻而詩之>, 『敬亭集』 권4, 『한국문집총간』 76, 264~265면.

슬프고 시름한 날에 밤비는 무슨 일인가
오동잎 비 듣는 소리에 날카로운 칼이 아님을 절로 아네
어찌하여 또 어찌하여 남의 애를 다 끊나니.
惻惻愁多日　夜雨緣何事
梧桐滴碎聲　自知非利刀
如何復如何　斷盡思人腸[53]

그리고 김세렴(金世濂, 1593~1646)의 〈악부〉는 당시에 전승되던 시
조 2수를 한역한 것으로 보인다.

강호에 기약을 두고 십년을 분주ᄒᆞ니
그 모른 백구는 더듸 온다 ᄒᆞ건마는
성은이 지중ᄒᆞ시니 갑고 가려 ᄒᆞ노라[54]
十載江湖約　沙禽怨不歸　若恩一何重　不敢著荷衣

꿈의 항우를 만나 승패를 의론ᄒᆞ니
중동의 눈물짓고 큰 칼 줍고 이른 말이
지금의 부도오강을 못너 슬허ᄒᆞ더라[55]
夢中逢項王　提刀更太息　至今不渡江　我亦不自識[56]

한편 이항복(李恒福, 1556~1618)이 접반사로서 중국 사신이 우리나

---

53) 신활, 〈效樂府歌詞〉, 『죽로집』 권1, 『한국문집총간』 속19, 22면.
54) 『청구영언』(김천택 편) 102에 이항복이 작가로 수록된 것을 비롯하여 여러 가집에
　　정철, 정구, 유호인, 권필 등이 작가로 나타나고 있다.
55) 『청구영언』(장서각본) 421에 남진사로 작가가 수록된 것을 제외하면 다른 가집에
　　는 작자 미상으로 나타나고 있다.
56) 김세렴, 「樂府」, 『東溟先生集』 卷之一, 『한국문집총간』 95, 136면.

라 사람이 부른 노래를 듣고 그 뜻을 묻자 한문으로 옮겨 준 사례도
있다.

　　이오성이 중국 장수의 접반사가 되었을 때에 중국 장수가 우리나라
사람이 노래 부르는 것을 듣고 그 뜻을 물었다. 오성이 글로 써서 보이
기를,

　　昔日苟如此　　此身安可持
　　愁心化爲絲　　曲曲還成結
　　欲解復欲解　　不知端在處

라고 하니 중국 장수가 좋다고 칭찬하였다.57)

이 역가의 원가(原歌)는 다음 작품으로 추정된다.

　　넷적의 이러ᄒ면 이 형용이 나마실가
　　수심이 실이 되야 구뷔구뷔 미쳐이셔
　　아므리 푸로ᄒ되 긋간듸를 몰래라(『청구영언』 395)

이상에서 몇몇 사례를 통해 살펴본 바와 같이 17세기 전반에 수습
된 노래에는 공통적으로 "사군(思君)", "사미인(思美人)", "연군(戀君)"
등의 상황이나 내용과 관련된 맥락이 큰 비중을 차지하고 있는 것으
로 볼 수 있다.

----

57) 이수광, 『지봉유설』권14, 문장부 7, 李鰲城爲天將接伴使, 天將聞我國人唱歌, 問
　　其旨意. 鰲城書示曰, 昔日苟如此, 此身安可持. 愁心化爲絲, 曲曲還成結. 欲解復
　　欲解, 不知端在處,. 將稱好.

위에서 논의한 사례를 도표로 나타내면 다음과 같다.

작가	작품	역자	수록문헌	비고
미상	3수	尹安性1542~1615	명관유고집	飜辭
선조	2수	黃赫1551~1612	독석집	飜歌意
미상	1수	李恒福1556~1618	지봉유설	書示
왕방연	1수(천만리~)	金止男1559~1631	용계유고	俚言哀歌, 作短詞
송인	1수	尹光啓1559~1619	귤옥졸고	詩譯諺歌 진청 25
이별	육가(4수)	李光胤1564~1637	양서집	飜歌
미상	1수(지연가)	權韠1569~1612	석주집	飜歌
미상	12수	李民宬1570~1629	경정집	聞俚歌, 韻以詩之
신활	1수	申活1576~1643	죽로집	效樂府歌詞
이항복 외	2수	金世濂1593~1646	동명집	樂府

그리고 이 무렵에 정철이 지은 〈사미인곡〉을 비롯하여 이전부터 전승되어 온 '사미인'의 노래가 널리 연행되고 있었던 것도 확인된다. 그리고 〈관동별곡〉에 대한 관심도 지속적으로 이어지고 있다. 〈사미인곡〉에 대하여 17세기 전반에는 기녀들이 널리 노래하고 있지만, 시세의 형편을 제대로 알지 못하기 때문에 그런 것이라고 보고, 인간세상의 곡조가 아닌 듯하다고 인식하기도 하였고,[58] 다른 한편으로는 "애불원(哀不怨)"[59]으로 받아들이기도 하였다. 〈사미인곡〉과 관련한 구체적인 내용은 IV부에서 자세하게 다루도록 한다.

---

58) 이안눌, 〈聞王娥歌故寅城鄭相公思美人曲〉, 『東岳集』, 『한국문집총간』 78, 543면.
59) 이의건, 〈通津縣齋月夜, 聽春娘唱美人曲〉, 『峒隱稿』, 『한국문집총간』 속4, 181면.

2) 기존 작품의 속편 구성

이와는 별도로 주목할 수 있는 것이 기존의 작품을 염두에 두고 새로운 작품을 마련한 것으로 속편 또는 대응편의 구성이라고 할 수 있을 것이다. 그 중에서 속편의 구성은 16세기에 마련된 작품을 전범(典範)으로 인식하고 있다는 반증이 되는 것이다. 그리고 그 작품이 널리 유행하고 있어서 그 작품이 가진 성격을 보완하거나 새로운 시각에서 살피려고 하는 의도가 드러나고 있다.

조우인(曺友仁, 1561~1625)의 〈출관사〉와 〈속관동별곡〉은 각각 〈관서별곡〉과 〈관동별곡〉의 속편에 해당하고 관북을 대상으로 한 〈출새곡〉은 대응편에 해당한다.

조우인은 백광홍의 〈관서별곡〉의 속편에 해당하는 〈출관사〉(1606)를 짓고, 정철의 〈관동별곡〉의 속편에 해당하는 〈속관동별곡〉을 지은 것인데, 노정(路程)의 차이와 태도의 차이가 있어서 작품의 성격이 한결같다고 평가하기는 어렵다. 〈속관동별곡〉은 정철이 〈관동별곡〉에서 다루지 못한 지소를 직접 확인하고 속편을 구성하였고, 〈출관사〉에서는 백광홍이 언급하지 않은 역사적 사실 등을 아쉬워하면서 포함시키고 있다는 점이 특별하다. 이와 함께 「제출관사후(題出關詞後)」와 「속관동곡서(續關東曲序)」에서 각각 〈출관사〉와 〈속관동별곡〉을 짓게 된 과정과 그 의의를 밝히고 있다.

「제출관사후(題出關詞後)」는 다음과 같다.

　옛날에 사문 백광홍이 관서 막부의 평사가 되어 우리말로 장가 한 편을 지었는데, 세상에서 이른바 <관서별곡>이라고 하는 것이 이것이다. 오늘날까지 노래를 잘 하는 사람은 외어 전하면서 노래를 부른다. 노랫말이 호매하고 뜻을 사용함이 표일하여, 그 사람됨을 상상해 볼 수 있다.

  병오년(1606) 여름에 내가 공무로 용만을 오가게 되었는데, 나그네로
서의 세월이 훌쩍 석 달이 지나면서, 계절의 바뀜과 노정의 험난함이,
깨닫지 못하는 사이에 매인 나그네의 생각이 일어나, 속편으로 <출관
사> 한 편을 지었는데, 무려 수백 언이었다. 대저 말의 뜻은 백광훈의
<관서별곡>을 드나들지만 뒤집은 것 또한 많다. 다만 백광훈의 작품은
안홍에서 산수를 건너서 청옹성을 경유하여 적유령을 거쳐서 강계에
이르렀다가, 압록강을 따라 수강성을 경과하여, 황제묘를 지나서 용만
에 다다르는데, 나는 다만 직로로 갔기 때문에, 그 사이에 눈으로 본
홍취와 감회, 읊조리며 헤아림을 느낀 뜻은 백광훈의 작품에는 [미치지]
못한다. 안타까운 것은 평양은 곧 단군과 기자의 옛 도읍이고, 살수는
곧 수나라 군대가 패배한 곳이며, 김효녀가 손가락을 끊고, 이철주가
의리에 죽은 것은 백광훈의 작품을 궁구하여도 모두 언급하지 않았다.
그리고 거듭된 말과 겹치는 표현은, 다만 화류 마당의 탕일의 노랫말일
따름이다. 곧 그 노랫말을 보며 그 뜻을 궁구하려는 사람들은 이따금
간혹 명교 중에서 부끄러움을 일컬을 수 있으니, 만약 옛날 채시하는
사람으로 하여금 보게 한다면, 곧 취하고 버리며 주고 빼앗음을 이것에
서 할 것인지 저것에서 할 것인지 알지 못하겠다.[60]

---

60) 조우인, 「題出關詞後」, 『頤齋集』 卷2, 『한국문집총간』 속 12(민족문화추진회,
   2006), 302~303면, 昔白斯文光弘, 爲關西幕評, 以俚辭製長歌一篇, 世所謂關西別
   曲者是也. 至今善謳者, 傳誦而歌之, 詞致豪邁, 用意飄逸, 可以想見其爲人. 丙午
   夏, 余以公幹往返龍灣, 客裡光陰, 倏過三箇月, 節序遷變, 道途崎嶇, 不覺有羈旅
   之思, 續作出關詞一篇, 無慮數百言. 大抵語意, 出入白詞而反之者亦多. 但白詞則
   自安興渡薩水, 由鐵甕歷狄踰嶺抵江界, 沿鴨綠經受降城, 過皇帝墓, 以達于龍灣,
   而余則但從直路而行, 故其間寓目興懷, 謳吟感念之意, 不得不□於白詞矣. 所惜
   平壤乃檀箕舊都, 薩水是隋兵敗處, 金孝女之斷指, 李鐵州之死義, 究諸白詞, 皆不
   及焉. 而重言複語, 只在花柳場蕩逸之詞而已. 則觀其詞而味其意者, 往往或羞稱
   於名敎中, 若使古之採詩者而見之, 則其取舍予奪, 未知在此乎, 在彼乎.

〈관서별곡〉을 살필 때 여러 곳을 거친 백광홍과 직로로 간 본인의 여정이 다르기 때문에 눈으로 본 흥취와 감회, 읊조리며 헤아림을 느낀 뜻은 〈관서별곡〉이 빼어나다고 인정하면서, 〈관서별곡〉에서는 언급하지 않은 내용과 언어와 표현 등에서 본인이 생각한 것과는 차이가 나기 때문에 〈출관사〉를 마련했으며, 후일 채시(采詩)하는 사람의 취사(取捨)가 있을 것이라고 하였다.

그리고 「속관동곡서(續關東曲序)」는 다음과 같다.

나는 본래 얽매이지 않은 사람이다. 일찍이 산수를 유관하는 병이 있었는데, 비록 중년에 벼슬살이에 골몰하느라, 그림 바깥의 연하의 승경은 일찍이 꿈을 꾸며 잠을 자는 사이에도 오고가지 않은 적이 없었는데, 우연히 정송강의 〈관동별곡〉을 얻어 보고, 다만 언어가 준일하고 절주가 원량할 뿐만 아니라, 길고 긴 수천 백언이 감격하고 흥분하며 격앙한 회포를 모두 옮겨놓은 것이라 참으로 걸작이었다. 반복하여 읊조리니, 더욱 사람으로 하여금 마음이 움직이고 부러워마지 않게 하였다.

마침 내리던 비가 막 갠 초가을이 이미 반쯤 되었을 때에 깨닫지 못하는 사이에 나부끼듯 속세를 벗어나고 싶은 뜻이 생겨서, 마침내 관동을 유람하고 싶은 뜻을 정하고, 동쪽으로 홍인문을 나서서 적화담과 삼부폭의 승경을 찾고, 구담을 살피고, 고석정에 오르고, 단발령을 넘어서, 풍악의 내외의 여러 골짜기를 드나들면서, 자취가 미치지 않은 곳이 거의 없었다. 마침내 비로봉 정상을 궁구하여, 바르게 대륙을 내려보니, 어두운 바다를 눈이 다하도록 보아도 오히려 싫증이 나지 않았으며, 이에 바다를 따라서 남쪽으로 가서, 월송정에 이르러 돌아왔다. 그때의 마음과 눈의 상쾌함은 낭풍과 현포의 놀이가 부럽지 않았다.

지금은 늙어서, 비록 옛 놀이를 거듭 따지려고 해도 얻을 수 있으랴?

이에 지난날 발과 눈이 지나간 곳을 기억하여 장가 1편을 짓고 이름하
여 <속관동별곡>이라 하였다. 그 사이에 정송강이 <관동별곡>에서
상세하게 말한 것은 곧 때때로 깎고 넣지 않았으니, 대개 물색이 나누
어 머물게 한 것이 많지 않기 때문이다. 글이 이루어져 스스로 한 번
지나가듯 보니, 비록 정송강의 노래에 만분의 일도 미치지 못하나, 때
때로 겨르롭게 홀로 지내면서 무릎을 치면서 높은 목소리로 읊조린 것
은, 곧 반드시 빽빽한 번민을 떨치고 정신을 펴는 데에 일조가 없지는
않을 것이다. 백천동의 그윽함, 비로봉의 높은 봉우리, 구룡폭포의 기
이함과 같은 곳에 이르러서는 모두 송강이 이르지 않은 곳이라, 일부
러 사이사이 자랑하는 말로 눌러놓았다. 송강이 알게 된다면, 어찌 깨
끗하게 드러내어 부러워할 만하다고 하지 않으랴? 보는 사람은 그 과
격함을 용서하고 그 책임을 가볍게 하면 좋겠다. 연월일에 매호의 늙
은이가 적다.[61]

정철의 <관동별곡>을 보면서 언어와 절주뿐만 아니라 감격과 흥
분, 격앙된 회포를 느끼게 되어서 관동을 유람하고 싶은 마음이 생겨
직접 풍악을 중심으로 <관동별곡>에 등장하는 지소를 꼼꼼히 살피고

---

61) 조우인, 「續關東曲序」, 『이재집』 권2, 『한국문집총간』 속12, 300면. 僕, 本不羈人
也. 夙有山水遊觀之癖, 雖中年汨沒宦途, 而象外烟霞之勝, 未嘗不往來於夢寐中,
偶得鄭松江關東別曲者而觀之, 非但詞致俊逸節奏圓亮而已, 縷縷數千百言, 寫盡
感憤激昂之懷, 眞傑作也. 反覆吟詠, 益令人歆艶之無已也, 屬積雨始晴, 初秋已
半, 不覺有飄然遺世之情, 遂決意作關東之遊, 東出興仁門, 探積禾三釜之勝, 窺七
潭, 登高石, 躡斷髮嶺, 出入楓嶽內外諸洞壑, 足迹之未及者無幾. 遂窮毗盧絶頂,
平臨大陸, 極瞩溟渤而猶未厭, 乃遵海而南, 至于越松而返焉. 爾時心目之快, 不羨
閬風玄圃之遊. 今則老矣, 雖欲重討舊遊, 得乎? 仍記往日足目之所經過者, 作長
歌一篇, 而名之曰續關東曲. 其間鄭詞之所詳道者, 則往往刪而不入, 盖以物色之
分留者不多故也. 詞成自看一過, 雖不逮鄭詞之萬一, 有時居閑處獨, 擊節高詠, 則
未必不爲遣鬱排悶發舒精神之一助也. 至如百川之幽, 毗盧之高, 九龍之奇, 皆松
江之所未到, 故間爲夸詞以壓之. 松江有知, 豈不爲之發粲而歆羨耶. 覽者恕其狂
而略其責可也. 年月日梅湖叟題.

비로봉에 올라서 내려다보는 감동을 직접 경험한 뒤에, 늘그막에 속편으로 〈속관동별곡〉을 마련한 것이라고 하였다. 특히 백천동의 그윽함, 비로봉의 높은 봉우리, 구룡폭포의 기이함은 정철이 다다르지 않은 곳이라고 하면서 스스로 자랑하면서 구성했다고 하였다.

다음에 예시하는 내용은 〈관동별곡〉과 〈속관동별곡〉의 차이라고 할 수 있는 부분이다. 그러나 실제로는 정철이 그곳에 들르지 않은 것이라기보다 다른 한 쪽을 강조하거나 핵심을 짚어가는 과정에 드러난 표현의 측면이라고 볼 수 있어서, 조우인의 진술을 그대로 인정하기는 난감한 부분이 있다.

	〈관동별곡〉	〈속관동별곡〉
백천동	백천동 겨틔 두고 만폭동 드러가니	장안사 만폭동을 눈아래 구버보고 백천동 ᄎ자드니 삼십뉵 동천애 제일이 여긔로다
비로봉	비로봉 상상두의 올라보니 긔 뉘신고 … 오르니 못ᄒ거니 ᄂ려가미 고이홀가	원적암 도라드러 비로 최고뎡에 머리를 드러보니 … 흔거름 올미고 또 흔거름 다시 올며 죵용 졈진ᄒ야 절뎡에 올라가니
구룡폭	은하수 한 구비를 촌촌이 버혀 내여 실ᄀ티 플터이셔 뵈ᄀ티 거러시니 도경 열두구비 내 보매는 여러히라	구룡연 십이폭포 별안의 디나 보니 만이천봉이 남극에 거치내라

이러한 사정은 김득신(金得臣, 1604~1684)의 「관동별곡서(關東別曲
序)」를 통해서도 확인할 수 있다.

<관동별곡>은 정 송강이 지은 것이다. 우리 집에 별곡을 노래할 수
있는 여종이 있어서 내가 어릴 때에 늘 들었는데, 기이한 줄 알지 못하
다가 머리를 묶을 때쯤 들으니, 조금 기이하다고 생각했다. 정축년
[1637] 전쟁 뒤에, 나그네가 관동의 실직(悉直; 삼척)을 유람했는데,
어린 기생이 <관동별곡>을 노래할 수 있어서 늘 죽서루에 불러다가
들었더니, 청아한 흥취가 파도 같았을 뿐만 아니라 또한 문재가 광대
한 것 같아서 참으로 기이한 곡이었다. 백기봉의 <관서별곡>, 무인 허
전의 <고공가>, 조현곡의 <유민탄가> 등은 모두 버금에 해당한다.
접때 서호의 지장찰에서 글을 읽으며 석 달이 지났을 무렵에, 나그네
의 회포가 특히 즐겁지 않아서 거스르는 것을 위로하고자, 여러 중들
을 청하여 노래를 부르게 했다. 중 한 사람이 응하여 말하기를, "내가
<관동별곡>을 잘 부르는데, 여성(勵聲)으로 부르겠습니다." 들으니
구름을 능가하는 기운이 있고 일을 품음이 표제에 맞았다. 그 뒤에 여
러 차례 서원현에 들러서, 가기를 만나 <관동별곡>을 노래하게 하고
들었는데, 대개 그 소리가 가늘고 고와서 실직의 기녀와 짝이 되지 못
하였다.
지난해에 객사의 골짜기로 친구를 찾아갔더니, 대 위에 작은 책자가
있었는데, 얻어서 손으로 펴보니 곧 <관동별곡>이었다. 간혹 우리말
로 쓰고 간혹 문자로 적혀 있었다. 만약 나로 하여금 총명한 성품으로
외게 하려고 빌려보면서 외었는데, 성품이 매우 노둔하여 비록 백 번
이나 눈으로 보아도 욀 수가 없어서, 짐짓 문지르며 만지다가 그만두
었다. 조우인이 <관동별곡>을 듣고, 나부끼듯 세상을 떠난 흥취를 제
어하지 못하여, 마침내 관동으로 가서 노닐고 <속관동별곡>을 지었는
데, 보는 사람들이 일컬었다. 접때 이택당이 나에게, "영남의 문장은

조우인이 제일이다."라고 말하였다. 이로써 헤아리면 <속관동별곡>은
반드시 기이할 것이나 얻어 보지 못했으니, 송강이 지은 <관동별곡>
과 더불어 어떠할지 알지 못하겠다. 조우인의 별호는 이재이고, 송강
의 이름은 철이다.[62]

김득신이 처음에는 정철의 <관동별곡>을 제대로 이해하지 못하다
가, 성장한 뒤에 노래를 통하여 그 묘미를 알게 되었으며, 조우인이
속편으로 <속관동별곡>을 지었으나, 작품을 직접 보지 못하여 그 실
상을 제대로 이해할 수는 없다고 한 것이다.

이렇듯 17세기 전반에 기존의 작품을 바탕이나 기준으로 삼으면서
속편과 대응편을 구성하려고 하는 노력은 시가의 수용과 전승이라는
축에서 주목할 수 있는 대목이라고 할 수 있다.

3) 지역과 균형을 고려한 대응편의 구성

대응편은 기존에 각 지역을 대표하는 작품이 존재할 경우 그 지역
에 그런 작품이 존재하지 않아 기존의 다른 지역의 작품에 대응하는

---

62) 김득신, 「關東別曲序」, 『백곡집』 책5, 『한국문집총간』 104, 141면. 關東別曲, 鄭松
江之所作也. 吾家有女隸能唱別曲, 余兒時每聽之, 不知爲奇, 及束髮聽之, 稍以爲
奇之. 丁丑兵後, 客遊關東之悉直, 有少妓能唱關東別曲, 常常招邀竹樓而聽, 不啻
淸興如濤, 亦且如有藻思之浩浩, 眞奇曲. 白岐峯關西別曲, 武人許塡雇工歌, 趙玄
谷流民嘆歌, 皆亞也. 昔者, 讀書于西湖之地藏刹, 閱三個月, 旅懷殊不樂, 欲慰湖,
召諸衲子請唱歌. 一衲子應曰, 吾善歌關東別曲, 勵聲而唱, 聽之若有凌雲之氣而
懷事安帖. 其後累過西原縣, 遇歌妓請歌關東別曲而聽, 蓋其聲之纖麗, 非悉直妓
之匹也. 頃年, 訪友於館洞, 丌上有小冊子, 取之手披, 卽關東別曲也. 或以諺字書,
或以文字書. 若使余記性聰明, 借見以誦, 而性甚魯鈍, 雖百遍目視, 不能誦, 故摩
挲而止矣. 曹友仁聽關東別曲. 不制飄然遺世之興, 遂往遊關東, 作續關東別曲, 見
者稱之. 昔李澤堂謂余曰, 嶺南文章, 曹友仁第一, 以此揆之, 續別曲必奇而不得
見, 未知與松江所作別曲何如也. 曹友仁之別號頤齋, 松江名澈.

새로운 작품을 마련하는 경우를 주목할 수 있다. 〈관서별곡〉과 〈관동별곡〉이 각 지역을 대표하고 있음에 비해, 북로(北路)에는 이에 대응할 만한 가사가 없음을 아쉬워하면서 지은 것이 〈출새곡〉이다. 조우인(曺友仁, 1561~1625)의 「제출새곡후(題出塞曲後)」를 보면 그 사정을 이해할 수 있다.

> 병진년 가을에 외람되이 경성판관의 명을 받고, 길을 떠나면서 사제로 치재 형을 뵈었다. 공이 술을 따라 전별하면서 말하기를, '백광홍의 노랫말이 관서에서 울리고, 정철의 노랫말은 관동에 퍼졌는데, 북로에 이르러서는 대개 들리는 것이 없다. 고금에 문인과 재자로 삭방에 오고가는 사람이 어찌 한둘을 헤아린다고 해도 오히려 그러함이 어찌 되겠는가? 이것이 풍류 마당의 한 가지 부족한 일이 아니랴? 자네가 나를 위해 지극한 뜻으로 생각을 엮어서 장가 한 편을 지어 와서 늙은 형의 고적한 회포를 위로하면 좋겠네.' 내가 이에 그렇게 하겠다고 하고, 길을 떠나 달포가 지나 비로소 경성에 닿았다. 경성은 서울과 떨어져서 거의 이천리가 되며, 길은 고개 넷을 넘어야 하고, 땅은 육진에 막혀 있다. 기후와 경치가 끊겨서 서남과 서로 가지런하지 않으며, 옥저 이북의 물과 바다 한 길은 험함과 위태로움이 심하다. 길을 따라 물색이 마음과 눈을 즐겁게 하는 것이 거의 없거나 조금 있을 뿐이다. 그러므로 귀와 눈이 미치는 것을 주워서 장가 한 편을 만들어서 <출새곡>이라 이름하였다. 노래는 대개 백십여 언이고, 말의 뜻은 슬프고 한탄스러워, 절로 텅 비어서 할 수 없는 것과 같다. 대개 끊어진 변새에 몸을 던지면, 사람의 마음이 반드시 다다르게 되는 것이다. 안타까운 것은 경성이 곧 북쪽 오랑캐의 군막이라, 비록 기악이 있으나 늘 무변들과 섞여 있어서 늘 이악(俚樂)을 찾아서 모두 음란하고 외설스러운 말이고, 고아한 노래를 부르며 투호놀이를 하는 고사는 대개 빠진 것 같다. 비록 이 노랫말을 관현에 올리고자 하나 쓸 데가 없지 않으랴?

그러므로 노래가 이루어지자 문득 상자 중에 갈무리하고 뒷날 돌아가면 다만 스스로 펼쳐 보면서 그윽하고 근심스러운 것을 펴면 좋을 것이다.[63]

〈출새곡〉(1616)을 짓게 된 것은 관동에는 정철의 〈관동별곡〉이 전해지고 관서에는 백광홍의 〈관서별곡〉이 알려져 있는데 비해, 관북지역에는 그 지역에 해당하는 노래가 없으니 새로운 노래를 마련하면 좋겠다는 족형 조탁(曺倬, 1552~1621)의 부탁을 받고 마련한 것이라고 하였다. 기존의 전범을 바탕으로 하면서 지역성을 고려하여 개별 작품에 대응하는 새로운 작품을 마련하여 균형을 이루거나 대응의 자세를 보이려고 한 것이다. 아울러 가사가 가진 갈래적 성격에 대한 이해도 포함되어 있는 셈이다.

4) 가문을 중심으로 한 노래의 전승

17세기 전반에 이광윤(李光胤, 1564~1637)은 종조부 이별(李鼈)의 〈장육당육가〉를 한시의 형태로 번역한 〈번장육당육가(飜藏六堂六歌)〉를 마련했는데, 이광윤의 문집인 『양서집』에 한역된 형태의 4수가 전한다. 이황이 「도산십이곡발」에서 세상에 널리 전해진다고 한 사실을 고려하면 거의 100여 년이 지난 뒤에 후손이 한역(漢譯)하여 수습하게 된 것이다. 〈장육당육가〉의 내용은 다음과 같다.

---

63) 조우인, 「題出塞曲後」, 『頤齋集』, 卷2, 『한국문집총간』속12, 303면, 최재남, 「관서·관북 지역의 시가 향유 양상」, 『한국고전연구』 24집(한국고전연구학회, 2011), 44~45면.

내 이미 백구 잊고 백구도 나를 잊네
둘이 서로 잊었으니 누군지 모르리라
언제나 해옹을 만나 이 둘을 가려낼꼬
我已忘白鷗　白鷗亦忘我
二者皆相忘　不知誰某也
何時遇海翁　分辨斯二者

붉은 잎 산에 가득 빈 강에 쓸쓸할 때
가랑비 낚시터에 낚싯대 제 맛이라
세상에 득 찾는 무리 어찌 알기 바라리
赤葉滿山椒　空江零落時
細雨漁磯邊　一竿眞味滋
世間求利輩　何必要相知

내 귀가 시끄러움 네 바가지 버리려믄
네 귀를 씻은 샘에 내 소는 못 먹이리
공명은 해진 신이니 벗어나서 즐겨보세
吾耳若喧亂　爾瓢當棄擲
爾耳所洗泉　不宜飮吾犢
功名作弊屨　脫出遊自適

옥계산 흐르는 물 못 이뤄 달 가두고
맑으면 갓을 씻고 흐리면 발을 씻네
어떠한 세상 사람도 청탁을 모르래라
玉溪山下水　成潭是貯月
淸斯濯我纓　濁斯濯我足
如何世上子　不知有淸濁64)

그런데 〈육가〉에 대하여 이황(李滉, 1501~1570)이 「도산십이곡발(陶山十二曲跋)」에서 "온유돈후한 내실이 적음"을 말한 뒤에 여러 사람들이 그 수용의 진폭을 보여준 바가 있거니와, 이별의 경주이씨 집안에서 이정의 〈풍계육가〉, 이득윤(1553~1630)의 〈서계육가〉·〈옥화육가〉, 그리고 이홍유(1588~1671)의 〈산민육가〉에 이르기까지 지속적으로 향유[65]한 사실이 확인되고 있어서 이광윤의 한역도 이러한 전통과 연결되어 있는 것으로 평가할 수 있거니와, 가문을 중심으로 한 특별한 노래의 전승을 주목할 수 있다. 그 대표적 노래가 〈육가〉라는 점은 숨어서 내면을 드러내는 노래의 특성과 관련하여 흥미를 끌수 있다.

이별의 동생인 이곤의 아들 이정(李淨)이 지은 〈풍계육가(楓溪六歌)〉는 16세기 후반에 지어진 것이고, 이득윤이 〈서계육가〉와 〈옥계육가〉를 지은 데다, 이광윤이 〈장육당육가〉를 한역하였으며, 이득윤의 아들인 이홍유(李弘有, 1588~1671)가 17세기에 〈산민육가(山民六歌)〉를 지었던 것이다.

〈풍계육가〉의 내용이다.

清風(청풍)을 죠히 역여 窓(창)을 ᄋ니 ᄃ닷노ᄅ
明月(명월)를 죠히 역여 줌을 ᄋ니 드런노ᄅ
옛스롬이 두ᄀ지두고 어디 혼ᄌ 갓노

---

64) 이광윤, <麟藏六堂六歌拙製 二首逸>, 『漢西集』 권2, 『한국문집총간』 속13, 243면. 최재남, 「이별의 평산 은거와 <장육당육가>」, 『사림의 향촌생활과 시가문학』(국학자료원, 1997), 45~46면.

65) 임형택, 「17세기 전후 육가형식의 발전과 시조문학」, 『민족문학사연구』 6호(민족문학사연구소, 1994), 6~40면.

> 니ᄅ셔 뉘로ᄅㅎ여 爵祿(작록)을 ᄆ암에 둘고
> 죠고만 씌집을 시니우에 이룬바
> 어제밤 숀쇼다든 문을 늣도록 닷치엿쇼
>
> 床(상)우희 冊(책)을 노코 床(상)아ᄅ 신을 니여라
> 이ᄇ 아희야 날보리 그 뉘고 알라ᄅ
> 어졔맛츈 므지슐맛 보러 왓ᄂ부ᄃ
>
> 두고 쏘 두고 져 慾心(욕심) 긔지읍다
> ᄂᄂ 니집에 니 셰ᄀᄂ을 술펴보니
> 우셥다 낙씨ᄃ 흐ᄂ외예 것칠거시 젼혀 읍례ᄅ
>
> 山(산)ᄋ 너ᄂ 어이 한갈ᄀ치 노프시며
> 물ᄋ 어ᄂ 웃지 날날리 흐르ᄂᄂ
> 此間(차간)에 仁智(인지)한 君子(군자)ᄂ 못니 즐겨 ᄒ노니ᄅ
>
> 五斗米(오두미) 위ᄒ여 紅塵(홍진)의 ᄂ지ᄆᄅ
> ᄇ룸이 어쥬려워 칼토비 므셔워ᄅ
> ᄂ죵에 슬코 뉘웃친ᄃ 崎嶇(기구)ᄒᄃ 岐路多端(기로다단)ᄒ여ᄅ[66]

〈풍계육가〉의 화자가 드러내는 기본 태도는 〈장육당육가〉의 함의
를 지니고 있는 것으로 이해할 수 있다. "작록"과 "오두미"에는 관심
이 없으며, "청풍"과 "명월"을 벗 삼아 "씌집"을 마련하고, 가진 것이
라고는 "낙씨ᄃ" 하나로 만족하면서 "욕심"을 끊고, 술맛을 보러 찾
아오는 벗들을 맞으면서, 한결같이 높은 산과 나날이 흐르는 물을 닮

---

66) 임형택, 앞의 논문, 32~33면.

은 "인지(仁智)"의 "군자"로 살아가겠다는 다짐을 드러낸 것으로 요약
할 수 있을 것이다.

　다음은 이홍유의 〈산민육가〉이다.

　　　이몸이 閒暇(한가)ᄒ야 山水間(산수간)에 결노늘거
　　　功名富貴(공명부귀)를 쯧박게 이져쓰니
　　　此中(차중)에 淸幽(청유)한 興味(흥미)를 혼ᄌ 죠와ᄒ노ᄅ

　　　죠고만 이니몸이 天地間(천지간)에 혼ᄌ 잇셔
　　　淸風明月(청풍명월)를 벗숨어 누엇쓰니
　　　世上(세상)의 是 〃 非 〃 (시시비비)롤 ᄂᄂ 몰ᄂ ᄒ노ᄅ

　　　世上(세상)의 ᄇ린몸이 힌올이리 젼혀웁셔
　　　一張玄琴(일장현금)을 自然(자연)이 홋지ᄐ니
　　　아모도 子期(자기) 쥬근후에 知音(지음)ᄒ리 웁셔ᄒ노ᄅ

　　　늘고병든 몸을 世上(세상)이 ᄇ렷실시
　　　죠고만 草堂(초당)을 시니우희 일워두고
　　　目前(목전)에 보이ᄂ 송죽이 니붓인가 ᄒ노ᄅ

　　　山林(산림)에 드런지 오러니 世上事(세상사)를 모ᄅ노ᄅ
　　　十長紅塵(십장홍진)이 을ᄆᄂ ᄀ련는고
　　　物外(물외)에 쒸여ᄂ 몸이 報恩(보은)이 어렵셔ᄅ

　　　風塵(풍진)의 奔走(분주)ᄒᄂ 분네 ᄒᄂ 일이 젼혀웁ᄃ
　　　밥낫닷 [결락][67]

---

67) 임형택, 앞의 논문, 34~35면.

〈산민육가〉에서 표현하고자 하는 바도 앞에서 살핀 〈장육당육가〉
와 〈풍계육가〉와 맥락을 같이 하고 있다. 산수 사이에서 청유(淸幽)
한 흥취를 즐기며 살아가겠다는 다짐으로 시작하고 있는 데서 그 의
취를 확인할 수 있다. 그런데 셋째 수의 "세상의 ㅂ린 몸", 넷째 수의
"세상이 ㅂ렷실ᄉᆡ"에서 볼 수 있듯, 세상이 용납하지 않은 현실 인식
이 자리하고 있다. 그리하여 화자는 산림으로 들어온 것인데, 그리
하여 둘째 수에서 세상의 시시비비에 대하여 알지 못한다고 하고, 다
섯 째 수에서 세상사를 모른다고 하였다. 그러면서도 다섯 째 수의
"보은"과 여섯 째 수의 "풍진의 분주ᄒᆞᄂᆞ 분"에 관심을 두고 있는 것
을 보면 내심으로는 세상과 완전히 절연(絶緣)한 것이 아님을 짐작하
게 한다.

3. 한강 선유와 삼각산 유산의 풍류

16세기 태평시대의 풍류가 17세기 전반에도 한강 주변의 정자와 선유 놀이를 비롯하여 삼각산 유람 등으로 이어진 것으로 확인된다. 전쟁으로 피신했다가 한양으로 다시 돌아온 그들이 문화공간을 새로 마련하면서 16세기 태평시대의 풍류를 이어가고자 한 것이다. 한강의 동호(東湖)와 서호(西湖)를 비롯하여 삼각산이 중요한 풍류 공간으로 인식되었다.

1) 송인의 동호 풍류와 후대의 반향

송인(宋寅, 1517~1584)은 중종의 셋째 따님인 정순옹주와 결혼하여 여성위(礪城尉)에 봉해지면서 권문(權門)으로 살게 되었고, 한강 가에 수월정(水月亭)이라는 정자를 짓고 집에는 석개(石介)라는 가기를 두고 성기(聲妓)를 즐겼다. 16세기 후반 태평시대 한양의 풍류를 한껏 누린 인물이라 할 것이다. 선조의 따님인 정숙옹주와 결혼한 신익성(申翊聖, 1588~1644)은 「송인비명」에서 당대의 퇴도, 남명, 동주, 북창, 율곡, 우계 등의 선생이 모두 공경하고 존중하였다고 하였다.[68]

『청구영언』에는 송인이 지은 노래 3수가 수록되어 있다. 3수 모두 술과 관련되어 있거나 세사에 신경을 쓰지 않고 느긋하게 살아가는 삶의 태도를 드러내고 있어서, 태평시대의 풍류를 집약하고 있다고 말할 수 있다.

---

68) 신익성, 「송인비명」, 『국조인물고』 하, 8면.

이셩져셩ᄒ니
이론일이 무스일고
흐롱하롱ᄒ니 歲月이 거의로다
두어라
已矣已矣여니 아니놀고 어이리

흔둘 셜혼날에
盞을 아니 노핫노라
풀病도 아니들고 입덧도 아니난다
每日에
病업슨 덧으란 씨지말미 엇더리

드른말 卽時 닛고
본일도 못본드시
내 人事ㅣ이러홈애 눔의 是非 모를로다
다만지
손이 셩ᄒ니 盞잡기만 ᄒ노라69)

그런데 이 가운데 둘째 수를 윤광계(尹光啓, 1559~1619)가 한시로 번역하여 〈언가를 시로 옮기다(詩譯諺歌)〉라 하고 그의 문집 속에 수록하고 있음을 앞에서 확인한 바 있다.70)

송인의 풍류가 끼친 반향이 당대뿐만 아니라 17세기 전반까지 이어지고 있다는 것을 반증하는 것이다.

동호의 수월정을 중심으로 한 송인의 풍류와 후대의 반향은 신흠

---

69) 김천택 편, 『청구영언』(한글박물관, 2017), 24-26번.
70) 본서 제Ⅱ부, 2장, 「전승 노래의 수습과 속편·대응편의 구성」 참조.

의 〈동호의 수월정에서 놀다. *아울러 작은 서를 두다(游東湖水月亭 *幷
小序)〉에 자세하게 기술되어 있다. 신흠은 16세기 후반인 무자년
[1588] 여름에 수월정에서 놀면서 그 풍류를 경험한 적이 있고, 병란
에 정자가 병화를 입었으나 손자 송기(宋圻)가 그 터에 다시 마련한
데에 참여하여 그 풍류를 잇고자 하는 태도를 보이고 있는 것이다.

　　칠월 열엿샛날에 태징(이수준) 등 여러 분과 더불어 달밤에 한강에
서 뱃놀이를 하고, 거푸 수월정에 올라가 이틀 밤을 묵고 돌아왔는데,
동양위도 따라갔다. 정자는 곧 부마 여성위 송인의 별장이다. 여성위
는 문장과 인망으로 당시에 겉으로 드러나고, 더욱 서법에 뛰어나 오
흥의 삼매를 얻어서 한 때의 금석문에 새김이 모두 그의 손을 빌렸다.
나도 보게 되었는데, 상서로운 풍채가 단정하고 엄하며, 미목이 그림
같아 참으로 귀한 집의 정취가 드러났다.
　　집에는 석개라는 가기를 두었는데, 대개 옛날의 진청(秦青)과 같은
유였다. 여성위는 이미 이 정자의 승경을 가진 데다 또 소리하는 기생
의 즐거움까지 가져서, 태평시대에 청복을 누릴 수 있었고 끝내 부귀
로 마쳤다.
　　기억해보니 무자년[1588] 사이에 내가 파원형과 사제 등과 벗들 몇
명을 이끌고 정자 위에서 모임을 가지고 며칠을 논 적이 있는데, 몇
해가 지나지 않아 전쟁이 나서 정자 또한 병화에 재앙을 입었다.
　　지금 옛날 놀던 곳을 찾아오니 호산은 어제 같으나 인사가 슬픈 것
이 거의 품을 수 없게 되었으니, 왕일소가 이른바, 잠깐 사이에 감개가
걸린다는 것이 믿을 만하다. 여성위의 손자 기(圻)[71]가 이때 시정(寺
正)이 되어, 정자의 터에 초당을 얽고 붉고 푸르게 칠하여 새로 편액을

---

71) 신익성 찬, 〈송인비명〉에 의하면 송인의 아들로 惟毅가 있고, 惟毅의 아들로 圻와
　　垓가 있으며, 圻의 아들로 熙業과 榮業이 있다.『국조인물고』권49,『국역 국조인물
　　고』11, 236~240면 참조.

한 것이 빛나니, 선대의 업을 이었다고 하기에 넉넉하다. 그리하여 감
회를 지어서 함께 간 사람들에게 보인다.

성곽을 나가 거푸 포구를 좇는데
배를 옮기노라니 저물녘에 그늘을 따르네.
새로운 서늘함은 참으로 일을 풀어주고
좋아하는 손님들은 또한 옷깃을 이었네.
잠깐 사이에 죽어간 것이 슬퍼지는데
강산은 고금을 검열하네.
황혼이 참으로 온화한데
달빛은 술잔 속에 어지럽네.
出郭仍遵浦　移舟晚趁陰　新涼眞解事　佳客亦聯襟
俛仰悲遷逝　江山閱去今　黃昏正容與　月色亂杯心[72]

그리고 신흠은 〈비 갠 뒤에 동호에 배를 띄워 마포로 내려가다. 2
수(雨後泛東湖下麻浦)〉에서 스스로 선유를 통한 한강의 풍류를 즐기고
있다.

멀리 보이는 해문에 장삿배가 많기도 하여
해 저문 모래톱에 뱃노래가 들려오네.

---

72) 신흠, 「游東湖水月亭 *幷小序」, 『상촌고』 권9, 『한국문집총간』 71, 385면, 七月旣
望, 與台徵諸人, 泛月於漢水, 仍上水月亭信宿而返, 東陽亦隨之. 亭乃故駙馬礪城
尉宋寅別業也. 礪城以文章雅望, 表著於當時, 尤長於書法, 得吳興三昧, 一時金石
之刻, 咸倩其手. 余亦及見之, 符彩端凝, 眉目如畫, 眞貴介標致也. 家畜歌妓石介,
蓋古之秦青者流也. 礪城旣有此亭之勝, 又有聲妓之娛, 能享淸福於太平之日, 卒
以富貴終. 憶在戊子年間, 余携坡原兄泊舍弟輩與若干朋伴, 爲會於亭上, 流連數
日, 未數年, 干戈作而亭亦厄于兵火. 今來訪舊, 湖山如昨, 而人事之可悲者殆不能
爲懷矣, 王逸少所謂俛仰之間, 感慨係之者信矣. 礪城之孫圻, 時爲寺正, 構草堂於
亭之址, 丹碧之, 新扁煥然, 足曰肯構. 仍賦感懷示同行.

저녁 때면 강상에 궂은비가 많다던데
어느 때나 뱃머리에 풍파가 멎으련가.
商帆遙向海門多　薄暮沙汀聞棹歌
江上晚來多苦雨　船頭何日定風波

이(二)
성 밖의 방초는 보기에 질펀하고
물풀 우거진 십리 섬에 이슬비는 내리는데
우두커니 서 있으며 해 지는 줄 몰랐더니
까마귀 떼 까옥까옥 숲을 찾아 돌아오네.
長郊芳草望中賒　十里蘋洲細雨斜
徒倚不知山日夕　喬林無數噪歸鴉[73)]

  그리고 이안눌(李安訥, 1571~1637)은 동호의 광나루 근처의 대산(臺
山)에 별서를 마련하고 그곳에서 동료들과 시회를 펼치면서 풍류를
즐기곤 하였다. 〈석양 정 탄은께서 보내주신 운에 받들어 차운하다
(奉次石陽正灘隱見寄之韻)〉의 둘째 수이다. 탄은은 왕족으로 화가를 했
던 이정(李霆, 1541~?)의 호이다.

  높은 대에 잎이 떨어지고 저녁 강이 맑은데
  일찍이 거문고와 술동이를 잡고 한 바탕 웃음으로 맞이했네.
  공자의 붓은 맑은대쑥이 율에 맞음을 속이는데
  사군의 시는 선성에 사례하기에 부끄럽네.
  호향에서 초췌하게 얽매인 한을 증대시켰는데
  좁은 길에서 빗장을 잠그고 벼슬살이의 뜻을 덜었네.

---

73) 신흠, <雨後泛東湖下麻浦>, 『象村稿』 卷18, 『한국문집총간』 71, 478면.

눈보라가 날리는 밤에 밝은 달을 갑자기 던지는데
작은 봉급으로 뜬 삶을 그르침을 견디지 못하네.

* 위는 '대산의 좋은 모임'이라는 구절에 대한 답이다. 이해 중추에 내가 월사 이상
서, 남창 김동지, 석주 권여장과 탄은·귀천·춘계 세 분 종정을 초대하여 광나루
위의 대산별업에서 놀았다. 탄은은 이때 공주 전장에 머물렀다.

高臺木落暮江淸　曾把琴樽一笑迎
公子筆欺蕭協律　使君詩愧謝宣城
湖鄕憔悴增羈恨　峽路間關損宦情
明月忽投風雪夜　不堪微俸誤浮生

* 右答臺山勝會之句. 是歲仲秋, 余邀月沙李尙書·南窓金同知·石洲權汝章曁灘
隱·龜川·春溪三宗正, 遊于廣津上臺山別業. 灘隱時駐公州田莊[74]

이 모임에 이정구, 김현성, 권필, 화가 이정(李霆, 1541~?), 이덕온
(1562~1632) 등을 초대하였던 것으로 되어 있다.[75]

이러한 동호 풍류는 16세기 태평시대의 풍류를 잇고 있다는 점에
서, 17세기 전반 서울에 기반을 두고 정치·사회의 중심을 차지했던
사람들을 중심으로 문화의 지속으로 설명할 수 있을 것이다.

2) 한강 주변의 정자와 서호의 풍류

한강에서도 마포, 서강, 양화진 일대를 서호라고 한다. 17세기 전
반 서호 주변에는 이통(李通, 1556~1620)과 같은 사람이 우거하여 지
냈는데, 서호의 양화나루 근처에 보만정(保晩亭)이라는 정자가 있었
던 이정구 등이 찾아가서 풍류를 공유하였다. 실제 광해군 5년(계축

---

74) 이안눌, <奉次石陽正灘隱見寄之韻>, 『東岳先生集』 卷10, 「錦溪錄」, 『한국문집
총간』 78, 145면.

75) 이안눌의 동호 풍류에 대하여 이종묵, 『조선시대 경강의 별서 동호편』(경인문화사,
2016), 50~53면 참조.

년, 1613) 동지에 이런 모임이 있었던 것이다. 이 때는 계축옥사가 일
어나고 서인의 정치적 입지가 흔들리고 있던 시기이다. 이 자리에 금
사(琴師) 박관과 적공(笛工) 함무금이 동참하고 있으며, 계산의 흥취
에다 거문고와 피리가 수반된 서호의 풍류를 즐겼다고 할 수 있다.

좋은 날에 그대가 나를 초대하니
계산의 홍취가 날아갈 듯하네.
강가 교외에서 도롱이와 삿갓을 쓰고
눈길을 가서 사립문을 두드리네.
밤이 고요하니 거문고 소리 멀어지고
하늘이 차가우니 촛불 그림자 희미하네.
나의 오두막도 멀지 않으니
백발의 나이에 서로 의지함이 다행스럽네.
令節君邀我　稽山興欲飛　江郊荷蓑笠　雪路叩柴扉
夜靜琴聲迥　天寒燭影微　吾廬亦不遠　白首幸相依
* 弊亭亦在西湖下游故云

가을 내내 병고를 겪으며 살쩍의 얼룩만 키웠는데
오늘 친구를 만나 비로소 얼굴을 펴네.
연침에 술동이 놓으니 향기가 좌석을 감돌고
강 하늘 맑게 개자 눈빛이 물가에 비치네.
영욕은 몸 밖의 일이라 따지지 말고
은사를 문득 허여하시니 죽기 전에 한가하네.
사신은 아직도 양생절을 기억하여
취한 뒤에 턱 괴고 하례의 반열을 꿈꾸네.
一病經秋養鬢斑　故人今日始開顏
芳尊燕寢香圍座　霽色江天雪映灣

榮辱莫論身外事　恩私却許死前閑
詞臣尙記陽生節　醉後支頤夢賀班

희미하게 떠오르는 아침의 햇빛
휘황하게 빛나는 저녁 눈의 자태
벗과 술동이를 다행히 저버리지 않았고
거문고와 피리도 서로 기약한 듯하네.
＊ 금사 박관과 적공 함무금이 기약도 없이 왔기 때문에 이렇게 말한 것이다.
세태는 위난에 닿아야 보이고
사귀는 정은 늘그막에야 알게 되네.
좋은 날에 애오라지 마실 수 있거니와
한 번 취함도 성상의 은덕이네.
薄薄朝陽色　輝輝晩雪姿　朋尊幸不負　琴笛似相期
＊琴士朴筬, 笛工咸無金, 不期而會, 故云
世態臨危見　交情到老知　佳辰聊可飮　一醉亦恩私76)

서호의 풍류를 이끌었던 이통에 대하여 박세채가 엮은 〈이통묘갈
명〉에서는 다음과 같이 기록하고 있다.

　공의 자는 천구(天衢)인데 율곡 선생의 재종제이다. … 허여하는 사
람이 적어서 교유하는 사람은 모두 당시의 명인이었는데, 한음, 월사,
연평 제공과 가장 깊게 사귀었다. 그가 서호에 우거할 때에 월사가 여
러 차례 방문했는데, 한 번도 가서 사례하지 않았다. 어떤 사람이 그
까닭을 묻자 공은 말하기를, "나같이 미천한 사람이 어찌 감히 갑자기
전형을 맡은 사람의 집 문을 밟겠는가?"라고 하였다.

---

76) 이정구, <癸丑至日 冒雪訪西湖李天衢通 席上口號 三首>, 『월사집』권14, 「폐축
록」상, 『한국문집총간』 69, 337면.

… 오래지 않아 폐모의 논의가 일어나니, 그날로 살던 집을 걷어치우고 광릉의 선영 옆으로 돌아가면서 말하기를, "이처럼 모후를 폐위시키는 때를 당하여 어찌 잠시라도 도성 안에 머물겠는가?" 하고는, 마침내 세상에 대한 뜻을 끊었다. 그리고는 폐양자를 쓰고 황소를 타고서 들판 가운데를 소요하며 혹 거문고를 타고 시를 읊조리며 회포를 풀었다.[77]

위의 기록에서 이통은 폐모 논의가 일어나자 광릉의 선영 옆으로 물러가서 자적했다고 했으니, 정치 상황이 변하면서 서호의 풍류도 지속되지 못한 것으로 보인다.

한편 성여학(成汝學, 1557~?)은 4수로 된 〈서호곡(西湖曲)〉에서 서호를 다음과 같이 읊고 있다.

싱그러운 풀이 창주에 길을 내고
백석 마을에는 봄바람이 부네.
밤이 오면 강에 비가 지나가고
모래 언덕에는 기러기소리가 시끄럽네.
芳草滄洲路　春風白石村　夜來江雨過　沙岸雁聲喧

또 又
밝은 달이 먼 물가에서 솟아오르고
푸른 연기는 먼 마을에서 피어오르네.
누대가 섬의 물가를 에워싸고
노래와 악기 소리가 밤에 시끄럽네.
明月出遙浦　蒼煙起遠村　樓臺繞洲渚　歌吹夜來喧

---

77) 박세채 찬, 〈이통묘갈명〉, 『국조인물고』 권51, 『국역 국조인물고』 23, 301~302면.

또 又
저녁 아지랑이가 차가운 나무를 가두고
긴 강이 대나무 마을을 에워싸네.
사립문에 속객이 없으니
수레와 말이 시끄러움을 보태지 않네.
暮靄籠寒樹　長江繞竹村　柴門無俗客　車馬不曾喧

또 又
돌 비탈길이 삼포에 이어지고
강가 교외에 절로 한 마을이네.
장삿배가 한밤중에 이르니
우는 노가 안개 속에 시끄럽네.
石磴連三浦　江郊自一村　商船半夜到　鳴櫓霧中喧78)

　그리고 심열(沈悅, 1569~1646)의 「서호주객문답(西湖主客問答)」을 통해 17세기 전반 서호 주변에 승지를 마련하는 일과 풍류를 제대로 느낄 수 있도록 배려한 내용을 읽을 수 있다. 실제 주인과 손님의 대화를 통해 주인이 한강 아래 동작의 위에 한 언덕을 얻어서 정사(亭舍)를 지으려고 하는데, 손님이 여러 가지 경우를 들어서 좋은 땅을 설명하고 있으며, 결국 주인도 손님의 의견에 따라 승지를 결정하게 된 내용이다. 이렇듯 한강 주변에 승지(勝地)를 찾아서 정사(亭舍)를 마련하고 풍류를 즐기고자 하는 움직임이 17세기 전반에 지속되고 있었음을 알 수 있다.
　문답의 내용과 그 전말을 살피기 위해 전문을 인용하도록 한다. 특히 손님이 말하는 한강 가의 승경(勝景)의 조건을 주목할 수 있다.

---

78) 성여학, <西湖曲>, 『학천집』, 『한국문집총간』 82, 7면.

나는 본디 강호의 승경을 좋아하는데다, 근래에 더욱 세속의 시끄러 움이 싫증나고 게다가 겨르롭고 고요함이 생각나서, 늘 아름다운 산과 아름다운 물 사이에 작은 집을 얽고 느긋하게 노닐면서 흥취를 풀고자 하였다. 이에 한강 아래 동작의 위에 한 언덕을 얻게 되었는데, 산줄기 는 목멱부터 비스듬히 이어져서 강가에 이르러 급히 솟아올랐다. 그 위에 올라서 바라보면, 곧 앞에는 푸른 잡초 밭이고, 잡초의 바깥은 사 이에 흰 모래이고, 흰 모래 바깥으로 긴 강이 에워싸고, 긴 강이 다하는 곳에는 뭇 산이 고리처럼 안은 것이 청계와 관악 같이 가장 빼어나게 펴고, 그 나머지 푸른 봉우리와 파란 병풍이 날듯이 춤을 추며 펼쳐진 것은 다 적을 수 없다.

동쪽으로 사평원부터 서쪽으로 후포에 이르기까지 위아래 수십 리 사이에는, 맑은 강과 흰 모래가 눈이 다하도록 끝이 없고, 한강의 물이 굽이돌아 물이 내려가다가 언덕 아래에 이르러 가운데가 갈라져서 형 세가 제비 꼬리 같으며 가운데는 긴 모래톱이 있다. 두 강 사이에 끼어 서 바야흐로 봄날 푸를 때에 보면 더욱 아낄 만하다.

언덕의 동쪽에 끊어진 벼랑이 있는데, 벼랑 아래에는 인가의 옛 터 가 있고, 동서로 겨우 두 길이고 남북으로 일여덟 길이다. 땅의 형세가 조금 낮은 곳은, 서쪽 벼랑이 매우 높으며 가장 바람을 갈무리할 수 있다. 내가 그 안온한 곳을 골라서 이에 이곳에 장차 정사를 얽으려고 한다.

나그네가 들러서 손뼉을 치면서 웃으며 말하기를, "심하도다, 그대 가 집을 취하고 버림의 어긋남이. 이것은 밝은 달을 버리고 옥돌을 취 하는 것과 같고, 웅장을 버리고 썩은 쥐를 먹는 것과 같다."라고 하였 다. 내가 발끈하면서 낯빛을 바꾸고 의심하면서 묻기를, "어찌 그대의 비웃음을 받음이 이와 같은가?", 나그네가 말하기를, "공이 이곳에 오 두막을 지으려는 것은, 진세의 시끄러움이 싫증나고 호산의 맑은 승경 을 즐기고, 아름다운 날 좋은 계절에 탈것을 타고 나아가 그윽한 회포 를 펼치려고 그러는 것이 아닌가? 만약 그렇다면 시원하고 높고 넓고 드러난 곳을 취하지 않고, 안쪽의 낮고 좁고 막힌 곳을 하고자 하여 구부리고 산다면 이것은 무슨 뜻인가?"

내가 빙그레 웃으면서 옷깃을 거두고 말하기를, "그대의 말은 참으로 옳다. 그러나 세상의 일은 한 가지로 개괄하여 논할 수 없다. 무릇 사람이 사는 곳은 잠시 올라서 바라보는 곳과는 같지 않네. 높고 시원한 곳은 비록 일시에 상쾌하지만 오래 지내면 상함을 받는 것이 많지. 내가 어릴 때부터 바람을 두려워하여 쇠약함을 만나면 더욱 심해서, 잠시 바람과 추위에 닿으면 기운이 편안함이 부족함을 깨닫네. 지금 이 높은 언덕 위는 비록 승경 같기는 하지만, 땅의 형세가 매우 높고 동서가 크게 비어서, 매우 바람을 받는 곳이네. 내가 이 때문에 병폐로 여기는 것이지. 평온하고 바람이 없는 곳을 취하여 방을 마련하고 잠잘 곳으로 삼고, 곧 언덕 위는 땅을 제거하고 대를 삼아서 아침저녁으로 올라가서 지팡이와 신을 신고 어슬렁거리면 곧 크게 온전할 수 있을 것이네. 옛사람이 이르기를, '바람을 피하는 것은 화살을 피하는 것이라.' 했으니 대개 이런 뜻이지. 또 땅의 형세가 비록 낮지만 또한 강어귀를 내려다볼 수 있고, 숲과 나무가 빼어나게 아름다워 복숭아와 밤, 배와 대추, 단풍나무와 녹나무, 산앵두 등이 우거지게 숲을 이루어, 만약 그 안에 작은 누각을 세우면, 숲속을 가려 덮어 곧 이것도 기이한 빼어남이네. 또 인가가 가깝게 빽빽하여 매우 외롭게 떨어져 있지 않아 수적과 화적 같은 도적의 근심도 없으니, 비록 노복으로 지키게 하더라도, 또한 외로운 사람이 어렵게 지내는 근심은 없을 것이네. 이것 또한 편하고 좋으니, 내가 택한 까닭은 바깥에 있는 것이 아니라 안에 있으니, 이것 때문에 그런 것이지."

나그네가 말하기를, "그대의 말을 들으니 더욱 크게 웃게 되겠네. 그대가 일 년 중에 이곳에 나와 노닐 날이 무릇 며칠인가? 가을 달과 봄바람에 지나지 않겠지. 한 여름 물이 불어날 때에는 그 머물며 쉴 수 있는 것이 또한 불과 대여섯 날에 그칠 것이지. 한번 어찌 바람을 두려워하면서 이곳에 이르는가? 지금 그대가 반드시 바람이 없고 깊은 안쪽의 땅에 나가고자 하면 어찌 성시에 여염이 즐비한 곳을 가려서 살지 않는가? 이 언덕의 형세는 비록 시원하게 열려 있어도 북쪽으로 높은 언덕이 있어서 참으로 이른바 배산임수의 볕을 향한 땅이네. 남쪽을 향하여 집을 짓고 서쪽에 긴 행랑을 얽으면, 서풍을 막아 덮을 수 있고, 그 바깥은 담장으로 시끄러워 임목을 심고, 앞에 작은 담을 쌓아서 가로막지 않고, 추녀와 기둥에 옮겨 기대어 시야를 마음대로 멀리 바라보면, 곧 바람 실은 돛과 모래의 새가 침석 아래에서 오고감이 또한 상쾌하지 아니하랴? 안쪽 면은 땅의 형세가 짧고 촉급하여 집의 국면이 협소하여 집 하나 이외에는 다시 발을 들여놓을 땅이 없으니, 늘 보는 것은 곧 앞마을의 연화와 언덕 너머의 빙고이며 또 다만 서쪽으로 비스듬한 동구이니, 흐르는 강물을 엿볼 수 있을 것이네. 만약 이곳에 힘을 쏟고 일을 벌인다면, 곧 참으로 뒷날의 후회가 있을 것을 걱정할 것이고, 지나가는 사람이 손가락질 하면서 말하기를, '이곳이 아무개 공이 터를 잡은 곳이다.'라고 할 것이니 곧 안목을 갖춘 사람이 어찌 배를 들어 올리고 몰래 웃지 않겠는가? 아, 땅이 비록 빼어나도 사람이 아니면 드러날 수 없는 것이니, 이 언덕의 형세는 도성에서 십리 되는 곳에 있는데, 수 백년이 지나면서도 주인이 없고, 귀신이 아껴 간직하여 우리 공에게 넘겨준 것이니 대개 기다려서 그러한 것이 어찌 우연이 아니랴? 지금 그대가 하늘이 만들고 땅이 이룬 승지를 버리고 편협하고 더러운 아래의 작은 구역을 취한다면, 취하고 버림의 어긋남과 좋아하고 좋아하지 아니함이 뒤집힘이 어떠하겠는가? 그러면 곧 지령이 성내게 될 것이네. 공께서 시험 삼아 생각하시게."

내가 듣고 놀라서 얼굴을 바꾸고 사례하며 말하기를, "정묘한 그대의 말에, 내가 거의 승지를 버리고 깨닫지 못할 뻔했네." 말을 마치자 나그네는 나부끼며 떠나가서, 간 곳을 알지 못하였다.[79]

---

79) 심열, 「西湖主客問答」, 『남파집』 권6, 『한국문집총간』 75, 533면. 余素好江湖之勝, 年來益厭塵喧, 愈思閑靜, 常欲結小屋於佳山美水之間, 優游以遣興焉. 乃於漢江之下銅雀之上, 得一丘焉, 山脈自木覓邐迤而來, 到江干恩斗起. 登其上而望焉, 則

이와 함께 이민구(李敏求, 1589~1670)가 「서호사한첩서(西湖詞翰帖
序)」에서 제시한 서호에서 선유(船遊)하는 풍류에 대해서도 관심을
가질 수 있다.

前有綠蕪, 綠蕪之外, 際以白沙, 白沙之外, 遠而長江, 長江盡處, 衆山環擁, 如靑螺
冠岳, 最爲秀發, 而其他翠巘靑嶂之飛舞羅列者, 不可殫記. 東自沙平院, 西至後浦
上下數十里間, 淸江白沙, 極目無際, 漢水灣廻, 流下至丘前而中分, 形如燕尾, 中
有長洲, 介於兩江之間, 方春草綠之時見之, 尤可愛也. 丘之東有斷崖, 崖之下有人
家舊基, 東西僅二丈, 南北可七八丈. 地勢稍低, 西崖甚峻, 最能藏風. 余取其安穩,
乃於此將搆亭舍. 有客來過, 拍掌而笑曰, 甚矣, 吾子取舍之乖舛, 是猶棄明月而取
珷玞, 舍熊掌而喫腐鼠者也. 余勃然失色, 怪而問曰, 何子之見笑若此. 客曰, 公之
結廬於此, 豈非厭塵世之喧囂, 樂湖山之淸勝, 欲於佳辰令節, 命駕出遊, 以暢敍幽
懷耶. 若然則不取爽塏寬敞之地, 而欲於低卑狹隘之處, 踢踦而居之, 是何意耶. 余
莞爾而笑, 斂袵而言曰, 子之言, 誠是也. 然天下事, 不可一槪論也. 凡人之居室, 與
暫時登眺之處不同. 高爽之地, 雖快於一時, 久居則受傷多矣. 余少而畏風, 向衰益
甚, 暫觸風寒, 氣覺欠安. 今此高丘之上, 雖有如許勝景, 地勢太高, 東西太虛, 甚是
受風之處也. 余以是病焉. 欲就其穩籍無風之地, 而營造房室, 以爲寢處之所, 卽丘
之上, 除地爲臺, 日夕登陟, 杖屨逍遙, 則可以萬全. 古人云避風如避箭, 蓋此意也.
且地形雖卑。亦可俯瞰江口, 而林木秀美, 如桃栗梨棗楓枏山杏之屬, 翁鬱成林,
若於其中, 搆成小閣, 掩映林間, 則是亦奇勝, 且人家密邇, 不甚孤絶, 無水火盜賊
之憂, 雖使奴僕守之, 亦無孤子難居之患, 此亦便好, 余之所以不于外而于內者, 以
此故也. 客曰, 聞子之言, 尤覺大噱. 子於一年之中, 出遊玆地者凡幾日耶. 不過秋
月春風, 盛夏觀漲之時, 而其所留憩者, 亦不過五六箇日而止耳. 一何畏風之至於
此耶. 今子必欲就無風深奧之地, 則何不擇城市閭閻櫛比之中而居之耶. 玆丘之勢,
雖曰爽豁, 北有高阜, 正所謂背山臨水向陽之地也. 面南起屋, 西搆長廊, 以障蔽西
風, 其外闢以垣墻, 樹以林木, 前築短墻, 不使遮障, 徙倚軒楹, 騁目遐眺, 則風帆沙
鳥, 往來於枕席之下, 不亦快哉. 內面則地勢短促, 堂局狹小, 一室之外, 更無容足
之地, 所常見者, 乃前村煙火, 越岸氷庫, 而只於迤西洞口, 窺見江流而已. 若於此
費力經營, 則誠恐有後日之悔. 而行人指點曰, 此某公之所卜擇也云爾, 則具眼者
豈不捧腹而竊笑也哉. 噫, 地雖勝, 非人則莫顯, 玆丘之勝, 在都城十里之地, 歷數
百年而無主, 鬼神慳祕, 以遺我公, 蓋有待而然, 豈偶爾哉. 今子棄天作地成之勝
地, 取偏狹汚下之小區, 取舍之謬戾, 好惡之顚倒, 爲如何哉. 而無乃爲地靈之所嗔
怒耶. 公試思之. 余聞之瞿然, 改容謝之曰, 微子之言, 余幾乎棄勝地而不悟矣. 言
訖, 客飄然而去, 不知所之.

정해년[1647] 여름에 동주산인이 은혜를 입고 장차 낙하로 돌아오려
고 하는데, 이웃에 사는 성상보가 술자리를 마련하고 배를 준비했다.
물가를 출발하여 하루를 즐겼는데, 이때 파주의 김노와 세마 이여지가
함께 했으며, 선옹(蟬翁)이 계두리에서 배를 타고 와서 모인다는 말을
들었다. 이날은 바람이 조용하고 물결이 고요하며, 엷은 구름이 해를
가려서, 먼 들판과 뭇 산의 기상이 맑게 뚫려서 보는 아름다움이 사람
으로 하여금 응접할 겨를이 없게 하였다. 뱃사공은 함께 노래하고, 낚
시꾼은 물고기를 바치는데, 거문고와 노래, 퉁소와 피리가 귀에 들어왔
으나 번거롭지 않았고, 깊은 잔에 얕게 부어 수작이 서로 섞였다. 돛을
올리고 부딪쳐 나아가며, 영공암에 이르렀다가 돌아왔다.

완상하는 마음의 즐거운 일이 모두 갖추어지지 않음이 없었으며, 서
로 등져 떨어진 사이에 감개가 따라서, 산인은 흰 종이 여덟 폭으로
선옹에게 시를 적어주기를 청하였다. 옹께서 짐짓 게으르게 학예에 마
음을 붙이면서 아울러 술자리가 있었는데, 거절하면서 내켜하지 않았
다. 산인이 이에 장난삼아 절구 1수를 지어 도발하니, 옹께서 뛸 듯이
붓을 내려서 피차가 서로 힘쓰니, 마침내 갑자기 8장을 이루었다. 그
시는 진실로 급하게 이루었기 때문에 볼 것이 없는데, 다만 옹께서 손
수 쓰고 화답하여 붓이 따른 것은, 기이하게 움직여 모가 없어서, 초연
함이 지름길 바깥에 나온 것 같았다. 빼어난 일과 이름난 자취가 난정
의 모임을 잇기에 넉넉하다. 아, 우리들이 저녁 길의 궁박한 사람으로,
호수의 빈터에 유락하면서, 두셋의 친하고 아름다운 사람들과 말미를
받은 날에 스스로 마음대로 하면서, 아름답게 배를 띄우는 즐거움을
얻었으니, 실로 적벽의 놀이에 덜하지 않을 것이다. 유독 8편이 부 2편
에 미치지 못함을 안타깝게 여긴다.

추담이 양숙자에게 일러 말하기를, "명공이 이 산과 더불어 아울러
전하니, 몸과 이름이 가라앉음은 곧 담 등일 따름이다." 대저 담은 어
떤 사람인지 알지 못하는데, 오직 이 말만 특히 알려졌다. 명승지를 돌
아다니는 것은 반드시 큰 사업에 있는 것이 아니라, 천백 세에 지음

한 사람을 만나고 경계를 만나 아는 것을 완상함이 이에 또한 넉넉한 것이다. 마침내 8폭을 김노에게 주어서 나머지 사람이 각각 작은 첩을 만들어 간직하게 하고, 다른 날에 깊이 생각하기를 바란다.[80]

서호에서 뱃놀이를 하면서 즐기는 가운데, 창화(唱和)를 하기도 하였는데, 실제 그 수준은 〈적벽부〉에 미치지 못하는 것이라 아쉬움이 크다고 한 가운데, "명승지를 돌아다니는 것은 반드시 큰 사업에 있는 것이 아니라, 천백 세에 지음 한 사람을 만나고 경계를 만나 아는 것을 완상함이 이에 또한 넉넉한 것이다."라고 한 데에 그 핵심을 두고 있는 것으로 파악된다.

한편 정두경(鄭斗卿, 1597~1673)이 홍석기(洪錫箕, 1606~1680)와 함께 서호에서 뱃놀이를 하면서 지은 〈홍원구와 함께 서호에 배를 띄우다(與洪元九泛西湖)〉에서는 서호의 풍류가 17세기 중·후반에도 지속되고 있음을 알 수 있다.

---

80) 이민구,「西湖詞翰帖序」,『東州先生文集』, 卷之二,『한국문집총간』94, 277면. 丁亥夏, 東州山人蒙恩將還洛下, 隣居成生尙甫爲設酒具舟楫. 出浦作一日歡, 時坡川金老·洗馬李君與之偕, 聽蟬翁自鷄頭里駕艓子來會. 是日也風恬波靜, 薄雲障日, 遙野群山氣象澄麗, 觀覽之美, 令人應接不暇. 棹夫曹謳, 漁師獻腥, 琴歌簫管入耳而不煩, 深杯淺酌的鸎酬交錯. 張帆擊汰, 至令公嚴而返. 賞心樂事靡不畢具, 而睽離之際, 感藥隨之, 山人以素牋八幅, 請蟬翁揮翰. 翁故倦游藝, 兼有酒所, 落落不肯, 山人乃戲作絶句一篇以挑之, 翁躍然下筆, 彼此相勉, 遂卒成八章. 其詩誠急就無可觀, 顧翁書手和筆從, 奇變無方, 超然出於蹊徑之外. 勝事名蹟, 足以嗣嫩於蘭亭. 嗟乎, 吾儕以暮途畸窮之人, 流落湖壖, 與數三親懿, 暇日自放, 得諧浮泛之樂, 實不減赤壁之遊. 獨八篇不及二賦爲可恨也. 鄒湛謂羊叔子曰, 明公當與此山幷傳, 身名湮沒, 乃湛等然耳. 夫湛未知何人, 唯以此言特聞. 垂流名勝, 不必在大事業, 千百世遇一知音, 會境而賞識, 斯亦足矣. 遂以八幅歸金老, 餘人各作小帖以藏之, 庶幾異日存想云.

여름 들자 병이 많아 누워 있는 늙은이에게
친구가 편지를 보내어 서호에서 놀자고 하네.
이미 삼개에서 납작한 배를 대었는데
배에 오르자 술잔을 잡고 양후를 깔보네.
양후께서 물결을 고요하게 하여 시흥을 돋우는데
고개 돌려 밤섬을 바라보며 나의 근심 녹이네.
저녁 무렵 바람 일어 돛을 펼쳐 걸고
물결 타고 곧바로 내려가며 석벽을 바라보네.
누에머리 석벽은 만 길이나 열렸는데
놀에 섞인 벼랑은 얼마나 높고 높은가?
이끼 흔적을 다 부식시킨 물의 형세는 장하거니와
구름의 기운이 몽롱하게 푸른 산이 다가오네.
조강에 조수가 올라와 해가 저물려는데
뱃사공의 뱃노래에 갈매기와 해오라기가 흩어지네.
높이 솟은 은행정과 귀래정은
양화도에 물결이 일어 건널 수 없네.
민수와 같은 술에 취하여 떠드는데
나에게 부귀는 뜬 구름에 트이네.
공동산에 의천검을 시험하지 못하고
창해에서 배를 삼키는 물고기를 낚고 싶네.
홍치의 임술년부터 얼마쯤 되었는가?
슬픈 노래 속에 슬피 바라보며 지난 일을 생각하네.
삼한의 사백인 취헌공은
천 년 뒤에 <적벽부>와 뛰어남을 다투었네.
두 번 원외랑에게 말을 하나니
그대들의 재주는 뇌락하여 누가 당할 수 있으랴?
시를 지어 모름지기 고인의 작품을 이으면
순식간에 인간세상에서 문득 진적이 되리.

入夏多病臥老夫　有友抵書遊西湖
已於麻浦艤扁舟　入舟把杯凌陽侯
陽侯波靜助詩興　回望栗島消我憂
向晚風起掛帆席　乘流直下望石壁
石壁蠶頭萬丈開　壁立霞駮何崔嵬
苔痕蝕盡水勢壯　雲氣朦朧蒼翠來
祖江潮上日欲暮　舟人棹謳散鷗鷺
高亭銀杏且歸來　風浪楊花不得渡
如澠之酒醉喧呼　富貴於我浮雲疏
崆峒未試倚天劍　滄海欲釣吞舟魚
弘治壬戌去幾許　悲歌悵望懷往古
三韓詞伯翠軒公　千載爭雄赤壁賦
爲語兩友員外郎　君才磊落誰能當
作詩須繼古人作　轉眄人間便陳迹[81]

　마포에서 출발하여 잠두봉을 바라보고 양화나루를 건너 은행정과 귀래정까지 갈 계획이었으나, 물결이 거세어 양화나루를 건너지 못한 상황까지 제시한 뒤에, 홍치 임술년(연산군 8, 1502)에 서호를 선유하고 잠두봉에 올라 시를 지으며 즐기면서 「잠두록(蠶頭錄)」을 남겼던 읍취헌 박은(朴誾, 1479~1504)의 풍류를 부러워하고 있다. 결국 서호의 풍류는 바로 박은·이행·남곤 등의 풍류에 대한 환기로 이어지고 있는 것이다.

3) 삼각산 유산의 풍류

　삼각산은 독서처(讀書處)로서 그리고 서울 가까운 유람의 공간으로

---

81) 정두경, <與洪元九泛西湖>,『동명집』,『한국문집총간』100, 508면.

고려 때부터 많은 사람들이 찾는 곳이었다.

특히 삼각산 중흥동(重興洞)은 중흥사라는 절이 있고 산영루(山映樓)의 누각이 있으며, 백운봉(白雲峰)에 오르는 길목이기도 했기 때문에 많은 사람들이 즐겨 노닐던 곳이었다.

우선 이정구의 〈중흥사에서 밤에 앉아 천민에게 주다(重興寺夜坐 贈天敏)〉라는 시를 보도록 한다.

저물 무렵 옛 절 아래 투숙하니
빈 처마에 산의 달이 희미하게 비치네
고요한 밤 시냇물은 울며 흐르고
가을 바람소리는 골짜기에 가득하네.
성근 경쇠 소리가 뭇 하늘에서 들려오니
향로의 향연기가 속세를 벗어났네.
등잔 아래 상념에 젖은 채 말없이 앉아서
허름한 옷 입고 승려와 하룻밤 묵네.
暝投古寺下　虛簷山月白　靜夜百泉鳴　秋聲連衆壑
疏磬出諸天　爐香與世隔　懸燈悄無語　一褐同僧宿[82]

이정구는 선조 36년(1603) 9월 15일에 신응구(申應榘), 계성도정(桂城都正) 이각(李桷, 字 子齊) 등과 삼각산을 유람하면서 쓴 「유삼각산기」에서 젓대를 잘 부는 이억량(李億良)과 이산수(李山守)를 대동하고, 금사 박관(朴筦)까지 동행하면서 느낀 흥취를 강조하고 있는데, 젓대와 거문고가 어우러진 풍류를 매우 높게 평가하고 있다. 서호에서 이통(李通)과 함께 금사 박관의 거문고와 적공 함무금의 젓대 소

82) 이정구, <重興寺夜坐贈天敏>, 『월사집』 권17, 『한국문집총간』 69, 389면.

리를 들으면서 풍류를 즐겼던 것과 이어지는 것으로 평가할 수 있다.

"… 그리고 산중에 젓대가 없어서는 안 되니, 그대 집안의 적노(笛奴)를 데리고 오면 좋겠소." 하였다. 여기서 말한 젓대 잘 부는 하인이란 바로 억량(億良)으로, 젓대를 잘 불기로 장안에서 으뜸이며, 나와도 잘 아는 사람이다. …(중략)… 길에서 종자 한 사람을 보내 적공 이산수(李山守)를 불러오게 했더니, 종자가 돌아와서 말하기를, "악사 이용수(李龍壽)에게 물으니, 산수가 없다고 하더이다." 하였다. …(중략)… 가다가 민지암(閔漬巖) 동구에 이르자, 젓대 소리가 시내 쪽에서 들려오기에 자세히 들어 보니 억량의 소리 같았다. 종자가 가서 보았더니 과연 그였는데, 바야흐로 신평천(申平川; 申礏, 1541~1609) 등 제공을 따라 술자리에 참석하고 있는 중이었다. …(중략)…월대(月臺)에 앉았다.

…(중략)… 이때 어디선가 젓대 소리가 멀리서 가까이 오더니 이윽고 한 사람이 와서 절하기에 보니 억량이었다. 어떻게 그 자리를 빠져 나왔느냐고 물으니 "종자의 전갈을 듣고 감히 늦출 수 없어 배가 아프다는 핑계를 대고 샛길로 왔습니다." 하였다. …(중략)… 산은 텅 비고 골짜기는 고요하여 만뢰구적한 때에 맑게 울려 퍼지는 젓대 소리는 마치 구령에서 들려오는 듯했다. …(중략)… 아침 식사를 마치고…(중략)… 나는 취하여 노래를 부르고 자제는 일어나 춤을 추었으며, 젓대 소리는 바람을 따라 흩어져 하늘 저편으로 들어가 흡사 유안(劉安)의 달과 개가 흰 구름 속에서 울음소리를 내는 것과도 같았으니, 참으로 꿈속에 하늘의 삼청궁에서 노니는 격이었다. …(중략)…

중들이 연포를 장만하여 식사를 권하기에 먹고 포단에 누워 쉬고 있노라니, 어떤 사람이 찾아와서 말하기를, "저는 노악사 이용수의 제자 아무개입니다. 선생님께서는 어제 종자가 적공을 찾아온 것을 보고 종백께서 이곳으로 오셨다는 것을 알았습니다. 오늘 아침 금수 박 아무개와 더불어 술을 가지고 민지암에서 기다리고 있다가…" …(중략)…

"이악사는 오늘날의 이귀년인데 풍치가 이와 같구려."하고는 중들과
이별하고 시내를 따라가노라니 물굽이마다 빼어난 경관을 다투고 있
어 이루 다 구경할 겨를조차 없을 정도였다. 막 동문을 나오자 이악사
가 벌써 거문고를 가지고 영접하며 절하였다.

때는 불어난 가을 물이 줄지 않아 물소리가 콸콸 시원스레 흐르고
기암괴석은 허공에 삐죽삐죽 솟아 영롱한 모습이 너무도 좋았으며, 긴
소나무가 우거져 짙푸른 빛이 사람을 엄습하였다. 나와 제군들이 맨발
로 시냇물에 들어가서 옷깃을 풀어헤친 채 바위에 앉으니, 음식이 번
갈아 나오고 안주가 낭자하였다. 혹 물결에 잔을 띄우고서 다투어 술
을 마시기도 하고, 혹 그물을 던져서 물고기를 잡기도 하였다. 자제(子
齊)는 단풍 가지를 꺾어 머리 위에 꽂았고 나는 국화꽃을 따서 술잔에
띄웠다. 취기가 오르자 더욱 즐거워 손뼉을 치고 발을 구르며 춤을 추
었으며, 거문고와 젓대가 어우러져 맑고 미묘한 음악을 연주하니 모두
천고에 드문 소리였다. 자방(子方)이 말하기를, "세 사람은 진실로 국
수인데 오늘은 연주가 더욱더 청절하기 이를 데 없으니, 어찌 경치가
빼어난 곳이라 그러한 것이 아니겠소." 하니, 세 사람이 말하기를, "경
치만 빼어날 뿐 아니라 오늘 다행히 신선들의 모임을 만났으므로, 저
희들은 정취가 일고 음조가 절로 높아져 마치 귀신이 도운 듯했습니
다." 하였다. 해가 저물자 모두 일어나 함께 어우러져 춤을 추었고, 술
이 취한 뒤 길에서 말을 몰아가면서도 젓대 소리는 끊이지 않고 거문
고 소리도 때로 연주되니, 행인들이 바라보고 신선인 양 여겼다.[83]

삼각산 유람에서 산은 텅 비고 골짜기는 고요하여 온갖 소리가 다
고요한 때에 맑게 울려 퍼지는 젓대 소리가 마치 왕자교(王子喬)가 구
령(緱嶺)에서 생황을 부는 소리가 들려오는 듯하다고 느끼고, 다음으

---

83) 이정구, 「遊三角山記」, 『월사집』 권38, 『한국문집총간』 70, 128면, 『국역 월사집』
   5, 266면.

로 거문고와 젓대가 어우러져 맑고 미묘한 음악을 연주하니 모두 천고에 드문 소리라고 하였다. 이로써 젓대 소리의 정취와 음조가 더욱 높은 단계를 이루어 각자 느끼는 흥취가 신선의 경지에 이른 것으로 인식하고 있다.

한편 이정구와 함께 삼각산 기행에 동행했던 신응구(申應榘, 1553~1623)는 「기유금강사사(記游金剛寺事)」에서 17년이 지난 뒤에 계묘년[1603]의 젓대 소리를 들으며 흥취에 빠졌던 일을 회억하고 있는데, 이정구가 달밤의 젓대의 흥취를 기승(奇勝)의 제일로 평가하고 있다고 기술하고 있다.

> 계묘년[1603] 가을 9월 15일에 월사 성징과 종실 결성도정과 삼각산을 유람했는데, 때는 무서리가 겨우 지나고 단풍잎이 참으로 한창인데다 날씨가 맑고 환하고 달빛이 대낮과 같았다. 젓대의 명수 이억량을 우연히 산속에서 만나서, 밤이 깊고 산이 고요한데 피리소리가 빈 골짜기를 날아서 흩어지는데 그 아름다운 광경과 기묘한 소리를 말로 하기 어려웠다. 다음날 아침 노적봉 꼭대기에 올라 피리를 부니 반공에 솟은 듯하였다. 산에서 내려와 무릉 시내에 이르자 이용수가 가야금을 가지고 수석 사이에서 기다리고 있었고, 한언수 또한 술을 가지고 그곳에 와 있었는데, 모두 함께 기약을 한 것이 아니라 대개 우리들이 놀러온 것을 들었기 때문이다. 종일 매우 즐거워하다가 돌아갔는데, 성징이 늘 이 일을 말하면서 평생의 기묘한 경치의 제일로 여겼다. 올해 봄에 소를 올려 물러나기를 청하여 남포로 내려와서, 9월 15일에 이웃의 첨지 이엽과 강일·이겸익 등과 함께 금강사를 유람했는데, 사방 산의 단풍이 밝게 비치고 밝은 달빛이 땅에 가득하여 이날의 맑은 경치가 지난 날의 놀이와 거의 같았다. 십칠년 뒤에 바다 귀퉁이에 유락하여 다시 이런 유람이 있을 줄 어찌 헤아렸으랴? 월사는 지금 바야흐로 아름다운 문채에 괴로워서 문을 닫고 죄를 기다리고 있고, 이용

수는 고인이 된 지 이미 오래되었으며, 이억량은 늙어서 젓대를 불 수
없으니, 사람의 일의 바뀜이 이와 같으니, 옛날을 느꺼워하고 지금을
안타까워함에 슬픔과 탄식을 그만둘 수 없다.84)

달빛과 어우러진 젓대 소리는 풍류 중의 풍류라 할 수 있어서 이것
을 상풍류(上風流)라 명명할 수 있을 것이다.85)
그런데 이정구 등이 백운봉에 오르려고 하였으나 난리를 겪은 뒤
라 다니는 사람이 없어서 길이 끊어졌다는 중의 말에 그래도 한 봉우
리는 올라야 한다고 하고 노적봉에 올라서 그 감회를 다음과 같이 말
하고 있다.

눈을 감고 정신을 가다듬으며 서로 부축하고 의지한 채 조금 쉬고
바라보니, 서남쪽으로 대해가 멀리 펼쳐져 있고 뜬구름과 지는 해에
은세계가 망망하여 시력은 끝이 있을지언정 전망은 가없었다. 보고 알
수 있는 것은 수락, 아차, 관악, 청계, 천마, 송악, 성거 등의 산들이 불
룩불룩 자그마한 언덕처럼 솟아 있고 월계(月溪) 갈라진 골짜기로 세

---

84) 신응구,「襪文」,『晩退軒先生遺稿』권2,『한국문집총간』속8, 172면. 歲在癸卯秋
九月十五日, 與月沙聖徵, 宗室結城都正, 往遊三角山. 時微霜纔過, 楓葉正酣, 天
氣淸朗, 月色如畫. 笛手李億良, 偶逢於山中, 夜深山寂, 笛聲飛散空谷, 其佳景妙
音, 不可名言. 翌朝, 登露積峰上頂吹笛, 如在半空. 下山至武陵溪, 則李龍壽抱伽
倻琴來候於水石之間, 韓彦守亦持酒來在其處, 皆非與所期者, 盖聞吾輩之來遊也.
盡日極歡而歸, 聖徵每言此事, 以爲平生奇勝第一矣. 今年春, 陳疏乞退, 下來藍
浦, 九月十五日, 與隣人李僉知曄及姜生伩·李謙益輩, 共遊金剛寺. 四山丹楓照
耀, 明月滿地, 此日淸景, 彷髴昔年之遊, 豈料十七年後流落海曲, 復有此遊乎? 月
沙今方困於菱菲, 杜門待罪, 李龍壽作故已久, 李億良老不能吹笛, 人事之變如此,
感古傷今, 悲歡不已.
85) 이정구는 선조 36년(1603) 함흥의 화릉(和陵)을 개수하러 갔다가 돌아오는 길에
금강산을 유람하게 되는데, 이때의 기록인「유금강산기(遊金剛山記)」에서 적공(篴
工) 함무금(咸武金)을 데리고 가면서 젓대 소리의 흥취를 매우 높게 평가하고 있다.

찬 물결이 서쪽으로 쏟아지고 한 가닥 한수는 마치 흰 얼음처럼 깁을 펼친 듯 완만히 굽이쳐 왕도를 감싸 흐르는 광경이었다.[86]

한편 우의정으로 있던 이정구가 인조 8년(1630)에 외손인 오윤겸(吳允謙)과 함께 우이동에 있는 5대조 이회림(李懷林)의 묘소에 성묘하기로 하고, 30여 명의 후손이 참석한 뒤에 조계폭포에 노닌 「유조계기(遊曹溪記)」에서는 조계에 가게 된 사정과 조계폭포의 광경을 다음과 같이 기술하고 있다.

묘소 왼쪽에는 골짜기가 깊고 그윽하며 긴 폭포가 매우 빼어나니, 이것이 바로 조계폭포로 평소에 한 번 보고 싶었으나 미처 보지 못한 곳이지요. 공이 만약 뜻이 있다면 함께 가서 묘소에 참배하고 조계의 천석을 구경하는 것이 어떻겠소? …

조계 아래에 사는 이생 홍진이란 사람이 우리가 나왔다는 소식을 듣고 팔뚝에 매를 앉히고 와서는 돌아가는 길에 조계의 빼어난 경치를 구경하고 가라고 청하였다. 그래서 이생을 길잡이로 삼아 교자를 나란히 타고서 골짜기로 들어가니, 시내와 폭포에 한창 물이 불어나 있었다. 고을 사람들이 하폭의 바위 위에 장막을 치고 이생이 산나물 안주에 가양주를 내놓았는데 풍미가 매우 좋았다. 술을 마신 뒤 좌우의 천석을 두루 구경하였다. 중폭은 산의 중간 허리 지점에 있었는데 가는 길이 매우 위험하였다. 나와 추탄(秋灘) 상공은 몹시 지쳐서 올라갈 엄두도 낼 수 없었다. 연평공(延平公)은 일행 중 연령이 가장 많은데도 지팡이를 버리고 도보로 걸어 가장 먼저 올라 앉아서 손을 흔들어 우리를 불렀다. 나와 추탄 상공도 마지못해 일어나 남의 손을 잡고 이끌려 올라가니, 과연 조계의 진경이었다. 폭포는 상폭의 절벽으로부

---

86) 이정구, 「遊三角山記」, 『월사집』 권38, 『한국문집총간』 70, 128면, 『국역 월사집』 5, 264면.

터 곧바로 수십 길을 떨어져 내려 고인 물이 깊은 웅덩이를 이루고 있
는데, 그 너비는 배를 띄울 수 있을 정도였다.[87]

　위의 두 유람은 각각 일정이 다르기는 하지만 그 내용을 한데 묶으
면『청구영언』에 570번으로 수록된 작품의 성격을 살필 수 있는 단
서를 확보할 수 있을 것으로 기대한다.

　　洛陽城裏(낙양성리) 方春和時(방춘화시)에 草木群生(초목군생)이
皆樂(개락)이라
　　冠者(관자) 五六人(오륙인)과 童子六七(동자육칠) 거느리고 文殊
中興(문수중흥)으로 白雲峰登臨(백운봉등림)ᄒ니 天文(천문)이 咫尺
(지척)이라 拱北三角(공북삼각)은 鎭國無疆(진국무강)이오 丈夫(장
부)의 胸襟(흉금)에 雲夢(운몽)을 슘겼ᄂ 듯 九天銀瀑(구천은폭)에
塵纓(진영)을 씨슨後(후)에 踏歌行休(답가행휴)ᄒ여 太學(태학)으로
도라오니
　　曾點(증점)의 詠歸高風(영귀고풍) 밋처본 듯 ᄒ여라
『청구영언』 570

　태학에서 출발한 화자가 백운봉에 올랐다가 구천은폭을 거쳐 다시
태학으로 돌아가면서 증점의 고풍(高風)을 느끼고 있다고 발화하고
있는 것이다. 삼각산 유람과 조계 유람이 합쳐진 것으로 이해할 수
있고 그 주체는 태학과 관련이 있거나 태학의 유생으로 추정할 수도
있다.[88]

---

87) 이정구,「遊曹溪記」,『월사집』권38,『한국문집총간』70, 136면,『국역 월사집』5,
　284면.
88) 이 작품의 해석과 관련하여, 최재남,「백운봉 등림 시조의 변이 양상과 현실성 검토」,
　『진단학보』111호(진단학회, 2011) 참조.

4. 사부와 동당에 대한 예우와 시가의 대응 양상

1) 사부와 동당에 대한 예우의 경과와 파장

자신의 학문적 성취를 인정받고 정치적 입지를 확보하기 위한 방편으로 정인군자(正人君子)의 삶을 실천한 스승을 내세우는 일은 명분과 현실에서 매우 중요한 일이라고 할 수 있다. 생산에 참여하지 않으면서 정치의 중심에 선 선비[士]는 바로 삶의 자세와 실천에서 그 명분을 확보할 수 있었던 것이라 사승(師承)의 고리와 정치적 입지는 불가분의 관계라 할 것이다.

선조 대부터 수십 년 동안 사림의 꾸준한 요구를 받아들여 광해군 2년(1610) 9월에 김굉필, 정여창, 조광조, 이언적, 이황 등 오현(五賢)을 문묘에 종사하게 되었는데[89], 그 이듬해에 정인홍이 상차하여 이언적과 이황을 비판하는 일이 일어났다.

> 정인홍이 상차하여 문원공 이언적과 문순공 이황을 [문묘에 종사하는 것이 잘못이라고 비방하니, 차자를 궐내에 두고 내리지 않았다.] … 인홍이 마침내 상차하여 지금 맡고 있는 찬성의 직을 사임한다는 명분에 의탁하여 언적과 황을 심하게 헐뜯고 <문묘 종사의 부당함을 말하였다.> 그 차자의 대략에,
> "신이 젊어서 조식(曺植)을 섬겨 열어주고 이끌어주는 은혜를 중하게 입었으니 그를 섬김에 군사부 일체의 의리가 있고, 늦게 성운(成運)의 인정을 받아 마음을 열고 허여하여 후배로 보지 않았는데, 의리는 비록 경중이 있으나, 두 분 모두가 스승이라 하겠습니다. 신이 일찍이 고 찬성 이황이 조식을 비방한 것을 보았는데, 하나는 상대에게 오만

---

89) 『광해군일기』 33권, 2년(1610) 9월 5일(정미), 『광해군일기』 6, 34~35면.

하고 세상을 경멸한다는 것이고, 또 하나는 높고 뻣뻣한 선비는 중도
를 요구하기가 어렵다는 것이고, 또 하나는 노장을 숭상한다는 것이었
습니다. 그리고 성운에 대해서는 청은(淸隱)이라 지목하여 한 조각의
작은 절개를 지키는 사람으로 인식하였습니다. 신이 일찍이 원통하고
분하여 한번 변론하여 밝히려고 마음먹은 지 여러 해입니다.

…중략…

이황은 두 사람과 한 나라에 태어났고 또 같은 도에 살았습니다만,
평생에 한번도 얼굴을 대면한 적이 없었고 또한 자리를 함께 한 적도
없었습니다. 그런데도 한결같이 이토록 심하게 비방하였는데, 신이 시
험삼아 그를 위해 변론하겠습니다. 이황은 과거로 출신하여 완전히 나
가지도 않고 완전히 물러나지도 않은 채 서성대며 세상을 기롱하면서
스스로 중도라 여겼습니다. 조식과 성운은 일찍부터 과거를 단념하고
산림에서 빛을 감추었고 도를 지켜 흔들리지 않아 부름을 받아도 나서
지 않았습니다. 그런데 황이 대번에 괴이한 행실과 노장의 도라고 인
식하였으니, 너무도 모르는 것입니다.

…중략…

사신은 논한다. <정인홍의 차자는 오로지 이언적과 이황을 공격하
기 위한 것이다. 아, 언적과 이황을 어찌 쉽게 공격할 수 있겠는가. 언
적과 이황은 학문이 끊어진 뒤에 분발하여 대업(大業)에 잠심하여 깊
은 뜻을 천명하고 어두운 사람들을 깨우쳐 유림의 모범이 된 지가 벌
써 45년이다. 온 세상 사람들이 지혜로운 사람, 어리석은 사람, 어진
사람, 불초한 사람 할 것 없이 모두 그가 대유임을 알고 있으니, 이것이
어찌 하루아침의 언론으로 갑자기 공격하여 깨뜨릴 수 있는 것이겠는
가.> …(중략)… 더구나 세상이 두 선비를 존숭한 지가 오래 되었고
배향을 청한 것이 몇 해째인데 어찌하여 전에는 묵묵히 있다가 지금에
와서 운운하는 것인가. 그의 마음을 헤아려 보건대 임금을 협박한 죄
를 면하기 어려울 것이다. 대개 인홍의 사람됨이 편협하고 사나우며
식견이 밝지 못한데 방자하게 함부로 지어내어 다시금 돌아보고 거리

끼는 것이 없었으므로 세상에서 이르는 현인 군자치고 그의 비방을 입지 않은 사람이 없다. 일찍이 자기편의 무리를 사주하여 상소를 올려 성혼(成渾)을 헐뜯었고 또 이이(李珥)를 매우 심하게 비방하더니, 이때에 이르러 다시 두 선비를 이처럼 힘써 공격하였다. 저 인홍 같은 자는 사문의 쓸데없는 가라지나 사류를 해치는 좀도둑이 아니고 무엇이겠는가.90)

정인홍이 자신의 스승인 조식(曺植)과 성운(成運)을 옹호하면서 이언적(李彦迪)과 이황(李滉)을 비판한 것은 오현(五賢)의 문묘 종사에 대한 반발이기도 하면서, 『관서문답(關西問答)』91)을 비롯한 해묵은 감정이 드러났다고 할 수 있는 것이다. 그런데 이 일은 금도(禁度)를 넘어선 일이라 그 파장은 심각한 반향을 일으켰는데, 오히려 다른 당파에서는 이를 이용하는 방향으로 전환시키기도 하였다.

정인홍의 이러한 비판에 대하여 광해군은 방조의 자세를 보이거나 어느 누구든 자신의 스승을 옹호하는 태도를 드러낼 수 있다고 은근히 부추긴 측면도 있다.92) 사직을 유지할 수 있게 해 준 정인홍에 대한 배려의 마음이 있었던 것으로 볼 수 있다. 동부승지 김상헌 등

90) 『광해군일기』 39권, 3년(1611) 3월 26일(병인), 『광해군일기』 6, 297~305면.

91) 『관서문답(關西問答)』은 李彦迪이 유배지인 강계에서 李全仁과 주고받은 내용을 적은 것이다. 이언적이 경주부윤으로 재직하면서 기녀와의 사이에 자식을 가졌는데, 이언적이 떠난 뒤에 昌寧人 曺某가 기녀와 가까이하면서 자기 집으로 데리고 가서 아이를 낳아 曺氏로 삼아 자식처럼 키웠는데, 曺某가 죽은 뒤에 집안에서 상주노릇을 하지 못하게 막자, 모친에게 전말을 듣고 관서에 귀양을 가 있던 이언적을 찾아가 아들로 인정받아 李全仁으로 바꾸고 曺氏 집안에서 겪었던 일을 있는 그대로 적은 것으로 曺氏 집안의 일을 여과 없이 말하고 있다.

92) 뒷날 숙종은 사부(師父) 사이에서 부(父)가 우선이라고 말하고 있어서 당파(黨派)와 관련한 선비들의 태도에 대하여 시대적인 추이를 세심하게 살필 필요가 있을 것이다.

이 중심이 된 정원이 계문을 올려 정인홍을 비판하자, 광해군은,

> "사람은 저마다 소견이 있는 법이니, 굳이 몰아세워 억지로 자기에게 부화뇌동하게 할 것은 아니다. 더구나 그 차자를 아직 내리지 않았는데 정원의 계사는 너무 이른 것이 아닌가."[93]

그리고 관학 유생 이무 등의 상소에 대한 답에서도,

> "소의 내용은 모두 살펴보았다. 다만 정찬성은 시골에서 독서하는 선비로 평생동안 도를 지키면서 흔들림이 없이 살아왔다. 차자 속에서 진달한 바는, 그 스승이 알아주지 못한 실상을 따져 밝히려는 것에 불과할 따름이다. 이 또한 군자로서의 생각이니, 공박할 일이 뭐가 있겠는가. 제생은 물러가 자수하고 번거롭게 논하지 말라."[94]

라고 하면서 정인홍의 편을 들어주는 입장을 보이고 있다. 결국 광해군 4년(1612) 9월에 정인홍을 우의정으로 삼았다.

한편 다음의 사례에서 확인할 수 있듯이 왕에게 조광조(趙光祖), 이황(李滉), 이이(李珥)의 문집을 열람하기를 권하기도 하는데 표면적으로는 각각 그 내용을 기준으로 제시하고 있기 때문에 자연스럽고 순리적인 일처럼 보이는데, 실상 그 이면은 이이를 조광조, 이황과 동등한 위치에 두려는 포석으로 읽을 수 있는 대목이다.

정엽이 아뢰기를,
"… 중종조 때 조광조(趙光祖)의 경연 강의가 『유선록(儒先錄)』에

---

93) 『광해군일기』 40권, 3년(1611) 4월 8일(정축), 『국역 광해군일기』 7, 7면.
94) 『광해군일기』 40권, 3년(1611) 4월 10일(기묘), 『국역 광해군일기』 7, 10면.

실려 있는데, 은미한 말과 심오한 뜻이 분명하여 사람들이 모두 지금
까지 전하여 외우고 있습니다. 이황의 문집도 세상에 유행하는데, 『퇴
계집』이라 합니다. 장소(章疏)와 서찰이 의리가 분명하여 상께서 친히
열람하실 만합니다. 이이는 선왕조의 유신으로 별호를 율곡이라 하는
데 역시 문집이 있습니다. 붕당을 타파하는 설과 백성들을 소생시키는
데 대한 말이 더욱 시속의 폐단에 절실한 것들입니다. 만약 한가하실
때 이들을 아울러 예람하신다면 이들 3인을 경연에 시강시키는 것과
다름이 없을 것입니다."
하니, 왕이 이르기를,
 "『유선록』과 『퇴계집』은 내전에 있을 때 보기도 했으나 『율곡집』은
아직 보지 못하였다."
하였다.[95]

  오현의 문묘 종사 이후 서경덕(徐敬德, 1489~1546)을 문묘에 종사해
야 한다는 논의로 확대된 것도 사부에 대한 존숭을 바탕으로 동당의
위상을 확장시키기 위한 포석으로 이해할 수 있다.

    개성부 유생 하위량 등이 상소하였는데, 대체적인 내용은 서경덕의
    종사를 청하는 것이었다.[96]

    상이 서경덕의 종사를 청하는 개성부 유생의 소를 예조에 내려 대신
에게 의논하게 하였는데, 예조가 회계하기를,
    "대신에게 의논한 결과는 다음과 같습니다. 완평부원군 이원익은 의
논드리기를 '종사하는 일은 큰 거조입니다. 이에 앞서 다섯 현신에 대
한 일은 국론이 이미 오래 전에 정해졌기 때문에 신이 비록 우매하기

---

95) 『광해군일기』 50권, 4년(1612) 2월 6일(신미), 『국역 광해군일기』 8, 15~16면.
96) 『광해군일기』 34권, 2년(1610) 10월 4일(을해), 『국역 광해군일기』 6, 73면.

짝이 없었지만 그래도 여러 대신의 뒤에 서서 의논드릴 수가 있었습니다. 그러나 이번에 새로 의논드리는 날을 당하여 인물의 높고 낮음을 논하고 조예의 깊고 얕음을 따져 가부를 결단함으로써 처음 있는 큰 의논을 세우는 일은 신처럼 용렬하고 불학무식한 자가 감히 참여할 수 있는 일이 결코 아닙니다.' 하였습니다.

좌의정 이항복은 의논드리기를 '… 다만 당초 종사하는 반열을 논정하였을 때에 그 당시의 인사들이 그처럼 크고 넓은 식견의 소유자들이었는데도 무슨 소견 때문에 그 신하들은 취하고 이 신하는 빠뜨렸는지 모르겠습니다. …', 우의정 심희수는 의논드리기를 '신이 어렸을 때 고교리 강문우에게 글을 배웠는데, 문우가 늘 그의 스승인 서경덕의 도덕과 학문을 탄복하여 말하기를 …(중략)… 그 당시 꾕박한 인사들의 의논 가운데 「의심컨대 이 사람의 학문은 상수를 위주로 하는 듯한데 너무 지나치게 사색한 나머지 이단의 학설과 비슷하게 되었다. 일생동안 이 일에 힘을 쏟으면서 자신은 지극히 미묘한 경지를 깊이 궁구했다고 생각했을지 모르나, 끝내는 이(理) 자를 제대로 투득하지도 못한 채 <기묘한 이야기만 하며 서투른 지식 일변도로 떨어지는 결과를 면하지 못했으니,> 염락의 제유의 설과 비교해 보면 서로 부합되지 않는 점이 상당히 많다.」고 하는 말이 있었기 때문에 종사하는 일을 이렇게 불균등하게 처리한 것이 아니겠습니까.…' 하였습니다." 하였다.[97]

생원 하원량 등이 상소하여 서경덕을 문묘에 종사하기를 청하니, 답하기를,

"종사하는 것은 중한 예이니 가볍게 의논할 수 없다."[98]

그런데 조식(曺植)을 문묘에 종사해야 한다는 주장에 이르면, 이는

---

97) 『광해군일기』 34권, 2년(1610) 10월 30일(신축), 『국역 광해군일기』 6, 107~110면.
98) 『광해군일기』 89권, 7년(1615) 4월 5일(신축), 『국역 광해군일기』 13, 198면.

오랜 공론을 거친 논의가 아니라 당대에 집정(執政)하고 있는 사람들을 위한 입장으로 이해할 수 측면이 강하다. 조식의 문묘 종사 논의는 광해군 7년(1615) 3월부터 광해군 12년(1620) 8월까지 집중적으로 이어졌다.

경상도 생원 하인상 등이 상소하여 문정공 조식의 문묘배향을 청하니, 답하기를,

"상소를 살펴 너희들의 성의를 잘 알았다. 그러나 문묘에 배향하는 것은 중대한 사례이므로 경솔히 의논할 수 없다. 우선 후일을 기다리라."99)

관학 유생 민결 등이 상소하여 조식을 문묘에 종사하기를 청하니, 답하기를,

"상소를 보고 어진 이를 받드는 정성을 알았으니 참으로 가상하다. 다만 종사하는 것은 중한 예이기에 가벼이 거행하기 어렵다."100)

정원이 아뢰기를,

"국가가 유지될 수 있게 하는 것은 도를 높이고 어진 이를 떠받드는 길뿐입니다. 선정신 조식은 문장과 도덕이 실로 백세의 사표인 바, 다섯 현인들과 더불어 문묘에 종사하는 것이 마땅합니다. 그런데 아직까지 거행하지 않고 있으니, 어찌 성스러운 세상의 흠전이 아니겠습니까. …"101)

---

99) 『광해군일기』 88권, 7년(1615) 3월 23일(기사), 『국역 광해군일기』 13, 176면.
100) 『광해군일기』 91권, 7년(1615) 6월 23일(무술), 『국역 광해군일기』 13, 265면.
101) 『광해군일기』 117권, 9년(1617) 7월 13일(을해), 『국역 광해군일기』 16, 296면.

관학 유생 우방 등이 상소하여 조식을 문묘에 종사하도록 청하니, 답하기를,

"어진 이를 높이는 정성을 가상히 여긴다. 마땅히 의논하여 처리하도록 하겠으니 너희들은 번거롭게 하지 말라."

하였다. - 조식은 영남 사람이다. 곧고 고상한 것으로 스스로를 지켰고, 기상이 굳건하여 지조를 굽히지 않았다. 항상 갖고 있는 의견은 악을 물리치고 선을 권장하는 것을 주로 하였다. 명종 때 징사로서 누차 부름을 받았으나, 단 한 번 임금을 만나 뵙고 곧장 고향에 돌아가서 상소를 올렸다. 그 내용에 '전하는 선왕의 한 아비 없는 자식이고 자전은 궁중의 한 과부이다.'라고 하였고, 또 '이서는 나라를 반드시 망하게 할 우환이다.'고까지 하였다. 학문은 왕양명을 조금 섭렵하였으나 구차스럽게 답습하려고는 하지 않았다. 학자들이 '남명선생'이라고 일컬었다. 퇴계 선생이 일찍이 '세상 밖에 정정(亭亭)하고 노을 밖에 교교(皎皎)하다'고 평하였다. 정인홍은 바로 선생의 문인이다. 때를 타서 사욕을 부려, 누차 시도하였으나 뜻대로 되지 않았다. 이이첨이 또한 스스로 정인홍의 문인이라고 일컬으며 도통을 넘보려까지 하여 성균관의 유생들을 타일러서 이렇게 진달하여 청함이 있게 된 것이다. 우방은 공주 사람으로서 이이첨에게 빌붙어 생원시에 장원을 하였다.102)

다른 한편으로 곳곳에 조식의 서원을 세우고자 하는 논의도 일어나 여러 차례 시행되기도 하였다.

지관사 이이첨이 아뢰기를,

"조식의 서원을 건립할 터를 이제 양주 서면에 정하였습니다. 도성과의 거리는 30리이고 사면의 안에 사찰·분묘·촌가가 없는데 그 형세를 그림으로 그려 드립니다. 이달 그믐날 터를 다음고 기둥을 세우고자

102) 『광해군일기』 155권, 12년(1620) 8월 21일(병인), 『국역 광해군일기』 22, 299면.

하므로 감히 아룁니다."

하니, 알았다고 답하였다. -예로부터 서원을 세운 자가 매우 많았지만 이처럼 번거롭게 아뢴 자는 없었다. 형세를 그림으로 그리고 터를 다듬어 기둥을 세우는 날에도 번거롭게 아뢰기까지 하였으니, 죽어서 아는 것이 있다면 조식 역시 반드시 부끄럽게 여길 것이다. <정인홍의 스승 노릇하기나 이이첨의 임금 노릇하기도 매우 괴로운 일이라 하겠다.>103)

  사헌부가… 신계하기를,

  "승문박사 임숙영은 본래 음흉하고 괴벽스런 자인데, 전일에 과방목에 삭제시킨 전교를 분히 여기고 사특한 의논에 빌붙어 임금을 비방하는 등 못하는 짓이 없으므로 온 나라 사람들이 통분해 하고 있습니다. 그런데 근자에 또 불만을 품고 있는 무리들과 더불어 사실이 아닌 말을 날조하여 대현을 모함하였는데 음험하고 참혹하였습니다. …"

하였다. - 임숙영은 널리 배우고 문장에 능하여 세상의 추앙을 받았는데 악을 너무나 미워하고 세상일을 분개한 나머지 항상 다리병을 핑계대고 전후 조정의 의논에 모두 참여하지 않았다. 또 학도들을 많이 모아 놓고 꺼림없이 담론하였으므로 당시 무리들의 원수가 되었다. 이때 이이첨 등이 조계(曹溪)에 조식의 서원을 세우고자 하였는데, 임숙영이 이 소식을 듣고 비웃으며 말하기를 '조계에 조식의 서원을 세운다면 공덕리에는 공자의 서원을 세워야 하지 않겠는가.'라고 하였다. …104)

  예조판서 이이첨이 아뢰기를,

  "조식의 서원을 짓고 액호를 정하는 데에 모두 은명이 있었으니, 위판을 봉안한 뒤에는 예관을 보내어 제사를 하사하는 것이 도를 높이고 덕을 숭상하는 법전에 합당합니다. 날짜를 정하여 예관을 보내 제사를

---

103) 『광해군일기』 95권, 7년(1615) 9월 27일(경자), 『국역 광해군일기』 14, 99면.
104) 『광해군일기』 100권, 8년(1616) 2월 29일(경오), 『국역 광해군일기』 14, 260~261면.

지내게 하는 것이 마땅하겠습니다.

　그리고 봄과 가을 두 차례의 정일 제사에 필요한 물품들은, 다른 서원의 예에 의거하여, 근처에 있는 양주·파주·고양 등의 고을에 배정하여 돌아가며 준비해 보낼 일로 경기 감사에게 하유하는 것이 어떻겠습니까?"

하니, 윤허한다고 전교하였다.105)

　자신들의 사부를 예우하기 위하여 이해관계를 달리하는 다른 사람들의 사부를 비판한 정인홍의 사례가 계기가 되어 인조반정 이후 서인 쪽에서 이이·성혼의 문묘 종사를 제기하는 방향으로 이어졌다고 할 수 있고, 실제로는 자기 당파의 도덕성 해명의 방향과 연결되어 있었다.

　이와 관련하여 이항복(1556~1618)의 문집에 수록된 내용을 두고 후대에 벌인 시비(是非), 이이(1536~1584)의 시장(諡狀)을 이정구가 광해군 4년(1612)에 짓고도 인조 원년(1623)에 올린 것을 포함하여 그 사이에 여러 사람과 더불어 그 내용을 꼼꼼하게 검토한 일, 뒷날 송시열이 송익필(1534~1599)의 비명을 쓰면서 "우리 무리들을 기대하였[有待於吾儕]"106)을 것이라고 밝힌 일 등이 모두 동당(同黨)의 입장에서 사승의 고리를 잇고자 하는 노력의 일환이었다고 평가할 수 있다.

　이항복의 문집인『백사집(白沙集)』은 인조 7년(1629)에 강릉에서 처음 간행되었다가, 7년 뒤인 인조 14년(1636)에 진주에서 중간본이 나왔으며, 뒤에 영조 2년(1726)에 영영신간본(嶺營新刊本)이 나왔다. 그런데 초간본에 있던 〈정률만시(鄭慄挽詩)〉가 중간본에는 빠지고, 초

---

105) 『광해군일기』 109권, 8년(1616) 11월 13일(경진), 『국역 광해군일기』 15, 270면.
106) 송시열 찬, 〈송익필묘갈〉, 『국조인물고』 권9, 『국역 국조인물고』 11, 229면.

간본에 없던 「기축기사(己丑記事)」가 중간본에 실려 있다. 〈정률만시(鄭慄挽詩)〉는 기축옥사에 관련되어 비통하게 죽은 친구의 만시이고, 중간본의 「기축기사(己丑記事)」에서는 최영경(崔永慶)의 억울한 죽음에 대해 정철(鄭澈)의 책임을 변호해 주는 논조가 들어있다는 것이다. 이항복이 기축년에 문사랑(問事郞)의 직책으로 옥사의 심문 과정에 참여하였기 때문에 그 내막을 소상하게 알고 있었을 것으로 보고, 동당을 위하여 곡직(曲直)이 흔들렸다고 판단한 윤선도, 허목 등의 주장과 비판이 일어나기도 했다.107)

이정구가 이이의 시장을 광해군 4년(1612)에 짓고도 인조 원년(1623)에 이르러서야 조정에 올려서 그 이듬해에 증시(贈諡)가 되었다. 시론(時論)을 꺼려서 공개하지 못했다고 한 것으로 보아 정치적 국면이 전환되기를 기다렸던 것이다. 그 과정에 김장생이 〈행장〉을 짓고, 이항복이 〈신도비명〉을 지었으며, 이정구가 〈시장〉을 쓰면서 긴밀하게 조율했던 것으로 확인된다.108) 이정구가 김장생에게 편지를 보내면서 세밀하게 조율한 시기는 광해군 10년(1618) 경의 일인데, 이정구는 비문과 관련하여 정엽, 오윤겸 등과 의논하기도 하였다. 이이를 흠결이 없는 군자로 평가할 수 있도록 조율한 것으로 이해할 수 있는 대목이다.

한편 송익필은 이이 집의 문객으로 시골 선비들을 모아서 날마다 상소를 올려서 동인의 허물만을 적발해 말했는데, 이이는 이것을 막지 못했다고 한다.109) 그 이후에도 여러 방면으로 동인들에게 위해

107) 임형택, 「백사집해제」, 『국역 백사집』 1, 1~14면 참조.
108) 이정구, 『월사집』 권35, 「답김사계」를 비롯하여 「우」, 「별지」, 「우」, 「별지」, 「우」, 「별지」, 「우」 등이 그것이다.
109) 이건창, 『당의통략』 「기축국옥」 참조.

를 끼치는 일을 서슴지 않았던 것으로 확인되고 있다. 그런데 송시열
은 송익필의 묘갈을 쓰면서 김장생, 김집, 정엽, 서성, 정홍명, 강찬,
허우, 김반, 송이창 등이 송익필에게 수학하였다고 하였다.

　이상의 내용을 종합하면 이이, 성혼, 정철, 송익필 등이 같은 마을
에 살면서 학문을 연마하고 우의를 돈독히 하였는데, 기축옥사의 과
정에서 정철과 송익필 등이 가해자로 지목되게 되자, 이들보다 한 세
대 이상이나 뒤에 서인의 당론을 가지게 된 사람들은 이들의 신원(伸
寃)이 절실하게 요구되었고, 이 사건이 일어나기 전에 세상을 떠난
이이의 학문과 인품을 문묘에 종사한 오현에 비길 정도로 조율할 필
요를 느끼던 차에, 계해년(1623) 인조가 보위에 오르고 서인이 집권
하면서 그것을 실천에 옮기게 된 것으로 정리할 수 있을 것이다. 이
과정에는 정인홍 등이 자신의 사부인 조식·성운을 예우하기 위하여
이언적·이황을 공격하였던 일을 반면교사로 삼아 매우 치밀하게 사
전 준비를 해 나갔던 것으로 평가할 수 있다.

　실제 시가사의 추이에 있어서 사부에 대한 예우가 사부와 동학의
인연이 있는 사람들에게까지 영향을 끼치면서 당파성을 띠게 된 것
으로 이해할 수 있다. 정철의 신원과 함께 〈훈민가〉 보급을 기획한
점[110]도 이러한 맥락과 상통한다. 한편 정인홍 당파가 몰락한 뒤에
서인·노론계를 중심으로 이이의 〈고산구곡가〉를 한역하고 보급하
며 그 의미를 되새기는 일[111]을 지속시킨 점은 〈고산구곡가〉 자체에
대한 관심보다 이들 당파의 목표와 일정하게 연관되어 있는 것으로

---

110) 최재남, 「훈민가 보급의 경과와 그 의미」, 『고시가연구』 21집(2008), 319~343면,
　　『노래와 시의 울림과 그 내면』(보고사, 2015)에 수록.
111) 이상원, 「조선후기 <고산구곡가> 수용 양상과 그 의미」, 『조선시대 시가사의 구
　　도와 시각』(보고사, 2004), 233~258면.

이해할 수 있는 것이다. 한편으로 〈육가〉의 전승에도 이러한 의식이 내장되어 있다고 할 수 있다.

2) 17세기 전반 육가 수용과 전승

이별의 〈장육당육가〉가 세상에 널리 전한다고 한 시절에 이황(李滉, 1501~1570)은 지평선의 변환을 통하여 16세기 후반 온유돈후에 바탕을 둔 〈도산십이곡〉을 마련하여 육가계 시조의 지평을 확장하였다.

그리고 경주이씨 가문에서 16세기 후반에 이정(李淨)이 지은 것으로 〈풍계육가(楓溪六歌)〉가 확인되고, 17세기에도 장경세(1547~1615)가 〈강호연군가〉를 짓고, 이득윤(1553~1630)이 〈서계육가〉와 〈옥화육가〉를 지었으며, 이광윤은 〈장육당육가〉를 한역하였다.

그런데 장경세는 이황이 지은 〈도산십이곡〉을 전범으로 삼아 〈강호연군가〉를 지었는데, "퇴계 선생의 〈도산육곡〉을 본받아 〈강호연군가〉를 지었다.(效退溪先生 陶山六曲 作江湖戀君歌)"[112]라고 밝히고 있다.

우선 「강호연군가발(江湖戀君歌跋)」에서 기술하고 있는 내용을 보도록 한다.

내가 젊을 때에 친구 이평숙(平叔 李咸亨, 1550~?)으로 인하여, 퇴계 선생의 <도산육곡가>를 얻어 보았는데, 음조가 맑고 뛰어났으며, 사람으로 하여금 듣게 하면, 그 선의 단서를 일으킬 수 있고 사악하고 더러움을 씻기에 넉넉하여 참으로 시 삼백편이 남긴 유지이다. 한 부를 베껴 적어서 상자에 갈무리하고, 때때로 아이들에게 노래하게 하고 읊조렸는데 크게 얻은 바가 있었다. 불행하게도 병화 중에 잃어 버리고 지금 이미 십년이 되었는데, 겨우 두세 곡을 기억하여 얻을 수 있어

---

112) 장경세, 「歌詞」, 『沙村集』 권2, 『한국문집총간』 속6, 29면.

서, 늘 고요한 밤 달 밝은 때면 깊이 읊조리고 노래하면서, 경앙하는 마음을 담았다.

접때에 마침 월파헌에 이르러 우연히 인본을 얻게 되었는데, 곧 앞에 말한 <도산육곡>이었다. 한 차례 읊조리고 외면, 의취가 깊고 높다는 것을 더욱 깨달아, 스스로 손이 너울거리고 발이 뛰는 것을 알지 못하였다. 삼가 그 체를 본받아 전육곡과 후육곡을 넉넉히 이루었는데, 하나는 애군우국의 정성을 부치고, 다른 하나는 성현이 학문하는 바름을 펼쳤다. 끝에는 곧 스스로 그 뜻을 말하여, 참람하게 넘어 도망간 죄가 없음을 지극히 알게 하였다. 그러나 동몽이나 소자로 하여금 때때로 높게 읊조리면 그 돌아갈 의취를 펴서, 곧 음풍영월하면서 흐르다가 돌아올 것을 잊어버리는 것보다 오히려 나을 것이다. 아, 모모가 서시를 본받아 아름다움과 추함을 멀리 끊으나, 그 마음 가운데 사랑하고 그리워함은 다만 만만뿐만이 아니다. 바라건대, 여러 군자께서 경솔하고 참람함을 용서하시고 죄를 삼지 않는다면, 천만 다행일 것이다. 만력 임자(1612) 봄 2월 상한에 후학 사촌 장경세가 삼가 쓰다.113)

<강호연군가>의 노래 내용은 다음과 같다.

---

113) 장경세, 「自識」, 『沙村集』, 『한국문집총간』 속6, 30면. 余少時, 因友人李平叔, 得見退溪先生陶山六曲歌, 意思眞實, 音調淸絶, 使人聽之, 足以興起其善端, 蕩滌其邪穢, 眞三百篇之遺旨也. 傳寫一本, 藏諸篋笥, 時使童稚歌而詠之, 大有所益. 不幸見失於兵火之中, 今已十年. 僅能記得數三曲, 每於靜夜月明, 沈吟之, 永言之, 以寓景仰之懷. 頃者, 適到月波軒, 偶得印本, 乃前所謂陶山六曲也. 一番吟諷, 益覺意味深長, 自不知手舞而足蹈也. 謹效其體, 足成前後六曲, 一以寄愛君憂國之誠, 一以發聖賢學問之正, 末乃自言其志, 極知僭踰無所逃罪. 然使童蒙小子, 時時高詠, 以發其歸趣, 則猶勝於吟風詠月流蕩忘返者也. 嗚呼, 嫫母之效西施, 姸嗤逈絶, 而其中心愛慕, 則不啻萬萬也. 願言諸君子, 恕其狂僭, 不以爲罪, 則千萬幸甚. 萬曆壬子春二月上澣, 後學沙村張經世 謹書

前六曲(전육곡)
瑤空(요공)애 둘붉거놀 一張琴(일장금)을 빗기안고
欄干(난간)을 디혀안자 古陽春(고양춘)을 트온마리
엇더타 님향흔 시룸이 曲調(곡조)마다 나느니

紅塵(홍진)의 꿈씨연디 二十年(이십년)이 어졔로다
綠楊芳草(녹양방초)애 졀로 노힌 무리되여
時時(시시)히 고개룰 드러 님자그려 우노라

시겨리 하슈상흐이 모옴을 둘디업다
喬木(교목)도 녜궂고 世臣(세신)도 궂자시되
議論(의론)이 여긔져긔흐이 그룰몰나 흐노라

엇그제 꿈가온대 廣寒殿(광한전)의 올라가이
님이 날보시고 궁쟝반겨 말흐시데
머근모옴 다솗노라흐이 날새논줄 모루로다

漢文(한문)이 有道(유도)흐이 賈太傅(가태부)룰 내운노라
當時事勢(당시사세)야 그리 偶然(우연)홀가
엇더타 긴흔숨궂티 痛哭(통곡)조차 흐던고

宋玉(송옥)이 궁을홀만나 므스이리 슬프던고
寒霜白露(한상백로)는 하늘히 긔운이라
이내의 느몬 져 근심은 봄궁을이 업서라

後六曲(후육곡)
尼丘(이구)에 日月(일월)이불가 陋巷(누항)에 비최엿다
浴沂春風(욕기춘풍)에 氣像(기상)이 엇더턴고

千載(천재)예 喟然嘆息(위연탄식)ᄒ시던소리 귀예 ᄀ둑 ᄒ여라

窓前(창전)에 풀이 프르고 池上(지상)애 고기쒸다
一般生意(일반생의)룰 아ᄂ이 긔 뉘런고
어즈버 光風霽月坐上春風(광풍제월좌상춘풍)이 어제로온듯 ᄒ여라

孔孟(공맹)의 嫡統(적통)이ᄂ려 晦庵(회암)씨 다ᄃᄅ이
精微學文(정미학문)은 窮理正心(궁리정심) 굷닐넌니
엇더타 江西議論(강서의론)은 그를 支離(지리)타 ᄒ던고

江西(강서)의 議論(의론)이 놉고 茶飯(다반)은 蒲塞(포새)로다
菽粟(숙속)의 맛술 아던동 모르던동
술리예 흔바쾨업ᄉ이 갈길몰나 ᄒ노라

丈夫(장부)의 몸이되여 飢寒(기한)을 둘리것가
一山風月(일산풍월)애 즐거옴미 ᄀ이업다
니마다 浮雲富貴(부운부귀)을 쏠올줄리 이시랴

得君行道(득군행도)는 君子(군자)의 뜻디로디
時節(시절)곳 어긔면 考槃(고반)을 즐겨ᄒ니
疎淡(소담)흔 松風山月(송풍산월)이사 나뿐인가 하노라

장경세는 자신의 〈강호연군가〉를 전육곡와 후육곡으로 나눈 뒤에 전육곡은 "애군우국의 정성(愛君憂國之誠)"에 부치고 후육곡은 "성현이 학문하는 바름(聖賢學問之正)"을 펴는 것으로 요약하였다. 이황이 언지(言志)와 언학(言學)으로 요약했던 것과 그대로 대응되지는 않는다. 광해군 4년(1612)의 시점에서 정치현실에 대한 반응이 일정하게

반영되어 있는 것으로 읽어낼 수는 있을 것이다. 특히 전육곡 세 번째 작품과 같은 것이 시론(時論)에 대한 반응으로 읽혀진다. 광해군 2년(1610)에 오현을 문묘에 종사한 뒤에 정인홍 등이 제기했던 반론을 염두에 둔 것으로 보이기 때문이다. 장경세가 말한 "애군우국의 정성(愛君憂國之誠)"은 정치현실에 대한 반응을 포함한 것이다.

장경세가 〈강호연군가〉에서 보인 태도와 육가 수용은 17세기 전반 정치 상황과 일정하게 연결되면서 "애군우국의 정성(愛君憂國之誠)"과 "성현이 학문하는 바름(聖賢學問之正)"을 되새길 수 있는 계기로 살펴야 할 것이다.

한편 허목(許穆, 1595~1682)은 현종 9년(1668)에 쓴 〈장육당육가지(藏六堂六歌識)〉에서 육가를 처음 마련한 이별의 태도와 이황의 비판에 대해 다음과 같이 말하고 있다.

> 장육옹은 재사당의 동생이며, 노릉의 육신이며 집현전 학사 박팽년의 외손이다. 연산군 갑자년의 화를 당하여 재사당이 화를 입자, 형제가 연좌되었는데, 연산군이 폐한 뒤에도 세상에서 숨고 나오지 않았다. 〈장육당육가〉가 있어서 세상에 전하는데, 퇴도 이선생은 '크게 거만하다'고 했다. 그러나 세상을 버리고 자취를 마음대로 함에, 그 말이 그럴 수 있는 것이다. 흐린 세상을 만나, 몸을 깨끗이 하고 멀리 달아나 세상을 잊은 누는 있지만, 또한 그 사람됨이 뛰어나게 걸출하여 세속을 훌훌 벗어나서 시원하게 기산(箕山)과 영수(穎水)의 풍도가 있었던 것을 넉넉히 상상해 볼 수 있다.[114]

114) 허목, <藏六堂六歌識>, 『記言別集』 卷之十, 『한국문집총간』 99, 104면, 藏六翁,
再思堂之弟, 而魯陵六臣, 集賢學士朴彭年之外孫也. 當燕山甲子之禍, 再思堂旣
被禍, 以兄弟連坐, 燕山廢後, 因逃世不出. 有藏六堂六歌, 傳於世, 退陶李先生以
爲太傲. 然遺世放跡, 其言固然. 遭濁世, 潔身遠引, 忘世累則有之, 亦足以想見魁
梧傑出, 高踏拔俗, 冷然有箕穎之風. 著雍沺灘, 孔巖眉叟識.

16세기 초반 현실의 여러 상황을 고려할 때 이별의 태도는 수긍할 만한 것이라는 점인데, 경주이씨 집안에 이별 이후에 전승되는 〈육가〉와 함께 이황의 지평선의 전환 등과 견주어 살펴야 할 내용이다. 정치 현실의 상황에서 개인이 택할 방향성에 대한 논의가 제기되는 부분이기도 하다.

3) 은병정사의 복원과 구곡에 대한 관심

이이가 해주 석담에 마련한 고산의 구곡은 임진왜란을 겪으면서 불타고 말았다. 13년째 되던 해에 고을의 선비들이 중건하고 신흠에게 기문을 부탁하였다. 신흠의 「율곡선생은병정사중수기」에서 그 사정을 읽을 수 있다.

　해주에 고 율곡 이 선생의 정사가 있었는데 임진년 난리에 불타 없어지고 그로부터 13년째 되던 해 갑진에 그 고을 선비로서 선생의 유풍에 감화를 받은 자들이 본도의 안렴·주목과 협의하여 새롭게 중건하고 흠에게 기를 부탁하였다.
　흠이 가서 그 유적을 살펴보았더니 주성 서쪽 40리 밖에 있는 골이 깊이 아늑하고 못과 시냇물이 유난히 맑으며 산봉우리들이 수려했는데, 거기가 바로 구곡이 있는 산 좋고 물 좋은 곳이었다. 관암·화암·취병·송애·은병·조협·풍암·금탄·문산이라는 곳들로서 이는 다 선생이 명명하신 것들이고 그 중의 이른바 은병이라는 곳이 바로 그 정사인 것이다.
　애당초 그를 지을 때는 강당·계당·양정재·경재·의재·존양재·성찰재 그리고 선현의 사당과 부엌 창고까지 없는 게 없이 다 갖추어져 있었는데, 선생이 조정에 있기가 싫어 수시로 글을 올려 물러나기를 빌고는 이곳을 왕래하여 이 속에서 서식하기 몇 해를 하다가 정사를 지은 지 7년 만에 선생은 세상을 떴고 선생이 세상을 뜬 지 9년 만에 임진년 난리가 터졌다. 아! 그 동안의 세월이 얼마나 되기에 천시 인사가 그렇게 많이 변천했단 말인가. 다만 저 높은 산 흐르는 물은 세상을 따라 함께 가버리지 않았고, 선생의 옥색금성이 저 산 저 물과 함께 영원히 존재하고 있는 느낌이 드는 것이다. 그렇다면 선생의 덕을 사모하고 빛을 우러러보자면 여기 말고 달리 구할 길이 없을 것이며, 따라서 이 정사의 중수를 서두르지 아니할 수 없었던 게 당연한 일이었다. …(중략)… 만력 34년(1606) 7월[115]

그런데 이와 비슷한 시기에 최립(崔岦, 1539~1612)의 「고산구곡담기」가 이루어졌다. 이이와 구곡담에 대한 기억은 최립이 오래된 것이지만, 기문의 내용에서 「고산구곡담기」가 이루어진 것은 은병정사를 중건하고 난 뒤의 일로 추정할 수 있다.

나는 율곡공과 약관의 나이 때부터 벗으로 지냈다. 공은 세상 사람들로부터 이미 대유라는 호칭을 받으면서 조정에 높이 등용되었는데, 불행하게도 대업을 완수하지 못한 채 세상을 떠나고 말았다. 그로부터 지금 벌써 25년의 세월이 흘렀는데, 나는 공과는 정반대로 세상에 쓸모없는 하나의 물건이 되어서 이렇게까지 늙도록 죽지 않고 살아 있다.
그럴 즈음에 마침 공의 자제인 경림생(景臨生)을 서경에서 만나, 그 동안의 세상일을 뒤돌아보노라니 서로 이야기를 나누기보다는 눈물이 앞서는 것을 또한 어찌할 수가 없었다. 그가 나에게 공이 예전에 살던 해주 고산의 구곡담에 대해서 기문을 써 달라고 부탁했다. 그런데 나로 말하면 공이 그곳에 터를 처음 잡을 때부터 이웃 고을의 수령으로 있으면서 왕래하다 보니 그곳을 너무나도 잘 알게 되었기 때문에, 이

115) 신흠, 「栗谷先生隱屛精舍重修記」, 『상촌고』 권23, 『한국문집총간』 71, 20면.

른바 구곡담이라고 하는 곳이 미상불 나의 꿈속에 나타나기까지 하던
터였다. 그래서 이제 다시 그가 보여 주는 자료에 의거해서 다음과 같
이 차례로 술회하게 되었다.

제1곡은 관암이다. …, 제2곡은 화암이다. …, 제3곡은 취병이니, …,
제4곡은 송애이니, …, 제5곡은 은병이니, …, 조계라고 하는 곳은 …,
풍암이라고 하는 곳은 …, 금탄이라고 하는 곳은 …, 문산이라고 하는
곳은 옛 이름 그대로 부른 것인데, 여기가 바로 제9곡으로서 구곡의
끝이다.116)

선조 37년(1604)에 은병정사를 중건하고, 선조 39년(1606)에 신흠이
「율곡선생은병정사중수기」를 쓰고, 광해군 1년(1609)에 최립이 「고산
구곡담기」를 짓는데, 광해군 4년(1612) 봄에 이정구가 시장(諡狀)을 지
어놓고 시론이 두려워 공개하지 않고 있는 가운데 그해 2월에 정엽은
광해군에게 『율곡집』의 예람117)을 권고하고 있다. 광해군 2년(1610)
9월에 김굉필, 정여창, 조광조, 이언적, 이황을 문묘에 종사한 뒤 1년
반 정도의 시간이 흐른 시점이다. 모두 사전 계획과 치밀한 준비를
통하여 진행되고 있었던 것으로 이해할 수 있다.

이 무렵까지 이이의 〈고산구곡가〉에 대한 반향이나 수용은 쉽게
확인하기 어렵다. 〈고산구곡가〉를 통한 존숭은 17세기 후반의 일이
라고 할 수 있다. 김천택이 엮은 『청구영언』에 〈고산구곡가〉가 누락
되어 있는 점도 수습이 늦었다는 것을 반증하는 셈이다.

116) 최립, 「高山九曲潭記」, 『간이집』 권9, 『한국문집총간』 49, 514면.
117) 『광해군일기』 50권, 4년(1612) 2월 6일(신미), 『국역 광해군일기』 8, 15~16면.

4) 정철의 신원과 〈훈민가〉 보급

정철은 16세기 후반 강원도관찰사로 부임하여 〈훈민가〉를 지었는데, 창작 당시에서 그리 멀지 않은 시기부터 〈훈민가〉를 보급하려는 노력이 있었던 것으로 확인된다.

강복중(姜復中, 1563~1639)이 정철의 〈훈민가〉에 화답하는 방식으로 시조를 지은 것이 그 일례이다.[118] 〈훈민가〉가 지어진 것으로 추정되는 선조 13년(1580)에서 그리 멀지 않은 인조 12년(1634)에 〈훈민가〉를 구독하고 화답가 2수를 지은 것으로 확인된다.[119] 강복중은 초년에 불우한 삶을 살았지만, 그의 아들 종효(宗孝)는 김장생(金長生)의 문인이었다.

정철의 아들 정홍명(鄭宗溟, 1565~1626)을 두고 간신(奸臣)의 자식이라 지목했던 선조 34년(1601)의 태도[120]로 기축옥사[1589]에 대한 여론이 다시 일어나기도 했지만, 광해군 시대에 들어서면서 정철에 대한 신원 요청이 꾸준히 이어졌다. 광해군 즉위년부터 성혼의 신원과 함께 정철의 신원 요청이 제기되었다.

> 전라도 유생 고경리 등이 상소하였다.
> "… 영경이 옥중에서 병들어 죽은 것은 또한 정철이 한 일이 아니었으니 성혼이 어찌 참여했겠습니까. … 세월이 흘러 역적에 대한 분노의 마음은 점점 해이해지고 원통한 죽음이라는 논의는 점점 성해져 원망을 돌릴 곳이 없자, 옥사를 다스린 정철에게 원망을 돌린 것이며, 또

---

118) 최규수, 『송강 정철 시가의 수용사적 탐색』(월인, 2002), 21면.
119) 심재완, 「청계공가사」, 『시조의 문헌적 연구』(세종문화사, 1972), 109면.
120) 『선조실록』 권144, 34년(신축) 12월, "癸酉… 以鄭宗溟 擬安城郡守 備忘記 傳曰 鄭宗溟 是奸臣之子…"『선조실록』 24(국사편찬위원회, 1979), 323면.

정철과 서로 친한 사람에게 원망을 돌린 것이었으니, 정철의 원통함이 어찌 영경의 원통보다 심하지 않겠으며, 성혼의 원통함이 어찌 정철의 원통보다 심하지 않겠습니까.

보통 사람들이 품은 원통도 반드시 풀어지는 날이 있는 것인데, 더구나 어진이로서 무고를 당함에 있어서이겠습니까. 전하께서는 특별히 원통을 씻어주라는 명을 내리어 오래도록 답답했던 선비의 기운을 진작시키소서. 정철은 청백하고 곧은 사람입니다. 비록 일을 처리할 적에 소홀한 점이 없지 않으나 본심을 살펴보면 충성스럽고 진실한 외에는 다른 뜻이 없습니다. 청백하고 진실한 신하로서 이름이 죄적에 실려 있어 품고 있는 원통함이 풀리지 않고 있으니, 전하께서는 아울러 불쌍히 살피소서."121)

이어서 여러 차례 신원 요청이 제기되자, 광해군은 다음과 같이 답을 내리고 있다.

선왕조에서 있었던 일인데 그의 제자들과 학도들이 연이어 상소를 올려 마치 다그치는 듯이 하고 있으니 사체에 손상될까 염려된다.122)

한편 사신의 논평에서는,

후세에서 기축년 옥사를 논하는 자들은 모두 위관 정철에게 죄를 돌린다. 정철이 비록 술을 좋아하고 말이 가볍고 포용하는 아량이 없긴 하였으나, 그 청렴하고 깨끗한 절조는 사람들이 미치기 어려운 것이었다. 역옥이 일어남에 미쳐 성상의 노여움이 진동하여 죄에 걸린 자는

---

121) 『광해군일기』 3권, 즉위년(1608) 4월 24일(경진), 『국역 광해군일기』 1, 219면.
122) 『광해군일기』 10권, 즉위년(1608) 11월 25일(무신), 『국역 광해군일기』 2, 255면.

반드시 죽었으니, 그 사이에 죄를 입은 자가 어찌 다 정철이 없는 사실
을 꾸며 날조해서이겠는가. 정철이 재삼 차자를 올려 최영경·이발 등
의 억울한 내용을 힘써 진술하였고, 또 탑전에서 그들의 억울함을 극
력 호소하였고 보면, 그가 힘을 다해 구원하고 풀어주려 했던 일은 많
은 사람이 본 바이니 어찌 숨길 수 있겠는가. 또 그때의 두 차자가 지
금 세상에 돌아다니니 사람들이 어찌 숨길 수 있겠는가.[123]

라고 하여 정철을 옹호하고 있는데, 이는 계해반정 이후『광해군일기』
를 편찬하는 과정에 드러난 집권(執權) 세력의 입장으로 읽혀진다.

광해군 원년(1609) 12월에 정철의 신원을 바라는 아들 정종명(鄭宗
溟)의 상소가 올라가자, 임금은 다음과 같은 비답을 내렸다.

그대의 상소 내용을 살피건대 부자의 정리로 어찌 이와 같이 하지
않을 수 있겠는가마는, 사건이 선조(先朝)에 있었고, 국가에 공의(公
議)가 있으니, 내가 감히 알지 못하겠다. 지금으로서는 조처하기가 어
렵다.[124]

계해반정 이후 정권을 잡게 된 서인은 성혼과 정철의 신원을 거듭
요청하였고, 인조 2년(1624) 마침내 관작을 추복하게 되었다.

고 좌의정 인성 부원군(寅城府院君) 정철(鄭澈)의 관작을 추복(追
復)하라고 명하였다. 이때 공론이 이미 벌어졌으나 정철의 관작이 아
직 회복되지 않았으므로, 그 아들인 장악 정(掌樂正) 정종명(鄭宗
溟)·교리 정홍명(鄭弘溟)이 상소하기를,

---

123) 『광해군일기』 13권, 원년(1609) 2월 5일(정사), 『국역 광해군일기』 3, 49~50면.
124) 『광해군일기』 23권, 원년(1609) 12월 23일(경오), 『국역 광해군일기』 4, 190~191면.

"신의 아비가 죄받은 것은 다름이 아니라 기축년 옥사의 한 일을 가지고 말하는 것에 지나지 않을 뿐입니다. 당시에 논하는 자가 처음에는 최영경(崔永慶)을 무함하여 죽인 것을 죄로 삼더니, 그 뒤에는 새로운 말이 더 붙어나 이발(李潑)·이길(李洁)·백유양(白惟讓)이 죽은 것도 죄다 다 신의 아비에게 원망을 돌리게 하였으니, 신들은 사실에 의거하여 아뢰어 변명하지 않을 수 없습니다.

…"

하니, 상이 답하기를,

"소(疏) 가운데에 아뢴 것은 선조(先祖)에 있었던 일이므로 가벼이 의논하기는 어려울 듯하다. 그러나 헤아려 조처하겠다."

하였다. 그 며칠 뒤에 하교하기를,

"정철의 일은 가벼이 의논하기 어려울 듯하다. 그러나 정철은 생시에 이미 귀양가는 극심한 벌을 내렸다가 곧 나라의 변란 때문에 죄를 완전히 씻어 주고 석방해서 다시 대신의 반열에 두었는데, 그가 죽은 뒤에 또 이 일 때문에 관작을 추탈한 것은 너무 심한 일인 듯하다. 이제 그 아들 종명 등이 아뢴 소장을 보건대, 혹 용서할 도리가 없지도 않으니, 대신으로 하여금 공론에 따라 처치하도록 하라.

그리고 정철이 일단 옥사를 너무 지나치게 다스렸다는 이유로 죄까지 받았으니, 천둥같은 임금의 위엄 아래에서 반드시 억울함을 품고 뜻밖의 화를 당하고도 신설(伸雪)되지 못한 자가 있을 것이다. 이 또한 대신으로 하여금 공정하게 살펴서 의논해서 처치하게 하라. 이 일은 다 선조에 있었던 것이므로 쉽사리 의논할 수 없으나, 일이 일단 발단된 이상 뭇 의논을 널리 거두어 뒷말이 없게 하는 것도 무방하니, 대신에게 의논하여 아뢰도록 하라."

하니, 영의정 이원익(李元翼)이 의논드리기를,

"전일 경연에서 위에서 정철의 일을 신에게 하문하셨으므로, 신이 신묘년에 헌장(憲長)으로 있을 때 논계한 곡절을 아뢰었을 뿐이고, 오늘날 신리(伸理)하자는 의논에 대하여 방해되는 것이 있다는 뜻이 아니었습니다. 그때 죄받은 백유양(白惟讓) 등 여러 사람은 신이 접때 여러 번 의논드려 신설(伸雪)하기를 논청(論請)하였거니와, 금부로 하여금 여러 사람의 이름을 살펴내어 품처(稟處)하게 하는 것이 마땅하겠습니다."

하고, 좌의정 윤방(尹昉)이 의논드리기를,

"정철을 신원하고 복관(復官)시키는 일에 대해서는 신이 지난해 등대(登對)하였을 때에 이미 죄다 아뢰었으므로 이제 다시 덧붙이지 않겠습니다. 대개 호오(好惡)는 한때에 달려 있더라도 논의는 늘 뒷날에 펴지는 것이니, 해야 할 일이라면 어찌 선조 때 있었던 일이라 하여 하지 않을 수 있겠습니까. 성혼(成渾)이 죄받은 것도 선조 때 있었던 일인데도 반정(反正)한 처음에 쾌히 신설하여 사림의 희망을 크게 위로하여 주셨으니, 정철의 심적(心跡)도 오직 성감(聖鑑)이 통촉하시기에 달려 있을 뿐입니다. 그때에 죄받은 자 중에 뜻밖에 화를 당한 자가 있으면 유사로 하여금 살펴서 처치하게 하소서."

하고, 우의정 신흠(申欽)이 의논드리기를,

"정철의 이름이 세상에서 거리낌을 받은 지 이제 30년이 되었습니다. 성명이 임어하시고서는 억울함이 풀리지 않은 자가 없는데, 그 아들이 하소한 것을 신도 갖추들었습니다마는 실로 거짓말이 아닙니다. 다만 정철이 강직하고 편벽되기 때문에 거슬리는 행동이 많아서 그때 나라의 일을 맡은 자와 맞지 않았으므로 죄를 얻은 것이 여기에 이르렀을 뿐입니다. 역적의 변란이 진신 가운데에서 나와 서찰이 서로 연관되고 또 따라서 그 화를 거듭하였습니다.

이발 등은 처음에 정철이 아뢴 말 때문에 정배(定配)에 그쳤으나, 선홍복(宣弘福)의 공초에 다시 나왔으므로 다시 나국(拿鞫)을 당했으니, 그 마지막의 일에 대해서는 정철도 어찌할 수가 없었습니다. 최영경의 일로 말하면 전에 고상(故相) 이항복(李恒福)에게서 들은 것이 실로 정종명 등이 아뢴 것과 같습니다. 성명이 계신데 어찌 감히 조금이라도 속일 수 있겠습니까.

다만 수십 년 동안 조정이 갈라져 정철을 함정으로 삼았기 때문에
정철의 면목을 보지 못한 신진인 젊은 사람이 조금이라도 언급하면 문
득 정철의 당으로 지목하여 제거하였으니, 연줄로 억제한 것이 어찌
정철 한 사람에게만 그쳤겠습니까. 이것이 신이 일찍이 세도(世道)를
위하여 슬퍼한 것입니다. 이제 죄를 씻어 신리하고 관작을 회복하여
준다면 어찌 함께 삼가고 서로 공경하는 치도(治道)에 관계가 없겠습
니까. 이발 등 여러 사람이 죄받을 때에 적몰(籍沒)까지 한 일 등도
지나쳤으므로 신이 일찍이 이것까지 아울러 성명께 아뢰려 하였으나
미처 못했습니다. 금부로 하여금 상고하여 품처하게 하는 것이 또한
마땅하겠습니다."
하니, 상이 따랐다.[125]

그런데 〈훈민가〉 보급을 본격적으로 논의하게 된 것은 효종이 즉
위한 이후이다. 김정국의 『경민편』과 정철의 〈훈민가〉를 한데 엮어
서[126] 보급하고자 한 것인데, 감발(感發)이라는 목표가 일치했기 때
문일 것이다. 다음과 같은 내용에서 그 사정을 짐작할 수 있다.

완남 부원군(完南府院君) 이후원(李厚源)이 상차하기를,
"신이 병신년 가을에 예조에 몸을 담고 있으면서 일찍이 탑전에 나아
가 아뢰기를 '난리를 겪은 이래로 인심(人心)과 세도(世道)가 날이 갈
수록 더욱 투박해지고 있으니 정말 한심스럽습니다. 그런데 소위 『경
민편(警民編)』은 바로 기묘(己卯) 명신(名臣) 김정국(金正國)이 해서
(海西)의 관찰사로 있을 때 지은 책으로서 백성을 깨우치고 풍속을 교
화시킴에 있어 조금 보탬이 되는 점이 없지 않을 것이니, 이 책을 제로

---

125) 『인조실록』 6권, 인조 2년 5월 29일(임오), 『국역 인조실록』 2, 260~262면.
126) 『경민편』과 〈훈민가〉와의 관련에 대한 서지적 검토는 심재완, 「경민편과 송강가
사」, 『시조의 문헌적 연구』(세종문화사, 1972), 90~97면 참조.

(諸路)에 간행 반포하소서.' 하여 다행히도 윤허를 받았었습니다.

그런데 다만 그 원본을 두루 구해도 얻지 못하다가 오래 된 뒤에야 해서에서 얻었는데, 언해(諺解)가 없으면 궁벽한 시골 백성들이 잘 이해하지 못하겠기에 마침내 그 원본을 사용하여 교열하고 번역하는 한편, 진고영(陳古靈)과 진서산(眞西山)이 세속을 교화시킨 여러 편(篇)을 그 아래에 붙이되 간간이 요약 정리하여 백성들이 쉽게 이해할 수 있도록 하려 하였습니다. 그런데 그때 우연히 선묘조의 상신(相臣) 정철(鄭澈)이 지은 <훈민가(訓民歌)> 속에 첨부해 기록된 것을 얻었으므로 시골 부녀자들로 하여금 이를 늘 암송하게 함으로써 감발(感發)되고 징계되는 바가 있게 하려고 하였습니다. 그러나 그때 마침 신이 직책을 떠나 미처 간행 반포하지 못하였으므로 신은 늘 처음에 건의하였던 것을 제대로 봉행하지 못한 것을 한스럽게 여겨 왔습니다.

근래 듣건대 윤리 기강에 관련된 변이 더러 도성 안에서까지 일어나고 있으므로 성상께서 경연 석상에서 백성을 이끄는 방도가 어긋난 점을 깊이 우려하며 탄식하셨다고 하기에, 신이 이에 더욱 감개한 심정을 가눌 수 없어 감히 베껴 써서 남궁(南宮)에 보내는 바이니, 이것을 두루 모든 도에서 간행한 뒤 안신(按臣)으로 하여금 열읍에 분부하고 민간에 널리 반포하며 진정으로 고유(告諭)하게 함으로써 백성들이 선하게 되어 죄를 멀리하고 야박한 풍속이 후하게 되도록 한다면, 그런대로 백성의 풍속이 점점 변하여 풍속을 돈후하게 하려는 우리 전하의 뜻에 우러러 부응할 수가 있게 될 것입니다. 대저 정치의 근본을 논할 때 풍화(風化)가 급선무인데, 반드시 적합한 방법으로 이끈 뒤에야 사람마다 흥기하여 본뜨게 할 수 있는 것입니다. 혹시라도 그렇게 하지 않고서 백성을 교화시켜 복종시키려 한다면, 이 어찌 소리를 지르지 못하게 하고 메아리를 찾으려는 것과 다를 것이 있겠습니까. …(후략)…"

하니 답하기를,

"경의 차사(箚辭)를 보건대 뜻이 우연한 것이 아니라서 내가 가상하

게 여긴다. 해조로 하여금 차사대로 시행하게 하겠는데, 백성을 교화
하고 풍속을 이루는 도에 보탬이 되리라 기대된다."
하고, 그 차자를 예조에 내렸다. 예조가 곧바로 간행하여 중외에 널리
반포하기를 청하니, 따랐다.[127]

이에 앞서 이후원이 『경민편』의 보급을 제기[128]한 바 있어서, 『경
민편』과 〈훈민가〉의 합편은 이러한 노력의 연장선상에 있었던 것으
로 파악된다. 그리고 그 역할을 이후원(李厚源, 1598~1660)을 비롯하
여 서인·노론계 인물들이 주도적으로 맡고 있는 것이다.

그런데 정철의 문집 간행[129]과 〈훈민가〉의 보급[130]에 앞장선 사

127) 『효종실록』 권20, 9년[1658] 12월 25일(정해), 『국역 효종실록』 8, 175~176면.
128) 『효종실록』 권17, 7년[1656] 7월 28일(갑술), 『국역 효종실록』 7, 9면.
129) 정철의 문집인 『송강집』 간행의 경위를 보면, 『원집』은 광해군 14년(1622)에 신흠
(申欽)이 서를, 인조 11년(1633)에 이정귀(李廷龜)가 서를 쓰고, 인조 10년(1632)에
장유(張維)가 후서를, 인조 11년(1633)에 김상헌(金尙憲)이 발을 썼다. 그리고 송
시열(宋時烈)이 숙종 즉위년(1674)에 중간의 발을 썼다. 『속집』은 숙종 3년(1677)
에 송시열이 발을 쓰고, 『연보』는 숙종 즉위년(1674)에 송시열이 발을 썼다. 한편
행장은 김집(金集)이, 시장은 김수항(金壽恒)이, 신도비와 묘표는 송시열이, 전은
신흠이 각각 찬술하였다.
130) 『송강집』과 달리 정철의 국문 작품을 모은 『송강가사』는 북관에서 가곡을 간행한
바 있었다고 하는데 숙종 16년(1690)에 거성(車城;長鬐)에서 이선(李選)이 주희가
『초사집주』를 엮은 유의를 따라 다시 엮었고, 숙종 24년(1698) 3월에 현손 천(洊,
1659~1724)이 재종형 호(澔, 1648~1736)가 의성현감[1696년 5월~1698년 1월]
때에 간행한 것과 집안에 전승된 것에 차이가 있음을 확인하고 종증조 기옹(畸翁;
弘溟, 1565~1626)의 측자(側子) 리(涖)가 손수 베긴 것과 할아버지 포옹(抱翁;瀁,
1600~1668)이 베끼게 한 것과 견주어서 자형인 이정하(李徵夏, 1656~1727)가 황
주통판 때에 간행한 것과 함께 정리한 것을, 영조 23년(1747)에 오대손 성주목사
관하(觀河)가 추기하여 간행한 것이 있고, 영조 44년(1768)에는 후손 실(宲, 1701~
1776)이 봉산(鳳山)의 종인(宗人) 내하(來河)가 가지고 온 관북본(關北本; 澔가
1704년 함경도관찰사로 있으면서 간행한 것)을 바탕으로 관서에서 엮은 것이 전한
다. 이렇게 보면 북관본, 의성본, 황주본, 성주본, 관북본, 관서본 등이 유행한 것으
로 확인된다. 그러므로 〈훈민가〉 보급의 논의와 『송강가사』에의 수합 사이에 놓인

람들도 모두 서인·노론계 인물이거나 정철의 집안과 밀접한 연관을 지닌 인물들이다.

이런 사실로 미루어볼 때 〈훈민가〉 보급은 정철의 신원과 관련하여 당파적 이해가 드러난 것으로 이해할 수 있다.

일정한 시간의 차이와 그 경과에 대한 정밀한 점검과 함께 그 의의에 대한 검토가 새롭게 정리되어야 할 것이다.

Ⅲ.
정치·사회 변동과
사가 향유층의 성격

1. 중앙 기반 세력의 연회 전통과 시가 향유

1) 16세기의 상림춘과 석개

16세기 중엽 이후 한결같은 삶을 살았던 이현보 · 어득강 · 송흠과 같은 분들이 고향으로 돌아가면서 향촌의 새로운 문화를 열게 된 뒤에, 서울 근처에서는 서호나 동호를 비롯한 한강 주변에 별서를 마련하여 연회를 즐기는 경향이 두드러지게 이어졌다. 부원군이나 부마의 위치에 오른 사람들이 이러한 모임을 주도하였고, 정치의 중심에 섰던 대부들도 동참하였다. 그런 가운데 16세기 초반의 상림춘(上林春), 16세기 중엽의 석개(石介) 등의 가기의 존재와 이들을 보호하고 풍류의 자리를 이어가게 한 후원자의 역할을 주목할 수 있다.

상림춘은 이미 15세기 후반부터 이름이 확인되는데, 16세기 전반에 서울의 이름난 금기(琴妓)로 활약했던 것을 알 수 있다. 성현이 『용재총화』에서 이마지(李亇知) → 김복근(金福根) · 정옥경(鄭玉京) → 상림춘으로 이어지는 계보[1]를 말한 바 있다.

그리고 심수경(沈守慶, 1516~1599)은 『견한잡록(遣閑雜錄)』에서,

> 중종 조에 명기 상림춘이 있었는데, 거문고를 잘 탔다. 참판 삼괴당(三魁堂) 신종호(申從濩)가 돌보아주어 그 집이 종루(鍾樓) 곁에 있었는데, 하루는 삼괴당이 들러서 부른 즉흥시에,
>
> 제오교 머리에 푸른 버들 늘어지니
> 저녁때의 바람과 햇빛이 더욱 맑고 화창하네.
> 열두 상렴 늘어진 곳에 사람이 옥과 같은데

---

[1] 성현, 『용재총화』 권1, 김남이 외 역, 『용재총화』(휴머니스트. 2015), 39~40면.

청아한 시인이 말 가는 대로 맡기네.
第五橋頭煙柳斜　晚來風日轉淸和
細簾十二人如玉　靑瑣詞臣信馬過

라 하였는데, 호사자가 그림을 그리고 그 시를 그림 끝에 썼다. 그 후
판부사 정사룡(鄭士龍)이 7언 율시를 지어 주고, 우의정 정순붕(鄭順
朋), 영의정 홍언필(洪彦弼), 우의정 성세창(成世昌), 찬성 김안국(金
安國)·신광한(申光漢) 등 여러 공이 연이어 화답하니, 드디어 시첩이
되었다. 나도 소시 적에 상림춘을 보고서 책 끝에 시를 쓴 일이 있으나,
지금 어디에 있는지 모르겠다.2)

라고 하여 신종호의 후원과 여러 사람들의 화답시를 언급하였다. 그
리고 신흠은 「청창연담(晴窓軟談)」에서,

　　신 참판 종호(申參判從濩)는 성묘조(成廟朝)의 사신(詞臣)이었다.
일찍이 상림춘(上林春)이라는 기생을 돌봐주다가 그의 집에 들러 시
를 짓기를,

서울 거리 봄바람에 가랑비 지나가니
먼지 하나 일지 않고 버들가지 비꼈어라
열두 난간 발 친 곳에 옥같은 미녀 있어
대궐 안의 시인들 말 가는 대로 맡기네
紫陌東風細雨過　輕塵不動柳絲斜
細簾十二人如玉　靑瑣詞臣信馬過

라 하였는데, 이 시가 한때 전해져 읊어지면서 이에 따라 상림춘의 이

---

2) 심수경, 『견한잡록(遣閑雜錄)』, 『국역 대동야승』 Ⅲ, 542면.

름도 배나 값이 뛰었다. 참판공이 일찍 죽고 상림춘이라는 자도 민간
에 묻혔는데, 나이가 노년에 접어들자 공의 시로 첩(貼)을 만든 다음
귀족 자제에게 가지고 가서 그 제목대로 시를 지어달라고 청하는 한편
명공(名公)과 거경(巨卿)에게도 모두 애원하며 시를 받아내었다. 그
중에서도 모재(慕齋) 김안국(金安國)의 시가 으뜸이었는데, 그 시에,

경국지색 그 솜씨 아직 자태에 남았는데
밤 깊어 부르는 노래 슬피 탄주하는구나.
소리마다 인생의 황혼 원망하는 듯도 한데
뜬 인생 너에게도 오는 늙음을 어이하랴.
容謝尙存傾國手　哀絃彈出夜深詞
聲聲似怨年華暮　奈爾浮生與老期

라고 하는 등 슬픔과 원망의 감정을 격렬하게 표현하고 있다. 그 당시
시골에 내려가 있던 모재가 어쩌면 자신의 심정을 은근히 빗대고 싶은
생각이 또한 들어서 그렇게 했는지도 모르겠는데, 깊이 음미해 보면
그가 가탁한 바를 알 수 있을 것이다.

봄 꿈은 진 나라 호해(胡亥) 때보다 어지럽고
나그네 시름 노 나라 삼가 때만큼 몰려오네.
春夢亂於秦二世　羈愁强似魯三家

라고 하는 시는 누구의 작품인지는 모르겠으나 말의 뜻이 모두 새롭고
구절 역시 초경(峭勁)하니 심상한 묵객이 지은 것은 아닐 텐데 어떤
이는 문관(文官) 박란(朴蘭)의 시라고도 한다.[3]

---

3) 신흠, 「청창연담(晴窓軟談)」, 하, 『상촌고』 제60권, 『한국문집총간』 72, 342~343면.

　이상의 기록에서 확인할 수 있는 바와 같이 금기(琴妓) 상림춘의 위상이 높았을 뿐만 아니라, 사대부들의 반응과 화답시가 널리 유행하고 있었음을 알 수 있다.

　그리고 송인(宋寅, 1517~1584)은 중종의 셋째 따님인 정순옹주와 결혼하여 여성위(礪城尉)에 봉해지면서 권문으로 살게 된 인물로, 한강 가에 수월정(水月亭)이라는 정자를 짓고 집에는 석개(石介)라는 가기를 두고 성기(聲妓)를 즐긴 것으로 알려졌는데, 상림춘의 시권(詩卷)에 가사(歌詞)를 짓기도 하였다. 〈죽은 상림춘의 시권에 짓다. 가사 2수. *아울러 서를 두다(題故妓上林春詩卷, 歌詞二首.*幷序)〉가 그것이다. 그리고 가사(歌詞)라고 밝힌 것은 〈답사행(踏莎行)〉과 〈남가자(南柯子)〉의 사(詞)이다. 여기에서 '가사(歌詞)'는 '사(詞)를 노래하다.'의 의미로 읽을 수 있고, 연회의 현장에서 노래로서 '사(詞)'가 널리 인식되고 있음을 알 수 있다.

　　상림춘은 금기인데, 국수로 일컬어졌다. 절은 시절에 삼괴 신종호 참판의 돌봄을 입게 되어서, 공이 일찍이 시를 지었는데, "제오교 머리에 푸른 버들 늘어지니, 저녁때의 바람과 햇빛이 더욱 맑고 화창하네. 열두 상렴 늘어진 곳에 사람이 옥과 같은데, 청아한 시인이 말 가는 대로 맡기네." 대개 상림춘이 광통교 곁에 살았기 때문이다. 상림춘이 노년에 이르러, 호음 정상공이, 늘 이 시를 읊으면서 연민을 보냈다. 그림을 그려서 읊은 것을 남기게 하니, 일시의 사문의 여러 어른들이 이어서 화운하지 않은 사람이 없게 되어, 마침내 커다란 시축을 이루었다. 상림춘이 죽은 뒤에 그의 딸 무산운이 그 일을 이을 수 있게 되고 또 이 축을 보배로 여겨서 진신 사이에 속편을 구하였는데, 그 사이에 나에게 보여주기에 이에 감히 효빈한다.

이름이 이원에 떨치는데
재주는 법부를 기울게 하네.
상림의 물색을 사람들이 다투어 보고
운종가 어름의 광통교에서
거문고 울리며 대낮에도 빗장을 걸었네.

한원에서 귀인을 추천하여
청루의 주인이 되었네.
삼괴의 풍치를 누가 줄을 세울 수 있으랴?
일시에 아름다운 무늬로 겨르로운 정을 쏟는데
어찌 알랴? 좋은 일이 도리어 베껴 취하는 것임을.
* 답사행조이다.
名擅梨園　才傾法部　上林物色人爭覩
雲從御畔廣通橋　鳴琴白晝常局戶.

翰苑推豪　靑樓作主　三魁風致誰能伍
一時華藻寫閑情　寧知好事還摹取　右調踏莎行

대수가 막 구절을 남기자
제공이 이어서 시를 짓네.
아름다운 이름에 높은 값을 또 누가 가지런히 하랴?
웃음이 강물에 용솟음쳐서 장사하는 아낙이 늘그막에 부질없이 우는데.

옥수레는 지금 쓸쓸하게 떨어지고
향기로운 화장 상자는 또한 비참하게 차갑네.
이 시권을 가련하게 여겨 다투어 끌고
그 집에 보배를 전하려 하니 마땅히 구슬과 무소이네.
* [남]가자조이다.

大手初留句　諸公繼有題
美名高價更誰齊　笑殺溢江商婦老空啼

玉軫今寥落　香盒亦慘悽
憐玆卷競提携　爲報渠家傳寶當珠犀　右調[南]柯子4)

그리고 석개(石介)는 송인 집의 가비(歌婢)로 널리 알려져 있다. 심
수경(1516~1599)은 상림춘에 이어서 석개에 대하여 다음과 같이 적고
있다.

　　여성군(礪城君) 송인(宋寅)의 비(婢) 석개(石介)는 가무를 잘하여
　당시에 견줄 만한 이가 없었는데, 영의정 홍섬이 절구 3수를 지어 주고
　좌의정 정유길(鄭惟吉), 영의정 노수신(盧守愼), 좌의정 김귀영(金貴
　榮), 영의정 이산해(李山海), 좌의정 정철(鄭澈), 우의정 이양원(李陽
　元)과 내가 연이어 화답하고, 기타 재상들도 많이 화답해서 드디어 큰
　시첩이 되었다. 둘 다 천한 여자의 몸으로 여러 명상들의 시를 얻었으
　니, 빼어난 예술이야 어찌 귀하지 않으리오.5)

　그리고 다음은 정홍명이 기록한 석개와 관련한 성혼의 일화인데,
술자리에서 노래를 부르며 흥을 도우려 하자 성혼이 일어나서 나갔
다는 것이다.

---

4) 송인, <題故妓上林春詩卷, 歌詞二首.*幷序>, 『頤庵先生遺稿』卷之二, 『한국문
　집총간』 36, 106~107면. 上林春, 琴妓也, 以國手稱. 少時爲三魁申參判從護所眷,
　公嘗有詩云, 第五橋頭煙柳斜, 晩來風日轉淸和. 緗簾十二人如玉, 靑瑣詞臣信馬
　過. 蓋春居在廣通橋傍也. 及春之暮年, 湖陰鄭相公, 每吟此詩而加憐焉. 爲作圖而
　留詠, 一時斯文諸老, 無不屬和, 遂成巨軸. 春死而其女巫山雲, 能傳厥業, 又寶此
　軸, 求續題于搢紳間, 間以示余. 玆敢效顰云.
5) 심수경, 『遣閑雜錄』, 『국역 대동야승』 III, 542면.

율곡·우계 및 우리 선인이 함께 진사 이희삼(李希參)의 집에 모였
을 적에, 주인집에서 술자리를 마련하였는데, 석개(石介)가 당시의 이
름난 기생으로 자리에 참석하였다. 술을 돌리고 노래를 부르려 하자
우계가 갑자기 일어섰으나 좌중에서 감히 만류하는 이가 없었다. 이는
평생에 음탕한 소리를 듣지 않는 것으로 법을 삼았기 때문이라 한다.6)

성혼의 일화는 김유(金楺, 1653~1710)의 다음 기록에서도 확인된다.

　　율곡선생의 기상은 온화하고 순수하여 봄바람에 때맞추어 비가 내
리는 듯하고, 우계선생의 기상은 떳떳하고 엄해서 여름날에 찬 서리가
내리는 듯하다. 그러므로 송강 정철이 일찍이 이르기를, "내가 숙헌에
있어서는 마침 자주 일어나고 자주 당기기를 바라는데, 호원에게 이르
러는 일찍이 한 번도 머물지 못한다." 대개 그 사람이 그러한 것이다.
이에 있어서 또한 두 분 선생의 기품을 볼 수 있다. 우계는 종일 단정
하게 앉아서 어깨 뒤에 바른 것을 삼가고 행동과 말이 고요하여 감히
삼가지 않음이 없었다. 그러므로 율곡이 늘, "신발을 끄는 돈독함은 내
가 미칠 수 없다."라고 말하였다.
　　일찍이 이암 송인의 잔치 자리에 갔는데, 송인의 가비 석개가 한창
노래로 이름이 있어서, 자리에 앉아서 일성으로 창을 하는데, 선생이
곧 일어나 가버리자, 송인도 머무르게 할 수가 없었다. 석개가, "이 분
은 누구시기에 내 노래를 기뻐하지 않으니 풍채가 없는 분이라 하겠네
요." 하였다. 송인이 웃으며, "너는 성참봉을 들어보지 못했느냐?" 석
개가 놀라서, "이 분이 성참봉입니까? 다시 그 얼굴이라도 보고 싶습
니다."라고 하고, 맨발로 걸어서 문에 나갔는데, 말에 올라타는 것만

6) 정홍명,「漫述」<牛溪不聽淫聲>,『畸庵集續錄』卷之十二,『한국문집총간』87, 191면, 栗谷牛溪及吾先子, 同會李進士希參家, 主家設酌, 石介以一時名娼與席, 將行酒發歌, 牛溪遽起座上, 無敢挽止. 蓋平生以不聽淫聲爲法云.

보고 돌아왔다. 대개 그 때에 조정에서 선생을 참봉으로 불렀으나 나
아가지 않았던 것이다. 그 행동을 절제함이 이와 같이 엄격하여 율곡
이 거듭거듭 기뻐하였으며, 일찍이 모나고 틀린 행동을 하지 않았다.
비록 술자리와 기악을 만나도, 술잔을 주고받으며 즐거워하지 않음이
없었고, 인정을 다했으나, 시끄럽게 창성함을 나누는 무리에 이르러서
는 또한 반드시 엄숙하고 괴롭게 대하여, 이목에 지나게 하지 않았다.
참으로 이른바 화평하면서 쏠리지 않는 사람이다. 비록 그러하나 율곡
은 타고난 자품이 높고, 우계는 쓰고 만듦이 정밀하여, 뒤에 사문에 뜻
을 두는 사람들은, 우계를 배움이 가까이 하되 차례가 있다는 것과 같
지 않음을 일컬을 것이다.7)

    송인은 집안에 석개(石介)와 같은 가기를 거느리면서, 16세기 후반
태평시대 한양의 풍류를 한껏 누린 인물이라 할 것이다.
    송인의 풍류는 뒤에 수월정(水月亭)이라는 정자를 중심으로 그의 손
자대로 이어지기도 하였다. 신흠의 〈동호의 수월정에서 노닐다. *아울
러 작은 서가 있다(游東湖水月亭 *竝小序)〉가 그 사실을 밝히고 있다.8)

---

7) 김유, 「庚辛瑣錄」, 『儉齋集』 卷之三十, 『한국문집총간』 속50, 612면. 栗谷先生氣
   像和粹, 如春風時雨, 牛溪先生氣像方嚴, 如夏日寒霜, 故鄭松江澈嘗曰吾於叔獻,
   會尙屢起屢挽, 至於浩原, 未嘗一留, 盖其人然也. 於此亦可見兩先生器品矣. 牛溪
   終日端坐, 肩背竦直, 行動語默, 不敢不愼. 故栗谷常曰踐履之篤, 吾不及也. 嘗赴
   宋頤菴寅讌席, 宋之婢石介者方以歌名, 坐定而唱一聲, 先生卽起去, 宋亦不能留.
   石介曰是誰也而不喜吾歌, 可謂沒風采矣. 宋笑曰汝不聞成參奉乎. 石介驚曰此是
   成參奉耶. 願得更覩其面, 卽徒跣出門, 見其上馬而還. 盖時朝廷召先生以參奉而
   不赴也. 其制行之嚴如此, 栗谷申申怡怡, 未嘗有崖異之行. 雖遇酒筵妓樂, 無不酬
   酢歡洽, 以盡人情. 而至若讙譁昌披之輩, 亦必嚴厲以待之, 不使經乎耳目, 眞所謂
   和而不流者也. 雖然栗谷天資高, 牛溪用工密, 後之有意斯文者, 不如學牛溪之爲
   近而有序云.
8) 신흠, 〈游東湖水月亭 * 竝小序〉, 『상촌고』 제9권, 『한국문집총간』 72, 385면. 본서
   II부 3. 한강 선유와 유산의 풍류, 주 72) 참조.

허균(許筠, 1569~1618)도 어릴 적의 기억을 다음과 같이 정리하고
있다.

나는 소시 적에 태평한 문물을 볼 수 있었다.

악공(樂工)에 허억봉(許億鳳)이란 사람이 있어서 피리를 잘 불었는
데, 만년에는 현금(玄琴)으로 옮겨서 또한 잘했다. 박소로(朴召老)는
거문고를 잘 타서 옛 가락을 잘했고, 홍장근(洪長根)은 속조(俗調)를
잘해서 아울러 일류라 일컬었다. 또 가야금은 이용수(李龍壽), 비파는
이한(李漢), 아쟁은 박막동(朴莫同)을 아울러 일류라 일컬었다. 노래
로는 기생 영주선(瀛洲仙)과 송여성(宋礪城)의 여종 석개(石介)를 모
두 제일이라 하였다.

그 후에는 이한의 조카 전한수(全漢守)와 용수의 제자 임환(林桓)
이 스승의 재주를 전해 받았다. 이외에도 종실(宗室) 죽장감(竹長監)
은 아쟁과 비파에 능했고 김운란(金雲蘭)은 아쟁을 잘 타서, 사람이
말하는 듯했고, 그 가락을 듣는 사람은 모두 눈물을 흘렸다. 또 서자
(庶子) 김연(金鋋)이 가야금을 잘 탔는데, 지금에 와서는 이런 사람들
이 모두 죽었다. 용수는 이미 늙었고, 오직 임환 한 사람이 있을 뿐이며
노래는 한 사람도 대를 이을 만한 자가 없다. 이것도 세대가 내려오면
서 인재가 모자라게 되어서 그렇게 된 것인가. 또한 개탄할 일이다.9)

그리고 박지화(朴枝華, 1513~1592)는 〈노래를 듣다(聽歌)〉에서 송인
이 죽은 뒤에 석개의 노래를 들으며 다음과 같이 읊고 있다.

주인집의 정자는 한강 물가에서 가을을 맞는데
경의 달은 의연하게 물을 따라 가네.

---

9) 허균, 「惺翁識小錄」 하, 『성소부부고』 권24, 『한국문집총간』 74, 346면.

오직 하늘 바깥의 곡조로 봉황이 있는데
사람들이 비단 전두를 넉넉하게 얻을지 묻네.
主家亭子漢濱秋　卿月依然逝水流
唯有鳳凰天外曲　人間贏得錦纏頭

흔들려 떨어짐은 다만 송옥의 가을이 아닌데
한때의 인물이 모두 동쪽으로 갔네.
어찌 다시 <금루>를 옮김을 들으랴?
현은 끊어지고 당시 사람들은 이미 백발이네.
搖落非徒宋玉秋　一時人物盡東流
何須更聽翻金縷　絃絶當時已白頭[10]

　　그리고 정유길(鄭惟吉, 1515~1588)의 〈석개의 시첩에 짓다. 2수. *여
성위 집의 가희이다(題石介詩帖, 二首. *礪城尉家歌姬)〉는 다음과 같다.

몽뢰정은 원래 수월정의 이웃인데
두 어른이 한 강의 봄을 나누어 차지했네.
그대 집의 음악 연주를 우리 집에서 듣나니
빼어난 승경의 도문에서 크게 술을 권하는 사람이네.
夢賚元爲水月隣　兩翁分占一江春
君家奏樂吾家聽　絶勝屠門大嚼人

꽃은 뿌리 가시가 없고 달은 흉터가 없는데
백발로 옛 술항아리를 뒤따라 생각하네.

---

10) 박지화, <聽歌 *礪城尉宋寅, 善書能文章, 雖在富貴之中, 不忘雅操, 尊敬公待以
　　師友, 宋公構亭于漢江濱, 號水月亭, 有婢石介, 善歌詞, 名擅一時, 宋公歿後, 公聽
　　其歌, 有此詩>, 『守庵先生遺稿』 卷之一, 『한국문집총간』 34, 118면.

가는 구름이 부질없이 절로 막도록 늘편하게 하지 말라.
나를 위하여 나지막이 <감군은>을 노래하네.
花無根蔕月無痕　白髮追思舊酒樽
莫漫行雲空自遏　爲予低唱感君恩[11]

이상에서 확인한 바와 같이 16세기에 상림춘, 석개 등의 가비(歌婢)
가 널리 활동했으며, 송인, 신익성 등과 같은 부마가 연회를 주도하
면서 이들의 활동을 후원한 것으로 보인다. 그리고 이들과 밀접하게
지낸 사대부들은 화답시를 지으면서 그 풍류를 확인하고 공유했던
것으로 이해할 수 있다.

2) 한응인 집의 연회와 기악

선조가 유교를 내렸던 칠신(七臣) 중의 한 사람인 한응인(韓應寅,
1554~1614)은 집에서 재신들을 불러 모아 연회를 베풀곤 하였다.
광해군 초에 재신들이 모여서 연회를 베풀고 기악(妓樂)을 많이 불
렀다는 다음과 같은 기사가 17세기 초반 서울의 대가를 중심으로 연
회 전통을 이어갔다는 실상을 반증하는 것이다.

"행 호군(行護軍) 신종술(辛宗述)과 종준(宗遵)은 [폐희(嬖姬) 신
씨(辛氏)의 오빠인데, [신씨는 바로 인빈 김씨(仁嬪金氏)의 표질녀
(表姪女)이다.] <이에 앞서 김귀인(金貴人)이 후궁(後宮) 중에서 가
장 많은 총애를 선왕에게 받았는데, 하루아침에 선왕의 건강이 악화되
자 귀인이 뒷날 자신의 몸을 보전하지 못하게 될까 두려워하여 화를

---

11) 정유길, <題石介詩帖 二首 *礪城尉家歌姬>,『林塘遺稿』上,『한국문집총간』35,
448면.

면할 계책을 꾸미려 하였다. 이 때 신씨가> 미색(美色)이 있는 데다
총명하다는 말을 듣고 <그녀를 궁중으로 끌어들인 다음 동궁에 소속
되게 하였는데,> 상당히 문자를 이해하였다. <이 때에 이르러> 마침
내 총애를 독점하였는데 왕이 날마다 함께 돈내기 바둑을 두면서 정
사를 팽개치고 보지 않은 탓으로 안에 계류된 공사가 무려 수백 건에
이르렀다. 그런데 종술이 이 총희 덕분에 역시 총애를 흠뻑 받아 당상
의 지위에까지 오른 것이었다.] 미천하고 패려(悖戾)한 사람으로서 첨
사(僉使)의 지위에까지 올랐으니, 그것만도 이미 외람되다고 할 것입
니다. 그가 재직하고 있을 당시에 불성실하게 행동한 자취가 많이 드
러났는데, 아무리 궁전(弓箭)을 잘 마련한 일이 있었다 하더라도 그
당시에 또한 물의가 있었습니다. 그런데 이번에 중하게 가자(加資)하
여 당상의 직위에까지 올렸으므로 물정이 모두 분개하고 있으니 개정
하도록 명하소서.

   형조정랑 백대형은 사람됨이 무뢰비와 같고 행실이 패려하기만 한
데, 본직에 제수되고 나서는 더욱 거리낌없이 방자하게 굴면서 형옥에
있어 구속하고 석방하는 일을 사정을 써서 임의로 하고 있습니다. 그
리고 재신들이 연회를 벌이는 장소에서 공공연히 창기를 따라 갔으므
로 그 음란하고 방종한 정상을 듣고서 경악하지 않는 자가 없습니다.
파직을 명하소서."

하니, [이때 재신들이 청평부원군 한응인(韓應寅)의 집에 모여 연회를
베풀면서 기악을 많이 불렀는데 백대형이 친하게 지내는 창기도 그 가
운데에 끼어 있었다. 이에 백대형이 저녁을 이용해 말을 달려 와서 그
집 방앗간에 숨어 있으면서 그 기녀가 나오는 것을 엿보고 있다가 손
을 잡고는 함께 말을 타고 달아났기 때문에 이렇게 아뢴 것이었다.]

   답하기를, "… 신종술은 관례를 적용해서 논상한 것인데 어찌 꼭 개
정해야 하겠는가. 백대형 등의 일은 아뢴 대로 하라." 하였다.12)

----

12) 『광해군일기』 35권, 2년(1610) 11월 16일(정사), 『국역 광해군일기』 6, 131면.

   그런데 한응인이 변새와 사행에서 기녀들과 수작한 작품이 여러
편 보인다. 변새와 사행에서 즐겼던 풍류를 서울에 돌아온 뒤에 부원
군(府院君)으로서 연회를 베풀면서 이어가고자 했던 것으로 볼 수 있
다. 선조 17년(1584, 甲申) 조천(朝天) 때에 지은 것이라고 밝힌, 〈기성
의 기녀 몽화를 연모하는 장만리를 놀리다.(嘲張萬里戀箕妓夢花 二首)〉
이다.

   용만의 강가에서 축축하고 가벼워진 깁인데
   헤어진 뒤에 서로 그리워하느라 변새의 달이 비끼네.
   시름겹게 작은 창에 기대어 눈과 눈썹을 교대로 하는데
   꿈결의 안색은 완연히 꽃과 같네.
   龍灣江上濕輕紗   別後相思塞月斜
   愁倚小窓交眼睫   夢中顔色宛如花。

   둘째 其二
   물결을 깔보는 비단 버선은 걸음마다 연꽃이 생기는데
   헤어진 뒤에 목소리와 얼굴은 이미 해가 바뀌었네.
   꾀꼬리와 꽃이 좋은 시절을 웃으며 견디는데
   한바탕 행락은 누구 근처에 속하는가?
   凌波羅襪步生蓮   別後音容已換年
   堪笑鸎花好時節   一場行樂屬誰邊[13]

   그리고 〈신 서장관의 기녀 연아를 대신하여 짓다. 4수(代辛書狀 妓
蓮兒作 *四首)〉와 〈서장관 남이신을 대신하여 의주 기생 은란이 짓다

---

13) 한응인, <嘲張萬里戀箕妓夢花 二首>, 『百拙齋遺稿』 卷之一, 『한국문집총간』
   60, 489면.

〈代南書狀以信 義州妓隱蘭作)〉3수 등의 작품도 남기고 있어서, 사행의
과정에 기녀들과의 놀이를 즐겼던 것으로 짐작하게 한다.

〈신 서장관의 기녀 연아를 대신하여 짓다. 4수(代辛書狀妓蓮兒作 *四
首)〉이다. 신 서장관이 정을 주었던 기녀 연아(蓮兒)의 입장을 대신하
여 발화하고 있다. 선조 24년(1591) 10월에 출발한 사행으로 한응인
이 주청사, 신경진이 서장관이었다.

> 헤어진 뒤에 기쁜 일이 없어 거울 잡기도 게으른데
> 곁의 사람들은 고운 얼굴이 빠졌다고 다투어 말하네.
> 머금은 정을 토해내기 위해 상사의 골자로
> 시름겹게 돌아가는 기러기에 봉서를 부치네.
> 別後無懽把鏡慵　傍人爭道減春容
> 含情爲寫相思字　愁向歸鴻寄一封

> 그 둘째(其二)
> 끝없는 봄 물결은 푸른 강에 넘치는데
> 원앙은 서로 짝을 지어 쌍쌍이 목욕하네.
> 어찌하여 오래도록 연경의 나그네가 되시니
> 지는 달 외로운 성에 창의 반은 가려졌네.
> 無限春波漲碧江　鴛鴦相對浴雙雙
> 如何久作燕京客　落月孤城掩半窓

> 그 셋째(其三)
> 강 가 모래톱에 싱그러운 풀은 누구를 기다리며 서 있나?
> 목란 배 위에 달이 돋아 오르네.
> 정녕으로 다시 강신에게 축원하나니
> 이후로는 다시 만나되 별리는 적게 하소서.

芳草汀洲立待誰　木蘭舟上月明時
丁寧更向江神祝　此後重逢少別離

그 넷째(其四)
겹겹의 관문의 숲에 밝은 해가 나지막한데
여정을 헤아려보니 지금쯤은 이미 요서를 건너셨으리.
돌아올 기약은 참으로 늙은 앵화에 있으리니
봄바람에 홀로 서서 울 뜻이 다하네.
關樹重重白日低　計程今已度遼西
歸期定在鸎花老　獨立春風盡意啼[14]

　이어서 〈서장관 남이신을 대신하여 의주 기생 은란이 짓다(代南書狀
以信 義州妓隱蘭作)〉라는 제목의 3수를 보도록 한다. 선조 28년(1595)
12월에 출발한 사행으로, 한응인이 주청사, 남이신이 서장관이었다.

　압록강 안개가 따뜻하여 물이 기름 같은데
　걸어서 물가의 모래톱으로 나가며 먼 여행을 떠올리네.
　돌아가는 사람에게 말 한 마디를 기대고 싶은데
　봄바람에 휴가의 법전으로 숙상(鷫鸘)의 갖옷을 입네.
　鴨江煙暖水如油　步出汀洲憶遠遊
　欲向歸人憑一語　春風休典鷫鸘裘

또(又)
신 매실과 쓴 승검초는 맛이 달 수 있는데
인간세상에서 살아서 헤어지는 것이 가장 견디기 어렵네.

---

14) 한응인, <代辛書狀 妓蓮兒作 *四首>, 『百拙齋遺稿』 卷之一, 『한국문집총간』 60,
　　489~490면.

길 떠나는 사람의 애 끊는 곳을 알고자 하여
따뜻한 안개 속에 싱그러운 풀이 강의 남쪽에 가득하네.
酸梅苦蘗味能甘　生別人間最不堪
欲識征人腸斷處　暖煙芳草滿江南

또(又)
헤어진 뒤에 서로 그리워 눈물이 엉기려 하는데
베갯머리 차가운 꿈에 기댈 곳 없음을 깨닫네.
무슨 방도로 두 날개를 가지고 나는 새로 바뀌어
만리 높은 바람에 뜻을 얻어 오를까?
別後相思涕欲凝　枕邊寒夢覺無憑
何方幻作雙飛翼　萬里長風得意乘15)

이 사행에서 한응인과 남이신은 길을 지체하여 의주에 도착하고 또 의주에서 오래 머무는 바람에 사헌부의 탄핵을 받기도 했다.

　　사헌부가 청평군 한응인을 파직할 일을 잇달아 아뢰고, 또 아뢰기를,
　　"서장관(書狀官)의 임무는 사절 일행을 단속하는 것으로서 사신과 하루도 서로 떨어질 수 없는 것인데, 주청사 서장관 남이신(南以信)은 정사 한응인과 각자 길를 나누어 가면서 도중에서 지체하고 묵으며 세월을 보내 달이 넘어서야 의주에 도착하였으니, 임무를 받아 수행함에 있어서 불공스럽게 한 죄가 큽니다. 바라건대 파직을 명하소서."
　　하니, 상이 이르기를,
　　"윤허하지 않는다. 서장관은 아뢴 대로 하라."
　　하였다.16)

---

15) 한응인, <代南書狀以信 義州妓隱蘭作>, 『百拙齋遺稿』卷之一, 『한국문집총간』 60, 490~41면.

그리고 위의『광해군일기』에 등장하는 백대형은 이미 관서의 관기를 데려다가 거느리고 있었고, 이이첨과 결탁하였다가 인조가 반정을 한 뒤에 처형되었다.

간원이 아뢰기를,

"신들이 임해군 이진을 파직하는 일로 누차 상께 아뢰었으나 허락하지 않으시니, 신들은 민망하고 답답할 뿐입니다. 사가에서 사람을 구타하고 노비와 재물을 빼앗으며, 나라의 정당한 공물을 약탈하고 사리에 어긋난 빚을 징수하며, 종을 놓아 못된 일을 하도록 하는 등 법을 무시하고 비리를 자행하므로 온 나라의 인심이 모두 분하게 여기고 공론이 날로 격심해집니다. 파직하소서.

양계의 관기를 내지(內地)로 데려올 수 없는 것은 조종조에서 법을 세운 뜻이 엄격한데도 근래에 나라의 법이 해이해져 유식한 사대부들이 법을 무시하고 데려다가 거느리는 자가 매우 많습니다. 국가에서 법을 거듭 밝혀 쇄환하기는 하였으나 모두 원적(原籍)으로 돌려보냈다는 말을 듣지 못했으니, 물정이 오래 전부터 미편해 하고 있습니다. 들은 대로 해당된 사람을 들어 말하면, 좌찬성 유근(柳根), 판윤 윤방, 형조 참판 남이신, 행 호군 정광적, 우윤 남근, 경상 감사 유영순, 남양 부사 조정, 전 부사 정문부, 우승지 이선복, 행 사정 이경린, 행 부호군 유간, 양림 도정 이형윤, 석양 정 이정, 덕신 정 이난수(德信正李鸞壽), 단성 부수 이진, 문신 겸 선전관 이유연(李幼淵), 옥천 군수 유덕신, 전 군수 이빈, 풍기 군수(豊基郡守) 홍익준(洪翼俊), 전적 이경기, 전 정랑 백대형 등은 양계의 관기를 마음대로 데려다가 거느렸습니다. 그 중에 유근과 단성 부수 이진은 사비(私婢)나 양녀(良女)를 거느렸으며, 양림 도정 이형윤은 품관(品官)의 딸을 아내로 삼아 데리고 왔으니, 이들이 관기는 아니지만 국법을 범한 것은 마찬가지입니다. 모두

16)『선조실록』 권72, 선조 29년 병신(1596) 2월 25일(임술).

먼저 파직시킨 뒤에 추고하소서.

　그리고 데리고 온 사람은 해사로 하여금 일일이 쇄환하게 하고 이밖에 미처 파악하지 못한 자와 사서인(士庶人)이 몰래 데려다 사는 경우도 이뿐이 아닐 것이니, 빠짐없이 적발하여 쇄환하고 해당하는 율에 과죄(科罪)하여 시행하소서."

하니, 답하기를,

　"임해군의 일은 윤허하지 않는다. 나머지는 모두 추고하라."

하였다.17)

이상에서 확인한 바와 같이 한응인은 사행의 풍류를 집안까지 연결시켜 권문(權門)으로서 기악(妓樂)을 향유했던 것으로 정리할 수 있다.

3) 남상문과 김제남 집안의 연회와 기악

한편 남상문(南尙文, 1520~1602) 집안의 연회는 그의 할아버지인 남치원(南致元)부터 이어진 것으로, 금헌공 남치원은 성종의 부마로 의성위(宜城尉)로 불리었으며, 연산군 때에 자신의 집을 함방원(含芳院)18)이라고 하였으며, 집안에 가기를 두고 성악(聲樂)을 펼쳤던 것으

---

17) 『선조실록』 202권, 선조 39년 병오(1606) 8월 27일(계해).

18) 이정구, <次漁村題南翊衛松月軒原韻 *幷序>, 위와 같은 곳. 그리고 『신증동국여지승람』 경도, [혁폐 공서]의 <연방원(聯芳院)>에 "연산군 갑자년 이후로, 몸매가 좋고 예쁜 부녀자들을 대궐 안으로 뽑아 들였는데, 처음에는 백으로 헤아리다가 끝내는 만으로 세게 되기에 이르다. 기생의 이름을 고쳐서 운평(運平)이라 하고, 대궐에 들어간 기생을 흥청(興淸)이라 하며, 따라 들어간 사람을 계평(繼平)·속홍(續紅)이라 하고, 악공(樂工)을 고쳐서 광희(廣熙)라 하고, 이들이 있는 곳을 연방원이라고 불렀다. 원각사(圓覺寺)를 국(局)으로 하고, 또 의성위(宜城尉) 남치원(南致元)의 집을 함방원(含芳院)으로 하며, 제안대군(齊安大君)의 집을 부양원(當陽院)으로 하고, 견성군(甄城君)의 집을 진향원(趁香院)으로 하여, 흥청 및 현수(絃手)들을 열 지어 거처하게 했다."라는 기사가 있어서 남치원의 집이 연산군 때에 연락의 장소로 쓰였다는 사실을 확인할 수 있다.

로 전해진다.

남치원과 관련한 연회는 16세기 초반에 심언광(沈彦光, 1487~1540)
이 남치원과 함께 밤에 술을 마시는 잔치자리에서 가기 벽련화가
〈감군은〉을 부르는 것을 들었다고 한 작품에서 확인할 수 있다.

> 의성위 집에는 좋은 술과 벽련화가 있는데
> 좋은 일 아름다운 구경거리가 오늘 밤에 많아라.
> 노래가 〈감군은〉 한 곡조에 이르면
> 은하수가 이미 서쪽으로 기운 것을 알지 못하네.
> * 벽련은 기생의 이름이다.
> 宜城美酒碧蓮花　勝事佳觀此夜多
> 唱到感君恩一曲　不知河漢已西斜
> * 碧蓮妓名[19]

그런데 이 자리는 중종 26년(1531)에 있었던 일로, 심언광, 남치원
등이 있는 자리에 가기 벽련(碧蓮)이 동석한 것으로 확인된다.

남상문은 호가 쌍호로 성종의 부마인 금헌공 남치원의 손자인데,
임진왜란 뒤에 송월헌이라는 정자를 마련하고 그곳에서 성악(聲樂)
을 즐기기도 하였다.

> 시내 서쪽에 작은 구릉이 있고 구릉 위에는 좋은 수목이 많이 자라
> 멀리서 바라보면 울창하고 층계를 쌓고 담장을 둘러 그윽하고 아름다
> 운 모습으로 버티고 서 있는 것은 의성(宜城)의 사제이며, 구릉의 아
> 래 솔이 사람의 모습으로 구불텅하게 서 있고 정산 몇 칸이 그 곁에
> 날개를 편 듯 서 있는 것은 송월헌(松月軒)이며, 복건을 쓰고 푸른 눈,

---

19) 심언광, 〈與宜城尉南致元野酌〉, 『어촌집』 권4, 『한국문집총간』 24, 140면.

불그스레한 뺨, 흰 수염의 그림 같은 풍모로 여장을 집고 녹구를 걸치고 헌함의 아래에서 거니는 도인은 주인이다. 주인은 누구인가? 쌍호(雙湖) 남공이다. 공의 선대부인 부마 금헌공(琴軒公, 南致元)은 풍류와 문아를 갖춘 분으로 부귀한 신분임에도 포의처럼 살았으며, 집안의 정자와 누대 등 정원의 풍광이 당대에 으뜸이었다.

　…(중략)…

공은 천성이 술을 마실 줄 모르지만 손님이 오면 반드시 술병을 기울여 술을 마시고는 얼마 지나지 않아 문득 노래를 부르고 시를 읊는다.[20]

그리고 최립(崔岦, 1539~1612)은 〈호수 남상문이 증시로 보내준 시의 운을 따. *3수(次南湖叟尙文見贈韻*三首)〉의 셋째 수에서 지난날의 풍류를 말하고 있다.

　이름난 정원의 좋은 일이 당시에 즐거웠는데
　좋은 손님의 풍류도 하늘에서 난 것이네.
　오늘 어찌 모두 삭막해졌음을 말하랴?
　오왕이 있는 곳에 쓸개가 이어 걸렸네.
　名園勝事樂當年　好客風流亦出天
　此日那辭渾索莫　吳王在處膽仍懸[21]

뒷날 19세기에 성해응(1760~1839)은 『연경재집』에서 일민(逸民)으로서 남상문에 대하여 기술하기도 하였다.[22]

20) 이정구, 「松月軒記」, 『月沙集』 권37, 『한국문집총간』 70, 121면, 「僉知南公墓誌銘幷序」, 『月沙集』 권46, 『한국문집총간』 70, 271~272면.

21) 최립, <次南湖叟尙文見贈韻*三首>, 「亂後錄」, 『간이집』 권6, 『한국문집총간』 49, 411면.

22) 성해응, 「逸民傳」 <南尙文>, 『硏經齋全集』 卷之五十三, 『한국문집총간』 275,

이렇듯 17세기 전반에 서울에 연고를 둔 중앙 기반 세력들은 서호23)를 비롯하여 동호 등에서 연회를 마련하거나 소모임을 갖고 젓대 등의 풍류를 즐기곤 하였는데, 시대의 과제를 수습하는 일과 관계없이 지속되고 있었다. 주변을 돌아보고 생산주체를 배려하는 태도와는 일정한 거리가 있는 당대 핵심 담당층의 기본 인식이었다고 볼 수 있다.

그런 가운데 권력의 중심부에 있는 사람들을 중심으로 연회와 잔치를 베푸는 일이 빈번하게 일어나고, 정치적 부침에 따라 주체는 바뀌어도 대세는 이어지고 있었던 것이다.

인목왕후의 아버지인 김제남(金悌男, 1562~1613)이 국구가 된 뒤에 집안에서 가기 등을 동원하여 연회를 베푼 일이 여러 차례였던 것으로 확인된다.

최립의 〈국구 연흥부원군 집의 연회 서문(國舅延興府院君第燕會序)〉에서 선조 30년(1602) 7월에 영의정, 좌의정, 우의정과 재추 몇 사람이 김제남의 집에서 연회를 베푼 내용을 자세하게 기록하고 있다. 세 사람이 각각 『시경』「기취(旣醉)」, 『국어』「주어중(周語中)」, 『시경』「주남(周南)」의 말을 인용하여 모임의 뜻을 말하고 주인이 각각 답배를 하였으며, 마지막에 주인이 최립에게 서문을 요청한 것으로 정리하고 있다.

만력 30년(1602)에 우리 정륜입극 성덕홍렬(正倫立極盛德洪烈) 주상 전하께서 새로운 왕비 전하를 책립하신 뒤에, 7월 임신일에 친영하고 궁궐로 맞아들이셨다. 그리하여 곤의(坤儀)의 자리가 바르게 된 여드레 후에, 국구인 영돈녕부사 김공에게 유지(有旨)를 내려 선온을 하

95면.
23) 심열, <西湖主客問答>, 『南坡集』, 『한국문집총간』 75, 533면.

시고, 책사와 조신을 모두 모아 연회를 베풀게 하셨다.

이에 영의정 이공(李公)과 좌의정 김공(金公)과 우의정 유공(柳公)을 비롯해서 재추(宰樞) 약간 명이 황화방(皇華坊)에 있는 부원군의 사제로 나아갔다. 중사(中使)가 궁중의 음식을 가지고 와서 청사에 진설하니, 주인과 빈객 모두가 상의 은혜에 감격하여 절을 한 뒤에 차서대로 자리에 앉았다. 그러고는 상이 내리신 술을 모두 격식을 갖추어 돌려 마신 뒤에, 이제는 제한 없이 마음 놓고 술을 마시는 사적인 연회에 들어갔다. 그리하여 이윽고 주인의 잔치가 베풀어지면서 주객 상호간에 술잔을 주고받는 일이 빈번해지기 시작하였는데, 이는 또한 평상적인 의례를 훨씬 뛰어넘는 것이었다.

바야흐로 주흥이 무르익어 갈 무렵에 어떤 이가 술잔을 들고 말하기를, "시에 '군자에게 만년토록 하늘의 큰 명이 따르게 해 주리라. 큰 명이란 것이 무엇인가 하면, 바로 여사를 내려 주시는 것이라네.[君子萬年 景命有僕 其僕維何 釐以女士]'라고 하였는데, 그 해설을 보면 여사란 사행(士行)을 지닌 여성이라고 하였다. 대개 규방의 여성이 사군자의 행실을 지니기 위해서는 그 집안의 법도가 아름다워야만 비로소 가능할 것이다. 그런데 집안의 법도가 아름다운 곳을 찾는다면, 학사 대부의 집안보다 더 훌륭한 곳이 또 어디에 있겠는가. 그럼에도 불구하고 국가의 큰 혼례를 뒤돌아보건대, 조종조에서 벌족 세가의 여성들만 간택하였을 뿐, 학사 대부의 집안 출신은 오히려 드물었던 것이 또한 사실이었다. 지금 우리 왕비 전하께서는 맑은 덕을 지닌 명가 출신이시고, 국구공(國舅公) 또한 학사로 엄선된 분이시니, 그동안 왕비를 간택해 왔던 예와는 사뭇 다르다고 해야 할 것이다. 엄숙하면서도 경건한 초액(椒掖)의 분위기를 유지하기 위해서는 겸손하고도 근신하는 외척이 필수적으로 요구되는데, 이것은 지나간 역사를 살펴보아도 분명히 알 수 있는 일이다. 그리고 대례가 이루어진 뒤에 일단 국구가 된 신분으로 조정의 동료 신하들을 모아 연회를 베풀었던 고사가 옛날에 혹 있었다 하더라도, 오늘날처럼 백관들을 사제로 초청하여 성대한 자리를 마련했던 일은 그 유례를 찾기가 힘들다고 할 것인데, 이렇게 될수 있었던 까닭 또한 바로 그런 점에서 찾을 수가 있지 않겠는가." 하였다. 이에 빈객 모두가 절을 하며 축하하였고, 주인이 답배를 하였다.

그러자 또 어떤 이가 술잔을 들고서 말하기를, "전해 오는 글을 보면, '지(摯)와 주(疇)의 지역은 태임(太任)으로 말미암아 성대해졌고, 기(杞)와 증(繒)의 지역은 태사(太姒)로 말미암아 성대해졌으며, 제(齊)와 허(許)와 신(申)과 여(呂)의 지역은 태강(太姜)으로 말미암아 성대해졌다.'고 하였다. 이 글을 얼핏 보면 전적으로 그들 집안이 속한 지역이 복을 받게 된 유래를 설명하는 것처럼 여길 수도 있겠지만, 다른 한편으로 태강과 태임과 태사가 주(周)나라 왕실에 왕비로 간택되어 들어옴으로써 주나라가 복을 받게 된 것이 또 얼마나 많다고 해야 하겠는가. 지금 우리 왕비 전하께서는 집안의 가르침에 힘입어 국모의 위의를 완전히 갖추게 되셨다. 그리하여 그 집안이 훌륭한 보답을 받게 되었을 뿐만이 아니라, 국가 역시 이를 의지하여 안정과 번영의 기틀을 마련하게 되었다. 이러한 일을 그 누군들 원하지 않았겠는가. 그리고 이번 일이야말로 정말 온당하게 되었다고 그 누군들 말을 하지 않겠는가." 하였다. 이에 빈객 모두가 절을 하며 축하하였고, 주인이 답배를 하였다.

그 뒤를 이어 또 어떤 이가 술잔을 들고서 말하기를, "관저시(關雎詩) 2장을 보면, '자나 깨나 생각하며 구한 나머지 심지어는 이리 뒤척저리 뒤척인다[輾轉反側]'고까지 하였는데, 이는 문왕(文王)이 요조숙녀를 얼마나 애타게 찾고 있었는지를 말해 주는 것이라고 하겠다. 그리고 그 3장을 보면, '거문고와 비파를 연주하면서 사이좋게 벗하고 싶다[琴瑟友之]'고 하였고, 또 '종과 북을 울리면서 한껏 즐기고 싶다[鍾鼓樂之]'고 하였는데, 이는 성스러운 배필을 얻어 기뻐하고 즐거워하는 문왕의 심정을 표현한 것이라고 하겠다. 지금 우리 주상 전하께서는 곤위(壼位)가 오래도록 비어 있는 상황에서 휘음(徽音)이 위에 들려오자 애타게 구한 나머지 마침내 뜻을 이루어 기뻐하고 즐거워하시게 되었으니, 관저시와 너무나도 비슷하게 되었다고 해도 좋을 것이다. 우리 신자들이 궁중에 있는 사람들처럼 왕비 전하를 항상 뵐 수는 없지만, 그래도 처음 궁중에 오실 때 그 자태를 뵙고는 찬미할 수 있었고, 지금 왕비 전하께서 생장한 집안의 뜨락에 와서 어울려 노닐 수가 있게 되었으니, 우리 신자들 역시 우리 군부의 기쁨을 함께 기뻐하고 우리 군부의 즐거움을 함께 즐길 수가 있게 되었다고 하겠다. 더군다나 관저의 기쁨이 인지(麟趾)로 이어지고 방중(房中)의 즐거움이 나라 전체로 펼쳐지게 될 것임에야 더 말해 무엇하겠는가. 그리하여 지금 이 자리의 모임으로부터 시작해서, 천지가 제자리를 잡고[天地位] 만물이 제대로 길러지는[萬物育] 그 속으로 파급되어 화기애애하게 춤추고 노래들을 하게 될 테니, 그 일이 또 앞으로 어찌 끝이 있다 하겠는가." 하였다. 이에 빈객 모두가 절을 하며 축하하였고, 주인이 답배를 하였다.

그러고는 연회가 끝나고 나서 주인인 영부사공(領府事公)이 나에게 명하기를, "이 일을 어찌 글로 남기지 않아서야 되겠는가. 제공이 나에게 해 준 말을 들어 보건대, 그 속에서 나에게 충고해 주는 말이 꼭 없다고도 할 수가 없다. 그러니 내가 어찌 시종일관 이 말에 어긋나지 않게 노력하지 않을 수 있겠는가. 그리고 앞으로 제공에게 다시 이것을 시로 지어 주기를 청하여 스스로 법도를 삼아 보려고 한다." 하였다. 그래서 내가 이해 모월 모일에 이렇게 삼가 쓰게 되었다.[24]

---

24) 최립, 「國舅延興府院君第燕會序」, 『簡易文集』 卷之三, 『한국문집총간』 49, 295면. 萬曆三十年, 我正倫立極盛德洪烈主上殿下, 旣冊新王妃殿下, 以七月壬申, 親迎入宮. 正位後八日, 國舅領敦寧府事金公以會, 冊使幷朝臣, 聞有 旨宣醞. 於是領議政李公·左議政金公·右議政柳公曁宰樞若干員, 詣皇華坊之私第, 中使以宰夫之具至, 陳于廳事, 主人若賓, 皆拜恩序坐, 宣勸之爵必卒, 繼以無算爵, 旣而設主人之燕, 具獻酬之繁, 加於常儀. 酒方行, 有觴而言者曰, 詩曰, 君子萬年, 景命有僕, 其僕維何, 釐以女士. 而其說以女士爲女子之有士行, 蓋閨房而有士君子之行, 必其得於家法之美, 而求家法之美, 孰賢於學士大夫之家哉. 然 國婚自祖宗朝, 槪取之巨閥世望, 而學士大夫顧希有焉. 今我王妃殿下, 出清德名家, 而國舅公又妙選學士, 可謂事之尤異. 而卜椒掖之肅穆, 必于外家之謙謹, 此在往牒之明徵也. 大

그런데 이러한 모임이 광해군 시대에 이르러 정치적 의도를 지니고 있었던 것으로 받아들여지면서, 광해군 2년(1610)과 광해군 3년(1611)에 연회와 잔치를 베풀었던 것이 당시에 문제로 불거지기도 하였다.

이정귀가 공초하기를,

"신은 평소 교유하는 것을 일삼지 않고 늘 편당을 근절시킬 마음을 품어 왔습니다. 따라서 뒤섞여 지목을 받는 처지가 되더라도 신을 아는 자들은 모두 당이 없다고 말해줄 것입니다. 신이 예조 판서로 있을 때 김제남이 낭속(郎屬)으로서 일찍이 신의 집을 왕래하였으므로 마침내 그와 잘 알고 지내게 되었습니다. 그러다가 그가 국구(國舅)가 된 뒤로 당시의 권신과 결탁하여 문정이 매우 번성해지면서 신들은 돌아보지도 않았기 때문에 신의 동료 중에서 그 문 안에 발을 들여놓는 자는 한 사람도 없었는데, 신 역시 체면상 세시에 명함만 들여놓았을 뿐 개인적으로 만난 적은 한 번도 없었습니다. 그리고 경술년[1610] 가을과 신해년[1611] 봄 무렵에 제남이 잔치를 열고 대대적으로 빈객을 초청했을 때 신이 의례적으로 가서 참석한 적이 있었는데 이런 일

禮旣成, 國舅以同朝燕, 雖或故事有之, 而今日簪紳之會, 不啻其特盛者, 豈不以此耶. 賓皆拜, 主人答拜. 又有觴而言者曰, 傳曰, 摯, 疇之國也由太任, 杞, 由太姒, 齊, 許, 申呂由太姜, 此若專言家之所由以福, 而太姜, 太任, 太姒之嬪于周室, 國之福由之, 又何如也. 今我王妃殿下資於家訓, 以弘母儀, 家獲令善之報, 而國亦藉以尊安, 夫誰不願, 而誰不曰宜耶. 賓皆拜, 主人答拜. 又有觴而言者曰, 詩關雎之二章有曰, 寤寐求之, 至於展轉反側, 言文王求淑女之勤也. 其三章曰, 琴瑟友之, 又曰, 鐘鼓樂之, 言文王得聖妃之, 以喜以樂也. 今我聖上殿下以壼位久虛而徵音升聞也. 其求之勤, 得之喜樂, 宜一似於關雎. 凡我臣于, 雖不得同宮中之人, 於其始至, 見焉而美之, 而卽其門闈而得焉. 足以喜我君父之喜, 樂我君父之樂, 況關雎之應而麟趾, 房中之樂而邦國, 繼自玆會, 洋洋歌舞於天地位萬物育之中, 曷有紀極耶. 賓皆拜, 主人答拜. 旣終燕, 主人領府事公以命竪曰, 盍敍諸, 凡諸公有以貺某, 亦未必不有以規某也. 得終始毋替斯言否, 將續請諸公形于詩者而自式焉. 是年月日. 謹序.

도 그때 참석했던 두 번 이외에는 있지 않았습니다.25) 그런데 지난 해
3월에는 역옥(逆獄)이 최초로 일어나 인심이 흉흉했던 만큼 아무리 제
남이 사리에 어두운 사람이라 하더라도 그런 때에 잔치를 배설하다니
이는 이치에 맞지 않는 말인 듯합니다. 만약 그 전에 연회에 참석했던
것을 죄로 삼는다면 신이 실로 달게 받겠습니다만, 여러 손님들이 일
제히 모이고 기악이 흥을 돋우고 있는 상황에서 어떻게 그가 속으로
흉모를 품고 있는지를 알았겠습니까. …"26)

또 중운개(中雲介)와 갑생(甲生)의 공초를 받았다. 두 사람은 모두
김제남 집안의 가비(歌婢)였는데 공초하였으나, 승복하지 않았다.27)

무신년[1608] 이후로부터 역옥에서 법망을 빠져나간 자가 어찌 한정
이 있겠는가. 계축년[1613]의 옥사는 참으로 천고에 없었던 큰 변고였
다. 제남이 남상문(南尙文)의 집에서 잔치를 열어 성악을 크게 벌였는
데, 온 조정의 재신과 조관이 연회에 참석한 자가 매우 많았으며 밤이
늦어서야 파한 것이 한두 번이 아니었으니, 그 가운데 어찌 서로 결탁
하여 역모에 참여한 역적이 없었겠는가.28)

이렇듯 김제남의 집에서 가비가 참석한 가운데 열린 연회를 비롯
하여 남상문의 집에서 열린 잔치 등에서도 기악(妓樂)이 동원된 가운
데 성악(聲樂)을 크게 베풀었다고 했는데, 이 자리에서 노래로 불린
레퍼토리가 끼친 반향을 주목할 수 있다.

---

25) 그런데 이정구의 <인목왕후만사>의 셋째 수 함련에서는 "연흥댁에 열린 그 연회
가 기억나고, 계축년에 일어난 옥사에 넋이 놀라네(宴憶延興第 魂驚癸丑年)"라고
하였다. 『月沙集』 권18, 『한국문집총간』 69, 432면.
26) 『광해군일기』 66권, 5년(1613) 5월 17일(갑술), 『국역 광해군일기』 10, 275~276면.
27) 『광해군일기』 66권, 5년(1613) 5월 14일(신미), 『국역 광해군일기』 10, 258면.
28) 『광해군일기』 133권, 10년(1618) 10월 26일(신사), 『국역광해군일기』 20, 124면.

4) 가기 칠이와 옥아

그리고 17세기 전반에는 칠이(七伊), 옥아(玉娥) 등의 전문적인 가기가 활동하면서 이들이 부른 노래의 레퍼토리를 구체적으로 제시하고 있어서 연회의 상황을 이해하는 데에 도움이 된다.[29]

우선 이정구가 〈이자민[이안눌]의 집에서 열린 술자리에서 대취하여 자민에게 운을 부르게 하고 휘세[홍서봉]에게 받아 적게 하다〉[30]라는 시를 남기고 있는데, 이 모임에 칠이(七伊)라는 이름을 가진 늙은 가기가 참석하고 있고, 젓대로 〈매화곡〉을 탔다고 하였다.

> 노래로 이름난 육일을 만났는데
> 새 해의 열사흘이라네.
> 물리도록 술을 마시고
> 부지런히 이야기를 나누네.
> 시가 맑은 그대는 적수가 없지만
> 술이 약한 나는 어찌 견디랴?
> 젓대로 <매화곡>을 한 가락 타니
> 누가 조위남을 이으랴?
> * 이날이 새해 정월 열사흘인데, 칠이라는 이름의 늙은 가기도 왔기 때문에 육일이
> 라고 이른 것이다.
> 名歌逢六一　新歲卽旬三
> 且作厭厭飮　仍成亹亹談
> 淸詩子無敵　弱戶我何堪
> 一笛梅花曲　誰賡趙渭南
> * 是日新正十三　而老歌娼名七伊者亦來　故云六一

---

29) 최재남, 「이정구의 가곡과 풍류에 대한 인식」,『반교어문연구』 32집, 2012, 224~226면.
30) 이정구, <李子敏家酒席大醉 使子敏呼韻 輝世書之>,「권응록 중」,『月沙集』권
17.『한국문집총간』 69, 401면.

이 시의 미련에서 "젓대 소리 한 가락에 〈매화곡〉 울리니, 그 누가 조위남을 이으랴?(一笛梅花曲 誰賡趙渭南)"라고 한 것은, 젓대로 타는 〈매화곡〉과 "긴 젓대 한 소리[長笛一聲]"라고 읊었던 당나라 조하(趙嘏)의 시를 견주고 있는 것이다. 젓대의 반주와 함께 가기 칠이(七伊)가 〈낙매화〉로 추정되는 〈매화곡〉을 불렀을 것으로 이해할 수 있다.

한편 이안눌(李安訥, 1571~1637)은 〈옥아가 고 인성 정 상공의 〈사미인곡〉을 노래하는 것을 듣다(聞玉娥歌故寅城鄭相公思美人曲)〉라는 시에서 가기 아옥(阿玉)이 부르는 정철의 〈사미인곡〉을 들으면서, 가기 칠이와 석개를 함께 언급하고 있어서 이들 가기의 계보를 참조할 수 있다. 석개(石介) → 칠이(七伊) → 아옥(阿玉)으로 그 계보가 이어지고 있음을 알 수 있다.

> 십년간 상포에서 천궁이를 따면서
> 요대를 바라봄이 끊어져 별리를 원망하네
> 아녀는 시세의 형편을 알지 못하고
> 지금도 부질없이 〈미인사〉를 노래하네.
> 十年湘浦採江蘺　望斷瑤臺怨別離
> 兒女不知時世態　至今空唱美人辭
>
> 칠아(칠이)는 이미 늙고 석아(석개)는 죽어서
> 오늘날 노래할 수 있는 이는 아옥이라 이름하네.
> 고당에서 시험 삼아 〈미인사〉를 노래하니
> 듣노라면 인간 세상의 곡조와 같지 아니하네.
> 七娥七伊已老石娥石介死　今代能歌號阿玉
> 高堂試唱美人辭　聽之不似人間曲[31]

---

31) 이안눌, 〈聞玉娥歌故寅城鄭相公思美人曲〉『東岳先生續集』, 『한국문집총간』

　석개는 이미 앞에서 살핀 바와 같이 송인의 집에 있던 가기(歌妓)인데 이미 세상을 떠났고, 칠이(七伊)는 늙어서 한창 때의 명성을 드날릴 수 없다는 것이다. 그런데 아옥(阿玉)은 정철의 〈사미인곡〉을 부르면서 한창 인기를 누리고 있는 것으로 볼 수 있다.
　옥아로 알려진 가기(歌妓) 아옥에 대한 정보는 인성군 공(珙)의 아들인 이건(李健, 1614~1662)의 〈증옥아(贈玉娥)〉라는 시에서도 볼 수 있다.

　　옥아는 동국의 이름 있는 창기이고, 삼족은 죽은 형의 당호이다. 노래와 술로 서로 좇아서 거의 빠지는 해가 없었다. 형이 죽은 지 4년 뒤에 갑자기 찾아와서 옛 일이 느껴워서 빠르게 붓을 놀려 두자미의 〈강남봉이구년〉체를 본받으니, 안타깝다. 홍인은 신도의 동문이고, 옥아가 사는 곳이다.

　　홍인문 안에서 해마다 보았고
　　삼족당 속에서 날마다 들었네.
　　외로운 이슬 같은 남은 삶에 아직 죽지 아니하고
　　매화 시절에 다시 그대를 만나네.
　　興仁門內年年見　三足堂中日日聞
　　孤露餘生猶不死　梅花時節更逢君[32]

　이건은 선조의 후궁인 정빈 민씨 소생인 인성군 공(珙)의 셋째 아들인데, 망형인 이길(李佶)의 삼족당에서 노래와 술로 가까이 지냈던

78, 543면.
32) 이건, 『葵窓遺稿』卷之三, 『한국문집총간』122, 53면, 玉娥, 東國之名娼也. 三足, 亡兄之堂號也. 歌酒相從, 殆無虛歲矣. 喪後四載, 忽見來訪, 感舊走筆, 效杜子美江南逢李龜年體. 傷哉. 興仁神都之東門, 而玉娥之所居也.

사실을 밝히고 있다.[33]

이상의 사례에서 확인할 수 있는 바와 같이 상림춘의 후원자로 신종호, 석개의 후원자로 송인, 옥아의 후원자로 이길 등을 주목할 수 있다. 이렇듯 왕족이나 부마 등의 권력을 기반으로 연회를 베풀면서 가기를 후원하는 전통이 지속적으로 이어지고 있었던 것이다.

5) 정명공주 집안 연회로의 전환

중앙 기반 세력의 이러한 연회 전통은 정치적 국면에서 우여곡절을 겪기도 했지만, 계해반정 이후 정명공주가 홍주원에게 하가하고, 17세기 후반에 계해반정의 주갑과 정명공주의 수연(壽宴)을 기념하는 자리에서 성대한 모임으로 이어진 것으로 이해할 수 있다. 이민서(李敏叙, 1633~1688)가 숙종 7년(1679)에 기록한 「정명공주칠십칠세수연서(貞明公主七十七歲壽宴序)」[34]를 비롯한 여러 글에서 구체적 내용을 확인할 수 있다.

권력의 중심을 차지하고 있는 집안을 중심으로 이러한 연회가 이어지면서 가시(歌詩), 가영(歌詠), 번가(飜歌) 등의 이름으로 다양한 레퍼토리가 등장하고 있었다고 할 수 있다.

권력의 핵심을 중심으로 이어지는 연회와 그 모임에 참석한 구성

---

33) 정빈 민씨는 인성군 공(珙)과 인흥군 영(瑛)의 두 아들과 옹주 셋을 두었고, 인성군에게 5남 2녀가 인흥군에게 2남 2녀와 서녀 하나가 있다. 이건은 인성군의 셋째 아들이고, 인흥군에게는 낙선군 우(俁)와 낭원군 간(侃)이 있다. 이건은 「금옥계서(金玉契序)」에서 선조의 자손으로 종형제에서 재종에 이르기까지 금지옥엽(金枝玉葉)의 준말인 금옥계를 조직하여 歌와 시를 향유하는 모임을 가졌다고 기록하고 있고, 낙선군이 <감군은사>를 남기고 있고 낭원군이 가집 「영언(永言)」을 엮은 것으로 보아 17세기 후반 금옥계를 중심으로 한 시가 향유의 양상을 살필 필요가 있다.

34) 이민서, 『西河先生集』 권12 「序跋」, 『한국문집총간』 144, 209면.

원들의 면면에 대한 이해, 그리고 이들과는 일정한 거리를 유지하면
서도 동년(同年) 등이 모이는 소모임에서 향유되는 시가의 레퍼토리
에 대한 심도 있는 이해가 필요할 것이다.

　다음은 홍석기(洪錫箕, 1606~1680)의 「정명공주에게 내려진 잔치의
연회시 서문(貞明公主賜宴宴會詩序)」이다. 서문에 해당하는 내용만 보
도록 한다.

　　영안위 공주는 여든 살에 가까운데, 주상께서 친척을 가까이하고 나
　이 많은 사람을 우대하는 뜻으로, 곧 정사년(1677) 5월 열아흐레에 잔
　치자리를 내리셨는데, 이날은 곧 공주의 생신날이다. 또 기미년(1679)
　8월 스무아흐레에 잔치자리를 내리셨는데, 이는 국조에서 전에 없던
　성대한 일이다. 나와 정안도위는 다만 동갑의 인연뿐만 아니라 만약
　안항을 보아도 온 세상이 다 아는 바이다. 시랑 홍백함 형제가 나에게
　편지를 보내어, 아울러 상서 이장경이 정사년 자리에서 지은 율시 2편
　과 이경조가 기미년 자리에서 지은 2편을 부쳐 보이면서 화운을 부탁
　하고, 또 아울러 서문까지 써 달라고 부지런하였다. 다만 감히 홀로 성
　대한 뜻을 저버릴 수 없을 뿐만 아니라, 옛날 놀던 일을 생각해보니,
　어찌 이웃 피리의 슬픔이 없으랴? 그 율시 4편에 차운하고, 별도로 율
　시 2편과 병서의 글을 바친다.35)

<hr />

35) 홍석기, <貞明公主賜宴宴會詩序>, 『만주유집』 권6, 『한국문집총간』 속31, 137~
　　138면. 永安尉公主年近八十, 主上以敦親優老之意, 乃於丁巳五月十九日賜宴, 是
　　日則公主初度也. 又於己未八月二十九日賜宴, 此國朝無前之盛事. 余與永安都尉,
　　不但有同庚之契, 若視鴈行, 擧世知之. 洪侍郎伯涵兄弟有書於余, 兼以李尙書長
　　卿丁巳席上所作二律及李京兆己未席上所作二律, 寄示求和, 且有幷序之勤敎. 不
　　但不敢孤負盛意, 因思舊遊, 豈無鄰笛之悲. 次其四律, 別呈二律幷序文.

2. 정치 참여와 부침에 대한 반응과 그 이면

정치 참여와 부침은 17세기 전반 정치·사회의 변동 상황에서 정치적 발언을 표면화시킨 경우를 포괄하여 다루고자 한다. 일차적으로 정치 상황의 변화에 대하여 적극적인 지지를 통하여 직접적인 참여와 동조의 태도를 보이거나, 때로는 정치 상황의 변화에 밀려난 상황에서 자신의 삶을 내면화시키는 경우 등으로 대별할 수 있을 것이다. 한편 정치적 상황을 예의주시하면서 정치 참여에 대한 경계를 드러낸 경우와 정치 현실과 세태를 말하는 경우도 아울러 살필 수 있다.

1) 적극적 지지와 참여의 태도

광해군이 밀려나고 인조가 보위에 오르면서 서인이 정권을 잡게 되자 정권을 잡는 데 주도적인 역할을 하게 된 사람들을 적극 지지하는 발언이 나타났다. 강복중(姜復中, 1563~1639)의 〈계해반정가(癸亥反正歌)〉가 그것이다.

계해 삼월 춘의 뜯 가진 이귀 김류ㅣ
용천검을 둘어 메고 태평케 ᄒ단 말가
아희야 청려장 니여라 위로ᄒ러 가쟈.

충효만 푸문 져 이귀ㅣ 구레 버슨 말이 되어
녹초 청계상의 임쟈 그려 우니다가
이졔는 왕손 만나 애용지용 ᄒ노라

공홍 도주ㅣ 명감이오 은진 태수ㅣ 명감이니
은진 상하인이 다들 칭송 ᄒᄂ구나

청계 팔십쇠옹도 흥만 계워 ᄒᆞ노라

요시도 이러ᄒᆞ고 순시도 이러턴가
처어 강구의 격양가 뿐이로다
아모리 황습 소둔돌 긔나 이나 ᄃᆞ르랴

갈마산 노송학이 장망의 버므러셔
김명재 비수검의 아니 죽고 샤라나패
아모리 해삼면탕덕인돌 긔나 이나 ᄃᆞ르랴36)

첫 수는 이귀(李貴)와 김류(金瑬)가 주동이 되어 태평시대를 열게 되었으니, 청려장을 짚고 위로하러 가겠다는 것이다. 둘째 수는 이귀에 대한 옹호를 보여주고 있다. 셋째 수는 공홍 도주와 은진 태수의 명감을 말하고 있고, 넷째 수는 강구의 격양가 소리만 들린다고 하였다.

한편 11수로 된 〈경증월사대감가(敬贈月沙大監歌)〉는 이정구를 칭송하는 노래인데, 아홉 번째 작품을 들면 다음과 같다.

우계 쥬거 잇고 율곡 ᄯᅩ 업셔 잇고
에엿쁜 오성은 ᄯᅩ 어디 가돈 말고
두어라 장안 월사나 백년 샬게 ᄒᆞ쇼셔37)

성혼(成渾, 1535~1598)과 이이(李珥, 1536~1584)는 죽고 없고 이덕형(李德馨, 1561~1622)마저 없는 상황에, 이정구(李廷龜, 1564~1635)라도

---

36) 강복중, 『청계가사』, 『한국시조대사전』 245, 4246, 379, 3040, 116.
37) 강복중, 『청계가사』, 『한국시조대사전』 3064.

백년을 살게 하겠다는 바람을 담고 있다. 이들 인물들이 서인(西人)이라는 특정한 당파에 속하고 있다는 점에서 나라의 장래를 걱정하는 현실 참여의 태도인지, 특정 정치 세력에 대한 옹호인지 변별할 필요가 있을 것이다.

그리고 〈청계통곡육조곡〉에서도 현실 정치의 문제를 직접 다루고 있다. 그 중의 첫 수인데 영창대군과 인목대비의 일을 말하고 있다.

> 宣王(선왕)이 化仙後(화선후)에 고은 대군 어디 간고
> 에엿쁜 대비공주의 거슴 소긔 즘겨 계셔 밤이나 낫지ᄂ 님향희 哀情
> (애정)과 懷中殺子(회중살자)늘 일각이나 이ᄌ실가 기한이 도골ᄒ야
> 팔십쇠옹은 이고이고 ᄒ며 서궁을 ᄇ라보고 눈물질 뿐이로ᄃ
> 아미나 유정흔 벗님네 뎌 쇠 열길 ᄒ쇼셔[38]

이러한 정치적 발화는 광해군의 폐정(廢政)으로 불만에 쌓였던 입장에서 특정한 당파를 지지하는 입장을 보이고 있어서 현실에 대한 진단과 전망에 대한 검증이 새롭게 요구될 수 있는 대목이다.

실제 가사에서도 정훈(鄭勳, 1563~1640)의 〈성주중흥가〉가 이러한 입장을 드러내고 있어서 견주어 살필 수 있다. 구체적 인물을 지적하고 있는 것은 아니지만 "동방 십륙년이 이적이 다 되얏더니, 일조 광복ᄒ니 반가움이 ᄀ이 업다"라고 하여 이적(夷狄)에서 광복(匡復)으로 되돌리게 된 기쁨을 드러내고 있다.

> 이 몸이 이제 죽다   셜운 일이 이실손가
> 성환 성희라   머근 뜻이 업건마ᄂ

---

38) 강복중, 『청계가사』, 『한국시조대사전』 2251.

용안이 원격ᄒ니	누를 조차 술오려뇨
순효 지성은	션묘도 아ᄒ시니
중흥 성덕을	고칠 주리 업거니와
인심이 믈 ᄀᄐ여	인도로 마히 되니
군신 사정을	내죵내 ᄀ르희쇼셔[39]

한편 정치적 상황에 대한 반발이나 풍자적인 뜻을 보인 것도 살필 수 있는데, 인조 3년(1625) 무렵에 민간에 전승되고 있던 〈상시가(傷時歌)〉와 같은 것이 그러한 예이다. 반정을 통해 집정한 세력이 사람들에게 기대를 주지 못하고 있었던 셈이다.

　　이때 여염 사이에 또 〈상시가(傷時歌)〉 한편이 떠돌고 있었는데 대개 시사를 풍자하고 훈신을 지척한 것이었다. 그 가사는 이렇다.

아, 너희 훈신들아
스스로 뽐내지 말라.
그의 집에 살면서
그의 전토를 점유하고
그의 말을 타며
그의 일을 행한다면
너희들과 그 사람이
다를 게 뭐가 있나.
嗟爾勳臣　毋庸自誇　爰處其室　乃占其田
且乘其馬　又行其事　爾與其人　願何異哉[40]

---

39) 정훈, 『수남방옹유고』, 이상보, 『17세기 가사 전집』(교학연구사, 1987), 162면.
40) 『인조실록』 9권, 3년(1625) 6월 19일(을미), 『국역 인조실록』 4, 66~67면.

인조반정을 통해서 집정한 세력은 중흥(中興)을 이루었다고 자부하고 있었지만, 훈신(勳臣)들을 중심으로 광해군 폐정 때에 기득권을 누리고자 했던 일을 되풀이하면서 별로 달라진 것이 없다는 시대에 대한 진단이 이런 노래를 부르게 한 것으로 볼 수 있다.

2) 밀려난 상황에서의 내면

정치적 부침은 누구나 겪을 수 있는 일이지만, 이 항에서는 신흠 (1566~1628)의 〈방옹시여〉와 윤선도(1587~1671)의 〈견회요〉를 통해 그 내면을 살피도록 한다. 신흠은 이미 예조판서를 역임하고 광해군 5년(1613) 48세의 나이에 계축옥사로 전리 방축이 되어서 경기도 김 포에서 지내면서 〈방옹시여〉의 노래를 불렀고, 윤선도는 광해군 8년 (1616) 30세의 젊은 진사로 당시 권력의 실세였던 이이첨을 처단해야 한다고 상소를 올렸다가 함경도 경원으로 유배되어 지내면서 〈견회 요〉를 불렀다.

신흠의 〈방옹시여〉에 실린 작품은 계축옥사[1613]로 벼슬에서 밀 려나고 김포에서 지내는 시기에 지은 작품으로 정치의 부침에 대해 직설적으로 말하지 않고 내면화의 방향을 택하고 있는 것으로 볼 수 있다.

신흠은 계축옥사의 공초에서 다음과 같이 진술하였다.

신흠(申欽)[전 예조판서], 서성(徐渻)[전 개성유수], 이정귀(李廷 龜)[예조판서], 김상용(金尙容)[지돈녕부사], 황신(黃愼)[전 호조판서] 의 공초를 받았다. 신흠이 공초하기를,
"신이 김제남과는 과연 같은 해에 조정에 진출하여 서로 알게 된 연 분이 있기는 합니다. 그러나 그는 음관으로 벼슬길에 올랐고 신은 이

른 나이에 과거에 합격하였기 때문에 친구 간의 의리가 있다고는 하지만 서로들 빈번하게 왕래하는 관계는 아니었습니다. 그리고 그가 부귀하게 된 이후로는 신이 접촉을 하지 않으면서 조정의 반열에서나 서로 만나 보았을 따름입니다.

그런데 그가 교만하고 사치스러운 행동을 하는 데 대해서는 신이 일찍부터 분개하며 미워해 왔습니다. 신의 아우 신감(申鑑)이 봉산 군수로 있을 때 그가 백성의 전지를 점유하여 자기의 전장으로 만들려고 하였는데 감히 허락해주지 않았었고, 선왕조 때 그가 신의 집과 혼인 관계를 맺으려 했을 때도 신이 허락하지 않았었습니다. 그런데 그의 흉악한 행동에 신이 어찌 참여했겠습니까.

무신년 2월에 신이 경기 감사가 되어 국상을 주관하느라 뛰어다니며 겨를이 없었으므로 유교(遺敎)가 내려졌다는 것조차도 처음에 얻어 듣지 못했다가 한참 지난 뒤에야 어떤 사람이 그런 이야기를 전해 주기에 혼자서 놀라워하기만 했습니다. 그러나 당초 받은 일이 없었기 때문에 마치 받아들인 것이 있는 것처럼 감히 앞서서 자기 변명을 할 수는 없었는데, 이것이 신 자신이 직접 범한 죄는 아니었기 때문에 그저 전하께서 통촉해 주시리라고만 믿어 왔을 뿐입니다. 그리고 나라와 혼인 관계를 맺은 집이라고는 하나 궁금(宮禁)과 종적을 소원히 해 왔다는 것에 대해서는 사람들이 모두 알고 있습니다. 그런데 신이 20년 동안 근신해 온 사람으로서 이런 악명을 입게 되었으니 차라리 혹형을 받고서 죽고 싶은 심정밖에는 없습니다."

하였다.[41]

신흠은 선왕인 선조와 사돈의 관계로 아들 신익성(申翊聖, 1588~1644)이 선조의 옹주인 정숙옹주를 아내로 맞고 있었으며, 선조가 칠신(七臣)에게 유교를 내려 영창대군의 후사를 부탁하기도 한 상태였

---

41) 『광해군일기』 66권, 광해 5년 5월 17일(갑술), 『국역 광해군일기』 10, 273~274면.

다. 계축년에 박응서 등이 문경새재에서 도둑질을 하다가 잡혔는데, 그 뒤에 이이첨 등이 이들 도적이 김제남 등과 연계되어 있다고 사주하여 계축옥사가 발생한 것이다. 그런데 위의 공초에서 밝히고 있는 바와 같이, 신흠은 김제남과 그렇게 긴밀한 관계가 아니라고 하고 있고, 오히려 흉악하다고 비판하고 있다. 한편 선조의 유교(遺敎)도 본인은 잘 모르는 것이며 궁금(宮禁)과도 소원한 관계라고 말하고 있다. 자신을 보호하기 위한 진술이라 할지라도 정치적 의사 결정에 깊이 간여하지 않았다는 의미로 해석할 수 있다.

그런데 3년여가 지난 뒤인 광해 9년(1617) 1월에 춘천으로 유배되기에 이르렀다.

> 신흠(申欽)을 춘천(春川)에, 박동량(朴東亮)을 아산(牙山)에, 한준겸(韓浚謙)을 충원(忠原)에 부처(付處)하였다.[42]

「방옹시여서(放翁詩餘序)」에서 자신의 내면을 토로한 일부 내용을 들어보도록 한다. 세상이 자신을 버리고 자신도 세상에 피로를 느꼈다고 한 것이 바로 정치현실에서 말미암은 사정을 말하고 있는 것이다. 그리하여 유배 → 시장 → 곡조(언문) 등의 과정으로 내면을 토로하였다. 서문을 쓴 계축년(1613) 동지의 시점이 계축옥사가 일어나서 전리(田里)로 방축되었던 시기를 가리키고 있다. 유희라고 겸양하면서 내면의 깊이가 있을 것이라고 한 내막을 주목할 수 있다.

> 내가 전원으로 돌아온 뒤에, 세상이 진실로 나를 버렸고, 나 또한 세상에 피로를 느끼게 된 것이다. 다만 평소의 영화와 현달이 이미 겨와

쭉정이와 두엄풀이 되었지만, 오직 사물을 만나 풍자하고 읊조리매, 풍부가 수레에서 내리는 병폐가 있어서, 마음에 맞는 것이 있으면 문득 시장으로 형상화하고 그리고 남음이 있으면 이어서 우리말로 곡조를 만들고, 언문으로 적어두었다. 이것은 겨우 하리(下里)나 절양(折楊)으로 소단에서 얼룩 하나도 얻을 수 없지만, 그것이 유희에서 나온 것이기는 하나 볼 만한 것이 없지는 않을 것이다.[43]

〈방옹시여〉의 전 작품을 통하여 내면화의 양상을 검토하는 일이 과제가 될 수 있지만, 정치 참여와 부침이라는 시각에서 몇 작품만 살펴도 그 경향을 파악할 수 있을 것이다.[44]

우선 〈내가 방축되고 호를 방옹이라 고치고 마침내 그 일을 읊다(旣放逐, 號放翁, 賦其事)〉에서 말한 방옹(放翁)의 의미가 정치 현실에 대한 기본 인식과 연결되어 있다고 할 수 있다.

> 방옹의 전신은 바로 현옹이니
> 반평생을 깨끗한 마음 깊이 간직하였네.
> 현옹의 후신은 바로 방옹이니
> 만 가지가 어지러워 따질 수 없네.
> 공자와 안자의 명교는 다만 부질없이 드리워졌고
> 순우의 성대는 어이 그리 잃기 쉬운가?

---

43) 신흠, 「放翁詩餘序」, 김천택 편, 『청구영언』(국립한글박물관, 2017), 45면. 余旣歸田, 世固棄我, 而我且倦於世故矣. 顧平昔榮顯已糠秕土苴, 惟遇物諷詠則, 有馮夫下車之病, 有所會心, 輒形詩章而有餘, 繼以方言而腔之, 而記之以諺. 此僅下里折楊, 無得騷壇一斑, 而其出於遊戲, 或不無可觀.

44) 신흠의 〈방옹시여〉에 대한 연구는 이미 많은 성과가 축적되어 있어서 큰 도움이 된다. 성기옥, 「신흠 시조의 해석 기반-〈방옹시여〉의 연작 가능성」, 『진단학보』 81호(1996), 김석회, 「상촌 신흠 시조의 발생태와 수용태」, 『조선후기 시가연구』(월인, 2003) 등 참조.

어젯밤에 서풍으로 물결이 하늘에 연했는데
강가의 사립문은 쓸쓸히 닫혀 있네.

放翁前身是玄翁　半生洗心藏於密
玄翁後身是放翁　萬有紛紜不可詰
孔顔名敎只空垂　姚姒乾坤何易失
西風昨夜浪連天　江上柴門掩蕭瑟[45]

　　현옹으로서는 깨끗한 마음을 간직했는데, 방옹이 된 뒤에는 분잡
한 일을 따질 수 없다고 하였다. 현옹의 가치가 방옹이 되면서 훼손
되어 강가의 사립문 속에서 쓸쓸하게 지내는 모습을 제시하고 있다.
　　그리고 〈시사를 느꺼워하다(感事)〉라는 시에서는 방귀전리(放歸田
里)의 내면을 다음과 같이 진술하고 있다.

앞에는 현옹이요 뒤에는 방옹인데
방옹의 이름은 용종함을 일컬음이네.
지금 겨르로운 이름과 자를 세우지 않고
조정에서 사흉이라 부르는 데에 맡기네.
＊나의 옛 호는 현옹이고, 내쳐 전리로 돌아가게 하매 방옹으로 고쳤다. 오늘날 대각
　에서 사흉으로 논척하는 까닭에 이른다.

前是玄翁後放翁　放翁之號稱龍鐘
如今不立閑名字　一任朝廷喚四凶

　＊余舊號玄翁, 及放歸田里 改以放翁. 今者臺論斥以四凶, 故云[46]

　　방옹(放翁)이 내쳐진 늙은이라는 뜻으로 읽혀지고 있어서, 현옹과
방옹의 대비와 함께 시(詩)와 시여(詩餘)의 대비가 의미를 지니는 것

---

45) 신흠, <余旣放逐, 改號放翁, 遂賦其事>, 『상촌고』 권7, 『한국문집총간』 71, 369면.
46) 신흠, <感事>, 『상촌고』 권20, 『한국문집총간』 71, 507면.

이다. 『상촌집』의 〈조정의 논의가 장차 가죄하려 한다는 말을 듣고
고향 집으로 즉시 돌아가지 못하고 우선 강가에 머물러 명을 기다리
다(聞朝議將加罪 不得卽歸田舍 姑留江上待命)〉(권10)에서 권10의 끝까지
수록된 시편은, 다시 가죄(加罪)되어 춘천으로 부처될 때까지 방옹(放
翁)으로서 사물을 만나 풍자하고 읊조린 것으로 볼 수 있다. 이 무렵
에 지어진 시에서 〈방옹시여〉와 연결될 수 있는 작품과 그 의경을
들어보면 다음과 같은 것들이 있다.

풀어주어 떠나게 함은 임금 은혜가 크거니와
늘그막에 아직 돌아가지 못한다고 말하지 말라.
放去君恩大　休言老未歸　　　　　〈記村居〉 둘째 수, 미련

쌓인 눈에 일천 뫼 아스라하고
외로운 마을에 온 이웃이 끊어졌네.
積雪迷千嶂　孤村絶四隣　　　　　〈癸丑冬至大雪〉, 함련

야윈 뼈는 돌보다 뾰족하고
나그네 정 삼처럼 어지럽구나.
瘦骨稜於石　羈情亂似麻　　　　　〈癸丑臘日書〉 첫 수, 함련

뜬 명성은 헌신짝 같을 뿐인데
고향에는 선대의 토지가 있다네.
浮名同弊屨　故里有先田　　　　　〈癸丑臘日書〉 둘째 수, 함련

산가에 청아한 일 많기도 하니
차 달이고 아울러 시를 쓰노라.
山家淸事足　煮茗又題詩　　　　　〈池上〉 첫째 수, 미련

사립문을 대낮에 닫아 놓고서
현옹 노인 초연히 앉아 있다네.
柴門白日掩　玄老坐超然　　　〈柴門〉 수련

빈 발에는 반딧불 반짝거리고
머언 하늘 기러기 서신 전할 듯.
虛箔螢初火　長空雁欲書　　　〈秋思〉 첫 수, 경련

유달리 어여뻐라 강변의 버들
나를 향해 생기가 발랄하구나.
唯憐堤畔柳　向我色敷腴　　　〈至日見新曆〉 미련

험난한 남쪽 시내 돌길을 따라
단장 끌고 우연히 홀로 왔다네.
危磴南溪路　攜筇偶獨來　　　〈獨來〉 수련

석양에 노래가락 떠들썩한데
이 자리의 술잔을 사양할소냐.
斜陽歌吹鬧　此酌莫須辭　　　〈三月二十日 乃夫人初度 東陽翁主舟來
　　　　　　　　　　　　　　　金村張筵 骨肉皆團聚 喜而有作〉 미련

싸늘한 달 숲 나와 희게 비치고
반딧불 잡초 속에 반착이네.
凉月出林白　流螢翻草光　　　〈夜吟〉 첫 수, 수련

『청구영언』 116에 수록된 〈방옹시여〉의 첫 작품을 살펴보도록 한다.

　　山村(산촌)에 눈이 오니 돌길이 무쳐셰라
　　柴扉(시비)룰 여지 마라 날 츠즈리 뉘 이시리
　　밤중만 一片明月(일편명월)이 긔 벗인가 ᄒ노라　　　　『청구영언』116

　〈계축동지대설(癸丑冬至大雪)〉의 시제에서 드러난 바와 같이 계축
년(광해군 5년, 1613) 동지에 눈이 많이 내린 것으로 확인되고, 〈독래
(獨來)〉의 수련에 드러난 바와 같이 남쪽 시내 돌길이 험난한 것을 알
수 있다. 그러므로 첫 행의 상황은 쉽게 이해된다. 그리고 둘째 행은
〈시문(柴門)〉의 수련에서 대낮에도 사립문을 닫아놓고 있다고 하고,
〈계축동지대설(癸丑冬至大雪)〉에서 외로운 마을에 온 이웃이 끊어졌
다고 하는 상황과 그대로 대응된다. 그런데 셋째 행은 다른 시상을
떠올리지 않더라도 설야(雪夜)의 일편명월(一片明月)을 쉽게 설정할
수 있으며, 방옹의 고적감을 강조하고 있는 것으로 받아들여진다.
　『청구영언』117에 수록된 〈방옹시여〉의 둘째 작품은 다음과 같은
데 이 작품도 위에 제시한 의경과 연계되어 있다.

　　功名(공명)이 긔 무엇고 헌신짝 버스니로다
　　田園(전원)에 도라오니 麋鹿(미록)이 벗이로다
　　百年(백년)을 이리 지냄도 亦君恩(역군은)이로다　　　　『청구영언』117

　부귀공명을 헌신짝으로 인식하는 태도는 현실 정치에 참여하는 경
우에는 나타나지 않는 것이다. 그런데 〈계축납일서(癸丑臘日書)〉의
둘째 수 함련에서 헛된 명성이 헌신짝 같다고 선언한 데서 방귀전리
(放歸田里)의 현실성을 자각하고 있는 것이다. 둘째 행에서 전원으로
돌아온 화자가 미록(麋鹿)과 벗이 되어 지낸다고 했는데, 49세에 지
은 〈차이백자미궁운(次李白紫極宮韻)〉(권6)의 7·8구에서 "미록은 나

와 벗하여 노닐고, 운하는 나와 짝하여 묵는다네.(麋鹿伴我遊 雲霞伴我宿)"47)라고 했던 것과 대응되고 있다. 셋째 행의 역군은(亦君恩)은 이미 익숙한 관습인데, 〈기촌거(記村居)〉(권10) 둘째 수의 미련에서 "풀어주어 떠나게 함은 임금님 은혜가 큰 것인데, 노경에 아직 돌아가지 못한다고 말하지 말라.(放去君恩大 休言老未歸)"에 그대로 표출되고 있다. 역모의 옥사에 걸렸는데도 중전(重典)이나 유배(流配)가 아니라 방거(放去)에 그친 것은 군은(君恩)의 덕분이라고 본 것이다.

한편 윤선도는 광해군 8년(1616) 12월 21일에 이이첨의 전횡을 고발하는 장문의 상소를 올렸다가 죽음은 모면하고 함경도 경원으로 유배의 길에 올랐다.48) 윤선도의 상소에 대하여 이이첨에게 휘둘리고 있던 의정(議政)과 삼사(三司) 등은 이이첨을 옹호하는 입장을 드러냈고, 다음과 같이 윤선도를 옹호하는 이형의 상소를 비롯하여 종실의 상소가 이어졌지만 이이첨의 위세는 꺾이지 않았다.

　유학 이형(李泂)이 상소하였다. [이형은 뒤에 이한(李瀚)으로 이름을 고쳤다.]
　"삼가 신은 성세(聖世)에 태어나 맑은 교화에 흠뻑 젖어들었으니 참으로 조금이라도 보답하지 않아서는 안 됩니다. 그리고 생각건대, 무릇 종묘 사직의 안위에 관계되는 일이 있는데도 조정에서 감히 말하는 자가 없으면, 그 책임은 마땅히 초야에 있는 사람에게 옮겨가는 것입니다. 어찌 벼슬자리에서 떠나갔다는 핑계로 아무말도 하지 않아 우리 임금을 저버릴 수 있겠습니까.
　예조 판서 이이첨이 위복의 권한을 마구 주무르고 있는데, 권세가 온 나라를 기울이고 위세가 임금과 같아서 사람들이 눈짓만 할 뿐이었

---

47) 신흠, 〈次李白紫極宮韻〉, 『상촌고』 권6, 『한국문집총간』 71, 352면.
48) 『광해군일기』 권110, 8년 12월 21일(정사), 『국역 광해군일기』 15, 305~318면.

습니다. 그런데 윤선도는 일개 서생으로서 눈으로 종사가 위태로운 것을 목격하고는 감히 피를 토하는 상소를 올린 것입니다. 그러니 혈기가 있는 자 치고 그 누가 고무되지 않겠습니까. 이에 모두들 성상께서 크게 용단을 내리시기를 바라고 있으니, 이이첨은 석고대죄하기에 겨를이 없어야 할 것이고, 그의 심복이 되고 도당이 된 자들 역시 두려워 떨기에 겨를이 없어야 할 것입니다. 그런데 이이첨은 조금도 거리낌이 없이 더욱더 흉악한 기세를 돋우고 있으며, 정원과 삼사의 관원 및 반궁(泮宮)과 사학(四學)의 유생들의 경우는 오로지 이이첨이 있는 줄만 알고 임금이 있는 줄은 모르고 있습니다. 이에 눈을 부릅뜨고 팔을 휘두르며 거짓을 날조해 반드시 윤선도를 죽을 곳으로 몰아넣으려고 하고 있는데, 급급해 하면서 혹시라도 못할까 두려워하고 있으니, 그 마음씀씀이를 길가는 사람들이 모두 알고 있습니다.

도승지 한찬남(韓纘男)과 같은 자는 그 자식이 글을 잘 못하는데도 과거에 급제하여 사람들의 말이 자자한데 또 다른 자식이 작년의 식년시(式年試)에서 급제하였으니, 이른바 '자표(字標)로 서로 응한다.'고 하는 것이 바로 이 사람들을 두고 하는 말입니다. 그렇다면 더욱더 두려워하며 인피하여야 합니다. 그런데 뻔뻔스럽게도 그대로 있으면서도 흉억을 자행하여, 성상의 비답이 내리기도 전에 감히 흉악한 계사를 올려, 위로 임금의 뜻을 시험해보고 아래로 기치를 세울 터전을 마련하였는바, 지난날 선왕께서 '뒷날 조정에 서면 마음씀씀이를 알 수 있을 것이다.'고 하신 전교가 이에 이르러 징험된 것입니다.

아, 오늘날의 정원과 삼사는 전하의 정원과 삼사가 아니라, 바로 이이첨의 정원과 삼사이며, 오늘날의 반궁과 사학은 전하의 반궁과 사학이 아니라, 바로 이이첨의 반궁과 사학입니다. 윤선도가 이른바 '지금이미 만연되었다.'고 한 것이 역시 믿을 만하지 않습니까. 일찌감치 도모하지 않으면 형세가 장차 어디로 돌아가겠습니까. 말과 생각이 이에 이르니 춥지 않은데도 몸이 떨립니다.

저 윤선도를 얽어넣으려는 자들은 비록 많은 말을 늘어놓고 있으나 그 요체는 세 가지로, 역적을 비호하였다는 것과, 행실이 더럽다는 것과, 다른 사람의 사주를 받았다는 것입니다. 무릇 역적을 비호한 자는 바로 역적인 것이니, 어찌 나라를 걱정하느라 집을 잊고 임금을 사랑하느라 자신을 잊은 윤선도와 같은 자가 할 짓이겠습니까. 장식(張栻)이 말하기를 '임금의 위엄을 범하면서 과감하게 간하는 자 중에서 절개를 지키고 의에 죽을 신하를 찾으라.' 하였습니다. 윤선도는 위엄을 범하면서 권간(權奸)에 대해 과감히 말하였으니, 임금의 위엄을 범하면서 과감히 간함이 이보다 더할 수 없습니다. 그러니 역적을 비호하는 짓을 어찌 이 사람이 할 바이겠습니까.

저들이 이른바 '역당(逆黨)에게 큰 공을 세웠다.'느니, '유영경을 위하여 보복할 바탕을 마련하고 김제남을 위하여 옥사를 뒤집을 계획을 꾸몄다.'느니 하는 것은, 대개 성상의 총명을 어지럽혀서 반드시 언자(言者)를 불측한 지경에 빠뜨리려고 하는 것입니다. 그러니 참으로 옛 사람이 이른바 '임금의 허물은 말하기가 쉽지만 권신(權臣)의 허물은 말하기가 어렵다.'고 하는 말이 믿을 만합니다. 이것으로 미루어본다면, 삼사와 정원과 관학(館學)이 이이첨을 대우하는 것이 임금을 대우하는 것보다 더하다고 할 만하며, 이이첨의 권세가 임금의 권세보다 더하다고 할 만합니다.

이이첨의 당여들은 이이첨이 위복의 권한을 마음대로 부려 과장(科場)에서 사사로운 짓을 한 일 등에 대해서는 명백하게 밝히지 못하고서 매번 '효우스럽고 청렴 결백하며 온 마음을 다하여 역적을 토벌하였다.'고 하는데, 신은 몹시 괴이하게 여깁니다.

무릇 효(孝)란 것은 어버이를 섬기는 데에서 시작하여 임금을 섬기는 데에 이르는 것이니, 그의 임금 섬김이 이와 같은즉, 효성스럽다고 할 수 있겠습니까. 무릇 청렴하다는 것은 권세를 탐하지 않고 위세를 좋아하지 않는 것이니, 그의 권세를 휘두르기가 이와 같은즉, 청렴하다고 할 수 있겠습니까. 또 한 가지 할 말이 있습니다. 설령 그가 참으로 효성스러운 행실이 있다고 하더라도, 어찌 뒤에 그것을 기릴 날이 없겠습니까. 그런데도 그가 죽지도 않았는데 먼저 정문(旌門)을 세우고, 종백(宗伯)의 자리에 있으면서 또 자기의 효행을 찬술하였으니, 효란 것이 정녕 이와 같은 것입니까. 그의 네 아들이 문명(文名)이 드러나 지도 않았는데 잇달아 과거에 급제하였으며, 집안이 대대로 가난하였 는데 커다란 집이 줄지어 늘어섰으니, 청렴이라는 것이 정녕 이와 같 은 것입니까.

더구나 역적을 토벌하는 것은 천지의 떳떳한 법이며 신하의 큰 의리 이니, 신하로서 그 누가 정성을 다하지 않겠습니까. 이는 참으로 그들 이 홀로 토벌하기를 청한 것이 아닙니다. 그런데도 하늘의 공을 탐하 여 자신의 공으로 삼았습니다. 그리고 '호역(護逆)' 두 자로 다른 사람 을 빠뜨리는 함정을 삼았습니다. 그러니 그가 겉으로는 나라를 위한 계책이라고 하면서 몰래 자기의 당파가 아닌 사람을 배척한 꾀가 교묘 하고도 참혹합니다.

신경희(申景禧)가 몰래 모의하여 역적질을 한 상황은 소명국(蘇鳴 國)의 초사(招辭)에서 모두 드러났고, 대질하여 따질 때 제대로 답변 을 못했으니, 그가 호역한 것은 다른 여러 역적과 다를 바가 없습니다. 그런데도 이이첨이 비호해 구원해 주고 삼사가 아무말 없이 가만히 있 는 것은 어째서입니까. 대개 이이첨이 신경희와 본디 친밀하게 지냈고, 이이첨의 아들 이름이 역적의 초사에서 나왔기 때문입니다.

아, 한번 윤선도가 권간에 대해 극력 논하자 간당(奸黨)들이 죽기로 맹서하고 벌떼처럼 일어나 떠들어 대어 참혹스럽게 얽어넣음이 저와 같이 극도에 달하였습니다. 그런데 다행히 성상께서 밝게 알아보심에 힘입어서 그들이 흉계를 마음대로 부릴 수 없게 되었습니다. 그러자 중외의 사람들이 모두들 전하께서 이미 이이첨의 죄에 대해 알고 계신 다고 하면서 기쁜 낯을 하고는 서로 고하기를 '우리 나라가 이제 가망 성이 있게 되었다.'고 하였습니다. 그런데도 신의 걱정과 두려움은 전 보다 더 심하니 그 까닭이 무엇이겠습니까?

예로부터 권간은 자신의 정상에 대해 임금이 안다는 것을 알게 되면,

살아날 방도를 강구해 하지 못하는 짓이 없었습니다. 지금 우리 성상
께서 이미 그의 말을 따르지 않아서 윤선도에게 죄를 내리지 않았으
니, 간당의 마음이 지금 어떠하겠습니까. 신의 걱정과 두려움이 전일
보다 더 심한 것은 이 때문입니다. 신은 참으로 간당들이 신을 얽어넣
음이 반드시 윤선도에게 한 것과 같을 것임을 알고 있습니다. 그런데
도 이렇게까지 말하여 거리끼는 바가 없는 것은, 대개 임금을 사랑하
고 나라를 걱정하는 정성을 스스로 멈출 수 없고 또한 성상께서 위에
계심을 믿기 때문입니다.

삼가 성상께서는 어리석은 신의 간절한 마음을 굽어 살피시고 윤선
도의 충성스러운 말을 통촉하시어, 속히 이이첨이 위복의 권한을 마음
대로 하고 흉한 기염을 더욱 돋운 죄를 바루고, 삼사와 정원·관학이
악인을 편든 죄를 다스려서 종묘사직의 억만년토록 무궁한 아름다움
이 되게 하소서."49)

윤선도는 광해군 10년(1618)에 유배지 경원에서 〈견회요〉 5편과
〈우후요〉를 지었는데, 자신의 행동에 대한 감회를 풀어놓은 것이라
할 수 있다. 〈견회요〉를 보도록 한다.

　　　슬프나 즐거오나 올타ᄒ나 외다ᄒ나
　　　내몸의 히올일만 닫고닫글 뿐이언뎡
　　　그받긔 녀나믄 일이야 분별ᄒ홀줄 이시랴

　　　내일 망녕된 줄을 내라ᄒ야 모롤손가
　　　이ᄆᆞᆷ 어리기도 님 위ᄒᆞᆫ 타시로쇠
　　　아ᄆᆞ 아ᄆᆞ리닐러도 님이 혜여보쇼셔

49) 『광해군일기』, 111권, 광해 9년 1월 4일(경오), 『국역 광해군일기』 16, 8~11면.

츄셩 딘호루밧긔 우러녜는 뎌시내야
므슴 오리라 듀야의 흐르는다
님향혼 내뜯을조차 그칠뉘롤 모로ㄴ다

뫼흔 길고길고 믈은 멀고멀고
어버이 그린뜯은 만코만코 하고하고
어듸셔 외기러기는 울고울고 가ㄴ니

어버이 그릴 줄을 처엄붓터 아란마는
님군 향혼 뜯도 하놀히 삼겨시니
진실로 님군을 니ᄌ면 긔 불효ㅣ가 녀기롸50)

첫 수에서 애락(哀樂)과 시비(是非) 등의 일에 간여할 것이 아니라
내 일의 수양(修養)에 힘쓰겠노라고 발화하고 있다. 〈병진소〉에서 전
횡을 일삼던 이이첨을 처단해야 한다고 상소를 올렸다가 함경도로
유배된 화자의 자기반성이라고 할 수 있다. 분별(分別)에 참여하지
않겠다는 선언은 선비로서의 책무까지 내놓는 것으로 들리고 있어서
자기반성이 지나치다고 할 수도 있다. 둘째 수에서는 비록 님을 위한
일이었다고 할지라도 스스로 "망녕"이라고 시인하고 있다. 그래서
어리석은 자신의 행동을 님께서 헤아려 주기를 바라고 있다. 셋째 수
에서는 유배지에서 주야로 흐르는 시냇물소리를 들으면서 님을 향한
자신의 마음도 한결같이 그치지 않고 이어진다고 하였다. 넷째 수에
서는 어버이에 대한 마음을 드러내고 있다. 그런데 홀로 날아가는 외
기러기를 보면서 먼 데로 유배됨으로써 어버이에게 불효를 저지르고

---

50) 윤선도, 〈遺懷謠〉,『고산유고』권6「별집」하,『한국문집총간』91, 507면.

있다는 마음을 보이고 있다. 다섯째 수에서는 처음부터 인식한 효와 함께 임금을 향한 뜻도 천성(天性)임을 밝히고, 임금을 향한 마음이 바로 효도라는 깨달음으로 귀결시키고 있다.

결국 권력을 장악하고 있던 실세(實勢)의 전횡을 비판한 상소가 자신을 유배지로 몰아내게 되었고, 스스로 어리석고 망령된 처신이라고 자기반성을 하고 있지만, 효(孝)와 충(忠)의 인식을 통하여 자신의 행동이 오히려 정당했음을 강조하고 있는 것으로 볼 수 있다.

그런데 이러한 인식은 경원으로 유배되고 난 뒤에 지은 시편에서도 확인할 수 있어서, 시와 노래의 연관성을 이해할 수 있는 대목이다. 〈장난삼아 노방의 사람에게 주다(戲贈路傍人)〉와 〈잠에서 깨어 어버이를 생각하며(睡覺思親)〉 2수 중 둘째 수이다.

> 내가 말한 일이 굳이 때가 아니었다는 것을
> 그대는 아는데 나는 알지 못했네.
> 글을 읽은 일이 그대에게도 미치지 못하다니
> 타고난 바보라고 이를 수 있겠네.
> 吾事固非時　汝知吾不知　讀書不及汝　可謂天生癡[51]
>
> 어버이에게 온청함이 진실로 헤아림에 마땅하거늘
> 종사의 안위를 어찌 차마 보고만 있으랴?
> 효로 충을 삼으면 충이 곧 효인데
> 누가 일렀던가? 충효를 다 온전하게 하기 어렵다고.
> 庭闈溫淸誠宜念　宗社安危豈忍看
> 以孝爲忠忠便孝　孰云忠孝兩全難[52]

---

51) 윤선도, 〈戲贈路傍人〉, 『고산유고』 권1, 『한국문집총간』 91, 258면.
52) 윤선도, 〈睡覺思親〉, 『고산유고』 권1, 『한국문집총간』 91, 258면.

앞의 시는 〈견회요〉의 첫째 수와 둘째 수와 연결되어 있고 뒤의 시는 다섯 번째 수와 연계되어 읽을 수 있다. 앞의 시는 경원으로 유배되던 중에 홍원(洪原)의 기녀 조생(趙生)의 위로의 말을 듣고 지은 것53)으로 확인되고 있고, 뒤의 시는 자신의 일로 아버지에게 추궁이 돌아가자 충효의 갈등을 불러일으킨 것으로 파악된다. 충효 양전(兩全)에 대한 기대는 화자의 정치에 대한 적극적인 의지로 확대 해석이 가능해진다.

윤선도의 정치에 대한 의지는 그 뒤에 예송(禮訟) 논쟁 등에서 확인할 수 있거니와 실제로 효종 3년(1652)에 〈몽천요〉 3장을 지어서 자신의 내면을 토로한 데서 분명하게 읽어낼 수 있다.54)

3) 주변의 경계와 반응

광해군 시대에 이이첨이 실권을 잡고 전횡을 부릴 때에, 이강(李㽕)을 비롯한 동생들이 이이첨과 가까이 지내면서 정치 현실에 너무 밀착되어 있는 것을 보고 형님인 이시(李蒔, 1569~1636)는 〈조주후풍가(操舟候風歌)〉 3수를 지어서 동생들을 경계하기도 하였다. 개인과 집안의 장래가 아울러 내포된 것으로 광해군 시대의 정치 상황과 연계되어 있는 것으로 볼 수 있다.

> 뎨 가는 뎌 샤공아 비 잡고 내 말 들어
> 순풍 만난 후의 가더라 아니 가랴
> 어사와 중류에 우풍파ᄒᆞ면 업더딜가 ᄒᆞ노라

---

53) 조경, 「題洪獻義妓趙生帖後」, 『孤山遺稿』 卷之一, 『한국문집총간』 91, 285면.
54) 최재남, 「인평대군의 가곡 향유와 <몽천요>에 대한 반응」, 『고시가연구』 31집(한국고시가문학회, 2013.2), 393~398면.

ᄇᄅᆷ날 ᄋᆞ덕눌 긔 엽다 ᄒᆞ고 드듸 마라
해파 망망ᄒᆞᆫ ᄃᆡ 패풍이 뎐혀 브니
아마도 구틔여 건너려 ᄒᆞ면 재서급익 엇디 홀고

삭풍이 되어 브러 대해를 흔들티니
일엽 편주로 갈 길히 아득ᄒᆞ다
두어라 이 비 ᄒᆞᆫ 번 기운 휘면 브틸 곳이 업스리라[55]

이강(李茳)을 비롯한 형제들이 정치 현실에 밀착되어 있는 상황은
다음 기록 등을 통해 확인할 수 있다.

> 사간원이 아뢰기를,
> "<홍걸을 사판에서 삭제하소서.… 지난번 조정이 본도 유생의 요청
> 에 따라 조목을 이황의 사당에 종사하게 하였으니, 사제문을 내려 어
> 진 이를 존경하고 도학을 중시하는 뜻을 보여야 하겠습니다. 해조로
> 하여금 상세히 살펴서 거행하도록 하소서."
> 하니, 답하기를,
> "이미 유시하였다. 조목에게 사제하는 일은 아뢴 대로 하라." 하였
> 다. - 조목은 이황의 훌륭한 제자이다. 항상 유성룡의 화의를 그르게
> 여겼고 또 이산해와 오래 전부터 사귀어 서로 친하였기 때문에 영남
> 사람 중에 혹자는 조목과 유성룡의 사이가 나쁘다고 말하나, 사실이
> 아니다. 이때에 이르러 예안 사람 이강(李茳) 등이 주창하여, "조목은
> 곧 인홍의 동지로서 이황의 사당에 종사되었다."고 말하였기 때문에

---

55) 이시, 『善迂堂逸稿』, 『한국시조대사전』 1214, 1585, 2023, 한편 18세기에 이광정
(李光庭, 1674~1756)은 <조주후풍가 삼장>으로 거의 그대로 옮겨놓고 있다. 彼去
舟子聽我言 順風遇後去了去 中流波必見覆, 風朝莫言淺可渡 海波茫茫颺全吹
欲濟其如胥溺何, 朔風鼓吹撼大海 一葉扁舟去路迷 這舟傾後無泊處(이광정, 「선
우당이공유사」, 『눌은집』 권20)

대간의 이 아룀이 있게 된 것이다. 이로부터 안동·예안 사이의 사람들이 대부분 인홍에게 빌붙어 과거에 합격하고 명관이 되었기 때문에 식자들은 조목을 위하여 부끄럽게 여겼다.56)

박승종은 이이첨의 집안과 혼인을 한 사이로서, 권력을 다투고 붕당을 나누어서 서로 으르렁거렸다. 이강은 이이첨의 복심인데 박승종이 일부러 이강의 이름을 거론하여 이이첨까지 침해하였다. 기회를 타고 독을 품으며 다투는 작태가 매양 올리는 차자에 드러났으니, 조정을 업신여기고 기탄이 없음이 이러하였다.57)

관학생 이점(李蒧) 등이 존호 올리기를 청하였다.58)

정언 이강이 아뢰기를,
"신은 시골에서 새로 왔으므로 나랏일이 어떻게 되어가는지를 잘 모르고 있습니다. 금년 5월에 찬집 낭청이 되어 전후에 걸친 옥안을 수집하여 살펴보았더니, 거기에 안으로는 저주하고 밖으로는 역적들과 결탁하여 온갖 간악한 행동으로 임금을 모해한 사실이 불을 보듯이 환하게 적혀 있어서 그 행적을 감추기 어려웠습니다. 그러므로 서궁은 신하와 백성들에게는 한 하늘 아래에서 같이 살 수 없는 원수입니다. 그런 원수에게 어찌 절을 할 수 있겠습니까.…(후략)"59)

과거시험에 새로 뽑힌 생원 이영구(李榮久), 진사 조익형(趙益亨) 등이 상소하였는데, 그 내용은,
"신들이 어제 사은숙배할 때 감히 서궁에 절을 하지 않은 것은 차마

56) 『광해군일기』 84권, 6년(1614) 11월 25일(계유), 『국역 광해군일기』 13, 93~94면.
57) 『광해군일기』 104권, 8년(1616) 6월 3일(신축), 『국역 광해군일기』 15, 92면.
58) 『광해군일기』 104권, 8년(1616) 6월 6일(을사), 『국역 광해군일기』 15, 98면.
59) 『광해군일기』 121권, 9년(1617) 11월 26일(정해), 『국역 광해군일기』 17, 214~215면.

교화시켜주고 길러주신 우리 임금의 은혜를 저버린 채 감히 원수의 뜰
에 무릎을 꿇을 수가 없어서였습니다."

…(중략)…

영구는 강(洭)·점(蔵)·모(慕)의 조카이다. 익형은 조존세(趙存世)
의 아들이다. 그들의 부형이 흉역의 논의를 주장하였기 때문에 생원
진사 시험에서 부당하게 장원을 차지하였던 것이다.60)

… 이강(李洭)을 수찬으로, 이모(李慕)를 사서로, … 이점(李蔵)을
대교로 … 삼았다.61)

부제학 정조가 상소하여 아뢰기를,

"죄인 이강은 바로 신의 첩의 사위인데 어제 역적의 입에서 이름이
나와 현재 수감되어 있으니, 신이 그대로 옥당의 장관에 무릅쓰고 있
을 수 없습니다. 신의 직명을 깎으소서."62)

이시가 이강(李洭)63) 등 그의 동생들이 정치 현실에 적극 간여하고
있는 데 대하여 경계하면서 자신의 흔들리는 내면까지 투사한 것으
로 볼 수 있다.

〈조주후풍가〉를 이시의 삶과 의식이 몸으로 부딪혀 분비한 작가
자신의 인간적 한 단면으로 본 연구64)를 주목할 수 있는데, 그 글에

---

60) 『광해군일기』122권, 9년(1617) 12월 18일(기유), 『국역 광해군일기』17, 287면.
61) 『광해군일기』126권, 10년(1618) 4월 13일(임인), 『국역 광해군일기』18, 202면.
62) 『광해군일기』131권, 10년(1618) 8월 26일(임오), 『국역 광해군일기』19, 357면.
63) 이강(李洭)은 목수흠(睦守欽, 1548~1593)의 따님을 아내로 맞았다. 이기설 찬,
    〈목수흠행장〉, 『국조인물고』권39, 『국역 국조인물고』7, 205면. 목취선, 목낙선이
    이강의 처남들이다.
64) 성기옥, 「〈조주후풍가〉 해석의 문제점」, 『진단학보』110호(진단학회, 2010), 「〈조
    주후풍가〉 창작의 역사적 상황과 작품 이해의 방향」, 『진단학보』112호(진단학회,

서 성기옥은 "〈조주후풍가〉는 아우들의 지나친 권력욕을 타이르는 교훈적 노래이면서, 동시에 그 목소리 뒤에 숨겨진 작가 이시의 고뇌 어린 정신적 흔들림을 엿볼 수 있는 노래"이면서, "광해 혼정기라는 격랑의 시대를 살면서 가치관의 혼란을 겪는 한 지식인의 초상"[65]이 라고 평가하였다.

4) 정치 현실과 세태 말하기

한 개인이 직접 겪게 된 정치 참여의 발언과 밀려난 상황에서의 내 면, 그리고 주변의 경계와 반응은 구체적 인물이 직접 겪은 일에 해 당하는 것으로 볼 수 있다.

그런데 한 개인이 직접 겪은 것일 수도 있지만 다음과 같은 작품은 오히려 정치 현실을 포괄적으로 빗대어 말하고 있는 것으로 이해할 수 있다.

> 빈천을 풀랴ᄒ고 권문에 드러가니
> 침업슨 흥졍을 뉘몬져 ᄒᆞ쟈ᄒ되
> 강산과 풍월을 달라ᄒ니 그는 그리 못ᄒ리(조찬한)

> 풍파에 놀란 사공 비파라 물을 사니
> 구절양장이 물도곤 어려왜라
> 이후란 비도물도 말고 밧갈기만 ᄒ리라(장만)

2011) 참조. 성기옥은 『광해군일기』를 비롯하여 동시대 김영(1577~1641)의 『계암 일록』 등을 정밀히 읽으면서 작품의 언어 뒤에 숨겨진 삶의 긴장성에 주목하고자 하였다.

65) 성기옥, 「〈조주후풍가〉 창작의 역사적 상황과 작품 이해의 방향」, 『진단학보』 112 호(진단학회, 2011), 174면.

위의 두 작품은 17세기 전반 정치 상황을 빗대어 말하고 있는 것으로 읽을 수 있다. 『청구영언』에 앞의 노래는 조찬한(1572~1631)의 작품으로, 뒤의 것은 장만(1566~1629)의 작품으로 기록되어 있어서 두 사람의 개별 삶과 연결시켜 이해할 수도 있지만, 실제로는 모두 정치 상황을 빗대어 말하고 있는 것으로 이해하면 무리가 생기지 않을 수 있다.

앞의 노래는 벼슬을 얻기 위해 권문(權門)에게 청탁을 하는 상황을 전제로 하고 있다. 마무리에서 강산풍월과 벼슬을 바꾸자고 한다고 말을 돌리고 있어서 묘미를 살렸지만, 흥정을 통해 벼슬을 주고받던 시대상을 빗대어 말하고 있는 것으로 볼 수 있다.

한편 뒤의 노래는 배[船], 말[馬], 밭 갈기[耕]을 들어서 세상살이의 어려움을 말하고 있다. 배는 어업이나 운송을 가리키는 것으로 볼 수 있는데 모두 풍파(風波)가 장애이며, 말은 상업을 가리키는 것으로 본다면 구절양장(九折羊腸)의 험한 산길이 다시 장애로 다가선 것이다. 그리하여 마무리에서 풍파와 구절양장과 같은 장애가 없는 농사에만 열중하겠다는 태도를 드러내고 있다. 이익을 챙기려는 움직임과 거기에 따르는 장애가 제시되고 있으며 안정된 삶을 유지하는 쪽으로 마음을 정하자는 마무리가 세태를 반영하고 있는 것이다.

이상에서 살핀 바와 같이 정치 참여의 부침에 대한 반응은 정치적 국면의 변화에 대응하면서 적극적인 참여의 태도를 보이거나 때로 정치 현실에서 밀려나 자신의 내면을 드러내는 경우, 그리고 정치 상황의 변화를 예기하면서 주변에서 경계하는 경우, 그리고 일반적으로 정치 현실이나 세태를 말하는 경우 등을 설정할 수 있지만 그 어느 경우라도 중세사회의 현실성을 감안하면 조심스러운 부분이 많을 수밖에 없다.

그러므로 자신의 내면이 직설적으로 표면화되는 것을 경계하고자 했던 현실적인 요인을 고려하면 이들 적극적인 노래가 가집(歌集)에 수록되어 널리 불리는 경우는 그리 흔하지 않았던 것으로 파악된다. 때로 간접화하거나 내면화를 통하여 정치 현실에 대한 직접적 발언이 아니라고 추정될 수 있을 때에는 가집 등에 수록되어 독자를 확보할 수 있었던 것으로 보인다. 신흠의 〈방옹시여〉의 작품이 단적인 예라고 할 수 있다. 특정한 당파를 지지하거나 정치 현실에 대한 비판이나 풍자적인 태도를 드러낼 경우에는 다른 요인으로 널리 알려지는 경우가 있을 수 있다.

그러므로 17세기 전반 정치·사회의 변화와 관련한 정치적 발화를 담은 시가는 표면적인 진술과 함께 내면화의 양상까지 아울러 살펴야 참 모습을 읽어낼 수 있을 것이다.

3. 무반의 위상 변화와 시가 향유

1) 17세기 무반의 위상 변화

임진왜란 이후 비변사[66]가 정책 결정의 중심기관이 되면서 기존의 의정부 체제에 변화가 일어나고 있었다. 견제의 기능을 담당했던 삼사의 위상도 그만큼 약화되었다고 볼 수 있다. 앞에서 살핀 감찰계의 모임을 강화하고자 한 사례는 이러한 변화를 반영한 것으로 이해할 수 있다.

그리고 여러 차례 전쟁을 겪으면서 무반의 위상과 그들의 삶에 여러 가지 변화가 일어나기도 하였다. 광해군 초에 무과만을 개설하여 부북군(赴北軍)을 편성한다거나, 여러 차례 전쟁과 정변을 거치면서 무반 공신이 양산된 점도 주목할 수 있다.

> 예조가 아뢰기를,
> "<점련(粘連)한 병조 관문(兵曹關文)에 운운하였습니다.> 과거를 설치하여 인재를 취하는 데는 그 뜻이 있습니다. 문무는 진실로 어느 한 쪽도 폐할 수 없는 것인데 무과만을 개설합니까? 상께서 어떻게 재결하시겠습니까?"
> 하니, 답하기를,
> "난후의 근규(近規)에 따라 무과만을 개설하라."
> 하였다.[이때 부북군을 위하여 별도로 과거를 설행하여 무사를 널리 취하였다.][67]

---

66) 『비변사등록』은 광해군 9년(1617)부터 고종 29년(1892)까지의 기록이 남아 있다. 『국역 비변사등록』 1-5(국사편찬위원회)가 광해군, 인조대의 자료이다.

67) 『광해군일기』 12권, 1년(1609) 1월 20일(계묘), 『국역 광해군일기』 3, 31면.

무비(武備)를 튼튼하게 한다는 점에서 중요한 결정으로 볼 수 있는데 다음과 같은 기사가 그 사정을 대변하고 있다.

전교하기를,
"선왕조에 무사를 널리 취재한 것은 의미가 깊었다. …"
하였다. 병조가 회계하기를,
"…난리 이후 출신자가 2만 8천여 명에 이르고 있으니 그 중 기이한 재주와 지략을 가진 자가 무척 많겠지만, 추려내는 과정을 거치지 않고서는 여기까지 올라올 길이 없어서 재주를 펴지 못하고 묻힌 채 늙어 죽은 자가 아마 부지기수일 것입니다. …
지금 외방의 무사들이 더러는 벼슬길을 찾아서, 더러는 신역을 도피하기 위하여 도하에 올라와 있는 자가 먼 도, 가까운 도를 막론하고 그 수효가 무척이나 많으니 … 무사 중 쓸 만한 사람만을 비변사와 같이 상의 초출하여 올라오도록 하고, 장령에 걸맞은 사람을 상중에 있더라도 기복을 시키는 일 역시 같이 상의하여 거행하도록 하는 것이 어떠하겠습니까?"
하니, 윤허한다고 전교하였다.[68]

그리고 전쟁 이후 이에 대한 대비로 무신들이 중요한 직책을 차지하고 있거나 무비를 위하여 무신들이 첨사나 병사 등의 자리를 차지하게 된 데에 사헌부 등에서 무부(武夫)에 대한 폄하의 의견으로 견제를 하기도 하였다. 결국 이러한 기록은 무반의 위상이 변화하거나 상승하고 있었다는 반증을 드러낸 것으로 이해할 수 있은 것이다.

---

68) 『광해군일기』 7권, 즉위년(1608) 8월 16일(경오), 『국역 광해군일기』 2, 93~94면.

사헌부가 아뢰기를,

<"고산리(高山里)는 바로 서방의 큰 진인데 장차 성을 쌓는 역사를
하게 되었으니, 새 첨사를 마땅히 극진히 가려야 합니다. 정충신(鄭忠
臣)은 천출인데다 재기가 과연 합당한지 알 수가 없으며, 조산(造山)
에서 옮겨 제수하면 조산 역시 방어하는 지역이라 정체(政體) 역시 매
우 구차스럽습니다. 뭇사람들이 매우 온당치 못하다고 여기니, 체차를
명하소서. 평안 병사 유형(柳珩)은 관질이 높은 무신으로서 조정의 사
체가 중함을 모르고 친한 바에 가리워 사사로이 묘당에 문보(文報)하
여, 마치 제배(除拜)를 지휘하는 것처럼 하였으니 매우 형편없습니다.
추고하여 죄를 다스려 무부의 교만한 습성을 징계하소서. 남포 현령
(藍浦縣令) 이완(李莞)은 관직 생활이 형편없어 오로지 자신을 살찌
우는 것만 일삼아, 모리배들과 결탁해 대소의 공물을 모두 방납하도록
허락하고는 민간에서 갑절로 징수하고 있습니다. 이에 백성들의 원망
이 길에 가득해 보고 듣는 사람들이 모두 놀라워하고 있습니다. 파직
을 명하소서."

하니, 아뢴 대로 하라고 답하였다.>69)

사헌부가 아뢰기를,

"충청수사 이운룡은 … 국상 때는 공공연하게 거문고와 노래를 듣고
날마다 술에 취하는 것으로 일을 삼았으니, 비록 무관으로 공로가 있
는 재상 반열의 사람이라고는 하지마는 어찌 감히 임금을 잊고 나라를
등지기를 이처럼 심하게 할 수 있습니까. …"70)

그리고 공신이 늘어나고 관직의 수는 한정되어 있을 뿐만 아니라
녹품의 한정으로 생긴 문제점이 지적되기도 하였다.

---

69) 『광해군일기』 18권, 1년(1609) 7월 27일(병오), 『국역 광해군일기』 3, 306면.
70) 『광해군일기』 24권, 2년(1610) 1월 16일(계사). 『국역 광해군일기』 4, 222~223면.

병조의 계목에,

"평시에 군직록을 상고해 보니 3백여 개였는데 난리를 겪은 뒤로는 경비가 부족하여 겨우 3분의 2만을 복구했습니다. 그중에서 법전의 원품과 수령이나 변장의 원품을 빼면 1백여 개가 남는데, 실직을 주지 않은 재신, 서반에 보내진 종신, 응당 군직을 주어야 할 승지 및 위장·가위장의 원수가 매우 많아 이 품수로는 두루 줄 수가 없습니다. 이처럼 국가의 예산이 부족한 때에 녹봉을 결코 더 내기가 곤란합니다. …"

하니, 아뢴 대로 하라고 윤허하였다.

병조가 아뢰기를,

"… 지금은 경비가 매우 군색하여 품수를 더 만들어내는 것은 어려울 것 같습니다. 만약 부득이할 경우 사직(司直) 이하와 호군(護軍) 이상을 모두 조각조각 나누어 정한다면 혹 주선할 수 있을지도 모릅니다. 그러나 숭품의 중신들에게 모두 사직을 준다면 시체상 온당치 못할 뿐만 아니라 바깥 사람들이 어떻게 사세가 이토록 군색한 줄 알겠습니까. 논의가 필시 많아 맡겨버리기는 염려스러우니, 상께서 헤아려 택해서 시행하는 것이 어떻겠습니까?"

하니, 아뢴대로 시행하라고 판부하였다. - 국가에 애초에 군직을 설치하여 절충(折衝) 이하의 품계와 호군 이하의 녹질을 둔 것은 장사(將士)들의 공로를 적절하게 대우해 주기 위한 것이었으니, 이를 서반(西班)이라고 한다. 그뒤에 문음이 많아져서 동반에 직차가 없으면 서반으로 옮겨 주었는데, 이를 일러 송서(送西)라고 한다. 이에 장사들이 비로소 직을 잃게 되었다. 이때에 이르러 관작이 범람하고 요행이 많아져 공신이 수백여 명이나 되고 문무관이 너무 많아 군직으로도 수용할 수가 없었다. 이에 해조가 고르게 배분할 수 없게 되자 이렇게 아뢴 것이다. 그러나 어떻게 변통할 수가 없었으므로 녹을 잃고 앞을 다투어 쫓아다니는 문무 대관들의 풍조가 날로 심해졌다.[71]

71) 『광해군일기』 61권, 4년(1612) 12월 20일(기유). 『국역 광해군일기』 10, 121∼123면.

한편 비변사에서 추천하고 의망하는 일과 관련하여 드러난 변화는
다음 기사에서 읽어낼 수 있다.

　　왕이 즉위한 이래로 사론이 분열되고 전법(銓法)이 공정하지 못하
였으며, 대신들도 시론에 추천받은 자들이 아니었다. 이 때문에 비변
사에 사람을 등용하는 것이 전조와 현격히 달랐다. 이에 왕이 외직을
임명하는 권한을 비국에 주었는데, 그 선발해 쓰는 것이 대부분 이항
복에게서 나와 자못 '임현사능(任賢使能)'의 효과가 있었으며, 뜻을 펴
지 못하던 사류들도 많이 이 길을 통해서 금관자와 옥관자를 차는 재
상 반열에 올랐으므로 전조에서 이를 매우 미워하였다. 이 때문에 정
인홍 등이 이항복을 제거하려고 하지 않은 짓이 없었다. 항복이 천거
를 잘못했다는 논박을 당해 떠난 뒤에, 그를 계승한 자들은 기자헌, 박
승종, 유희분이었는데, 이들이 번갈아 그 권한을 잡았다. 왕도 역시 그
들을 우대하여 유희분과 박승종의 원망을 누그러뜨리려 하였다. 이 뒤
로 변방에 있는 여러 고을과 내지라도 성지(城池)가 있는 곳은 모두
비변사의 추천과 의망에 맡겼다. 그래서 무관들이 뇌물을 주어서 많이
이 자리를 얻었는데, 이조와 서로 헐뜯는 것이 마치 물과 불의 관계와
같았다.72)

그리고 계해반정[1623]으로 인조가 즉위하면서 수많은 무반 공신
이 등장하였는데, 이 과정에서도 무반의 위상이 달라졌다고 할 수 있
다. 정사공신(靖社功臣)으로 김류, 이귀, 김자점, 심기원, 신경진, 이
서, 최명길, 이흥립, 구굉, 심명세 등을 1등에, 이괄, 김경징 등 15명
을 2등에, 박유명 등 28명을 3등에 녹훈하였다.

---

72)『광해군일기』 72권, 5년(1613) 11월 2일(병진).『국역 광해군일기』 11, 289면.

김류(金瑬)·이귀(李貴)를 불러 대신과 함께 빈청에 모여서 정사훈(靖社勳)을 감정(勘定)토록 명하여 53명을 녹훈하였다. 김류·이귀·김자점(金自點)·심기원(沈器遠)·신경진(申景禛)·이서(李曙)·최명길(崔鳴吉)·이홍립(李興立)·구굉(具宏)·심명세(沈命世)는 1등, 이괄(李适)·김경징(金慶徵)·신경인(申景禋)·이중로(李重老)·이시백(李時白)·이시방(李時昉)·장유(張維)·원두표(元斗杓)·이해(李澥)·신경유(申景裕)·박효립(朴孝立)·장돈(張暾)·구인후(具仁垕)·장신(張紳)·심기성(沈器成)은 2등, 박유명(朴惟明)·한교(韓嶠)·송영망(宋英望)·이항(李沆)·최내길(崔來吉)·신경식(申景植)·구인기(具仁墍)·조흡(趙潝)·이후원(李厚源)·홍진도(洪振道)·원유남(元裕男)·김원량(金元亮)·신준(申埈)·노수원(盧守元)·유백증(兪伯曾)·박정(朴炡)·홍서봉(洪瑞鳳)·이의배(李義培)·이기축(李起築)·이원영(李元榮)·송시범(宋時范)·강득(姜得)·홍효손(洪孝孫)·김련(金鍊)·유순익(柳舜翼)·한여복(韓汝復)·홍진문(洪振文)·유구(柳頔)는 3등이다. 이어 녹훈된 사람 중에 파직된 자는 모두 서용하라고 명하였다.[73]

이 과정에서 2등에 녹훈된 이괄은 부원수로 출정하였으나 논공행상에 불만을 가지게 되어 세력을 규합하여 군사를 일으켜서[74] 도성으로 진격하였다. 이로 말미암아 인조는 반정을 일으킨 다음 해에 공주까지 몽진하였으며, 정충신, 남이흥 등이 안현(鞍峴)에서 크게 이기면서 이괄 등이 패주하게 되었고 그 과정에서 수하에게 피살되면서 사태는 일단락되었는데, 이때 공을 세운 장만, 정충신, 남이흥 등 27인이 진무공신(振武功臣)에 책정되었다.[75]

---

73) 『인조실록』권3, 원년 윤10월 18일(갑진), 『국역 인조실록』 1, 301~302면.
74) 『인조실록』권4, 2년 1월 24일(기묘), 『국역 인조실록』 2, 20면.
75) 『인조실록』권5, 2년 3월 8일(임술), 『국역 인조실록』 2, 125면.

진무 공신(振武功臣) 27인을 책정하였다. 장만(張晚)·정충신(鄭忠信)·남이흥(南以興)을 1등에 세 자급(資級)을 올리고, 이수일(李守一)·변흡(邊潝)·유효걸(柳孝傑)·김경운(金慶雲)·이희건(李希健)·조시준(趙時俊)·박상(朴瑞)·성대훈(成大勳)을 2등에 두 자급을 올리고, 신경원(申景瑗)·김완(金完)·이신(李愼)·이휴복(李休復)·송덕영(宋德榮)·최응일(崔應一)·김양언(金良彦)·김태흘(金泰屹)·오박(吳珀)·최응수(崔應水)·지계최(池繼崔)·이락(李洛)·이경정(李慶禎)·이택(李澤)·이정(李靖)·안몽윤(安夢尹)을   3등에 한 자급을 올렸다.76)

이상의 정사공신과 진무공신에 무반이 대거 참여하면서 무반의 위상은 큰 변화를 가져오게 되었고, 다음 사례에서 보듯 이들을 같은 자리에 모아 성대한 분축연을 열기도 하였다.

정사공신(靖社功臣)과 진무공신(振武功臣)이 분축연(分軸宴)을 크게 베풀었는데, 그 찬품(饌品)과 기구(器具)가 회맹연(會盟宴)보다 훨씬 성대했다 한다. 상이 1등의 풍악을 내려주도록 명하고 또 중사(中使)를 보내어 술을 하사했다. 모든 공신 및 대신들은 이미 좌정하였는데 유독 형조 판서 신경진(申景禛)만이 늦게 왔다. 김류가 말하기를 "오늘은 바로 예연(禮宴)이라서 상신(相臣)도 자리에 있고 중사도 와서 있는데 신경진이 일찍 오지 않은 것은 참으로 미안한 일이다." 하고, 곧 배리(陪吏)를 가두니, 신경진이 화를 내며 나가버렸다. 재삼 초청하였으나 끝내 참석하지 않았다. 이귀도 큰 소리로 말하기를 "신경진은 외척으로서 중병(重兵)을 손아귀에 쥐었는데 지금 발호(跋扈)의 조짐이 있다." 하였다. 김류가 탑전에 아뢰니, 곧 그를 추고하도록 명하였다. 이로 말미암아 신경진 등이 김류와 틈이 있게 되었다.77)

---

76) 『인조실록』 권5, 2년 3월 8일(임술), 『국역 인조실록』 2, 125면.

이들 정사공신과 진무공신에 포함된 인물 중에서 김류, 이귀, 구인후, 홍서봉, 장만, 정충신 등이 시가 작품을 남기고 있거나 가기(歌妓)를 동원한 가곡 향유에 참여하고 있다. 그리고 구인후, 정충신 등은 무반으로 분류되는 사람들이다.[78]

2) 변새 무변의 시가 향유 양상

여진족이 세운 후금(後金)이 강성하게 되면서 동아시아의 국제정세가 급박하게 돌아가고 있고 무반의 위상이 변화하고 있는 가운데, 17세기 초반 일당백(一當百)의 무사로 뽑혀 회령(會寧)에 간 울산 출신의 박계숙(朴繼叔, 1569~1646)은 『부북일기』를 남겼으며, 신출신으로 경성(鏡城)에 간 그의 아들 박취문(朴就文, 1618~?)은 『부방일기』를 남겼는데, 이 일기 가운데 무변 풍류의 일단을 살필 수 있는 노래가 수록되어 있다. 그 중에서도 박계숙이 경성에서 금춘(今春)이라는 기생과 주고받은 시조[79]는 무변과 기녀의 수작이라는 현장성과 함께 시가 향유와 전승에서 무변 또는 무반의 역할을 주목할 수 있게 하는 것이다.

일당백(一當百)의 무사를 선발하는 과정과 그 경과에 대하여 다음 기록을 참조할 수 있다.

---

77) 『인조실록』 9권, 인조 3년 4월 22일(기해), 『국역 인조실록』 4, 19면.
78) 무반의 위상 변화는 조선후기 무반벌열이 형성된 점에서도 짐작할 수 있다. 장필기,
『朝鮮後期 武班閥族 家門硏究』(집문당, 2004) 참조.
79) 박계숙, 『부북일기』 1605년 12월 27일, 최재남, 「관서·관북 지역의 시가 향유 양상」,
『한국고전연구』 24집, 2011, 38~40면.

비변사가 아뢰기를,

"…첨방(添防)하는 군사들도 이미 본도의 계청대로 5백 명을 기준하여 앞으로 순서대로 들여보낼 것입니다. 그러나 숫자가 적을 뿐만 아니라 또 그들이 과연 모두 정예롭고 용감한지의 여부도 알 수가 없습니다. 하삼도(下三道)의 무사들 가운데 일당백의 용력을 가진 수백 사람을 병조에게 극진히 선발하여 따로 들여보내게 한다면 위급할 때 힘이 될 수 있을 것입니다. 일찍이 듣건대 권율(權慄)의 진중에 종군하였던 용사 1백여 명이 지금 모두 각처에 흩어져 있다 하는데, 이런 부류의 사람들을 아울러 수습하여 보내는 것도 온당한 일이겠습니다.…"80)

좌부승지 정혹이 아뢰기를,

"선전관 이욱(李勖)에게 재해 상황을 물어보았더니 '지난달 19일 가지고 간 유지를 경원부(慶源府)의 병사가 순찰나간 곳에서 전해 주고 20일 회령(會寧) 땅 풍산역(豊山驛)으로 돌아왔는데 비바람이 일시에 몰아쳤다. 부령(富寧)에 도착하니 풍수의 피해가 극심해 산이 무너져 내리고 전답은 모두 모래에 덮였으며 가장 높은 지대만 침수되지 않았으나 풍재로 인한 손상이 매우 컸다. 명천(明川)·길주(吉州)·단천(端川)의 경우는 수재는 경성(鏡城)보다 조금 덜했으나 풍재는 경성이나 다를 바 없었고, 이성(利城)·북청(北靑)·홍원(洪原)·함흥(咸興)·정평(定平)·영흥(永興)·고원(高原)·문천(文川) 등지는 풍수의 재해가 경성에 비해 다소 적었다. 안변(安邊)·회양(淮陽)은 경성보다 심했고, 금화(金化)·금성(金城)·양주(楊州)·포천(抱川)은 풍재로 인하여 곡식이 절반 이상이 손상되었으나 수재는 그렇게 심하지 않았다. 강원도 출신(出身) 부방군(赴防軍)은 7월 29일 이성에 도착하였고, 경성의 일당백군(一當百軍)은 이달 1일에 함흥에 당도하였다. 화

---

80) 『선조실록』 187권, 선조 38년(1605) 5월 26일(기해).

포(火砲) 등의 물품은 직로로 가기도 하고 사잇길로 가기도 했기 때문에 서로 마주치지 않았다. 아마도 물을 피해 산정(山頂)으로 돌아왔기 때문에 만나지 못했을 것이다.'라고 하였습니다."

하니, 전교하기를,

"함경도 일로의 농사가 대체로 어떠하던가? 다시 물어 아뢰라."

하였다.[81]

박계숙의 경우 선조 38년(1605) 10월 17일 울산을 출발하여 10월 21일 영천에서 각 지역에서 모인 8인(김정흡, 김응택, 최기문, 김대기, 배응춘, 김팔개, 이덕붕, 정언상)과 함께 육로를 통하여 한양에 들러, 열흘 정도의 일정으로 임무를 부여받고 민정랑(閔正郞), 한판서(韓判書), 김판서(金判書) 등을 만난 뒤에 부임지로 출발한 것으로 되어 있다.

그리고 11월 24일에 철령을 넘어 함경도 경계인 안변에 다다르게 되었는데, 고갯마루에서 북쪽을 바라보면서 노래를 지어 불렀다. 이 작품에서 부북군으로서의 기개가 드러나고 있다.

行路難(행로난) 行路難(행로난) 브라보니 フ이업다
二千里(이천리) 거의 오니 쏘압피 千里(천리)나민
忠心已許國(충심이허국)ᄒᆞ니 먼 줄 몰나 가노라[82]

이천 리나 열심히 달려왔는데 아직도 천 리의 길이 남아 있으나, 충심을 나라에 바쳤으니 남은 천 리의 길도 멀게 느껴지지 않는다는 것이다.

---

81) 『선조실록』 190권, 선조 38년(1605) 8월 7일(기유).
82) 박계숙, 『부북일기』 1605년 11월 24일, 이수봉, 『구운몽후와 부북일기』(경인문화사, 1994), 270면.

이어서 11월 27일에 덕원(德源)을 지나 문천(文川)에서 묵게 되는데 도중에서 발보(跋跰)의 괴로움을 이기지 못하여 또 1수를 읊었다.

關山風雪裡(관산풍설리)예 가시는 벗님내야
어디롤 가노라 匹馬(필마)롤 뵈야는다
塞外(새외)예 아득흔 胡塵(호진)을 다 쓰로려 가노라[83]

관산의 눈보라 속에 힘든 길을 가면서도, 변새 바깥의 오랑캐의 티끌을 다 쓸어버리겠다는 당찬 각오가 서려 있다.

이 두 노래에서 화자의 태도는 "먼 줄 몰나 가노라", "다 쓰로려 가노라"에 드러난 것처럼 일당백의 무사의 기개가 분명하게 부각되어 있다.

그런데 우리가 더욱 주목할 것은 12월 27일에 쇄마(刷馬)가 미치지 않아 경성(鏡城)에서 머물면서 거문고와 노래[琴歌]에 능한 금춘(今春; 字 月娥)이라는 기생과 노래로 수작한 시조인데, 이 수작 시조는 무변과 기녀의 수작이라는 현장성을 드러내면서 시가 창작과 향유에서 무변의 역할을 새삼 주목할 수 있는 대목이다.

비록 丈夫乙(장부ㄹ)지라도 肝腸鐵石(간장철석)이랴
堂前紅粉(당전홍분)를 古戒(고계)롤 사맛더니
治城(치성)의 皓齒丹脣(호치단순)을 몯니즐가 ᄒ노라(박)

唐虞(당우)도 친히 본둣 漢唐宋(한당송)도 지내신둣

---

83) 박계숙, 『부북일기』 1605년 11월 27일, 이수봉, 『구운몽후와 부북일기』(경인문화사, 1994), 269면.

通古今(통고금) 達事理(달사리) 明哲人(명철인)을 어듸두고
東西(동서)도 未分(미분)흔 征夫(정부)를 거러 므슴흐리(월)

나도 이러흐냐 洛陽城東(낙양성동) 胡蝶(호접)이로라
枉風(왕풍)의 지불려 여긔져긔 둔니더니
塞外(새외)예 名花一枝(명화일지)예 안자보랴 흐노라(박)

兒女戲中辭(아녀희중사)룰 大丈夫(대장부) 信聽(신청)마오
文武一體(문무일체)룰 나도 잠싼 아노이다
흐물며 赳赳武夫(규규무부)룰 아니 걸고 엇지리(월)84)

위의 수작 시조에서 박계숙의 노래는 본인의 창작으로 볼 수 있는
데 비해, 기녀 금춘의 작품은 무부와 기녀가 어울리는 자리에서 관습
적으로 널리 전승되던 노래를 주고받은 것으로 추정된다. 그런데 정
부(征夫)에서 무부(武夫)로 바뀌고 있는 점은 섬세한 차이이기는 하지
만, 변새의 상황과 연결시키면 의미 있는 인식의 변화라고 할 수 있
다. 이와 비슷한 상황에서 불린 것으로 성종 때에 영흥(永興)의 명기
인 소춘풍(笑春風)이 읊었다고 하는 작품이 『해동가요』(일석본) 등에
전해지고, 차천로(1556~1615)가 『오산설림초고(五山說林草藁)』에 이
상황과 내용을 자세하게 기록하고 있다.

唐虞(당우)를 어제 본 듯 漢唐宋(한당송) 오늘 본 듯
通古今(통고금) 達事理(달사리)흐는 明哲士(명철사)를 엇더타고
저 셜 씌 歷歷(역력)히 모르는 武夫(무부)를 어이 조츠리(소춘풍)85)

---

84) 박계숙, 『부북일기』 1605년 12월 27일, 이수봉, 『구운몽후와 부북일기』(경인문화
    사, 1994), 261면.

前言(전언)은 戲之耳(희지이)라 내 말슴 허물 마오
文武一體(문무일체)ㄴ 줄 나도 잠간 아옵거니
두어라 赳赳武夫(규규무부)를 아니 좃고 어이리(소춘풍)[86]

앞의 작품은 노골적으로 무부에게 거절의 뜻을 드러낸 것이고, 뒤
의 작품은 앞의 발화에 대해 양해를 구하면서 헌걸찬 무부를 좇겠다
고 허여의 태도를 드러낸 것이다. 기녀들이 가진 문무(文武)의 차별
의식과 수작의 현장에서 흥취를 돋우기 위한 방편으로 활용하고 있
음을 알 수 있다. 결국 1수로는 존립하기 어렵고 2수가 묶여져야 상
황과 분위기에 걸맞을 수 있고, 상대방과의 수작(酬酌)에 부합할 수
있게 되는 것이다.

이와 함께 아들 박취문(朴就文, 1618~?)은 북청 경계의 문고개(門古
介)를 넘어 수중대(水重臺)에 들러서 회포를 노래로 부르고 있다. 이
노래에서도 스스로 고금호걸이라고 자부하고 있어서, 임지로 향하는
무인의 기상이 장쾌하게 드러난다.

뭇노라 水重臺(수중대)야 너나건지 멋 千年(천년)고
古今豪傑(고금호걸)이 멋멋치 지나더니
이후의 뭇ᄂ니 잇거든 날 왓더라 닐러라[87]

이와 함께 전라도 함평 출신으로 위수병(衛戍兵)으로 뽑혀서 광해
군 10년(1618) 5월에 집을 출발하여 강홍립을 종군하였다가 이듬해 6

---

85) 『해동가요』(일석본), 135번.
86) 『해동가요』(일석본), 136번.
87) 박취문, 『부방일기』1645년 2월 1일, 이수봉, 『구운몽후와 부북일기』(경인문화사, 1994), 212~211면.

월에 귀향한 이진문(李振門, 1573~1630)이 남긴 〈경번당가〉[88] 14수를 주목할 수 있다. 이 노래는 변새의 기녀들이 불렀을 것으로 추정할 수 있어서, 변새를 중심으로 무반과 기녀의 시가 향유의 구체적 실례를 확인할 수 있는 것이다.

정월 한보름날 돌가ᄂᆞᆫ 사ᄅᆞᆷ돌하
산너머 하늘ᄭᆞ애 구름소옥글 보ᄂᆞᆫ다
우리도 돌ᄀᆞ튼 님을 두고 비초여나 보고져

이워리 너머드러 봄비티 펴져가니
나모마다 니피오 가지마다 고지로다
우리도 님 다시만나 새ᄉᆞ랑 내리라

삼월삼이례 온갖곳 다픠온ᄃᆡ
답청ᄒᆞᄂᆞᆫ 사ᄅᆞᆷ돌하 곳고지 자최로다
언저긔 우리님만나 삼일연을 ᄒᆞ려ᄂᆞᆫ고

ᄉᆞ월 비갠후의 버들비치 새로온ᄃᆡ
홍겨운 괴ᄭᅩ리ᄂᆞᆫ 온갖교ᄐᆡ 다ᄒᆞ노고
님향해 아득ᄒᆞᆫ ᄆᆞᄋᆞᆷ 씨오ᄂᆞᆫ둣 오ᄂᆞᆫ둣 ᄒᆞ여라

오월 한수린날 남긔거론 그ᄒᆡ주론
베거니 밀거니 가ᄂᆞᆫ둣 고쳐온다
엇더다 날거론님은 가고아니 오ᄂᆞ니

---

88) 박준규, 「경번당가고-신자료 봉사부군일기를 주로 하여」, 『모산학보』 3(동아인문학회, 1992), 31~49면. 신경숙 외, 『고시조문헌해제』, 2012, 500~501면 참조.

뉴월 찌는벼티 반가오니 복풍이라
혼자 자는방안해 반가오니 님이로다
ㅂ암은 불나리하되 님볼나리 져게라

틸월 틸이리 됴히삼긴 나리로다
견우 직녀도 흔디몬는 나리노다
엇더다 인간니벼론 모든나리 업손고

팔월 한가외날 엇지삼긴 나리완더
무심흔 돌비쵠 오놀밤의 촉볼근고
님그려 아득흔 ㅁ음을 볼키는듯 ㅎ여라

구월 쵸이슬애 늣거이 지는닙플
이원흔 져님이 아는가 모는가
인싱이 져ㄱ툴뿐니니 그려 ㅁ음ㅎ리

시월 서리밤의 혼자우는 져기러가
ㅁ음 쓴 먹고 어디몬가 우니는다
짝이코 우는경이야 네오내오 다ㄹ랴

동지쫄 기나긴밤이 ㅎㄹ밤이 열홀맛다
누우며 닐며 ㅁ슴ㅈ미 오돗더니
눈우혜 돌비쵯 볼그니 가슴슬혀 ㅎ노라

섯ㄷ리 너머드니 흔희도 거의도다
흔희 열두돌 삼빅예슌 나리로다
엇지다 하고한날래 님볼나리 져근고

쟝쇠의 샹쟝목ㄱ티 눈마초고 말련졔고
징바니 다믄 수져 소리내고 말련졔고
동지돌 시내믈ㅈ치 어러부텨 말련졔고

지쳑이 쳘니러니 쏘말리놀 간다말가
산고 슈심흔디 쑴인돌 미츨손가
츌하로 명월이 되어 간디죡죡 비쵀리라89)

전부 14수로 된 이 작품은 앞의 12수가 정월부터 12월까지 님을 그
리는 화자의 내면을 토로한 것이고, 뒤의 2수는 전체를 총괄하는 입
장에서 화자의 입장을 말하고 있다. 특히 뒤의 2수는 다른 갈래의 작
품을 수용하고 있다고 평가할 수 있다.

위에서 박계숙의 작품과 이진문의 작품을 통해서 이해할 수 있는
내용은 변새의 무변이 기녀들과의 모임 자리에서 수작(酬酌)을 통하
여 남녀 사이의 그리움과 친밀감을 노래하고 있다는 것이다.

그리고 이러한 내용은 광해군 8년(1616)에 경성판관으로 부임한 조
우인(曺友仁, 1561~1625)이 〈출새곡〉을 지으면서 남긴 「제출새곡후(題
出塞曲後)」에서,

안타까운 것은 경성이 곧 북쪽 오랑캐의 군막이라, 비록 기악이 있
으나 늘 무변들과 섞여 있어서 늘 이악(俚樂)을 찾아서 모두 음란하고
외설스러운 말이고, 고아한 노래를 부르며 투호놀이를 하는 고사는 대
개 빠진 것 같다. 비록 이 노랫말을 관현에 올리고자 하나 쓸 데가 없
지 않으랴? 그러므로 노래가 이루어지자 문득 상자 중에 갈무리하고

89) 이진문, 『봉사부군일기』 〈경번당가〉, 박준규, 「경번당가고-신자료 봉사부군일기
를 주로 하여」, 『모산학보』 3(동아인문학회, 1992), 38~40면.

뒷날 돌아가면 다만 스스로 펼쳐 보면서 그윽하고 근심스러운 것을 펴면 좋을 것이다.[90]

라고 한 바의 맥락과 연결시켜 살필 수 있게 된다. 조우인은 사대부의 입장에서 "고아한 노래를 부르며 투호놀이를 하는" 사대부 풍류를 염두에 둔 듯한데, 실제로는 "무변들과 섞여 있어서 늘 이악(俚樂)을 찾아서 모두 음란하고 외설스러운" 무변 풍류가 중심을 차지하는 것으로 보고 있기 때문이다. 실제로 일어나고 있던 17세기 전반의 변새 무변 풍류의 실상을 위에서 살핀 자료에서 확인할 수 있고, 이것이 당대에 일어나고 있던 변화라고 할 것이다. 그런 점에서 조우인이 마련한 〈출새곡〉은 〈관서별곡〉과 〈관동별곡〉 등을 염두에 두기는 했지만, 실제로 경성(鏡城)을 비롯한 북로(北路)에서 이루어지던 노래를 수반한 풍류의 현장성을 폭넓게 수용하지 못한 아쉬움이 있다고 평가된다.

3) 무반의 시가 향유와 그 반향

앞에서 『부북일기』에서 선조 39년(1606) 2월 20일에 구인후(具仁垕, 1578~1658)와 정충신(鄭忠信, 1576~1636) 등이 그곳을 다녀간 사실을 기록하고 있다는 점을 환기할 필요가 있다. 이들은 여진족이 세운 후금과의 관계를 비롯한 특수 임무를 띠고 접경 지역을 다니던 중이었던 것으로 추정되는데, 이들이 뒷날 무반으로서 공신에 오르고 높

---

90) 曺友仁,「題出塞曲後」,『頤齋集』, 卷之二 雜著,『한국문집총간』속12, 303면, 所恨鏡乃北戎幕也, 雖有妓樂, 而常與鷗弁混處, 故尋常俚樂, 盡是桑間淫褻之詞, 而雅歌投壺故事, 則盖闕如也. 雖欲被此詞於管絃, 無所用諸, 故詞成, 輒藏之篋笥中, 他日歸來, 秖自展觀, 以暢幽悁之爲好也.

은 벼슬을 역임하였다는 점에서 무반으로서 이들의 삶과 행적을 주
목할 수 있다. 그런데 공신에 오른 장만(張晩, 1566~1629), 정충신, 구
인후 등의 구체적 무반 계열 작가를 확인하면 17세기 전반 이들의 시
가 향유가 새로운 변화에서 중요한 축을 차지하는 것으로 이해할 수
있다.

후금과의 관계에서 중요한 역할을 했던 정충신과 구인후, 계해년
반정으로 공을 세운 무신의 위상이 높아지면서 이들 중에서 시가 작
품을 남긴 인물을 일단 주목하면서 무반의 시가 향유와 그 반향을 살
펴보고자 한다.

> 풍파에 놀난 사공 비ᄑ라 말을 사니
> 구절양장이 물도곤 어려왜라
> 이후란 비도 물도 말고 밧갈기만 ᄒ리라
>
> 장만, 『청구영언』 163

> 공산이 적막ᄒᄂᄃᆡ 슬피 우ᄂᆫ 져 두견아
> 촉국흥망이 어제오ᄂᆞᆯ 아니여ᄂᆞᆯ
> 지금히 피나게 우러 ᄂᆞᆷ의 애를 긋ᄂᆞ니
>
> 미상[정충신], 『청구영언』 392

> 황하수 ᄆᆞᆰ단말가 성인이 나셔도다
> 초야 군현이 다 니러나닷 말가
> 어즈버 강산풍월을 눌을 주고 갈소니
>
> 김광욱[정충신], 『청구영언』 159

> 어전에 실언ᄒ고 특명으로 내치오니
> 이 몸이 갈 ᄭᅵ 업서 서호로 ᄎᆞ자가니

밤듕만 닷 드는 소릭예 연군성이 새로왜라

구인후, 『해동가요』(박씨본) 153

장만은 문신으로 선조 22년(1589)에 생원·진사시에 합격하고 선조 24년(1591) 별시문과에 병과로 급제, 성균관·승문원의 벼슬을 거쳐 선조 32년(1599) 봉산군수를 지냈다. 이때 서로(西路)에 명나라 군대가 여러 가지로 횡포를 부리자 그들을 잘 다독여 민심을 얻었고, 뒤에 주청부사로 명나라를 다녀왔고, 함경도 관찰사 재직시에 누르하치의 침입을 경고하였으며, 광해군 11년(1619) 체찰부사가 되어 이시발 등과 대후금정책을 협의하기도 했다. 인조반정으로 도원수에 임명되었고, 인조 2년(1624) 이괄이 반란을 일으키자 정충신 등과 안현 전투에서 이를 진압하였다. 이에 진무공신 1등에 오르고 옥성부원군에 봉해졌다. 인조 19년(1627) 정묘호란 때에 후금의 군대를 막지 못했다고 관직을 삭탈당하고 부여에 유배되기도 했다. 이상의 행적에서 보듯 장만은 무반은 아니지만 중요한 시기에 실제 무반 이상의 역할을 해서 무반 계열의 인물로 중요하게 다룰 수 있을 것이다.

명나라가 후금의 침입을 받게 되자 장만이 도원수가 되어 출정(出征)할 때에 행사를 매우 성대하게 하였는데, 임금이 직접 서교(西郊)에 나가 전송했으며, 장만의 문집 『낙서집』 부록에 수록된 자료를 살피면, 이정구가 〈서행증언서(西行贈言序)〉를, 신흠이 〈장원수출사서(張元帥出師序)〉를 쓰고 유근, 윤신지, 신익성 등이 축하의 글을, 조우인이 〈만년환〉을, 이성구가 〈장원수출사가〉를 각각 지었고, 장유, 김수현, 권겹(權韐), 정두원, 이준, 심집(沈諿), 이식, 김시국, 이민구, 김기종, 이명한, 이경전, 이수광, 이민성, 조박, 조휘일 등이 각각 시문을 지어서 축하를 하고 있다.[91]

『인조실록』의 기록은 다음과 같다.

> 상이 모화관(慕華館)에 거둥하여 도원수 장만을 전송하였다. 상이 융복(戎服) 차림으로 장전(帳殿)에 나아가니, 종재(宗宰) 인성군 이공(仁城君李珙), 의창군 이광(義昌君李珖), 흥안군 이제(興安君李瑅), 경평군 이늑(慶平君李玏), 영의정 이원익(李元翼), 영중추부사 기자헌(奇自獻), 좌의정 정창연(鄭昌衍), 진원 부원군(晉原府院君) 유근(柳根), 예조 판서 이정구(李廷龜), 능원군 이보(綾原君李俌), 이조 판서 신흠(申欽), 구천군 이수(龜川君李晬), 형조 판서 서성(徐渻), 대사헌 오윤겸(吳允謙), 병조 판서 김류(金瑬), 이조 참판 이귀(李貴), 부제학 정경세(鄭經世)가 시립(侍立)하였다. 표신(標信)으로 원수 장만을 부르니, 투구와 갑옷 차림으로 들어와 두 번 읍하는 예를 행하였다. 중군(中軍) 현즙(玄楫), 별장(別將) 남이흥(南以興) 및 군관 74인도 계하(階下)에서 차례로 두 번 읍하는 예를 행하였다. 상이 중군 이하에서 선온(宣醞)할 것을 명하고, 이어 시사(試射)하도록 하였는데, 1등을 차지한 자에게 백금(白金) 20냥(兩)과 구마(廐馬) 1필을 주었으며 그 아래에도 각각 차등 있게 상을 내렸다. 상이 원수를 불러 앞으로 나오게 하고 이르기를,
> "경은 직접 한 잔을 들고 다 마시라."
> 하니, 장만이 사양하였다. 이어 주달하기를,
> "서로(西路)의 파발(擺撥)을 일찍이 말을 가진 방군(防軍)으로 세웠기 때문에 변보(邊報)가 지체되는 근심이 없었습니다. 그런데 지금은 각 고을로 하여금 파발을 세우게 하기 때문에 아무리 긴급한 보고도 매우 늦게 전달됩니다. 예전의 규정대로 말을 가진 군사에게 방수(防戍)하는 임무를 면제해 주고 파발로 세우는 것이 어떠하겠습니까?"
> 하니, 상이 아뢴 대로 하라고 하였다. 상이 어탑(御榻)에서 내려 와 친

---

91) 장만, 『낙서집』 권6, 「부록」, 『한국문집총간』 속15, 98~111면.

히 상방검(尙方劍)을 잡고 장만에게 하사하면서 이르기를,
"대장(大將) 이하로 명을 듣지 않는 자는 이 검으로 처치하라."
하였다. 원수 및 중군, 별장, 군관이 모두 두 번 읍하는 예를 행하고
나갔다.[92]

이 중에 조우인은 장만의 출정을 축하하면서 〈만년환〉의 사(詞)을
지어서 장원수를 보내는 악부로 삼았으며 서문까지 마련하였다.

황명 천계 기원 삼년(1623) 봄에, 우리 전하께서 혼란(昏亂)을 바로
잡으시고, 새로 보위에 오르셨다. 황조가 병란을 입어, 요광을 지킬 수
없게 된 것에 분개하고, 오히려 군대를 일으켜 도움을 주러 나가는 것
을 머무름을 부끄럽게 여기고, 이에 대궐의 정성으로 글을 보내, 특별
히 대사마 장만 공을 도원수로 삼아서, 팔도의 군대를 거느리게 했다.
군대를 내어 해서에 진을 치고, 황국 군대의 절제를 기다려서 합세하
여 섬멸할 계책으로 삼았다. 대개 공은 문무가 온전한 재목으로, 임금
이 되기 전부터 이미 공이 아니면 이 임무를 맡을 수 없을 것으로 알고
있었다. 공은 본래 충성과 근면을 지니고, 힘써 애쓰느라 병이 나서 한
창 물러나기를 빌려고 하였는데, 왕명이 내렸다는 것을 듣고, 그날로
힘써 달려와 물러나기를 빌고 계속해서 피를 토하는 상소를 바치면서,
수십 수백 언을 반복하면서 정성과 진심이 절박함에 이르렀다. 중흥함
에 미리 힘써야 하는 급박함이 없다면, 맨 처음으로 성학에 부지런하
고 대본을 세우는 것을 바쳤을 것이다. 상께서 모두 허심탄회하게 받
아들이시자, 듣는 사람들이 두려워 움직이고, 길일을 가려 출행함에,
독수리를 새긴 활과 흰 새의 깃과 은빛의 갑옷을 갖추고 사조하였다.
또 상께서 편전으로 부르시어, 기밀한 정무를 헤아려 논하셨는데, 무릇
아뢴 법규와 계획은 일일이 임금의 의지를 일컬었는데, 상께서 더욱

아름답게 권장하였다.

　또 옛날 수레를 뒤에서 밀며 장수를 보냈던 뜻을 생각하시고, 출행하는 날에 문무백관을 거느리고, 몸소 병거를 다스리며 군대의 위엄을 성대하게 펴서, 교외에서 잔치를 하사하기고 그 출행을 전별하였는데, 그 충성을 장려하고, 그 용맹을 권장하며, 군대 출행의 노고와 먼 길을 위로하고자 함이었다. 이날 날씨도 맑고 환하고, 경치도 활짝 열렸으며, 깃털을 장식한 시위가 빽빽하게 늘어서고, 창이 번쩍번쩍 빛나서, 곰을 물리치고 표범을 꺾은 군사가, 말에 뛰어오르고 창을 가로놓으며, 각각 그 잘하는 것을 시험하니, 늠름하게 예봉을 꺾고 적을 무너뜨릴 기세가 있어서, 장려함이 이르는 곳에, 군사들의 마음이 백배로 격앙되었다. 상께서 모두 몸소 임하셔서 구경하시고, 마침내 선온을 차등 있게 상으로 내리시니, 저녁이 되도록 금고가 갈 길을 경계하고, 융거가 고기를 실었으며, 특별히 차고 있던 상방검을 풀어서 하사하시니, 마음대로 해도 좋다는 것을 보여준 것이다. 공 또한 오열하면서 절하며 받은 뒤에 출행하였는데, 도인과 사녀가 거리를 메우고 넘쳤으며, 모두 성대한 일을 보게 된 것을 축하하는 것이, 거의 세어서 계획할 수 없는 것이니, 아 그 바름이여.

　예로부터 병가의 승패는, 근심이 성의가 서로 미쁘지 못함에 달렸는데, 오늘날 임금님께서 마음으로 정성을 미는 것이 이미 저와 같고, 우리 공이 충성을 다함이 또 이와 같으니, 천지의 귀신이 내려보고 임하여 상하로 밝게 펴니, 어찌 아득한 가운데 묵묵히 돕고 몰래 정함을 어찌 알랴? 병사는 칼에 피를 묻히지 않고 저들은 빌린 기운과 떠도는 넋이 나빠서, 바람과 새가 삼위의 수천 리 바깥으로 유배되는 것을 바라랴? 모든 군사가 이기고 돌아오기를 우두커니 기다릴 것이며, 특이한 은혜가 빽빽하게 겹쳐져서, 여덟 가지 금화의 영예가 유독 여조의 이름난 장수에게만 아름다움이 오로지하지 않을 것이다. 내[우인]는 결점을 쌓은 남은 삶에, 어가를 뒤따르게 된 뒤에, 눈을 닦고 감탄하면서, 아직 가영으로 펴는 것을 깨닫지 못하는데, 문득 <만년환>에 비겨

서 일결로, 가는 길에 노래하며, 서사의 전말을 아우르고 전별에 받들
고자 한다. 93)

그리고 〈만년환〉의 내용은 다음과 같다. 〈만년환〉은 쌍조 100자,
전후단 각 9구 5평운으로 되어 있다.94)

가죽 속 시서에는,
충간과 의담을 아우르고
훌륭한 그릇과 아름다운 책략이네.
일찍이 진룡을 입어서
시대에 응할 재국을 미리 알았네.
경륜과 대책을 남겨 쌓고

93) 조우인, <送張元帥樂府序>, 『이재집』 권2, 『한국문집총간』 속12, 300~301면. 皇
    明天啓紀元三年春, 我殿下刻革昏亂, 新陞寶位. 愼皇朝被兵, 遼廣失守, 而尙稽興
    兵赴援爲恥, 乃簡自宸衷, 特拜前大司馬張公晩, 爲都元帥, 領八道兵. 出鎭海西,
    以待皇師節制, 爲合勢勦滅計. 盖公有文武全材, 自龍潛時, 已知非公則莫能當是
    任也. 公素秉忠勤, 勞悴生病, 方謀乞退, 而聞有命, 卽日力疾趨謝, 繼陳血疏, 反覆
    數十百言, 懇惻切至, 無中興先務之急, 而首以勤聖學立大本爲獻. 上皆虛心聽納,
    聞者爲之聳動, 擇吉將行, 以雕弓白羽銀鎧辭朝. 上又引見便殿, 商論機務, 凡所規
    畫建白, 一一稱上意旨, 上益賜嘉獎. 又思古昔推轂遣將之意, 臨行率文武百官, 躬
    御戎軒, 盛陳兵威, 錫宴于郊外而餞其行, 所以獎其忠, 勵其勇, 而慰師行之勞且遠
    也. 是日天宇澄朗, 景象開霽, 羽衛森列, 戈鋋閃鑠, 排熊拉豹之士, 躍馬橫槊, 各試
    其能, 澟然有摧鋒陷敵之氣, 獎勵所至, 士心之激昂百倍. 上皆親臨觀之, 遂宣醞賞
    賜有差, 至夕金鼓戒行, 戎車載脂, 特解所御尙方劍以賜之, 示專制也. 公亦嗚咽拜
    受以行, 都人士女塡溢街巷, 咸以獲覩盛事爲賀者, 殆不可以數計, 吁其盛歟. 自古
    兵家勝敗, 患在誠意之不相孚, 今者上心之推誠旣如彼, 我公之竭忠又如此, 天地
    神祇監臨昭布于上下, 安知默佑陰隲於冥冥之中. 兵不血刃而彼假氣游魂之醜, 望
    風鳥竄於三衛數千里之外哉. 佇見全師旋凱, 異恩稠疊, 八枝金花之榮, 不獨專美
    於麗朝之名將矣. 友仁以積薲餘生, 忝在扈駕之後, 抏且咨嗟, 未覺發之爲歌詠, 輒
    擬萬年歡一闋, 歌于遠道, 而并敍事之顚末, 于以奉贐焉.
94) 『고려사』 「악지」 <당악>에, 쌍조 전후단 각 9구의 <만년환>이 있다.

굳센 오랑캐를 맡아서 언덕의 사막에 기대었네.

세세년년 천토를 도와서

서로 형세를 잡고 뿔을 당기듯 하네.

皮裡詩書.

並忠肝義膽, 偉器英略.

曾被眞龍, 預識應時才局.

剩蓄經綸大策, 屬强虜, 憑陵沙漠.

勤天討, 歲歲年年, 相持勢似掎角.

대궐의 속마음이 이미 간성으로 정해서

집을 편안하게 함은 이 누구인가

몸소 친히 수레바퀴를 밀었네.

저녁 풀 헤어지는 정자에

해를 가리고 구름 군막을 높이 펼쳤네.

엄숙하고 화목하며 위엄 있는 용안이 지척에

아름다운 술잔에 금경과 하액이 가득하네.

은혜가 이러하니 뼈를 갈아서 어떻게 갚으랴?

상방검을 새로 연악으로 하사하시네.

宸衷已卜干城.

便舍此誰某, 躬親推轂.

暮草離亭, 蔽日高張雲幕.

肅穆威顔咫尺, 玉觴滿金莖霞液.

恩如許粉骨何酬, 尙方新賜蓮鍔.[95]

그런데 앞에 예시한 장만의 시조는 정묘호란 이후 유배의 생활까

---

95) 조우인, <萬年歡, 送張元帥有序>, 『이재집』 권1, 『한국문집총간』 속12, 283면. 『이
   재집』 권1에는 「歌詞」 항목에 <萬年歡>을 비롯하여 42제의 사(詞)가 수록되어 있어
   서, 사(詞)를 노래로 부르는 것에 대한 조우인의 인식을 짚어볼 수 있다.

지 경험한 만년의 작품으로 추정되고 있다. 화려하게 살아온 삶의 뒷모습이 배여 있는 듯하다.

구인후는 본관이 능성, 자는 중재(仲載), 호는 유포(柳浦), 사맹(思孟)의 손자이고, 성(宬)의 아들이다. 인조의 외종형으로 김장생의 문인이며, 선조 36년(1603) 무과에 급제하여 고원군수·갑산부사 등을 지냈고, 광해군의 정치에 반감을 가지고 광해군 12년(1620)에 이서, 신경진 등과 반정모의에 참여하였다. 광해군 13년(1621)에 진도군수로 나가는 바람에 인조반정(1623)에 직접 참여하지 못하였으나, 계획을 세운 공로로 뒤에 정사공신 2등에 책록되었다. 정묘호란에는 주사대장을 맡았고, 병자호란 때에는 군사를 거느리고 남한산성에서 국왕을 호위하였다. 그 이후 병조판서 등을 지냈고, 효종 3년(1652)에는 우의정, 효종 5년(1654)에 사은사로 청나라를 다녀왔다. 그해 7월 소현세자빈의 신원을 요구하던 김홍욱(金弘旭)을 신원하다 삭직되기도 했으나 곧 복관되어 그해 9월에 좌의정에 올랐다.

다음은 소현세자빈 강씨의 일과 관련하여 구인후가 보인 태도에 대한 『인조실록』의 기사와 『효종실록』의 기사이다.

> 병조판서 구인후가 세 번째 정사하자, 체직하였다. 이때 외척 홍진도 등이 다 상의 뜻에 영합하여 독을 넣은 일로 옥사가 처음 일어났을 적에 사람들에게 말을 퍼뜨리기를 '이것은 강빈이 한 짓이니 속히 법을 시행해야 된다.'고 하였다. 오직 구인후만 처음부터 억울하다고 하면서 강씨에게 실은 죽을 만한 죄가 없다고 하였는데, 상이, 그가 자기를 따르지 않는 것을 알고 자못 소외시키려는 뜻을 보인 것이다.[96]

96) 『인조실록』 제47권, 24년 3월 17일(갑자), 『국역 인조실록』 20(민족문화추진회, 1990), 131면.

상이 인정문에 납시어 김홍욱을 친국하였다.

...

능천부원군 구인후가 아뢰기를, "신이 홍욱에게 어찌 일호라도 구원하고자 하는 마음이 있겠습니까? 홍욱이 만약 역적 강씨와 동모하였고, 그런데 신이 신구하고자 한다면, 신이 마땅히 역인을 보호한다는 죄를 받겠습니다."

상이 노하여 말하기를,

"그대는 병을 칭탁하고 물러가더니, 오늘 홍욱을 신구하러 온 것인가? 어찌 빨리 물러나지 않는가?" 인후가 마침내 나가버렸다.[97]

앞에서 예시한 시조는 위에서 제시한 『인조실록』의 기사와 연관되어 있을 가능성이 있는데 단정하기는 어렵다.

그리고 다음과 같은 기사는 18세기 전반의 서울 무변들의 풍류를 지적하고 있는데, 이러한 풍류가 실제로 17세기 전반의 변새의 무변 풍류에서 어떤 과정을 거쳐서 이어진 것인지 궁금해지고 있는 것이어서 그 실상에 대한 지속적인 관찰이 요구되고 있다.

임금이 석강에 나아갔다. 강하기를 마치자 임금이 특진관 구성임(具聖任)을 앞으로 나오게 하고 말하기를,

"문과 무는 갈래가 다르니 문과로 진출한 자는 마땅히 문예를 숭상해야 하고 무과로 진출한 자는 마땅히 무예를 숭상해야 하는데, 듣건대 지금의 무반[武弁]들이 오로지 활쏘기와 말타기를 익히지 않고 심지어 시가를 읊조리며 세월을 보내는 자가 있다고 한다. 경은 장신이니 모름지기 이 무리들을 신칙하여 무예에 전념하도록 하고, 경도 또한 여러 장신들과 모여서 회사(會射)하는 것이 좋겠다."[98]

---

97) 『효종실록』 제13권, 5년 7월 13일(경자), 『국역 효종실록』 5, 258~259면.

한편 정충신은 무반으로 미천한 집안에서 태어났으며, 절도영에 속한 정병(正兵)으로 부에 속한 지인(知印;通引)을 겸하였다고 알려져 있다. 임진왜란 때 권율의 휘하에서 종군하고, 이항복에게 사서(史書)를 배워서 무과에 급제하여, 광해군 3년(1621)에 안주목사를 하고, 이괄의 난을 물리쳤으며, 뒷날 포도대장, 경상도병마절도사 등을 지냈으며, 이항복의 유배생활의 기록인 『북천일록(北遷日錄)』을 남겼다. 그리고 여러 가집에 "공산이 적막흔딕~" 등의 시조가 그의 작품으로 수록되어 있는데, 이 작품은 『청구영언』 392번 무명씨에 수록되었던 것이 후대의 다른 가집의 첫머리에 우조초중대엽(羽調初中大葉)으로 수록되어 있어서 그 사정이 궁금하게 된 것이다.99)

정충신은 『부북일기』에서 구인후와 함께 경성을 다녀간 것으로 확인되는데, 다음 실록의 기록에서도 노추(老酋)와 연락하는 역할을 맡고 있었던 것으로 보인다.

> 비변사 제조 박홍로(朴弘老) 등이 아뢰기를,
> "변경의 각 번호(藩胡)들이 알려온 말이 대개는 서로 같은데, 중국에서 직첩(職牒)을 준다는 말이 이번에 처음으로 나왔습니다. 그들이 기세를 확장하고자 하여 이런 말을 지어내었는지, 아니면 무진 아문(撫鎭衙門)에서 기미(羈縻)하기 위해 노추(老酋)로 하여금 이처럼 개유(開諭)하게 했는지, 그간의 일을 알 수가 없으니, 다시 사실을 탐문하여 치계하도록 해야 합니다.
> 이들 적이 여러 번호를 병탄하려는 계책이 갈수록 더 심해지는데 다만 험고한 현성(縣城)을 등지고 있는 것을 꺼리고 있으니 이곳에 전력

---

98) 『영조실록』 53권, 17년(1741) 1월 23일(기축), 『국역 영조실록』 17, 139면.
99) 최재남, 「관서·관북 지역의 시가 향유 양상」, 『한국고전연구』 24집(한국고전연구학회, 2011.12), 40~41면 참조.

을 쏟을 것은 필연적인 형세입니다. 그러나 번호끼리는 침략하지 않는 다는 조항이 약조(約條) 가운데 있으니, 정충신(鄭忠信)이 돌아온 후에 그가 답한 바를 보아서 다시 의논하여 처리하는 것이 합당하겠습니다.

적들이 이미 군사를 동원하여 우리 변경에 가까이 와서 수시로 출몰하고 있는데, 적이 무슨 계책을 꾸미고 있는지 실로 헤아릴 수가 없습니다. 여러 진(鎭)에 단단히 타일러서 항상 적군이 이른 것처럼 하여 조금이라도 변방의 방비가 해이해지지 않도록 해야 합니다. 본도 (本道)의 앞서 보낸 첨방 군병(添防軍兵)을 이미 방환하였으니, 그 대역을 뽑아 보내지 않을 수 없습니다. 그 때문에 해조(該曹)로 하여금 미리 뽑아 장비를 꾸려 기다리게 하라는 뜻으로 입계하였는데, 병조로 하여금 기일을 정해 즉시 들여보내라고 윤하(允下)하셨습니다. 이 사연을 순찰사(巡察使)에게 아울러 행이(行移)하는 것이 어떻겠습니까?"

하니, 윤허한다고 전교하였다.[100]

그런데 다음과 같은 후대의 사정을 감안하면, 당대에 작가가 비정되지 않고 전승되다가 후대 『가곡원류』 계열 가집의 제일 첫머리에 수록될 수 있게 된 연유를 추정할 수 있게 될 것이다.

이는 이항복의 후손인 이유원이 19세기에 필운대 풍류에 참여하는 과정에 정충신에 대한 추모와 가집 배열의 연관을 추정할 수 있는 단서를 확보하게 된 것이다.

우선 다음 기록을 살펴보도록 한다.

순조 갑자년(1804)에 이괄의 변고 때 공을 세운 신하들을 특별히 기념하시어 상신 오은군(鰲恩君, 李敬一)에게 명하여 장옥성과 정금남

---

100) 『선조실록』 199권, 선조 39년(1606) 5월 1일(무진).

의 후손을 데리고 입시하도록 하였는데, 상사를 후하게 내리시고 이름
을 물어 보아 조용하도록 하였다. 대체로 장공과 정공은 백사 선조가
발탁한 사람들이었다. 당저 갑자년(1864, 고종 1)에 내가 마침 재상 직
에 있을 때에도 내심 그 일을 기다렸으나, 끝내 수상이 그 일을 아뢰는
일이 없었다.101)

순조 4년(1804)에 이괄의 난[인조 2년, 1624]을 진압한 이른바 진무
공신(振武功臣)을 특별하게 기념하면서 그 후손을 탁용하는 은전이
베풀어졌는데, 19세기 초반 이러한 재평가가 일단 진무공신의 한 사
람인 정충신에 대한 추모 열기를 고조시키는 계기가 되었던 것으로
이해할 수 있다.

진무공신은 인조 2년(1624) 이괄의 난을 평정한 사람들에 대한 책
훈이었다.

> 인조 2년(1624)에는 이괄이 군대를 일으켜 반란하여 상이 공주로 피
> 난을 하였는데, 도원수 장만(張晚)과 정충신(鄭忠臣), 남이흥(南以興)
> 등이 반군을 토평하였으므로 진무공신(振武功臣)에 장만 등 32인을
> 책훈하였고, …102)

이괄의 난을 평정한 지 3갑자(180년)가 지난 뒤에 재평가를 통하여
추모의 열기를 높인 것은 다분히 정치적인 의도가 포함되어 있다고
할 수 있지만, 이유원이 이러한 사실을 강조하는 이면에는 선조인 이
항복(1556~1618)에 대한 재평가를 동시에 지향하고 있었다고 할 수
있다. 왜냐하면 정충신이 바로 이항복의 문인으로 진충보국(盡忠報

---

101) 이유원, 『임하필기』 권26, 「춘명일사」, 『국역 임하필기』 5, 278면.
102) 이유원, 『임하필기』 권22, 「문헌지장편」, 『국역 임하필기』 5, 66면.

國)했던 인물이기 때문이다.

이유원이 기록한 다음의 몇몇 자료도 이러한 점을 강조한 것이다.

> 대제학 정경세가 경연에서 아뢰기를, "이항복이 선조 조에 이순신을 애써 천거하였고, 정충신(鄭忠信)을 발탁하였으며, 기타 재능에 따라 임용한 사람도 대부분 이항복이 좌우에서 찬성한 사람들입니다. 그러므로 의논하는 자들이 임진왜란을 극복한 공로를 평가함에 있어 이항복을 으뜸으로 추대하였습니다." 하였다.[103]

> 우리나라는 대체로 문벌을 가지고 사람을 취하므로, 명색이 선비이면 죽을 때까지 천한 일을 하지 않는다. 인재 또한 이런 천한 부류에서는 나오지 않지만, 반석평(潘碩枰), 유극량(劉克良), 서기(徐起), 정충신(鄭忠信) 같은 사람들은 호걸스러운 선비라 할 만하다.[104]

이상의 기록을 정리하면, 정충신은 이유원의 선조인 이항복의 천거로 무과를 거쳐 관직을 두루 거쳤으며, 북변의 위험한 일을 도맡아 처리하였고, 이항복이 북청으로 귀양갈 때에는 귀양지까지 따라가서 모시고 『북천일록(北遷日錄)』을 남겼으며, 진주에 있을 때에는 이항복의 문집도 간행하였다. 그리고 이괄의 난을 처리한 공로로 진무공신이 되었고, 인조의 특별한 후대를 받기도 하였다. 그런데 순조 4년(1804) 진무공신에 대해 특별히 기념하면서 정충신에 대한 추모의 열기가 고조되었고, 이유원은 선조의 문하였던 정충신에 대한 환기를 통하여 선조인 이항복에 대한 재평가를 동시에 추구했던 것으로 설명할 수 있을 것이다. 그리고 정충신의 문집인 『만운집(晩雲集)』은 그

---

103) 이유원, 『임하필기』 권10, 「전모편」, 『국역 임하필기』 2, 193면.
104) 이유원, 『임하필기』 권30, 「춘명일사」, 『국역 임하필기』 6, 213면.

이후 후손이 수습하여 고종 31년(1894)에 간행하였다.

　다음 작품이 우리의 관심을 환기하는 정충신의 작품으로 수록된
것이다.

　　　空山(공산)이 寂寞(적막)흔듸
　　　슬피 우눈 져 杜鵑(두견)아
　　　蜀國興亡(촉국흥망)이 어제오눌 아니여눌
　　　至今(지금)히
　　　피나게 우러 눔의 애를 긋느니　　　　　　　　『청구영언』 392 이삭대엽

　이 작품은 『청구영언』 392에 작가가 밝혀지지 않은 채로 이삭대엽
에 수록되어 있다. 그런데 『병와가곡집』(003), 『동가선』(002)에서는
앞머리로 옮기면서 정충신(鄭忠信)의 작품으로 초중대엽에 수록되어
있다. 『청구영언(연민본)』(001)과 『청구영언(육당본)』(001)에는 작가가
밝혀지지 않은 채로 첫 작품으로 초중대엽에 수록되었으며, 『가곡원
류(국악원본)』 계열의 가집에는 "황하수(黃河水) 맑다터니~"와 함께
정충신의 작품으로 우조초중대엽에 수록되어 있다.

　그런데 이항복의 후손인 이유원은 고종 9년(1872) 가을에 정충신의
후손의 부탁으로 정충신의 「신도비(神道碑)」를 엮었으며,105) 그 감회
를 시로 표현하기도 했다.106)

　게다가 이유원이 필운대에서 수계를 하고 필운대 등을 복원하면서

---

105) 이유원, 「副元帥錦南君忠武鄭公神道碑」, 『嘉梧藁略』 책15, 『한국문집총간』
　　316, 12~16면.

106) 이유원, 「秋日 撰鄭錦南碑 見鄭東溟詠張玉城詩 語多慷慨 令人淚落 三公皆白
　　沙先生門人也 依韻遂成一詩 以寓感悔」, 『嘉梧藁略』 책4, 『한국문집총간』 315,
　　120~121면.

선조인 이항복을 추숭하게 되자, 같은 마을에서 지내면서 필운대 풍
류를 이어가던 박효관 등이 이유원의 이러한 태도를 인지하였을 터이
고, 정충신에 대한 추모의 의지와 함께 이미 다른 가집에 수록되어
전하는 정충신의 작품을 주목하게 되었던 것으로 추정할 수 있다. 위
장(衛將)이라는 공식적인 직함을 띠고 있었던 서울의 무변이 진정으로
나라를 걱정하고 몸소 나라를 위해 몸을 바쳐서 충무(忠武)라는 시호
까지 받은 무신인 정충신의 작품인 "황하수(黃河水) 맑다터니~"와 "공
산이 적막흔듸~"를 주목하여 『가곡원류』 첫머리의 우조초중대엽에
배열하였던 것으로 생각할 수 있다. 여기에는 이항복의 〈철령가(鐵嶺
歌)〉도 한몫을 했던 것으로 볼 수 있다. 『가곡원류(국악원본)』에는 이
항복의 〈철령가〉가 계면 두거에 수록되어 있다.

4) 무변 풍류 레퍼토리의 한양 전파

서새(西塞)를 비롯한 변새(邊塞)에서 무변을 중심으로 한 풍류의 레
퍼토리가 한양으로 전파되게 된 사정에는 무변의 이동과 함께 풍류
의 중심에 있던 가기(歌妓)가 한양으로 옮기게 된 배경이 놓여 있다.
서로 풍류의 한양 전파가 정책적인 배려의 측면이 강하다면 무변 풍
류의 한양 전파는 개인적인 측면이 강하다고 할 수 있다.

앞에서 영흥 기생인 소춘풍(笑春風)이 한양으로 옮기면서 무변과의
모임에서 수작으로 부르던 노래가 한양으로 유입되었을 것으로 이해
할 수 있는데, 실제로 변새에서 사귄 가기(歌妓)를 첩으로 삼아 한양
으로 데리고 온 경우가 있기 때문이다.

정두경(鄭斗卿, 1597~1673)의 〈향아의 노래(香娥歌)〉를 예로 들 수
있다.

나그네가 변방 성에 도달해 보니
변방 성이 나그네 마음을 시름하게 하네.
나그네 마음 말로는 다 할 수 없는 것은
향아가 뜯는 거문고 소리를 들은 탓이네.
향아는 이름이 본디 기생 명부 속에 들어 있고
향아의 남편은 또 장안에서 온 나그네이네.
이별한 뒤 <백두음>을 뜯지 아니하였나니
이름이 기적(妓籍)에 있어서 돌아갈 수 없기 때문이네.
매번 거문고를 당겨 시름 생각을 부쳤거니
듣는 사람들이 왕왕 두 줄기 눈물 흘렸네.
향아 귀에 명월주의 귀고리를 달았거니
고운 미색 진나부(秦羅敷)에 뒤지지 않는다네.
달 떠오른 변성에서 한밤중에 술을 마시다가
부르자 거문고를 안고 고당으로 올라왔네.
상조에다 우조 타고 유치의 음 섞어서
관산을 슬피 바라보며 <녹수>를 연주하네.
녹수의 물 흘러서 삼협으로 내려가고
관산 위에 달은 천리 밖에서 함께 하네.
내가 향아에게 너무 슬퍼하지 말라고 일렀네
내 마땅히 너를 서울로 돌아가게 해 주리라.
나는 막부에서 서기를 맡고 있거니와
어찌 차마 <장상사>를 길이 뜯게 하랴?
客子到邊城　邊城愁客心　客心不可道　賴聽香娥琴
香娥名在妓女籍　香娥夫壻長安客
別來不爲白頭吟　名在妓籍歸不得
每援雅琴寄愁思　聽者往往垂雙淚
香娥耳着明月珠　艶色不減秦羅敷
月出邊城夜飮酒　呼來挾琴高堂隅

引商刻羽雜流徵　悵望關山奏綠水
綠水流兮下三峽　關山月兮共千里
我謂香娥且莫悲　我當送爾歸京師
我爲幕府掌書記　忍令曲中長奏長相思[107]

　가기인 향아는 기적에 올라 있으면서 상조(商調)와 우조(羽調)에다
유치(流徵)를 섞어서 〈녹수곡〉을 연주하고 있는데, "내 마땅히 널 서
울로 돌아가게 해 주리라"라고 하면서, 슬퍼하지 말라고 하는 대목
에서, 막부의 서기인 화자가 향아를 서울로 보내주겠다고 다짐을 하
고 있다. 그리고 〈백두음〉과 〈장상사〉 등의 노래를 아울러 언급하고
있어서 이들 노래가 변새에서 이별의 노래로 불리고 있음을 알 수 있
다. 변새에서 이런 레퍼토리를 노래하던 가기(歌妓)가 무변의 이동이
나 막부에 속한 문인들의 도움으로 한양으로 이거하게 되고, 무변을
중심으로 이루어지던 변새의 레퍼토리가 한양으로 전파되었다고 정
리할 수 있는 것이다.

107) 정두경, <香娥歌>, 『東溟先生集』卷之十, 『한국문집총간』100, 492면.

4. 사행역관의 위상과 가객으로의 전환

1) 사행 일행의 구성과 풍류

사행의 일행은 정사, 부사, 서장관의 사신(使臣)과 통사, 군관, 의원 등으로 구성되었다.[108] 그 중에서 정사, 부사, 서장관의 성격에 따라 때로 풍류의 자리를 마련하기도 한 것으로 확인되는데, 이 풍류의 현장에 통사인 역관뿐만 아니라 군관이나 의원도 각각 일정한 역할을 했던 것을 알 수 있다.

우선 이정구(1564~1635)가 경신년(1620)에 변무진주상사(辨誣進奏上使)로 북경을 다녀오는 과정에 수창한 시편을 묶어서 「경신조천록」이라 하였는데, 그 가운데 사행 일행의 풍류를 살필 수 있는 자료가 있어서 그 내용을 살펴보도록 한다.

우선 시제 중에서 거문고의 풍류와 관련된 것이다.

> <동지사의 군관 유동기(柳東起)는 거문고의 제일가는 명수이다. 안주에서 그를 만나 군관으로 데리고 가고 싶어 하니, 그가 병을 이유로 간절히 사양하기에 그 거문고만 가져가기로 하였는데, 우리 일행 중 의원 김계장(金繼長)이 거문고를 탈 줄 알지만 거문고가 없었기 때문이다. 가마에 거문고를 실은 뒤 누가 그 까닭을 묻기에 절구 한 수를 써서 주었다.>[109]

---

108) 선조 7년(1574)의 「조천기」에서 사행의 구성은 정사 1, 서장관 1, 질정관(質正官) 1, 상통사(上通事) 3, 통사 5, 이마(理馬) 1, 군관 6, 압마관(押馬官) 2, 양마(養馬) 1, 의원(의원) 2, 화포장(火砲匠) 1, 관노 1 등등으로 나타난다. 윤남한, 「조천기 해제」, 『국역 연행록선집』 1, 253면.

109) 이정구, <冬至使軍官柳東起, 第一琴手也. 遇於安州, 欲拉爲軍官帶去, 柳以病懇辭, 只取其琴, 以行中醫員金繼長解琴而無琴故也. 載琴轎後, 人有問者, 書一絶示之>, 「경신조천록 상」, 『월사집』 권7, 『한국문집총간』 69, 294면.

이정구 일행의 앞에 동지사 일행이 사행을 마치고 귀국길에 있었고, 그 일행 중에 군관 유동기(柳東起)가 거문고의 명수이기에 동행하자고 제의한 것인데, 병을 이유로 사양하므로 거문고만 빌렸다는 것이다. 이정구의 일행 중에 의원 김계장이 거문고를 탈 수 있다는 것이다. 그렇다면 사행의 일행 중에는 거문고의 풍류를 즐길 수 있는 구성원이 동행하고 있었음을 알 수 있다. 이정구는 풍정(風情)이라고 밝히고 있지만 거문고 풍류라고 할 수 있는 것이다.

그런데 유동기는 이미 거문고 명수로 알려진 군관이라 일본 사행에서도 그의 역할이 드러나고 있다.

> 16일
>
> 맑음. 의성·조흥이 사람을 보내어 문안하고 또 친히 와서 인사하고 싶다고 전하였다. 저녁에 의성·조흥이 찾아왔기에 우리들은 평복으로 평좌(平坐)하고서 서로 접견하였다. 다례(茶禮)를 행하고 파한 뒤에 또 과반(果盤)을 차려서 술 다섯 잔씩을 돌렸다. 군관(軍官) 유동기(柳東起)가 거문고를 잘 타므로 그로 하여금 거문고를 타게 하였더니, 의성 등이 다 귀를 기울여 들으며 칭찬하였다. 그들은 말하기를,
>
> "관백(關白)이 관동(關東)에서 지난달에 이미 산성주(山城州) 천황(天皇)의 도읍지에 와 있는데, 8월 보름경에는 관동으로 돌아가게 될 것이니, 만약 사신의 행차가 빠르다면 관백이 산성에 있을 적에 당도하게 될 것입니다."
>
> 하였다. 저녁에 산 붕어를 화분에 담아 보내왔다.110)

그런데 다음과 같은 기록을 보면 군관(軍官)·화원(畵員)을 차정(差定)할 때 사신이 직접 선발하거나 간혹 상인(商人) 등 다른 사람의 청

---

110) 오윤겸, 「동사상일록」, 정사년(1617) 7월 16일, 『해행총재』 II, 352면.

탁을 받고 데리고 갔다는 사실을 알 수 있다.

　　집의 윤수민(尹壽民), 장령 박진원(朴震元)·원호지(元虎智), 지평
신율(申慄)·강주(姜籒)가 아뢰기를,
　　"신들이 주청부사 민인백(閔仁伯)이 역관 방의남(方義官)과 시장
사람 변응관(卞應觀)에게 뇌물을 받고 군관으로 데리고 갔다는 말을
듣고, 이조와 병조의 구전 단자와 승문원의 차관(差關)을 가져다가 보
니, 방의남과 변응관의 이름이 모두 기록되어 있지 않았습니다. 그래
서 사역원의 장무역관(掌務譯官)과 면주전(綿紬廛)의 여러 사람들에
게 물어보니, 모두들 '분명히 데리고 가기는 했는데 어느 사람의 이름
을 대신해서 갔는지는 분명히 모른다.'고 하였습니다. 그래서 신들이
어제 사실에 의거하여 논계한 것입니다. 그러나 민인백은 이미 사명을
띠고 길에 올라 조만간에 강을 건너게 되었는데 만일 잡아다가 추문하
기를 청한다면 일이 낭패될 것이어서 단지 추고하기만을 청했던 것입
니다.
　　삼가 정원에 내리신 분부를 보건대, 신들이 일을 논계하면서 주의해
서 하지 않은 잘못을 진실로 면하기 어렵게 되었습니다. 그리고 신들
의 본의는 오로지 시정의 장사하는 무리들이 뇌물을 주고 외람되이 따
라간 것만을 위해 논계했기 때문에, 화원 이신흠(李信欽)도 그 속에
끼인 것을 전연 살피지 못하였으므로 미처 아울러 논계하지 못했습니
다. 또 방의남(方義男)의 의(義)자를 잘못하여 애(愛)자로 서계했으니,
일을 아뢰면서 허술하게 한 죄가 또한 큽니다. 뻔뻔스럽게 직에 있을
수 없으니 신들을 체직시켜 주소서."[111]

　한편 효종 7년(1656)의 사행에서 일행 구성은 다음과 같이 기록되
어 있다. 이때는 인평대군이 정사로 참여하고 있기 때문에 일행의 구

─────────
111) 『선조실록』 174권, 선조 37년(1604) 5월 1일(辛亥).

성이 평소와 차이가 있었을 것으로 보인다.

> 정사: 인평대군 이요
> 부사: 호조참판 김남중
> 서장관: 사헌부 장령 정인경
> 호행 중사: 가의 고예남
> 비장(5): 병방 홍여한, 호방 이민중, 예장 이신, 공방, 김여준, 마감 최귀현
> 역관(11): 수역 장현, 상통사 조동립·최진남, 여진학 서효남, 상사건량
>   한지언, 별헌영거 양효원, 공사장부 변승형, 부사배행 박이절, 건량
>   신익해, 행대배행 방효민, 압물청역 김홍익
> 대의(2): 어의 박군, 침의 안예
> 화원: 권열
> 외사의원: 변이형
> 사자관: 유의립
> 부사군관: 이면, 박두남
> 행대군관: 정기창
> 대전별감 남이극, 사헌부 서리 이의신, 내국서원 염효익
> 하인: 명남 등 5인, 을생 등 8인[112]

2) 사행역관의 위상

사행 역관은 중국과의 무역을 통하여 부를 축적하면서 조선후기에 매우 중요한 계층으로 부상하고 있다. 그 중에 일부는 궁금에서 요구하는 물품을 상납하면서 궁금과 연결되어 정치적 위상도 확보하기도 하였고, 17세기 전반 이후 가자(歌者)로 활동하면서 시가사에서 일정한 역할을 맡았던 것으로 확인된다. 17세기 후반에 활약했던 인동장

---

112) 이요, 「연도기행」, 상, 『국역 연행록선집』 Ⅲ(민족문화추진회, 1985), 17면.

씨 집안의 장현(張炫)과 같은 사람이 대표적 인물이다.

역관의 기본 역할은 통사(通事)의 임무를 맡은 것인데, 중국 사신이 올 때에는 의견을 조율하는 역할을 맡기도 했고, 북경이나 요동 지역에 머무는 수역(守譯)의 경우에는 정보를 사전에 인지하여 통보하는 임무도 맡았다.

신흠의 「연경에 가는 역관에 관한 설(赴京譯官說)」을 보면 역관의 의의와 문제점을 잘 지적하고 있다.

우리나라가 중국을 섬길 적에 반드시 역관이 있어야 했다. 이는 역관이 없으면 서로의 뜻을 통할 수 없기 때문이다. 역관은 대부분 시정의 장사꾼으로서 이익만 알고 다른 것은 모르지만 그 사람됨은 재치가 있고 총명하여 남의 뜻을 알아차리는 자가 반수나 된다. 그 사이 조종조에서는 기강이 정연하여 관직에 있는 자들이 규칙을 벗어나지 못하였다. 따라서 거친 역관도 법을 따라야 한다는 것을 알아 사신의 일을 마치 종처럼 돌보면서 숨도 제대로 쉬지 못하였다. 그런데 임진왜란 뒤로 공로로 1·2품의 직질에 오른 자가 수십 명에 가까웠고 상대부(上大夫)가 된 자는 셀 수가 없을 정도였다. 이로 인해 날이 갈수록 더욱 교만 방자해져 사신의 지위와 명망이 낮으면 능멸하고 업신여겨 안중에도 두지 않았고 그의 의향을 조금이라고 거슬리면 조정에 돌아와 비방하고 헐뜯어 중상하고 있으니 상하가 너무나 뒤바뀌었다.

역관은 재물이 많으므로 죄를 짓더라도 반드시 면할 수 있고, 그 중 힘이 있는 자는 그 입김이 넉넉히 서리나 이슬을 만들 정도이므로 지금 왕명을 받들어 사신으로 간 자들은 또한 어렵기만 하다. 기유년(1609) 겨울에 내가 주청사(奏請使)로 중국에 가보니, 역관이 중국인과 형제보다도 더 친밀하였다. 대국(大國)과 소국(小國)은 뜻을 받들어 이행하는 데 체통이 있으며, 중국 강토 안의 번방(蕃邦)과 그 밖에 있는 나라는 지역의 구분이 분명하므로 친하면 익어지고 익어지면 쉽

게 여겨지고 쉽게 여겨지면 틈이 생기고 틈이 생기면 잃게 되는 법인
데, 내가 이를 깊이 염려하고 있다. 그러므로 조정에서 사신을 반드시
신중히 간택하고 역관들을 반드시 제한을 두어 대하며, 샛길을 막아
사사로운 짓을 못하게 하며, 벼슬을 상으로 주는 것을 중지하여 그들
이 본분을 편안히 지키게 해야만 뒷날의 걱정거리가 없을 것이다.113)

중국에 사신으로 다녀온 경험과 17세기 전반에 역관들이 이익을
챙기는 전횡이 매우 심하며, 궁금(宮禁)과 연결되어 있기도 하여 그
폐해를 고쳐야 할 것이라고 지적한 것이다.
다음 시에서 설관(舌官)으로 부르고 있는 역관에 대한 사대부의 인
식을 읽을 수 있다. 목대흠(睦大欽, 1575~1638)의 〈상통사 김광득을
조롱하다.(嘲上通事金光得)〉이다.

　　설관은 무슨 일을 업으로 삼는가?
　　무도 아니고 또한 유도 아니네.
　　다만 언어로 통하게 하는 것이니
　　누가 지혜와 어리석음을 변별할 수 있으랴?
　　평소에는 본래 술을 즐기는데

---

113) 신흠, 「赴京譯官說」, 『象村稿』卷33, 『한국문집총간』72, 193면, 我國事上國, 必
待譯, 無譯則不可通也. 譯多市井沽販, 知利不知他, 而伊其爲人, 則乃伶俐敏慧,
解人意也者半其間. 祖宗朝綱紀堂堂, 居官者不敢踰方, 肆譯之橫者, 亦知遵三尺
憲令, 遂服役於使臣, 猶皂隷, 喘息莫得以舒也. 自壬辰倭警, 因勞陞秩一二品者
近數十, 上大夫者無算也. 因此驕恣日甚, 使臣少地望者, 則凌駕侮蔑, 視之若無,
少或拂其意望, 則還朝, 得以訾毁而中傷之, 冠屨之倒置極矣. 譯多財, 雖有辜犯
必免, 其有力者則足以噓吸霜露, 今之奉使者亦難矣. 己酉冬, 余以奏請使入朝,
見譯與中朝人相親密, 不啻兄弟, 大國小國, 承奉有體, 內藩外藩, 區域自別, 親則
狎, 狎則玩, 玩則隙, 隙則失, 余於此深懼焉. 朝廷之揀使臣必愼, 處譯流有制, 窒
旁蹊, 以遏其私, 止賞職, 使安其分, 乃可以無後虞.

그 계책은 우활하지 않기 위함이네.
다만 이곳이 날씨가 매우 차가우니
옷이 없은들 홀로 가엾어 하랴?
舌官何事業　非武亦非儒　只是通言語　誰能辨智愚
平生本耽酒　其計不爲迂　第此天寒甚　無衣獨惜乎[114]

역관은 무(武)도 아니고 유(儒)도 아니면서 언어(言語)로 통역하기 때문에 지우(智愚)를 변별할 수 없다고 무시하는 듯한 태도를 보인다. 광해군 8년(1616) 중국 사행 때에 지은 것이다.

그런데 실제로는 예민한 정치 문제가 불거졌을 경우에는 평소에 익힌 안면을 통하여 정치적 긴장을 완화하기도 하였다. 중국에서 간행한 인본(印本) 도서를 구입해 오기도 하고, 어마(御馬)나 긴요한 물품이 필요할 경우에는 이들이 무역(貿易)을 통하여 해결하기도 하였다. 한편 방의남(方義男)이 청기와와 황기와 굽는 방법[115]을 배워온 경우처럼 새로운 기술을 익혀오기도 하였다.

이들은 기본적인 언어능력과 함께 중국을 오가면서 파악한 정세의 변화와 그 변화에 대응하는 방법을 터득하였고, 물산의 차이로 인한 재화(財貨)의 이해 여부를 몸소 확인하면서 재산 축적을 할 수 있었고, 중국의 진기한 물화에 대한 궁금(宮禁)의 요구를 들어주거나, 궁액에 뇌물을 제공하면서 품질(品秩)을 높이는 길을 열기도 하였다.

우선 박미(朴瀰, 1592~1645)가 〈역관 장예충에게 부치다(寄張譯禮忠)〉의 예를 통해 17세기 전반에 활동했던 역관 장예충(張禮忠)의 경우부터 살펴보도록 한다.

---

114) 목대흠, 〈嘲上通事金光得〉, 『다산집』 권1, 『한국문집총간』 83, 30면.
115) 『광해군일기』 권136, 11년 1월 8일(임진), 『국역 광해군일기』 20, 204면.

그대를 보면 말없이 혀만 더듬는데 *장이 다만 중국어를 잘 한다
무슨 일로 서하의 계손씨인가?
술동이 앞에서 <입새곡>을 부르지 말라.
하량에서 유별하노라니 넋이 배나 흩어지네.
看君無語舌徒捫*張只善華語 何事西河老季孫
莫向樽前歌入塞 河梁留別倍銷魂116)

장예충은 광해군·인조 시대에 중국어에 매우 능통한 대표적 역관
으로 명나라와 청나라에 드나들면서 여러 가지 현안을 해결하였던
인물이다. 생몰 연대는 자세하지 않으나 선조 32년(1599) 윤4월에 연
소한 사환통사(使喚通使)117)로 실록에 나타나는 것을 시작으로, 『광
해군일기』와 『인조실록』에 빈번하게 등장하고 있으며, 재능을 인정
받아 정직(正職)에 제수되고 자급이 뛰어올라서 종1품의 숭록대부에
까지 올랐다.
장예충과 관련한 실록의 몇몇 기록을 보도록 한다.

    비밀전교를 내렸다.
    "남명우가 아직 돌아오지는 않았지만 역관 장예충 등은 필시 중원의
    사정을 상세히 알고 있을 것이니, 그에게 곡절을 상세히 물어서 바람
    직한 방향으로 선처하라고 비변사에 이르라."118)

    진주사(陳奏使) 박정길(朴鼎吉)이 장계를 올리기를,
    "신이 강을 건너가기 전날 밤 역관 장예충(張禮忠) 등을 시켜 진강

---

116) 박미, <寄張譯禮忠>, 『분서집』 권8, 『한국문집총간』 속25, 75면.
117) 『선조실록』 권112, 32년 윤4월 16일(갑오).
118) 『광해군일기』 권126, 10년 4월 26일(을묘), 『국역 광해군일기』 18, 244면.

(鎭江) 아문에 가서 자문 및 게첩(揭帖)과 예단(禮單)을 바치게 하였
더니, 구 참장(丘參將)이 예충 등을 힐문하기를 '이번에 노적(奴賊)을
정벌하게 된 것은 황상(皇上)께서 크게 노하시어 기필코 섬멸시키려는
의도에서 나오게 된 것이다. 그래서 양 노야(楊老爺)가 이잠이 군문(軍
門)에게 가지고 가는 자문을 보고서 「너희 나라가 뒤로 물러나려는 생
각을 갖고 있는데 군문이 만약 이 자문을 보게 되면 필시 좋지 않은
사태가 발생할 것이다.」 하고는 그 자문을 도로 보내 다시 고쳐 지어
오게 한 것이니, 이는 실로 곡진하게 너희 나라를 위하려는 마음에서
나온 것이다. 그런데 지금 이 자문을 보건대 또 너희 나라의 병마(兵
馬)를 도강(渡江)시키려 하지 않는 내용으로 되어 있다. 이를 황상에게
주문할 경우에는 양야(楊爺)가 의아하게 여길 가능성이 있을 뿐만이
아니다. 만약 과도관(科道官)이 탄핵하기라도 한다면 2백 년 동안 충
성을 바치며 순종해 온 의리가 완전히 없어지고 말 것이다. 지난 임진
년에 우리 조정에서 구제해 준 은덕이 망극하기만 한데, 지금 이런 식
으로 한다면 보답하는 성의에 부족함이 있게 되는 일인 듯싶다. 그리고
체면으로 헤아려 보더라도 매우 좋지 않은 일이다.' 하였습니다.

　이에 예충 등이 말하기를 '소방이 어찌 감히 조금이라도 뒤로 물러나
려는 생각을 갖고 있겠는가. 지금 황상께서 천위(天威)를 크게 떨치시
어 조무라기들을 섬멸하려 하시는 때를 당하여 군문과 무원(撫院)이
자문과 격서를 보내어 모두 합동 공격하자는 의사를 밝혔는데, 저 적
이 소방의 변방에 글을 보냈으니 그 말이 지극히 흉악하고 패려스러워
서쪽과 북쪽 지방이 병화를 입게 될 걱정이 아침저녁으로 박두했다.
소방에 무슨 일이 있으면 문득 중국 조정에 보고 드리곤 하였는데 이
는 오래 전부터 해 온 일이다. 더구나 이는 긴급한 변방 상황에 대한
일인만큼 진달드리지 않을 수 없는데, 이와 함께 소방의 실상도 또한
설명드리지 않을 수 없었을 뿐이다.' 하니, 참장이 말하기를 '변방 상황
에 대한 보고라면 그렇게 보고해야 할 것인데 다만 그 속에 기꺼이 하
지 않으려는 의사가 있기 때문에 내가 부득불 그렇게 말하게 된 것이

다.' 하였습니다. 구 참장의 말이 이와 같은 것은 필시 그가 양 경략의
자문을 얻어 보았기 때문에 그런 식으로 이야기를 한 것일 것입니다."
하였는데, <비변사에 계하(啓下)하였다.>119)

　진주사 박정길이 장계하기를,
　"본월 10일 저녁에 경략이 표정로, 장예충, 박인후 및 박인상, 송업남을
불러서 계단 위에 오르게 하고 경략이 마루 밖에 서서 말하기를…"120)

　김육(金堉)을 승지로 삼고, 특명으로 박지계(朴知誡)를 집의로 삼았
다. 병조가 아뢰기를,
　"역관 장예충에게 가자의 명이 내렸습니다만 장예충은 지금 숭록(崇
祿)으로 있으므로 이제 한 자급을 더 올려 주면 보국(輔國)이 되어야
합니다. 그러나 전부터 미천한 사람은 보국에 오르지 못하였습니다."
하니, 답하기를,
　"그렇다면 실직(實職)을 제수하라."
하였다.121)

　이미 허봉(1551~1588)도 〈장역관을 증별하다(贈張譯)〉에서 다음과
같이 읊었다.

　한양의 안개 낀 달빛 아래에서 옛날에 함께 놀았는데
　오늘 그대와 작별하려니 걸음마다 시름겹네.
　술동이 앞에서 이별의 안타까움을 말하지 말라.
　강남의 사객은 살쩍에 먼저 가을이 되네.

119) 『광해군일기』 권129, 10년 6월 26일(계미), 『국역 광해군일기』 19, 193~194면.
120) 『광해군일기』 권130, 10년 7월 23일(기유), 『국역 광해군일기』 19, 193~194면.
121) 『인조실록』 28권, 11년 5월 13일(갑진), 『국역 인조실록』 12, 289면.

漢陽烟月舊同遊 今日辭君步步愁
莫向尊前話離恨 江南詞客鬢先秋[122]

위의 두 편의 시에서 확인할 수 있는 바와 같이 사행에 참여한 사
신(使臣)과 역관(譯官)은 신분의 차이는 있어도 먼 길을 동행하면서
고락(苦樂)을 함께 하고 때로 술동이를 앞에 두고 노래를 부르면서
시름을 달랬던 것으로 보인다.

역관에 대한 이해는 개인에 따라 다르기도 하지만 홍익한(1586~
1637)의 「조천항해록」에서는 다음과 같이 기록하여 이익을 챙기는 부
정적인 측면을 서술하고 있다.

26일(을사) 맑음. 새벽녘에 길을 떠나려 하는데 노새의 주인들이 노
새를 끌고 모두 도망쳤으므로 부득이 머무르게 되었다.

이는 대개 역관들의 농간이었으니, 그 사관에 있을 때에도 일이 완
결된 지 오래인데도 불구하고 저들의 사재를 매매하기 위하여 백 가지
로 출발을 저지하였고, 마침내 간사한 꾀가 다하여 정상이 드러난 후
에 마지못해 따라오게 된 것이다. 그러나 사신이 빨리 달려 멀리 가면
짐이 무거워 따라올 수 없으므로 노새의 주인에게 비밀히 연통하여 중
도에서 달아나게 하였으니, 참으로 방자하기 짝이 없는 일이었다.

일찍이 듣건대, 역관이란 천지 사이에 일종 괴물로서 사행이 서울을
떠나는 날에 문득 서로 속삭이기를, '북경에 가서 한탕 잘 해 보자.'고
한다 하였는데, 이제 보니 과연 허황된 말이 아니었다.[123]

---

122) 허봉, 『하곡선생시초』 보유, 『한국문집총간』 58, 376면.

123) 홍익한, 「조천항해록」 권2, 천계 5년(인조 5년, 1625) 을축 2월 26일(을사), 『국역
연행록선집』 II(민족문화추진회, 1976), 270면.

사행 등으로 중국으로부터 물화를 무역하는 일이 빈번하게 일어나
고 있었고 소현세자가 귀국할 때에 많은 물화를 가져오기도 하였다.

세자가 명령을 내려 채단(彩段) 4백 필, 황금 19냥을 호조로 돌려보
냈다. 세자가 돌아올 때에 북경의 물화를 많이 싣고 왔으므로 사람들
이 매우 실망했었는데, 이때에 이르러 이 명령이 있었다.124)

사행에서 역관은 매우 중요한 역할을 담당하고 있었고, 이들이 물
화를 무역하는 데에 힘을 쏟고 있었다. 이미 17세기 전반에 역관의
폐단에 대한 문제가 제기되었다.

사역원(司譯院)이 도제조와 [이원익(李元翼)] 제조의 [이정귀(李廷
龜)·이시언(李時彦)] 뜻으로 청하기를,
"조종조의 구례에 의하여 역관 등이 연경에 가는 데 부록(付祿)되는
것을 모두 시강(試講)의 출사 날짜로 계산하여 모리배들이 물화를 무
역해 바쳐 경영을 독차지하는 폐단을 막아야 합니다."
하니 답하기를,
"업(業)을 수련할 의도가 없는 자는 법을 세워 권장하고 경계하는
것은 옳지만 공적으로 무역하여 물품을 바치는 길을 금지하는 법을 설
치해 막는다는 것은 너무나 좁지 않겠는가. 서책은 어람하는 물건이고
염초(焰硝)는 적을 막는 기구이며, 금은 역시 국가의 용도에 관계되는
것으로서 없어서는 안 될 것이니, 이처럼 일체로 의논하기는 어려울
듯하다. 이 건은 시행하지 말라."
하였다.
사신은 논한다. 역관 등의 간사한 습성이 이때에 극도에 이르렀다.

---

124) 『인조실록』 권46, 23년(1645) 3월 9일(임진), 『국역 인조실록』 19, 155면.

그중 조금 넉넉한 자는 궁금의 연줄을 잡아 물화를 무역해 바쳐 은상을 차지하였는데, 크게는 품계나 직책을 제수받고, 적게는 연경에 가는데 부록되는 등 도모하지 않은 것이 없었다. 그래서 그들이 서로 말하기를 '우리들이 비록 죽을 죄를 짓더라도 걱정할 것이 없다.'고까지 하고 있으니, 어찌 매우 한심한 일이 아니겠는가. 사역원 도제조와 제조는 대신과 재신이다. 이들이 당시의 폐단을 마음 아프게 여겨 사유를 갖추어 계청하였으나 성상이 오히려 이와 같이 분부하였으니 폐단을 장차 구제하기 어렵게 되었다. 어떻게 한단 말인가, 어떻게 한단 말인가.125)

사행에 참여한 역관들은 물화를 무역해서 재화를 축적하기도 하고 이렇게 축적한 재화를 궁금(宮禁)에 바쳐서 은상(恩賞)을 차지하거나 직책을 제수받기도 하였으며, 죄에 걸려도 궁액에 뇌물로 바쳐서 벗어나기도 한 것이 17세기 초반부터 이어져 온 관례였다. 대표적인 사례로 역관 이운상(李雲祥)을 지목할 수 있다.

운상은 역관 가운데 큰 부자로 백금 수백 냥을 궁액에게 뇌물로 주어 벗어났다. 이것이 옥사를 팔아먹는 시초가 되었다.126)

이운상은 임해군 진(珒)과 연계되어 은(銀)을 받고 중국 조정에 가서 임해군이 왕위에 오르도록 도모한 것으로 지목127)되었으며, 국경 근처로 정배되었다가 남방으로 정배되기도 하였다. 그러나 뒤에도 정응태(丁應泰)에 견주면서128) 죽이기를 청하는 요구가 이어졌다.

125) 『광해군일기』 권49, 4년(1612) 1월 11일(병오), 『국역 광해군일기』 7, 302~303면.
126) 『광해군일기』 권8, 즉위년(1608) 9월 6일(경인), 『국역 광해군일기』 2, 140면.
127) 『광해군일기』 권91, 7년(1615) 6월 2일(정축), 『국역 광해군일기』 13, 244면.

역관이 사신을 모욕하는 일까지 생기기도 하였다.

간원이 아뢰기를,

"진향사(進香使) 역관 장경인(張敬仁; 장현의 父)이, 사신의 재촉으
로 인하여 제 마음대로 물건을 매매할 수 없게 되자 감히 독기를 품고
서 서장관의 면전에서 욕을 하여 보고 있던 중국인들이 모두 해괴하게
여겼다 합니다. 장경인을 잡아다 국문해서 정죄(定罪)하소서. 서장관
강선여(姜善餘)는 욕을 당했으면 의당 사신에게 말하여 계문(啓聞)해
서 죄를 청하도록 하여야 함에도 수치를 참고 즉시 바루지 못했으니,
기백이 없고 용렬하기 그지없습니다. 파직하소서. 사신 홍방(洪霶)도
검칙을 잘못한 과실을 면하기 어려우니 추고하소서.129)

그런데 명나라가 약해지고 후금이 강해져서 청나라로 바뀌면서 호
역(胡譯)이라고 하는 청나라 역관이 중요한 비중을 차지하게 되었다.
한편 명나라로 가는 길이 막혀서 해로로 겨우 소통하고 있던 시점
에 역관들의 어려움을 토로한 자료를 보면 역관이 안고 있는 처우 문
제를 이해할 수 있다.

…

대체로 중국 조정에 조회하러 가는 길이 끊긴 이후로는 그들이 생활
할 방도가 없어졌고, 비록 남북으로 파견되는 임무가 있어도 원래 자
리가 많지 않아서 직책의 윤회가 두루 미치지 못하므로, 사학을 통틀
어 많은 사람이 우러러 바라는 것은, 단지 하찮은 급료라도 받을 수
있는 실직과 체아직입니다. 그런데 국가 경비가 부족하다는 이유로 누

128) 『광해군일기』 권106, 8년(1616) 8월 19일(정사), 『국역 광해군일기』 15, 170면.
129) 『인조실록』 19권, 인조 6년 11월 26일(계미), 『국역 인조실록』 9, 151면.

차 축소시키니 남아 있는 자가 거의 없습니다. 급료를 받는 직책을 임명할 때마다 자리 부족이 항상 걱정되어 심양으로 가는 배종역관 네명, 금주로 가는 종군역관들을 부득이 사역원의 원액 중에서 취했습니다. 급료를 덜어 냈기에 취재에서 고득점을 받은 자들도 소속되지 못하거나 혹 종신토록 혜택을 누리지 못한 자가 있어 생활할 방도가 끊어졌기에 다급함과 억울함을 호소하니 사역원에 소속된 역관들이 염려스럽습니다. 지난날 감원한 수를 비록 예전의 규정대로 전부 되돌리지는 못해도, 훈도, 봉사, 부봉사 각 한 명, 여진학, 위직, 부사용 한 명을, 전의감과 혜민서의 규정에 따라 먼저 자리를 만들어주십시오. 심양으로 가는 배종역관과 금주의 종군역관체아직은 달리 변통하고 처리해서 참상과 위직으로 삼는다면 먼 곳에 임하러 가도 급료를 잃지 않게 되니 취재에 응하는 자들도 결코 실망하지 않을 것입니다. 가만히 들으니 처음에 금주역관은 병조에서 급료를 주었다고 지금도 애당초 규정에 따라 전부 병조에서 높은 급료를 준다는 것은 진실로 치우친 처사입니다. 저희가 사정을 모르는 바 아니나 지금 국고가 부족하니 형편을 헤아려 합당하게 변통하기를 부득불 황공하게도 감히 아룁니다. 국왕은 "아뢴 대로 시행하되 배종역관의 급료를 병조에서 주는 것은 맞지 않다."고 전교하셨다.[130]

3) 사행의 연회와 역관의 역할

사행에서 역관은 통역의 역할을 맡고 있지만, 사행 과정의 연회 자리에서는 노래를 부르고, 피리, 거문고 등을 연주하는 역할까지 맡고 있다.

성이성(成以性, 1595~1664)이 인조 23년(1645)에 인평대군 이요를 상사로 모시고 서장관으로 참여했을 때의 일을 적은 「연행일기(燕行

---

130) 이현주, 『역관상언등록연구』(글항아리, 2016), 187~188면.

日記)」는 사행 과정의 연회 자리에서 진행된 내용을 기술하고 있어서 사행 역관의 역할을 이해하는 데에 중요한 기록이라 할 수 있다.

을유년(1645) 4월.

15일 정묘일이라. 종일 비가 내려서 길을 떠날 수 없었다. 저녁 무렵에 날이 개자, 대군에게 가서 절하였다. 음우가 다 걷히자, 달빛이 대낮 같았다. 대군께서 양을 삶아 안주를 준비하고, 곧 작은 술자리를 열었는데, 김귀인이 노래하고, 손애복이 거문고를 타고, 김국이 피리를 불었으며, 모두 고향을 생각하는 곡조였다. 김선립이 또 <난리장가>를 연주했는데, 좌중이 모두 눈물을 흘렸으며, 누가 지은 것인지는 알지 못한다.131)

을유년(1645) 5월

11일 임진일에 개다. 고령역을 지나 야수변에서 중화를 하고, 저녁에 산해관에 도착했다. 성안에 천연두 병이 치성하여, 문을 닫고 들여놓지 않았다. 비스듬히 장성 아래를 따라, 수구문을 통해 들어갔다. 땅이 다하는 동쪽 머리에, 바다 물결에 큰 돌을 메우고, 그 위에 성을 쌓고, 그리고 성 위에 높은 누대를 만들었는데, 곧 망해정이다. 단장한 성가퀴가 구름에 이어지다가, 큰 들에서 비껴 끊어졌다. 이것은 곧 태종 문황제가 연경에 도읍한 뒤에, 오랑캐 기병이 혹여 낮은 곳을 통하여 몰래 건널까 매우 염려해서 만든 것이다. 대군을 따라 망해정에 올라서, 바람을 맞으면서 술을 들었는데, 슬퍼하며 생각을 품었다. 김귀인을 불러서 즉석에서 노래하게 하였다. 귀인이 소리에 응하여 곧 노래하기를, "묻나니, 이 땅은 어느 곳인가? 천하제일의 산해관이네. 이어진 구

---

131) 성이성, 『계서일고』, 권1, 『한국문집총간』속26, 83면, [乙酉四月]. 十五日丁卯, 終日雨下, 不得發行. 日夕開霽, 往拜大君. 陰雨捲盡, 月色如晝. 大君蒸羊作肴, 仍開細酌, 金貴仁之歌, 孫愛福之瑟, 金國之笛, 皆思鄕曲也. 金先立又奏亂離長歌, 坐中皆泣下. 未知誰人所作也.

름과 장식한 성가퀴는 모두 변함없는데, 백년 문물은 슬픔을 이기지 못하겠네." 김국은 노래에 기대어 피리를 불었는데, 소리가 모두 초나라 곡조라서 자리에 가득한 사람들이 쓸쓸해하였다. 나와 부사가 눈을 들어 서로 보고, 소매를 뒤집어 눈물을 닦았다. 해질녘에 누대에서 내려와 성 서쪽 수십 리 쯤의 들판에서 묵었다. 이곳은 지난해에 청나라 군대와 떠돌던 떼도둑이 서로 싸우던 곳이다. 지금까지 백골이 구덩이를 메우고 언덕에 가득하여, 참혹하여 차마 볼 수 없었다. 이날 육십여 리를 갔다.[132)

역관 박선, 김귀인, 조동립, 방이민 등을 거느리고, 관에 머무르게 하고 차출이 오기를 기다렸으며, 다만 군관과 약간의 통사를 데리고 갔다.[133)

위의 사행에서 상사인 인평대군이 데리고 간 사람 중에는 노래를 부르는 사람, 거문고를 연주하는 사람, 피리를 부른 사람을 역관으로 차출한 것으로 이해할 수 있다. 그 중에서 김귀인(金貴仁, ?~1653)은 노래를 부르는 것뿐만 아니라 즉석에서 창화할 수 있는 능력까지 갖추고 있는 것으로 확인된다. 그리고 김선립이 연주한 〈난리장가(亂

132) 성이성,『계서일고』권1,『한국문집총간』속26, 90면. [乙酉五月]. 十一日壬辰晴. 過高嶺驛, 中火于野水邊, 夕到山海關. 城中痘患熾盛, 閉門不許入. 迤從長城下, 由水口門而入. 地盡束頭, 墳大石于海波, 築城其上, 而城上有高樓, 乃望海亭也, 粉堞連雲, 橫絶大野, 是則太宗文皇帝都燕之後, 深慮虜騎或由淺處而潛渡也. 隨大君上望海亭, 臨風擧酒, 慨然懷想. 招金貴仁以卽事歌之 貴仁應聲卽唱曰, 爲問此地是何處, 天下第一山海關. 連雲粉堞渾依舊, 百年文物不勝悲. 金國倚歌而吹笛, 聲皆楚調, 滿坐凄然. 余與副使擧目相看, 因反袂而拭淚. 日暮下樓, 野宿城西數十里許. 此去年淸兵與流寇相戰處也. 至今白骨墳坑滿岸, 慘不忍見. 是日行六十餘里.
133) 성이성,『계서일고』권1,『한국문집총간』속26, 83~90면. 令驛官朴璇, 金貴仁, 趙東立, 方以敏等領率留舘, 使之待差出來, 只帶軍官及若干舌人.

離長歌)〉는 전쟁을 겪으면서 헤어지게 된 사연을 담은 것으로 추정할
수 있는데, 모두 눈물을 흘릴 정도로 슬픈 곡조를 띤 것으로 이해할
수 있다.

그런데 김귀인은 뒤에 사사롭게 삼화를 가져간 일로 형신을 받다
가 죽었다.

> 간원이[사간 권우(權堣), 정언 권대운(權大運)] 아뢰기를,
> "전에 차출한 사신도 극진히 가리지 않은 것이 아니고 갈 준비를 한
> 것이 수개월이며 별다른 사고도 없는데, 홍명하가 일을 말한 뒤에 이
> 특명이 있었으니, 신들에게는 성상의 이 거조가 죄다 화평한 데에서
> 나오지는 않은 듯합니다. 홍명하는 언지(言地)에 있는 신분인 이상 알
> 면서 말하지 않을 수가 없었습니다. 그 사이에 확실하지 못한 풍문과
> 알맞지 않은 말이 있었더라도 그 마음을 따져보면 다른 뜻이 없습니
> 다. 봉사(奉使)는 벌을 쓰는 곳이 아닌데 특명이 일을 말한 뒤에 있었
> 으니, 언로를 손상하고 성덕에 흠이 되는 것이 큽니다. 홍명하를 특지
> 로써 부사로 차출한 명을 도로 거두소서."
> 하였으나, 상이 따르지 않았다.
> 처음에 대간이, 장현(張炫)이 폐단을 일으키고 역관들이 사사로이
> 삼화(蔘貨)를 가져가서 나라를 욕되게 한 정상을 말하니, 상이 역관
> 김귀인(金貴仁) 등 서너 사람을 가두고 추문하라고 명하였는데, 김귀
> 인이 형신을 받다가 죽었다. 상은 형관들이 대간의 의향을 따라 죄없
> 는 자에게 혹독한 형신을 가하여 죽게 하였다 하여 판서 윤이지(尹履
> 之), 참의 유경창(柳慶昌), 좌랑 어상준(魚尙儁)을 나문하라고 명하였
> 다. 영의정 정태화(鄭太和)가 상차하기를,
> "윤이지는 나이가 일흔이 넘고 유경창은 병이 또한 위중합니다. 그
> 런데 여러 날 동안 잡혀 있어도 금부가 오래도록 개좌하지 않으니, 이
> 지가 옥중에서 병사할 경우 늙은 사람을 우대하는 인덕(仁德)에 더욱

손상이 있을 것입니다."

하니, 상이 금부를 시켜 원정(原情)하지 못하였더라도 그 죄로 조율하
게 하였다. 금부가 고신을 삭탈하는 것으로 조율하니, 윤이지·어상준
은 관작을 삭탈하여 문외로 출송하고 유경창은 그 벼슬에 있던 기간이
짧으니 파직만 하라고 명하였다.134)

위의 기록에서 역관, 군관 등을 동행하여 사행을 하는 과정에 연
회를 베풀기도 하였는데, 노래를 부르거나 거문고·피리 등을 연주
하면서 사행의 위안을 삼았던 사실을 알 수 있다. 이때 연주된 〈난
리장가〉는 전쟁 뒤의 피폐함과 슬픈 정서를 띠고 있었을 것으로 추
정된다.135)

4) 가객으로의 전환

앞에서 사행에 참여했던 역관 가운데 장예충이 〈입새곡〉을 불렀
고, 김귀인이 노래를 부르면서 즉석에서 창화한 사례를 확인하였는
데, 이렇듯 사행에 참여한 역관들이 연회의 자리에서는 노래를 부르
거나 시로 창화하기도 하였던 사실을 알 수 있다.

그 가운데 시가사의 추이와 관련하여 주목할 수 있는 인물이 장현
(張炫, 1613~?)136)이다. 장현은 김수장의 『해동가요』「고금창가제씨」

---

134) 『효종실록』 권11, 효종 4년(1653) 윤 7월4일(정유), 『국역 효종실록』 5, 40면.

135) 권준(權儁, 1610~1665)이 병자호란을 맞아 〈난리가〉를 지었다는 기록이 있어
서, 같은 작품인지 자세한 검토가 필요할 것으로 보인다. 윤선거, 〈司導寺正月川權
公行狀〉, 『魯西先生遺稿』 卷之二十, 『한국문집총간』 120, 407면. 又作亂離歌, 以
寓傷時之意.

136) 김양수, 「조선후기 중인집안의 활동연구: 장현과 장희빈 등 인동장씨 역관가계를
중심으로」, 『실학사상연구』(상)(하) 1, 1990, 25~47면, 2, 1992, 41~62면.

에 허정(許珽)에 이어 두 번째로 올라 있는 인물이다.

장현은 인조 22년(1644) 9월에 소현세자에게 말을 바친 기록[137]이 확인되고, 인조 23년(1645) 윤6월 봉림대군이 볼모로 잡혀 있다가 나올 때에 장현이 역관으로 동행[138]하고 있었다. 오랫동안 소현세자와 봉림대군과 함께 있으면서 청어(淸語)를 습득하고 역관으로서의 자질을 확보하게 된 것으로 볼 수 있다.

조선시대 유명한 역관 가문은 남양 홍씨, 우봉 김씨, 해주 오씨, 인동 장씨, 천녕 현씨, 밀양 변씨 등이다.[139] 장현은 대표적 역관 가문인 인동 장씨 출신이다. 장현의 아버지는 장경인(張敬仁)으로 의주의 한학 장응인(張應仁)과 형제 사이이다. 인조 6년(1628) 11월에 사신을 모욕했던 장경인[140]이 바로 장현의 부친이다. 그리고 장응인의 아들로 장형(張炯)이 있는데, 장형이 희빈 장씨의 생부이다. 장현은 인조 17년(1639) 역과에 수석 합격한 것으로 알려져 있다.

그런데 효종 7년(1656) 8월에 인평대군(1622~1658)이 상사로 사행할 때 장현이 종이품의 가의(嘉義)로 수역(首譯)으로 참가하고 있다.[141] 사행의 기록인 「연도기행(燕途紀行)」에서 9월 11일(병진)에 전

---

137) 『승정원일기』 인조 22년(1644) 9월 6일, 『국역 승정원일기』 인조 64, 164면. "병조가 아뢰기를, '왕세자가 서쪽으로 행차하던 때에 장현 등이 그 절박했던 실상을 직접 눈으로 보고서 이렇게 말을 바쳤으니, 진실로 가상합니다. 장현은 이미 본원의 정직을 거쳤는데 말 3필을 바쳤고, 김천길은 이미 당상에 올랐고, 정기린은 직책이 없는 한량인데, 각각 말 1필을 바쳤으니,…'"

138) 『승정원일기』 인조 23년(1645) 윤6월 2일, 『국역 승정원일기』 인조 66, 59면. "전교하기를, '봉림대군이 나올 때 수고한 사람들 가운데 … 역관인 행 사정 장현은 실직에 제수하고, …'"

139) 이현주, 『역관상언등록연구』(글항아리, 2016), 34면.

140) 『인조실록』 19권, 인조 6년 11월 26일(계미), 『국역 인조실록』 9, 151면.

141) 이요, 『松溪集』 권5, 『한국문집총간』 속35(민족문화추진회, 2007), 252면.

둔위(前屯衛)에 묵게 되었을 때 장현이 소 한 마리를 바치므로 일행에
나누어주었고, 9월 18일(계해)에 옥전현(玉田縣)의 동관리(東關里)에
묵을 때에 역관 변승형(卞承亨)이 소 한 마리를 바쳤다는 기록이 있어
서, 의주를 지나 연경으로 가는 여정의 경비 일부를 이들 역관들이
담당하는 것이 관례로 되어 있었던 것으로 이해할 수 있다. 장현은
동생 찬(燦)과 함께 연경을 자주 드나든 역관이었으며, 상사로 사행
을 간 인평대군과 밀접한 관계였다. 딸이 궁인으로 있었고, 숙종 때
에 희빈이 된 궁인 장씨는 장현의 종질녀였다. 경신년(1680) 인평대
군의 아들인 정(楨)과 남(柟)이 출척될 때 장현 집안도 유배의 길에
오르는 등 폄척되었다.『숙종실록』등에 희빈의 오빠인 장희재의 첩
숙정(淑正)이 당시에 노래를 잘 부르는 것[142]으로 나온다. 실제 숙정
은 동평군 이항(李杭)의 구종이었다가 장희재의 첩이 되었는데, 이들
주변에 가곡을 잘 부르는 가객이 있었던 것으로 이해할 수 있다.
　장현의 다음 시조는 병자호란과 관련된 것이라 풀이를 하고 있지
만 오히려 이 무렵의 연행과 관련이 있는 것으로 볼 수 있다.

　　鴨綠江(압록강) 히진 후에
　　에엿분 우리 님이,
　　燕雲 萬里(연운만리)를 어듸라고 가시눈고.
　　봄풀이
　　프르고 프르거든 卽時(즉시) 도라 오소서
　　　　　　　　　　　　　　　　　　　　　　　　『청구영언(진본)』221

　이에 앞서 장현은 효종 4년(1653) 사행의 역관으로 수행하여 삼화

(蔘貨)를 많이 가져갔다고 물의를 빚은 적이 있는데, 대론(臺論)에 대하여 당시 궁인의 아비로서 왕의 비호를 받았고, 인평대군이 상사였기 때문에 인평대군과 더욱 친밀한 관계에 있었다.[143]

장현과 숙정의 예에서 보듯 사행 무역을 통하여 부를 축적한 이들 역관들이 직접 가자로 활동하거나 숙정과 같은 가기를 거느리고 있었던 것으로 정리할 수 있다.

이들 역관들은 당시의 권력의 핵심과 밀접하게 연결되어 있었고, 정치·사회의 변동에 직·간접으로 관련되어 있었던 것으로 확인된다. 인평대군의 아들인 정·남의 행적과 장현의 자식들이 이어져 있었고, 허정을 포함하여 이들이 경신년(1680)의 정치적 사건에 연계되어 있었던 것이다.

이들 가자와 이들의 연회 자리에서 향유했던 레퍼토리에 대한 관심이 17세기 후반 시가사의 한 축이라 할 수 있을 터인데, 이에 대한 지속적인 관심이 필요한 시점이다. 혹여 김천택의 『청구영언』 무명씨분에 수록된 작품이 이런 실마리를 해결할 수 있을지 관심을 기울여야 할 것이다.

---

143) 『효종실록』 권11, 4년(1653) 윤7월 2일(을미), 『국역 효종실록』 5, 36~37면.

5. 가기와 악공의 계보와 레퍼토리의 전승

1) 여악의 재설치와 그 파장

자전을 위해 풍정(豊呈)을 한다는 명분으로 광해군 2년(1610) 3월에 여악을 재설치[144]하고, 5월에 장악원 기악을 다시 설치하면서 각 읍의 기생을 서울로 불러올리게 되었는데, 이를 통해 레퍼토리의 교류가 일어나고 있었다.

이들 기생을 국가에서 관리하기 어려운 터라 각 읍에서 올라 온 기생을 사대부 집안에서 데리고 있으면서 국가의 행사에 동원하게 되었는데, 사대부들은 개인적인 연회에 이들 가기(歌妓)를 독점하기도 하고, 임금은 여악과 나희(儺戱)를 즐기면서 의도와는 다른 방향으로 가고 있었다. 임취정(任就正)과 같은 인물은 임금의 뜻에 영합하여 높은 벼슬에 임용되기도 하였다.

> 임취정은 자기 형인 임수정(任守正)의 첩의 딸을 후궁으로 들여보내 소용이 되었다. 소용은 용모가 뛰어나고 약아서 일에 익숙했으므로 왕이 총애하였다. 이로써 임취정이 오래지 않아 승지가 되었다. 왕이 여악과 나희를 좋아하는 것을 알고는, 매번 큰 거둥이 있을 때면 반드시 그것을 거행할 것을 청하였다. 이 때문에 총애가 나날이 높아가 10년 안에 이이첨과 거의 비슷하게 귀해져서, 심지어는 서로 알력이 있기까지 하였다.[145]

광해군 8년(1616) 10월 상수연에서 정악(正樂)을 연주하고 여악(女樂)을 베풀지 말기를 청했음에도 임금은 그대로 여악을 사용하게 하

---

144) 『광해군일기』권26, 2년(1610) 3월 4일(경진), 『국역 광해군일기』5, 8면.
145) 『광해군일기』권70, 5년(1613) 9월 25일(경진), 『국역 광해군일기』11, 258면.

였다. 진풍정을 위하여 여악을 재설치한 것인데 그 목표가 바뀌게 된 셈이다.

> 간원이… 또 아뢰기를,
> "인정전은 법전이고 상수연은 예모를 갖추어야 하는 연회입니다. 상께서 몸소 나오시고 종실 재신들이 늘어서며 성대하게 잔치를 열어 정악을 연주하게 됩니다. 여악이 없더라도 기쁘게 즐길 수가 있습니다. 어찌 창기로 하여금 법전 안에서 완희를 하게 할 수가 있겠습니까. 더구나 임금의 거동은 반드시 기록을 하는데 기록으로 남기는 것이 본받을 만한 것이 아니라면 세자가 무엇을 보겠습니까. 법전 안에서 여악을 사용하지 말아서 더없이 중대하고 성대한 예식을 바르게 하소서."
> …
> 간원에 답하였다.
> "논계한 바가 지나치다. 여악을 사용하는 것은 이미 조종조의 옛 전례가 있으니, 논계할 일이 아니다. 번거롭게 논계하지 말라."146)

그런데 내궁방(內弓房)에서 사약(司鑰)과 궁인(弓人)이 가아(歌兒)와 무녀(舞女)를 끼고 노래를 부르는 일까지 생겼다.

> 이날 내궁방에서 떠들썩하게 노래 부르는 소리가 나 정원에까지 들려왔다. 기사관들이 사람을 시켜 탐문해 보니, 사약 장수남, 궁인 이천룡 등 세 사람이 기생을 끼고 마음껏 술을 마시면서 떠들어대는 것이었다. 이에 기사관들이 즉시 승지에게 통지해서 아뢰기를,
> "오늘은 바로 가까운 조상의 국기일입니다. 모여서 술을 마시고 노래부르는 것은 몹시 지나친 일이니, 모두 추고하소서."
> 하니, 윤허한다고 전교하였다.147)

---

146) 『광해군일기』 권108, 8년(1616) 10월 11일(무신), 『국역 광해군일기』 15, 244면.

그리고 다음 사례에서 보듯 관서의 가기인 향란(香蘭)과 문향(文香)
을 서울로 불러들이는데, 이는 관서 지역에서 연행되던 레퍼토리가
서울에서 연행될 수 있다는 것을 반증하는 것으로 이해할 수 있다.
향란의 경우 관서 지역에서 향유한 레퍼토리는 〈관서별곡〉148), 〈죽
지곡〉149) 등으로 확인되고, 이미 이정구150), 유몽인151), 이민성152)
등도 서도에서 이들을 만나거나 노래를 듣고 있었던 가기이다.

예조가 아뢰기를,
"이번에 종묘에 고하는 대례에 교방가요(敎坊歌謠)와 정재가 있어
야 하겠기에, 평안도 기생 중에서 가사를 잘하는 향란과 문향 등을 각
기 소속되어 있는 관청으로부터 올려 보낼 것을 이문하였습니다. 그런
데 문향은 마침 서울에 와 있다가 전 전랑 허함(許涵)의 집에 피신하
여 숨어 있습니다. 장악원에서 차관을 보내 찾았으나 허함은 문을 잠
근 채 숨겨 두었고 일을 아는 종까지 보내주지 않았습니다. 그래서 본
원에서는 끝내 찾아내지 못한 채 본조에 이문을 하였습니다. 이와 같
은 큰 경사를 만나 창기를 두고 있는 사대부들이 허함을 본받아 내놓
지 않는다면 대례가 꼴이 우습게 될 것입니다. 허함을 무겁게 다스리
고 문향은 즉시 자수하게 하여, 법을 멸시하고 함부로 구는 습성을 징

147) 『광해군일기』 권114, 9년(1617) 4월 7일(신축), 『국역 광해군일기』 16, 185면.
148) 許筠, 「丙午紀行」, 『惺所覆瓿藁』 권18, 『한국문집총간』 74, 289면, "妓香蘭, 家兄
所眷者. 能謳善談笑, 令唱白家關西曲"
149) 姜籒, 〈再遊西關〉, 『竹窓集』 권4, 『한국문집총간』 속14, 47면, "香蘭猶唱竹枝曲
芳草分留鸚鵡洲"
150) 이정구, 〈箕城妓香蘭·夢雲·香眞來謁於淸華館, 戶外三屨, 竝被儓兒竊去, 卽
席書贈戲之〉, 『月沙集』 卷之十, 「東槎錄下」 『한국문집총간』 69, 319면.
151) 유몽인, 〈大同江舟中, 贈歌妓香蘭〉, 『於于集』 卷之一, 「西偕錄」, 『한국문집총
간』 63, 313면.
152) 이민성, 〈練光亭感舊遊〉, 『敬亭集』 卷之六 「燕槎唱酬集上」, 『한국문집총간』
76, 285면.

계하게 하는 것이 어떻겠습니까?"
하니, 전교하기를,
 "윤허한다. 사면을 받지 못하게 하라."
하였다.[두 기녀는 다 관서 지방의 명창이었다. 왕이 성기(聲伎)를 좋아하여 보고 싶어하므로 예조가 뜻을 받들어 아부하느라 이렇게 아뢴 것이다. 이때에 교방에는 여악이 극성이었고 이를 경례 가요(慶禮歌謠)라고 말하였다. 이들이 서울에 모여들자 왕은 이름있고 예쁜 여자만을 뽑아 대궐로 불러들여 온종일 가무를 즐기고 여러 날 밤을 내보내지 않자, 폐인(嬖人)들은 제각기 예쁜 기생을 데려다가 노래와 춤을 가르쳐서 궁중에서 베푸는 연회를 이바지하게 하였다. 사대부집의 여종들도 연줄을 따라 시연(侍宴)에 출입하였고, 진출을 꾀하는 사람도 모두 여종을 바치는 것으로 발판을 삼았다. 노직(盧稷)의 노비가 일찍이 대궐에 들어가 연회에서 모셨는데, 왕이 이르기를, "너의 주인 장준완(蔣俊琬)을 지금 첨사에 제수하였으니 행하로 적당할 것이다." 하였다. 여러 창기들도 다투어 은전을 빌어 관직을 팔기를 내폐(內嬖)나 친속들과 차이가 없게 하였으므로, 뇌물을 바치는 길이 더욱 많아지게 되었다.]153)

 광해군 말년에 이르러 사대부들이 이름난 기생을 첩으로 데리고 있으면서, 대례에 참석시키지 않는 일이 빈번해지고, 낮은 관원이나 유생까지도 이러한 관례를 답습하면서 여악의 재설치는 전혀 다른 방향으로 가고 있었던 것이다.

  장악원이 아뢰기를,
  "나라의 기강이 해이해져서 사람들이 법을 두려워하지 않고 있습니

153) 『광해군일기』 권119, 9년(1617) 9월 8일(경오), 『국역 광해군일기』 17, 38~39면.

다. 사대부들이 이름난 기생들을 모두 첩으로 데리고 있는데, 본원의
사령들은 그 집 문에 발도 들여놓을 수가 없습니다. 그러니 내놓지 않는
자는 법사에 보내 죄를 다스릴 것을 승전을 받들어 시행하게 하소서."
하니, 전교하기를,
"아뢴 대로 하라. 평상시에는 비록 대군이나 왕자나 재신이 데리고
사는 기생첩이라 하더라도 모두 대례에 참가시켰다. 그런데 지금은 나
라의 기강이 완전히 무너져서 비록 하찮은 관원이나 유생일지라도 유
사가 나오게 하지 못하니, 이는 너무나도 직무에 태만한 것이다. 내보
내지 않는 가장(家長)은 관직을 삭탈하고 유생은 수금하여 중히 다스
리도록 하라."
하였다.154)

그런데 계해반정 이후에 새로 권력을 잡게 된 김류와 이귀와 같은
사람들도 사사롭게 관창을 거느리고 있으면서 쇄환하지 않기도 한
것으로 보아, 17세기 전반 사대부 사회의 관례로 굳어가고 있었던 것
으로 이해할 수 있다.

하교하기를,
"찬성 김류(金瑬)와 이귀(李貴)가 지난날에 거느리고 있던 서방 사
람들에게서 모두 자녀를 두었다고 하니, 그 모자를 모두 면천해 줌으
로써 원훈인 가문의 자녀가 천인의 명적에 이름이 실려 죽을 때까지
침해받는 일이 없도록 하라."
하였다. 이때 김류와 이귀가 모두 관서의 관창을 데리고 있으면서 쇄
환시키지 않으려고 했기 때문이다.155)

---

154) 『광해군일기』 179권, 14년(1622) 7월 22일(병진), 『국역 광해군일기』 25, 123~
124면.
155) 『인조실록』 7권, 2년(1624) 9월 6일(정사), 『국역 인조실록』 3, 8면.

　이러한 와중에 반정을 통하여 즉위한 인조의 경우에도 사사롭게 여악을 즐기고 있었던 것으로 확인된다.[156)

　광해군 5년(1613) 서양갑 등의 사건을 국문하는 과정에서,

　　　승금(勝今)과 애향(愛香)의 공초를 받았는데, 이르기를,
　　　"공주의 기녀로 있다가 사패로 본방에 충당된 지 겨우 3,4년밖에 되지 않았고 또 말미를 받아 시골에 있은 기간이 절반도 넘으므로 아는 것이 전혀 없습니다."
　　　하였다.[157)

라고 한 바와 같이 서로(西路)뿐만 아니라 지역의 기녀가 중앙으로 유입된 경우를 확인할 수 있다.

　각 지역의 가기와 그들이 부른 레퍼토리의 자료를 다음과 같이 확인할 수 있다.

歌妓	지역	레퍼토리	비고
冠箕城	平壤	岳王詞	월사집
鸚鵡			유천유고
癸生	扶安	能詩	유천유고
香蘭	平壤	翻詩	어우집
香玉	龍城		어우집
碧蓮花	松月軒		월사집
石介	水月亭		상촌집
雪雲	長興		수은집

156) 『인조실록』 30권, 12년(1634) 9월 9일(임술), 『국역 인조실록』 13, 206~207면.
157) 『광해군일기』 66권, 5년(1613) 5월 14일(신미), 『국역광해군일기』 10, 259면.

勝莫愁	樂民樓		동악집
鶯囀		淸音, 漁父曲	죽음집
義昌公子歌妓	淸歌		동주집
慈雲	原州		백주집
金玉	成川		양파유고
秋香	錦營	金縷歌	설봉유고
黃州歌妓	黃州	亦君恩	매창집
襄陽歌妓	襄陽	浪淘沙	설정시집
萬點香	?		죽당집
萬園紅		滿江紅	기재별집 16세기
碧蓮花	宣城	感君恩	어촌집 권4 16세기
文容		陽關曲	오봉집
下姑蘇	七寶山	下山歌	금호유고
瀛洲歌妓	瀛洲	玄雲曲	청계집
西原歌妓	西原	關東別曲	백곡집
歌妓二人		憶秦娥, 臨江曲	동리집
玉介	淸風溪		송담집
鸚鵡	洪州	鸚鵡曲	하의유고
楚雲, 秦	鶴城		오탄집
鶴城歌妓	鶴城	後庭花	분애유고
玉娘	溫陽	後庭花	동은고

다음은 평양의 관기성(冠箕城)이라는 가기에 대한 이호민, 이정구 등의 기록인데, 서로(西路)에서 인기를 얻고 있던 가기로 여러 사람들에게 널리 알려져 있었던 것이다. 우선 이호민의 〈관기성의 시권에 짓다(題冠箕城詩卷)〉에 수록된 내용을 보도록 한다. 서울에서는 비파를 타고 평양에서는 사(詞)를 부르면서 이원(梨園)에서 으뜸이었다고 칭찬하면서, 당나라 시절 위청이 영신(永新)을 만난 것 같다고 하였다.

기성과 낙수의 이원에서 당시에 으뜸인데
낙수에서는 비파요 패수에서는 사였다네.
나 또한 곡강의 이름 있는 진사로
위청의 늙은이 눈물을 영신을 마주하여 홀리네.
梨園箕洛冠當時 洛水琵琶浿水詞
我亦曲江名進士 韋靑老淚對新垂

　*영신은 천보(당 현종의 연호, 742~755) 연간의 가기이다. 아름답
고 지혜로우며 노래를 잘하는데 신성(新聲)을 변통할 수 있었다. 한연
년 뒤로 추대하여 일인을 삼았는데, 늘 높은 가을 달이 밝을 때에 대전
의 맑고 빈 곳에서 목구멍으로 한 소리를 굴리면 음향이 도성으로 전
해졌다. 하루는 임금이 근정전 누대에 납시어 큰 연회를 내리시고, 구
경하는 사람들도 수천수만 무리가 시끌벅적했으나, 물고기와 용처럼
백 가지로 바뀌는 음을 얻지 못하자, 상께서 성을 내며 잔치를 파하려
고 하였다. 역사가 아뢰어 영신이 누대에 나가 노래하게 했는데 영신
은 곧 손가락으로 살쩍을 가리키며 소매를 들고 곧바로 만성(嫚聲)을
연주하자, 갑자기 쓸쓸하게 쓸어버려서, 한 사람도 없는 것 같았다. 어
양의 난리에 위청이 광릉 땅으로 숨어서, 밤낮으로 난간에 기대어 있
었는데, 강 위에서 갑자기 달밤의 배 위에서 수조가를 연주하는 것을
듣고 이르기를, '이것은 영신의 노래이다'. 조각배가 나아가자 과연 신
이었고, 마주하여 울기를 오래도록 하였다.[158]

158) 이호민, <題冠箕城詩卷>, 『오봉집』 권2, 『한국문집총간』 59, 345면, 永新, 天寶
歌妓也. 美且慧善歌, 能變新聲, 韓娥延年後, 推爲一人, 每高秋朗月, 臺殿淸虛,
喉轉一聲 響傳九陌. 一日, 上御勤政樓, 賜大酺, 觀者數千萬衆喧譁, 莫得魚龍百
戲之音, 上怒, 欲罷宴 力士奏令永新出樓歌, 新乃指鬢擧袂, 直奏嫚聲, 須臾廣蕩
寂寂,, 若無一人, 漁陽之亂, 韋靑避地廣陵, 日夜憑欄, 河上忽聞月夜舟中有奏水
調者. 曰, 此永新歌也, 扁舟就, 果新也. 對泣久之.

다음은 관기성이 일송 심희수 등의 시권을 들고 찾아와서 시를 청하자 차운한 이정구의 작품을 보도록 한다. 나지막한 소리로 〈악왕사〉를 노래했던 기억을 환기하면서 지난날을 회고하면서 눈물을 흘리고 있는 안타까움까지 말하고 있다.

　　가장 좋은 잔치 자리에서 촛불을 잡고
　　술잔을 잡고서 나직이 〈악왕사〉를 노래했지.
　　풍류의 옛 모습은 지금 그대로 남았는데
　　당시의 일을 이야기하면서 눈물 절로 떨구네.
　　最是華筵秉燭時　把杯低唱岳王詞
　　風流舊態今猶在　說到當年淚自垂159)

　그런데 이러한 가자 또는 가희의 경우 나이가 들게 되면, 때로 상인과 결혼하는 경우도 생기게 되었다. 이식(李植, 1584~1647)은 〈가희가 소금장수의 아내가 되다(歌姬爲鹽商婦)〉라는 시에서 외숙 윤백순(尹百順) 집안의 퇴비였던 가희가 소금 장수에게 시집을 갔다고 하였다.

　　궁성의 꽃과 달은 옛날의 풍류인데
　　한 번 청루에 떨어진 뒤에 스무 해가 지났네.
　　강가의 배에서 묘한 곡 부르지 말라.
　　도구(棹謳)와 어가(漁歌)만 시끄러우리니.
　　禁城花月舊風流　一下靑樓二十秋
　　莫向江船歌妙曲　棹謳漁唱盡啾啾160)

---

159) 이정구, <老妓冠箕城, 持一松諸公詩卷求題, 次贈之>, 『월사집』 권17, 『한국문집총간』 69, 408면.
160) 이식, <歌姬爲鹽商婦>, 『택당집』 권1, 『한국문집총간』 88, 15면.

이러한 사실에서 가기의 지역 이동과 레퍼토리의 교류가 일어나고 있다고 지적할 수 있다.

선상기(選上妓)로 지역에서 서울로 유입하기도 하고, 무변 풍류에서 확인한 바와 같이 변새의 막부에 소속되어 있다가 한양으로 옮기기도 하고, 위의 이식의 시에서 확인할 수 있는 바와 같이 소금장수와 결혼하여 다른 삶을 살아가면서도 옛날 부르던 노래를 그대로 부르기도 하는 것이다.

2) 가자와 악공의 계보

가기(歌妓)와 가희(歌姬)에 못지않게 남성 가객이라고 할 수 있는 가인(歌人)이나 가자(歌者)의 활동을 주목할 수 있고, 이와 함께 악공의 역할도 중요하게 살필 수 있다. 특히 악공의 경우에는 금사(琴師)라고 할 수 있는 거문고를 잘 연주하는 악공과 함께 17세기 전반에 피리를 잘 부는 적공(笛工)이 중요하게 부각되면서 젓대 풍류라고 할 수 있는 문화가 형성되었다고 평가할 수 있다.

남자 가자(歌者)로 윤여극, 양이지, 금종, 정득선 등을 확인할 수 있다. 그리고 금사(琴師)로는 이용수와 박관을 대표로 들 수 있으며, 임찬과 같은 인물도 확인된다. 한편 적공(笛工)으로는 함무금과 이억량을 들 수 있다.

권필이 확인한 것으로 가인 윤여극(尹汝極)이라는 인물과 양이일(楊理一)을 주목할 수 있는데, 〈가인 윤여극에게 주다(贈歌人尹汝極)〉에서 윤여극의 빼어난 노래 솜씨를 칭찬하고 있고, 〈사암의 운을 차운하여, 양이일에게 주다(次思庵韻 贈楊理一)〉[161]에서는 양이일(楊理一)

---

161) 권필, <次思庵韻 贈楊理一>, 『석주집』 별집 권1, 『한국문집총간』 75, 115면.

이 〈관동별곡〉을 잘 부른다고 하였다. 활달하게 살았던 권필이 가까이 지낸 인물 중에는 이러한 가자가 상당수 있었던 것으로 추정된다.

〈가인 윤여극에게 주다(贈歌人尹汝極)〉는 다음과 같다.

> 〈남산찬〉은 부르지 말라.
> 어떤 사람이 한 번 들어주랴?
> 지금 세상 사람들의 귀는
> 부질없이 진청(秦靑)이 있는 줄 아네.
> 莫唱南山粲 何人爲一聽 卽今天下耳 空識有秦靑[162]

불우한 신세를 한탄하는 〈남산찬〉은 부르지 말라고 당부하고 있다. 세상 사람들은 노래를 잘 부르는 진청(秦靑)이 있는 줄만 안다고 하였다.

한편 김윤안(金允安, 1560~1622)은 가자 금종(琴從)이 비가(悲歌)를 부른다고 하였다. 〈가자 금종에게 주다(贈歌者琴從)〉이다.

> 술동이 앞의 지나간 일은 모두 꿈과 같은데
> 취하여 푸른 물결을 마주하며 취암(翠巖)에 앉았네.
> 슬픈 노래를 마치면 풀잎에 이슬이 맺히는데
> 옛 친구는 아직 옛날 하감(何戡)[163]이 있네.
> 尊前往事都如夢 醉對蒼波坐翠巖
> 唱罷悲歌草頭露 故人猶有舊何戡[164]

---

162) 권필, 〈贈歌人尹汝極〉, 『석주집』 별집 권1, 『한국문집총간』 75, 113면.
163) 하감(何戡)은 당 장경 연간의 명창으로, 劉禹錫의 〈與歌者何戡〉에 "舊人唯有何戡在 更與慇懃唱渭城"이라는 구절이 있다.
164) 김윤안, 〈贈歌者琴從〉, 『동리집』 권2, 『한국문집총간』 속12, 40면.

그리고 오숙(吳翻, 1592~1634)은 선조 40년(1607)에 양성(陽城)에서 이호민이 수행하던 가자(歌者) 정득선(鄭得善)을 소개하고 있다. 시제 (詩題)로 제시된 내용에서 자세한 정보를 기록하고 있다.

> 만력 병오년[1606] 가을에 할아버지[吳定邦]께서 진주에서 체직되 어 양성의 집으로 돌아가서 편안하게 지내셨는데, 정미년[1607] 첫봄 에 이르러 마침 연릉 이호민 상공이 남방에 사명을 받들었다가 일을 마치고 조정에 돌아가다가 마을 앞 관로를 지나게 되었는데, 할아버지 와 문중의 여러 어른과 여러 자제들이 술을 가지고 길가에서 찾아뵈었 다. 나는 지은 시부 각 몇 편을 소매에 넣고, 상공에게 절을 하고 첨삭 을 받기를 청하였다. 상공께서 술이 취하자, 수행하던 노래 잘하는 정 득선에게 몇 곡을 노래하게 하고, 운을 불러서 나에게 절구를 짓게 하 고, 이어서 화운을 내렸다. 삼가 이에 적는다.(萬曆丙午秋, 王父遞晉 州, 歸陽城第閑住, 至丁未始春, 適延陵李相公好閔, 奉使南方, 竣事 還朝, 過村前官路, 王父與門中諸老及諸子弟携酒, 往見于路次, 余袖 所製詩賦各數篇, 拜相公請受雌黃. 相公酒酣, 使從來善歌者鄭得善 唱數曲, 呼韻命余賦絶句, 仍賜屬和, 謹識于此)[165]

그런데 정득선은 당대에 이미 가자로 널리 알려진 인물로 인조 2 년(1624)에 일본회답사 사행에 부사군관으로 참여하기도 하였는데, 이때 부사로 참여했던 강홍중(1577~1642)의 『동사록』에 다음과 같은 기사가 있어서 가자(歌者)로서의 위상을 확인할 수 있다.

> 이날은 가벼운 바람이 잠깐 불어 물결이 비단결 같으므로 때로는 상 선(上船 상사가 탄 배)과 뱃전을 나란히 하고 젓대 부는 함무생(咸武

---

165) 오숙, 『天坡集』 第一, 『한국문집총간』 95, 8면.

生)과 노래하는 정득선(鄭得善)으로 하여금 번갈아 가며 불고 화답하
게 하니, 평지에 있는 듯하였다. 이 또한 배 위의 한 흥취였다. 각기
술잔을 들어 서로 권하다가 파하였다.[166]

그리고 당대 금사의 대표로 이용수(李龍壽)를 들 수 있다. 실제로
이용수는 장악원의 전악으로 거문고의 명수로 알려져 있었다. 신흠
의 〈악사 이용수에게 주다(贈李樂師龍壽)〉에서 정성(正聲)이 사라진
시대에 방불한 고조(古調)를 탄다고 하였다.

> 정성이 지금은 없어졌으니
> 대아를 장차 어디에서 본받을까?
> 그런데 요즈음 이 전악은
> 정악과 비슷한 것을 터득하였네.
> 나를 위해 옛 가락을 타니
> 소리가 맑고 깊어 여운이 있네.
> 때때로 신기한 생각을 발하여
> 뛰어난 생각이 상랑함을 가져오네.
> 규와 벽이 여기저기 뒤섞인 듯
> 어룡이 심히 분방하는 듯도 하네.
> 어찌하면 그대와 함께 올라가
> 균천에서 상제의 향례에 참석할까?
> 맑은 음조로 태초의 기상 끌어와서
> 이 번잡한 생각을 덮을 수 있을까?
> 다만 이를 화답할 자가 드무니
> 음란한 음악만 다만 소란스럽네.
> 正聲今則亡　大雅將安倣　爾來李典樂　此道見彷像

---

166) 강홍중, 『동사록』, 갑자년(1624) 10월 3일, 『해행총재』 III, 178면.

爲我彈古調　瀏瀏有餘響　時時發新意　逸氣資爽朗
珪璧忽錯落　魚龍劇奔放　何當與爾去　鈞天參帝享
灝音挽太初　可以蠲煩想　直懼和者希　桑濮徒攘攘[167]

그리고 금객 임찬(任瓚)의 존재도 주목할 수 있다. 황여일(黃汝一,
1556~1622)이 여주의 신륵사에서 만난 금객이다.

> 열흘이나 서쪽으로 가면서 티끌을 마시느라 괴로웠는데
> 서로 친한 사람이 적은 곳에서 나그네 시름이 외롭고 멀었네.
> 어찌 알았으랴? 풍사의 푸른 강가 밤에
> 도리어 동군의 백설춘을 만날 것을.
> 안개 낀 물결이 늦은 피리에 맞음을 다투어 주장하지만
> 원래 풍월은 한가한 사람에 속하네.
> 맑은 새벽에 함께 신선 배에 올라서 가니
> 강비는 아득하여 술 이웃을 잃네.
> 十日西行苦飮塵　客愁孤逈少相親
> 豈知楓寺蒼江夜　還値桐君白雪春
> 爭說煙波宜晚笛　從來風月屬閒人
> 淸晨共躡仙舟去　江雨茫茫失酒隣

> 해마다 한 번씩 한강의 배에 오르는데
> 오늘같이 좋은 일은 가장 전할 만하네.
> 풍악의 빗속에 숨은 물가에서 밤에 자고
> 월계의 연기에 개울을 옮겨 아침에 제사 지내네.
> 버들과 떨어진 외로운 마을에 멀리 절인가 의아해하고
> 물결을 깔보는 한 마리 학은 신선처럼 멀어지네.

---

167) 신흠, <贈李樂師龍壽>, 『상촌집』 권5, 『한국문집총간』 71, 340면.

진중한 옛 친구가 한 곡조를 부르나니
남은 해에 봉정에서 취하여 유련하네.
年年一上漢江船　勝事如今最可傳
隱浦夜眠楓岳雨　移灘朝祭月溪烟
孤村隔柳遙疑寺　獨鶴凌波逈似仙
珍重故人歌一曲　鳳亭殘日醉留連[168)

한편 허균은『성소부부고』에서 역대 악공에 대해 다음과 같이 기술하고 있다.

　　나는 소시 적에 태평한 문물을 볼 수 있었다. 악공(樂工)에 허억봉
(許億鳳)이란 사람이 있어서 피리를 잘 불었는데, 만년에는 현금(玄琴)으로 옮겨서 또한 잘했다. 박소로(朴召老)는 거문고를 잘 타서 옛
가락을 잘했고, 홍장근(洪長根)은 속조(俗調)를 잘해서 아울러 일류
라 일컬었다. 또 가야금은 이용수(李龍壽), 비파는 이한(李漢), 아쟁은
박막동(朴莫同)을 아울러 일류라 일컬었다. 노래로는 기생 영주선(瀛
洲仙)과 송여성(宋礪城)의 여종 석개(石介)를 모두 제일이라 하였다.
　　그 후에는 이한의 조카 전한수(全漢守)와 용수의 제자 임환(林桓)
이 스승의 재주를 전해 받았다. 이외에도 종실(宗室) 죽장감(竹長監)
은 아쟁과 비파에 능했고 김운란(金雲蘭)은 아쟁을 잘 타서, 사람이
말하는 듯했고, 그 가락을 듣는 사람은 모두 눈물을 흘렸다. 또 서자
(庶子) 김연(金鋋)이 가야금을 잘 탔는데, 지금에 와서는 이런 사람들
이 모두 죽었다. 용수는 이미 늙었고, 오직 임환 한 사람이 있을 뿐이며
노래는 한 사람도 대를 이을 만한 자가 없다. 이것도 세대가 내려오면
서 인재가 모지리게 되어서 그렇게 된 것인가. 또한 개탄힐 일이다.[169)

---

168) 황여일,『海月集』卷之一, <驪州壁寺, 夜遇琴客, 聽彈數曲. 二首. *琴客任璨>,
　　　『한국문집총간』속10, 20면.

이 기록에서 허억봉(피리→현금), 박소로(거문고), 홍장근(속조), 이용수(가야금), 이한(비파), 박막동(아쟁) 등의 악공과 영주선, 석개 등의 가기를 확인할 수 있고, 종실의 죽장감(아쟁과 비파)과 김운란(아쟁), 김연(가야금)도 악공으로 주목할 수 있으며, 이한의 뒤를 이은 전한수와 이용수의 뒤를 이은 임환도 확인할 수 있다.

다음은 노래를 잘 부르는 사람들에 대한 기록으로, 이언방과 송도 기생 진랑이 언급되어 있다.

　　공헌왕(恭憲王 명종(明宗)의 시호) 때에 사인(士人) 이언방(李彦邦)이란 자가 노래를 잘했다. 가락이 맑고 높으니 감히 그와 재주를 겨루는 사람이 없었다. 일찍이 <최득비여자가(崔得霏女子歌)>를 불렀는데, 온 좌석이 모두 감동해서 눈물을 흘렸다.

　　서경(西京)에 유람했는데 교방(敎坊) 기생이 거의 이백 명이 되었다. 방백(方伯)이 열지어서 앉힌 다음, 노래에 능하거나 못하거나를 가리지 않고 도상(都上)에서 동기(童妓)까지 한 사람이 창(唱)하면 언방이 문득 화답했는데, 소리가 모두 흡사했으며 막힘이 없었다.

　　송도(松都) 기생 진랑(眞娘)이 그가 창을 잘한다는 것을 듣고서 그의 집을 방문하였다. 언방은 자신이 언방의 아우인 양 속이면서,

　　"형님은 없소. 그러나 나도 제법 노래를 하오."

하고 드디어 한 곡조 불렀다. 진랑이 그의 손을 잡으면서,

　　"나를 속이지 마시오. 세상에 이런 소리가 어찌 또 있겠소. 당신이

---

169) 허균, 「성옹지소록」하, 『성소부부고』권24, 『한국문집총간』74, 346면. 余少日及見大平文物, 其樂工有許億鳳工笛, 晩年移玄琴亦好, 而朴召老工琴善古調, 洪長根則工俗調, 俱稱一手. 李龍壽之伽倻琴, 李漢之琵琶, 朴莫同之牙箏, 俱稱一手. 歌則妓瀛洲仙及宋礪城婢石介, 皆稱第一. 其後李漢之姪全漢守, 龍壽之弟子林桓, 俱傳其師技. 此外宗室竹長監工箏琶, 而金雲蘭善牙箏如人語, 聞其界調則人皆涕下, 又有庶子金鋌工伽倻琴. 及令諸人俱死, 而龍壽已耄, 只有林桓一人, 歌則無一人可繼者, 玆亦世降才乏使然, 亦可慨已.

바로 진짜 그 사람이요. 모르기는 하지마는 면구(綿駒)와 진청(秦青)
인들 이보다 더 잘하겠소?"
하였다.170)

피리를 잘 부는 적공(笛工)의 풍류는 기녀와 관현(管絃)이 어우러진
난만한 풍류와는 달리 선비들에게 조용한 상풍류를 지향하는 것으로
널리 인식되고 있었다.

조우인의 「피리로 부는 노래를 듣고 아울러 서하다(聽笛歌幷序)」에
서 성균관 근처에 피리를 잘 부는 사람을 소개하고 있는 것도 그 한
사례이다.

만력 경자년[1600] 여름에 내가 반궁에 있는데, 친구 조자정이 나를
찾아와서 마음대로 사죽에 대해 이야기를 하다가 말하기를, "반궁 남
쪽 이웃에 피리를 부는 사람이 있는데, 장안의 제일류로 떨치며, 허사
[허억봉?] 이후에 거의 그 오른쪽이 나설 사람이 없으며, 난리로 인하
여 떠돌아다닌 지 8~9년이러니, 지금 비로소 살아 돌아왔는데, 그 수
법이 지난날보다 줄지 않았으니, 그대는 들어보지 않겠는가?" 하였다.
내가 기쁘게 좋다고 하였다. 이날 밤은 달빛이 비단 같았고, 온 소리가
모두 거두어 들여서, 걸어서 벽송정 두둑에 나가는데, 갑자기 세 가지
타는 소리가 먼 데서 이르렀는데, 바로 그 사람이었다. 서너 곡을 불게
하니, 맑게 둥글고 쓸쓸하게 밝아서, 소리의 울림이 하늘의 은하수를
통하여서 지금에 느껍고 옛날을 생각하며 한 편을 이루어 기록하다.

170) 허균, 「성옹지소록」, 하, 『성소부부고』 권24, 『한국문집총간』 74, 346면. 恭憲王朝,
有士人李彦邦者善謳, 發調淸裁, 人莫敢較其藝. 嘗倡崔得罪女子歌, 滿座皆感涕.
游西京, 坊妓幾二百人, 方伯列坐之, 勿揀能否, 自都上至童妓一人每唱, 彦邦輒
和之, 發聲皆恰同無窮已. 松京娟眞娘聞其善唱, 來訪其家, 彦邦佯作其弟以給之
曰, 家兄不在, 然吾亦能歌也, 遂謳一腔. 眞握手曰, 毋斯我爲, 擧世何有此聲, 君
眞其人也. 未知綿駒·秦青去此奚遠哉.

조자가 내가 사죽에 취미가 있다는 것을 어여삐 여겨
낙양에서 피리를 제일 잘 부는 사람이 있다고 말을 하네.
바로 중하의 보름날 밤이라
높은 하늘에는 구름이 없고 달은 대낮과 같네.
걸어서 벽수의 남쪽 두둑을 가노라니
은근히 나를 위하여 불러 오네.
높고 큰 키에다 수척한 학의 자태로
갑자기 선뜻 오니 서로 시기함이 없네.
구부리고 앞으로 나와 절하고 일어나서
시험 삼아 소매에서 옥을 잡네.
나지막이 여섯 손가락으로 금 피리를 떨치며
갑자기 신성을 내니 어느 악보의 곡인가?
잠깐 사이에 비로소 궁을 따라서 부니
화평함이 멀리 퍼지고 무르녹네.
사람으로 하여금 멀리 희호 때를 생각하게 하니
궁궐 위에서 옷을 드리우고 남풍을 노래하네.
조금 뒤에 가운데 구비에서 변궁을 만드니
장단이 돌고 돌아 절로 절조에 맞네.
자못 화산에 말을 내놓은 뒤에
예악 삼천이 문물을 빛내네.
청상(淸商)과 유치(流徵)를 차례로 서로 연주하니
만번 구르고 천번 돌려 형상을 다 갖추기 어렵네.
정이 많아서 계면조를 가장 뒤에 연주하니
원망하는 생각과 슬픈 소리가 끝내 다하지 않네.
꽃 사이의 우는 피눈물은 고제의 넋이요
택반에서 난초를 읊음은 갇힌 신하의 넋이네.
양왕의 운우는 열두 봉우리요
정령위가 학이 되어 삼천년이네.

불기를 마치지 않았는데 들으니 슬퍼져서
나로 하여금 눈물이 쌍으로 이어지게 하네.
장안은 예로부터 번화가 성대했는데
겹친 정자와 층진 기둥이 갑제를 열었네.
금 술동이와 향기로운 촛불에 비단 자리요
제비 허리와 조의 바탕에 서로 소매를 잇닿았네.
이 곡을 일찍이 이 중에서 불었으니
어찌 알랴? 천지에 갑자기 번복이 있음을.
다행스럽게 지금 서울에서 맑은 소리를 엮으니
강물을 당겨 난리 때의 자취를 한 번 씻어내네.
오릉의 아름다운 기운이 다시 푸르니
이로부터 대평이 다시 형상이 있으리.
그대는 귀찮아도 한 곡을 부름을 사양하지 말라
그윽한 회포를 펼침에 족하리.
근심스레 옷깃을 가다듬고 다시 세 곡을 타니
마치 차가운 골짜기에 따뜻한 봄이 피어나는 것 같네.
곡을 마치자 사람들은 흩어지고 달은 지려고 하는데
온 하늘의 바람과 이슬이 옷과 두건에서 생기네.

趙子憐我癖絲竹   爲說洛陽吹笛第一手
政値仲夏十五夜   長空無雲月如晝
步出壁水南畔行   慇勤爲我招呼來
昂昂長身瘦鶴姿   忽然肯來無相猜
傴僂而前拜而起   試捻袖中三尺玉
低昂六指振金簧   乍出新聲何譜曲
須臾始爲順宮吹   和平□遠而融融
令人緬想熙皞時   垂衣殿上歌南風
俄然中曲作變宮   長短回旋自中節
頗似華山放馬後   禮樂三千煥文物

清商流徵迭交奏　　萬轉千回狀難悉
多情寂後界面調　　怨思哀音不終極
花間啼血古帝魂　　澤畔詠蘭纍臣魄
襄王雲雨十二峰　　零威化鶴三千年
吹之未了聽之悲　　使我有淚雙漣漣
長安自古盛繁華　　疊榭層楹開甲第
金樽芳燭綺羅筵　　燕腰趙質相連袂
此曲曾向此中吹　　豈知天地俄翻覆
幸今寰宇屬澄清　　挽河一洗亂時迹
五陵佳氣復葱葱　　大平從玆還有像
煩君莫辭吹一曲　　足使幽懷舒以暢
愀然整襟復三弄　　恰似寒谷生陽春
曲終人散月欲落　　一天風露生衣巾[171]

　　그리고 이정구는 「유금강산기(遊金剛山記)」에서 적공(笛工) 함무금(咸武[無]金)과 동행하면서, 기악(妓樂)이 빠진 자리에 젓대 소리가 맑게 울리면서 더욱 좋은 흥취가 있었다고 토로하고 있고, 「유삼각산기(遊三角山記)」에서 적노(笛奴) 이억량(李億良)과 적공 이산수(李山守), 악사 이용수, 금사(琴師) 박관(朴筦) 등과 동행하거나 산속에서 만나는데 여기에서도 거문고와 젓대가 어우러진 풍류와 젓대만의 풍류를 강조하고 있다.

　　이정구는 선조 36년(1603) 함흥의 화릉(和陵)을 개수하러 갔다가 돌

---

171) 조우인, 「聽笛歌幷序」, 『이재집』 권1, 『한국문집총간』 속12, 274면. 萬曆庚子夏, 余在泮邸, 友人趙子精訪余, 縱談絲竹, 爲言泮宮南鄰, 有吹笛者, 奮爲長安第一流, 許師後殆無出其右, 因亂漂泊八九年矣. 今始生還, 其手法未減昔時, 子盍聽之. 余欣然諾之. 是夜月色如練, 萬籟俱收, 步出碧松亭畔, 忽出三弄聲自遠而至, 乃其人也. 命吹三四闋, 淸圓寥亮, 響徹霄漢, 感今思古, 因成一篇以記之.

아오는 길에 금강산을 유람하게 되는데, 이때의 기록인 「유금강산기
(遊金剛山記)」에서 적공(篴工) 함무금(咸武金)을 데리고 가면서 젓대 소
리의 흥취를 말하고 있다.

> 16일 저물녘에 날이 개어 출발하려 하니 방백이 굳이 만류하며 만세교
> (萬歲橋)를 구경하러 가자고 하기에 해가 질 무렵 함께 낙민정(樂民亭)
> 에 올랐다. …(중략)…… 술자리를 파하고 아래로 걸어 내려가 다리 위에
> 앉아 무금에게 젓대 한 곡조를 불게 하고 사방을 돌아보니 드넓은 물이
> 질펀히 흐르고 몸은 마치 반공에 떠 있는 듯하였으며, 하늘빛은 물에
> 거꾸로 비치고 물결은 일지 않았다. 정신과 뼛속에 서늘하여 술기운이
> 이내 사라지기에 술을 가득 부어 몇 잔을 마시고는 도도한 주흥에 겨워
> 돌아가는 것도 잊었다. 그 자리에는 기악(妓樂)은 없고 단지 젓대 소리만
> 맑게 깊은 물속을 꿰뚫고 울리니 더욱 좋은 흥취가 있었다.172)

> 철이현을 넘어 큰 들판 하나를 지나니, 바로 장안동이었다. 물은 더
> 욱 맑고 바위는 더욱 희고 산은 더욱 기이하여 이미 인간 세상의 풍경
> 이 아니었다. 시내는 만폭동의 하류인데, 모두 아홉 번 물을 건너서야
> 비로소 절 문에 이르렀다. 무금을 시켜 말 위에서 젓대 한 곡조를 불게
> 하고 앞으로 가니…(중략)… 술기운이 무르익자 내가 무금을 시켜 몰
> 래 향로봉 가장 높은 정상, 소나무가 우거진 곳에 올라 가늘게 젓대를
> 불게 하였더니, 그 소리가 아득하여 마치 구천에서 들려오는 듯하였다.
> …(중략)… 젓대 소리가 더욱 맑게 울려 구름과 안개 속으로 흩어져
> 들어가고 때로는 바람을 따라 끊어졌다 이어지곤 하였다. 나는 비록
> 누가 부는 것인지 알고 있었지만 그래도 신선이 아닐까 하는 생각이
> 들 정도였다. …(중략)… 무릇 이번 여행에서 적공은 반드시 앞에 가면
> 서 앉거나 쉴 때에는 어김없이 젓대를 불었다.173)

---

172) 이정구, 「유금강산기」 상, 『월사집』 권38, 『한국문집총간』 70, 124면.

앞에 인용한 것은 함흥의 낙민정에서 밝은 달밤에 술자리를 파한 뒤에 젓대로 한 곡조를 불게 하니 몸이 반공에 떠 있는 듯하고 정신과 뼛속이 서늘하였다고 회고하고 있다. 기악(妓樂)은 빠지고 젓대 소리만 깊은 물속을 꿰뚫고 울리어 흥취가 더욱 좋았다는 것이다.

다음에 인용한 것은 금강산 향로봉 정상에서 부는 젓대 소리를 들으니 천악(天樂)처럼 젓대 소리가 맑게 울려 구름과 안개 속으로 흩어져 들어가고 때로는 바람을 따라 끊어졌다 이어지곤 하여 마치 신선이 부는 것으로 착각할 정도였다는 것이다. 기녀를 포함한 다른 관현이 빠진 자리에 젓대 소리의 흥취를 강조한 것이라 할 수 있다.

그리고 이듬해 신응구(申應榘), 계성도정(桂城都正) 이각(李桷, 字 子齊) 등과 삼각산을 유람하면서 쓴 「유삼각산기」에서도 젓대를 잘 부는 이억량(李億良)과 이산수(李山守)를 대동하고, 금사 박관(朴筦)까지 동행하면서 느낀 흥취를 강조하고 있다.

여러 관현(管絃)의 악기와 가기(歌妓)가 어우러진 자리의 풍류가 사대부들 사이에 보편적으로 받아들였다면, 유산(遊山)의 풍류에는 젓대를 최소의 조건으로 하는 것으로 이해할 수 있다.

〈또 적공 억량에게 차운하여 주다. *억량은 조병사의 가노이다〉[174] 라는 시에서는,

옛날에 듣기로 조씨네 집 피리는
한 곡조에 들보의 먼지가 날렸네.
헤어진 지 십년이 가까워지는데

173) 이정구, 「유금강산기」, 하, 『월사집』 권38, 『한국문집총간』 70, 126~127면.
174) 이정구, <又次贈笛工億良 *趙兵使家奴也>, 「권응록」, 상, 『월사집』 권16, 『한국문집총간』 69, 357면.

덧없는 자취는 그 어디로 갔는가?

맑은 밤은 봄 술잔에서 일렁이고

외로운 소리는 찬 사립을 놀라게 하네.

그 때에 낙봉 아래에서

이 소리를 듣는 이 드물었지.

舊聞趙家笛　一曲梁塵飛

別來近十年　飄零何處歸

清宵動春酌　孤響驚寒扉

當時駱峯下　此聲聽者稀

라고 하여, 이정구의 거주지인 낙봉 아래에서 지난날 이억량의 젓대 소리를 들으면서 흥취에 젖었던 일들을 회억하고 있다. 적공 이억량은 선조 36년(1603) 「유삼각산기」에서 동행했던 인물인데, 이 시에서는 헤어진 지 10년이 가까워진다고 하였다.

그리고 광해군 5년(1613)에 쓴 〈계축년 동지에 눈을 무릅쓰고 서호의 이천구통(通)를 찾아가서 좌석에서 입으로 읊다 3수〉175)의 셋째 수의 함련에서 "벗과 술동이를 다행히 저버리지 않았고, 거문고와 피리도 기약한 듯 왔어라.(朋尊幸不負 琴笛似相期)"라고 하고, 협주에 "금사 박관과 적공 함무금이 기약도 없이 왔기 때문에 이렇게 말한 것이다.(琴士朴筦 笛工咸無金 不期而會 故云)"라고 기록하여, 박관과 함무금의 합석을 강조하고 있거니와, 이어서 〈취하여 금사 박관에게 주다〉176)에서는 지난날 박관이 연주했던 〈보허사(步虛詞)〉를 환기하

---

175) 이정구, 〈癸丑至日 冒雪訪西湖李天衢通 席上口號 三首〉, 「폐축록」 상, 『월사집』 권14, 『한국문집총간』 69, 337면.

176) 이정구, 〈醉贈琴士朴筦〉, 「폐축록」 상, 『월사집』 권14. 시의 내용은 "映碧堂前明月時 聞君一曲步虛詞 如今頭白重相見 指下峨洋醉亦知"이다.

면서 세월이 흐른 지금은 지음의 경지에 이르렀다고 자부하고 있다.

3) 노래의 교습과 가곡의 향유

그리고 유몽인이 증언하듯 실제 이승형(李升亨)이 은개(銀介) 등에게 가사(歌詞)를 교습시키기도 하였다.

> 이조참판 유몽인이 아뢰기를,
>
> "마침 이달 4일에 신의 처사촌 정회가 술병을 들고 신의 집 남산 기슭에서 봄경치를 즐기려고 찾아왔습니다. 신의 동네에 사는 은개(銀介)라는 소녀가 가사를 잘 부르기에 불러다 노래를 시켰더니, 이 아이가 처음에는 모시 중에서 공강의 백주(栢舟)를 부르고 또 녹명(鹿鳴) 등 여러 편을 불렀는데, 모두 대지를 합쳐 부른 것으로서 그날 자리에서 새로 만들어 부른 것은 아니었습니다.
>
> 신들이 한창 듣고 있을 때에 하인이 달려와 추국에 참석할 시간이 임박했다고 알려 오므로, 신이 웃으면서 말하기를 '이처럼 좋은 시절에 어떤 도깨비 같은 자가 감히 이렇게 익명으로 고변하여 나로 하여금 이 즐거움을 만끽하지 못하게 한단 말인가.' 하고는 즉시 가마를 재촉하여 허둥지둥 그 자리를 떠났습니다. 길 가는 도중에 입 속으로 절구 한 수를 중얼거리다가 국청에 들어가서는 종이와 붓을 찾아 옮겨 썼는데 그 시는 다음과 같습니다.

성 안의 가득한 꽃과 버들에 봄놀이를 즐기는데
미인이 잔을 놓고 <백주>장을 부르네.
장사가 홀연히 장검을 짚고 서서
취중에 늙은 간신의 머리를 찍으려 하네.
滿城花柳攤春遊 玉水停盃唱栢舟
壯士忽持長劍起 醉中當斫老姦頭

이 작품이 취중에 나온 것이기는 하지만 어찌 의도적으로 지은 것이 겠습니까. 백주는 이 아이가 늘 부르는 것이었습니다. 그 집에 이런 시 편들과 고금의 가사를 모아 한 권으로 만들어 놓았는데, 이것을 모두 주인 이승형이 5,6년 전부터 교습시켜 왔으니 그 책을 조사해 보면 알 수 있을 것입니다. …"[177]

그리고 「첨지 이승형의 매학첩시에 짓다(題李僉知升亨梅鶴帖詩序)」 의 서문에서 이승형이 기녀들에게 가곡을 가르친 것을 밝히고 있다.

매학주인 이군은 내가 약관 때부터 사귄 사람이다. 집에는 어린 기 녀가 있어서, 실로 장안의 이름난 꽃이고 가시를 할 줄 알아서, 구고의 울음을 지으니 또한 여자 중의 매학이다. 남쪽으로부터 막 서울로 돌 아와서 남들이 아는 사람이 없어서, 내가 처음으로 이르기를, 아녀자가 문자를 할 수 있고 가곡에 올릴 수 있는 것은 동방에 드문 일이라고 하였다. 봄이 한창이고 꽃과 버들이 좋을 때에, 남산 위에 술자리를 마 련하고 노래 부르게 하였다. 술이 무르익자, 절구 한 수를 지어서 흥을 붙였는데, 갑자기 유언비어가 나쁜 말로 들렸다. 이에 죄를 입고, 서호 에서 석고한 지 이미 삼년이라, 옛 사람이 서호에서 지낼 때에 매화가 있고 학이 있었는데, 내가 사는 곳에는 이 두 가지가 없어서 일찍이 몰래 변하지 않고자 하였다.
하루는 군이 한서평의 매학시를 가지고 와서 나를 불러서 화운하게 하였다. 아, 군의 집에는 특별히 매와 학이 있는 것인가? 어찌 서호의 나그네에게 남기지 않고 서울의 티끌 중에서 홀로 차지한단 말인가? 내가 이미 더위에 불리고, 차갑게 불고자 하면 어찌 지을 수 있으랴? 다만 생각하니, 시는 뜻을 펴는 것으로 술을 빌려 펴는데, 나는 술이 없으니 또 어찌 다시 곧게 하랴? 대저 매와 학은 각각 세월을 초월함

이 있어서 군자가 마땅히 좋아하는 바이다. 접때 내가 매화 같고 학과
같이 되어서, 오히려 지었으니, 더욱더 그 참된 것인가? 내 말이 곧음
을 벗어나서 거듭 떠도는 말로 들리게 될까 다만 두려울 따름이다.[178]

한편 나주 사람 최찬(崔纘)이 노래를 만든 일에 관한 기사도 확인할
수 있다. 〈억대군가(憶大君歌)〉로 알려진 것인데, 영창대군의 죽음을
안타까워하는 내용으로 볼 수 있다.[179] 고을 사람들이 최찬을 죄주
자고 하자, 당시 나주목사인 박대하(1577~?)는 지역의 여론이 분열되
는 것을 우려해서 조정하려고 노력하였다고 하였다.

　　이때 모후가 서궁에 유폐되고 역적을 토죄한다는 명목으로 죄를 꾸
　며서 씌우는 일이 날로 성행하였으므로, 공이 처지를 두렵고 위태롭게
　여기고 외직으로 나갈 것을 힘써 요구하여 나주목사가 되었다. 고을
　사람 최찬(崔贊)이 <억대군가(憶大君歌)>를 지었는데, 대군은 곧 폐
　조에서 죽인 동기이다. 고을 사람이 공에게 고하여 죄주기를 바랐으나
　공이 힘써 말렸다.[180]

그런데 조정에서는 결국 죄로 얽고 말았다.

---

178) 유몽인, 「題李僉知升亨梅鶴帖詩序」, 『어우집』, 『한국문집총간』 63, 375면. 梅鶴
　　主人李君, 余弱冠交也. 家有少妓, 實長安名花, 能歌詩, 作九皇之㖠, 亦女中梅鶴
　　也. 自南始還京師, 人未有知者, 余始謂兒女能文字被歌曲, 東方所罕有. 方春好
　　花柳, 爲之觴之南山之上, 俾唱之. 酒闌, 賦一絶以寄興, 忽有飛語聞惡言. 坐是席
　　藁西湖已三載, 古人處西湖, 有梅有鶴, 而余之居無是二者, 窃甞斷斷. 一日, 君以
　　韓西平梅鶴詩來, 邀余和之. 吁, 君家有別梅鶴乎? 胡不遣西湖客而獨占京塵中
　　耶. 余旣微於熱, 欲吹冷, 敢賦諸. 第思之, 詩言志, 假酒而發, 余無酒, 又安以再直
　　之. 夫梅與鶴各有高標, 君子所宜好. 昔余爲似梅似鶴者, 猶賦之, 況其眞者乎? 只
　　懼余言之過直, 而以重致飛語之聞也.
179) 김창규, 「최고송의 애대군가고」, 『어문학』 54집(한국어문학회, 1993), 권혁명, 「고송
　　최찬의 생애와 시세계」, 『한국시가연구』 42집(한국시가학회, 2017), 149~172면 참조
180) 송시열 찬, 「박대하묘지명」, 『국조인물고』 권27, 『국역 국조인물고』 8, 159~160면.

사도시 주부 김우성이 상소하였다. 그 대개는 최찬이 노래를 만든 일에 대해 의논을 정하여 시골로 내쫓게 된 곡절을 와서 진달한 것이었는데, 추국청에 계하하였다.181)

그리고 다음 기록에서 보듯 진명생의 언서 가사도 확인할 수 있는데, 한글로 된 노래가 자신의 내면이나 시사(時事)를 말하는 데에 널리 활용되고 있음을 반증하는 부분이다.

박정길이 아뢰기를,
"전라감사의 장계 안에 '진명생(陳命生)을 붙잡아 올 때 그가 말한 참고할 만한 문서 1봉을 봉부동(封不動)으로 올려 보낸다.' 하였는데, 이른바 '문서'란 완의한 내용 3장과 언서 가사(諺書歌詞) 2장이었습니다. 봉해서 들이는 뜻을 감히 아룁니다."182)

이와 함께 가기와 악공만 노래 문화에 참여한 것이 아니라 납자(衲子) 중에서도 노래를 잘하는 자가 있어서 여성(厲聲)으로 〈관동별곡〉을 노래한 사례도 확인된다.183)
한편 이이명이 증언한 바와 같이 이귀(李貴)의 첩인 가자(歌者)가 '금일금일지곡(今日今日之曲)'을 잘 불렀다는 일화184) 등의 사례에서 확인할 수 있듯 가기의 레퍼토리가 시가 향유의 성격을 밝히는 중요한 단서가 될 수 있는 것이다.

---

181) 『광해군일기』 권126, 10년(1618) 4월 16일(을사), 『국역광해군일기』 18, 205면.
182) 『광해군일기』 권126, 10년(1618) 4월 19일(무신), 『국역광해군일기』 18, 216면.
183) 김득신, 「관동별곡서」, 『백곡집』 책5, 『한국문집총간』 104, 141면.
184) 李頤命, 「漫錄」, 『疎齋集』 권12, 『한국문집총간』 172, 306면.

17세기 전반 시가 향유의
양상과 그 의미

1. 서로의 풍류와 노래의 전파

1) 서로 풍류와 사행 위로연의 성격

서로(西路)는 관서(關西)와 해서(海西)를 아울러 가리키는 말로, 관서(關西)는 마천령 서쪽 지역을 가리키고, 해서(海西)는 황해도를 달리 이르는 말이다. 서로의 풍류는 관서와 해서 지역에 지방관으로 파견되는 경우, 왕명을 받들어 어사(御史)로 파견되는 경우, 중국에 사신으로 가는 경우, 중국의 사신이 오면 이를 접대하기 위하여 원접사(遠接使) 등으로 파견되는 경우 등 여러 가지 사정으로 이동과 여정이 잦았던 곳에서 일어난 풍류를 가리킨다.

이러한 과정에 서로에는 여러 가지 민폐가 있었으며, 이미 광해군 초기부터 전송과 영접으로 인한 서로(西路)의 피폐가 지적되기도 하였다.

> 사헌부가 … 또 아뢰기를,
> "해숭위 윤신지(尹新之)와 동양위 신익성(申翊聖)이 상소하여 말미를 받았는데, 모두 그들의 아비가 연경에 갔다가 돌아오는데 가보려고 한 것이니, 이것이 진실로 지정에서 발로한 바이기는 합니다. 그러나 그들 아비의 나이가 젊고 아무런 탈이 없으니 중로에서 전송하거나 영접할 필요가 없는데, 더구나 금년은 흉년이 들어 서로(西路)가 조잔하고 피폐한 것이 이미 극도에 이르른 경우이겠습니까. 아무리 공사에 관계되는 행차라 하더라도 긴급하지 않을 것 같으면 오히려 없애야 하는데 더구나 이것은 마지 못하는 사정에서 나온 것이겠습니까. …"[1]

---

[1] 『광해군일기』 권22, 원년(1609) 11월 17일(갑오), 『국역 광해군일기』 4, 151~152면.

윤방과 신흠이 연경에 사신으로 다녀오는 길에 자식들인 윤신지와
신익성이 중도에서 영접하려고 하는 일에 대하여, 사헌부에서 서로
(西路)의 피폐를 들어 허락하지 말 것을 청한 내용이다. 전송과 영접
으로 인한 서로의 피폐가 심하다는 것을 알 수 있는 대목이다.

그런데 이정구는 어사로 관서에 가는 이안눌을 보내면서 지은 〈어
사로 관서에 가는 이자민을 보내며(送李子敏以御史赴關西)〉에서 다음
과 같이 읊고 있다.

> 십 년 사이에 서쪽으로 가는 말을 탐에 익숙했더니
> 그대를 보내는 오늘은 마음이 걱정스럽네.
> 화연과 주석이 꿈속에 엇갈리는데
> 역로와 관정은 이 가을에 아스라이 뻗었으리.
> 이제 가면 풍류가 응당 적막하리니
> 당시의 물색이 거의 남아 있지 않으리.
> 사립문에 병든 나그네는 헤어짐이 매우 슬퍼서
> 부질없이 이별의 술잔 잡고 옛 놀이를 말하네.
> 十載慣乘西傳馬　送君今日意悠悠
> 花筵酒席參差夢　驛路官亭邐迤秋
> 此去風流應寂寞　當時物色少分留
> 柴門病客偏傷別　謾把離杯說舊遊[2]

관서 지역에 암행어사로 가는 일이 공무(公務)에 속하는 일임에도
풍류(風流)를 내세우고 있고, 그 내용에는 화연(花筵)과 주석(酒席)을
포함시키고 있다. 그러면서 전쟁을 겪고 난 뒤라 물색(物色)이 거의
남아 있지 않아서 그러한 풍류가 쓸쓸할 것으로 보고 있다. 기녀들이

---

2) 이정구, 『월사집』권17, 〈送李子敏以御史赴關西〉, 『한국문집총간』69, 384면.

참석한 화연과 손님을 접대하는 주석에서 다양한 레퍼토리가 연행될
수 있었다는 것을 암시하는 대목이다.

서북의 역로는 의주(義州)까지 홍제원과 양철평을 경유하여 가게
되어 있었다. 여정을 표시하면 다음과 같다.

> 서울 -(30)- 신원 -(10)- 고양 -(40)- 파주 -(40)- 장단 - 개성부
> (20)- 청석동-(30)- 금천 -(30)- 구금천 -(30)- 평산 -(10)- 거령
> -(10)- 금교역 -(40)- 상거령 -(20)- 서홍 -(40)- 검수 -(10)- 봉산
> -(10)- 동선령 -(30)- 사인암 -(30)- 황주 -(30)- 구현 -(10)- 중화
> -(45)- 대동강 -(5)- 평양 -(50)- 순안 -(30)- 냉정 -(30)- 숙천
> -(30)- 운암 -(30)- 안주 -(30)- 광통원 -(10)- 대정강 -(20)- 가산
> -(5)- 효성령 -(55)- 정주 -(15)- 당아령 -(15)- 곽산 -(40)- 선천
> -(25)- 동림산성 -(25)- 철산 -(15)- 서림산성 -(15)- 용천 -(40)- 곳
> 진강 -(25)- 전문령 -(25)- 의주[3]

서로의 여정과 경승에 대한 소개는 16세기 중반 백광홍(白光弘,
1522~1556)이 지은 〈관서별곡〉이 마련하고 있다. 〈관서별곡〉은 명종
10년(1556)에 백광홍이 평안도 평사(評事)가 되어 관서 각 고을의 형
승을 기록한 가사이다. 벽제 → 임진 → 천수원 → 개경 → 구현[중화]
→ 생양관 → 감송정[평양] → 연광정 → 부벽루 → 칠성문 → 백상루
[안주] → 결승정[영변] → 철옹성[맹산] → 약산동대[영변] → 배고개[정
주] → 수항정[갑산] → 비파관[풍산] → 통군정[의주] 등의 여정으로 이
루어졌다. 다음은 영변의 약산동대를 읊은 대목이다.

---

[3] 김창수, 「교통과 운수」, 『한국사』 10(탐구당, 1984), 457~458면.

藥山東臺(약산동대)에 술을 실고 올나가니
眼底雲天(안저운천)이 一塑(일망)에 無際(무제)로다
白頭山(백두산) 니린물이 香爐峯(향로봉) 감도라
千里(천리)를 빗기흘너 臺(대)압프로 지너가니
盤回屈曲(반회굴곡)ᄒ야 老龍(노룡)이 쏘리치고
海門(해문)으로 드난닷 形勝(형승)도 ᄀ이업다
風景(풍경)인달 안니보랴
綽約仙娥(작약선아)와 嬋妍玉鬂(선연옥빈)이
雲錦端粧(운금단장)ᄒ고 左右(좌우)의 버려이셔
거믄고, 伽倻敱(가얏고), 鳳笙(봉생), 龍管(용관)을
부르거니 니애거니 ᄒᄂ 양은
周穆王瑤臺上(주목왕요대상)의
西王母(서왕모) 만나 白雲曲(백운곡) 브르난 닷[4]

백광홍의 〈관서별곡〉이 지어지고 얼마 되지 않아서 관서 지역에서 반향이 나타났는데, 최경창(崔慶昌, 1539~1583)의 〈기성에서 백 평사의 별곡을 듣다(箕城聞白評事別曲)〉(『고죽유고』)가 그러한 예이다. 관서 지역을 형상화한 작품이 지역의 현장에서 향유되고 있는 관례를 주시할 필요가 있다.

금수산의 안개와 꽃은 옛날과 같은 빛인데
능라도의 싱그러운 풀은 지금까지 봄빛이네.[5]
선랑이 떠난 뒤에 소식이 없으니
〈관서별곡〉 한 곡조에 눈물이 두건에 가득하네.

---

4) 백광홍, 〈關西別曲〉, 『岐峯集』 卷4, 『한국문집총간』 속3, 264면.
5) 기구와 승구의 '錦繡煙花'와 '綾羅芳草'는 〈관서별곡〉에 "연광정 도라드러 부벽루에 올라가니 능라도 방초와 금수산 연화는 봄비슬 쟈랑ᄒᄂ다"로 되어 있다.

錦繡煙花依舊色　綾羅芳草至今春
仙郎去後無消息　一曲關西淚滿巾6)

　그런데 조우인(曺友仁, 1561~1625)은 선조 39년(1606) 여름에 용
만을 오고가게 되면서 〈관서별곡〉의 속편인 〈출관사(出關詞)〉를 지
었다.7)
　그런데 조우인은 백광홍의 〈관서별곡〉이 중언복어(重言複語)로 "화
류 마당의 탕일의 노랫말"일 것으로 평가하고, 자신은 명교에 관련
된 말을 중심으로 한다고 하였다. 백광홍의 〈관서별곡〉이 서로의 풍
류를 드러낸 것으로 이해할 수 있는 대목이다.
　한편 선조 28년(1595)에 영위사(迎慰使) 이현(李俔, 1540~1618)이 지
은 〈백상루별곡〉은 평안도 안주의 백상루(百祥樓)의 경승을 전파하고
자 한 것이다.

　　향산이 마죠 뵈예 취병을 두럿도다
　　분첩천층이 벽산요를 에워 씌여
　　굽거니 펴거나 굼거니 뵈거니
　　설험관방은 철옹성이 갓갑도다
　　약산동대예 느즌 구름 채 것고
　　향노봉 엇게예 ᄌ연이 비겨시니8)

6) 최경창, 『孤竹遺稿』, 『한국문집총간』 50, 11면.
7) 조우인, 「題出關詞後」, 『頤齋集』 卷2, 『한국문집총간』 속 12(민족문화추진회,
　 2006), 302~303면. 본서 제Ⅱ부 전승노래의 수습과 속편과 대응편의 구성, 주 60)
　 참조.
8) 이상보, 『이조가사정선』(정연사, 1965), 163면.

예시한 작품에서 밑줄 친 부분은 각각 백상루에서 바라보거나 연상한 주변 지역의 경승들이다. 희천의 묘향산, 맹산의 철옹산성, 영변의 약산동대, 평안도 영원과 함경도 정평 사이의 향로봉을 아울러 제시하고 있는데, 이는 실제로 〈관서별곡〉의 여정과도 일정하게 연관되어 있다.

서로(西路)는 조천(朝天)과 연행(燕行)에서 매주 중요한 위치를 차지하고 있었다. 명나라 사신이 올 것이라는 예상 때문에 일찍부터 비중 있는 관찰사를 파견하여 대비하게 하는 등 여러 방향에서 관심을 기울였던 것이다.

그런 가운데 사신을 위로하기 위한 잔치 마당은 오랜 세월 지속되고 있었다. 조헌(趙憲, 1544~1592)은 선조 7년(1574)에 명나라에 가면서 쓴 「조천일기(朝天日記)」에서 다음과 같이 기술하고 있다.

> 5월 22일 을미. 개다
> 생원 김덕호 · 양득회, 함종훈도 김문표가 맞이하러 오다. 대동강에 이르러 방객 형지 이문형이 술을 갖추고 맞이하여 위로하였다. 도사 이희득, 찰방 김희필도 참여하여 위로하였다. 비가 그친 강에 그림으로 치장한 배가, 비록 밝고 아름다움을 다하고, 앞에 가득한 반찬과 음식에 푸른 파리가 떼를 지어 모여들고, 무더위와 가뭄이 극성을 부리는 가운데 노래와 피리가 서로 울리니, 전혀 온화하고 상쾌한 뜻이 없었으며, 연광정에 이르니 정자에는 풀로 이은 옛날 덮개였다. 홍연이 서윤이 되었을 때, 기와를 바꾸어 고쳐 얹었고, 또 풍월루에서 복도로 정자에 이르고자 했는데, 기와 재료가 이미 갖추어져 그만두고 마치지 않았나. 또 술자리를 가졌는데, 술자리가 파하고 풍월루 서방에서 묵었다.[9]

---

9) 조헌, 「조천일기」, 상, 『중봉집』 권10, 『한국문집총간』 54, 350면, [五月]二十二日乙

6월 14일 정사. 밤에 비가 내리다가 아침에 흐리다. 취승정에 올라서 자문과 표문을 조사하다. 목사가 구룡담 가에 술자리를 마련하였는데, 점마관이 도사의 위에 앉고자 하여 직품을 밝히게 하였는데, 곧 그치고 나의 오른쪽에 앉았다. 강계 판관 박인량이 술을 돌릴 때에 서로 알고 지낸 것이 오래 되었다고 취하여 한 말을 하였더니 갑자기 눈물이 샘솟았다. 저녁에 배에 올라 석벽 아래로 올라가는데, 물이 불어서 거슬러 갈 수가 없어서 물길을 따라 바로 내려와서 의순관 서쪽에서 내렸다. 도사, 점마관이 모두 교자를 탔다가, 서장관과 내가 말을 탄 것을 보고, 문득 교자를 타지 않았다. 내가 앞에 오는 길에, 노래와 피리가 요란스럽고 번거롭고 술자리가 지리한 것을 싫어하여, 응시를 방문하고자 하여 의순관으로 들어가서 성에 들어오기를 기다렸으나, 만나지 못하고 돌아왔다.10)

"무더위와 가뭄이 극성을 부리는 가운데 노래와 피리가 서로 울리니, 전혀 온화하고 상쾌한 뜻이 없었으며", "내가 앞에 오는 길에, 노래와 피리가 요란스럽고 번거롭고 술자리가 지리한 것을 싫어하여"라고 하여 노래와 피리가 서로 어울리는 위로연의 자리에 불편한 기색을 드러내고 있다.

未. 晴. (仲悟來別, 行憩于栽松亭.)生員金德濠·楊得禧, 咸從訓導金文豹來迎. (至大同江, 李方伯)馨之文馨(具酒迎慰), 都事李希得, 察訪金希弼參尉焉. 畫船晴江, 雖極明媚, 而滿前膳羞, 青蠅群集. 歌管交轟於炎旱之極, 殊無和暢意思. (至練光亭)亭舊蓋艸. 洪淵爲庶尹時, 易瓦改構, 又欲自風月樓爲複道, 以低于亭, 材瓦已具, 因罷不遂. (又酌, 酌罷, 宿于風月樓)西房.

10) 조헌, 「조천일기」 상, 『중봉집』 권10, 『한국문집총간』 54, 354면, [六月]十四日丁巳. 夜雨朝陰. (登聚勝亭, 查對咨表. 牧使設宴于九龍潭上, 點馬欲坐都事上, 使曉以職品, 乃止坐于余上. 江界判官朴寅亮, 行酒之際, 爲其相識已久, 醉發一言, 卽湧其淚. 夕, 登舟引上石壁下, 因水漲不能泝, 順流直下, 下于義順館西.) 都事, 點馬, 俱乘轎子, 見書狀與余乘轎, 便不乘轎. 余在前途, 厭其歌管轟煩, 酒殽支離, 要訪應始, 入于義順, 値其入城, 不遇而還.

　　그러나 감사는 먼 길을 떠나는 사람에게 위로하여 보내지 않을 수 없다면서 관례적인 일임을 강조하고 있다. 그리고 조헌도 술자리에 서 기녀들의 노래와 춤에 빠져 무슨 일이 일어났는지 기억하지 못한 다고 토로하고 있다.

　　5월 23일 병신. 갬. 조부관 전참 극기 정호인, 경윤 민계, 교관 강종 경, 이도사, 김찰방, 부우 김덕호, 양득희, 함종교관 김문호, 김훈도의 두 아들이 (범 위에 표범 무늬를 살피러 온 것이다) 서로 이어서 와서 차례를 매기다. 쾌재정에서 사신을 보았는데, 감사가 모두 함께 나가 자고 끌어서 장경문을 나갔는데, 문 안에 이효문이 있었다. 부벽루에 서 베풀고 도사와 더불어 활쏘기를 했다. 도사가 10발을 쏘아 견책을 받았다. 서장관이 나중에 이르러, 복태의 일을 고쳐 증험하느라고 뒤 에 왔다고 하고, 이목은의 시, "어제 영명사에 들렀다가, 잠시 부벽루 에 올랐네. 성은 비고 달이 한 조각, 돌은 늙었는데 구름은 천 년 세월, 기린마는 떠나고 돌아오지 않고, 용손은 어느 곳에서 노니는가? 길게 휘파람불며 바람 난간에 기대니, 산은 푸르고 강물은 절로 흐르네."를 말하였다. 또 시를 지어서, "기린은 흰 구름이 핀 굴로 떠나고, 용은 싱그러운 풀이 있는 모래톱으로 돌아가네. 산과 강은 어제와 같은데, 나그네가 홀로 누대에 올랐네."라고 하였다. 먼저 떠났다. 그리고 그 동년이 함구문(誠丘門, 含毬의 착오)에 술자리를 베풀었다. 모란봉 위 에는 중들이 모여서 비를 빌었다. 내가 감사에게 일러 말하기를, "산 위에서는 비를 빌고, 누대 안에서는 음악을 베푸니 미편한 듯합니다." 라고 하니, 감사가 말하기를, "먼 길을 떠나는 사람들에게 위로하여 보 내지 않을 수 없습니다."라고 하였다. 저녁에 누선에 올라서 대동으로 부터 들어왔다. 부르고 혼들리는 그림자를 취하여 알지 못했는데, 비 웃을 만하다.11)

────────────
11) 조헌, 「조천일기」, 『중봉집』권10, 『한국문집총간』 54, 350면. [五月]二十三日丙申.

한편 목대흠(睦大欽, 1575~1638)은 광해군 8년(1616)에 부사(副使)로 중국에 가면서, 〈영악을 구경하다(觀伶樂)〉라는 시를 지어서 전문적인 악공인 영인(伶人)들이 연주하는 음악인 영악(伶樂)의 광경을 제시하고 있다. 전문적인 악공들이 연주하는 음악은 후대로 가면서 더욱 큰 규모로 이루어지고 연행되는 레퍼토리도 확대되는 것으로 나타난다.12)

> 천보 당시의 곡조인데
> 누가 나의 뜻을 움직이게 하는가?
> 비틀거리듯 학이 춤을 추며 오고
> 화살 거문고와 난새 생황이 섞였네.
> 재주가 빼어나니 천반이 기묘하고
> 몸이 가벼우니 온 모습이 생기네.

睛. (朝府官)殿參鄭克己好仁, 閔景潤泊, 校官姜宗慶, 李都事, 金察訪, (府友)金德濠·楊得禧, 咸從校官金文虎, 金訓導二子, (按)虎上文作豹 (相繼來敍). (見使于快哉亭, 監司引與偕出長慶門) 門內有二孝門, (設宣于浮碧樓, 與都事射侯.) 都事以十矢見遺, (書狀追至) 以改驗卜駄事后至, 言李牧隱詩曰, 昨過永明寺, 暫登浮碧樓. 城空月一片, 石老雲千秋. 麟馬去不返, 龍孫何處遊. 長嘯倚風磴, 山靑江自流. 又詩曰, 麟去白雲窟, 龍歸芳草洲. 山河如昨日, 有客獨登樓.(先行.) 以其同年之設酌于誠丘 (按)誠丘恐含毬之誤. 門也. 牧丹峯頭, 聚僧祈雨. 余告監司曰, 山上祈雨, 而樓中設樂, 似爲未穩. 監司曰, 遠行之人, 不可不慰遣也.(夕登樓船, 入自大同.)招搖之影, 因醉莫知, 可笑.

12) 순조 29년(1829) 3월 사은겸동지정사 홍기섭의 막비(幕裨)로 연경을 다녀온 박사호(朴思浩)의 「연계기정(燕薊紀程)」에서, 귀로에 황주(黃州)에서 대악부(大樂府)라는 이름 아래 〈사자무〉, 〈학무〉 등을 연행하고, 일명 〈배따라기〉라고 하는 〈선악유기곡(船樂維其曲)〉의 연원과 그 후대의 수용을 설명한 뒤에, 서흥(瑞興)에서의 풍류와 그곳에서 향유된 레퍼토리로 〈황계사(黃雞詞)〉, 〈백구사(白鷗詞)〉, 〈죽지사(竹枝詞)〉, 〈권주가(勸酒歌)〉, 〈길군악[路軍樂]〉, 〈귀거래사(歸去來辭)〉, 〈양양가(襄陽歌)〉, 〈악양루기(岳陽樓記)〉, 〈적벽부(赤壁賦)〉, 〈관동별곡〉, 〈춘면곡(春眠曲)〉, 〈오동추야가(梧桐秋夜歌)〉 등을 소개하고 있다. 박사호, 『심전고』 제1권, 『연행록선집』 IX(민족문화추진회, 1977), 118~120면.

노래 소리는 더욱 아낄 만한데
절반은 진 땅의 음악이네.
天寶當年曲　誰敎動我情　蹦躍來鶴舞　箭瑟雜鸞笙
技絶千般妙　身輕百態生　歌音尤可愛　一半是秦聲

한 대가 천 줄로 음악을 연주하는데
같은 소리를 네 명의 기묘한 사람이 내네.
춤추는 재주는 비단 소매를 바치고
가곡은 들보의 먼지를 일으키네.
다만 탄상이 다할 수 있는데
어찌 신고를 설명할 수 있으랴?
타향에서 한 해가 이미 저무는데
사서 취함을 자주 사양하지 말라.
一隊千行樂　同聲四妙人　舞才呈綺袖　歌曲起樑塵
但可窮歡賞　寧能說苦辛　他鄉歲已暮　買醉莫辭頻[13]

　한편 인조의 셋째 아들인 인평대군은 효종 1년(1650) 이후 여러 차
례 연행의 길에 올랐다. 다음 작품은 연행의 여정에서 평안도 안주에
서 마련한 위로의 자리를 읊은 것으로 볼 수 있다.

　　主人(주인)이 好事(호사)ᄒ야
　　遠客(원객)을 慰勞(위로)홀씨
　　多情歌管(다정가관)이 비아는이 客愁(객수)] 로다
　　어줍어
　　密城[14]今日(밀성금일)이 太平(태평)인가 ᄒ노라

---

13) 목대흠, <觀伶樂>, 『다산집』 권1, 『한국문집총간』 83, 31면.
14) 密城은 평안도 安州의 다른 이름이다.

이 작품은 김천택이 편한 『청구영언』에는 수록되지 않았는데, 『해동가요(일석본)』, 『병와가곡집』, 『청구영언(육당본)』 등에 인평대군의 작품으로 수록되어 있다. 여러 가집에 인평대군의 작품으로 수록되어 있어서 자료에 대한 신빙성이 높아 인평대군의 작품으로 비정(批正)할 수 있는데, 『청구영언』 수록 당시에는 확인되지 않은 작품이 나중에 수습된 것으로 볼 수 있다.

이 작품을 인평대군의 행적과 연결시킬 때 여러 차례 연경 사행에 올랐던 인평대군이 평안도 안주(安州)에서 사행을 떠나는 사람들을 위로하는 잔치 자리에서 지은 것으로 추정된다. 인평대군의 〈기행(紀行)〉에서 안주 지역을 기술한 내용이다.

> 해질녘 원문에 고각이 울리는데
> 아장(牙帳)의 서늘한 바람이 비휴를 에워싸네.
> 검은 눈썹의 오희는 노랫소리가 막히고
> 붉게 단장한 월녀는 춤추는 소매를 드리웠네.
> 향기고운 산에 푸른 아지랑이가 뜬 것을 한껏 바라보고
> 맑은 강에 음산한 바람이 일어나는 것을 막 건너네.
> 달 밝은 비단 창 가에 서리가 내려 차가운 밤에
> 등불 사위는 비단 휘장에 나그네는 꿈을 꾸네.
> 落日轅門鳴鼓角　凉風牙帳擁貅貔
> 吳姬翠黛歌聲咽　越女紅粧舞袖垂
> 香嶽騁望浮翠靄　淸江初渡起陰颸
> 紗窓月白霜寒夜　羅幌燈殘客夢時　以上密城[15]

사행의 여정에 참여하는 사람들에게 각 고을의 수령이나 감사가

---

15) 이요, <紀行 五十韻排律 用進退格>, 『松溪集』 권2, 『한국문집총간』 속35, 207면.

가기(歌妓)를 동원하여 위로의 잔치를 베푸는 광경인데, 위의 가곡도 "밀성금일(密城今日)"이라고 구체적으로 밝히고 있어서 안주(安州)의 위로연이라고 지목할 수 있다.

사행의 위로연은 이미 관례화[16]되어 있어서 유숙하는 지역에서 감사나 수령들이 잔치를 마련하고 먼 길을 가는 사람들을 위로했던 것이다. 인평대군은 〈운을 따서 춘궁께 드리다(拈韻呈春宮)〉(권1) 첫째 수 미련의 "술동이 앞에서 노래와 음악이 넉넉하다고 싫어하지 말라. 백년의 뜬세상에서 등불 앞의 심한 바람이라네.(莫厭樽前歌管足 百年 浮世劇風燈)", 둘째 수 함련의 "흥을 품은 노래와 음악으로 인하고, 시를 논함은 벗과 동무에 기대네.(遣興因歌管 論詩仗友朋)" 등에서 사행의 길에서 가관(歌管)이 위안이나 흥을 푸는 것으로 받아들여지고 있음을 알 수 있다.

2) 서로 풍류의 레퍼토리

서로의 풍류를 즐기는 연회의 현장에서 불린 레퍼토리는 매우 중요한 의미를 지니고 있다. 풍류 현장의 흥겨움에 그치는 것이 아니라 뒷날 이러한 레퍼토리가 한양으로 전파되면서 새로운 연행 문화를 파생하고 있기 때문이다. 당시 유럽에서 시작된 새로운 시대의 예고가 북경을 거쳐 조선으로 들어오는 과정에 서로(西路)가 지닌 중요성이 부각되는 것이다.

서로의 풍류와 레퍼토리를 이해하는 데 이정구의 역할은 매우 중요하다. 이정구의 『월사집』에 서로에서 불린 노래의 레퍼토리가 매

---

16) 최재남, 「관서·관북 지역의 시가 향유 양상」, 『한국고전연구』 24집(한국고전연구학회, 2011), 55면.

우 다양하게 수록되어 있기 때문이다. 선조 31년(1598) 「무술조천록」
에서는 비록 산해관(山海關)의 일이기는 하지만 협객과 창기가 이별
에 연연하는 태도를 읊은 〈춘별곡〉[17]에서는 이별할 때의 〈백두음(白
頭吟)〉과 만날 때의 〈영랑곡(迎郎曲)〉을 연주한다고 하였다.

선조 34년(1601) 황태자 책봉 조서를 반포하는 왕사를 접대하는 「동
사록」의 대동강의 잔치 자리에서는 〈채릉가(採菱歌)〉를, 평양의 기생
향란·몽운·향진 등에게서 〈채련가〉를 듣고 있다.

그리고 「윤청시권」에 붙이면서 마련한 〈임강선(臨江仙)〉과 〈억진
아(憶秦娥)〉의 사(詞)도 중요한 것이다.

한편 광해군 12년(1620) 「경신조천록」에서는 유여각이 서장관으로
동행했는데 정주에서 기생 신생과 유여각 사이의 화해[18]를 주선할
때에 〈백두음〉을 말하고 있다. 그리고 이 자리에서 다음 가곡이 불
렸을 것으로 추정한다.

> 님을 미들것가
> 못 미들손 님이시라
> 미더온 시절도 못 미들 줄 아라스라
> 밋기야
> 어려와마는 아니 밋고 어이리

『청구영언』104[19]

---

17) 이정구, 『월사집』 권3, <春別曲> 5수, 『한국문집총간』 69, 271면.

18) 이정구, 『월사집』 권7, 「경신조천록 상」, 『한국문집총간』 69, 294면. 원제는 <定州
妓申生 柳守而之舊畜也 今來 守而不招見 來訴於我 彈琴作怨曲 戲作一絶 送守
而解之>이다.

19) 최재남, 「이정구의 가곡과 풍류에 대한 인식 고찰」, 『반교어문연구』 32집(반교어문
학회, 2012.2).

한편으로 압록강에서 〈절양루〉라 불리는 〈양류곡〉을 듣고 있고,
유여각이 〈미인곡〉을 읊는 것을 듣고 〈백저사〉를 신번(新飜)하기도
하였다.

다음 서로 풍류에서 주목할 수 있는 작품은 〈조천곡〉인데 중국 사
행의 회포를 노래로 부른 것으로, 다양한 갈래로 나타나고 있다.

유몽인(柳夢寅, 1559~1623)의 〈조천별곡. 서백 한익지에게 받들어 바
치다. *준겸이다(朝天別曲 奉呈西伯韓益之 *浚謙)〉에서는 경기체가로 〈조
천별곡〉을 불렀을 것으로 추정된다. 유몽인의 「조천록」은 광해군 1년
(1609)에 사은사겸 성절사로 다녀온 뒤 이루어졌다. 〈상대별곡〉과 〈한
림별곡〉 등을 말하고 있고 〈관동별곡〉과 〈관서별곡〉을 말하고 있어
서, 경기체가와 밀접한 관련을 가지고 있는 것으로 파악할 수 있다.

> <상대별곡>의 전하는 악보는 <한림별곡>과 통하고
> 관의 동서는 나뉘었으나 별곡은 같네.
> 다시 타루에서 노래로 바다를 건널 일은 없으리니
> 누가 장차 광악으로 조종을 무겁게 하랴?
> 순충으로 위를 받들어 밝은 세상을 맞이하고
> 성사로 앞을 빛내어 우리 공을 호위하리.
> <녹명>에 이어 실음을 나는 양보하지 않으리니
> 신성으로 모름지기 왕풍을 잇게 하네.
> 霜臺傳譜翰林通　關判東西別曲同
> 無復柁樓歌渡海　誰將廣樂重朝宗
> 純忠奉上當明世　盛事光前伕我公
> 賡載鹿鳴吾不讓　新聲須使繼王風[20)

---

20) 유몽인, <朝天別曲 奉呈西伯韓益之 浚謙>, 『어우집』 권1, 『한국문집총간』 63,
    316면.

한편 이수광(1563~1628)의 〈조천가〉는 노래로 만든 것이다. 〈신안
관에서 천추사 오덕구와 헤어지다(新安館, 別千秋使吳德耈)〉에서 〈조
천곡〉을 다 부르지 못했다고 밝히고 있다. 이 작품이 광해군 3년
(1611)~광해군 4년(1612)의 조천 때의 기록인 「속조천록(續朝天錄)」에
수록되어 있어서 이 무렵에 지은 것으로 볼 수 있다.

　　　외로운 성에서 만나서 한 번 얼굴을 폈는데
　　　이별의 자리에서 석양 사이에서 노래와 피리이네.
　　　바빠서 〈조천곡〉을 마치지 못하고
　　　이별의 술잔을 시원하게 비우고 먼 산을 가리키네.
　　　＊내가 경사에 나아갈 때 〈조천가〉 한 곡을 지었는데, 고을의 기녀들이 능히 부르
　　　　면서 전한 까닭에 이른다.
　　　邂逅孤城一解顔　別筵歌笛夕陽間
　　　恩恩未了朝天曲　快倒離觴指遠山
　　　＊余赴京時, 製朝天歌一関, 州妓能傳唱故云.[21]

　이 〈조천가〉에 대하여 신흠은 「지봉의 조천록 가사에 쓰다(書芝峯
朝天錄歌詞)」에서 〈조천가〉를 노래로 부르면 맑고 깨끗하다고 평가하
고, 만년에 즐거움을 삼고 싶다고 하였다.

　　　기억을 더듬어 보건대, 임오 년간에 흠은 나이가 열일곱이었고 지봉
　　　의 나이는 스무 살이었다. 종남산 아래에서 자리를 같이하여 글을 읽
　　　고 난 여가에 가끔 장난삼아 가곡을 지었다. 나는 노래에 본디 소질이
　　　없었거니와 지봉공 역시 막히어 유창하지 못하였으므로 노래가 끝나

---

21) 이수광, <新安館, 別千秋使吳德耈>, 『芝峯先生集』 卷之十六, 「續朝天錄」, 『한
　　국문집총간』 66, 161면.

면 서로 조롱하고 놀리지 않은 적이 없었다. 그런데 금년에 지봉공이 연경에서 돌아와서 흠에게 <조천사>를 보여 주었는데, 그 소리가 맑고 깨끗하였다. 고우면서도 바른 소리를 잃지 않고 수려하면서도 늘어지지 않았으니, 비록 근세에 가곡으로 이름난 자라 하더라도 모두 이를 따라갈 수 없을 정도였다. 옛날에 막히어 유창하지 못하던 것이 과연 어디에 있는가. 흠은 이에 공이 하늘에서 타고난 재주가 온전하여, 시로부터 노래에 이르고 노래 또한 오묘한 경지에 도달하였음을 비로소 알았다.

중국에서 이른바 가사(歌詞)라는 것은 곧 고악부(古樂府)와 신성(新聲)을 관현의 악기에 올린 것이 모두 그것이다. 우리나라는 속음을 내어 문어에 맞추니, 이는 비록 중국과 다르지만 정경이 모두 실리고 음률이 모두 조화를 이루어서 사람으로 하여금 영탄하고 흠뻑 젖어 즐거워 춤을 추게 하는 데 있어서는 똑같다.

공은 세 번이나 연경을 다녀오고 나도 두 번이나 갔다 왔다. 관람했던 많은 경치와 여행에서의 어려웠던 일들이 눈앞에 어른거려 누워서 유람하게 된다. 나는 이로 인하여 느끼는 바가 있다. 세도가 변하고 인사가 바뀌는 것이 마치 잠깐 동안에 여러 형태로 변하는 구름과 같은데, 인정의 따뜻하고 차가움과 영화와 몰락 속에 지조를 변치 않는 자가 몇 사람이나 되겠는가. 오직 나와 공은 서로 만나 즐김을 머리가 희도록 폐하지 않고 부르면 화답해 30년을 하루같이 하고 있으니, 어찌 다행이 아니겠는가. 그러나 이후로 종유할 시일이 몇 해나 되겠으며, 조물주가 과연 안일을 누리어 모이고 흩어지지 않게 해 줄는지 모르겠다. 뒷날에 모든 일을 떨쳐버리고 함께 술잔을 들어 서로 권하고 이 가곡을 부르면서 만년의 즐거움을 삼는다면 어찌 더욱 다행이 아니겠는가.[22]

---

22) 신흠, 「書芝峯朝天錄歌詞」, 『상촌고』 36, 『한국문집총간』 72, 222면. 嘗記壬午年間, 欽年十七, 芝峯公年二十. 同榻於終南山下, 誦讀之暇, 時戱爲歌曲. 欽於歌, 固所不能, 而芝峯云亦泥而未暢, 歌罷未嘗不以此相嘲謔也. 今歲公自燕回, 示欽朝

신흠은 이 글에서 가사(歌詞)와 가곡(歌曲)의 차이를 말하면서 〈조천가〉를 가곡으로 다루고 있다. 특히 "속음을 내어 문어에 맞춘다(發之藩音 協以文語)"는 인식은 사(詞)와 곡(曲)의 차이를 간명하게 설명한 것으로 이해할 수 있다.

그리고 임숙영(1576~1623)의 한시 〈조천가(朝天歌)〉는 사신으로 가는 이정구를 보내면서 지은 것인데, 경사로 가는 사신을 위로하는 자리에서 〈예상우의곡〉의 춤과 함께 부르는 〈조천가〉가 악부에 속하는 것으로 밝히고 있어서 우리말 노래라는 점을 분명히 하고 있다.

> 천자에 조회하러 가는 선객은 깃대로 장식한 대나무가 푸른데
> 한 조각 달 그림자가 은하수에 뒹구네.
> 금계가 울어대며 육룡을 재촉하고
> 새벽빛이 작게 이어져 붉은 대궐을 쏘네.
> 푸른 동자는 땅을 쓸며 비단자리를 깔고
> 연한 바람은 하늘에서 불어와 옥 티끌을 띄우네.
> 지초 밭의 아름다운 풀은 몇 번이나 죽음을 돌았던가?
> 오직 계수나무 꽃만 향기가 사람을 엄습하네.
> 가지 끝에 이슬이 있어서 진주가 무거운데

天詞, 其響瀏瀏, 艶而不失於正, 麗而不爽於雅, 淸而不病於萎, 婉而不落於靡, 雖近世以歌曲名者, 皆莫及也. 昔之泥而未暢者, 果安在哉. 欽於是始知公之才之得於天者全, 由詩而歌, 而歌亦臻於妙也. 中國之所謂歌詞, 卽古樂府曁新聲, 被之管絃者俱是也. 我國則發之藩音, 協以文語, 此雖與中國異, 而若其情境咸載, 宮商諧和, 使人詠嘆淫佚, 手舞足蹈, 則其歸一也. 公凡三赴京師, 而欽且再焉. 觀覽之富, 行役之艱, 悅在眼中, 而成我臥游矣. 欽因此而有所感焉. 世道推遷, 人事變更, 蒼狗白衣, 倏忽於俯仰之間, 炎涼榮落, 能保其歲寒者幾人也. 獨吾與公傾蓋之歡, 白首毋替, 有唱斯和, 三十年如一日, 豈非幸歟. 抑不知從今以往, 燕遊過從, 又幾何歲月, 而造物者果能享之以優逸, 聚而不散歟. 異日謝事同歸, 擧觴相屬, 而度此一曲, 以爲暮年之懽, 豈非尤幸歟.

한 바탕 봄추위에 채색한 난새가 얼어붙네.
난간에 새긴 앵무는 서로 나무라는 듯하고
뼈가 맑아서 서주의 꿈을 꾸지 아니하네.
흰 옷의 미녀가 <예상우의곡>을 춤추고
악부의 한 곡조인 <조천가>를 부르네.
멀리 동쪽바다를 가리키며 한 잔을 거르는데
마고가 손으로 맑고 옅은 물결을 희롱하네.
은빛 병풍이 아홉 손님의 자리를 다 비추고
봄빛이 연기와 합하니 기치가 어둡네.
창합에서 멀리 만세 소리를 듣고
그물 담에서 점점 삼청의 글자를 적시네.
옥 미음이 자주 아홉 새우의 술잔에 가득하고
푸른 퉁소로 쌍봉황을 연주하네.
삼십육궁은 아직 날이 밝지 않았는데
누대에 가득한 은촉이 어슷비슷 빛나네.

朝天仙客靑旄節	影轉銀河一片月
金鷄喔咿催六龍	曉色微茫射丹闕
靑童掃地鋪錦茵	軟風吹空浮玉塵
芝田瑤草幾廻死	惟有桂花香襲人
枝頭有露眞珠重	一陣春寒彩鷺凍
雕欄鸚鵡似相譏	骨淸不作西州夢
霓裳羽衣舞素娥	樂府一曲朝天歌
遙指東溟一杯渌	麻姑手弄淸淺波
銀屛盡照九賓位	春色和煙暗旗幟
閶闔遙聞萬歲聲	罘罳漸露三淸字
瓊漿屢滿九霞觴	碧簫曲奏雙鳳凰
三十六宮猶未曙	滿樓銀燭參差光[23]

한편 신흠은 〈만관협사(灣館狹邪)〉에서 의주관의 기생놀이를 말하고 있다. 의주관의 기생놀이가 서로의 풍류에서 차지하는 중요성을 드러내었다고 할 수 있다.

새하얀 비단적삼 속이 비치는 분홍치마
귀밑머리 흩어놓고 화장도 곧잘 하지.
장루에 기대 앉아 띄엄띄엄 수를 뜨면
버들 실과 꽃 눈이 펄펄 날린다네.
白羅衫映石榴裙　鴉鬢參差學抹雲
斜倚粧樓慵刺繡　柳絲花雪正紛紛

기이
오추마 비껴 타고 자색고삐 감아 잡고
깨끗한 봄옷에다 하얀 얼굴 저 사내야
묻노니 오늘 밤은 어느 곳에서 자려는가?
행화촌 안의 세 번째 가게라네.
斑騅馬上紫游韁　楚楚春衣白面郎
借問今宵何處宿　杏花村裏第三坊

기삼
기나긴 십리 거리에 향미가 진동하고
부슬비 가벼운 먼지에 낙화가 엉겨 붙네.
옥굴레 자류마 우는 곳이 어디인가?
버드나무 그늘 속에 청루가 있나 보네.
長街十里動香風　小雨輕塵襯落紅
何處紫騮嘶玉勒　靑樓知在柳陰中

---

23) 임숙영, <朝天歌, 送使臣月沙李公>, 『疏菴先生集』 卷之二, 『한국문집총간』 83, 424면.

기사

버드나무 우거진 곳 장루를 기억하소

꽃 질 때를 잊지 말자고 참으로 맹세하였네.

옥비녀 비껴 꽂고 눈썹을 찌푸리고

검은 줄 친 종이에다 이내 마음 적었다네.

粧樓須記柳深處　信誓莫忘花落時

釵玉欹斜眉黛蹙　芳心一點寫烏絲

기오

달이 지고 종소리 끊어지자 턱 괴고 앉았는데

겨우 왔다가 또 문득 돌아가네.

이별의 괴로움을 시름하지 않는 것은 아니지만

혜초 난초 지름길을 남이 알까 두렵네.

月沈鍾斷坐支頤　纔得來時又却歸

不是不愁離別苦　蕙蘭蹊逕怕人知24)

　이상에서 확인한 바와 같이 17세기 전반에 서로에서 연행된 레퍼토리는 〈관서별곡〉을 비롯하여 〈춘별곡〉, 〈백두음(白頭吟)〉, 〈영랑곡(迎郎曲)〉, 〈채릉가(採菱歌)〉, 〈채련곡〉, 〈임강선(臨江仙)〉, 〈억진아(憶秦娥)〉, 〈양류곡〉, 〈미인곡〉, 〈백저사〉, 〈조천별곡〉, 〈조천가〉 등과 이정구와 이수광의 가곡인데, 이들은 전래되던 고악부(古樂府)를 비롯하여 사(詞), 가사, 시조 등으로 정리할 수 있다. 노래로 불리던 레퍼토리가 우리말 노래에 한정하지 않고 매우 다양하게 나타나고 있어서 시대에 따른 추이를 면밀히 살필 필요가 있다.25)

---

24) 신흠, <龍灣狹邪>, 『상촌집』 권19, 『한국문집총간』 71, 496면. 余以詔使攟慰, 滯灣館數月, 一行人役甚多, 灣多狹邪, 所聞見有可異者, 戲記之, 以備風人之一笑.

25) 송계연월옹의 『고금가곡』(1764 추정) 상의 레퍼토리와 순조 29년(1829) 박사호(朴

3) 서로 풍류 레퍼토리의 한양 전파

17세기 전반 서로의 풍류 현장에서 불리던 레퍼토리는 매우 다양하게 나타나는 것으로 확인했다. 그런데 이들 레퍼토리 중에서 많은 수가 한양으로 전파된 것으로 이해할 수 있다.

그 가운데 광해군 9년(1617) 9월 관서의 기생 중에 노래를 잘하는 향란(香蘭)과 문향(文香)이 서울로 옮기면서 서로 풍류 현장의 레퍼토리가 한양으로 전파된 것으로 볼 수 있다.

> 예조가 아뢰기를,
> "이번에 종묘에 고하는 대례에 교방가요와 정재가 있어야 하겠기에, 평안도 기생 중에서 가사를 잘 하는 향란(香蘭)과 문향(文香) 등을 각기 소속되어 있는 관청으로부터 올려 보낼 것을 이문하였습니다. 그런데 문향은 마침 서울에 와 있다가 전 전랑 허함(許涵)의 집에 피신하여 숨어 있습니다. 장악원에서 차관을 보내 찾았으나 허함은 문을 잠근 채 숨겨 두었고 일을 하는 종까지 보내주지 않았습니다.…"
> …중략…
> 두 기녀는 다 관서 지방의 명창이었다. 왕이 성기를 좋아하여 보고 싶어 하므로 예조가 뜻을 받들어 아부하느라 이렇게 아뢴 것이다. 이때에 교방에는 여악이 극성이었고 이를 경례 가요(慶禮歌謠)라고 말하였다. 이들이 서울에 모여들자 왕은 이름있고 예쁜 여자만을 뽑아 대궐로 불러들여 온종일 가무를 즐기고 여러 날 밤을 내보내지 않자, 폐인(嬖人)들은 제각기 예쁜 기생을 데려다가 노래와 춤을 가르쳐서 궁중에서 베푸는 연회를 이바지하게 하였다. 사대부집의 여종들도 연줄을 따라 시연(侍宴)에 출입하였고, 진출을 꾀하는 사람도 모두 여종

思浩)의 「연계기정(燕薊紀程)」에 제시된 레퍼토리 등과 견주면서 그 추이를 살필 수 있을 것이다.

을 바치는 것으로 발판을 삼았다. …26)

향란의 경우 관서 지역에서 향유한 레퍼토리는 〈관서별곡〉, 〈죽지곡〉 등으로 확인되고, 이미 이정구, 유몽인, 이민성, 허균 등도 서도에서 이들을 만나거나 노래를 듣고 있었던 가기이다.

이정구의 시는 평양의 기생 향란·몽운·향진이 인사차 찾아왔다가 문 밖에 벗어둔 신발을 아이들의 훔쳐가는 바람에 장난으로 지어준 것이다. 원시에 이어 〈또 장난삼아 주다〉는 다음과 같다. 〈채련가〉를 부른 것으로 확인이 된다.

> 사뿐사뿐 가벼운 걸음 <채련가>를 부르더니
> 다투어 비단신 찾아서 술자리를 내려가네.
> 만약 주리를 신은 삼천의 손님을 만나면
> 이 세 가인에게 각각 천 명씩 나누어 주리.
> 由來雲步自生蓮　羅襪還宜踏綺筵
> 不惜春光偸轉去　願逢珠履客三千27)

다음 시는 유몽인의 〈대동강 배 안에서 가기 향란에게 주다〉이다. 유몽인이 지은 시를 즉석에서 노래하게 했다고 하였다.

> 서경의 최고 미녀에게 후하게 사례하는데
> 누선에서 서로 보내느라 능라도에 이르렀네.

---

26) 『광해군일기』 권119, 9년(1617) 9월 8일(경오), 『국역 광해군일기』 17, 38~39면. 본서 제Ⅲ부, 가기와 악공의 계보와 레퍼토리의 전승, 주 153) 참조.

27) 이정구, <箕城妓香蘭, 夢雲, 香眞來謁於淸華館, 戶外三屨, 並被偸兒竊去, 卽席書贈戱之>, 『月沙集』 卷之十, 「東槎錄下」 『한국문집총간』 69, 319면.

약하고 어린 녹색이 그을은 성가퀴를 단장하는데
난리를 겪고 남은 붉은 빛이 돌 보금자리를 수놓네.
박주로 어찌 한 바탕 웃음을 아끼랴?
높은 구름은 천 개의 푸른 물결을 던지려 하네.
백 병의 술로 상앗대를 쓸어버림은 다른 해의 일이거니와
나의 새 시를 옮겨서 자리에서 노래하게 하네.

多謝西京第一娥　樓船相送到綾羅
依微嫩綠粧烟堞　歷亂殘紅繡石窠
薄酒何慳粲一笑　高雲欲逗碧千波
百壺蕩槳他年事　翻我新詩席上歌[28)]

　그리고 이민성이 옛날 연광정에서 놀던 일을 떠올린 시에서는 향란이 부른 곡조가 새롭다고 하였다.

대자리에서 화려한 당을 열고 상빈으로 대접하는데
비취색 미인이 교태를 떨면 비단옷에 티끌이 묻네.
버들이 시샘하듯 진옥은 허리와 다리가 가늘고
꾀꼬리가 강샘하듯 향란은 곡조가 새롭네.
천상에서 채색한 배에 다시 앉을 수 있거니와
거울 가에서 붉은 난간에 다시 누가 친하랴?
풍류는 쌍자빈을 일컫지 아니하는데
게으르게 청루에서 고운 사람에게 묻네.

筵闢華堂禮上賓　翠娥嬌拂繡衣塵
柳猜晉玉腰肢細　鶯妬香蘭曲調新
天上綵船能復坐　鏡邊丹檻更誰親

28) 유몽인, <大同江舟中, 贈歌妓香蘭>, 『於于集』 卷之一, 「西償錄」, 『한국문집총간』 63, 313면.

風流不稱雙髭鬚　懶向靑樓問麗人[29]

다음 허균이 선조 39년(1606) 기행에서 적은 기록에서는 향란이 자신의 형님이 돌봐주던 기생으로 〈관서별곡〉을 잘 부른다고 하였다.

　28일 사(使)는 조카와 읍에서 만나기로 하여 중화에 머물렀다. 이숙은 나와 함께 먼저 평양에 도착하였다. 서윤(庶尹) 박엽 숙야(朴燁叔夜)가 구름무늬로 장식한 선방(仙舫 놀잇배)에 춤추는 기녀들을 싣고 잔치를 베풀었다. 내가 관서(關西) 지방을 아홉 번이나 왕래하였으나, 이번 잔치가 가장 성대하였다. 기생 향란(香蘭)은 내 형님께서 돌봐주던 자이다. 노래를 잘하고 우스갯소리를 잘하므로 백광홍[白家]의 〈관서곡(關西曲)〉을 부르게 했다. 방백 박자룡(朴子龍)이 중화에서 돌아와 함께 배를 타고 놀았다. 성 위에 횃불을 밝혀 놓으니 성가퀴가 대낮같이 밝았다. 이고(二鼓)에 가마를 타고 들어오니 숙야가 나를 자기 처소에 들게 하였다. 내가 예전에 돌봐주던 기생 춘랑(春娘)이 기적(妓籍)에서 빠진 지 오래되었는데 서울에서 온 지 두어 달이 되었다 한다. 숙야가 굳이 밀어내었다. 그녀는 헝클어진 머리에 옷매무새도 어지러워 병이 심한 듯하므로 내가 만류하였다.[30]

그리고 암행어사로 갔던 강주(姜籒, 1566~1650)는 향란이 〈죽지곡〉을 부른다고 하였다.

　서관에 일찍이 암행어사로 나갔는데
　흰머리로 다시 부벽루에 올랐어라.

---

29) 이민성, 〈練光亭感舊遊〉, 『敬亭集』 卷之六 「燕槎唱酬集上」, 『한국문집총간』 76, 285면.

30) 許筠, 「丙午紀行」, 『惺所覆瓿藁』 권18, 『한국문집총간』 74, 289면.

쓸쓸한 객사에는 고목이 남았고
적막한 강산에는 새 시름을 띠었네.
향기로운 난초는 여전히 <죽지곡>을 노래하는데
싱그러운 풀은 앵무의 모래톱을 나누어 머무르네.
달 밝은 관새에 가을빛이 이른데
해천으로 돌아갈 생각에 참으로 걱정스럽네.
西關曾作繡衣遊　白首更登浮碧樓
臺舘蕭條餘古木　江山寂寞帶新愁
香蘭猶唱竹枝曲　芳草分留鸚鵡洲
關塞月明秋色早　海天歸思正悠悠[31]

　이렇듯 서로에서 이름이 알려진 향란 등이 <관서별곡>, <죽지곡>, <채련가> 등의 노래가 향란의 서울 이동과 함께 한양으로 전파된 것으로 이해할 수 있다.
　한편 앞에서 살핀 무변 풍류 레퍼토리의 한양 전파와 함께 17세기 전반 이후 한양의 연행 공간에 다양한 레퍼토리가 추가되면서 시가사의 큰 변화를 예고하고 있었던 것이다.

---

31) 姜籀, <再遊西關>, 『竹窓集』 권4, 『한국문집총간』 속14, 47면

2. 노래 문화의 전통과 레퍼토리의 확산

1) 사조(四調)의 특성과 대엽 양식의 분화

이득윤(李得胤, 1553~1630)이 인조반정 초에 공조 정랑에 제수되어 부름을 받고 서울에 왔다가 뒤에 괴산 군수로 제수되어 사은하는 길에, 도성 사람들의 음성을 듣고는, "아직도 쇳소리[金聲]가 거세게 나오고 있으니, 난리가 끝나지 않았다."[32)라고 했다는데, 이 쇳소리가 17세기 전반의 민심과 사회 현상을 반영한 화두라고 할 수 있다.

이득윤은 『현금동문류기』[33)에서 이러한 변화를 반영한 악보를 제시하고 있는데, 평조, 낙시조, 계면조, 우조를 사조체(四調體)라 하였고, 계면조에 대하여 "슬프고 시름겨우며 원망하고 한스럽고, 슬프게 그리워하며 느낌이 격렬함(悲愁怨恨 哀慕感激)"으로, 우조는 "맑고 밝으며 높고 상쾌함(淸亮高爽)"을 그 특성으로 한다고 하였다. 그리고 별곡으로 〈여민락〉, 〈영산회상〉, 〈보허사〉, 〈한림별곡〉, 〈감군은〉을 제시하기도 하고, 〈한림별곡〉은 제외하기도 하였다.

이득윤의 설명에 따르면 「방옹시여」에 수록된 신흠의 노래에서 말한 〈보허자〉와 〈여민락〉은 별곡에 해당하는 것으로 이해할 수 있으며, 우조와 계면조는 사조 가운데 두 조를 지칭한 것으로 볼 수 있다. 그러면서 상성을 하지 말라는 경계는 당시 악곡의 변화에 대한 경계라고 할 수 있는 것이다.

이득윤은 광해군 12년(1620) 9월에 자신의 문하인 평사 정두원(鄭斗源)에게 보낸 편지에서 당시의 악곡의 변화와 그 추이를 자세하게 설

---

32) 『인조실록』 22권, 8년 5월 28일(정미), 『국역 인조실록』 10, 222면.

33) 이득윤, 『현금동문류기』, 『한국음악학자료총서』 15(은하출판사, 1989).

명하고 있다. 정두원도 악곡에 대하여 많은 관심을 가지고 있었던 것
으로 볼 수 있다. 분량이 길지만 정밀한 이해를 위하여 몇 개의 단락
으로 나누어 인용하도록 한다.

　① 한 번 헤어진 뒤 여러 해가 지나 마음속으로 늘 그리워하고 있었
는데, 오늘 다시 편지를 받고 보니 모든 것을 갖춘 데다 하물며 아름다
운 일이 있으니 위로가 되고 뚫림이 자못 많네. 오래된 병에 해마다
얻는 것이 조금도 없고 다만 흰머리에 천 가닥 눈만 더할 따름이네.
　보낸 글에, 거푸 신생(申生)에게 늙은이가 현금 만대엽을 즐겨 탄다
는 이야기를 얻어듣고, 마침내 이 곡이 뜻이 매우 늘어지고 흩어져서
실로 정성과 위성과 같이 세상을 어지럽히는 소리라는 등의 말이 있었
지. 아, 내가 음률을 해득하지 못하여, 군이 쉽게 말하기는 어렵지만
그러나 나의 뜻으로는 아마 그렇지 않다고 본다네.[34]

　①은 정두원의 편지를 받고 늙은이가 현금 만대엽을 널리 탄다는
이야기와 만대엽이 정성과 위성과 같이 세상을 어지럽히는 소리라는
내용을 듣고, 비록 음률을 잘 이해하지 못하지만 실상이 그렇지 않을
것이라고 운을 떼고 있다.

　② 무릇 금조에는 넷이 있는데, 하나는 평조이고, 둘은 낙시조이며,
셋은 계면조이고, 넷은 우조인데, 사시에 간여하여 만 가지 변화를 돕
는 것이네. 그 평조 만대엽이라는 것이 모든 악곡의 할아비이고 조용

---

34) 이득윤, 「答鄭下叔」, 『西溪先生文集』 권2, 『한국문집총간』 속 8, 219~220면. 一別
多年, 心常愫慕, 今承復書, 備悉諸況佳勝, 慰慈良多, 病舊, 比年所得, 無寸無銖,
而只添白髮千莖雪而已. 來書曰, 仍申生, 得聞老生愛彈玄琴慢大葉, 而遂以爲此
曲, 意甚慢散, 實是鄭衛亂世之聲云云. 噫, 予不解音律, 固難容易說破, 然於吾意,
則恐不然也.

하고 한원하며 절로 평담하다네. 그러므로 만약 삼매에 든 사람에게
타게 하면, 봄 구름이 공중에 뜨는 것처럼 조용하고, 훈풍이 들판을 떨
치는 것처럼 크며, 또 천 살의 여룡같이 여울 아래에서 읊조리며, 공중
에 뜬 생학이 소나무 사이에서 우는 것 같아 곧 이른바 간사하고 더러
운 것을 씻어내고, 찌꺼기를 없애서 녹이니 당우 삼대의 하늘에 멍하
게 있는 것 같다네. 이것과 어지러운 세상의 망국의 음은 절대 서로
비슷하지 않다네. 그리고 지금 곧 견주어 같다고 하는 것은 내가 감히
알 수 있는 바가 아니라네.35)

그리하여 ②에서 금조에서 사조(四調)가 있는데, 평조, 낙시조, 계
면조, 우조가 그것이라는 것을 말하고, 사시(四時)에 간여하여 온갖
변화를 도우며 그 중에서도 평조 만대엽이 모든 악곡의 할아비로 "조
용하고 한원하며 절로 평담한[從容閒遠, 自然平淡]"것이라 하였다. 그
리고 어지러운 세상의 망국의 소리와는 다른 것이라고 보았다. 정두
원이 말한 '세상을 어지럽히는 소리'라고 하는 것과는 견줄 수 없다
고 한 것이다.

③ 또 말하기를, 여민락이라는 것은 우리나라 대성께서 만드신 것으
로 이 곡은 매우 오묘하여 지금 비록 무너져 없애도, 진실로 뜻이 있는
군자가 좋아하여 그렇게 회복할 것이니 어찌 어렵다고 이르겠는가. 아,
이 말은 참으로 그렇다네. 잘 다스려진 서른 해 남짓 민심이 화평하고

35) 이득윤, 「答鄭下叔」,『西溪先生文集』권2,『한국문집총간』속 8, 220면. 夫琴調有
四, 一平調, 二樂時, 三曰界面, 四曰羽調, 而參四時贊萬化者也. 其平調慢大葉者,
諸曲之祖, 而從容閒遠, 自然平淡, 故若使入三昧者彈之, 則油油乎若春雲之浮空,
浩浩乎若薰風之拂野. 又如千歲驪龍, 吟於瀨下, 半空笙鶴, 唳於松間, 則所謂蕩滌
其邪穢, 消融其查滓, 而怳在於唐虞三代之天矣. 此與亂世亡國之音, 絶不相似, 而
今乃比而同之, 非吾之所敢知也.

기뻐서 음악을 만듦에 덕을 높이고 백성과 함께 하여 북을 치고 춤을
추어 정신을 다하게 한 것이 여기에 있지 않겠는가? 진실로 사람마다
함께 공부하는 것을 맡아 그리하여 백성과 더불어 의로써 추천한다면,
주인을 오로지 하여 바깥에서 펴서 흩어지면 조회의 하례와 연향에 쓸
수 있으며, 모름지기 이렇게 떠나지 못하는 몸에서 늘 탈 수는 없을
것이네. 어리석은 생각에는 먼저 만대엽을 주인으로 삼아 마음을 바르
게 하고 손으로 차례로 하며, 손과 마음을 가지런히 한 뒤에 아울러
이 곡을 다스리면 곧 아마 작자의 본뜻에 어그러지지 않을 것이니 어
떻겠는가, 어떻겠는가.36)

다음 ③에서는 여민락(與民樂)을 들고 있는데, 여민락이 대성께서
만드신 것으로 뜻이 매우 오묘하기 때문에 지금 당장 무너진다고 해
도 뜻이 있는 군자가 좋아한다면 곧 회복할 수 있을 것으로 보면서
도, 이득윤의 시각에서는 먼저 만대엽을 주인으로 삼아 마음을 바르
게 하고 손으로 차례로 하며, 손과 마음을 가지런히 한 뒤에 아울러
이 곡을 다스리면 그 본뜻에 어그러지지 않을 것이라고 하였다. 여민
락보다 만대엽이 중심에 해당한다고 본 것이다.

④ 또 이르기를, 계미년(1583) 이후 만조(慢調)가 크게 유행하여, 거
푸 세상이 어지럽게 되었다고 했는데, 또한 아마 그렇지는 않을 것이
네. 근래에 숭상하는 것은 만대엽이 아니라, 곧 별도 양식의 곡조이지.

---

36) 이득윤, 「答鄭下叔」, 『西溪先生文集』 권2, 『한국문집총간』 속 8, 220면. 又曰, 與
民樂者, 是吾東大聖人之所作, 此曲極妙, 今雖崩廢, 誠有志君子好之, 則其復之
也. 何難云云. 吁, 此語誠然矣. 治平三十餘年, 民心和悅, 作樂崇德, 與民同之, 則
鼓之舞之, 以盡神者, 其不在此乎. 固當人人所共學, 然以與民之義推之, 則專主發
散在外, 而可用於朝賀燕享, 不可常彈於斯須不去之身也. 愚意以爲先以慢葉爲主,
而心正手順, 手與心齊, 然後兼治此曲, 則恐不悖於作者之本意也, 如何如何.

만대엽과 비슷하기는 한데 만대엽은 아니라네. 만대엽 가운데 음란한 것이 있어서 화평한 듯 하지만 화평하지 않네. 화평한 가운데 애태움이 있어서 나지막이 우러르고 돌면서 갈마들어 변풍의 모습이 많다네. 오늘날 북전의 바르지 않은 곡조가 이것이지. 아는 사람은 옥수후정화에 견주는데, 그러나 알지 못하는 사람은 기뻐하면서 날마다 부족하다고 여기지. 오늘날의 음악이 마치 옛날의 음악과 같겠는가? 이와 같은 것은 비록 정성이 정음을 어지럽힌다고 미워한다고 하는 것은 옳다네. 대저 이미 그러하나 또한 설이 있는 것이라네. 늘 별곡(別曲)을 꺼리면서 만조(慢調)를 익히지 않고, 곧 이른바 황종이 한 번 움직이면 만물이 모두 봄이고, 이른바 낙양삼월은 소자가 수레를 타고 온갖 꽃이 핀 떨기 속에 고삐를 믿으며 천천히 가는 사람이 그 형상과 그 형세가 어떤 가락[調]과 어느 곡조[腔]에 움직이고 타겠는가? 그리고 또한 '대음은 소리가 바름이 드무니, 달빛이 빈 집에 가득하여 손을 놓음이 느리네.'라는 구절과 같아서 남는 말이라고 여기고 볼 것이 넉넉하지 않다고 본다네. 바라건대 그대는 이 몇 마디를 가지고 크게 머리를 치지 말고 다시 생각하게나.[37]

④에서는 계미년(1583) 이후 크게 유행하여 세상을 어지럽게 한 곡조는 실제로는 만대엽이 아니라 다른 곡조라고 설명하고 있다. 편지의 첫머리에서 세상을 어지럽히는 소리로서의 만대엽을 지적했던 정

---

37) 이득윤, 「答鄭下叔」,『西溪先生文集』권2,『한국문집총간』속 8, 220면. 又曰, 癸未以後, 慢調大行, 仍致世亂者, 亦恐未然也. 近年所尙, 非慢大葉, 乃是別樣調. 似慢而不慢, 慢中有淫, 似和而不和, 和中有傷, 低仰回互, 多有變風之態, 今之北殿斜調是也. 識者, 以玉樹後庭爲比, 而不知者, 欣欣然惟日不足, 今之樂, 猶古之樂乎. 若是者, 雖曰惡鄭聲之亂正音, 可也. 夫旣然矣, 而抑又有說焉. 常憚別曲, 而不習慢調, 則所謂黃鍾一動, 萬物皆春, 所謂洛陽三月, 邵子乘車, 百花叢裏, 信轡徐徐者, 其形其勢, 搖之弄之於何調何腔. 而又如大音聲正希, 月滿空堂下手遲之句, 以爲剩語, 而不足觀耶. 願君將此數語, 勿大拍頭而更思之.

두원의 문제 제기에 대한 확실한 답신이라고 할 수 있다. 〈북전〉의
바르지 못한 곡조, 〈옥수후정화〉 등의 곡조를 가지고 만대엽이라고
잘못 이해하고 있다는 것이다. 그 특징으로 "만대엽 가운데 음란한
것이 있어서 화평한 듯 하지만 화평하지 않고, 화평한 가운데 애태움
이 있어서 나지막이 우러르고 돌면서 갈마들어 변풍의 모습이 많다."
라는 것을 지적하여, 음란함과 애태움이 드러나 변풍(變風)의 모습을
지니고 있는 것으로 보았다. 시대의 변화와 함께 만대엽과는 별도의
양식이 크게 유행하고 있다는 진단이고, 음란함과 애태움을 주로 하
고 있는 것으로 이해하고 있다.

　⑤ 아, 음악, 음악이라고 일컫는 것이 나의 거문고를 말하는 것인가?
마음과 정신이 어그러지면 중정하고 화평한 음이 따라서 나올 수 없
고, 그러므로 손으로 껄끄러운 소리를 내서 사방의 이웃이 함께 피하
면 그것이 어찌 음악이겠는가?
　다만 헤아리건대 병오년(1606) 관직을 쉰 이래, 임하에서 지내는 뜻
이 더욱 굳고 더욱 단단해져, 아침저녁으로 가운데로 기울어 때때로
심경과 주역 등의 책을 지니고 겨르롭게 멋대로 읽으면서, 하루의 지
극한 즐거움을 글로 적었는데, 즐거움에 이르면 마음을 다스리고 간편
하고 참다운 마음이 구름이 피어오르듯 생기네. 생기면 즐겁고 즐거우
면 편안하고, 편안하면 오래가고 오래가면 하늘이고 하늘은 신이니, 갑
자기 스스로 말을 만들어 말하기를, 무릇 어떤 음악의 오묘한 운용이
사람을 감발하게 하고 이러한 지극함에 이르랴? 그 까닭을 궁구하고
자 생각하여도, 지남을 얻을 수 없다네.[38]

38) 이득윤, 「答鄭下叔」, 『西溪先生文集』 권2, 『한국문집총간』 속 8, 220면. 噫, 樂云
樂云, 吾之琴云乎哉. 心神乖剌, 中正和平之音, 無從而出, 故手生聲澁, 四隣之所
共避, 其如樂何. 但念自丙午休官以來, 林居之志, 愈固愈堅, 朝夕不聊中, 時將心
經・周易等書, 閑漫讀之, 一日至樂記章, 致樂以治心, 則易直子諒之心, 油然生矣.

⑤에서는 병오년(1606)에 관직을 쉰 이후 겨르롭게 지내면서 마음
과 정신이 온전하게 되어 즐거움에 이르고 편안해진다고 하면서 중
정하고 화평한 음악도 바로 여기에서 나올 수 있다고 하였다.

⑥ 이웃에 한 사람이 있는데, 우연히 『양금신보』를 주기에 얻어서
살펴보니, 평조·우조의 흩어진 형태와 아울러 사이의 합자의 배치가
모두 주역의 괘효와 방불하였다네. 그러므로 굽어 살피고 우러러 생각
하며 하나하나 점검하니, 그 아래부터 위까지, 위부터 아래까지, 왼쪽
에서 오른쪽까지, 오른쪽에서 왼쪽까지, 음양의 왕래와 합치하지 않은
것이 없고, 먼 데는 서로 응하고 가까운 데는 서로 따르는 것이 타는
것이요, 느린 것이고, 빠른 것이라, 또한 괘효의 펴고 떨침과 합치되었
네. 그리하여 망령되이 하나를 들어서 그 셋을 알 수 있겠다고 여겼지.
진실로 마음을 오로지하여 다스린다면, 배우지 않고도 할 수 있을 것
이네.39)

⑥은 양덕수가 엮은『양금신보』를 보게 되면서 평조·우조의 흩어
진 형태와 아울러 사이의 합자의 배치가 모두『주역』의 괘효와 방불
한 것을 깨닫고 마음을 오로지하여 다스릴 수 있을 것이라고 하였다.

生則樂, 樂則安, 安則久, 久則天, 天則神. 忽然自語曰, 夫何樂之妙用, 使人感發,
至於此極也. 思欲究其所以, 而莫得指南.

39) 이득윤, 「答鄭下叔」,『西溪先生文集』권2,『한국문집총간』속 8, 220~221면. 隣有
一人, 偶以梁譜贈之, 取而觀之, 平調·羽調之散形, 并間合字之排置, 似皆髣髴乎
易卦. 故俯而察, 仰而思, 一一點檢之, 其自下而上, 自上而下, 自左而右, 自右而
左, 無不合於陰陽之往來, 遠相應近相比, 乘也緩也急也, 亦有合於卦爻之發揮. 故
妄以爲擧一可知其三矣. 苟能專心治之, 可無學而能也. 於是, 宋入玉溪山中, 爰伐
石上桐, 斲作雌雄琴, 依譜而試習之, 雖其五音之淸濁燥濕, 未能中適乎節奏, 而其
於學樂之方, 思過半矣. 自此而不輟焉, 因作琴銘. 見銘, 此乃無事中之有事者也.

⑦ 이에 옥계산 속을 두루 돌아다니며 이에 돌 위의 오동나무를 베어서 깎아서 암수 거문고를 만들고, 악보에 의거해서 시험 삼아 익히니, 비록 그 5음의 청탁과 조습이 아직 절주에 정확하게 맞게 할 수는 없었지만, 그러나 음악을 배우는 방도는 반을 넘었다고 생각하게 되었네. 이로부터 그치지 아니하고 이어서 금명을 지었는데, 명을 보면 이는 곧 일이 없는 가운데 일이 있다네. 이로써, 옥화와 서계를 오고가면서, 하루라도 몸을 떠나지 않고 간사한 마음을 막는 데 일조가 되게 하였으니 다행이 아니랴? 봄날이 개면 즐거움을 누리고, 맑은 기운이 성대하고, 벽도단 위에는 신령스러운 바람이 화창하고, 완역재 아래에는 시냇물 소리가 영롱하여 점점이 벼루와 주묵을 깨뜨리고, 때때로 한 줄을 걸어서 어루만지면, 곧 즐거움이 생기는데, 생기면 이미 경험했다고 할 수 있지. 맹자가 어찌 나를 속이랴? 스스로 절구를 지어서 읊는데, 시를 보면 이것은 곧 완역재의 일이네. "신령스러운 계곡에 물이 빠지면, 가을 홍취가 한창 무르익고, 천 길 산봉우리 위에, 붉은 놀이 반쯤 걷히네." 세한정 위에는 소나무 물결이 막 불어서 쾌를 걸고 줄을 다스리면, 궁음이 감돌아 멀어지고 그윽하게 깊어서 곧 거문고가 나를 잊고 내가 거문고를 잊어, 하늘과 땅 사이에 다시 무슨 음악이 있어서 여기에 보태랴? 인하여 노취옹의 절구 한 수를 외우는데, "산재에서 글 읽기를 마치니 가을 달이 밝은데, 일장금과 중정을 이야기하네. 회옹이 비록 오래도록 무심하다고 말했으나, 문득 남들이 불평이라고 알까 두렵네." 이것은 진일헌의 일이네. 이와 같은 것은 늙은이가 타는 것인데, 비록 도연명과 더불어 무현금의 홍취를 얻었고, 홍일동의 현은 있는데 악보가 있는 것과 실제로는 일률이 아니고, 그리고 만약 상간복상의 음과 견주면, 곧 아직은 아니라네. 다시 그대에게 바라나니, 변통성이 없게 하지 말고 그 같고 다름을 변별하는 것이라네.[40]

---

40) 이득윤, 「答鄭下叔」, 『西溪先生文集』 권2, 『한국문집총간』 속 8, 221면. 是以, 往

그리하여 ㉠에서 오동나무로 거문고를 만들고 악보를 바탕으로 익히면서 음악의 방도를 터득했다고 하였다. 옥화와 서계를 오고가면서 그 즐거움을 누리게 되었다고 실토하고 있다.

이상에서 『현금동문류기』와 정두원에게 보낸 편지의 내용을 요약하면, 이득윤은 사조(四調)로 평조, 낙시조, 계면조, 우조의 넷을 들고 삼기곡(三機曲)으로 만대엽, 중대엽, 삭대엽을 들었다. 그리고 그중에서 평조 만대엽을 악곡의 할아비로 잡고, 17세기 초반 만조(慢調)가 크게 유행하고 있다는 정두원의 지적에 대해 그것은 만대엽이 아니라 만대엽 가운데 음란함[淫]과 애태움[傷]이 들어있는 것으로 〈북전(北殿)〉의 바르지 않은 곡조와 같은 것으로 추정하면서 〈옥수후정화〉에 견줄 수 있는 것이라고 하였다.

그리고 이웃 사람이 구해 준 『양금신보』를 보고 『주역』의 괘효와 음양의 원리에 부합되는 것을 확인하고 직접 거문고를 만들어 악보를 바탕으로 연습하여 그 실상을 익혔다고 하였다.

한편 옥화(玉華)와 서계(西溪)를 오가면서 그 내면을 체득할 수 있게 되었다고 밝히고 있다. 실제로 이득윤은 옥화와 서계에서 육가(六歌)[41]를 지어서 숨어서 내면을 드러내는 태도를 보여주기도 하였다.

來於玉華西溪, 未嘗一日去身, 以爲禁邪心之一助, 不其幸耶. 春晴壽樂, 淑氣氳氳, 碧桃壇上, 靈風和暢, 翫易齋下, 溪響玲瓏, 點破硏朱, 時取一張而撫之, 則樂則生, 生則烏可已之驗. 孟軻氏, 豈欺予哉. 自作絶句以吟, 見詩, 此則玩易齋之所事也. 靈溪水落, 秋興方酣, 千仞崗頭, 丹霞半捲, 歲寒亭上, 松濤始漲, 按卦撥絃, 宮音紆遠而幽深, 則琴忘我, 我忘琴, 天壤之間, 復有何樂, 有加於此哉. 因誦盧醉翁一絶曰, 讀罷山齋秋月明, 一張琴與話中情, 晦翁雖道無心久, 却怕人知是不平. 此則眞逸軒之所事也. 如是則老生之所彈, 雖與陶淵明之無絃得趣, 洪逸童之有絃無譜者, 實非一律, 而若比於桑間濮上之音, 則未也. 更願吾君, 勿爲膠柱而辨其同異焉.

41) 이경석 찬, <이득윤묘갈명>, 『국조인물고』 권40, 『국역 국조인물고』 19, 139면.

　　그런데 이득윤이 『주역』의 괘효와 방불하다고 이해한 『양금신보』
는 악사 양덕수(梁德壽)가 만든 것으로 광해군 2년(1610)에 발간되었
다. 유몽인이 「양금신보의 발문(梁琴新譜跋)」을 썼는데, 그 내용은 다
음과 같다.

　　나의 동년 김군 두남 일숙은 상음으로 사귀는 사람이다. 임실을 다
스린 지 4년에 정사에서 폐기에 올라42), 공의 집에서 병전의 옛 관자
의 열매와 가지를 꿰면서 바로잡고 있었다. 이에 남악사를 용성으로
인도하여, 태평유보를 만들어서 모아서 출판하려고 하였다. 마침 내가
용성을 맡아서, 높이 걸기를 말하자, 김군이 한 권을 내어서 나에게 부
치면서 말하기를, “양악사는 옛 것을 좋아하는 사람인데, 옛 음악과 드
문 소리를 좋아하여, 옛 악보에서 다만 7,8을 취하고, 나머지는 모두
그 빠름을 병폐로 여겨 싣지 않았는데, 다만 고운 것을 걸려고 있는
힘을 다하는 것이 아니오.” 내가 말하기를, “아니오, 아니오. 순임금의
음악은 힘센 코끼리와는 거리가 멀지요. 음악의 바른 것은 중화에서
얻는데, 이미 얻을 것이 없다면 하물며 우리 동방이랴? 그릇이 옛 소리
가 아니고 화가 아니고, 오직 빠른 병폐와 천천히 하는 사이에서 멀다
면, 피리소리와 검의 소리를 내가 어찌 변별하랴? 대저 악의 조리는
종시가 있는 법인데, 하나를 잠그면 이지러짐에 가까워지니, 내가 이것
을 미워하는 것이다. 맡긴 지 이미 몇 달이 되었으니, 양사를 불러서
그 설명을 마치세. 양사가 한 통을 보태어 바쳤는데, 풍간함이 더욱 새
로워서 일세에 펼침이 마땅하나, 참으로 스스로 사사롭게 하는 것은
옳지 못하다. 도리어 노래에 올려 시험하려고 해도 아직 세월에 사무

---

42) 『광해군일기』 49권, 4년(1611) 1월 6일(신축), 『국역 광해군일기』 7, 296면 다음
　　기사 참조. “임실현감 김두남은 부임한 후에 오로지 탐욕과 횡포만 일삼아 무분별하
　　게 긁어모으고 있으며, 형장을 함부로 사용하고 이웃 고을의 기생을 데려다 살면서
　　갖가지 폐단을 끼치고 있으니, 파직하라 명하소서.”

치지 못하고, 거문고를 울릴 겨를이 없으며, 날실로 귀거래를 읊고자 하여도, 어찌 산의 나무를 베어 목공에게 맡길 수 있으랴? 이에 종이에 그리게 하고 고치며 베끼게 하였다. 아, 나는 거문고를 알지 못하는 사람이다. 다른 날 전리에 노숙하며 북쪽 창 가에 고요히 앉아, 그 악보를 눈여겨보고 그 줄을 짚어보니, 울면서 하소연하는 것이 스스로 즐길 만하고, 모름지기 입으로 전하고 귀로 끌지 않아도, 황권 중에 또한 한 양사이니, 그렇다면 양사인가? 지금의 한 도깨비는 일숙인가? 내가 그대에게 기대하는 것은 판각을 이어서 널리 전하게 하는 것이고, 다시 대저 상음의 군자를 기다리는 것이다. 만력 39년 맹추에 고흥 유 아무개가 남원의 광한루에서 쓰다."43)

그리고 『양금신보』에 실린 곡은 다음과 같다.

만대엽 낙시조
북전 평조계면조, 우조계면조, 우조 등 북전. 괘(현악기를 거는 기둥)를 바꿀 따름이다.
중대엽 속칭 심방곡
중대엽

---

43) 유몽인, 「梁琴新譜跋」, 『어우집』 권6, 『한국문집총간』 63, 447면. 吾同年金君斗南一叔甫, 賞音之交也. 治任實之四載, 政擧弊祛, 于公家兵前舊貫實條而釐之. 於是乎延梁樂師于龍城, 創太平遺譜, 輯若而章繡諸梓. 會余宰龍城, 道是縣, 金君出一卷寄余曰, 梁師好古者, 好古樂希聲, 就舊譜只取七八, 餘皆病其促, 不之載, 非但縣鮮材力爾也. 余曰, 否否, 簫韶武象逖矣. 樂之正者, 求之中華, 已無得, 矧吾東乎. 器非古聲非華, 而唯疏數疾徐之間, 管喁劍吷之吾何辨焉. 夫樂條理有終始, 關一則近乎缺, 余惡是焉. 之任旣累月, 邀梁師畢其說. 梁師增一通以進, 諷之益新, 宜布之一世, 諒不可自私者也. 顧余試絃歌未浹歲, 鳴琴不遑, 而經欲賦歸去來, 焉得伐山材倩木工, 乃命畫紙而繕寫之. 吁, 余不解琴者也. 異日芰舍田里, 靜坐北窓下, 目其譜而指其絃, 噭噭蟯蟯以自娛, 不須口傳耳提, 而黃卷中亦有一梁師, 然則梁師乎. 今之一夔也, 一叔乎. 吾之子期也, 若, 續其鋟, 廣其傳, 更俟夫賞音之君子也. 萬曆三十九年孟秋, 高興柳某, 書于南原之廣寒樓.

    중대엽   우조
    중대엽   우조계면조
    중대엽   평조계면조
    조음
    감군은   평조 4편

  만대엽과 중대엽이 중심을 이루고 있으며, 중대엽 속칭 심방곡에
⟨오ᄂ리 오ᄂ리쇼셔~⟩가 실려 있다. 이와 함께 계해반정의 공신 이
귀(李貴)의 첩인 가자(歌者)가 부른 '오ᄂ리 오ᄂ리쇼셔~'와 관련한
일화의 기록은 17세기 전반에 이 노래가 매우 중요한 의미를 지니고
있었음을 반증하고 있다.

    연평이 유생 때부터 상소 올리기를 즐겼는데, 그의 첩으로 노래를
  부르는 자가 있었는데, 늘 노래를 할 때면 반드시 '오늘이 오늘이소서
  ~'의 노래[今日今日之曲]을 불렀다. 공이, '너의 '오늘이~' 노래는 오
  히려 그만두는 것이 좋겠다.'라고 말하니, 첩이, '주공의 '참으로 황송하
  고 두렵습니다.'와 어떠합니까?'라고 말하였다.(延平自儒生喜陳疏, 其
  妾有歌者, 每歌, 必唱今日今日之曲. 公曰, 爾今日之曲, 尚可已矣.
  妾曰, 何如主公之誠惶誠恐.)[44]

  그리고 뒷날 김천택이 『청구영언』(1728)을 엮으면서 초중대엽의 제
일 첫머리에 ⟨오ᄂ리 오ᄂ리쇼셔~⟩를 수록하고 있는 사실도 이러한
중요성이 반영된 결과로 해석할 수 있다.
  그런데 이에 앞서 조경남(趙敬男, ?~1592)은 『난중잡록』의 선조 21
년(1588)의 기록에서 당시 가곡에 낙시조와 계면조가 있는데, 낙시조

---

44) 李頤命,「漫錄」,『疎齋集』권12,『한국문집총간』172, 306면.

는 "소리가 처량하며 모양인즉 머리를 내젓고 뒷덜미를 놀리곤 하여 부끄러움도 없이 몸을 움직인다."라고 하였고, 계면조는 "소리가 슬프며 가련하고 서글프다."라고 하였다. 그리고 오평조(於平調), 우조(偶調), 막막조(邈邈調)가 있어서 "비참한 것을 숭상하"는 것으로 지적하였다.[45]

한편 후대에 이유원(李裕元, 1814~1888)은 신흠과 정두경을 지목하면서, "순치경중지법(唇齒輕重之法)"을 터득하여 우성(羽聲)과 상음(商音)[46]이 나뉘는 것을 말하기도 하였다. 그 구체적인 내용은 신위의 다음 글에서 확인할 수 있다.

우리나라의 언어와 문자는 번다하고 간략함이 현격하게 달라 옛날부터 사곡(詞曲)이 모두 언어와 문자를 뒤섞어 합하여 이루었다. 그리

45) 조경남, 『난중잡록』 1, 『국역 대동야승』 VI, 298면.
46) 이유원, 「小樂府」, 『嘉梧藁略』 冊一, 『한국문집총간』 315, 25면. 내가 작년 여름에 『해동악부』 100수를 지었는데, 익재 선생의 소악부 법에 근원을 둔 것이다. 올 가을 빗속에 양연산방(신위의 집 이름)의 소악부를 보고 모방하여 지었는데, 모두 동국의 충신지사와 철보홍장과 고명유일과 재자가인이 읊조리고 끙끙거린 나머지이다. 대개 태평시대의 가요가 전하는 것이 없고, 오직 익재의 뒤로 신상촌과 정동명 여러 분이 순치경중(唇齒輕重)의 법을 얻어서 떨어뜨려 우성을 삼고, 막아서 상음을 삼았다. 그러나 당시에 깊이 파고들어 완미하던 사람들을 지금은 들어서 고조라 하면서 사람들은 알지 못한다. 양연이 읊은 것은 온전히 고체가 아니라 또한 맞지 않음을 벗어나지 못하는가? 풀이에 어려움이 있으니, 민풍이 날마다 다르고 때마다 변하는 것을 여기에서 볼 수 있다. 내가 엮은 것은 지금 외지 못하는 사람이 없겠지만 만약 몇 해가 지나면 고조와 가령 간격이 있어서 당시의 곡죄[時調]와 견준다면 또한 어긋나고 같음의 다름이 없지 않을 것이니, 이것이 옛 풍아의 변정(變正)을 짓는 까닭이다.(余昨夏, 作海東樂府百首, 原於益齋先生小樂府法, 今秋雨裏, 見養硏山房俗樂府, 倣以製之. 皆東國忠臣志士, 哲輔鴻匠, 高明幽逸, 才子佳人, 詠嘆嚬呻之餘也. 盖昭代歌謠無傳. 惟益齋後, 申象村·鄭東溟諸公, 得唇齒輕重之法, 隊之爲羽聲, 抗之爲商音. 然當時咀嚼者, 今擧爲古調, 人無知之. 養硏所詠, 全非古軆, 而亦不免憂乎? 難於繹解, 民風之日異時變, 於斯可見矣. 余之所編, 今則無人不誦, 而如過幾年, 與古調縱然有間. 比時調, 亦不無差等之殊, 是古風雅變正之所由作也.)

하여 처음에는 질서정연하게 평측과 구두에 맞는 운이 없고, 다만 목구멍 사이의 장단과 입술과 이 위의 경중으로써 간혹 빠르게 하거나 거두며 간혹 당기거나 펴서 그 가사의 각수(刻數)를 삼은 뒤에 떨어뜨려서 우성을 삼고 들어 올려 상음을 삼아서 그렇게 꽃 사이 술동이 앞에서 전사(塡詞)와 도곡(度曲)의 법을 보게 되니 또한 비루하고 거칢이 지극하다고 할 수 있다. 비록 그러나 관현에 올리면, 절로 율려를 이루어, 슬픔과 즐거움이 변하는 모습, 느껴워 움직이는 심지가 천지 사이에서 원래 절로 그러한 즐거움이 있음을 알게 되고, 땅을 제한하고 지경을 제한하여 논할 수 없음이 있다. 지금 그 말을 따서 시에 넣고자 하면, 곧 간혹 그 구를 길고 짧게 하고 그 운을 흩어서 눌러서, 억지로 고체라고 이름하며, 그러나 읊조리고 깊이 완미하는 사이에 소리와 울림이 깨어지고 어그러져서 사곡(詞曲)의 본색을 회복하는 것이 아니니, 멋대로 맞지 않다고 할 수 있겠는가? 그렇게 손을 대기가 어려운 것이다. 이리하여 문원의 여러 분께서 듣지 않은 것처럼 두고, 장차 태평시대의 가요로 하여금 흩어져 없어지고 전하지 않음을 듣고 낫다고 하겠는가?

고려 익재 이선생이 곡을 채록하여 칠언절구를 삼고 소악부라고 명명하여 지금 선생의 문집 중에 있는데, 모두 오늘날 관현의 집안에 전하지 않는 곡이며, 그러나 그 노랫말은 없어지지 않아서 이 시에 기대어 문인이 쓰게 하니, 도리어 중하지 아니한가? 내가 속으로 기뻐하여, 우리나라의 소곡(小曲) 중에서 내가 기억하는 것을 좇아서, 또한 칠언절구를 삼았으니, 문식의 선택은 절대로 선생에게 미치지 못하지만 다른 시대에 같은 곡조로 각각 그 나라의 풍(風)을 채록한 것은 한 가지이다.

내가 강도의 대에 머물 때에 비로소 이 뜻이 있어서 지은 것은 절구 6수를 지나지 않고 그쳤는데, 돌아올 때에 초본을 잃고 매우 안타까워하였다. 근래에 당시에 막부에서 지내던 사람의 상자의 부본으로 인하여 거듭 기록하고 없어지지 않게 하였으니 그 또한 다행이다. 내가 산

중과 호수를 오고가면서 얻은 몇 수를 모두 기록하여 또한 소악부로
제목으로 삼았다. 그러나 매 장에는 각각 곡자(曲子)의 이름으로 실마
리를 삼았으니 내가 창안한 예이고 또한 익재 선생의 옛일이 아니다.
무릇 우리나라의 충신지사, 철보홍장, 고명유일, 재자가인이 뜻을 얻었
으나 때를 만나지 못하여 읊조리며 꿍꿍거린 나머지에서 나온 것을 대
략 여기에 갖추었으니, 설령 황하 원상의 사와 더불어 감당할 수 없을
지라도 주점에서는 갑을을 다툴 것이며, 또한 한 시대의 풍아로 남아
서, 시가에서 **빠진** 글을 기울 수 있기를 바란다. 뒤에 보는 사람은 바람
앞과 달빛 아래에서 향의 불똥과 등불의 빛에서 시험 삼아 한 번 읊는
다면 아직 반드시 품죽과 탄사와 같지는 않아도 또한 반드시 소리를
즐기는 사람이 있을 것이다. 만약 그 시대의 선후에 기억을 따르고 작
풍을 따른다면 한 때에 나온 것이 아니라, 그러므로 차례대로 설명하
지는 않을 것이다.47)

---

47) 신위, 「小樂府 四十首 幷序」, 『警修堂全藁』 冊十七, 『北禪院續藁』 三, 『한국문집
총간』 291, 379~380면. 東國言語文字, 繁簡懸殊, 古來詞曲, 皆參合言語文字而成
也. 故初無秩然之平仄句讀之叶韻, 但以喉嚨間長短唇齒上輕重, 或促而斂之, 或
引而申之, 以準其歌詞之刻數, 然後嘌之爲羽聲, 抗之爲商音, 其視花間樽前塡詞
度曲之法, 亦可謂鄙野之極矣. 雖然被之管弦, 自成律呂, 哀樂變態, 感動心志, 是
知天地間原有自然之樂, 有不可以限地分疆而論也. 今欲採其辭入詩, 則或可以長
短其句, 散押其韻, 强名之曰古體, 然吟咏咀嚼之間, 頓乖聲響, 非復詞曲之本色,
儘可謂戞戞乎. 其難於措手矣. 是以文苑諸公, 置若罔聞, 將使昭代歌謠, 聽其散亡
而不傳, 可勝哉. 高麗李益齋先生, 採曲爲七絶, 命之曰小樂府, 今在先生集中, 擧
皆今日管弦家不傳之曲, 而其辭之不亡, 賴有此詩, 文人命筆, 顧不重歟. 余窃喜
之, 就我朝小曲中余所記憶者, 亦以爲七言絶句, 藻采雖萬萬不逮先生, 而異代同
調, 各採其國之風則一也. 余在江都留臺時, 始有此意, 所作不過六絶句而止, 旋失
草本, 甚恨之. 近因當時居幕府者篋有副本, 重錄而不至逸, 其亦幸矣. 通錄余山中
湖上往來所得者若干首, 亦以小樂府爲題, 然每章, 各系以曲子名, 則余所創例, 又
非益齋先生之舊也. 凡我朝忠臣志士, 哲輔鴻匠, 高明幽逸, 才子佳人, 得志不遇,
出於咏歎嚬呻之餘者, 略備於此, 縱不堪與黃河遠上之詞, 甲乙於旗亭, 亦庶幾存
一代之風雅, 補詩家之闕文. 後之覽者, 於風前月下, 香炷燈光, 試一吟諷, 未必不
如品竹彈絲, 而亦必有賞音者矣. 若其時代先後則隨記隨作, 非出於一時者, 故不
復詮次云爾.

2) 노래 레퍼토리의 다양성

17세기 전반 노래 레퍼토리는 매우 다양한 것으로 확인이 된다. 앞에서 서로 풍류의 현장에서 부른 레퍼토리를 살핀 바와 같이 가곡과 가사를 비롯하여 〈감군은〉, 고악부(古樂府), 사(詞) 등이 노래로 불리면서 갈래 사이의 진폭을 보이고 있다.

이정구가 들은 것만 해도 풍류의 현장에서 가기들이 부른 레퍼토리는 산해관(山海關)에서 들은 것으로 〈백두음(白頭吟)〉과 〈영랑곡(迎郎曲)〉[48], 기성기(箕城妓) 향란(香蘭)·몽운(夢雲)·향진(香眞)의 〈채련가(采蓮歌)〉[49], 노기 관기성(冠箕城)의 〈악왕사(岳王詞)〉[50] 등을 확인할 수 있으며, 이안눌의 집에서 마련한 술자리에서 칠이(七伊)라는 가기가 참여한 가운데 젓대로 연주한 〈매화곡〉, 가기 아옥이 부른 〈사미인곡〉과 함께 〈임강선(臨江仙)〉과 〈억진아(憶秦娥)〉 등의 사(詞)도 거론할 수 있다. 여기에다 금사 박관이 연주한 〈보허사(步虛詞)〉[51]도 포함시킬 수 있다. 이렇듯 가기들이 즐겨 부르는 레퍼토리는 매우 다양한 특성을 지니는 것으로 나타나고 있으며, 실제 사행이나 전별 자리의 성격이나 연행 현장의 구성원들의 성격에 따라서 레퍼토리가 달라진다고 할 수 있을 것이다. 레퍼토리의 변화와 현장 구성원의 성격 등에 대한 검토는 자료의 확충을 통해 논의를 심화시켜야 할 것으로 보인다.

이 중에서 주목할 수 있는 레퍼토리는 〈매화가〉인데, 이명한(1595~

---

48) 이정구, <春別曲 5수>, 『월사집』 권3, 『한국문집총간』 69, 271면.

49) 이정구, <又戲贈>, 『월사집』 권10, 『한국문집총간』 69, 319면.

50) 이정구, <老妓冠箕城 持一松諸公詩卷求題 次贈之>, 『월사집』 권17, 『한국문집총간』 69, 408면.

51) 이정구, <醉贈琴士朴筦>, 『월사집』 권14, 『한국문집총간』 69, 337면.

1645)은 〈매화가〉에 대하여 〈무제(無題)〉에서 다음과 같이 읊고 있다.

> 봄이 오면 구름과 비가 강 고을에 가득한데
> 반드시 무산이 비로소 애를 끊을 필요는 없네.
> 손으로 〈매화가〉 한 곡을 잡고
> 좌중에 누가 두추랑인가?
> 春來雲雨滿江鄉　不必巫山始斷腸
> 手把梅花歌一曲　座中誰是杜秋娘52)

〈매화가〉는 악부 횡취곡사에 수록된 〈낙매화곡(落梅花曲)〉에서 비롯되었는데, 젓대를 불면서 부르는 것으로 알려져 있다.

이와 함께 이안눌(李安訥, 1571~1637)은 노래로 부를 수 있는 다양한 레퍼토리를 제공하고 있다. 가기들을 포함하여 다른 사람이 부르는 레퍼토리에 관심을 기울이면서 수집하고 있을 뿐만 아니라 스스로 노래로 부를 수 있는 작품을 마련한 것으로 확인할 수 있다.

다른 사람이 부르는 노래에 관심을 가지고 기록하고 있는 경우는 전주에서 노기(老妓)가 거문고로 연주한 〈후정화〉, 가기 승막수(勝莫愁), 평양의 노기 설아(雪娥)와 계랑(桂娘), 강서에서 이웃 사람이 부르는 노래, 옥아(玉娥)가 부르는 〈사미인곡〉, 동원선생이 부른 〈동원선생취시가〉 등이 그것이다.

이중에서 〈동원선생취시가〉는 말이 어눌하여 설명할 수도 없고 성률도 알지 못하는 동원선생이 손바닥을 치면서 입을 벌리고 부른 것이라고 밝히고 있으며, 지껄이고 부르짖고 꾸짖는 소리와 같다[如叫呶叱喝之聲]53)고 하였으며, 다음과 같이 말[詞]을 만들어 3장으로 구

---

52) 이명한, 〈無題〉,『白洲集』卷4,『한국문집총간』97, 274면.

성하였다.

> 술 한 잔에 노래 한 자락
> 뿔잔은 누룩을 좋아해서 그런 것이 아니니
> 노래마다 곡절을 따지는 것을 바라지 말라.
> 남아가 낙백한 지 스물일곱 해이니
> 부귀공명은 다시 어느 날인가?
> 이 술로 또 스스로 기뻐할 수 있으니
> 이 노래를 어찌 남들이 듣게 할 필요 있으랴?
> 酒一觥歌一聲
> 觥觥非是愛麴糱　聲聲莫須論曲折
> 男兒落魄二十七　富貴功名更何日
> 此酒且可自懽忻　此歌豈足令人聞

> 술을 다시 따르면 노래를 다시 부르네.
> 술기운이 훈훈하면 귀가 익으려 하고
> 노래 소리가 커지면 손으로 박자를 치네.

---

53) 이안눌, <東園先生醉時歌 三章竝敍>, 『東岳先生續集』, 『한국문집총간』 78, 543면. 동원선생은 크게 기이하고 널리 이상한 선비이다. 이로운 그릇을 안고 세상에 쓰이지 못하여, 흙덩이처럼 홀로 지내는데 짝이 적고 무리가 적었다. 세도가 날로 그릇됨을 보고 늘 힘없이 즐거워하지 않으며, 매일 술을 찾아서 큰 뿔잔으로 마시면서 문득 스스로 권하고 스스로 마셨다. 술이 거나해지면 노래로 부르면서 그치지 않고 그 그윽하게 막힌 것을 펴고 쏟았다. 선생은 본래 말이 어눌하여 설명하여 말할 수 없었고, 또 성률을 깨닫지 못해서, 그 노래는 다만 손바닥을 치면서 입을 벌렸는데, 마치 지껄이고 부르짖고 꾸짖는 소리와 같아서, 듣는 사람이 배를 안지 않을 수 없었다. 모두 광생이 목격한 것으로, 붓으로 먹을 찍어 말을 만들어 스스로 풀이하고자 한다.(東園先生者, 魁奇恢詭之士也. 抱利器而不爲世用, 塊然獨居, 寡偶少徒. 見世道日非, 常忽忽不樂, 每索酒, 酌以巨觥, 便自勸自飲. 及飲酣, 歌呼不輟, 以舒泄其幽鬱. 先生素口訥, 不能道說, 又不曉聲律, 其歌也, 但拍其掌而呀其口, 如叫呶叱喝之聲, 聽者莫不捧腹. 皆以狂生目之, 遂泚筆爲詞, 以自解云.)

뽕밭이 바다가 되고 바다에 티끌이 생기면
골 풀과 즈문 꽃에 부질없이 봄이 돌아오네.
술이 있어도 마시지 않으며 다시 노래하지 않고
젊고 한창 나이에 어느 날에 늙음을 어찌하랴?
酒再酌歌再發
酒氣醺醺耳欲熱　歌聲浩浩手屢拍
桑田成海海生塵　萬草千花空復春
有酒不飲復不歌　少壯幾時奈老何

술을 석 잔 마시면 노래는 세 번째로 마치네
술은 언덕처럼 쌓여서 가파른 가슴 속을 씻어내고
노래는 뜻이 크나 억눌리고 막힌 기이한 기운을 펴네.
하늘이 거칠고 땅이 늙어서 난새와 봉새가 굶주리고
순박한 풍속이 죽어 가고 돌아올 때가 없네.
가련한 동원 선생의 취시곡이
어찌 장사의 태부의 울음과 비슷하랴?
酒三歠歌三闋
酒以洗堆阜崢嶸之胸次　歌以暢磊落抑塞之奇氣
天荒地老鸞鳳飢　淳風死去無回時
可憐東園先生醉時曲　何似長沙太傅哭54)

　그리고 스스로 노래로 부를 수 있도록 마련한 것은 마운령과 마천
령 등에서 지은 〈마운곡〉, 〈마천곡〉, 〈관산사〉와 〈오호요〉, 〈계림권
주요〉, 〈귀안가(歸雁歌)〉 등이다. 이 중에서 〈귀안가〉는 이언(俚言)으
로 지었다고 밝히고 있어서 시조로 추정되고 경성(鏡城)에 유배되었
을 때 지은 것이라고 하였다.55) 〈관산사〉, 〈오호요〉, 〈계림권주요〉

---

54) 이안눌, 『東岳先生續集』, 『한국문집총간』 78, 543면.

는 각각 삼결, 이결, 이결이라고 밝히고 있어서 노래로 부르기 위하여 마련한 것으로 이해할 수 있다. 〈마운곡〉과 〈마천곡〉은 각각 이전(二轉)이라고 밝히고 있어서 굴리는 소리인 전성(轉聲)으로 이해한다면 이것도 노래를 위한 배려로 보인다.

〈관산사〉 3결을 보면 다음과 같다. 3장으로 나누고 각 장은 5단으로 구성하고 있다.

> 관산이 높고 높으니 구름이 나무에 빽빽하고
> 넓은 바다가 솟아오르니 건곤이 뜨네
> 고을의 풍속이 사나우니 도의 마을을 닦고
> 진실로 우리 땅이 아니니 잠시 머물 수 없거니와
> 그대는 어찌하여 멀리 나왔는가?
> 關山崔嵬兮雲木稠　瀚海渤澔兮乾坤浮
> 鄕俗獷兮道里脩　信非吾土兮不可少留
> 君胡爲兮來遠遊　一章
>
> 하늘이 그윽하니 구름의 음기가 많고
> 바람을 맞부딪쳐 일어나니 물은 물결을 보태네.
> 진성을 바라보매 산과 언덕이 멀어지고
> 미인을 생각하니 머리가 희어지려 하고
> 술이 있는데 마시지 않으면 시름을 어찌하랴?
> 天窈窈兮雲陰多　衝風起兮水增波

---

55) 이안눌, <寄片雲上人 師時在泰安郡北金堀山寺>, 『東岳先生集』 권18. 협주에 "내가 경성에 유찬되었을 때, 일찍이 우리말로 <귀안가> 2결을 지었는데, 선사가 늘 나를 위하여 노래를 부르면서 위로해주었기에 이른다(余竄鏡城時, 曾以俚語, 作歸雁歌二闋, 師常爲余唱之, 以慰余故云)"라고 하였다. 『한국문집총간』 78, 313면 참조.

望秦城兮隔山阿　懷美人兮頭欲皤

有酒不飮兮奈愁何　二章

하늘의 뽕나무를 아룀에 격렬한 가시나무가 오르고

약방을 흔들매 푸른 소매를 들어올리고

깃이 달린 술잔을 당기매 월계수로 빚은 술을 따르고

근심하는 마음이 슬프매 누가 함께 말할 수 있으랴?

그대가 취하지 않았으니 돌아가지 말라.

奏空桑兮揚激楚　揮若芳兮翠袖擧

引羽觴兮酌桂醑　憂心惻惻兮誰可與語

君不醉兮母歸去　三章56)

　한편 〈오호요〉 2결은 권필을 생각하면서 지은 것이라고 밝히고 있
는데, 5언6구를 전제로 구성하고 있으면서 5구에는 6언을 배치하고
있어서 시조의 셋째 행의 특성까지 고려한 것으로 이해할 수 있다.

보고 싶고 또 보고 싶은데

보고 싶은 것은 내가 생각하는 바이네.

죽고 나면 혹시 서로 만나리니

홀로 살아감을 어디에 쓰랴?

비가 부슬부슬 달빛이 밝고밝으니

마음을 더욱 아프게 하네.

欲見復欲見　欲見吾所思

死去儻相見　何用獨生爲

雨蕭蕭月皎皎　益使心傷悲

---

56) 이안눌, 「端州錄」, 『東岳先生集』 卷之六, 『한국문집총간』 78, 77면.

간밤의 밝고 밝던 달이
오늘 저녁에 또 동쪽에 왔네.
가련한 것은 내가 생각하는 것이요
어느 날에 거듭 돌릴 수 있으랴?
술잔을 잡고 옛 일을 생각하노라면
콧물과 눈물이 절로 흘러내림을 깨닫지 못하네.
昨夜明明月　今夕又東來
可憐吾所思　何日得重廻
執卮酒懷舊事　不覺涕泗滋[57)]

이상에서 검토한 바와 같이 17세기 전반에 노래 레퍼토리는 앞에
서 서로 풍류의 레퍼토리에서 살핀 바의 고악부(古樂府)를 비롯하여
사(詞), 가사, 시조[가곡] 등과 개인이 노래로 마련한 새로운 형태의
노랫말을 들 수 있다. 구체적으로 〈백두음(白頭吟)〉, 〈영랑곡(迎郎
曲)〉, 〈채련가(采蓮歌), 〈악왕사(岳王詞)〉, 〈매화곡〉 등의 고악부 계
열, 〈임강선(臨江仙)〉과 〈억진아(憶秦娥)〉 등의 사(詞)와 우리말 노래
인 〈관서별곡〉, 〈사미인곡〉, 〈관동별곡〉 등의 가사, 시조[가곡] 등이
중심을 이루고, 이안눌이 스스로 노래로 부르기 위해 마련한 〈마운
곡〉, 〈마천곡〉, 〈관산사〉, 〈오호요〉, 〈계림권주요〉, 〈귀안가(歸雁
歌)〉 등과 이수광의 〈조천가〉 등이 새로운 레퍼토리로 추가되면서
진폭이 확대된 것으로 설명할 수 있다.

3) 사(詞)의 노래와 가곡과의 연관

이미 앞에서 잠깐 살핀 바와 같이 16세기 후반 송인이 상림춘의 시

---

57) 이안눌, 『東岳先生集』 卷之十, 『한국문집총간』 78, 160면.

권을 보고 지은 〈답사행〉과 〈남가자〉의 사례에서 기녀의 시권에 붙이는 사(詞)가 노래의 역할을 맡고 있음을 확인하였거니와, '가사(歌詞)'라는 말이 우리말 노래라는 의미와 함께 '사(詞)를 노래하다'로 이해할 수 있으므로, 17세기 전반 노래 레퍼토리에서 사(詞)가 차지하는 의의는 매우 중요하게 인식해야 할 것이다. 사 중에서도 〈임강선(臨江仙)〉과 〈억진아(憶秦娥)〉 두 편이 널리 노래로 불리고 있어서 그 특성을 자세하게 살필 필요가 있다.

이정구가 선조 35년(1602)에 원접사로 의주에서 여러 달 머무를 때에, 이호민(李好閔), 이수광(李睟光), 박동열(朴東說), 이안눌(李安訥), 홍서봉(洪瑞鳳), 김현성(金玄成), 차천로(車天輅), 권필(權韠), 한호(韓濩) 등이 동행하여, 이호민이 의주의 기생 윤청(尹晴)에게 정을 두고 시권을 만들어서 종사관과 제술관에게 각체의 시를 짓게 하고 한호로 하여금 글씨를 써서 주고 「윤청시권(尹晴詩卷)」이라고 하였는데, 이정구는 〈윤청의 시권에 적다. *오봉을 위해서 짓다〉[58]에서 오봉 이호민(李好閔)이 정을 둔 용만의 기생 윤청(尹晴)과의 일화를 소개하고 '남아의 좋은 마음속[男子好心腸]'이며 '풍류의 아름다운 자취[風流佳事跡]'를 기록하고 있다. 그리하여 〈임강선(臨江仙)〉과 〈억진아(憶秦娥)〉 등 두 편의 사(詞)를 지어 두 사람 사이의 정을 노래로 부를 수 있기를 기대하였다.

〈임강선(臨江仙)〉은 7, 6, 7, 5, 5 : 7, 6, 7, 5, 5로 구성되었는데 그 내용은 다음과 같다.

---

58) 이정구, 『월사집』 권10, 「동사록 하」 『한국문집총간』 69, 317면. 원제는 <題尹晴詩卷 *爲五峯作>이다.

달 밝은 밤에 한 떨기 연꽃이여
다생에 몰래 꽃다운 인연 맺었네.
몇 번이나 이별하며 흐르는 세월 아쉬워했나?
화관의 꿈속에서 거듭 찾았고
비단 소맷자락 봄 하늘로 향하였네.

몰래 금심을 던지고 삼단 같은 머리를 돌려
님을 위해 술상 앞에서 나직이 노래하니
봄 광경이 참으로 사랑스럽네.
호숫가 버들을 한 번 보시라
고운 자태 얼마나 오래 갈 수 있으랴?
一朶荷花明月夜　多生暗結芳緣　幾回離別惜流年
重尋華館夢　羅袖向春天

暗擲琴心回鳳髻　爲君低唱尊前　一春光景政堪憐
試看湖上柳　能得幾時妍

　그리고 〈억진아(憶秦娥)〉는 3, 7, 3, 4, 4 : 7, 7, 3, 4, 4로 구성되
었으며 그 내용은 다음과 같다.

용만의 길
고운 누각에서 잠을 깨니 봄이 막 좋더라.
봄이 막 좋은데,
인간 세상에는 서로 헤어지고
싱그러운 풀은 몇 해던가?

적선이 당시에 인연이 일러서
난새를 타고 함께 봉래섬에 올랐네.

　　봉래섬에는,
　　구름 긴 창에 향기로운 꿈
　　흰 머리는 늙기 어려워라.
　　龍彎道　粧樓睡起春纔好
　　春纔好
　　人間相別　幾年芳草

　　謫仙當日因緣早　驂鸞共上蓬萊島
　　蓬萊島
　　雲窓香夢　白頭難老

　이 기록을 통하여 이호민과 윤청 사이의 마음속과 풍류의 자취에 대하여 긍정적 인식을 가지고 있었다는 평가를 내릴 수 있다. 남아의 마음속은 애정이라고 할 수 있어서 다른 표현으로 하면 애정과 풍류에 대한 적극적인 평가라고 할 수 있으며, 17세기 이후 연행과 가곡사에서 매우 중요한 부분을 차지하는 요소로 평가할 수 있다. 그리고 〈억진아〉와 〈임강선〉 모두 5단으로 되어 있다는 점에서 혹여 가곡의 5장 구성을 염두에 두고 노래로 부를 것을 기대하면서 작사(作詞)한 것으로도 볼 수 있는 것이다.

　그때 동행했던 권필(1569~1612)도 〈임강산(臨江山)〉과 〈억진아〉로 「윤청시권(尹晴詩卷)」에 적고 있다. 〈임강산〉은 〈임강선(臨江仙)〉으로 이해할 수 있을 것이다. 〈억진아〉를 보도록 한다. 3,7,3,4,4 : 7,7,3,4,4로 구성되었고 측성 어(御)로 압운되어 있다.

　　진루의 여인이
　　다생에 퉁소를 부는 반려와 좋은 인연을 맺었네.
　　퉁소를 부는 반려가

산에 맹세하고 바다에 맹세하여
가냘프게 울고 교태롭게 말하네.

가련하게 남포에는 사람이 돌아가는데
봄 성은 모두 마음이 상하는 곳이네
마음이 상하는 곳에
한 번 비바람이 치자
주렴 가득 버들 솜이 날리네.
秦樓女　多生好結吹簫侶
吹簫侶
盟山誓海　嫩啼嬌語

可憐南浦人歸去　春城摠是傷心處
傷心處
一番風雨　滿簾飛絮[59]

　　이와 함께 정창주(鄭昌冑, 1606~1664)의 〈고체를 본받아, 심백함에
게 보이다(效古體, 示沈伯涵)〉는 가사(歌詞)로 분류하고 있는데, 〈임강
선〉 1편과 〈억진아〉 2편으로 추정된다.

가을 빛 속 높은 누대를 배회하는데
원근의 평평한 숲에 매미 소리이네.
석양에 끝없이 큰 강이 가로지르며
바람을 맞아 홀로 슬퍼하는데
간밤에는 요경을 꿈꾸었다네.

59) 권필, <題尹晴詩卷>, 『석주집』 권8, 『한국문집총간』 75, 78면.

내가 일찍이 향안리가 되었던 일을 생각하노라니
몇 번이나 거듭 삼청에 이르렀던가?
학이 나는 가에 흰 구름 피어나는 곳으로 머리 돌리니
가련한 외로운 달그림자가
길이 한 마디 마음을 밝게 비추네.
徙倚高樓秋色裏　平林遠近蟬聲　夕陽無限大江橫
臨風獨怊悵　昨夜夢瑤京

念我曾爲香案吏　幾時重到三淸　鶴邊回首白雲生
可憐孤月影　長照寸心明

응천의 물
내달아 흐르는 것이 참으로 나는 빛이 달림과 같네.
나는 빛이 달리니
강남의 시든 풀에
흰 머리에 시름을 생각하네.

한 줄기 가을 기러기 소리 어디에서 오는가?
공중에서 바라건대 상사의 글자를 부치네.
상사의 글자
봉성으로 돌아가는 꿈
초운이 천리이네.
凝川水　奔流正似飛光馳
飛光馳
江南衰草　白頭愁思

一聲寒鴈來何自　空中願寄相思字
相思字

鳳城歸夢　楚雲千里

남쪽 회수의 길

눈이 다하도록 푸른 물결에 해가 비끼는 저녁이네.

해가 비끼는 저녁

먼 하늘에 새가 잠기고

만 겹 안개 낀 숲이네.

옥 거문고의 울림이 끊어지니 가을 강이 하얗고

아득한 신선 배에 상사가 괴롭네.

상사의 괴로움

외로운 봉래에 시름의 빛

흰 개구리밥에 서늘한 비

南淮路　滄波極目斜陽暮

斜陽暮

遙天鳥沒　萬重烟樹

玉琴響斷秋江素　仙舟杳杳相思苦

相思苦

孤蓬愁色　白蘋凉雨[60]

　　그리고 17세기 후반에 이정구의 손자인 이은상(李殷相, 1617~1678)
은 〈가기 두 사람이 시를 구하기를 마지않아서, 앞의 운을 써서 적어
서 주다. 2수(歌妓二人乞詩不已, 用前韻信筆書贈. 二首)〉에서 〈억진아〉
와 〈임강선〉을 함께 말하고 있어서, 노래 레퍼토리 중에서 〈억진아〉
와 〈임강선〉 사패(詞牌)가 널리 활용되고 있었음을 알 수 있다.

────────────
60) 정창주, 『만주집』 권1, 『한국문집총간』 속30, 208면.

십년 전 일이 어슴푸레한데
노래는 〈억진아〉를 기억하네.
절물은 서로 기다리지 아니하는데
춘광은 얼마인가?
가련한 간밤의 꿈에
외로이 떨어지는 매화를 저버리네.
금강의 물길이 갈리는 굽이에
거듭 작은 옥아에게 읊조리게 하네.
依俙十年事　歌記憶秦娥　節物不相待　春光能幾何
可憐前夜夢　孤負落梅花　錦水分流曲　仍敎小玉哦

목란주로 금강을 거슬러 오르는데
비단 자리에서 선녀가 춤을 추네.
오랜 손님인 내 병을 가련해 하는데
아름다운 기약인 너를 어이하랴?
우연히 며칠 계속 술을 마시면서
부질없이 봄꽃 하나를 마주하네.
삼첩의 임강선 곡조를
잔치자리에서 취하여 읊조림에 기대네.
蘭舟泝錦水　綺席舞仙娥　久客憐吾病　佳期奈爾何
偶成連日飮　虛對一春花　三疊臨江曲　當筵倚醉哦61)

　　한편 조상우(趙相禹, 1582~1657)의 〈상사곡(相思曲)〉은 서로 그리워
하는 노래라는 점에서 애정 주제에서 다룰 수 있는데, 〈억진아〉체로
짓고 있다는 점에서 함께 다루고자 한다. "벗 남중구가 소매에 〈단장

---

61) 이은상, 〈歌妓二人乞詩不已, 用前韻信筆書贈. 二首〉, 『동리집』 권1, 『한국문집
　　총간』 122, 386면.

곡〉을 가지고 와서 보이면서 화답하는 작품을 지으라고 거듭 청하였
는데, 말을 엮을 수가 없어서, 붓을 당겨 증시로 삼으면서 〈상사곡〉
이라 이름하였다.(友人南仲懼, 袖斷腸曲來示余, 因請和作一再, 不能辭, 援
筆以贈, 名之曰相思曲.)"라는 서문을 붙이고 있다.

> 화각이 울어
> 왕손과 이별을 아쉬워하는 꿈을 이루지 못하네.
> 꿈을 이루지 못해
> 베개 아래에 눈물을 흘리면
> 흔적만 있고 소리는 없네.
>
> 삼산의 청조는 오는 것이 어찌 더딘가
> 바닷물의 깊기가 상사의 정과 같네.
> 상사의 정에
> 벽 가운데 외로운 등에
> 비바람에 오경이네.
> 畫角鳴　惜別王孫夢不成
> 夢不成
> 枕下流淚　有痕無聲
>
> 三山靑鳥來何遲　海水深似相思情
> 相思情
> 半壁孤燈　風雨五更[62]

　여기에서 우리는 〈단장곡〉과 〈상사곡〉의 연관과 각 갈래의 성격에

---

62) 조상우, 〈상사곡병서〉, 『시암집』 권1, 『한국문집총간』 속20, 465면.

대하여 점검할 필요가 있다. 〈단장곡〉에 화답하기 위하여 말을 엮을
수 없었다고 한 점으로 보아, 〈단장곡〉은 사설이 긴 가사이거나 긴
노래인 장가의 형태가 아닌가 추정되고, 〈상사곡〉은 구체적 작품에
서 보듯 5단 구성의 〈억진아〉로 편사하였다.

　이상에서 살펴본 바와 같이 17세기 전반 노래 레퍼토리에서 사(詞)
의 의미를 중요하게 인식해야 할 것이고, 특히 5단으로 구성된 〈임
강선〉과 〈억진아〉의 구성상 특성을 주목할 필요가 있다. 특히 이 두
작품이 5단으로 구성된 점은 가곡창(歌曲唱)의 5장 구성과 일정하게
연관이 있을 것으로 추정할 수 있다. 이러한 추정은 신흠이 「지봉의
조천록 가사에 쓰다(書芝峯朝天錄歌詞)」에서 "중국에서 이른바 가사(歌
詞)라는 것은 곧 고악부(古樂府)와 신성(新聲)을 관현의 악기에 올린
것이 모두 그것이다. 우리나라는 속음을 내어 문어에 맞추니, 이는
비록 중국과 다르지만 정경이 모두 실리고 음률이 모두 조화를 이루
어서 사람으로 하여금 영탄하고 흠뻑 젖어 즐거워 춤을 추게 하는 데
있어서는 똑같다."[63]라고 한 내용을 환기할 때 더욱 설득력을 얻을
수 있다. 사(詞)를 관현에 올려서 노래로 부를 때에 5단으로 구성된
사가 주목받는 이유를 이해할 수 있는 것이다.

4) 궁정 주변 인물의 노래 레퍼토리

　광해군 2년(1610)에 여악을 다시 설치하면서 궁중에서 다양한 노래
가 불렸을 것으로 짐작되는데, 그 실상을 제대로 설명하기는 현재 상
황에서 매우 어려운 실정이다. 이항복의 〈철령가〉를 광해군이 궁중
에서 들었다는 일화는 있지만 다른 레퍼토리에 대해서는 살피기 어

---

63) 신흠, 「書芝峯朝天錄歌詞」, 『상촌고』 36, 『한국문집총간』 72, 222면.

렵다.

이러한 가운데 성여학(成汝學, 1557~?)의 〈옛 궁인의 노래를 듣다 (聽舊宮人歌)〉에서 옛 궁인들이 부르는 노래가 어떤 특성을 지니고 있는지 참조할 수 있다.

> 마음속 일을 말하려 하면 눈물이 강과 같은데
> 옛 곡조는 처량하여 차마 노래를 부를 수 없네.
> 슬퍼하는 서궁에 사람이 이르지 아니하여
> 만년이나 초췌하고 떨어지는 꽃이 많네.
> 欲言心事淚如河 舊曲悽涼不忍歌
> 惆悵西宮人不到 萬年憔悴落花多64)

이 시는 선조의 계비 김씨가 서궁(西宮)에 유폐되고 난 뒤에 그곳에서 함께 지낸 궁인이 부르는 노래를 듣고 지은 것인데, 강복중이 지은 다음 노래의 성격과 유사할 것으로 짐작할 수 있다.

> 宣王(선왕)이 化仙後(화선후)에 고은 대군 어더 간고
> 에엿쁜 대비공주의 거슴 소긔 즐겨 계셔 밤이나 낫지ᄂ 님향희 哀情 (애정)과 懷中殺子(회중살자)늘 일각이나 이즈실가 기한이 도골ᄒ야
> 팔십쇠옹은 익고익고 ᄒ며 서궁을 ᄇ라보고 눈물질 뿐이로ᄃ
> 아미나 유정흔 벗님네 뎌 쇠 열길 ᄒ쇼셔65)

그런데 김천택이 엮은 『청구영언』「만횡청류」에는 첫 번째와 88번째에 다음과 같은 작품이 수록되어 있다. 이 작품들의 정체에 대하여

---

64) 성여학, 『학천집』 권1, 『한국문집총간』, 82, 11면.
65) 강복중, 『청계가사』, 『한국시조대사전』 2251.

궁금증을 품을 수 있는데, 첫 번째 작품이 첫머리에 실린 이유가 궁금하고, 88번째 작품의 맥락이 궁금해지는 것이다.

蔓-001
江原道(강원도) 皆骨山(개골산) 감도라 드러
鍮店(유점)절 뒤헤 우둑 선 전나모 굿헤
숭구루혀 안즌 白松骨(백송골)이도 아므려나 자바 **질드려** 씽 山行
(산행) 보내는듸
우리는
새님 거러두고 **질못드려** ㅎ노라

蔓-088
즁놈도 사룸이냥ㅎ여
자고 가니 그립ᄃ고
즁의 송낙 나 베옵고 내 족도리 즁놈 베고 즁의 長衫(장삼) 나 덥습
고 내 치마란 즁놈 덥고 자다가 씨드르니 둘희 스랑이 송낙으로 ㅎ나
족도리로 ㅎ나
이튼날
ㅎ던일 싱각ㅎ니 홍글항글 ㅎ여라

첫 번째 작품의 핵심은 유점사라는 절과 새 님의 연관에 관한 것인데, 이러한 연관에 다음과 같은 기사가 참조될 수 있을 것이다.

정업원의 뭇 여승들이 금강산에 유점사가 있음을 듣고서 이를 핑계하며 떼를 지어 달려가므로, 사헌부가 듣고서 서리를 보내 회양(淮陽)에 잡아 가두었는데, 이날 육관 유생(六館儒生)들이 이를 들어 상소하여 정업원을 혁파하기를 청하니, 상이 비답하였다.

"내가 비록 불민하지만 조금 학문을 알고 있어 이교가 허탄한 것임을 모르지 않는데 감히 존숭하여 받드는 짓을 하겠는가. 이번의 유점사의 일은 한갓 나만 알지 못하는 것이 아니라 자전께서도 모르시는 일이다. 이는 반드시 중간의 요망한 여승의 소위임이 분명하다. 비록 향당의 자호(自好)하는 자일지라도 또한 감히 제 마음을 스스로 속이지 않는데, 하물며 신민을 맡고 있는 내가 어찌 감히 꾸미는 말을 하여 제생들을 속이고 위로 황천을 속이겠는가. 정업원이란 것이 비록 이름이 바르지는 못하지만 창건한 지 이미 오래이어서 지금 갑자기 혁파하기는 어렵다. 제생들은 나의 뜻을 잘 알라."66)

대사간 김상헌(金尙憲), 사간 정종명(鄭宗溟), 헌납 김시양(金時讓), 정언 윤지(尹墀)·김반(金槃) 등이 차자를 올리기를,
…(중략)…
"잡인들이 내통하는 조짐이 있다고 하는 것은 무엇이겠습니까? 신들이 삼가 듣건대 무녀는 가장 요사스러운 자여서 반정한 뒤에 변방 지역으로 멀리 유배시켰다고 합니다. 그런데 지난 번 사유(赦宥)를 받음으로 인해 서울에 돌아와서 다시 궁액(宮掖)과 길을 통하고 있다고 점차 말이 전파되고 있습니다. 그리고 승려가 내사에서 도첩을 받는 것이 구례이기는 하지만 본래 합당한 일이 아닙니다. 더구나 내사의 관속들은 대부분 궁액과 연관이 있는데, 이들이 속여 현혹하는 꾀를 부린다면, 그 폐해를 어찌 다 말할 수 있겠습니까. 폐조 때는 요승이 궁중에 드나드는 것을 금하지 않다가 마침내 화단을 전가시키는 지경까지 이르렀습니다. 요즘 유점사의 승려가 몰래 본궁에 들어와 외람되게 인문(印文)을 찍어내어 국가의 법을 범함으로써 전하께서 난처한 점이 있게 만들었습니다. 그런데 가령 이보다 큰일이 있게 된다면 장차 어떻게 그 말류의 폐해를 금할 수 있겠습니까.67)

---

66) 『선조실록』 8권, 7년(1574, 갑술) 5월 11일(갑신), 『국역 선조실록』 2, 247면.

364 17세기 전반 정치·사회 변동과 시가사

신들이 삼가 듣건대, 무녀들 가운데 가장 요사스러운 자를 반정한 뒤에 변방 지역으로 멀리 유배시켰는데, 지난번에 사면령이 내리자 서울로 돌아와서 다시 궁액과 교통하여 조금씩 말을 전파한다고 합니다. 그리고 중이 내수사에서 도첩을 받는 것이 예전의 규례이기는 하지만 본래 합당한 일이 아닙니다. 더구나 내수사의 관속들은 대부분 궁액과 연결되어 있는바, 이들이 혹 내통하는 길을 열어 현혹하는 계책을 성사시키게 된다면 그 폐해를 어찌 이루 다 말할 수 있겠습니까. 폐조 때에는 요사스러운 무녀가 궁중에 드나드는 것을 금하지 않다가 끝내는 망극한 화단을 초래하는 지경에까지 이르렀습니다. 요즈음에는 유점사의 중이 몰래 새 본궁 하인의 집에 숨어 들어가 함부로 비위를 저지르기를 도모하다가 법망을 범함으로써 전하를 난처한 지경에 빠지게 하였습니다. 그런데 만약 이보다 더 큰일이 있게 된다면 장차 어떻게 그 말류의 폐해를 금할 수 있겠습니까. 신들의 염려가 지나친 듯하지만 이 일이 하나의 증거가 됩니다. 대체로 무격의 귀신에 관한 일과 부처의 화복에 관한 말에 이르러서는, 말세 이래로 빠져드는 사람이 더욱 많아졌습니다. 그런데 부녀자의 경우에는 그 성품이 더욱 미혹되어 믿는 경향이 있어 빠져들기가 아주 쉬운바, 그것을 깨달아 알게 하기가 매우 어렵습니다. 이에 항간의 부녀자들의 경우에는 대부분 이 병폐에 걸리고 있는바, 궁궐 안이라고 해서 어찌 유독 그렇지 않을 리가 있겠습니까. 이것이 신들이 걱정하는 여섯 번째 것입니다.[68]

내용의 핵심은 유점사 승려들이 정업원의 여승을 포함한 궁액의 하인들과 연결되어 있다는 것과 무녀들이 궁액과 소통하고 있다는 것이다. 유점사는 조선 태종 때에 태조의 진영을 모신 곳으로, 세조 때에는 왕이 직접 거둥하기도 하고 세조 13년(1467)에는 승려 학조(學

---

67) 『인조실록』 권7, 2년(1624) 9월 13일(갑자), 『국역 인조실록』 3, 20~21면.
68) 김상헌, <諫院八漸箚子>, 『청음집』 제17권, 『국역 청음집』 4, 9~10면.

祖)에게 유점사를 중창하도록 한 바 있다. 만001은 유점사 승려들의 도성 출입이 빈번해진 현실 세태를 염두에 두고, 백송골을 길들이듯 새 님을 잘 길들이고 싶다는 화자의 내면을 토로한 것으로 볼 수 있다. 그러므로 첫 단락과 둘째 단락은 세태를 반영한 관습적 표현의 일종으로 이해할 수 있다.

그리고 88번째 작품과 관련하여 다음과 같은 기사가 일정한 관련이 있을 것으로 추정하고자 한다. 실제로 궁정의 내밀한 일에 대하여 일반 사람이 쉽게 알 수 있는 일이 아니거니와 특히 광해군 시절의 나인의 행적에 대한 의혹이 해소될 수 있다면, 엄밀한 검증을 통하여 「만횡청류」의 맥락에 대한 이해도 가능하게 될 것으로 기대할 수 있을 것이다.

헌부가 아뢰기를,
"신들이 듣건대, 산승 몇 사람이 여염을 출입하면서 폐조의 나인과 상간(相奸)하는데, 임해군(臨海君) 숙노(李稤奴)의 집을 약속 장소로 하여 무시로 왕래하면서 며칠씩 묵고 간다고 하였습니다. 지극히 경악스러운 일이기에 즉시 부리(府吏)를 보내는 한편 포도 대장에게 통고하여 체포하도록 하였습니다. 그랬더니 과연 산승 4인이 그 집 방안에 누워 있었으며, 여인의 옷가지와 승인의 납의(衲衣)가 한 보자기 안에 섞여 있었습니다. 또 언간 10여 장이 있었는데, 이는 모두 나인이 안에서 서로 통한 내용이었습니다. 집을 지키는 여노를 추문하니, 숙노의 처 필복(必福)이라는 자가 늘 어둠을 틈타 이곳에 와서 잤다 하였습니다. 조금 있으니 필복이란 자가 말을 타고 들어오기에 붙잡아 추문하니, 현재 보모상궁으로 있다고 자칭하였는데, 아직 끝까지 캐묻지 못했습니다. 그 말의 사실 여부는 모르겠습니다만 과연 상궁이라면 너무도 놀라운 일이기에 신들은 서로 돌아보며 실색하였습니다.

어찌 청명한 시대에 이렇듯 혼조와 같은 일이 있을 줄 생각이나 했겠습니까. 이는 모두 궁금이 엄하지 못하여 나인이 사사로이 서로 출입해서 그렇게 된 것이니, 지극히 한심스럽습니다. 유사로 하여금 필복 및 승려들을 국문하여 사실을 밝혀내 그 죄를 바로잡도록 하소서."
하니, 답하기를,
"체포한 승려를 우선 추문하도록 하라."
하였다.[69]

신들이 중과 필복(必福)이 사통한 일에 대해서 자세히 논계하여 성상의 비답에 붙잡은 중을 우선 죄를 다스리라고 하교하셨습니다. 중에 대해서는 응당 죄를 다스려야 합니다. 그리고 필복이란 자가 과연 나인이라면 제멋대로 대궐을 출입하며 산승과 서로 만난 실상을 캐묻지 않을 수가 없으니, 무엇 때문이겠습니까. 우리나라의 풍속은 승과 속의 구별이 분명하여 일반 백성의 집안에서도 여인과 뒤섞여 지낼 수가 없거늘 더구나 서울 안에서 또한 나인과 함께이겠습니까. 남녀의 옷가지가 한 보따리 속에 있었으며 주고받은 언찰이 한둘이 아니니, 그 뒤섞여 지내면서 간통한 자취가 의심할 여지없이 분명합니다. 그런데 중만 다스린다면 이는 이른바 부드러운 땅에 나무를 꽂는 격이니, 또한 잘못되지 않겠습니까. 이와 같은 일은 심한 악행으로, 신들은 성상께서 들으시면 필시 크게 놀라고 즉시 엄히 추국하라는 하교를 내리시리라고 여겼는데 죄를 다스리는 명이 나인에게는 미치지 않으니, 이는 신들이 의혹이 없을 수 없는 이유입니다. 청컨대, 필복의 죄도 아울러 다스려 한편으로는 혼탁한 풍속을 바로잡고 한편으로는 대궐의 출입을 엄히 하심으로써, 보고 듣는 이로 하여금 새로 교화를 펼치시는 초기에 의아한 마음을 갖게 하지 마소서. …"
하니, 답하기를,

---

69) 『인조실록』 권13, 4년(1626) 7월 7일(정축) 『국역 인조실록』 6, 90면.

　"…이른바 필복은 응당 내수사로 하여금 죄를 다스리게 하라."
하였다.70)

　이상의 몇몇 공변된 기록을 참조할 때 17세기 전반 궁정과 그 주변
을 중심으로 향유되고 있었던 일군의 작품을 지적할 수 있으며, 그
구체적 작품들이 17세기 후반이나 18세기 전반까지 연행의 레퍼토리
로서 존재했을 것으로 이해할 수 있고, 그 구체적 실상이 『청구영언』
의 「무명씨」에 수록된 작품이나 「만횡청류」의 일부 작품일 것으로
추정할 수도 있을 것이다.

　그리고 고려 때부터 전승되던 노래와 연관된 〈후정화〉는 변풍의
시대를 대표하는 노래로 시대의 변화를 감지하고 그 부정적인 성격
에 대한 반응을 보이고 있는 것이라 할 수 있다. 이미 이득윤이 지적
한 바와 같이 〈북전〉의 바르지 못한 곡조로 추정되며 〈옥수후정화〉
에 견주어질 수 있는 곡조가 유행하고 있었다는 데서 그 특성을 짐작
할 수 있기 때문이다.

　우선 이의건(李義健, 1533~1621)은 〈온양의 고을 집에서 옥랑을 만
났다가 도로 헤어지다(溫陽郡齋 逢玉娘還別)〉에서 옥랑이 〈후정화〉를
즐겨 부른다고 하였다.

　　평소에 〈후정화〉를 즐겨 불렀는데
　　난리 뒤에 어찌 너의 노래를 듣게 되었나?
　　갑자기 서로 만났다가 도로 헤어지니
　　고을 집의 눈보라에 생각이 어떠하랴?
　　生平愛唱後庭花　亂後那因聽爾歌
　　忽漫相逢還作別　郡齋風雪思如何71)

---

70) 『승정원일기』, 인조 4년 병인(1626), 7월 8일(무인), 『승정원일기』 인조 10, 22~23면.

한편 박미(朴瀰, 1592~1645)는 〈석중과 더불어 또 장단의 석벽에서 만나 놀고 석중의 '또 고려 궁궐 옛 터에 배를 대다'의 운을 따다(同君 奭仲, 又會遊長湍石壁, 次仲又舟泊麗宮古基韻)〉에서 〈후정곡〉이 처단(凄斷)하다고 하였다.

> 돈대와 궁궐 터에는 쇠해진 풀이 남았는데
> 의관은 모두 옛 무덤이네.
> 그윽한 곳에 핀 꽃은 수레 길을 침노하고
> 무늬 있는 돌은 교룡의 머리임을 알 수 있네.
> 내리는 비가 지난 왕조의 한을 씻어주고
> 강은 먼 데서 온 나그네의 시름을 녹이네.
> 천 년 뒤에 <후정곡>은
> 쓸쓸하게 수풀과 떨어져 노래가 끊어지네.
> 臺殿餘衰草　衣冠盡古丘　幽花侵輦路　文石認蛟頭
> 雨洗前朝恨　江銷遠客愁　千秋後庭曲　凄斷隔林謳[72]

　그리고 17세기 중·후반에 신정(申晸, 1628~1687)은 〈죽은 벗 허중옥이 평소에 〈후정화〉 듣는 것을 기뻐했는데, 학성에 이른 뒤에 부의 기생이 이 곡을 부르는 것을 듣고 느꺼워서 짓다(亡友許仲玉平生喜聽後庭花, 及到鶴城, 聞府妓唱此曲, 感而有作)〉의 기·승구에서, "〈후정화〉를 부르지 말라. 술동이 앞에서 차마 듣지 못하겠네.(莫唱後庭曲樽前不忍聽)"[73]라고 하였고, 〈후정곡을 듣고 강독우의 운을 차운하다

---

71) 이의건, <溫陽郡齋 逢玉娘還別)>, 『동은선생고』 권3, 『한국문집총간』 속4, 191면.

72) 박미, <同君奭仲, 又會遊長湍石壁, 次仲又舟泊麗宮古基韻>, 『분서집』, 『한국문집총간』 속25, 18면.

73) 신정, <亡友許仲玉平生喜聽後庭花, 及到鶴城, 聞府妓唱此曲, 感而有作>, 『분애유고』, 『한국문집총간』 129, 386면.

(聽後庭曲, 次姜督郵韻)〉에서는 다음과 같이 읊고 있다.

> 청가 한 곡조 <후정화>는
> 늘어진 궁전에서 화려한 꽃을 시샘하고자 하는 것이네.
> 열두 굽이 난간의 밝은 달밤에
> 누가 그대의 집에서 취하지 않으려 하랴?
> 淸歌一曲後庭花　欲向陳宮妬麗華
> 十二曲欄明月夜　何人不欲醉君家[74]

　이렇듯 〈후정화〉가 널리 불리고 있는 것은 시대의 변화와 세태를 반영하고 있으며, 노랫말이 고려 때부터 성악곡으로 전승된 〈북전(北殿)〉 또는 〈후전진작(後殿眞勺)〉과 연관되는 것으로 이해할 수 있다. 노래의 내용이 '왕의 사랑을 잃은 후궁여인의 사랑에 대한 갈구와 절망, 그리고 처량한 회상을 거쳐 견딜 수 없는 육정의 충족을 위한 자위행위로 전환하였다가 그 허망감에 다시 님의 사랑을 갈구하는 것'[75]으로 이해하면, 궁중 주변 인물의 일화나 그 이면의 삶에 대한 연민이 자리하고 있다고 평가할 수 있다. 〈후정화〉를 청가(淸歌)라고 이해하고 있는 점을 되새기면서 만횡청류의 청류(淸類)가 지닌 의미를 연계시키거나, 〈북전〉 또는 〈후전진작〉과의 연관을 포함한 실상에 대한 검토는 여전히 해결해야 할 과제로 남아 있는 셈이다.

---

74) 신정, 〈聽後庭曲, 次姜督郵韻〉, 『분애유고』, 『한국문집총간』 129, 387면.
75) 성호경, 「고려시가 '후전진작(북전)'의 복원을 위한 모색」, 『조선전기시가론』(새문사, 1988), 204면.

3. 애정과 풍류의 주제에 대한 주목

1) 풍류의 현장과 그 내용

이정구는 선조 35년(1602) 원접사로 의주에서 여러 달 머무를 때에, 이호민(李好閔), 이수광(李睟光), 박동열(朴東說), 이안눌(李安訥), 홍서봉(洪瑞鳳), 김현성(金玄成), 차천로(車天輅), 권필(權韠), 한호(韓濩) 등이 동행하여, 이호민이 의주의 기생 윤청(尹晴)에게 정을 두고 시권을 만들어서 종사관과 제술관에게 각체의 시를 짓게 하고 한호로 하여금 글씨를 써서 주고 「윤청시권(尹晴詩卷)」이라고 하였는데, 이정구는 〈윤청의 시권에 적다. *오봉을 위해서 짓다〉[76]에서 오봉 이호민(李好閔)이 정을 둔 용만의 기생 윤청(尹晴)과의 일화를 소개하고 '남아의 좋은 마음속[男子好心腸]'이며 '풍류의 아름다운 자취[風流佳事跡]'를 기록하고 있다. 그리하여 〈임강선(臨江仙)〉과 〈억진아(憶秦娥)〉 등 두 편의 사(詞)를 지어 두 사람 사이의 정을 노래로 부를 수 있기를 기대하였다.

여기에서 말하는 '남아의 좋은 마음속[男子好心腸]'을 애정[77]으로, '풍류의 아름다운 자취[風流佳事跡]'를 풍류로 설정하여 주제 영역에서 애정과 풍류를 묶어서 논의하고자 한다.

김천택이 엮은 『청구영언』에 이정구가 지은 가곡 1수가 수록되어

---

76) 이정구, 〈題尹晴詩卷 *爲五峯作〉, 「동사록 하」, 『월사집』 권10, 『한국문집총간』 69, 317면.

77) 김흥규는 남녀 간의 애정과 성적 이끌림으로 인해 생겨나는 그리움, 애착 등의 감정과 심리를 정념이라고 정의하고 강산, 전가와 함께 세 개의 주요 색인어로 뽑았는데, 정념은 강복중, 신흠, 이명한 등 17세기 양반층의 시조에서 변화의 추이를 볼 수 있다고 하였다. 김흥규, 『옛시조의 모티프·미의식과 심상공간의 역사』(소명출판, 2016), 203~215면 참조.

있는데, 가곡집에 수록된 사실을 고려하여 다섯 부분으로 나누어 본다.

> 님을 미들것가
> 못 미들손 님이시라
> 미더온 시절도 못 미들 줄 아라스라
> 밋기야
> 어려와마는 아니 밋고 어이리

『청구영언』 104[78)]

　이 작품은 화자가 '님'이라는 대상을 두고 발화하고 있으며, 님에 대한 믿음을 두고 스스로에게 다짐을 하고 있는 것으로 볼 수 있다. 1장과 2장에서 님을 믿을 수 없다고 선언하고 있다. 3장에서는 어느 일정 기간 믿어온 것이 사실인데, 이 시절에도 이미 믿지 못할 줄 알았다고 확인하고 있다. 그런데 4장과 5장에서는 믿기 어려운 일이 현실이기는 하지만, 믿지 않고 어떻게 하겠느냐고 반문하고 있다. 결국 믿기 어려운 대상이기는 하지만 믿을 수밖에 별다른 도리가 없지 않느냐는 태도를 드러내는 것으로 이해할 수 있다. 발화 주체보다 대상인 님이 높은 신분의 사람이거나, 발화 주체의 입장에서 님의 태도에 대한 반발을 주체적으로 행동으로 옮길 수 없는 상황이 개재되었다고 이해할 수 있는 것이다. 그렇다면 이러한 발화의 서정 주체는 누구일까? 그리고 그 대상이라고 할 수 있는 님은 누구일까? 발화

---

78) 이 작품은 심재완 편 『역대시조전서』에 『청진』을 포함하여 22종의 가집에 수록되어 있는 것으로 나타나는데 이정구의 작품으로 표기된 것은 『청진』, 『해일』, 『해주』, 『시가』, 『악서』, 『청홍』, 『청가』, 『청영』, 『청육』, 『동가』, 『병가』, 『원육』, 『원불』 등 13종이고, 『원국』, 『원규』, 『원하』, 『원박』, 『원황』, 『해악』, 『협률』, 『여요』, 『대동』 등에는 작가 표기가 없다.

주체를 바로 작가로 지목하면 대상인 '님'을 비정하는 데 어려움이
있을 수 있다. 그러므로 어떤 연행 상황을 설정하고 다른 사람의 목
소리를 대변하고 있는 것으로 이해하면, 실마리가 조금 풀릴 수 있
다. 가기(歌妓)를 포함한 기녀들이 참가한 연행의 자리에서 이런저런
사정으로 상대의 마음이 흔들리거나 약속을 지키지 않는 님에 대한
원망의 마음을 지니고 있는 서정 주체의 내면을 토로하는 발화로 이
해할 수 있는 것이다. 그렇다면 발화의 주체는 여성일 가능성이 높
고, 그 중에서도 가기를 포함한 기녀의 목소리일 가능성이 매우 높은
것이다.

   그런데 이러한 가능성을 뒷받침할 수 있는 다음과 같은 자료가 위
가곡 연행의 상황을 유추할 수 있는 단서가 될 수 있을 것이다. 〈정
주 기생 신생(申生)은 유수이(柳守而)의 옛 첩인데, 이번에 와서 유수
이가 그녀를 불러주지 않자 나에게 와서 하소연하면서 거문고를 연
주하여 원망하는 곡을 지었다. 이에 장난삼아 절구 한 수를 지어 유
수이에게 보내어 화해시키다〉79)라는 긴 제목이 붙은 시인데 시의 내
용은 다음과 같다.

        즈믄 가지 슬픔과 원망을 거문고 하나에 펼치는데
        누가 낭군님의 철석같은 마음을 풀랴?
        만일 황금으로 사부를 사게 허락한다면
        거문고로 〈백두음〉을 탈 필요가 없으리.
        千般哀怨一張琴　誰解郎君鐵石心
        儻許黃金買詞賦　不須彈作白頭吟

───────────
79) 이정구, 〈定州妓申生 柳守而之舊畜也 今來 守而不招見 來訴於我 彈琴作怨曲
　　戲作一絶 送守而解之〉, 「경신조천록 상」, 『월사집』 권7. 『한국문집총간』 69, 294면.

이 시는 경신년(광해12, 1620)에 후금에 항복한 강홍립(姜弘立)과 김경서(金景瑞) 사건 때문에 명나라 조정에서 조선을 의심하고 모함하자, 이정구를 상사로 윤휘(尹暉)를 부사로 자(字)가 수이(守而)인 유여각(柳汝恪)을 서장관으로 하여 조천할 때에 지은 것이다. 광해 7년(1615) 부수찬으로 사은사 서장관에 참여하는 등 여러 차례 정주에 들렀던 것으로 추정되는 유여각이, 옛날부터 알고 지내던 기생 신생(申生)을 부르지 않자, 기생이 상사인 이정구를 찾아와서 거문고를 타면서 원망하는 노래를 지었다고 하였는데, 그 노래를 부르게 된 사연이 앞에서 예시한 이정구의 가곡의 담론과 닮은 것으로 볼 수 있다. 시에 진술된 내용을 살피면 "슬픔"과 "원망", "낭군"과 "철석같은 마음" 등이 중심을 이루는 것으로 파악할 수 있는데, 화자와 대상 사이의 믿음이라는 축을 두고 화자와 대상 사이에 벌어지는 미묘한 감정의 변화까지 제기하고 있는 것이다. 이러한 상황에서 이정구가 화해를 청하는 가곡을 불렀다고 가정하면, 『청구영언』에 수록된 작품이 바로 그것일 것으로 추정할 수 있다. 유여각을 원망하는 기생 신생의 입장에서 발화한 것으로 볼 수 있기 때문이다.

2) 주제 항목으로서 애정

주제 항목으로서 애정은 남녀 사이의 애정을 가리키는 것인데, 주로 기녀와 사대부 또는 무부와의 사랑을 다룬 것이다. 주로 여성화자의 발화로 나타나고 있는 점을 주목할 수 있다.

이해수(李海壽, 1536~1598)의 〈기녀 추월호를 대신하여 최관부에게 부치며 한바탕 웃다.(代妓秋月湖寄崔寬夫博笑)〉에서 기녀를 대신한 애정의 발화를 하고 있다.

> 그대는 호남에 있고 나는 서울에 있는데
> 천리 밖에서 서로 그리워하노라니 달만 부질없이 밝네.
> 은근하게 천 줄기 눈물을 부쳐 보내나니
> 혹시 지난 날 정중한 정을 기억하는지요?
> 君在湖南我洛城　相思千里月空明
> 殷勤寄與千行淚　倘記前時鄭重情[80]

서로 떨어져 있는 상황에서 서로 그리워하는 마음[相思]만 가친 채 밝은 달을 매개로 천 줄기 눈물을 부쳐 보낸다고 발화하고 있다. 상사, 밝은 달, 눈물 등이 주요 시어인데 기녀의 내면을 드러내고 있다.

이러한 기녀를 대신한 발화는 여성화자의 입장에서 남성 대상을 향한 발화의 전통으로 이어진 것과 연결되는 것으로, 박홍미(朴弘美, 1571~1642)의 〈기녀를 대신하다(代妓)〉[81]나, 안헌징(安獻徵, 1600~1674)의 〈기녀를 대신하여 남에게 주다(代妓贈人)〉[82]에서도 확인할 수 있는 것이다.

그런데 구용(具容, 1569~1601)의 〈철옹의 기녀를 대신하여 박휘원에게 부치다(代鐵甕妓寄朴輝遠)〉와 같은 작품은 이러한 전통과 이어지는 것이면서, 한 순간의 회포가 아니라 10수에 걸쳐서 서간의 형태로 곡진한 내면을 드러내고 있다.

여성 화자로 설정된 첩(妾)이 정인의 낭군에게 상사의 마음을 '정 엣말[情詞]'을 전하는 것으로 시작하고 있다. 화자는 스스로 다정(多情)한 사람으로 인식하고 낭군은 박정(薄情)한 사람으로 평가한다. 두

---

80) 이해수, <代妓秋湖月寄崔寬夫博笑>, 『藥圃先生遺稾』 卷之五, 『한국문집총간』 46, 84면.

81) 박홍미, <代妓>, 『관포집』 권상, 『한국문집총간』 속17, 107~108면.

82) 안헌징, <代妓贈人>, 『구포집』 권1, 『한국문집총간』 속28, 471면.

사람 사이에는 바다와 산에 맹서한 아름다운 기약[佳期]과 깊은 맹약
[深盟]이 있는데, 낭군이 떠난 뒤로 이 약속이 어그러졌다고 보고 있
다. 그리하여 화자는 "옥 같은 얼굴이 야위고," "늙은 도화 같으며,"
"베개 옆에 눈물 자국을 띤" 채로 낭군을 그리워하고 있다. 그런데
눈에 들어오는 주변 경물은 한 쌍의 제비가 진흙을 물고 오고가며,
연꽃이 핀 연못에는 원앙이 목욕을 하고 있어서 화자의 고적감을 북
돋우고 있으며, 화자만 홀로 은 항아리를 마주하면서, 외로운 등불
아래에서 홀로 깊은 맹약을 지키고 있다고 토로한다.

> 진중한 사랑의 말을 정든 낭군에게 부치나니
> 지척의 강성이 만 리나 머네.
> 헤어진 뒤 옥 같은 얼굴이 매우 야위고
> 사창에서는 다시 새 단장에 기대지 아니하네.
> 情詞珍重寄情郎　咫尺江城萬里長
> 別後玉顔消瘦甚　紗窓不復倚新粧

철옹성은 영변에 있는 약산성(藥山城)인데 화자의 상대 남성은 강
성(江城)에 근무하고 있는 듯하다. 처음부터 화자는 진중한 사랑의
말[情詞]을 정든 님[情郎]에게 부친다고 말하면서 애정 공세를 펴고
있다. 그런데 실제로는 지척의 거리에 있는 약산성이 심리적으로 만
리나 된다고 하였다. 님이 찾아오지 않기 때문일 것이다. 헤어진 뒤
화자는 얼굴이 야위고 새 단장도 하지 않는다고 하였다.

> 골짜기 안에 무단히 이별의 한이 생기는데
> 남쪽 하늘로 돌아가는 꿈에 채색 구름이 가볍네.
> 유랑이 떠난 뒤에 도화는 늙어서

달빛 아래 누가 봉황의 피리에 기대랴?
洞裡無端別恨生　楚天歸夢彩雲輕
劉郎去後桃花老　月下何人倚鳳笙

둘째 수에서는 별리(別離)의 한으로 시작하고 있다. 채색 구름은
남쪽 하늘로 돌아갈 기대로 가볍다고 하면서, 유랑(劉郎)에 견주어진
님이 떠난 뒤에 도화(桃花)에 견준 자신은 늙었다고 토로한다.

　　가느다란 가랑비에 황매가 알리는데
　　끝없는 겨르로운 시름이 낮 꿈에 도네.
　　문득 화당의 제비 한 쌍을 부러워하나니
　　진흙을 물고 같이 갔다가 또 같이 오네.
　　廉纖小雨報黃梅　無限閑愁午夢回
　　却羡畫堂雙燕子　含泥同去又同來

셋째 수에서 화자는 겨르로운 시름[閑愁]을 말하고 있다. 그리고
진흙을 물고 같이 갔다가 같이 오는 제비 한 쌍을 부러워하고 있다.

　　새 연꽃 깊은 곳에 원앙이 목욕하는데
　　쓸쓸한 정원에 여름날이 기네.
　　굽은 난간에 두루 의지함을 그대는 보지 못하는가?
　　오리 화로가 다 사그라지도록 물이 향기에 잠기네.
　　新荷深處浴鴛鴦　庭院寥寥夏日長
　　倚遍曲欄君不見　鴨爐燒盡水沉香

넷째 수는 긴 여름날 쓸쓸한 정원에서 목욕하는 원앙을 바라보면
서 님을 생각하고 있다. 오리가 새겨진 화로에 불이 다 사그라지도록

물이 향기에 잠긴다고 하였다.

> 다정한 첩의 한은 박정한 낭군인데
> 낭군이 떠난 뒤에 어찌 첩의 애 끊음을 알랴?
> 홀로 은 항아리를 마주하니 비단 글자가 부추기는데
> 봄 시름이 어지러워 긴 실 같네.
> 多情妾恨薄情郎　郎去那知妾斷腸
> 獨對銀缸挑錦字　春愁撩亂如絲長

　다섯째 수에서 직접 님을 탓하고 있다. 정이 많은 화자가 한스러워
하는 것은 바로 낭군의 박정 때문이라는 것이다. 그리하여 어지러운
봄 시름이 기다란 실과 같다고 하였다.

> 붉은 편지가 마르자말자 눈물이 종횡으로 흐르는데
> 상사의 마음을 그려내니 글자마다 정이네.
> 묻나니, 낭군께서 돌아감은 정히 어느 날인가?
> 외로운 등불아래 홀로 깊은 맹약을 지키네.
> 紅牋裁罷淚縱橫　寫出相思字字情
> 爲問郎歸定何日　孤燈獨自守深盟

　편지를 쓰려고 종이를 마름질하자말자 눈물이 줄줄 흐르고, 그리
워하는 마음을 쏟아내니 글자마다 정이 드러난다고 하였다. 언제 돌
아갈 것이냐고 묻고는, 외로운 등불 아래에서 홀로 깊은 맹약을 지키
고 있다고 하고 있다. 약산성에서 임무가 끝나면 함께 돌아가자고 약
속을 했을 가능성이 보인다.

스스로 서로 이별한 뒤로 화장대를 잠갔는데
소식은 아득하고 기러기는 돌아오지 않네.
전과 같은 약산에는 밝은 달이 있는데
향긋한 술항아리로 누구와 더불어 좋은 회포를 열까?
自從相別閉粧臺　音信茫茫鴈不回
依舊藥山明月在　芳樽誰與好懷開

　이별한 뒤로는 화장대도 잠가서 치장도 하지 않고 있는데, 님의 소식
은 감감하다고 토로한다. 님이 있을 약산에는 달이 밝으니, 화자 생각
은 하지 않고 술항아리를 앞에 놓고 회포를 풀 것이라고 예상한다.

밤마다 그대를 생각하느라 꿈이 어슴푸레한데
슬프게도 아름다운 기약이 하룻밤에 어그러졌네.
길 가의 드리워진 버들은 실을 땅에 떨구고
푸르디푸르게 아직도 옛 사람이 돌아오기를 기다리네.
思君夜夜夢依俙　惆悵佳期一夕違
路上垂楊絲拂地　靑靑猶待故人歸

　화자는 밤마다 그대[君]를 생각하면서 희미한 꿈을 꾸는데, 아름다
운 기약이 어그러져서 슬프다고 토로한다. 화자에 견준 길 가의 버들
이 축 늘어진 채로 옛 사람이 돌아오기만을 기다린다고 하였다.

동서로 마우풍이 한 번 떨어지매
바다와 산에 맹서한 것이 마침내 허공에 떨어졌네.
오늘밤 옥 같은 낭군은 어느 곳에서 묵는가?
베개 옆에는 아직도 붉은 눈물 자국을 띠고 있네.
東西一隔馬牛風　海誓山盟竟墮空

今夜玉郎何處宿　枕邊猶帶淚痕紅

마우풍(馬牛風)은 『서경』「비서(費誓)」에 나오는 말로 동물들이 바람난 것을 가리키는데, 서로 정분이 난 것을 뜻한다. 그런데 이러한 정분이 동서로 떨어져 있어서, 바다와 산에 맹서한 것이 허공에 떨어지고 말았다는 것이다. 전구에서는 어느 곳에서 묵느냐고 하면서 상대를 의심까지 하고 있다. 결구에서 화자는 붉은 눈물을 흘리고 있다고 하면서 상대방에 대한 원망을 드러내고 있다.

> 홍루에서 시름은 찡그린 비취빛 미인에 기대는데
> 처마 끝에서 지저귀는 제비는 누구에게 하소하는 듯하네.
> 편지 한 통을 잡고 멀리 말을 부치나니
> 마땅히 동원에서 한 때의 봄을 아까워하리.
> 紅樓愁倚翠蛾顰　簷燕呢喃似訴人
> 爲把一封遙寄語　東園須惜片時春[83]

마지막 수에서 화자는 홍루의 시름에 잠겨 있고, 처마 끝에서 지저귀는 제비는 무언가 하소연을 하고 있다. 편지를 마무리하여 부치면서, 마땅히 '동원도리편시춘(東園桃李片時春)'을 아까워해야 할 것이라고 발화하고 있다. 굳은 약속을 지켜야 할 것이라는 당부이기도 한 셈이다.

결국 애정이 두 사람 사이의 맹약(盟約)을 통해 이루어진 것이나 함께 있지 못하고 서로 헤어지면서 애정을 이어갈 수 없음을 탄식하고 있다.

---

83) 구용, <代鐵瓮妓寄朴輝遠>, 『竹窓遺稿』 卷之下, 『한국문집총간』 속16, 254면.

한편으로 두 사람 사이의 맹약으로 맺은 애정도 방해하는 사람이 나타나면서 어그러질 수도 있다는 인식을 보이기도 한다. 〈즉생의 정인을 힘 있는 자에게 빼앗기게 되어 장난삼아 주다. *즉생은 성계선이다.(則生情人, 爲有力者所奪, 戲贈. *則生成啓善)〉이다.

> 무정한 봄 뜻은 끝까지 깊은데
> 문원에서 먼저 〈백두음〉을 지었네.
> 가련하게 삼동의 눈을 피하지 못하니
> 어찌 한마디의 마음을 굳게 지킴과 같으랴?
> 외로운 탑상에 밤이 차가우니 시름이 혹독하고
> 깊은 집에 사람이 떠나니 믿음이 가라앉네.
> 산과 바다에 맹서한 일도 끝내 믿기 어렵나니
> 부질없이 아름다운 낭군을 보내며 눈물이 옷깃에 가득하네.
> 春意無情到底深　文園先賦白頭吟
> 可憐不避三冬雪　何似堅持一寸心
> 孤榻夜寒愁悄悄　深宮人去信沉沉
> 盟山誓海終難恃　空遣阿郎淚滿襟[84]

이러한 현상은 『광해군일기』의 기사에서도 확인할 수 있어서 당시 사회의 한 병폐 현상으로 이해할 수도 있다.

> 전지를 내리기를,
> "전 참판 남이공은 본디 여기가 모인 바이고 화태가 기른 바로, …
> 거상 중에는 방사를 삼가지 않아서 한씨 집의 여종과 간통하다가 들통

---

84) 구용, 〈則生情人, 爲有力者所奪, 戲贈〉,『竹窓遺稿』卷之下,『한국문집총간』속 16, 238~239면.

났고, 또 최완의 첩을 빼앗아 연애편지를 주고받고[香簡翩翩] 멋대로
오갔다. …"85)

한편 남성 화자가 여성 대상에 대한 애정을 토로한 경우를 유희경
(劉希慶, 1545~1636)이 기생 계랑(癸娘)에게 보낸 시편에서 확인할 수
있다. 다음 〈계랑을 생각하다(懷癸娘)〉에서는 서로 떨어져 지내면서
만나지 못하고 그리워하는 정황을 제시하고 있다.

아가씨 집은 낭주에 있고
나의 집은 서울 어귀에 있네.
서로 그리워하면서도 서로 만나지 못하니
오동잎에 떨어지는 빗소리에 애가 끊어지네.
娘家在浪州　我家住京口　相思不相見　腸斷梧桐雨86)

그리고 〈계랑에게 주다(贈癸娘)〉에서는 고운 뺨을 찡그리게 되었을
때 고칠 수 있는 선약이 있는데, 그것을 정인에게 주고 싶다고 진술
하고 있다.

나에게 선약 하나가 있는데
고운 뺨의 찡그림을 고칠 수 있네.
비단 주머니 속에 깊숙이 갈무리했다가
정인에게 주고 싶네.
我有一仙藥　能醫玉頰嚬　深藏錦囊裏　欲與有情人87)

---

85) 『광해군일기』 권93, 8년(1616) 8월 13일(정해), 『국역 광해군일기』 14, 14면.
86) 유희경, 〈懷癸娘〉, 『촌은집』 권1, 『한국문집총간』 55, 7면.
87) 유희경, 〈贈癸娘〉, 『촌은집』, 『한국문집총간』 55, 7면.

그런데 이름으로만 듣던 계량을 직접 만나게 되어서 지은 〈계량에 게 주다(贈癸娘)〉에서는 신녀가 삼청에 내려온 것 같다고 감탄하고 있다.

일찍이 남쪽 나라에 계량의 이름을 들었는데
시와 노래로 서울에 진동한다네.
오늘 참모습을 서로 보게 되니
문득 신녀가 삼청에 내려온 것인가 의심하네.
曾聞南國癸娘名　詩韻歌詞動洛城
今日相看眞面目　却疑神女下三淸[88]

하지만 〈장난삼아 계량에게 주다(戱贈癸娘)〉에서는 앞에서 선약이 라고 지칭했던 수달의 골수로도 찡그린 고운 뺨을 고칠 수 없고, 외 로운 베개의 차가움을 견딜 수 없는 신녀가 무산의 운우가 자주 내려 온다고 하였다.

복사꽃 붉은 맵시가 잠시 봄이더니
수달의 골수로 고운 뺨의 찡그림을 고치기 어렵네.
신녀가 외로운 베개의 차가움을 견딜 수 없어
무산의 운우가 자주 내려오네.
桃花紅艶暫時春　獺髓難醫玉頰嚬
神女不堪孤枕冷　巫山雲雨下來頻[89]

한편 〈상사곡〉을 표제로 내세운 것은 서로 그리워하는 마음을 드

---

88) 유희경, <贈癸娘>, 『촌은집』, 『한국문집총간』 55, 8면.
89) 유희경, <戱贈癸娘>, 『촌은집』, 『한국문집총간』 55, 9면.

러낸 것으로 조문수의 〈상사곡〉을 살필 수 있다.

> 아침에도 길이 서로 그리워하고
> 저녁에도 길이 서로 그리워하네.
> 그대를 그리워해도 그대는 알지 못하고
> 그대를 바라보아도 그대는 오지 않네.
> 지난 날 그대와 더불어 처음 기뻐한 것을 기억하노라니
> 상아 침상의 향기로운 꿈에 봄 구름이 피어올랐네.
> 나에게 비단 주머니가 있어 그대를 위하여 열 수 있고
> 나에게 새긴 거문고가 있어 그대를 위하여 손질하리.
> 한 번 헤어져도 길이 정을 머금는데
> 아득히 여러 개의 성이 떨어졌네.
> 가실 때에 창 앞에 앵두꽃이 피었는데
> 희기가 은 같더니 지금은 다 떨어졌네요.
> 그대는 보지 못했는가, 날아가고 날아오는 것이 부질없이 절로 봄임을.
> 朝亦長相思　暮亦長相思　思君君不知　望君君不至
> 憶昨與君初合懽　象床香夢春雲起
> 我有錦囊爲若開　我有雕琴爲君理
> 一別長含情　遙遙隔重城
> 去時窓前櫻花開　白似銀如今落盡
> 君不見飛去飛來空自春[90]

　애정의 주제 항목은 매우 다양한 층위를 형성한다고 할 수 있는데, '염곡(艶曲)', '상사곡(相思曲)', '단장사(斷腸詞)' 등의 표제로 제시되어 있는 것이다. 화자와 대상과의 관계, 관계의 층위 등 여러 변수가 고

---

90) 조문수, <相思曲, 寄沈元直 *名>,『설정시집』권2,『한국문집총간』속24, 370면.

려되고, 애정, 그리움, 애착 등의 변별까지 다루면서 그 추이를 살펴야 할 것인데, 17세기 후반 이후 우리말 노래의 작품에 드러나는 양상에 대한 관심을 증대시켜야 할 것이다.

3) 주제 항목으로서 풍류

풍류는 기본적으로 멋, 자유, 여유를 속성으로 하는 것이다. 그리고 풍류는 갖추어야 할 조건이나 태도를 중요한 기준으로 설정할 수 있다. 그리고 풍류는 대부분 남성화자의 발화로 나타나고 있음을 지적할 수 있다.

심동구(沈東龜, 1594~1660)의 〈지난밤 술자리의 기녀들과의 모임에서, 영공이 나의 중서성에서의 풍류를 말하며 도리어 묵은 자취를 돌아보았는데, 갑자기 이미 십수 년이 지난 일이었다. 지금의 기녀들 중에서 옛 일을 기억할 수 있는 사람이 누구이며, 반드시 나를 어느 곳의 늙은이로 여길 것이다. 자랑하는 설은 진실로 한 바탕 웃음이 될 것이기에. 마침내 앞의 운을 써서 장난삼아 절구 2수를 짓다.(前夜酒席妓輩之會, 令公說我舊中書風流, 轉昐陳跡. 倏已十數年矣. 卽今妓輩之能記舊事者何人, 必以我爲何處老翁也. 誇耀之說, 眞可一噱. 遂用前韻, 戲題二絕)〉라는 긴 제목의 시를 통해 풍류의 성격을 보도록 한다.

> 남은 삶에 병이 많아 도리어 기쁨이 적은데
> 십 년의 시름의 실마리가 너그럽게 된 것 같네.
> 접때에 흰 머리로 술동이 앞에서 춤을 추어서
> 조롱이 홍장들이 박수 치면서 보는 데 이르렀네.
> 多病餘生轉少歡　十年愁緒若爲寬
> 向來白髮樽前舞　嘲被紅粧拍手看

노래와 악기의 향기에 미혹됨이 지난날의 즐거움인데
우로의 은혜가 깊어서 옥잔이 너그러웠네.
지난 번 유랑은 지금 이미 늙었는데
꽃을 완상함이 모두 꿈속에서 보는 것과 비슷하네.
疑香歌吹昔年歡　雨露恩深玉盞寬
前度劉郎今已老　賞花渾似夢中看[91]

　이러한 풍류는 노래와 악기가 수반된 연회를 가리키는데, 기악(妓
樂)이 어우러지면서 분위기가 고조되는 경우로 난만한 풍류[92]라고
할 수 있다. 〈상대별곡〉을 부르면서 즐기는 감찰계의 지속과 경기체
가의 풍류가 여기에 해당하는데, 이황이 "긍호방탕 설만희압(矜豪放
蕩 褻慢戲狎)"이라고 비판한 이후, 황준량은 "일시선학(一時善謔)", 권
호문은 "주색(酒色)"이라고 비판한 것처럼, 16세기 향촌사림에 의해
크게 비판받은 바 있다. 그러나 17세기 전반에 여악(女樂)의 재설치
와 함께 서로 풍류와 무변 풍류 등에서 이러한 난만한 풍류는 다시
부각된 것으로 볼 수 있다.
　실제 음악과 주색을 포함한 연행의 자리에서 난만한 풍류는 조선
후기 문화의 큰 특징으로 자리잡았던 것으로 평가할 수 있다.
　그런데 멋, 자유, 여유를 속성으로 하는 풍류에서 17세기 전반 이
정구를 중심으로 젓대와 거문고가 있는 풍류, 그 중에서도 젓대만 있
는 풍류를 매우 소중하게 인식하고 절제의 미학을 터득한 내용을 상
풍류(上風流)로 설정할 수 있다.
　이정구는 기악이 어우러지는 풍류의 현장을 배제하는 것은 아니지

---

91) 심동구, 『청봉집』 권2, 『한국문집총간』 속25, 326면.
92) 최재남, 「시조의 풍류와 홍취」, 『서정시가의 인식과 미학』(보고사, 2003), 234~235면.

만, 젓대와 거문고가 있는 풍류, 그 중에서도 젓대만 있는 흥취를 매
우 소중하게 받아들이고 있다.

이정구는 선조 36년(1603) 함흥의 화릉(和陵)을 개수하러 갔다가 돌
아오는 길에 금강산을 유람하게 되는데, 이때의 기록인 「유금강산기
(遊金剛山記)」에서 적공(篴工) 함무금(咸武金)[93]을 데리고 가면서 젓대
소리의 흥취를 말하고 있다.

> 16일 저물녘에 날이 개어 출발하려 하니 방백이 굳이 만류하며 만세
> 교(萬歲橋)를 구경하러 가자고 하기에 해가 질 무렵 함께 낙민정(樂民
> 亭)에 올랐다. …(중략)…… 술자리를 파하고 아래로 걸어 내려가 다
> 리 위에 앉아 무금에게 젓대 한 곡조를 불게 하고 사방을 돌아보니 드
> 넓은 물이 질펀히 흐르고 몸은 마치 반공에 떠 있는 듯하였으며, 하늘
> 빛은 물에 거꾸로 비치고 물결은 일지 않았다. 정신과 뼛속에 서늘하
> 여 술기운이 이내 사라지기에 술을 가득 부어 몇 잔을 마시고는 도도
> 한 주흥에 겨워 돌아가는 것도 잊었다. 그 자리에는 기악(妓樂)은 없
> 고 단지 젓대 소리만 맑게 깊은 물속을 꿰뚫고 울리니 더욱 좋은 흥취
> 가 있었다.[94]

철이현을 넘어 큰 들판 하나를 지나니, 바로 장안동이었다. 물은 더
욱 맑고 바위는 더욱 희고 산은 더욱 기이하여 이미 인간 세상의 풍경
이 아니었다. 시내는 만폭동의 하류인데, 모두 아홉 번 물을 건너서야
비로소 절 문에 이르렀다. 무금을 시켜 말 위에서 젓대 한 곡조를 불게
하고 앞으로 가니…(중략)… 술기운이 무르익자 내가 무금을 시켜 몰
래 향로봉 가장 높은 정상, 소나무가 우거진 곳에 올라 가늘게 젓대를

---

93) 咸武金은 咸無金으로도 나온다.
94) 이정구, 「유금강산기 상」, 『월사집』 권38, 『한국문집총간』 70, 124면.

불게 하였더니, 그 소리가 아득하여 마치 구천에서 들려오는 듯하였다. …(중략)… 젓대 소리가 더욱 맑게 울려 구름과 안개 속으로 흩어져 들어가고 때로는 바람을 따라 끊어졌다 이어지곤 하였다. 나는 비록 누가 부는 것인지 알고 있었지만 그래도 신선이 아닐까 하는 생각이 들 정도였다. …(중략)… 무릇 이번 여행에서 적공은 반드시 앞에 가면서 앉거나 쉴 때에는 어김없이 젓대를 불었다.95)

앞에 인용한 것은 함흥의 낙민정에서 밝은 달밤에 술자리를 파한 뒤에 젓대로 한 곡조를 불게 하니 몸이 반공에 떠 있는 듯하고 정신과 뼛속이 서늘하였다고 회고하고 있다. 기악(妓樂)은 빠지고 젓대 소리만 깊은 물속을 꿰뚫고 울리어 흥취가 더욱 좋았다는 것이다.

다음에 인용한 것은 금강산 향로봉 정상에서 부는 젓대 소리를 들으니 천악(天樂)처럼 젓대 소리가 맑게 울려 구름과 안개 속으로 흩어져 들어가고 때로는 바람을 따라 끊어졌다 이어지곤 하여 마치 신선이 부는 것으로 착각할 정도였다는 것이다. 기녀를 포함한 다른 관현이 빠진 자리에 젓대 소리의 흥취를 강조한 것이라 할 수 있다.

그리고 〈취하여 가기의 부채에 써 주다〉96)와 같은 작품에서는 술과 노래가 어우러진 연행 현장의 상황과 겉으로 드러난 화려함 뒤에 감추어진 가기의 측은한 내면을 섬세하게 묘사하고 있다.

> 붉은 입술 움직이고 푸른 눈썹 비꼈는데
> 님의 술잔 잡고서 님을 위해 노래하네.
> 술잔 멈추고 살포시 웃으며 금비녀 매만지고
> 술기운이 오르는지 발그레한 얼굴이 고와라.

---

95) 이정구, 「유금강산기 하」, 『월사집』 권38, 『한국문집총간』 70, 126~127면.
96) 이정구, 〈醉書歌妓扇〉, 「권응록 중」, 『월사집』 권17, 『한국문집총간』 69, 397면.

　　술동이 앞에 가랑비 내려 많은 꽃잎이 지는데
　　한 곡조 나직이 읊으며 젊은 날을 슬퍼하네.
　　좋은 기약은 덧없어서 쉬이 어긋나나니
　　끊임없이 정을 머금은들 너를 어이하랴?
　　朱脣動翠黛斜　　把君杯爲君歌
　　停杯淺笑整金釵　　酒暈欲上嬌顔酡
　　罇前微雨落花多　　一曲低唱傷年華
　　佳期荏苒易蹉跎　　脈脈含情奈爾何

　기녀(妓女) 제도는 공변의 목적으로 설립한 것인데, 그 중에서도
가기는 연향을 위한 목적이 중심이라고 할 수 있다. 잔치 자리에서
노래를 통하여 사행(使行)이나 무비(武備)에 골몰하는 사람들을 위로
하는 역할을 맡은 것으로 이해할 수 있다. 그리하여 그들이 권하는
술을 받아들고 그들을 위하여 노래를 부르고 있지만, 자신의 젊은 날
을 돌아보면서 슬픔이 차지한 자리를 반추하게 되는 것이다. 때로 마
음에 드는 사람이 나타나 좋은 기약[佳期]을 맺는다고 해도 신분의
차이를 비롯한 여러 가지 이유로 지속되기 어려운 실정이라, 마음에
만 간직할 뿐 어찌할 수 없다는 체념이 앞서게 되는 것이다. 이정구
의 이 시에서는 가기(歌妓)에게 쉽게 마음을 줄 수 없다는 상대부(上
大夫)의 심리를 드러낸 것으로 읽을 수 있다.
　이정구는 가기(歌妓)가 동원된 관례적인 풍류의 자리 자체는 부정
하지 않고 있지만, 그 자리에서 물끄러미 바라보면서 절제를 지키는
것으로 자신의 태도를 드러내고 있다. 그러면서도 이들 가기가 지닌
고민에 대해 공감하면서 그들의 입장을 대신 말할 수 있을 정도로 연
민의 태도를 보이기도 한다. 또한 그들이 모은 시들에 제시(題詩)를
하면서 이들을 위로하기도 하였다.

그리고 동료나 선배들과의 풍류의 자리에 아들 명한(明漢, 1595~1645)과 소한(昭漢, 1598~1645)을 대동하거나 따로 보내기도 하였는데, 이를 통해 이들 집안의 풍류가 전승되는 계기가 마련되었다고 할 수 있다. 광해군 7년(1615) 가을에 이항복을 찾아간 자리에 있었던 일을 기록한 것이다.

> 공이 노촌에 있을 때 내가 아들 명한을 데리고 술병을 들고 찾아가니, 공은 혼연히 맞이하며 말하기를 "내가 도봉산의 천석을 구경하고 싶었으나 마음 맞는 사람이 없었는데 군이 마침 왔구려." 하고는 도건을 쓰고 망혜를 신고 나귀를 타고 가서 명승을 두루 구경하고 함께 침류당에 유숙했다. 삼경에 달이 떠오를 때 나는 바야흐로 피곤하여 누워 있는데 공이 나를 발로 차며 말하기를 "달빛이 저토록 밝은데 어찌 잠만 잔단 말이요." 하고 나를 데리고 시냇가로 나갔다. 공이 홀연 서글픈 기색으로 말하지 않고 하늘을 우러러 길게 한숨을 내쉬고는 명한을 시켜 <출사표>를 외고 또 <적벽부>를 외게 하니, 표연히 우화등선의 생각이 있었다.[97]

그리고 이명한은 <일상의 초당에서 같은 이웃의 여러 학사들과 만나서 밤에 술을 마셨는데, 조카 홍상이 거문고를 타고, 조카 원상이 노래를 부르면서 화답하였다. 취한 뒤에 구호하다(一相草堂, 同隣諸學士夜飮, 弘偼彈琴, 元偼歌以和之. 醉後口號)>에서 연안이씨 집안을 중심으로 금가(琴歌)의 모임을 열고 있음을 밝히고 있다.

---

97) 이정구, <領議政鰲城府院君贈謚文忠李公墓誌銘>, 『월사집』 권49, <遊道峰書院記>, 『월사집』 권38에도 이와 비슷한 내용이 있고, <贈白沙李相公>, 「폐축록 상」, 『월사집』 권14도 이때에 지은 것이다.

악기에 의지하여 높게 노래하니 들보의 먼지가 움직이는데
아름다운 말은 무단히 열 사람을 지나네.
묻나니, 기정의 당일 모임에
좌중에서 능히 몇 사람의 사신(詞臣)이 있으랴?
倚絃高唱動梁塵　佳語無端過十人
借問旗亭當日會　座中能有幾詞臣[98]

　이정구의 맏아들인 이명한이 자신의 아들 이일상(李一相, 1612~
1666)의 초당에서 이웃 사람들과 모임을 가졌는데, 이 자리에 동생
이소한(李昭漢, 1598~1645)의 아들인 이홍상과 이원상이 참석하여 한
사람은 거문고를 타고 한 사람은 노래를 부르면서 금가지회(琴歌之會)
를 펼치고 있는 것이다. 그리고 집안의 풍류를 이으면서 이들 중에서
사신(詞臣)이 지속적으로 나오기를 바라는 마음을 드러내고 있다.
　이러한 사례를 통하여 사행을 떠나는 가친을 전송하기 위해 서로
(西路)의 길을 함께 떠나고, 가친이 참석하는 전별의 자리와 연향의
자리에 자식들이 함께 따르면서, 가친이 보이는 절제의 미덕을 터득
하고 아울러 상풍류(上風流)를 이어가는 전통을 읽어낼 수 있다. 그리
고 이러한 전통은 앞에서 제기한 바와 같이 연안이씨 집안의 중요한
문화(文華)라고 할 수 있는 것이어서, 17세기 이후 시가사의 이해를
위한 거멀못으로 이들 집안이 향유한 풍류의 성격을 해명하는 일이
새로운 주제 영역으로 부각되는 것이라고 할 수 있다.

---

98) 이명한, <一相草堂, 同隣諸學士夜飮, 弘侄彈琴, 元侄歌以和之. 醉後口號)>, 『백
　　주집』, 『한국문집총간』 97, 538면.

4. 기상의 저상에 대한 경계와 상시·우국의 태도

이항복(1556~1618)이 북청으로 유배를 가는 길에 철령을 넘으면서 지은 〈철령가〉는 당대에 큰 반향을 불러일으켰는데, 이정구는 학문하는 신하의 입장에서 어려운 상황에 처했을 때 기상이 저상되는 것을 염려하는 입장을 제시했다.[99)]

이러한 태도는 오랜 세월 글을 읽으면서 학문을 한 선비로서 어떠한 상황에도 흔들리지 않는 확고한 힘을 얻어서 당당하고 화평하게 대처할 수 있어야 한다고 본 것이다. 그리움에서 말미암은 슬픔을 담고 있는 것은 인정하면서, 그 슬픔으로 인하여 기상이 저상되는 것은 바람직한 정서의 방향이 아니라고 경계한 것으로 이해할 수 있다.

〈철령가〉를 〈수조가〉에 견주고 있는 것은 구체적인 곡을 가리킨다기보다 원망스럽고 처량한 음조를 지닌 노래를 가리키는 것으로 이해할 수 있어서, 신흠의 다음 노래에서 말한 상성(商聲)에 대한 경계와 상통하는 것이다.

> 步虛子(보허자) 몃츤後(후)에
> 與民樂(여민락)을 니어ᄒ니
> 羽調界面調(우조계면조)에 客興(객흥)이 더어세라
> 아ᄒ야
> 商聲(상성)을 마라 히져물가 ᄒ노라

『청구영언』 145

99) 최재남, 「이정구의 가곡과 풍류에 대한 인식 고찰」, 『반교어문연구』 32집(2012),
210~215면, 「〈철령가〉에 대한 반향의 두 시각」, 『국문학연구』 29호(2014), 65~74면.

그러나 여러 차례의 전쟁을 겪으면서 알게 모르게 비가(悲歌)[100]가 널리 불려지고, 권변(權變)의 성격을 지닌 계면조(界面調)가 자연스럽게 연주되면서 정서의 방향과 악곡의 레퍼토리에 큰 변화가 일어났다고 할 수 있다. 한편으로 변풍의 시대를 대표하는 〈후정화(後庭花)〉[101]가 유행하게 된 것도 하나의 특징이라 할 수 있다.

1) 〈철령가〉를 둘러싼 기상 저상의 경계

〈철령가〉를 둘러싼 논의는 〈철령가〉가 지어진 17세기 초반에 학문하는 신하의 입장에서 어려운 상황에 처했을 때의 태도를 중시하는 입장을 강조하고 있다. 이정구가 보인 반향이 바로 단적인 예이다.

> 鐵嶺(철령) 노픈 峰(봉)에
> 쉬어넘는 져 구름아
> 孤臣寃淚(고신원루)를 비사마 띄여다가
> 님계신
> 九重深處(구중심처)에 뿌려본들 엇드리
>
> 『청구영언』 103

이정구는 〈철령가〉가 지어지고 난 직후에 절구 1수와 〈철령가〉를 접하고 이항복에게 편지를 보내면서 이 작품이 지닌 기상의 저하에 대해 염려하는 입장을 다음과 같이 표출하고 있다.

---

100) 이덕일의 <우국가>나 이정환의 <비가> 10수를 예로 들 수 있는데, 특히 이정환은 이항복의 손서이기도 하다. 남구만 찬, <묘표>(『국조인물고』 중)
101) <후정화> 또는 <후정곡>의 향유와 전승에 대한 별도의 고찰이 필요할 것으로 본다.

조통판이 와서 대감의 절구 1수를 전해 주었고, 근자에 또 어떤 사람이 대감의 가곡을 전해 주었습니다. 대궐을 그리워하는 정의가 가득하고 괴로운 말이 매우 처연하여 소리 높여 외노라니 절로 눈물이 흘러내렸습니다. 그러나 전날 동강에 계실 때 부쳐 주신, "영균의 마음이 너그럽지 못한 것을 도리어 비웃네."라는 구절에 비하여 기상이 자못 저하된 듯하니, 먼 변방의 황량한 곳에서 회포가 절로 평안치 못하여 그러한 것입니까? 생각하면 마음이 우울해집니다. 이 시에 보운한 시한 수와 달을 보며 회포를 적은 시 한 수를 별지에 적어 보내니, 고적한 중에 천리 밖의 사람을 대한 듯이 보시기 바랍니다. 또 짧은 시 한수를 보냅니다. 이는 지난겨울 찾아뵐 때 입으로 읊고 아이를 시켜 구두로 전달한 것인데 끝내 감추어 둘 수만은 없어 보여 드리니, 보신뒤에 속히 불태워 다시 구설에 오르는 일이 없도록 하시기 바랍니다. 이만 줄입니다.[102]

〈백사 이상공에게 주다(贈白沙李相公)〉[103]의 서에 따르면 광해군 9년(1614)에 대북파에서 박몽준(朴夢俊) 등을 사주하여 연이어 소장을 올려 광해군의 모후인 인목대비를 폐위할 것을 청하였고, 이때 이항복은 재상에서 체직되어 교외의 독촌(禿村)에 머물고 있었는데, 이정구는 중국에 사신으로 갔다가 돌아와 두문불출하고 있다가 아들 명한(明漢)을 데리고 이항복을 찾아가서 사생을 같이하기로 맹세하면

---

102) 이정구, 「答白沙」, 『월사집』 권35, "趙通判來傳台絶句, 近又有人傳台歌曲. 思歸戀闕, 情意藹然, 苦語凄然, 誦之自然淚浹下. 然比之前日在東岡時所寄却笑靈均意不寬之句, 氣象頗似低垂, 豈絶塞窮荒, 懷抱自不能平耶? 思之邑邑. 步韻一絶及見月有懷一律, 錄在別紙, 孤寂中幸爲千里面目, 如何? 又短律, 是前冬進別時口占, 而令豚兒口達者, 不能終隱, 覽過快付丙, 勿令更添齒舌也. 不宣." 『국역 월사집』 5, 173~174면. 최재남, 「이정구의 가곡과 풍류에 대한 인식 고찰」, 『반교어문연구』 32집(반교어문학회, 2012), 210면 참조.
103) 이정구, 〈贈白沙李相公〉, 「폐축록 상」, 『월사집』 권14, 『한국문집총간』 69, 339면.

서 다음과 같이 구두로 읊은 것이다. 이것이 위의 편지에서 말한 짧은 시이다. 구설에 오를 것을 염려한 바와 같이 이 시에는 당시에 일어나고 있는 정치적 국면들에 대한 조심스러운 입장 표명도 포함되어 있다.

> 백발에 다시 서로 만나니
> 남은 삶이 각각 성스러운 은혜이네.
> 우리 동배는 오직 죽음만 있을 뿐이니
> 세상일은 말하고 싶지 않네.
> 물이 넓으니 교룡이 숨고
> 겨울이 따뜻하니 기러기와 오리가 놀라네.
> 비낀 햇살에 몇 줄기 눈물 흘리며
> 목릉촌에 말을 세우네.
> 白髮重相見　餘生各聖恩
> 吾儕唯有死　世事欲無言
> 水闊蛟龍蟄　冬暄雁鶩喧
> 斜陽數行淚　立馬穆陵村[104]

  그런데 결국 폐모의 부당함을 아뢰다가 유배의 길에 오르게 된 것이다. 앞에 인용한 편지보다 미리 쓴 편지에서는 결국 유배지로 떠나게 된 상황에서, 독서의 공력이 확고한 힘을 얻어야 한다고 강조하면서, 당당한 태도로 유배의 길을 떠날 것으로 기대하는 태도를 드러내고 있다.

---

104) 위와 같은 곳.

누워서 생각하니 배소로 떠나시는 날이 바로 오늘이라 자연 눈물이 베갯머리를 적십니다. 이는 단지 고구와 이별하는 아쉬움 때문만은 아닙니다. 60년 동안 독서하신 것이 바로 오늘 같은 날 득력(得力)하기 위해서이니, 흔쾌히 가시리라 믿습니다.[105]

오랜 세월 글을 읽으면서 학문을 한 선비로서 어려운 상황에 처했을 때 깊이 깨달아서 흔들리지 않는 확고한 힘을 얻을 수 있어야 하고, 당당하게 대처해야 한다고 본 것이다.

급변하는 정치적 국면에서 사생을 함께 하기로 한 다짐, 오랜 세월 독서의 공력으로 위기 상황에서 득력(得力)하기를 바라는 마음이 전제된 입장에서, 〈철령가〉에 드러난 내용은 신하가 대궐을 그리워하는 정의가 가득한 것은 기본으로 인정할 수 있으나, 괴로운 노랫말이 매우 처연하게 들려서 소리높이 외노라니 눈물이 흘러내린다고 하였다. 〈철령가〉가 그리움에서 말미암은 슬픔을 담고 있으며, 접때 동강(東岡)에서 굴원(屈原)의 태도를 비판하면서 보낸 시와 견주어보니, 슬픔으로 인하여 기상(氣象)이 매우 저하된 것으로 느껴져서 마음이 우울해진다는 것이다.

처음 예시한 편지에서 인용한 "영균의 마음이 너그럽지 못한 것을 도리어 비웃네."라는 구절은 이항복이 동강(東岡)으로 물러나서 지내면서 이정구에게 보낸 시 〈성징에게 부치다(寄聖徵)〉[106]의 결구인데, 시의 내용은 다음과 같다.

---

105) 이정구, 「又」, 『월사집』권35, "臥想登程在今日, 自然淚在枕邊, 非獨爲故舊分離之恨也. 六十年讀書, 正爲今日得力, 只應快適." 『국역 월사집』5, 170면.
106) 이항복, 〈寄聖徵〉, 『백사집』권1, 『한국문집총간』62, 173면.

누가 쇠약한 힘으로 허망하게 산을 지게 했던가?
천은으로 늘그막에 강가에서 늙게 허락하셨네.
못가에서 읊조리느라 형용은 야위었으나
영균의 마음이 너그럽지 못한 것을 도리어 비웃네.
瑣力誰令妄負山　天恩晩許老江干
行吟澤畔形枯槁　却笑靈均意不寬

　기구와 승구는 이항복 자신의 일을 말하고 있고, 전구와 결구는 굴
원의 사정과 그의 처신에 대한 태도 표명이라고 할 수 있다. 관직에
서 물러나 서울 근교의 동강(東岡)에서 지내는 자신의 삶을 천은이라
고 이해하면서, 비록 굴원이 쫓겨나서 못가에서 지내느라 야위고 생
기를 잃어서 고고(枯槁)한 형세이기는 하지만, 뜻이 너그럽지 못한[不
寬] 그의 태도는 마땅하지 못하다고 비판하고 있다.
　영균(靈均)은 초나라 굴원(屈原)의 별호인데, 회왕(懷王)의 신임을
받았으나 상관대부(上官大夫) 근상(靳尙)의 참소를 입게 되어서, 「이
소(離騷)」를 지어서 충간하였으나 받아들여지지 않고 쫓겨났다. 그는
강가에서 지내면서 머리를 풀어헤치고 못가에서 읊조리느라 안색이
초췌(憔悴)하고 형용이 고고(枯槁)하였다. 한편 어부를 만나서 굴원이
"온 세상이 흐린데 나만 홀로 맑으며, 뭇 사람들이 모두 취했는데 나
만 홀로 깨어 있다. 이로써 쫓겨났다.(擧世混濁而我獨淸 衆人皆醉而我獨
醒 是以見放)"라고 하자, 어부가 "무릇 성인은 어떤 일에 엉기어 막히
지 아니하고 세상과 더불어 움직일 수 있고, 온 세상이 흐리다고 어
찌 그 물결을 따르지 않으랴 하면서 그 물결을 흩날리며, 뭇사람들이
모두 취했다고 어찌 그 지게미를 먹지 않으랴 하면서 그 술을 마시
니, 무슨 까닭에 아름다운 옥을 품고 아름다운 옥을 쥐고 있으면서

스스로 쫓겨나게 하는가?(夫聖人者 不凝滯於物而能與世推移 擧世混濁 何
不隨其流 而揚其波 衆人皆醉 何不餔其糟而啜其醨 何故懷瑾握瑜 而自令見放
焉)"107)라고 대화를 나누기도 하다가, 〈회사(懷沙)〉를 짓고는 멱라수
에 빠져죽었다. 이렇듯 굴원은 자기 자신은 깨끗하다고 하면서 세상
에서 쫓겨난 것을 억울하게 생각하고 원망하는 마음을 품었으므로,
너그러운 마음을 가지지 못하였다고 안타까워하고 있는 것이다.

  이항복은 굴원의 태도가 너그럽지 못하다고 비판한 것인데, 굴원
이 세상이 모두 흐리고 취해 있다고 하고 자신만 홀로 맑고 깨끗하여
용납되지 못한다고 인식한 것에 대하여, 이항복이나 이정구 모두 이
러한 태도를 너그럽지 못한[不寬] 태도로 이해한 것이다. 그런데 이
정구는 이항복의 〈철령가〉에서 매우 기가 꺾인 태도를 읽어낸 것이
다. 이로 볼 때 이정구는 이항복의 태도가 흔들린 것에 대한 안타까
움을 표현하고 있고, 기상의 저상(沮喪)은 바람직한 정서의 방향이
아니라고 경계한 것이다.

  한편 북청에 유배된 이항복은 〈야좌(夜坐)〉에서 돌아갈 날을 손꼽
아 헤아리면서 새벽달[曉月]과 외기러기[孤鴻]를 통해 한양으로 돌아
가고 싶은 내면을 강하게 드러내고 있다.

    밤새도록 고요히 앉아 돌아갈 길을 헤아리는데
    새벽달이 사람을 엿보며 밝게 문에 들어오네.
    갑자기 외기러기가 하늘 바깥을 지나가니
    올 때는 응당 한양성에서 출발했으리.
    終宵默坐筭歸程　曉月窺人入戶明
    忽有孤鴻天外過　來時應自漢陽城108)

107) 『史記』 권84, 「屈原賈生列傳」, 『史記』(中華書局, 1982), 2486면.

　　앞에서 인용한 편지에서 확인할 수 있는 바와 같이 이 시가 이정구에게 전달되었고, 이정구는 〈오성 상공의 시에 차운하여 도로 부치다. *이때 나와 오성이 함께 대간의 탄핵을 받았는데, 오성이 먼저 죄를 받고 북청으로 귀양 가다〉109)를 지어 보내면서, 이항복의 내면에 대한 이해를 드러내고 있다. 소식을 전하는 기러기가 〈철령가〉를 전해주었으며, 그리고 후주(後註)에서 밝힌 것처럼 당시에 서울 사람들이 이항복이 철령을 넘으면서 부른 〈철령가〉를 성대하게 전한다110)고 하면서, 〈철령가〉를 〈수조가(水調歌)〉에 견주어서 이해하고 있다.

> 관산의 길 얼마의 거리라고 말하지 마오
> 대궐의 문이 지척인데 춘명은 막혔다네.
> 무단히 하룻밤 남쪽으로 날아온 기러기에
> 〈수조가〉 소리가 도성에 가득하네.
> 休說關山路幾程　脩門咫尺隔春明
> 無端一夜南來雁　水調歌聲滿洛城

　　이정구가 이항복의 〈철령가〉를 〈수조가(水調歌)〉에 견주어 말하고 있는 것은 앞에 인용한 편지에서 말한 바와 같이 기상이 저하된 것으로 받아들이고 있기 때문일 것이다. 〈수조가〉는 악부 상조(商調)의 곡명으로 수나라 양제가 강도에 거둥하여 지었다고 전해지는 것으로, 성운(聲韻)이 원절(怨切)하다고 평가를 받는 노래이다. 『악부시집

---

108) 이항복, 〈夜坐〉, 『백사집』 권1, 『한국문집총간』 62, 183면.
109) 이정구, 〈次鼇城相公韻却寄 *時與鼇城同被臺評 鼇城先被 竄在北青〉, 「폐축록 상」, 『월사집』 권14. 이 시에 함께 수록한 원운은, "中宵不寐筭歸程 缺月窺人入戶明 忽有孤鴻天際去 來時應自漢陽城"으로 되어 있다.
110) 時洛下人 盛傳相公過嶺時歌曲

(樂府詩集)』「수조가(水調歌)」에 "『악원(樂苑)』에 '수조가는 수 양제(隋 煬帝)가 강도(江都)에 갔을 때에 지은 것으로 전해진다. 곡이 이루어 졌는데 이를 연주하자, 소리가 매우 원망스럽고 처량했다. 왕영언(王 令言)이 이를 듣고 나서 그 제자에게 이르기를, 「떠나가는 소리만 있 고 돌아오는 소리는 없으니 황제는 돌아오지 못할 것이다.」했는데, 뒤에 과연 그와 같았다.'했다.(樂苑曰 水調商調曲名也 舊說水調河傳 隋 煬帝幸江都時所製 曲成奏之 聲韻怨切 王令言 聞而謂其弟子曰 但有去聲而無 回韻 帝不返矣 後竟如其言)"[111]

그런데 『벽계만지(碧鷄漫志)』「가곡(歌曲)」에서는 〈수조가〉가 곡명 이 아니라 음조(音調)가 다른 것을 가리키는 세속에서 부르는 것으로 설명하고 있다.[112] 그러므로 〈수조가〉는 구체적인 곡을 가리키는 것 이라기보다 원망스럽고 처량한 음조를 지닌 노래를 가리키는 것으로 이해할 수 있을 것이다.

이항복은 결국 북청의 유배지에서 세상을 떠났는데, 이정구가 이 항복의 죽음을 애도한 〈백사 상공에 대한 만사 3수〉[113]의 둘째 수에 서도 〈수조가〉에 견주면서 〈철령가〉 속의 노랫말을 인용하고 있다.

> 마음은 똑같이 우리 임금을 사랑하는데
> 마음대로 백간을 어이 차마 들으랴?
> 다만 상담(湘潭)으로 앞뒤로 떠남에 비기었지
> 누가 천로(泉路)에 사생이 나뉠 줄 알았으랴?

---

111) 『중문대사전』「水調歌」.
112) 『중문대사전』「水調歌」, "予數見唐人說水調 各有不同 予因疑水調非曲名 乃俗 呼音調之異名". 그리하여 唐樂曲南呂商, 中宮調, 中管林鐘商, 一句七字曲, 一句 五字曲, 水調新腔, 水調銀漢曲 등으로 나눌 수 있다고 설명하고 있다.
113) 이정구, 〈挽白沙相公三首〉, 「폐축록 상」, 『월사집』 권14.

산동의 발자취라는 떠도는 말로 돌아오지 못했는데,
영외에서 지은 글인 <수조가>만 부질없이 전해지네.
천고의 충성스런 넋은 응당 눈물이 있어,
눈 덮인 찬 봉우리 돌아가는 구름에 뿌리리.
寸心同是愛吾君　白簡縱橫尙忍聞
只擬湘潭先後發　誰知泉路死生分
流言未返山東鳥　水調空傳嶺外文
千古忠魂應有淚　雪寒峯上灑歸雲

한편 협주에서 "백사가 철령을 넘을 때 부른 가곡 중에 이러한 말이 있다.(白沙過嶺時歌曲中 有此語)"라고 하여, "눈 덮인 찬 봉우리 돌아가는 구름에 뿌리리.(雪寒峯上灑歸雲)"가 〈철령가〉에 나오는 노랫말이라고 명시하고 있다.

이항복이 묘당을 구하고 나라를 위하여 바친 충혼(忠魂), 그리고 대궐을 그리워하는 정의 등은 매우 소중하게 인정하면서도, 〈철령가〉에 드러난 처연(淒然), 원절(怨切), 기애(寄哀) 등의 슬픔의 정서는 독서를 통하여 득력(得力)해야 하는 선비로서 경계해야 할 태도라고 보고 있는 것이다.

그리고 이정구는 다른 사람에게 보낸 편지에서도 북청의 유배지에서 이항복의 심리적 태도가 기상이 저하된 모습을 드러내고 있다고 우려하고 있다. 학문하는 선비가 지녀야 할 꿋꿋한 기상을 잃어가고 있는 데 대한 염려의 마음을 드러낸 것으로 이해할 수 있는 대목이다.

지난달 세 차례 서찰을 부쳐 왔는데 서찰에 괴로워하는 말이 많아 예전의 기상과는 달랐으며, 심지어 "날마다 철령을 넘어가서 송추로 돌아가 죽기를 바란다."는 등의 말이 있기에 매우 우려하였습니다. 그래서 마음을 달래는 내용으로 답장을 써서 보냈는데 서찰이 전달되기도 전에 부음이 이르렀으니, 어쩌면 이렇게 될 줄 미리 아셨던 것은 아닐는지요.114)

기상의 저상에 대한 이정구의 염려는 개인이 가지는 차원에 그치는 것이 아니라 사회적 분위기에 대한 염려로 드러난 것이라 평가할 수 있다.

그리고 삼가 비망기를 보건대 '거간(巨奸)이 주장한다'는 하교가 있으니, 이는 온 조정을 모두 의심하는 것입니다. 성명의 시대에 어찌 이러한 일이 있겠습니까. 사람들이 두려워하여 기상이 저상(沮喪)될까 참으로 두려우니, 작은 일이 아닙니다. 삼가 바라건대, 성상께서는 군정을 굽어살펴 위엄을 조금 거두심으로써 신료들이 화합하고 조정이 진정되도록 해 주시면 더없이 다행이겠습니다.115)

사람들의 마음이 저상되고 조야가 두려움에 떨고 있으니, 이 어찌 국가의 복이겠습니까. 신 등은 근심과 번민을 이기지 못하여 감히 이렇게 아울러 진달하니, 삼가 바라건대 성명께서는 유념하여 살펴보시고 흔쾌히 윤허해 주소서.116)

그리고 실제 저상(沮喪)은 낙담, 의기소침 등으로 요약할 수 있는 것으로 『장자』 「소요유」의 다음 문맥과 닿아 있다.

---

114) 이정구, 「答李綏之 綏錄」, 「書牘 下」, 『월사집』 권36, 『국역 월사집』 5, 215면.
115) 이정구, 「與領相詣賓廳啓辭」, 「계사」, 『월사집』 권27, 『국역 월사집』 4, 230~231면.
116) 이정구, 「賓廳啓辭」, 「계사」, 『월사집』 권27, 『국역 월사집』 4, 238면.

그리고 세상 모두가 칭찬한다고 더욱 힘쓰는 일도 없고, 세상 모두
가 헐뜯어도 기가 죽지 않는다. 다만 내심과 외물의 분별을 뚜렷이 하
고 영예와 치욕의 경계를 구분할 뿐이다.117)

기상의 저상에 대해 이토록 염려하고 경계하게 된 것은 선비 된 사
람이 학문을 하면서 지켜야 할 태도로 기상의 저상(沮喪)을 막아야
한다고 보기 때문이다. 학문을 하는 선비가 지녀야 할 태도로서, 어
려운 상황에 처했을 때 스스로 삶의 자세를 가질 때에 흔들리지 않고
당당하면서, 여유 있고 화평한 태도를 보여야 한다는 것으로 인식되
고 있었음을 분명하게 알 수 있다.

삼가 생각건대, 도(道)에는 고금이 없으나, 예전에는 성현(聖賢)이
있었고 지금은 성현이 없으니 선비된 사람이 어찌 옛것을 사모하지 않
으리오. 백성은 상덕(常德)을 타고났으나 학문이 아니면 그 이치를 밝
힐 수 없으니, 선비된 사람이 어찌 학문을 않을 수 있을 것인가. 명분만
옛을 사모하고 학문을 한다 하면서 방심하여 나쁜 짓을 하는 것은 유
독 한때의 폐단만은 아닌 것이다. 세상이 쇠하고 풍속이 퇴폐하여 선
비된 사람은 이미 향학의 정성이 적고, 시군세주(時君世主)도 따라 학
문의 이름을 미워하니, 유자(儒者)의 기운이 저상(沮喪)하고 유속(流
俗)의 무리가 뜻을 얻는 것은 말세의 공통된 병인 것이다. 저 성세장은
비부(鄙夫)가 그 말을 상관할 것이 없으나, 단지 한스러운 것은 임금
의 마음이 속류(俗流)와 깊이 합하여 마침내 선을 좋아하는 싹을 보전
할 수 없으니, 어찌 우울하지 않으랴.118)

---

117) 『莊子』「逍遙遊」, 且擧世而譽之, 而不加勸, 擧世而非之 而不加沮, 定乎內外之
   分, 辯乎榮辱之竟, 斯已矣.
118) 이이, 『석담일기』, 권하, 선조 2년(1579) 12월, 『국역 대동야승』 IV, 259면.

공의 사람됨으로 말하면, 어눌하여 말솜씨가 형편없었는데, 그럴듯
하게 꾸며 대는 일은 하나도 없이 그저 입에서 나오는 대로 마구 쏟아
내곤 하였으며, 일단 자기 마음속으로 옳은 일이라고 여기면 그대로
행동으로 밀고 나가곤 하였다. 그리고는 어떤 위세도 겁내지 않고 자
신을 이롭게 하는 일에도 빠져 들지 않으면서, 남이 뭐라고 비웃고 조
롱하거나 간에 의기(意氣)가 저상(沮喪)되지 않았는데, 이러한 일을
대개 어려서부터 늙을 때까지 하루같이 고수하였다.[119]

결국 이정구가 염려한 기상의 저상은 선비 된 사람으로서 학문을
하는 자세를 바탕으로 신하의 자리에서 보여야 할 태도의 당위성을
지적한 것이라 할 수 있다. 어렵고 힘든 처지에 놓이더라도 기상이
저상(沮喪)되지 않고 당당한 자세를 지녀야 할 것이고, 그 당당함이
시나 노래로 표현될 경우에도 흔들리지 않도록 해야 한다는 것이다.
〈철령가〉에 드러난 "고신원루(孤臣冤淚)"의 표현이 기상의 저상을 직
접 드러낸 것으로 보았을 것이다. 자신이 처한 처지가 슬프고 괴롭다
고 하고 자신이 그렇게 된 상황이 부당하다고 인식할지라도 그것을
기상이 저상(沮喪)된 시나 노래로 표현하는 일을 경계해야 한다고 본
것이다. 자신을 그런 상황으로 몰아간 사람을 포함한 가해자에 대한
태도는 포함되지 않아야 하고, 특히 임금에 대한 비판이나 원망을 표
면화시켜서는 곤란하다고 보는 태도가 중심을 차지하는 것으로 설명
할 수 있을 것이다.

〈철령가〉는 〈철관곡〉, 〈함관곡〉 등의 이름으로 불리면서 지속적
으로 비가(悲歌)로 인식되었다.

곽열(郭說, 1548~1630)은 〈오성의 철관곡 뒤에 짓다. 2수(題鰲城鐵關

---

119) 이식, 「綾海君草塘具公行狀」, 『택당선생별집』 9, 『한국문집총간』 88, 420면.

曲後 二首)에서 비가(悲歌)로 인식하면서 "남아의 눈물을 뿌려서는 안
되고", "철석같은 간장을 시험한다."라고 하였다.

충성스런 정성에 부질없이 한 마디 단심만 남았는데
높디높은 철령관은 남관(藍關)과 비슷하네.
비가 한 곡조에 구름은 응당 끊어지리니
유독 형산에서 한나라를 알 수 있는 것은 아니라네.
忠悃空餘一寸丹　鐵關嵬嶪似藍關
悲歌一曲雲應斷　不獨衡山解識韓

도깨비 마을에서 계활을 새롭게 하는데
기린각 위에는 옛 얼굴이 있네.
갈림길에서 사나이 눈물 뿌리지 말라.
평소의 철석같은 간장을 조금 시험하네.
魑魅鄕中新活計　麒麟閣上舊容顔
臨歧莫灑男兒淚　少試平生鐵石肝120)

그 뒤에 황호(黃㦿, 1604~1656)도 단천(端川)에서 고을의 기녀가 부
르는 이항복의 〈함관곡〉을 들은 느낌을 다음과 같이 진술하고 있다.
〈고별리〉, 〈안문사〉 등과 견주어서 이해되고 있음을 알 수 있다.
〈고별리〉는 이별을 아쉬워한 노래이고, 〈안문사〉는 이안눌의 〈귀안
가〉로 추정되는 것으로 고향을 그리워하는 노래이며, 〈철령가〉는 외
로운 신하가 나라를 떠나면서 그 내면을 드러낸 것으로 받아들이고
있는 셈이다.

---

120) 곽열, 〈題鰲城鐵關曲後〉, 『서포선생집』 권4, 『한국문집총간』 속6, 112면.

젊은 날에 일찍이 <고별리>를 읊었는데
북새에 와서 도리어 <안문사>에 견주네.
나그네살이 세월에 시권이 보태지는데
변새 바깥의 바람과 모래는 살쩍의 실에 오르네.
나그네가 어버이 그리느라 애가 끊어지려하는데
외로운 신하가 나라를 떠남에 눈물이 길게 드리워지네.
미인이 오성의 노래를 풀어서 부르는데
관산의 저녁 비에 끝이 없는 슬픔이네.
少日曾吟古別離　北來還擬雁門辭
客中歲月添詩卷　塞外風沙上鬢絲
游子戀親腸欲斷　孤臣去國淚長垂
佳人解唱鼇城曲　暮雨關山無限悲[121]

2) 국면의 변화에 대한 반응과 상시·우국의 태도

정치적 국면의 변화는 환국(換局)이라는 이름으로 불리기도 하지만, 정권(政權)의 교체로 인한 반응은 실제 여러 가닥으로 드러나기도 한다. 참여와 부침을 통한 반응과 그 형상화도 주목할 내용이지만, 실제로 국면의 변화에 대한 인식도 주목할 수 있을 것이다.

다음은 계해반정(1623), 정묘호란(1627), 병자호란(1636) 등에 대한 반응과 남아의 역할에 대한 태도로 <남아가>를 살펴보도록 한다.

현덕승(玄德升, 1564~1627)은 <계해년 삼월열엿샛날에 이렇게 오는 소식을 듣다(癸亥三月十六日, 聞此來消息)>에서 계해년(1623) 3월의 정치 국면 변화에 대한 반응을 보여주고 있다.

---

121) 황호, <十六日留端川, 鼇城李相國曾在北謫, 作咸關曲, 郡妓有唱此曲者, 有感作>, 『漫浪集』 卷之四, 『한국문집총간』 103, 429면.

오늘 천년에 성인이 나시어
천지에 둘레가 열리고 재앙의 일산이 사라지네.
눈 산과 얼음 골짜기에서 어느 곳으로 가랴?
어지럽게 요망한 허리를 거느렸으니 누가 넉넉함을 보랴?
도탄에 빠진 것을 여미는 자리로 바꿈을 따지지 않고
흐린 세상이 맑은 조정이 됨을 가장 기뻐하네.
나는 늙고 병듦을 탄식하며 궁박한 거리에 누워서
쓸데없이 축축하게 젖은 곳에서 푸른 하늘을 바라네.
千年今日聖人作　天地廓開氛翳消
雪山氷谷去何處　亂領妖腰誰見饒
不論塗炭換衽席　最喜濁世爲淸朝
歎我老病伏窮巷　徒勞霑濕望靑霄[122]

　궁박한 거리에 누워있는 늙고 병든 화자가 맑은 조정, 푸른 하늘, 단단한 종사, 신령의 도모 등을 기대하고 있다는 점에서 국면의 변화를 통해 새로운 희망을 걸고 있음을 읽을 수 있다.

　그런데 몇 해가 지나지 않아 5수로 이루어진 유숙(柳潚, 1564~1636)의 〈시대를 아파하며 여러 가지를 읊다(傷時雜詠)〉에서는 오랑캐의 준동과 거기에 제대로 대응하지 못하는 데 대한 격정적 반응이 나타나고 있다. 정묘호란(1627)의 상흔에 대한 진술로 볼 수 있다. 첫 수를 보도록 한다.

　　새 깃에 꽂은 격문이 서로 달리니 원근이 놀라는데
　　창황하여 어느 곳에서 빈(邠)으로 가랴?

122) 현덕승, 〈癸亥三月十六日, 聞此來消息〉, 『희암유고』 권3, 『한국문집총간』 속13, 351~352면.

조정에서는 아직 오랑캐를 평정할 계책을 얻지 못하고
항복한 장수가 먼저 삽혈의 맹세를 재촉하네.
일개 남아가 누가 힘을 합하랴?
백 년 천지에서 삶을 훔침이 부끄럽네.
시대가 위태로워서 임금이 욕을 당해도 끝내 도움이 없고
한 말의 쓸개는 바퀴가 꼬불꼬불해 눈물이 절로 흐르네.
羽檄交馳遠近驚　蒼黃何處去邪行
朝廷未得平戎策　降將先催歃血盟
一箇男兒誰戮力　百年天地愧偸生
時危主辱終無補　斗膽輪囷涕自橫

　한편 조한영(曺漢英, 1608~1670)은 장편으로 구성한 〈병자년을 슬
퍼하다(悲丙子)〉에서 병자호란의 과정과 그 폐해에 대하여 비분해하
고 있다. 전편을 들어 본다.

숭정 병자년
겨울 십이월에
우리나라는 하늘의 도움을 만나지 못하여
서쪽 오랑캐가 마침내 날뛰게 되었네.
철기 십삼 만이
채찍을 던지자 압록강 물이 끊어지고
냅다 수십 고을을 달려서
살기가 성과 궁궐에 이어졌네.
이미 번리가 단단하지 못한데
누가 갑자기 나오는 돼지를 막으랴?
양궁이 각각 달아나서
빈으로 감이 얼마나 갑작스러운가?
창생 백만의 목숨이

결박되었는데 누가 다시 살리랴?
한양에는 뭇 근본이 다하고
원가에 생치가 다하였네.
푸른 화개는 누구를 바라랴?
외로운 성에는 위태로움이 한 터럭이라.
어선을 제공하려고 거친 부추를 벗기고
길 가는 호위는 개암나무와 가시나무에 기대네.
길이 끊어져서 백 번 오름이 위태롭고
천생에 하늘의 멍에를 받드네.
의로운 선비는 한 사람도 없는데
도모하는 신하는 누가 여섯 가지 기묘한 계책을 내랴?
하루살이는 절외에서 끌어당기고
파리한 벼는 오히려 먼 곳을 보네.
마침내 오늘의 나라로 하여금
다 승냥이와 호랑이의 굴이 되게 하네.
묻나니, 대장은 누구인가?
철권은 옛 훈신이 베네.
성주의 돌봄을 깊이 입었으니
위차가 경재의 반열에 외롭네.
제택은 한 나라에서 으뜸이요
전원은 상유의 열매이네.
사치가 다한 열네 해에
부유함은 위나라 곽실에 견줄 수 있네.
어떻게 은택을 갚아서
의리를 단단하게 휴척을 같이 하랴?
임금이 욕을 당함이 지금 이와 같으니
신하가 죽음이 어찌 아까우랴?
대적은 겁내는 것을 믿어서

군대를 에워쌈이 얼마나 많은 날인가?
용감한 북방의 병사는
나라의 운명을 기댈 바이네.
이 무리들이 본래 정예라
손바닥을 가리키며 한수와 낙양을 건지리.
그 군대가 한 번 싸움을 청하는데
그 장수는 깊은 벼랑을 구르네.
강 가에서 어슬렁거리나니
들에는 푸르디푸른 보리가 없네.
금하고 사나움은 사공이 아니요
담을 누르매 제갈량을 생각하네.
강도부로 머리를 돌리니
참담하게 비린 티끌이 검네.
왕자가 백의로 울고
공경은 거듭 잡히게 되었네.
조용한 옹씨의 절개요
강개한 윤곡의 매움이네.
고을의 창고는 붉은 불길에 휩싸이고
겹쳐진 주검은 바다 벼랑에 붉네.
이미 백이의 험지를 잃었으니
십년의 공력을 다 폐하였네.
사람이 도모하여도 아픔을 거두지 못하고
오랑캐를 부름은 단속하여 살핌에서 말미암네.
내가 국가를 그릇되게 했음을 깨닫는데
어찌 반드시 이 아이가 향기나게 하랴?
보장을 어찌 맡김에 견디랴?
대사는 지금 이미 다하였네.
높은 관은 낭묘 위에 있고

큰 도모는 잃을까 두렵네.
푸른 덮개가 서문을 나서니
참담한 비풍이 일어나네.
삼군은 광채가 어둡고
열사는 통증이 뼈에 이르렀네.
회오리바람으로 변새의 정기에 모래가 날고
해질녘에 청궁이 우네.
용루가 이미 적막한데
누가 조석으로 기침을 물으랴?
강산에는 사신이 드물고
북쪽을 바라보니 신정이 맺혔네.
국사의 비참함이 오늘에 이르러
흐느껴도 모두 진술하기 어렵네.
나라가 있은들 누가 망하지 않으며
사직을 위해 죽음이 마땅하리.
추한 오랑캐는 곧 개와 돼지이니
내가 차마 신하와 종이 되랴?
누구를 위하여 이 계획을 그려서
한 번 굴복하면 이 무릎에 부끄럽네.
국가 이백 년에
큰 나라 섬기는 마음이 한결 같았네.
문물은 성대하고 번화하며
제후의 법도는 옥을 잡음에 다했네.
지난 임계년에
작은 나라가 실로 기울고 뒤집혀
혹시 미미하게 작은 어짊을 구휼하고
인류는 오래도록 이미 없어졌네.
일찍이 서좌를 돌아섬이 없었고

선왕은 진실로 본마음이었네.
대의는 옮길 수 없거니와
억지로 살자니 오로지 부끄러움만 있네.
누가 주의 운검을 청하랴?
왕륜의 고기를 먹고 싶네.
밝음은 천령에 달렸나니
조종이 응당 분을 내리.
하늘을 침으로써 적을 돕고
이를 견딤에 그 누가 아니랴?
십 년 동안 주례를 겸하였는데
하루아침에 호갈에 떨어졌네.
절의를 지키는 김상서에
조당이 한결같이 통곡하네.
간사한 신하는 뼈가 이미 서늘하리니
지존이 오히려 안색을 움직이네.
무너진 벼리에 뜻을 잡고자 하나
정기는 한창 때에 늠름하고 엄숙하네.
가련한 삼학사는
오랑캐 조정에서 슬픔에 쫓겨난 바이네.
조정에 가득한 중에 누가 신하가 아니랴?
충성스런 직언이 유독 사슴을 말하네.
우아한 여망과 아름다운 모습으로
길이 사막에 버려지게 되네.
공경은 모두 머뭇거리며 따르고
어진 선비는 날마다 쫓겨나네.
누가 성문이 닫혔다고 말하는가?
오히려 언로가 열렸음을 보네.
태평시대를 볼 수 없게 되었으니

아, 삶이 쓰고 끝장이네.
하물며 나는 적의 재난을 피하여
달아나서 숲속에 숨어 있네.
가군은 문득 호종하느라
열 걸음에 아홉 번은 돌아보네.
한밤중 사이에 길을 가노라니
범을 피하면서 도리어 바로잡음을 두려워하네.
차가운 눈은 평평한 숲에 어둡고
층진 얼음은 위태로운 돌을 에워싸네.
모든 집은 다 걸어 다니고
어린 딸은 고치 밭에 울부짖네.
날마다 동복의 교만함을 깨닫고
마을 백성들의 부르짖음을 달게 받아들이네.
굶주린 자리에 행인이 밥을 주고
추위에 옛날 솜 털옷이 없네.
문득 두릉의 노인을 부러워하노라니
아직도 이불을 비는 줄이 있네.
나에게 젓갈과 소금을 보내고
나에게 쌀과 콩이 미치게 하네.
열흘 만에 편안하게 안착하니
열 식구가 골짜기를 메움은 벗어나네.
날마다 내려오는 소식을 전해 들으니
전쟁이 끝나고 도리어 일시의 안일이라네.
생환하여 띳집에 이르니
사벽은 다만 소슬하네.
앞마을에는 홀로 된 아내가 울고
북쪽 두렁에는 여우와 토끼의 자취이네.
이를 마주하니 참혹한 눈이 늘어나는데

삶의 이치를 어찌 설명할 수 있으랴?
동풍은 들판으로 들어오고
우거진 봄풀이 푸르네.
어찌 겨우 안부를 묻는 사람이 없으랴?
어찌 밭 갈고 농사지을 꾀를 낼 수 있으랴?
시내의 버들은 갠 빛을 희롱하고
들판의 꽃은 꽃받침이 붉어지네.
절물은 누구를 위하여 존재하는가?
사람이 살면서 눈물이 가슴에 더하네.
때때로 서울을 바라보노라면
뜬구름이 아득히 눈 끝까지 다하네.
황하가 맑아질 날은 어느 날인가?
근심과 염려가 아직 끝나지 않았네.
성대에는 재주 있는 사람이 모자라지 않는데
두셋이 시대를 위하여 나오네.
안위는 대신에게 달렸거니와
어찌 반드시 넌출과 승검초에 울랴?
도원의 사람을 생각하노라니
먼 자취를 좇을 수 있겠네.
소나무와 계수나무로 나에게 기대고
원숭이와 학으로 나를 벗 삼네.
구름과 놀은 그윽한 빗장을 잠그고
뽕나무와 삼은 두렁에 그늘졌네.
살아서 일삼는 것은 풍년을 바라는 것이 아니라
뜻대로 스스로 만족함을 달게 여기네.
세상의 어지러움도 굳이 다함이 없으니
뜬 영화는 천리마가 지나간 틈이네.
경세제민의 뜻이 없는 것이 아니라

유독 시대에 따라 굽힌 것이 부끄럽네.
노생은 제나라의 끈을 사양했고
도잠은 쑥과 가시로 늙었네.
티끌과 진흙이 어찌 서로 더럽히랴?
푸른 뽕나무는 구휼할 바가 아니네.
소쇄하게 세월을 보내면서
거문고와 책으로 담박하게 머무르네.
당우를 누가 멀다고 하는가?
이 길은 오히려 즐길 만하네.
긴 노래는 맹세하건대 속이지 않나니
길이 같은 마음의 손님을 생각하네.

崇禎歲丙子　　冬十有二月　　東國遭不天　　西戎遂猖獗
鐵騎十三萬　　投鞭鴨水絶　　長驅數十州　　殺氣連城闕
旣無藩籬固　　誰能遏豕突　　兩宮各播越　　去邪何倉卒
蒼生百萬命　　係累誰復活　　漢陽諸姬盡　　元嘉生齒竭
翠華望何許　　孤城危一髮　　供御剃蕪菁　　行仗依榛棘
路絶白登危　　天生奉天厄　　義士無一人　　謀臣執六出
蚍蜉援絶外　　秦瘠猶視越　　遂令今日域　　盡爲豺虎窟
借問大將誰　　鐵券舊勳伐　　深蒙聖主眷　　位居孤卿列
第宅甲一國　　田園上腴實　　窮奢十四年　　富擬衛霍室
何以報恩澤　　義固同休戚　　主辱今若此　　臣死焉足惜
大敵信所慴　　擁兵何多日　　赳赳朔方卒　　國命之所託
此輩素精銳　　指掌收漢洛　　其軍請一戰　　其將轉深壁
逍遙在河上　　野無靑靑麥　　禁暴非司空　　按堵憶諸葛
回首江都府　　慘怛腥塵黑　　王子泣白衣　　公卿就重獲
從容雍氏節　　慷慨尹穀烈　　府庫秦火紅　　疊屍崖海赤
已失百二險　　廢盡十年力　　人謀痛不臧　　召戎由撿察
吾知誤國家　　寧馨此兒必　　保障豈堪托　　大事今已忽

峨冠廊廟上　訏謀恐有失　靑盖出西門　慘憺悲風發
三軍晦光彩　烈士痛至骨　飄颻沙塞旋　日暮靑宮泣
龍樓已寂寞　問寢誰朝夕　江山使者少　北望宸情結
國事慘至今　嗚咽難具述　有國孰不亡　惟當死社稷
醜虜卽犬豕　我忍爲臣僕　誰爲畫此計　一屈愧玆膝
國家二百年　事大心如一　文物盛繁華　侯度殫執玉
往在壬癸年　小邦實傾覆　倘微恤小仁　人類久已滅
未嘗背西坐　先王誠可質　大義不可移　偸生固有恥
誰請朱雲釖　欲食王倫肉　於昭在天靈　祖宗應憤盡
助賊以攻天　是忍其孰不　十載秉周禮　一朝淪胡羯
節義金尙書　朝堂一慟哭　奸臣骨已寒　至尊猶動色
頹綱志欲扶　正氣春凜肅　可憐三學士　虜庭悲所逐
盈廷孰非臣　忠讜獨言鹿　雅望與英姿　永爲委沙漠
公卿皆婗婀　賢士日貶斥　誰言城門閉　猶見言路闢
不得見昇平　嗚呼生苦末　況我避賊難　奔迸竄林樾
家君却扈從　幾月消息隔　寬辭慰老母　向隅獨含慽
揮涕戀行在　十步九回矚　中夜間道行　避虎反畏格
寒雪暗平林　層氷擁危石　擧室盡徒步　稚女啼繭足
日覺童僕驕　甘受村氓喝　飢藉行人飯　寒無故絮褐
却羡杜陵老　猶有衾裯列　陂陀越岩谷　夜到酒泉宿
主人葭莩舊　高義層雲薄　餽我以醬塩　周我以米菽
一旬得安着　十口免塡壑　傳聞日下報　罷兵還姑息
生還至茅屋　四壁但蕭瑟　前村寡妻哭　北陌狐兔跡
對此增慘目　生理焉得說　東風入原野　莽莽春草綠
豈無僅存人　奚能謀畊作　溪柳弄晴色　野花紅入夢
節物爲誰存　人生淚沾臆　有時望京國　浮雲渺極目
河淸在何日　憂虞猶未畢　聖代不乏才　二三爲時出
安危大臣在　何必泣蘿薜　緬思桃源人　可以追逕躅

依我以松桂　友我以猿鶴　雲霞鎖幽局　桑麻蔭阡陌
生事不須豊　隨意甘自適　世紛固無盡　浮榮驥過隙
非無經濟志　獨恥隨時屈　魯生辭齊組　陶潛老蓬蓽
塵泥豈相浣　滄桑非所恤　日月送蕭洒　琴書寓淡泊
唐虞誰云遠　此道猶可樂　長歌矢不諼　永懷同心客[123]

　병자년(1636) 겨울에 갑자기 서쪽 오랑캐가 갑자기 쳐들어와서 양
궁(兩宮)이 모두 달아나고 백성들의 목숨이 위태롭게 되었다고 한 뒤
에, 의로운 선비가 한 사람도 없고 한나라 진평(陳平) 같이 여섯 가지
기묘한 계책을 내지 못하여 온 나라가 승냥이와 호랑이 굴에 빠졌다
고 하였다.

　그리하여 대장의 존재를 묻고 용감한 북방의 병사를 찾으며 왕자
가 볼모로 잡혀가고 공경이 잡힌 상황을 제시하면서 추한 오랑캐에
게 신하와 종이 될 수 없다고 읊고 있다. 명나라에 대한 신의를 말하
면서 절의를 지킨 김상서(金尙書)가 잡혀감을 통곡하고 삼학사(三學
士)를 가련하게 여긴다고 하였다.

　그런데 화자는 전쟁을 피하여 가솔과 함께 숲속에 숨어 지내면서
추이를 관망하다가 전쟁이 끝나고 난 뒤에 생환하여 집으로 돌아간
뒤에 스스로 만족하면서 거문고와 책으로 세월을 보내겠다고 다짐하
는 것으로 마무리하고 있다.

　이러한 위기의식과 함께 제대로 대응하지 못하는 현실을 대장부(大
丈夫)의 위기로 보고 사내다운 사내의 역할을 주문하는 목소리가 제시
되기도 하였다. 그리하여 강유(姜瑜, 1597~1668)의 〈남아가(男兒歌)〉에
서는 위난의 시대를 맞아 남아(男兒)가 해야 할 일에 대한 견해를 드러

---

123) 조한영, <悲丙子>, 『晦谷先生集』 권2, 『한국문집총간』 속31, 186~187면.

내고 있어서 중요하게 다룰 필요가 있다.

> 아아, 팔척 남아가 세상에 태어나서
> 지기가 뛰어나네.
> 펼치면 육합에 두루 미치고
> 말면 한 마디 곡조에 있네.
> 모름지기 소진·장의처럼 말을 잘 하고 상인(相印)을 찰 것 없고
> 모름지기 맹분·오획처럼 힘이 있어서 솥을 들어 올릴 것 없네.
> 모름지기 권귀에게 몸을 굽혀 옷자락을 끌고 달려갈 것 없고,
> 모름지기 기예에 정성을 다하여 긴 깃대처럼 붓을 놀릴 것 없네.
> 다만 당당히 바른 도를 행하고,
> 우리 성주를 도와 나라를 다스리네.
> 춘대와 수역의 동산에 백성의 물화가 모이고,
> 경박한 풍속을 다 없애고 순박하고 도타움을 돌리네.
> 문명의 변화가 한 때에 입어서
> 앉아서 동서남북으로 시끄러움과 난잡함이 끊어짐을 보네.
> 간혹 변새의 경보를 만나면
> 곧바로 참된 장군이 되고,
> 좌우 아독 중에 푸른 기름의 기를 열며,
> 늠름하게 웅대한 풍도로 만 리를 가로지르네.
> 우레와 천둥이 치고 쇠북을 치며,
> 오랑캐 추장과 오랑캐 종족이 마음과 간담이 서늘하리.
> 질지와 호한의 혼백을
> 곧바로 우리들로 하여금 우리 주머니에 들게 하리.
> 형세는 칼을 맞아 대를 쪼개는 것과 같고
> 감히 도망하며 칠 생각을 하지 못하네.
> 나는 보배와 달리는 깃이 늦음을 두려워하는 것 같고
> 물고기 줄처럼 머리를 조아리고 먼저 항복하기를 다투네.

기린각 위에는 단청이 빛나고

반드시 나라의 선비는 재주가 짝이 없음을 아네.

그런 뒤에 영예를 사직하고 녹봉에서 물러나며,

홀로 대방 바깥으로 달리네.

낚싯대를 잘 잡고 푸른 강에 나가네.

하의(荷衣)로 이끼 낀 지름길을 떨치며

짚신으로 돌다리를 따라 가네.

아침에는 율리의 도를 찾고

저녁에는 녹문의 농을 찾네.

날마다 신선의 무리를 마주하여 취하고 깸을 맡기고

솔 막걸리의 흰 물결이 독에 가득하고 항아리에 가득하네.

구름이 겨르롭고 달빛이 밝으면,

천지는 후미지고 고요한 곳이 갈리네.

아직 속세 사람의 발자국소리를 듣지 못하고

빛나고 밝기만 하네.

바닥에 이르도록 큰 은혜요.

산창에 기대어 큰 노래 몇 곡을 부르네.

그대는 보지 못했는가, 예로부터 번복이 등촉과 비슷함을.

광염이 어찌 오래 금 등잔에 머무는가?

바르고 곧음은 또 믿기 어렵나니,

주가 비간을 죽이고, 걸은 용봉을 베었네.

진심과 깨끗함은 마침내 어디에 힘입으랴?

굴원은 상수에 빠지고, 한유는 농을 지났네.

아아, 팔척 남아가 세상에 태어나서

즐겨 사나운 범이 함정에 떨어져서도 삽살개 먹는 것을 탐냄을 본받네.

噫嚱嘻, 八尺男兒生世間, 志氣卓犖.

舒之彌六合, 卷之在寸腔.

不須蘇秦張儀騁辯佩相印, 不須孟賁烏獲有力鼎可扛.

不須屈身權貴曳裾事趨蹌, 不須專精技藝弄筆如長杠.

但當行正道, 佐我聖主治家邦,

春臺壽域囿民物, 盡去澆俗回淳厖.

文明之化被一時, 坐看東西南北絶囂嗃.

或遇邊塞警, 卽爲眞將軍.

左牙右纛中開碧油幢, 凜冽雄風萬里橫.

雷轟霆震金鼓摐, 蠻酋夷種心膽寒.

郎支呼韓魂魄, 直令此輩入吾橐.,

勢同迎刃破竹, 莫敢思奔撞.

飛琛走羽猶恐晚, 稽首魚陣爭先降.

麒麟閣上炳丹靑, 定知國士才無雙.

然後辭榮謝祿, 獨趍大方外, 好將釣竿臨滄江.

荷衣拂苔逕, 草屩緣石矼, 朝訪栗里陶, 暮尋鹿門龐,

日對仙曹任醉醒, 松醪白波滿甕復盈缸.

雲閑月朗, 天地別僻寂, 未聞塵人跫, 熙熙皞皞.

到底是鴻恩, 數曲高歌倚山窓.

君不見古來飜覆似燈燭, 光焰豈久留金釭.

正直亦難恃, 紂殺比干, 桀誅龍逢.

忠潔竟何賴, 屈原沉湘, 韓愈過瀧.

噫嚱嘻, 八尺男兒生世間, 肯效猛虎落阱貪餌狵.[124]

　남아가 세상에서 어떻게 살아가야 할 것인지를 매우 강렬한 어조로 말하고 있다. 전반부에서는 경보를 만나게 되면 참된 장군이 되어 오랑캐를 무찌르고 기린각 위에 높은 공적을 올린 뒤에 후반부에서는 영예와 녹봉에서 물러나 낚싯대를 잡고 푸른 강가에서 살겠노라고 하였다. 마무리에서는 팔척 남아로 태어나서 사나운 범이 함정에

---

124) 강유, <男兒歌>,『商谷集』卷之一,『한국문집총간』속27, 149면.

떨어져서도 삽살개 먹는 것을 탐냄을 경계하고 있다.

　이와 관련하여 김우급(金友伋, 1574~1643)은 〈원중우야(院中雨夜)〉에서 서쪽 변새에서 후금의 글이 거만하게 전해지고, 종쪽 바다에는 뱃길이 늦어지는 가운데, 〈남아가〉의 노래가 격렬하다고 하였다. 〈남아가〉가 널리 불리고 있음을 지적한 것이라고 할 수 있다.

> 서쪽 변새에 오랑캐 글이 거만한데,
> 동쪽 바다에는 큰 배가 늦어지게 하네.
> 〈남아가〉가 격렬하니
> 오경에 가을비가 내리네.
> 西塞胡書慢　東洋使舸遲　男兒歌激烈　秋雨五更時[125]

　남자다운 남자가 없다는 것을 탄식하고 있는 시대에 대한 반응은 호란 초기에 관서(關西) 지방에서 일컬은 삼쾌사(三快事)[126]와 관련하여 오랑캐에 제대로 대처하지 못한 아쉬움을 드러낸 것이라 할 수 있다.

　그런데 팔척 남아가 등장하는 이 〈남아가〉는 "南八(남팔)아~"로 시작하는 다음 시조와 연계되어 있는 것으로 이해할 수 있다.

> 南八(남팔)아 男兒(남아)ㅣ 死已(사이)연정 不可以不義屈矣(불가이불의굴의)여다

---

125)　김우급, <院中雨夜>, 『秋潭先生文集』 卷之三, 『한국문집총간』 속18, 51면.
126)　권상하 찬, <이경증비명>에서 김상헌이 심양에 갔을 때 정명수를 마구 꾸짖은 일, 민성휘가 정명수가 사랑하는 소역(小譯)을 장살한 일, 이경증이 오천금으로 속신할 수 있다고 한 일을 거절한 일 등을 삼쾌사로 생각한다고 하였다. 『국조인물고』 속고 2, 『국역 국조인물고』 18(세종대왕기념사업회, 2004), 102면.

웃고 對答(대답)ㅎ되 公(공)이 有言敢不死(유언감불사)아
千古(천고)에 눈물 둔 英雄(영웅)이 몃몃 줄을 지을고

『청구영언』425

남팔(南八)은 일단 당나라 때의 남제운(南霽雲)을 가리키는 것이라
고 할 수 있는데, 오히려 '팔척남아(八尺男兒)'의 준말인 '남팔(男八)'
의 변형으로 읽어낼 수도 있기 때문이다.

그리고 이정환(李廷煥, 1604~1671)의 〈비가〉 가운데 한 수에서는 칠
실(漆室)의 〈비가〉를 환기하면서 탁주로 시름을 풀겠다고 진술하고
있다. 그리고 자신의 〈비가〉 10수를 한역한 뒤에 〈자음시(自吟詩)〉를
짓기도 하였다.127)

이거사 어린 거사
잡말 마라스라
漆室(칠실)의 悲歌(비가)를 뉘라서 슬퍼ㅎ리
어듸셔
濁酒(탁주) 흔즌 어더 이 실람 풀가 ㅎ노라

『송암유고』10-10

이렇듯 우국(憂國)·상시(傷時) 등의 인식과 맞물려 〈우국가〉, 〈비
가〉 등의 작품이 출현하면서 당국자(當局者)들과는 다른 시각에서 시
대와 역사에 대한 진단을 내리고 있었던 것이다.

---

127) 조윤제, 『한국문학사』(동국문화사, 1963), 224~225면에서는 비분을 노래하고 있
다고 하였는데, 강전섭, 「칠실 이덕일의 <우국가첩>」, 『국어국문학』31(1966) 53면
에서는 "당대에 있어서 칠실의 <비가>를 깨달"았다라 하여 이덕일의 <비가>로
보고 있다. 그러나 이덕일의 <우국가>가 <비가>와 동일한 것인지에 대한 논의가
더 필요할 것으로 보인다.

상시와 우국의 태도는 반정과 호란을 겪으면서 드러난 변화와 관련되어 있는 것으로, 앞에서 살핀 기상의 저상에 대한 경계가 사대부 내부의 문제인 것과 견주어 그 범위가 제한되지 않으나, 무인인 이덕일은 임란과 혼정에 대한 우국을 생원인 이정환은 병란에 대한 비분을 드러낸 것으로 확인할 수 있다. 17세기 전반의 경우에도 정치·사회적 상황의 변화와 함께 그 태도에서도 변화가 감지되고 있는 것이다. 집정을 하고 있는 쪽에서는 자신의 내부를 통어하는 쪽에 관심을 기울이고, 일상의 유학적 상식을 터득한 무인이나 생원은 오히려 우국과 비분(悲憤)을 직설적으로 토로하고 있는 것이다.

그리고 앞에서 살핀 바와 같이 인조 3년(1625) 무렵에 〈상시가〉와 같은 노래가 민간에 전승되고 있었다고 하는데, 반정을 통한 집정 세력이 사람들에게 기대를 주지 못하고 있었던 셈이다.[128]

이와 함께 인조 6년(1628) 광주(廣州)의 사인 이오(李晤)가 올린 상소에서, "일단 훈신과 귀척들이 조정을 가득 메운 뒤로 의지할 곳 없는 백성의 전택과 주인을 배반한 노비를 대부분 이들이 빼앗아 차지하므로, 이를 두고 항간의 속담에 '현재 조정에서 권세를 누리고 있는 신하들이 폐조 때와 다른 점은 얼굴이 바뀐 것 밖에는 없다.' 하고 있습니다."[129]라고 한 내용 또한 사정이 별로 달라지지 않았음을 증언하고 있는 것이다.

한편 인조 7년(1629) 역죄에 몰린 양경홍(梁景鴻)과 정운백(鄭雲白) 등이 불렀다는 노래는 옛 임금에 대한 내용을 담고 있기도 하다.

---

128) 『인조실록』 9권, 3년(1625) 6월 19일(을미), 『국역 인조실록』 4, 66~67면. 본서 제Ⅲ부, 정치참여와 부침에 대한 반응과 그 이면, 주 40) 참조.
129) 『인조실록』 19권, 6년(1628) 8월 19일(정미), 『국역 인조실록』 9, 32~37면.

최배선이 공초하기를,

"…

[양]경홍이 노래를 지어 부르기를,

우습다 삼각산아	笑矣三角山
옛 임금은 지금 어디 있는가	舊主今安在
지난번에 강도를 만나서	頃者遇强盜
강화도에 가서 있지	往在江華島

하였으며, 정운백이 또 하나의 노래를 불렀는데, 저들은 모두 잘 한다고 칭찬하였습니다. 그 노래에,

여덟 칸 크고 큰 집	八間大大廈
불강도 들어왔나	火强盜入云耶
재물이야 말할 것 없고	財物不足言
주인이야 상치 않았나	得無傷主人耶

하였습니다. …"[130]

상시와 우국은 시세에 대한 진단과 나라에 대한 근심이라고 할 수 있는데, 임진왜란과 정유재란, 정묘호란과 병자호란 등을 겪으면서 두드러지게 노정되었다. 신흠(申欽, 1566~1628)의 〈상시(傷時)〉이다.

나는 전쟁 때를 만나서
여전히 벼슬하는 사람이 되었네.
처음 마음이 어찌 이와 같았으랴?
바깥 화가 더욱 서로 겹쳤네.
끝없이 시세를 걱정하는 정성에
하염없이 아직도 물러가지 못하네.
궁문은 구만리나 높지만

130) 『인조실록』 21권, 7년(1629) 11월 20일(신축), 『국역 인조실록』 10, 80면.

조만간 대궐에 도착하리라.

我値干戈際 仍爲仕宦人 初心豈如此 外累轉相因

耿耿傷時悃 悠悠未退身 天閣高九萬 早晩達楓宸[131]

벼슬하는 사람으로서 초심에 견준 외루 때문에 시세를 걱정하는 마음으로 임금이 계시는 궁궐로 달려가겠다는 태도를 드러내고 있다. 이러한 태도는 평정심을 지닌 상태에서 나온 것이라 대부의 입장이라고 할 수 있을 것이다.

한편 광해군 13년(1621) 여름 사면된 뒤에 지어진 〈주사·중군이 날마다 군악을 익히기에 그 까닭을 물었더니, 대답하는 말이, 대가가 피난갈 때 쓰기 위하여 익히는 것이라고 하기에 이 시를 읊어 해명하다.(舟師中軍日習軍樂 問之則曰 大駕避兵時 所習用云 口占解之)〉는 당시 임금의 태도와 시대에 대한 걱정을 내장하고 있다.

임금께서 법궁 안에서 바르게 두 손을 맞잡으면

장사들이 어찌 군악 소리를 낼까?

강해와 하늘 끝에 고래가 파도를 밟으면

지존께서 여기에 타고 혼자 어디로 가랴?

君王端拱法宮裏　將士胡爲軍樂聲

江海極天鯨跋浪　至尊乘此獨安行[132]

한편 윤안성의 〈별좌 이대성의 운을 따다(次李別坐大成韻)〉의 첫 수에서는,

---

131) 신흠, <傷時>, 『상촌고』 권9, 『한국문집총간』 71, 382면.

132) 신흠, <舟師中軍日習軍樂 問之則曰 大駕避兵時 所習用云 口占解之>, 『상촌고』 권20, 『한국문집총간』 71, 507면.

구학에서 청빈함을 싫어하지 말라
자갈밭 띳집이 여기에 있다네.
제후에 봉해질 골상은 나의 것이 아니오
나라를 맡은 공명은 저곳에 있다네.
임금을 사랑하는 마음은 늘 밝은데
시세를 근심하며 읊조림에 다만 슬프네.
행동거지를 선배를 좇고자 하며
목숨을 정녕 어찌 도모하지 않으랴?
丘壑淸貧莫厭之　石田茅屋在於斯
封侯骨相非吾也　當國功名有彼其
愛主心情常炳若　傷時歌詠只哀而
欲將行止追先輩　命乃丁寧敢不惟133)

라고 하여 애주(愛主)에 견주어 시세를 근심하는 노래가 슬픈 것이
주류라고 하였다.

　이와 함께 심지한(沈之漢, 1596~1657)의 〈상시(傷時)〉는 호란을 겪
으면서 구체적인 현실을 직접 보면서 느낀 진단이 드러나고 있다.

저녁에 도성 바깥을 가노라니
수레와 말이 어찌 시끄럽게 메우는가?
옷을 끌어당기며 서로 보내느라
성곽이 차가운 연기로 엉겼네.
묻나니, 이것이 무슨 일인가
이르기를, 군대를 피하는 사람들이라네.
비록 지나가는 사람에게 묻고자 하여도

---

133) 윤안성, <次李別坐大成韻>, 『冥觀遺稿集』 卷之三, 『한국문집총간』 속, 5, 232면.

머리를 흔들며 선뜻 늘어놓지 않네.
들리는 말로는 관군이 이르러
서쪽으로 요동 변새의 싸움에 나간다네.
쓸쓸하게 부령은 잔폐하고
괴롭게 강산은 멀어지네.
뭇 생령은 달아남을 싫어하는데
요얼들은 행적을 바꾸려하지 않네.
병장기가 무디어 탄식이 끝났으니
장강과 한수가 길이 쇠약하고 병들리.
暮行都門外 車馬何喧塡 牽衣各相送 城郭凝寒烟
借問此何爲 云是避兵人 過者雖有問 掉頭不肯陳
傳聞官軍至 西赴遼塞戰 蕭條部領殘 辛苦江山遠
羣生厭奔走 妖孽不改轍 仗釖嗟已矣 江漢長衰疾[134]

　　난리를 피해 움직이는 거마의 행렬을 보면서 전쟁으로 인한 백성
들의 폐해를 먼저 생각하고 있다. 요얼(妖孽)이 생각을 바꾸지 않으
면서 군생(群生)의 삶이 어려워진 것으로 진단하고 있는 셈이다.
　　이렇듯 시대의 진단이 자신이 처한 신분이나 시국관에 따라 차이
가 있음을 알 수 있는데, 이러한 실상의 차이는 17세기 전반 정치·
사회 변동과 연관되어 있으며 담당층과 갈래에 따라 다양한 양상으
로 표출되고 있음을 알 수 있다.

　　3) 상음(商音)과 계면조(界面調)의 변화
　　그리고 이러한 시대 인식과 관련하여 신흠의 다음 노래에서 말한

_____
134) 심지한, <傷時>, 『창주집』 권1, 『한국문집총간』 속26, 434면.

상성(商聲)에 대한 경계를 주목할 수 있다.

> 步虛子(보허자) 못츤後(후)에
> 與民樂(여민락)을 니어ᄒᆞ니
> 羽調界面調(우조계면조)에 客興(객흥)이 더어세라
> 아ᄒᆡ야
> 商聲(상성)을 마라 희져물가 ᄒᆞ노라

『청구영언』 145

상성(商聲)에 대한 경계는 가을의 소리이면서 애달프고 구슬픈 가락인 상음(商音)에 대한 배제라고 할 수 있다. 상성은 가을의 소리로 슬픈 음을 가리키고, 상가(商歌)는 비통한 노래를 가리킨다. 상가는 진나라 영척(甯戚)의 〈반우가(飯牛歌)〉를 말하는데, 진나라 영척이 제나라 환공에게 벼슬을 하고자 하였으나 너무 곤궁하여 환공을 만날 수 없자, 상려(商旅)가 되어 제나라에 들어가 저녁에 곽문(郭門) 밖에 머물렀는데, 마침 환공이 교외에서 손님을 맞이하자 밤에 소를 먹이면서 소뿔을 두드리며 상가를 슬프게 불러서 환공에게 등용되었다는 고사[135]가 있다. 이렇듯 상가는 자신의 내면의 슬픔을 드러내어 벼슬길에 나가고자 하는 의지가 포함된 노래라 할 수 있다. 그러므로 신흠이 상성(商聲)을 경계한 내면에는 김포에 방축된 현실의 입장에서 영척과 같은 태도는 보이지 않겠다는 다짐이 배어있는 것으로 이해할 수 있다.

이항복의 〈김접반의 시에 차운하다(2수)〉의 둘째 수에서도 상음이 한을 지니고 있다고 보았다.

---

135) 『회남자(淮南子)』「도응훈(道應訓)」.

저문 날에 옛 성에 기대어 슬프게 노래하니

아득한 세월 속에 나그네 마음이 놀라네.

동남쪽 바다가 끓어 고래가 아직 성내고

서북의 하늘이 거칠어 기둥이 기울려 하네.

* 이때 남쪽의 정벌이 끝나지 않았는데, 서북에 모두 오랑캐의 변고가 있으므로
언급한 것이다.

누가 새 정자에서 비장한 눈물을 드리우랴?

또 서검을 가지고 깊은 정을 의탁하리.

상음 한 곡조에 한이 다함이 없는데

<양보음>이 이루어지자 살쩍이 반쯤 흰해지네.

薄晚悲歌倚古城   歲華迢遞客心驚

東南海沸鯨猶怒   西北天荒柱欲傾

* 時南征未已, 西北俱有胡變, 故及之.

誰向新亭垂壯淚   且將徐劍托深情

商音一曲無窮恨   梁甫吟成鬢半明[136]

　　그러나 여러 차례 전쟁을 겪으면서 알게 모르게 비가(悲歌)가 널리
불려지고, 권변(權變)의 성격을 지닌 계면조(界面調)가 자연스럽게 연
주되면서 정서의 방향과 악곡의 레퍼토리에 큰 변화가 일어났다고
할 수 있다.

　　앞에서 이득윤이 지적한 바와 같이 계면조는 "슬프고 시름겨우며
원망하고 한스럽고, 슬프게 그리워하며 느낌이 격렬함(悲愁怨恨 哀慕
感激)"을 그 특성으로 이해하고 있다. 슬픔, 시름, 원망, 한탄, 그리
움 등의 정서가 느껍고 격정적으로 드러나는 것으로 볼 수 있다.

---

136) 이항복, 『백사집』 권1, 『한국문집총간』 62, 166면.

5. 풍류의 지역 안배와 속편 가사의 성격

1) 〈사미인곡〉의 반향

이수광(1563~1628)은 『지봉유설』에서 17세기 전반까지의 가사(歌詞)에 대하여 다음과 같이 정리하고 있다. 이때 가사는 문학 갈래로서의 가사를 포함하여 노랫말을 노래로 부르는 것들을 통칭하는 것으로 이해할 수 있다. 그리고 장가(長歌)라고 내세운 것은 가사가 중심을 이룬다.

> 우리나라의 가사는 방언이 섞여 있기 때문에, 중국의 악부와 나란히 견줄 수 없다. 근세 송순과 정철이 지은 것이 가장 좋으나 사람들의 입에 회자되고 그치는 것에 지나지 않으니 아쉽다. 장가는 <감군은>, <한림별곡>, <어부사>가 가장 오래되었고, 그리고 근세의 <퇴계가>, <남명가>, 송순의 <면앙정가>, 백광홍의 <관서별곡>, 정철의 <관동별곡>·<사미인곡>·<속사미인곡>·<장진주사>가 세상에 널리 유행하고 있다. 그 외에 <수월정가>, <역대가>, <관산별곡>, <고별리곡>, <남정가>와 같은 종류가 매우 많다. 나 또한 <전·후조천곡> 두 곡이 있는데, 또한 장난으로 지은 것이다. 세속에 전하기를 <고공가>가 선왕께서 지으신 것이라고 하면서 세상에 널리 유행하는데, 완평 이원익이 또 <고공답주인가>를 지었다. 그러나 내가 듣기로는 어제가 아니고 곧 허전이 지은 것인데 세상에서 잘못 전한 것이라고 한다. 허전은 진사로 무과에 오른 자이다.[137]

---

137) 이수광, 「문장부」, 7, 『지봉유설』권14, 我國歌詞, 雜以方言, 故不能與中朝樂府比並. 如近世宋純, 鄭澈所作最善, 而不過膾炙口頭而止, 惜哉. 長歌則感君恩, 翰林別曲, 漁父詞最久, 而近世退溪歌, 南冥歌, 宋純俛仰亭歌, 白光弘關西別曲, 鄭澈關東別曲, 思美人曲, 續思美人曲, 將進酒詞盛行於世. 他如水月亭歌, 歷代歌, 關山別曲, 古別離曲, 南征歌之類甚多, 余亦有朝天前後二曲, 亦戲耳. 俗傳雇工歌

세상에 널리 유행하고 있는 것으로, 〈퇴계가〉, 〈남명가〉, 송순의 〈면앙정가〉, 백광홍의 〈관서별곡〉, 정철의 〈관동별곡〉·〈사미인곡〉· 〈속사미인곡〉·〈장진주사〉 등을 들고 있는데, 이 중에는 정철의 노래 가 큰 비중을 차지한다.

한편 〈고공가〉를 선조가 지은 것이라고 하고, 이복이란 사람이 자신 이 번역하여 상소한 일에 대하여 다음과 같은 조정의 논의가 있었다.

> 동래 부사(東萊府使) 이복(李馥)이 세속을 전해오는 '고공가(雇工 歌)'를 선조(宣祖)의 어제라고 하며 언어(諺語)로 번역하고 자신이 서 (序)와 발(跋)을 지어, 상소에 첨부해 올리면서 '요순의 심법과 치국 평천하의 요법이 모두 여기에 들어 있다.'고 말하기까지 했었다. 승정 원에서 분수에 넘치고 무람없는 해괴한 짓이라 하여 도로 내주고, 추 고하기를 청하니, 임금이 추고하지 말라고 명했었다. 그 뒤에 사간원 이 또,
> "이복은 전후에 계문한 사어(辭語)가 난잡하므로 사람들이 허다히 전해 들으며 비웃었는데, 이번에는 항간의 속된 노래를 망령되이 어제 라 하며 언어로 번역하여 올리고, 제발(題跋)에도 또한 외설한 말이 많았습니다. 잘못되고 망령된 짓을 하는 것이 더하니 다른 일도 알 만 합니다. 파직하시기 바랍니다."
> 하니, 임금이 왜관(倭館)의 역사 감독을 생소한 솜씨에 맡길 수가 없 고, 또한 농사철이라 전송하고 맞이하느라 생기는 폐단을 생각하지 않 을 수 없음을 들어, 끝내 들어주지 않았다.[138]

정철의 〈사미인곡〉은 16세기 후반에 지어졌는데, 16세기에 한정하

爲先王御製, 盛行於世, 李完平元翼又作雇工荅主人歌, 然余聞非御製, 乃許墺所 作, 而時俗誤傳云. 許墺以進士登武科者也.
138) 『숙종실록』 6권, 숙종 3년 5월 26일(신축), 『국역 숙종실록』 3, 83면.

지 않고 17세기 전반 이후에도 여러 곳에서 지속적으로 노래로 불리면서 많은 사람들에게 호응을 받았다. 그만큼 〈사미인곡〉의 반향이 컸다는 것을 알 수 있다.

허균(1569~1618)은 「성수시화」에서 〈사미인곡〉과 〈장진주사〉를 들어서 "맑고 씩씩하다[淸壯]"라고 하였다. 음사(陰邪)하다는 비판과 함께 문채와 풍류는 인정해야 한다는 것이다.

> 정 송강은 우리말 노래를 잘 지었으니, <사미인곡>과 <권주사>는 모두 그 곡조가 맑고 씩씩하여 들을 만하다. 비록 이론(異論)하는 자들은 이를 배척하여 음사(陰邪)하다고는 하지만 문채와 풍류는 또한 엄폐할 수 없는 것이다. 그리하여 그를 아까워하는 사람들이 연달아 있어 왔다.
> 여장(권필)이 그의 묘를 지나며 시를 지었는데 다음과 같다.

> 빈산에 나뭇잎 우수수 지니
> 상국의 풍류는 이곳에 쓸쓸하네.
> 서글프게도 한 잔 술 다시 권하기 어려우니
> 지난날 가곡은 오늘 두고 지은 걸세.
> 空山木落雨蕭蕭　相國風流此寂寥
> 惆悵一杯難更進　昔年歌曲卽今朝

> 자민(이안눌)이 <강가에서 노래를 듣다(江上聞歌)>의 시에,

> 강 어귀에 그 누가 미인사를 부르는가?
> 때마침 강 어귀에 달이 지는 때이네.
> 슬퍼하며 님 그리는 무한한 마음을
> 세상에선 오직 여랑만이 알리.

江頭誰唱美人辭　正是江頭月落時
惆悵戀君無恨意　世間唯有女郎知

라 했는데, 두 시가 모두 송강의 가사(歌辭)로 인해 나온 것이다.[139]

　　이러한 평가와 함께 〈사미인곡〉은 16세기 후반에 이어 17세기 전반에 여러 곳에서 가기(歌妓)들이 즐겨 부르는 레퍼토리가 되었다. 당시 대표적 가기 아옥(阿玉), 용호의 추향(秋香), 통진현의 춘랑(春娘) 등이 〈사미인곡〉을 부르는 것으로 확인되고, 17세기 후반까지도 이러한 현상이 이어지고 있다.

　　우선 이안눌(1571~1637)은 선조 30년(1597) 여름에 〈옥아가 인성부원군 정 상공의 〈사미인곡〉을 노래하는 것을 듣다(聞玉娥歌故寅城鄭相公思美人曲)〉라는 시에서 당시 한양의 대표적 가기인 아옥(阿玉)이 부르는 〈사미인곡〉을 들으면서 당시의 세태(世態)와 관련하여 〈사미인곡〉의 작가에 대한 이해를 암시하고 있다. 정치적 국면에서 정철에 대한 평가가 부정적인 점을 생각하지 않고 〈사미인곡〉을 부르고 있다고 지적하면서도, 인간세상의 곡조가 아니라고 가기를 칭찬하고 있다.[140]

　　그리고 용산의 달밤에 가희가 부르는 〈사미인곡〉을 듣고 그 감회를 조위한 형제에게 보여주었다고 하였다. 〈용산의 달밤에 가희가

---

139) 허균, 「성수시화」, 『성소부부고』 제25권, 『한국문집총간』, 74, 366면. 鄭松江善作
　　俗謳, 其思美人曲及勸酒辭, 俱淸壯可聽. 雖異論者斥之爲邪, 而文采風流, 亦不
　　可掩. 比比有惜之者, 汝章過其墓, 作詩曰, 空山木落雨蕭蕭, 相國風流此寂寥. 惆
　　悵一杯難更進, 昔年歌曲卽今朝. 子敏江上聞歌詩曰, 江頭誰唱美人辭, 正是江頭
　　月落時. 惆悵戀君無恨意, 世間唯有女郎知. 二詩皆爲其歌發也.
140) 이안눌, <聞玉娥歌故寅城鄭相公思美人曲>, 『동악선생속집』, 『한국문집총간』,
　　78, 543면. 본서 제Ⅲ부, 1. 중앙기반 세력의 연회 전통과 시가 향유, 주 31) 참조.

고 인성부원군 정 상공의 〈사미인곡〉을 노래하는 것을 듣고, 갑작스
레 구점하여 조지세 형제에게 보이다(龍山月夜, 聞歌姬唱故寅城鄭相公
思美人曲, 率爾口占, 示趙持世昆季)〉이다. 용산의 가기는 뒤에 인용하는
조위한의 작품을 볼 때 추향으로 추정된다. 그리고 〈사미인곡〉의 핵
심을 "임금을 그리워하며 슬퍼함(惆悵戀君)"으로 요약하고 있다.

> 강가에서 누가 미인사를 노래하는가?
> 참으로 외 배에 달이 지는 때이네.
> 임금 그리며 슬퍼하는 끝없는 뜻을
> 세상에서 오직 여랑만 알리.
> 江頭誰唱美人詞　正是孤舟月落時
> 惆悵戀君無限意　世間惟有女郎知[141]

한편 조위한(1567~1649)은 〈용호의 배 안에서 추향이 〈사미인곡〉을
노래하는 것을 듣고 느낌이 있어(龍湖舟中, 聞秋香唱思美人曲, 有感)〉에
서 용호의 배 안에서 가기 추향이 창하는 〈사미인곡〉을 들었다고 하
였다. 한강 가의 용산에서 가기 추향(秋香)이 〈사미인곡〉을 부르는 것
을 듣고, 그 내용의 핵심을 "애원(哀怨)"의 "충정(衷情)"으로 보고 있다.
악보로 엮어서 국풍에 잇고자 하는 마음을 드러내면서 정전(正典)으로
대접하고자 하는 의지를 보이고 있다.

> 미인사 한 곡조요
> 외 배에 붉은 단장을 한 아이이네.

---

141) 이안눌, <龍山月夜, 聞歌姬唱故寅城鄭相公思美人曲, 率爾口占, 示趙持世昆
季>, 『동악선생속집』, 『한국문집총간』 78, 551면.

울림은 조수를 따라 모두 목메고
소리는 밤과 더불어 늦어지려 하네.
슬프게 원망하는 강산의 늙은이
충정을 일월도 알리.
누가 악보로 엮을 수 있으랴?
국풍 시에 잇고 싶네.
一曲美人辭　孤舟紅粉兒　響隨潮共咽　聲與夜將遲
哀怨江山老　衷情日月知　誰能編樂譜　欲繼國風詩[142]

　　이안눌과 조위한의 시를 통해서 정치 국면의 변화와 정철에 대한
당대 부정적인 평가에도 불구하고 〈사미인곡〉의 노래는 한양에서 널
리 전파되고 있었음을 알 수 있다.
　　그리고 이의건(1533~1621)의 〈통진현의 집에서 달밤에 춘랑이 〈미
인곡〉을 창하는 것을 듣다.(通津縣齋月夜, 聽春娘唱美人曲)〉라는 시를
통해 통진에서도 춘랑이 부르는 〈미인곡〉을 들었다고 말하고 있다.
한양에서 그 범위가 확대된 것이다. 그리고 〈사미인곡〉의 핵심이
"애불원(哀不怨)"에 있음을 강조하면서 작가에 대한 우호적인 태도를
감추지 않고 있다.

　　미인이 미인사를 한 번 노래하는데
　　나그네가 들으니 눈물이 절로 흐르네.
　　누가 곡조 중의 슬프되 원망하지 않음을 이해하랴?
　　다만 가을달이 옷깃을 비추는 기약에 응하네.
　　佳人一唱美人詞　有客聞來涕自垂
　　誰解曲中哀不怨　只應秋月照襟期[143]

---

142) 조위한, <龍湖舟中, 聞秋香唱思美人曲, 有感>,『현곡집』권3,『한국문집총간』
　　73, 199면.

그리고 신익성(1588~1644)은 〈마음대로 부르다. 동주산인의 '구일 풍우가'에 차운하다(放歌. 次東州山人九日風雨歌)〉에서 〈미인사〉, 〈감 군은〉, 〈장진주사〉를 동시에 언급하고 있는데, 금강산이 가까운 곳에서 동해의 바다를 보면서 정철의 〈관동별곡〉의 세계까지 포괄하고 있다.

> 중양의 비바람에 풍류를 타지 말라
> 고성의 관청 부엌에 술이 몇 말인가?
> 왼쪽으로 푸른 바다를 보니 천 자의 물결이고
> 오른쪽으로 금강산을 보니 만 길의 골짜기이네.
> 빛나는 섬돌 아래에는 몇 떨기의 국화요
> 앙상한 뜰 앞에는 열 길의 나무이네.
> 주인이 나를 위해 음식을 차리고
> 한 번에 백 잔을 마셔도 술이 마르지 않네.
> 하늘이 비바람으로 나그네 길을 막으니
> 객이 와도 오지 않고 강에는 배가 비끼었네.
> 곁에는 매우 아리따운 미인이 있어서
> 뺨 단장을 고르지 않아도 도리어 예쁘네.
> 나에게 오나라 베틀이 있어 한 길 흰 빛인데
> 펼치니 광색이 선명함을 다시 깨닫네.
> 취한 김에 〈미인사〉를 베끼고자 하니
> 강 시름과 개[浦]의 생각이 다만 어지럽네.
> 세월은 가팔라 나와 함께 하지 아니하고
> 천지는 떨어져서 흰 머리를 이루었네.
> 거문고를 연주하고 또 〈감군은〉을 연주하는데

---

143) 이의건, <通津縣齋月夜, 聽春娘唱美人曲>, 『동은고』 권2, 『한국문집총간』 속4, 181면.

술잔을 멈추고 <장진주>를 부르지 말라.
완산의 풍골이 남과 더불어 다른데
양천의 재조는 짝이 되기를 견디네.
나를 좇아 동쪽으로 와서 모우(毛羽)를 다스리니
산의 그늘에 짧은 깃을 꺾고 갈무리하네.
남쪽으로 만리를 가서 여섯 달 쉬기를 도모하는데
문득 털고 일어난 창유(槍楡)를 비웃네.
바다 위에 참으로 놀만한 곳으로 봉래를 가리키고
약수 삼천리는 구름과 아지랑이에 아득하네.
늙은 두꺼비는 빛이 가득하고 옥토끼는 우는데
누워서 은빛 물결이 패궐을 적심을 보네.

風雨重陽樂莫樂　　高城官廚酒幾石
左瞰滄溟千尺瀾　　右視金剛萬丈堅
燦燦階下數叢菊　　槭槭庭前十尋木
主人爲我羅釘豆　　一飮百杯酒不涸
天將風雨關客路　　客來不來江橫船
傍有靑娥太嬌憨　　粉頰未調還娟娟
我有吳機一丈素　　披來更覺光色鮮
倚醉欲寫美人詞　　江愁浦思徒紛然
歲月崢嶸不我與　　天地濩落成皓首
娥能一聲離鳳呼　　綵徽不動搦纖手
奏琴且奏感君恩　　停觴莫唱將進酒
完山風骨與人殊　　陽川才調堪爲偶
追我東來理毛羽　　摧藏短翮山之陰
圖南萬里六月息　　却笑決起槍楡禽
海上眞遊指蓬萊　　弱水三千杳雲靄
老蟾光滿玉兔泣　　臥看銀波涵貝闕[144]

이렇듯 〈사미인곡〉의 반향은 17세기 전반에 한정하지 않고 17세기 중·후반에도 지속적으로 이어진다. 이은상, 오이익, 신정 등이 노래로 부르는 〈사미인곡〉을 듣고 감회를 표출하고 있다.

우선 이은상(李殷相, 1617~1678)은 〈유서가 미인사를 노래한다는 말을 듣고, 옛날을 느꺼워하면서 회포를 적다(聞柳絮唱美人辭, 感舊書懷)〉에서 미인이 부르는 〈미인사〉를 언급하고 있다.

주렴 가운데 밝은 달은 그림자가 트였는데
주머니 안을 찾아 얻어서 멀리 편지를 부치네.
누가 〈미인사〉 한 곡을 부르는가?
미인이 남쪽을 바라보느라 참으로 나를 시름겨워하네.
半簾明月影疏疏　探得囊中遠寄書
誰唱美人詞一曲　美人南望政愁余[145]

그리고 오이익(吳以益, 1618~1666)은 〈또 운을 불러 구점하다. 이날 밤에 호방하게 전후미인곡을 불렀는데, 서로 더불어 그 충간을 탄상하였다.(又呼韻口占　是夜豪唱前後美人曲, 相與歎其忠懇故云)〉라는 시에서 〈사미인곡〉과 〈속미인곡〉을 아울러 말하면서 그 핵심 내용을 "충간(忠懇)"으로 파악하였다.

시름겨운 얼굴에 술을 얻으니 곧바로 봄기운이 생기는데
밤은 고요한데 노래가 맑으니 흥이 더욱 새롭네.
앞뒤의 미인곡이 가장 좋으니

---

144) 신익성, 〈放歌. 次東州山人九日風雨歌〉, 『樂全堂集』 권1, 『한국문집총간』 93, 163면.
145) 이은상, 『東里集』 권9, 「拾遺」, 『한국문집총간』 122, 502~503면

위충(危忠)을 오히려 천신에게 질문할 수 있으리.

愁顔得酒便生春　夜靜歌淸興更新

最是美人前後曲　危忠猶可質天神[146]

그리고 신정(申晸, 1628~1687)의 〈송강의 미인사를 듣다(聽松江美人辭)〉에서는 〈미인사〉를 들으면서 시름이 깊어지고 있다고 하는데, 당시 고양에 묘소가 있던 정철을 환기하고 있다. 이 시가 지어질 무렵은 정철이 신원된 뒤로 추정되기 때문에 느꺼움이 더욱 달랐을 것이다.

술동이 앞의 한 곡 〈미인사〉에

천 리의 외로운 신하는 살쩍이 실이 되려하네.

오직 고양의 구천 아래 나그네는

이때의 심사를 알 수 있을까?

罇前一曲美人辭　千里孤臣鬢欲絲

唯有高陽泉下客　此時心事可能知 *松江墓在高陽[147]

이와 함께 이수광이 『지봉유설』에서 장가라고 밝힌 〈고별리곡〉에 대하여 이수광은 '고별리(古別離)'를 다음과 같이 말하고 있다. 〈고별리곡〉의 작품의 성격을 짐작하게 하는 대목이다.

푸름이 시들고 붉음이 다하여 끊어진 넋이 어두운데

끊이지 않고 서로 만나도 둘 다 말이 없네.

헤어진 뒤에 정이 얼마나 있는지 알고자 하여

마땅히 비단 옷에서 눈물 혼적을 검사하네.

---

146) 오이익, 『석문집』, 『한국문집총간』 속33, 555면.
147) 신정, 〈聽松江美人辭〉, 『汾厓遺稿』 권4, 『한국문집총간』 129, 384면.

綠悴紅銷暗斷魂　相逢脈脈兩無言
欲知別後情多少　須向羅衣檢淚痕148)

　이상에서 살핀 바와 같이 17세기 전반에 가사 중에서 정철의 〈사미인곡〉이 한양을 비롯한 각 지역에서 가기(歌妓)들에 의해 널리 가창되었던 것으로 확인되고, 당시 정치적 상황과 정철에 대한 평가를 염두에 두고 〈사미인곡〉의 성격을 허균이 "맑고 씩씩하다[淸壯]"라고 평가한 것을 비롯하여, "임금을 그리워하며 슬퍼함(惆悵戀君)", "애원(哀怨)"의 "충정(衷情)", "애불원(哀不怨)", "충간(忠懇)" 등으로 이해하고 있어서, 작가에 대한 이해와 작품의 이해를 연계시키고 있음을 알 수 있다.

2) 풍류의 지역 안배와 속편의 반향

　앞에서 살핀 바와 같이 17세기 전반에 16세기에 이루어진 가사를 규범으로 삼아 속편과 대응편을 마련한 것이 시대적 특성으로 지적될 수 있다. 특히 조우인은 정철의 〈관동별곡〉에 견주어서 속편인 〈속관동곡〉을 짓고, 백광홍의 〈관서별곡〉에 견준 〈출관사〉를 지었으며, 경성판관으로 부임하여 〈출새곡〉을 지었다. 앞의 두 편이 속편으로서의 의의를 지니는데, 뒤의 〈출새곡〉은 대응편으로서 풍류의 지역 안배라는 의미를 지니는 것으로 이해할 수 있다.

　우선 조우인(曹友仁, 1561~1625)이 「제출관사후(題出關詞後)」에서 백광홍의 〈관서별곡〉의 속편으로 〈출관사(出關詞)〉를 지으면서 주목했던 부분을 다시 보도록 한다.

---

148) 이수광, 〈古別離〉, 『芝峯先生集』 卷之二, 『한국문집총간』 66, 25면.

　　다만 백광홍의 <관서별곡>은 안흥에서 산수를 건너서 철옹성을 경유하여 적유령을 거쳐서 강계에 이르면서, 압록강을 따라 수강성을 경유하여 황제묘에 들렀다가 용만에 다다르는데, 나는 다만 직로로 갔기 때문에 그 사이에 우목한 흥회와 읊으면서 느끼고 생각한 뜻이 부득이하게 백광홍의 <관서별곡>과는 차이가 있다. 아쉽게도 단군과 기자가 옛날에 도읍한 평양과, 수나라 군대가 졌던 살수와, 김효녀가 손가락을 끊은 것과 이철주가 의롭게 죽은 것을 모두 언급하지 못하였다. 그리고 말이 겹치고 반복한 것은 다만 화류의 마당에서 탕일(蕩逸)한 말일 따름이다. 그 가사를 보면서 그 뜻을 음미하려는 사람들은 때때로 간혹 명교 중에서 부끄러움을 일컬을 것이고, 옛날 채시한 사람이 보게 된다면 취하거나 버리거나 주거나 빼앗을 것이니, 전자에 있을 것인지 후자에 있을 것인지 알지 못하겠다.149)

　　백광홍의 <관서별곡>과 조우인의 <출관사>의 차이를 1) 여정의 차이로 인한 흥회와 생각이 다름, 2) <관서별곡>은 단군과 기자의 도읍, 살수 대첩, 김효녀의 절지, 이철주의 의사 등을 다루지 않았는데, <출관사>는 다루고 있음, 3) <관서별곡>은 중언복어(重言複語)로 화류의 마당에 탕일한 말이고, <출관사>는 명교 중심으로 기술 등으로 정리할 수 있다.

　　이상의 내용을 고려하면 실제 속편이라고 했지만 그 지향에 있어서 확연한 차이를 드러내고 있다고 할 수 있다. 백광홍(1522~1556)이

---

149) 曺友仁,「題出關詞後」,『頤齋集』, 卷2 雜著,『한국문집총간』속12, 302면, 但白詞則自安興渡溂水, 由鐵襄歷狄踰嶺抵江界, 沿鴨綠經受降城, 過皇帝墓, 以達于龍灣, 而余則但從直路而行, 故其間寓目興懷, 謳吟感念之意, 不得不□於白詞矣. 所惜平壤乃檀箕舊都, 薩水是隋兵敗處, 金孝女之斷指, 李鐵州之死義, 究諸白詞, 皆不及焉. 而重言複語, 只在花柳場蕩逸之詞而已. 則觀其詞而味其意者, 往往或羞稱於名教中, 若使古之採詩者而見之, 則其取舍予奪, 未知在此乎, 在彼乎?

〈관서별곡〉에 대하여 "임금을 사랑하고 변새를 염려하는 충심(以紆愛君慮邊之忠)"이라고 했던 진술을 확인하면 조우인의 지향과 다른 점을 이해할 수 있고, 실제 다음과 같은 내용을 통해 그 차별성을 짐작할 수 있다. 대동강에서 화선(畫船)의 잔치를 보는 대목과 약산동대(藥山東臺)의 풍류 대목을 보도록 한다.

> (가)
> 感松亭(감송정) 도라드러
> 大同江(대동강) 브리보니
> 十里波光(십리파광)과 萬重烟柳(만중연류)는
> 上下(상하)의 어릐엿다
> 春風(춘풍)이 헌스ᄒᆞ야
> 畫船(화선)을 빗기보니
> 綠衣紅裳(녹의홍상) 빗기안자
> 纖纖玉手(섬섬옥수)로 綠綺琴(녹의금) 니이며
> 皓齒丹脣(호치단순)으로 采蓮曲(채련곡) 브르니
> 太乙眞人(태을진인)이 蓮葉舟(연엽주)ᄐᆞ고
> 玉河水(옥하수)로 ᄂᆞ리ᄂᆞᆫ듯
>
> …(중략)…
>
> (나)
> 營中(영중)이 無事(무사)커늘
> 山水(산수)를 보랴ᄒᆞ야
> 藥山東臺(약산동대)에
> 술을 실고 올나가니
> 眼底雲天(안저운천)이

一望(일망)에 無際(무제)로다
白頭山(백두산) 너린물이
香爐峯(향로봉) 감도라
千里(천리)를 빗기흘너
臺(대)압프로 지너가니
盤回屈曲(반회굴곡)ᄒ야
老龍(노룡)이 쏘리치고
海門(해문)으로 드난돗
形勝(형승)도 ᄀ이업다
風景(풍경)인달 안니보랴
綽約仙娥(작약선아)와
嬋姸玉鬢(선연옥빈)이
雲錦端粧(운금단장)ᄒ고
左右(좌우)의 버려이셔
거믄고, 伽倻鼓(가야고),
鳳笙(봉생), 龍管(용관)을
부ᄅ거니 니애거니 ᄒᄂ는양은
周穆王(주목왕) 瑤臺上(요대상)의
西王母(서왕모) 만나 白雲曲(백운곡) 브ᄅ난돗[150]

(가)는 감송정에서 바라본 대동강의 화선(畵船) 놀이 광경이다. 화선 안에서 기생들이 거문고를 타면서 〈채련곡〉을 부른다고 하였다. 마치 태을진인이 연엽주를 타고 내려온 것 같다고 하였다. (나)는 약산동대에 술을 싣고 올라가서 풍류를 즐기는 대목이다. 작약선아와 선연옥빈으로 표현한 미인들이 벌려 앉아 거문고, 가얏고, 봉생, 용

---

150) 백광홍, 〈관서별곡〉, 『岐峯集』卷之四, 『한국문집총간』속3, 264면.

관의 악기를 가지고 노래를 부르기도 하고 악기를 연주하기도 하는 광경을 읊고 있다.

조우인은 이 두 대목에 대해 "말이 겹치고 반복한 것은 다만 화류의 마당에서 탕일(蕩逸)한 말일 따름이다."라고 부정적인 시각을 드러내었던 것으로 이해된다.

속편을 구성하는 과정에 드러난 이러한 태도는 〈관동별곡〉의 속편인 〈속관동곡〉을 짓는 과정에서도 드러난다.

「속관동곡서(續關東曲序)」에서 주목할 부분은 다음과 같다.

> 이에 지난날 발과 눈이 지나간 곳을 기억하여 장가 1편을 짓고 이름하여 〈속관동별곡〉이라 하였다. 그 사이에 정송강이 〈관동별곡〉에서 상세하게 말한 것은 곧 때때로 깎고 넣지 않았으니, 대개 물색이 나누어 머물게 한 것이 많지 않기 때문이다. 글이 이루어져 스스로 한 번 지나가듯 보니, 비록 정송강의 노래에 만분의 일도 미치지 못하나, 때때로 겨르롭게 홀로 지내면서 무릎을 치면서 높은 목소리로 읊조린 것은, 곧 반드시 빽빽한 번민을 떨치고 정신을 펴는 데에 일조가 없지는 않을 것이다. 백천동의 그윽함, 비로봉의 높은 봉우리, 구룡폭포의 기이함과 같은 곳에 이르러서는 모두 송강이 이르지 않은 곳이라, 일부러 사이사이 자랑하는 말로 눌러놓았다. 송강이 알게 된다면, 어찌 깨끗하게 드러내어 부러워할 만하다고 하지 않으랴? 보는 사람은 그 과격함을 용서하고 그 책임을 생략하면 좋겠다. 연월일에 매호의 늙은 이가 적다.[151]

---

151) 조우인, 「續關東曲序」, 『이재집』 권2, 『한국문집총간』 속12, 300면. 仍記往日足目之所經過者, 作長歌一篇, 而名之曰續關東曲. 其間鄭詞之所詳道者, 則往往刪而不入, 盖以物色之分留者不多故也. 詞成自看一過, 雖不逮鄭詞之萬一, 有時居閑處獨, 擊節高詠, 則未必不爲遣鬱排悶發舒精神之一助也. 至如百川之幽, 毗盧之高, 九龍之奇, 皆松江之所未到, 故間爲夸詞以壓之. 松江有知, 豈不爲之發粲

정철의 〈관동별곡〉에서 상세하게 말한 것은 깎아버리고 넣지 않았다고 하였고, 정철이 이르지 않은 것으로 파악한 "백천동의 그윽함, 비로봉의 높은 봉우리, 구룡폭포의 기이함"은 자랑하는 말로 표현하고 있다고 하였다. 그러나 앞에서 이미 검토한 바와 같이 정철이 꼭 이르지 않았다고 단정하기 어렵고, 정철의 표현보다 조우인의 표현이 낫다고 단정하기 어려운 점이 있으므로 이러한 준거 제시가 가지는 의의를 그렇게 높게 인정하기 어렵다.

다음으로 주목할 수 있는 것은 풍류의 지역 안배라는 의미에서 대응편의 구성인데, 조우인이 광해군 8년(1616) 경성판관(鏡境判官)으로 부임하여 지은 〈출새곡(出塞曲)〉이 그러한 예이다. 집안의 형님인 조탁(曺倬, 1552~1621)의 권유에 의해 〈출새곡〉을 지었다고 하였다. 주목할 수 있는 부분을 「제출새곡후(題出塞曲後)」에서 다시 보도록 한다.

> 병진년 가을에 외람되이 경성판관의 명을 받고, 길을 떠나면서 사제로 치재 형을 뵈었다. 공이 술을 따라 전별하면서 말하기를, '백광홍의 노랫말이 관서에서 울리고, 정철의 노랫말은 관동에 퍼졌는데, 북로에 이르러서는 대개 들리는 것이 없다. 고금에 문인과 재자로 삭방에 오고가는 사람이 어찌 한둘을 헤아린다고 해도 오히려 그러함이 어찌 되겠는가? 이것이 풍류 마당의 한 가지 부족한 일이 아니랴? 그대가 나를 위해 지극한 뜻으로 생각을 엮어서 장가 한 편을 지어 와서 늙은 형의 고적한 회포를 위로하면 좋겠네.' 내가 이에 그렇게 하겠다고 하고, 길을 떠나 달포가 지나 비로소 경성에 닿았다. 경성은 서울과 떨어져서 거의 이천리가 되며, 길은 고개 넷을 넘어야 하고, 땅은 육진에 막혀 있다. 기후와 경치가 끊겨서 서남과 서로 가지런하지 않으며, 옥저 이북은 물과 바다 한 길은 험함과 위태로움이 심하다. 길을 따라

而歆羨耶. 覽者恕其狂而略其責可也. 年月日梅湖叟題.

물색이 마음과 눈을 즐겁게 하는 것이 거의 없거나 조금 있을 뿐이다. 그러므로 귀와 눈이 미치는 것을 주워서 장가 한 편을 만들어서 <출새곡>이라 이름하였다.

　노래는 대개 백십여 언이고, 말의 뜻은 슬프고 한탄스러워, 절로 텅 비어서 할 수 없는 것과 같다. 대개 끊어진 변새에 몸을 던지면, 사람의 마음이 반드시 다다르게 되는 것이다. 안타까운 것은 경성이 곧 북쪽 오랑캐의 군막이라, 비록 기악이 있으나 늘 무변들과 섞여 있어서 늘 이악(俚樂)을 찾아서 모두 음란하고 외설스러운 말이고, 고아한 노래를 부르며 투호놀이를 하는 고사는 대개 빠진 것 같다. 비록 이 노랫말을 관현에 올리고자 하나 쓸 데가 없지 않으랴? 그러므로 노래가 이루어지자 문득 상자 중에 갈무리하고 뒷날 돌아가면 다만 스스로 펼쳐 보면서 그윽하고 근심스러운 것을 펴면 좋을 것이다.152)

　「제출새곡후(題出塞曲後)」에서 말하고자 하는 핵심은 1) 풍류 마당의 한 가지 부족한 일을 해결하는 것이고, 2) 다른 하나는 고아한 노래를 마련하는 일이다. 앞의 내용은 백광홍의 〈관서별곡〉과 정철의 〈관동별곡〉에 대비될 수 있는 작품으로 풍류 마당의 구색을 맞추는

---

152) 曺友仁,「題出塞曲後」,『頤齋集』, 卷2 雜著,『한국문집총간』속12, 303면.
丙辰秋, 叨承鏡城之命, 臨行拜耻齋兄於私第. 公乃酌之酒而與之餞曰, 白詞則鳴於關西, 鄭詞則播於關東, 而至於北路, 則闃無聞焉. 古今文人才子之往來朔方者, 豈可以一二數而猶然者, 玆非風流場之一欠事歟. 子其爲我極意搆思, 製爲一長歌而來, 以慰老兄孤寂之懷可也. 余酒唯唯, 行行過月餘日, 始達于鏡. 鏡之距京都, 幾二千餘里, 路踰四嶺, 地窮六鎭, 風氣景象, 絶不與西南相侔. 而沃沮以北, 則濱海一路, 崎嶇險澁甚矣. 沿途物色之可以娛心目者, 絶無而僅有, 故掇拾耳目之所及者, 而製爲長歌一篇, 名之曰出塞曲. 歌凡百十餘言, 而詞意悲涼悽惋, 似若有以自曠而不能者. 盖以投身絶塞, 在人情所必至也. 所恨鏡乃北戎幕也, 雖有妓樂, 而常與鵾弁混處, 故尋常俚樂, 盡是桑間淫藝之詞, 而雅歌投壺故事, 則盖闕如也. 雖欲被此詞於管絃, 無所用諸. 故詞成, 輒藏之篋笥中, 他日歸來, 祇自展觀, 以暢幽悁之爲好也.

것이고, 뒤의 내용은 북쪽 변새에서 무변과 기녀가 어울리는 음란하고 외설스러운 말이 아니라 고아한 노래를 만들어서 한양으로 돌아가서 즐기겠다는 것이다. 북로의 승경과 삶의 모습에 중점을 두는 것이 아니라 서울 사람들이 즐길 수 있는 자료를 마련하는 것이 목적이라고 할 수 있다. 실제 북로에서 "길을 따라 물색이 마음과 눈을 즐겁게 하는 것이 거의 없거나 조금 있을 뿐"이라고 한 진술에서 긍정적이고 호의적인 시선보다 부정적이고 불편한 시각이 앞서고 있음을 짐작할 수 있다.

한편 〈출새곡〉의 여정은 인정전 → 홍인문 → 녹양 → 회양 → 철령 → 안변 → 용흥강 → 정평부 → 만세교 → 낙민루 → 함관령 → 홍원 → 대문령 → 청해진 → 거산역 → 시중대 → (단천) → 사지헌 → 마운령 → 마곡역 → 마천령 → 목낭성 → 원수대 → 경성으로 되어 있으며, 인용한 글에서 밝히고 있듯이 북변의 군막에서 무변들과 기녀들이 어울리는 음란하고 외설스러운 것과는 변별된다고 하고, 점잖고 문약한 무장의 몫으로 남기겠다고 한 것이다. 결국 관현에 올리지 못할 것이라 하여 실제 그 지역 사람들과 함께 노래를 부를 수 있는 기회는 봉쇄한 셈이다. 모처럼 관북지역의 풍물과 승경을 읊으면서 해당 지역 사람들과 즐거움을 함께 하지 못하고, 서울을 비롯한 다른 지역 사람들에게 정보를 제공하거나 북변을 여행하지 못한 사람들에게 와유(臥遊)의 위안을 삼으려 했다는 점에서 일정한 한계를 지닌 것이라 할 수 있다.

3) 언어와 표현에 따른 유형의 다양화

위에서 검토한 바와 같이 17세기 전반 가사는 정철의 〈사미인곡〉

이 가창되면서 반향을 끼치고 있었고, 조우인이 〈관서별곡〉의 속편
으로 〈출관사〉를, 〈관동별곡〉의 속편으로 〈속관동곡〉을 짓고, 〈관
서별곡〉과 〈관동별곡〉에 견주어 북로 지역을 배려한 〈출새곡〉을 마
련한 데서 그 중요한 특성을 지적할 수 있다.

한편으로 무인 허전(許㙉)이 〈고공가(雇工歌)〉를 마련하자 이원익
(李元翼, 1547~1634)이 〈고공답주인가(雇工答主人歌)〉로 대응한 데서
문답형으로 창작된 일면을 확인할 수 있다. 실제로 "비오는 늘 일 업
슬 지, 숫 쇼면서 니ᄅ리라"라고 하면서, "김가이가(金哥李哥) 고공들
아, ᄉᆡ ᄆᆞ음 먹스슬라"라고 권계하는 〈고공가〉와 "숫쇼기 마ᄅ시고
내 말슴 드로쇼셔, 집 일을 곳치거든 종들을 휘오시고, 종들을 휘오
거든 상벌을 불키시고, 상벌을 발키거든 어른종을 미드쇼셔"라고 반
론을 제기하는 〈고공답주인가〉에서 당시 세태의 변화와 문제 해결에
접근하는 태도의 차이를 읽을 수 있다.

그리고 이 시기에 주목해야 할 작가가 무반 출신의 박인로(朴仁老,
1561~1642)이다. 장현광(張顯光, 1554~1637)이 쓴 「박인로의 〈무하옹
구인산기〉의 뒤에 쓰다(書朴仁老無何翁九仞山記後)」에서 박인로를 다
음과 같이 소개하고 있다.

> 우리 이웃에 무하옹(無何翁)으로 성(姓)이 박씨(朴氏)이고 이름이
> 인로(仁老)라는 분이 있으니, 그는 참으로 인의(仁義)의 사람이다. 항
> 상 부자(夫子)의 말씀을 외며 자신을 책하기를 "아침에 도를 들으면
> 저녁에 죽어도 괜찮다. 이제 비록 늙고 또 병들었으나 어찌 그날그날
> 세월을 보내어 초목과 함께 썩을 수 있겠는가." 하였다.
> 그리하여 하루아침 새로운 각오로 대인(大人)의 도에 뜻을 두고는
> 구인산(九仞山)을 찾아 들어가 산의 아름다움을 두루 구경한 다음 분
> 발하여 밥 먹는 것도 잊고 공부하며 늙음이 장차 이르는 것도 모르니,

내가 보기에는 마땅히 우리 동방(東方)의 호걸스러운 사람이라 할 것
이다.

무하옹은 일찍이 활쏘기와 말 타는 재주로 변방 고을에서 병부(兵
符)를 차고 병졸들과 고락(苦樂)을 함께하였는데, 의롭지 않으면 취하
지 아니하여 털끝만큼도 어김이 없었다. 이 때문에 정치를 잘한다는
명성이 자자하였고 병사와 백성들이 사랑하며 떠받들었다. 그러다가
2년이 지나 체직(遞職)되어 돌아왔는데, 돌아올 때의 행장(行裝)은 오
직 몸을 지키는 장검(長劍) 한 자루가 있을 뿐이었다. 그리하여 송덕
비(頌德碑)가 세워지니, 이 말을 들은 자들은 모두 우러러 사모한다.

무하옹은 지려(志慮)가 높고 원대하며 판국(辦局 사무를 처리하는
도량)이 크고 깊으며 언행(言行)을 삼가고 독실히 하여 사람들에게 신
임을 받고 있으니, 비단 시골과 이웃에서 사랑할 뿐만 아니라, 또한 당
대의 대인 선생(大人先生)들에게도 존경을 받는다.[153]

박인로는 앞에서 〈고공가〉를 지은 허전과 함께 무반 출신인데, 정
유재란에 종군하여 성윤문(成允文)의 막하에서 싸우면서 수군을 위로
하기 위하여 〈태평사〉를 지었고, 선조 38년(1605)에는 통주사(統舟師)
로 부산에 가서 〈선상탄〉을 지었다. 전쟁 체험을 형상화한 것이다.
한편으로 광해군 3년(1611)에 이덕형(李德馨, 1561~1613)이 은거하고
있던 용진촌 사제를 찾아가서 이덕형을 대신하여 〈사제곡〉을 지었
고, 그리고 이덕형이 박인로가 사는 형편을 묻자 〈누항사〉를 지었
다. 광해군 9년(1617) 경에는 정구를 모시고 소유정에 들러서 〈소유
정가〉를 지었고, 광해군 11년(1619) 경에는 이언적이 살던 독락당을
찾아 〈독락당〉을 지었으며, 인조 13년(1635) 경에는 안절사 이근원이

---

153) 장현광, <書朴仁老無何翁九仞山記後>, 『旅軒先生續集』 卷之四, 『한국문집총
    간』 60, 324면.

임기를 마치고 가자 〈영남가〉를 지어 그의 덕치를 찬양하기도 하였
다. 그리고 인조 14년(1636) 은거지인 노계에서 〈노계가〉를 지어 내
면을 토로하였다.

박인로의 가사를 읽으면서 주목할 수 있는 사실은 대부분 목적과
계기가 두드러지게 드러나고 있는 점이다. 〈태평사〉는 좌병사 성윤
문이 박인로에게 부르게 한 것이고, 〈사제곡〉은 이덕형을 대신하여
지은 것이라고 하였다. 그리고 이덕형이 사는 형편을 묻자 〈누항사〉
로 대답했다는 점이 매우 관심을 끌 수 있는 대목이다. 이는 바로 이
호민을 수행하던 가자(歌者) 정득선(鄭得善)[154]과 같은 역할을 맡고
있었던 것으로 이해할 수 있는 것이다.

〈누항사〉에서 가난한 살림살이를 말하는 대목은 너무 진솔해서 안
쓰러울 지경이다.

>어리고 迂闊(우활)홀산 이너우히 더니업다
>吉凶禍福(길흉화복)을 하날긔 부쳐두고
>陋巷(누항) 깁푼곳의 草幕(초막)을 지어두고
>風朝雨夕(풍조우석)에 석은 딥히 셥히되야
>셔홉밥 닷홉 粥(죽)에 煙氣(연기)도 하도할샤
>언매 만히 바든 밥에 懸鶉稚子(현순치자)들은
>장긔 버려 졸미덧 나아오니
>人情(인정) 天理(천리)예 참아 혼자 먹을넌가
>설데인 熟冷(숙냉)애 뷘비쇡일 쑨이로다

---

154) 오숙, <萬曆丙午秋, 王父遞晉州, 歸陽城第閑住, 至丁未始春, 適延陵李相公好
閔, 奉使南方, 竣事還朝, 過村前官路, 王父與門中諸老及諸子弟携酒, 往見于路
次, 余袖所製詩賦各數篇, 拜相公請受雌黃. 相公酒酣, 使從來善歌者鄭得善唱數
曲, 呼韻命余賦絶句, 仍賜屬和, 謹識于此>, 『天坡集』第一, 『한국문집총간』95,
8면. 본서 제Ⅲ부, 5. 2) 가기와 악공의 계보 참조.

　나라를 위해 전쟁에 참여하고 돌아왔지만, 노비는 떠나고 직접 농
사를 지어야 하는 처지가 되었다. 그런데 정작 농사에 필수인 소가
없어서 남에게 빌려야 하는 형편이다. 비굴한 듯하고 처절한 듯한 광
경이 제시된다. 엄연한 현실을 사실대로 제시하고 있는 점을 주목할
수 있는 것이다.

　　　아므려 갈고젼들 어늬쇼로 갈로손고
　　　旱旣太甚(한기태심)ᄒ야 時節(시절)이 다느즌졔
　　　西疇(서주)놉흔 논애 잠깐 긴 녈비예
　　　道上無源水(도상무원수)을 반만깐 디혀두고
　　　쇼ᄒᆫ젹 듀마ᄒ고 엄섬이 ᄒᄂᆫ말삼
　　　親切(친절)호라 너긴집의
　　　달업슨 黃昏(황혼)의 허위허위 다라가셔
　　　구디다든 門(문)밧긔 어득히 혼자셔셔
　　　큰기춤 아함이를 良久(양구)토록 ᄒ온後(후)에
　　　어화 긔 뉘신고 廉恥(염치)업산 닉옵노라
　　　初更(초경)도 거읜ᄃᆡ 긔엇지 와겨신고
　　　年年(연년)에 이러ᄒ기 苟且(구차)ᄒᆫ줄 알건만ᄂᆞᆫ
　　　쇼업손 窮家(궁가)애 혜염만하 왓삽노라
　　　공ᄒ니나 갑시나 주엄즉도 ᄒ다마ᄂᆞᆫ
　　　다만 어제밤의 거빈집 져사람이
　　　목불근 수기雉(치)을 玉脂泣(옥지읍)게 ᄭ우어ᄂᆡ고
　　　간이근 三亥酒(삼해주)을 醉(취)토록 勸(권)ᄒ거든
　　　이러한 恩惠(은혜)을 어이아니 갑흘넌고
　　　來日(내일)로 주마ᄒ고 큰言約(언약) ᄒ야거든
　　　失約(실약)이 未便(미편)ᄒ니 사셜이 어려왜라

이 정도면 새로운 방도를 마련해야 할 터인데 마무리 부분은 전혀 다른 방향을 잡고 있다. 16세기 가사가 지향했던 방향을 좇고 있는 것이다. 앞에서 제시한 현실은 17세기 전반의 상황인데 화자의 머릿 속에는 16세기의 가치가 자리하고 있는 셈이다.

> 有斐君子(유비군자)들아 낙디ㅎ나 빌려스라
> 蘆花(노화) 깁픈곳애 明月淸風(명월청풍) 벗이되야
> 님지업슨 風月江山(풍월강산)애 절로절로 늘그리라
> 無心(무심)흔 白鷗(백구)야 오라ㅎ며 말라ㅎ랴
> 다토리 업슬손 다문인가 너기로라
> 無狀(무상)흔 이몸애 무슨 志趣(지취) 이스리마눈
> 두세 이렁 밧논를 다무겨 더뎌두고
> 이시면 粥(죽)이오 업시면 굴물망졍
> 남의집 남의거슨 젼혀부러 말렷노라
>
> 닌 貧賤(빈천) 슬히너겨 손을헤다 물너가며
> 남의 富貴(부귀) 불리너겨 손을치다 나아오랴
> 人間(인간) 어닉일이 命(명)밧긔 삼겨시리
> 貧而無怨(빈이무원)을 어렵다 ㅎ건마눈
> 닌 生涯(생애) 이러호디 설온뜻은 업노왜라

사실 위와 같은 발화는 영의정 자리까지 마치고 한양에서 벗어나 용진촌 사제에서 지내고 있던 이덕형 같은 사람이나 할 수 있는 16세 기 풍류의 연속이라 할 수 있는 내용이다.

이렇듯 17세기 전반 가사에 드러난 언어와 표현은 달라진 현실을 드러내는 경우에는 매우 진솔하고 구체적인 표현을 활용하여 현실감을 드러내는 데 비해, 그 태도에 있어서는 16세기의 풍류와 지향을 그대로 지니고 있어서 16세기 가사가 이룩한 수준에 도달하지 못하면서 때로 공허함을 느끼게 한다.

V. 결론

본 저서의 목표는 선조 말년과 광해군과 인조가 집권한 17세기 전반[1600~1649]의 정치·사회 변동과 관련하여 시가사의 추이를 통시적이고 공시적인 측면에서 서술하고자 하는 것이다.

서론에서 연구목적과 정치·사회 변동에 대한 비판적 이해를 서술한 뒤에 연구방법과 진행 절차를 제시하였다.

다음 II부에서 17세기 이전 문화의 지속 노력과 17세기 전반의 변화를, III부에서 정치·사회 변동과 시가 향유층의 성격을, IV부에서 17세기 전반 시가 향유의 양상과 그 의미를 다루었다.

II부 17세기 이전 문화의 지속 노력과 17세기 전반의 변화에서 다룬 내용은 17세기 이전부터 이어진 문화의 내용과 17세기 전반에 나타나는 변화의 양상에 대한 검토인데, 크게 4장으로 나누었다.

1. 감찰계의 지속과 〈상대별곡〉의 반향에서는 사헌부 관리들을 중심으로 감찰계를 조직하고 〈상대별곡〉을 노래 부르는 전통이 15세기 이후 17세기 전반까지 지속적으로 이어지고 있으며, 이러한 현상은 비변사가 생긴 이후 사헌부의 위상이 약화되는 추세와 관련하여 중앙에 기반을 둔 사헌부 출신의 관리들이 결속을 다지면서 집단적 풍류를 이어가고자 한 것으로 이해할 수 있다.

2. 전승 노래의 수습과 속편·대응편의 구성은 이전부터 전승되던 노래를 수습하여 한시의 형태로 옮기거나 16세기에 마련된 〈관서별곡〉과 〈관동별곡〉 등을 규범으로 삼아 속편을 만들기도 하고 지역 안배를 고려하여 대응편으로 마련하는 일이 17세기 전반에 두드러지게 나타나며, 한편 당시에 불리던 노래를 한시의 형태로 옮기는 일도 빈번하게 확인되고 있다. 그리고 〈육가〉와 같은 특정한 노래를 가문 중심으로 전승하는 일도 주목하고자 하였다.

3. 한강 선유와 삼각산 유산의 풍류는 16세기 송인이 동호에서 누

리던 풍류를 계승하여 한강의 동호나 서호에서 유람을 하거나 삼각
산 유산을 통해 시대의 변화에 큰 영향을 받지 않고 유산관수(遊山觀
水)의 흥취를 이어가고 있음을 확인할 수 있다.

4. 사부와 동당에 대한 예우와 시가의 대응 양상은 17세기 초반 5
현을 문묘에 배향하면서, 정치적 이해관계를 달리하는 집단들 사이
에서 사승(師承)의 관계를 중시하고, 자기들 집단의 이익을 대변하는
방향으로 이를 활용한 사실을 주목한 것이다. 북인이 조식·성운을
내세우기 위해 무리수를 초래한 일을 교훈으로 삼아 계해반정 이후
서인이 정권을 잡으면서 이이·성혼을 문묘에 종사하고 함께 활동했
던 정철을 신원시키기 위해 노력한 과정은 매우 치밀하고 조직적이
었는데, 17세기 후반에 〈고산구곡가〉 한역이나 〈훈민가〉 보급으로
이어지게 된 것으로 파악하였다.

Ⅲ부는 17세기 전반 정치·사회 변동과 관련하여 시가 향유층의 성
격을 살핀 것으로, 담당층의 특성과 그 변화의 추이에 관심을 두었
다. 중앙 기반 세력인 사대부는 물론이고 무반이나 역관, 가기와 악
공 등을 중요한 담당층으로 서술하고자 하였다. 구체적 내용은 5장
으로 나누어 검토하였다.

1. 중앙 기반 세력의 연회 전통과 시가 향유는 16세기부터 권문(權
門)인 송인이 집안에 석개(石介)라는 가기를 데리고 있으면서 연회를
베풀고 풍류를 누린 것에 이어, 한응인과 남상문, 김제남에 이르기
까지 왕실과 관련을 맺은 권귀(權貴)들이 기악(妓樂)을 향유한 내용을
검토하였다. 그 사이에 석개 → 칠이(七伊) → 아옥(阿玉)으로 이어지
는 가기의 계보를 확인할 수 있고, 17세기 후반에는 홍주원(洪柱元)에
게 출가한 정명공주 집안의 연회로 이어지면서 가곡(歌曲) 레퍼토리
의 다양화를 이끌었다고 예상하였다.

2. 정치 참여의 부침에 대한 다양한 반응은 17세기 전반 정치·사회의 국면이 여러 차례 바뀌는 과정에 드러난 시가의 반응 양상을 살핀 것으로, 강복중, 정훈 등 재야의 선비들이 계해반정에 대한 지지와 참여를 드러낸 것을 비롯하여, 계축옥사로 방축된 신흠의 〈방옹시여〉와 이이첨의 전횡을 지적하는 상소를 올렸다가 경원으로 유배된 윤선도의 〈견회요〉에서 밀려난 상황의 내면을 이해하고, 이시가 광해군 정권에 깊이 간여하고 있는 동생들을 향해 경계한 〈조주후풍가〉의 의미를 새기면서, 정치 현실과 세태를 말한 몇몇 작품을 아울러 검토하였다.

3. 무반의 위상 변화와 시가 향유에서는 17세기 전반 전쟁과 반정 등을 겪고 정상적인 의정(議政) 기능과는 다른 비변사(備邊司)의 설치로 무반의 위상이 강화된 점을 주목하면서, 박계숙이 일당백의 부북군으로 북로에 오가는 과정에 무부의 기개를 노래하거나 현지 기녀와 수작한 시조를 통하여 무변 풍류의 일단을 이해하고, 후금을 정벌하는 데에 종군했다가 돌아온 이진문의 〈경번당가〉를 통해 변새의 기녀의 목소리로 추정되는 내용을 검토하고, 공신에 오른 장만, 정충신, 구인후 등의 무반들의 시조를 통해 그 반향을 살핀 뒤에, 무변으로 변새에 출정했던 사람들이 돌아오거나 변새의 가기(歌妓)가 한양으로 옮기면서 무변 풍류 레퍼토리가 한양으로 전파되는 양상을 중요하게 다루고자 하였다.

4. 사행 역관의 위상과 가곡 연행에서의 역할에서는 사행의 구성에서 역관이나 군관의 중요성을 인식하고, 17세기 전반 사행 과정에서 연회가 펼쳐진 가운데 역관이 가자(歌者)의 역할을 담당하는 것을 주목하고자 한다. 그리고 그들이 삼화(蔘貨)를 비롯한 재화(財貨)를 축적하는 속에서 사행 연회비용을 부담하기도 하고, 장현(張炫)과 같

은 역관의 경우 17세기 후반에 가객(歌客)으로 전환된 점도 중요하게 다루고자 하였다. 그리도 사행 과정에 향유한 레퍼토리도 시가 향유와 관련하여 면밀하게 살펴야 할 내용으로 보았다.

5. 가기와 악공의 계보와 레퍼토리의 전승은 광해군 초에 여악을 재설치하면서 각 지역의 가기(歌妓)가 한양으로 유입되게 되는데 이 과정에 각 지역에서 불리던 다양한 레퍼토리가 한양으로 전파되었던 것으로 확인된다. 노래 레퍼토리 전승 양상을 주목해서 살피는 일은 이후의 시가사 이해를 위해서도 매우 중요한 과제로 인식하였다. 그리고 가기(歌妓)뿐만 아니라 가자(歌者)로 남자 가객과 악공의 계보도 중요하게 다루고자 하였다. 이들 중에는 이호민과 동행한 정득선(鄭得善), 이덕형과 가까이 지낸 박인로(朴仁老)에 관심을 기울일 만한데, 이들이 가자(歌者)로서의 역할도 맡고 작가(作家)로서의 위상도 확보했다고 판단할 수 있는 것이다. 아울러 한양의 남산 아래에서는 이승형이라는 사람이 기녀들을 모아 노래를 교습하기도 하였는데, 노래의 전승에 긴요한 역할을 한 것으로 파악하였다.

Ⅳ부는 17세기 전반 시가 향유의 양상과 그 의미를 살핀 것으로 시가 향유와 관련하여 개별 갈래의 특성은 물론이고 갈래 상호간의 연관까지 시야를 확장하고자 하였으며, 5장으로 나누어 서술하였다.

1. 서로의 풍류와 노래의 전파는 서로(西路)가 공무로서 암행어사나 관찰사 등의 여정과 사행의 여정에서 중요한 공간이기 때문에 사행의 풍류까지 아울러 살핀 것인데, 실제 서로의 풍류 현장에서 다양한 노래가 불리고 이것이 다른 지역 특히 한양으로 전파되었다고 판단하였다. 우선 백광홍의 〈관서별곡〉이 끼친 반향을 살피고 조우인이 〈출관사〉로 속편을 마련한 점도 주시하였고, 조천이나 연행과 관련하여 〈조천별곡〉이나 〈조천가〉에 관심을 가지고자 하였다. 서로

풍류의 레퍼토리는 이정구가 기녀를 대변해서 지었을 것으로 추정한 〈님을 미들것가~〉를 주목하고, 〈임강선〉과 〈억진아〉의 사(詞)를 노래 레퍼토리에서 중요하게 인식하였다. 이수광이 지은 〈조천가〉를 비롯하여 기존에 전승되던 고악부 계열의 노래 레퍼토리에 대한 관심도 필요하다고 보았다. 서로의 풍류 현장에서 연행된 레퍼토리는 가기(歌妓)가 한양으로 이동하면서 한양으로 전파되었는데, 향란과 문향이 부르던 〈죽지곡〉, 〈관서별곡〉, 〈채련가〉 등이 그 예가 될 것이다.

2. 노래 문화의 전통과 레퍼토리의 확대는 이득윤의 「현금동문류기」와 양덕수의 『양금신보』를 중심으로 이해하되, 이득윤이 정두원에게 보낸 글에서 평조, 낙시조, 계면조, 우조의 사조(四調)와 만대엽, 중대엽, 삭대엽의 삼기곡(三機曲)에 대한 이해를 바탕으로 만대엽 중에 음[淫]과 상[傷]이 포함된 당대에 대한 진단을 소중하게 받아들이고, 양덕수가 『양금신보』에 수록한 중대엽 속칭 심방곡의 〈오ᄂ리 오ᄂ리쇼셔~〉를 주목하고자 하였다. 노래 레퍼토리는 전래된 고악부를 비롯하여 사(詞), 가사, 시조[가곡] 등과 개인이 노래를 부르기 위해 마련한 새로운 형태의 노랫말도 함께 다루었다. 특히 사(詞)는 가사(歌詞)의 개념이 '사(詞)를 노래하다'로 이해될 수 있을 정도로 중요한 역할을 맡았는데, 특히 〈임강선〉과 〈억진아〉를 주시할 필요가 있다. 이들 사가 5단으로 구성되어 노래로 부르는 점이 가곡창의 5장 구성과 연계되어 있을 가능성을 타진하였다. 한편 궁정 주변 인물의 노래 레퍼토리에서는 유점사 승려와 정업원 여승의 일화와 연관하여 『청구영언』 「만횡청류」에 수록된 몇몇 작품을 이해할 수 있는 단서를 제기하고, 〈후정화〉의 전승과 반향도 살피고자 하였다.

3. 애정과 풍류의 주제는 이정구가 제시한 '남아의 좋은 마음속[男

子好·心腸]'을 애정으로, '풍류의 아름다운 자취[風流佳事跡]'를 풍류로
설정하여 17세기 전반에 나타나는 추이를 살핀 것인데, 애정은 기녀
와 사대부 또는 무부와 사랑을 다룬 것으로 여성화자의 발화가 중심
인 경우와 남성 화자가 여성 대상에 대한 애정을 토로한 경우 등이
있다. 상사, 염정, 단장 등의 표제에서 확인할 수 있는 것처럼 별리
이후의 내면 심리가 주요하게 부각되어 있다. 구용이 10수의 〈철옹
의 기녀를 대신하여 박휘원에게 부치다〉가 편지 형식을 띠고 있으면
서, 여성 심리를 잘 반영하고 있어서 주목하였고, 유희경이 계랑에
게 보낸 시편에서는 남성 화자의 곡진한 내면을 토로하고 있다. 풍류
는 멋, 자유, 여유를 기본 속성으로 하는 것으로 서로의 연회나 무변
의 연회에서 기악이 어우러지는 난만한 풍류를 확인할 수 있지만, 17
세기 전반에 이정구 등을 중심으로 절제의 미학을 터득한 피리와 젓
대의 풍류를 주목하고 이를 상풍류(上風流)로 명명하고자 하였다. 이
러한 상풍류는 연안이씨 집안에서 볼 수 있듯 금가지회(琴歌之會)로
이어지면서 집안의 문화(文華)를 열어간 것으로 평가할 수 있다.

  4. 기상의 저상에 대한 경계와 상시·우국의 태도는 이항복의 〈철
령가〉를 둘러싼 기상의 저상에 대한 경계와 시대와 나라에 대한 진
단과 관련한 상시·우국의 태도를 살핀 것이다. 이항복이 북청으로
유배되면서 지은 〈철령가〉는 당대와 후대에 많은 사람들에게 반향을
일으켰는데, 당대에 이정구는 학문하는 신하의 입장에서 어려운 상
황에 처했을 때의 태도를 중시하는 태도를 강조하면서 〈철령가〉가
기상이 저상되었다고 염려한 것이다. 한편 정치 국면의 변화에 대한
반응과 상시·우국의 태도는 국면의 변화에 따라 조금씩 다르게 나
타나는데, 계해반정에 대해서는 새로운 희망을, 정묘호란에 대해서
는 격정적 반응을, 병자호란에 대해서는 비분의 태도를 드러내고 있

다. 이러한 일련의 과정에서 제대로 대응하지 못한 현실을 대장부(大丈夫)의 위기로 보고 〈남아가(男兒歌)〉에서 남아가 해야 할 일을 매우 강렬하게 드러내고 있으며, 이를 두고 격렬하다는 평가를 내리기도 하였다. 그리고 〈비가〉, 〈상시가〉 등이 불리면서 시대에 대한 아픔과 나라에 대한 걱정을 토로하기도 하였다. 이러한 시대적 특성과 연관하여 상음(商音)에 대해 경계하기도 하고 계면조(界面調)가 널리 불리는 현상을 지적하기도 하였다.

　5. 가사를 통한 풍류의 지역 안배와 속편 구성에서는 17세기 전반의 가사의 특성을 16세기에 창작된 가사를 전범(典範)으로 삼아 이에 대한 속편이나 지역의 안배를 고려한 대응편을 마련한 것으로 정리하였는데, 우선 〈사미인곡〉이 한양을 비롯한 여러 지역에서 가기에 의해 널리 불리는 현상을 주목하면서 가사가 가지고 있는 내용소와 당대 현실 정치에서 정철에 대한 평가를 어떻게 수용하고 있는지 확인하고자 하였다. 그리고 백광홍의 〈관서별곡〉과 정철의 〈관동별곡〉에 대한 속편으로 조우인이 마련한 〈출관사〉와 〈속관동곡〉을 통해 속편이 가지는 의의를 살피고, 서로의 〈관서별곡〉과 관동의 〈관동별곡〉에 견주어 북로에는 이에 대응하는 가사가 없음을 인식하고 조우인이 대응편인 〈출새곡〉을 마련한 것도 풍류의 지역 안배라는 점에서 중요한 의의를 가진다고 보았다. 한편 허전의 〈고공가〉에 대한 이원익의 〈고공답주인가〉에서 보듯 화답형 가사의 출현을 확인할 수 있고, 무반 출신의 박인로를 통하여 목적과 계기가 뚜렷한 창작 동기를 주목할 수 있으며, 〈누항사〉에서 보듯 달라진 현실을 드러내는 대목에서는 진솔하고 구체적인 언어와 표현을 사용하여 새로운 변화를 보여주고 있지만 지향과 태도에 있어서는 16세기 가사의 풍류와 가치에 머물고 있다는 중층적 측면을 확인할 수 있다.

아울러 17세기 후반 시가사 이해를 위하여 다음과 같은 제언을 하고자 한다.

17세기 전반 시가사의 추이를 정리한 결과를 바탕으로 지속, 변화, 새로운 시각을 설정하여 논의를 진행하되, 17세기 전반에서 검토한 시가사의 양상이 지속되거나 영향을 끼치고 있는 내용을 17세기 전반과 연관하여 살펴야 할 것이다. 우선 사행과 서로 풍류의 전이와 그 반향, 무반 시가 향유의 변화 양상과 서울의 풍류, 사부와 동당에 대한 예우와 시가를 통한 확산, 노래 레퍼토리의 확대와 갈래 사이의 관련 등의 주제가 여기에 해당한다. 이와 함께 17세기 후반에 시대의 성격을 인식하는 태도와 시가 이해의 방향으로, 오랑캐 배신(陪臣)으로서의 지식인의 출처 고뇌, 중앙 기반 문벌 가문의 등장과 가문 중심의 시가 향유. 근본으로서 저자 백성[市民] 인식과 담당층의 변화, 사상사의 변화와 그 반향 등에 대한 점검을 미리 진행할 필요가 제기된다.

정치에서 핵심적인 요직을 서울의 문벌 가문이 차지하면서, 서울의 사족과 향촌의 사족이 분화되는 이른바 경향분기(京鄉分岐)가 일어나고 있던 시기라는 점을 감안하여, 서울 사족의 시가 향유와 향촌 사족의 시가 향유의 차이를 점검하는 과정이 필수적으로 뒤따라야 할 것이다. 서울 사족의 시가 향유의 구체적 사례로, 인평대군의 가곡 향유와 사부 윤선도와의 연관, 무신낙회(1668)의 성격과 그 의미, 낭원군 이간(1640~1699)의 『영언』과 이하조의 역할, 정명공주 수연(1683)과 가곡 향유, 김천택 편 『청구영언』 무명씨 작품 수록의 의미 등을 살피고, 향촌 사족 시가 향유의 구체적인 사례로, 육가를 비롯한 시가 전승의 양상, 지역적 편차의 반영과 그 의미, 생산주체를 배려한 발언, 향촌 여성 작가의 작품과 그 의미 등을 점검하면서 경향분기(京鄕分岐)의 의미와 시가 향유의 양상과의 연관성을 해명하는 일이 중요한 과제가 될 것이다. 이러한 과정은 17세기 전반 시가사의 추이를 서울 중심으로 정리한 것을 심화·보완하는 역할을 할 것으로 본다.

나아가 17세기 전반과는 다른 17세기 후반 시가사의 새로운 변화 양상을 주목하여 17세기 후반 시가의 변별적 특성을 자리매김하도록 하는데, 근본으로서 저자 백성[市民] 인식과 담당층의 변화, 음악의 촉박(促迫)과 노래 레퍼토리의 변화, 칠정(七情)의 표출과 관련한 주제와 표현, 출처와 현실 인식의 변모와 시가의 전변 등을 핵심 내용으로 다루면서 그 추이를 점검하는 절차가 진행되어야 할 것이다.

참고문헌

『선조실록』, 『조선왕조실록』 24·25(탐구당, 1979, 1981).

『국역 광해군일기』 1-27(민족문화추진회, 1992~1995).

『국역 인조실록』 1-22(민족문화추진회, 1989~1994).

『국역 효종실록』 1-9(민족문화추진회, 1990~1994).

『국역 승정원일기』 인조 1-76(한국고전번역원, 2002~2009).

『비변사등록』(국사편찬위원회).

『국역 비변사등록』 1-5(국사편찬위원회, 1989~1990).

『국조인물고』 상·중·하(서울대출판부, 1978).

『국역 국조인물고』 1-32(세종대왕기념사업회).

소현세자 시강원, 정하영 외 역, 『심양장계』(창비, 2008).

김천택 편, 『청구영언』(한글박물관, 2017).

『해동가요』.

『연행록선집』.

『해행총재』.

송인(1516~1584), 『이암유고』, 『한국문집총간』 36.

김제민(1527~1599), 『오봉집』, 『한국문집총간』 속4.

이의건(1533~1621), 『동은고』, 『한국문집총간』 속4.

윤근수(1537~1616), 『월정집』, 『한국문집총간』 47.

이달(1539~1618), 『손곡시집』, 『한국문집총간』 61.

서익(1542~1587), 『만죽헌유고』, 『한국문집총간』 속5.

이우(1542~1609), 『옥산시』, 『한국문집총간』 53.

윤안성(1542~1615), 『명관유고집』, 『한국문집총간』 속5.

유희경(1545~1636), 『촌은집』, 『한국문집총간』 55.

장경세(1547~1615), 『사촌집』, 『한국문집총간』 속6.

심희수(1548~1622), 『일송집』, 『한국문집총간』 57.

곽열(1548~1630), 『서포집』, 『한국문집총간』 속6.

황혁(1551~1612), 『독석집』, 『한국문집총간』 속7.

이호민(1553~1634), 『오봉집』, 『한국문집총간』 59.

신응구(1553~1623), 『만퇴헌유고』, 『한국문집총간』 속8.

이득윤(1553~1630), 『서계집』, 『한국문집총간』 속8.

한응인(1554~1614), 『백졸재유고』, 『한국문집총간』 60.

장현광(1554~1637), 『여헌집』, 『한국문집총간』 60.

이항복(1556~1618), 『백사집』, 『한국문집총간』 62.

황여일(1556~1622), 『해월집』, 『한국문집총간』 속10.

한준겸(1557~1627), 『유천유고』, 『한국문집총간』 62.

성여학(1557~?), 『학천집』, 『한국문집총간』 82.

유몽인(1559~1623), 『어우집』, 『한국문집총간』 63.

오윤겸(1559~1636), 『추탄집』, 『한국문집총간』 64.

김지남(1559~1631), 『용계유고』, 『한국문집총간』 속11.

윤광계(1559~1619), 『귤옥졸고』, 『한국문집총간』 속11.

김윤안(1560~1622), 『동리집』, 『한국문집총간』 속12.

김상용(1561~1637), 『선원유고』, 『한국문집총간』 65.

조우인(1561~1625), 『이재집』, 『한국문집총간』 속12.

이수광(1563~1628), 『지봉집』, 『한국문집총간』 66.

최현(1563~1649), 『인재집』, 『한국문집총간』 67.

정경세(1563~1633), 『우복집』, 『한국문집총간』 68.

이정구(1564~1635), 『월사집』, 『한국문집총간』 69, 70.

유숙(1564~1636), 『취흘집』, 『한국문집총간』 71.

이광윤(1564~1637), 『양서집』, 『한국문집총간』 속13.

현덕승(1564~1627), 『희암유고』, 『한국문집총간』 속13.

신흠(1566~1628), 『상촌집』, 『한국문집총간』 71, 72.

장만(1566~1629), 『낙서집』, 『한국문집총간』 속15.

강주(1566~1650), 『죽창집』, 『한국문집총간』 속14.

조위한(1567~1649), 『현곡집』, 『한국문집총간』 73.

이경전(1567~1644), 『석루유고』, 『한국문집총간』 73.

구용(1569~1601), 『죽창유고』, 『한국문집총간』 속16.

허균(1569~1618), 『성소부부고』, 『한국문집총간』 74.

권필(1569~1618), 『석주집』, 『한국문집총간』 75.

정온(1569~1641), 『동계집』, 『한국문집총간』 75.

심열(1569~1646), 『남파상국집』, 『한국문집총간』 75.

박계숙(1569~1646), 『부북일기』.

이민성(1570~1629), 『경정집』, 『한국문집총간』 76.

김상헌(1570~1652), 『청음집』, 『한국문집총간』 77.

이안눌(1571~1637), 『동악집』, 『한국문집총간』 78.

김류(1571~1648), 『북저집』, 『한국문집총간』 79.

박홍미(1571~1642), 『관포집』, 『한국문집총간』 속17.

정윤목(1571~1629), 『청풍자집』, 『한국문집총간』 속17.

조찬한(1572~1631), 『현주집』, 『한국문집총간』 79.

홍서봉(1572~1645), 『학곡집』, 『한국문집총간』 79.

김봉조(1572~1630), 『학호집』, 『한국문집총간』 80.

이명준(1572~1630), 『잠와유고』, 『한국문집총간』 속17.

박지계(1573~1635), 『잠야집』, 『한국문집총간』 80.

이민환(1573~1649), 『자암집』, 『한국문집총간』 82.

김우급(1574~1643), 『추담집』, 『한국문집총간』 속18.

목대흠(1575~1638), 『다산집』, 『한국문집총간』 83.

정충신(1575~1636), 『만운집』, 『한국문집총간』 83.

임숙영(1576~1623), 『소암집』, 『한국문집총간』 83.

신활(1576~1643), 『죽로집』, 『한국문집총간』 속19.

신민일(1576~1650), 『화당집』, 『한국문집총간』 84.

심광세(1577~1624), 『휴옹집』, 『한국문집총간』 84.

김영(1577~1641), 『계암일록』, 『한국사사료총서』 13.

김영조(1577~1648), 『망와집』, 『한국문집총간』 속19.

정영방(1577~1650), 『석문집』, 『한국문집총간』 속19.

조익(1579~1655), 『포저집』, 『한국문집총간』 85.

김육(1580~1658), 『잠곡유고』, 『한국문집총간』 86.

강석기(1580~1658), 『월당집』, 『한국문집총간』 86.

김광욱(1580~1656), 『월봉집』, 『한국문집총간』 속19.

정홍명(1582~1650), 『기암집』, 『한국문집총간』 87.

조상우(1582~1657), 『시암집』, 『한국문집총간』 속20.

이식(1584~1647), 『택당집』, 『한국문집총간』 88.

김광현(1584~1647), 『죽유집』, 『한국문집총간』 속21.

이상형(1585~1645), 『천묵유고』, 『한국문집총간』 속21.

이경여(1585~1657), 『백강집』, 『한국문집총간』 87.

권극중(1585~1659), 『청하집』, 『한국문집총간』 속21.

최명길(1586~1647), 『지천집』, 『한국문집총간』 89.

조경(1586~1669), 『용주유고』, 『한국문집총간』 90.

홍익한(1586~1637), 『화포유고』, 『한국문집총간』 속22.

윤선도(1587~1671), 『고산유고』, 『한국문집총간』 91.

김응조(1587~1667), 『학사집』, 『한국문집총간』 91.

장유(1587~1638), 『계곡집』, 『한국문집총간』 92.

신익성(1588~1644), 『낙전당집』, 『한국문집총간』 93.

이홍유(1588~1671), 『둔헌집』, 『한국문집총간』 속23.

이민구(1589~1670), 『동주집』, 『한국문집총간』 94.

조문수(1590~1647), 『설정시집』, 『한국문집총간』 속24.

강대수(1591~1658), 『한사집』, 『한국문집총간』 속24.

박미(1592~1645), 『분서집』, 『한국문집총간』 속25.

김세렴(1593~1646), 『동명집』, 『한국문집총간』 95.

심동구(1594~1660), 『청봉집』, 『한국문집총간』 속25.

성이성(1595~1664), 『계서일고』, 『한국문집총간』 속26.

이경석(1595~1671), 『백헌집』, 『한국문집총간』 95·96.

이명한(1595~1645), 『백주집』, 『한국문집총간』 97.

심지한(1596~1657), 『창주집』, 『한국문집총간』 속26.

강유(1597~1668), 『상곡집』, 『한국문집총간』 속27.

정두경(1597~1673), 『동명집』, 『한국문집총간』 100.

송국택(1597~1659), 『사우당집』, 『한국문집총간』 속27.

이해창(1599~1655), 『송파집』, 『한국문집총간』 속28.

채유후(1599~1660), 『호주집』, 『한국문집총간』 101.

김홍욱(1602~1654), 『학주전집』, 『한국문집총간』 102.

황호(1604~1656), 『만랑집』, 『한국문집총간』 103.

김득신(1604~1684), 『백곡집』, 『한국문집총간』 104.

정창주(1606~1664), 『만주집』, 『한국문집총간』 속30.

홍석기(1606~1680), 『만주유집』, 『한국문집총간』 속31.

조한영(1608~1670), 『회곡집』, 『한국문집총간』 속31.

이건(1614~1662), 『규창유고』, 『한국문집총간』 122.

이은상(1617~1678), 『동리집』, 『한국문집총간』 122.

이요(1622~1658), 『송계집』, 『한국문집총간』 속35.

강전섭, 「칠실 이덕일의 〈우국가첩〉」, 『국어국문학』 31(국어국문학회, 1966).

강주진, 『이조당쟁사연구』(서울대출판부, 1971).

권두환, 「『송계잡록』과 〈송계곡〉 27수〉」, 『고전문학연구』 42집(한국고전문학회, 2012).

권혁명, 「고송 최찬의 생애와 시세계」, 『한국시가연구』 42집(한국시가학회, 2017).

김기현, 「김광욱론」, 『속·고시조작가론』(한국시조학회, 1990).

김문기·김명순 편저, 『시조·가사 한역자료집성』 1·2·3(태학사, 2010).

김상진, 『16·17세기 시조의 동향과 경향』(국학자료원, 2006).

김석회, 『조선후기시가연구』(월인, 2004).

김양수, 「조선후기 중인집안의 활동연구 : 장현과 장희빈 등 인동장씨 역관가 계를 중심으로」(상)(하), 『실학사상연구』 1(1990).

김용흠, 『조선후기정치사연구』 1(혜안, 2006).

김진희, 「17세기 여성화자 시조의 문학적 특성 연구」, 『한국시가연구』 26집(한국시가학회, 2009).

김창규, 「최고송의 애대군가고」, 『어문학』 54집(한국어문학회, 1993).

김춘동, 「월사집」, 『한국의 고전 백선』(동아일보사, 1969).

김풍기, 「17세기 시가의 향유 방식과 허균의 문학」, 『강원인문논총』(2004).

김흥규, 『옛시조의 모티프·미의식과 심상공간의 역사』(소명출판, 2016).

노경희, 「17세기 전반기 한중 문학교류」(태학사, 2015).

박영민, 「백사 이항복 시세계의 한 국면」, 『한국인물사연구』 8집(한국인물사
　　연구소, 2007).

박영호, 「월사 이정구의 문학관 연구」, 『복현한문학』 5(989).

박을수, 「신흠론」, 『고시조작가론』(한국시조학회, 1986).

박준규, 「경번당가고-신자료 봉사부군일기를 주로 하여」, 『모산학보』 3(동아
　　인문학회, 1992).

박진태, 「북천일록을 통해 본 이항복」, 『인문학연구』 7집(대진대학교, 2010).

박해남, 『상촌 신흠 문학의 궤적과 의미』(보고사, 2012).

배종호, 『한국유학사』(연세대출판부, 1974).

성기옥, 「〈조주후풍가〉 창작의 역사적 상황과 작품 이해의 방향」, 『진단학보』
　　112호(진단학회, 2011).

＿＿＿, 「〈조주후풍가〉 해석의 문제점」, 『진단학보』 110호(진단학회, 2010).

＿＿＿, 「신흠 시조의 해석 기반」, 『진단학보』 81집(진단학회, 1996).

성낙훈, 「한국당쟁사」, 『한국문화사대계』 2(고대 민족문화연구소, 1965).

성호경, 「고려시가 '후전진작(북전)'의 복원을 위한 모색」, 『조선전기시가론』
　　(새문사, 1988).

신영명 외, 『조선중기 시가와 자연』(태학사, 2002).

양순필, 「이덕일론」, 『고시조작가론』(한국시조학회, 1986) .

양태순, 「신흠의 시조와 한시의 관련 양상 연구」, 『고전문학연구』 33집(한국
　　고전문학회, 2008).

오수창, 「인조대 정치세력의 동향」, 『한국사론』 13집(1987).

우응순, 「조선중기 사대가의 문학론 연구」(고려대 박사논문, 1990).

원용문, 「이명한론」, 『속·고시조작가론』(한국시조학회, 1990).

유재성, 『병자호란사』(국방부 전사편찬위원회, 1986).

이상원, 『조선시대 시가사의 구도와 시각』(보고사, 2004).

이상보, 『이조가사정선』(정연사, 1965).

＿＿＿, 『17세기 가사전집』(교학연구사, 1987).

＿＿＿, 『한국고전시가연구·속』(태학사, 1984).

이상원, 「조선후기 〈고산구곡가〉 수용 양상과 그 의미」, 『조선시대 시가사의
    구도와 시각』(보고사, 2004).

_____, 『17세기 시조사의 구도』(월인, 2000).

이수봉, 『구운몽후와 부북일기』(경인문화사, 1994).

이은순, 『조선후기당쟁사연구』(일조각, 1988).

이정탁, 「이정환론」, 『속·고시조작가론』(한국시조학회, 1990).

이종찬, 「월사의 문학관과 변무록」, 『한국한문학연구』 2(한국한문학연구회,
    1977).

이현주, 『역관상언등록연구』(글항아리, 2016).

임기중, 「장경세론」, 『속·고시조작가론』(한국시조학회, 1990).

임선묵, 「이시의 시조」, 『시조시학서설』(청자각, 1974).

장필기, 『朝鮮後期 武班閥族 家門研究』(집문당, 2004).

정옥자, 『조선후기지성사』(일지사, 1991).

조성진, 「신흠의 악부 인식과 민족시가의 재인식」, 『한국시가연구』 25집(한
    국시가학회, 2008).

조윤제, 『조선시가사강』(박문출판사, 1937).

_____, 『한국문학사』(동국문화사, 1963).

조해숙, 『조선후기 시조한역과 시조사』(보고사, 2005).

최선아, 「16~17세기 한양사족의 금보 편찬과 음악적 소통」, 『한국시가연구』
    36집(한국시가학회, 2014).

최재남, 「백운봉 등림 시조의 변이 양상과 현실성 검토」, 『진단학보』 111호(진
    단학회, 2011).

_____, 「〈철령가〉에 대한 반향의 두 시각」, 『국문학연구』 29호(국문학회,
    2014.5).

_____, 「〈훈민가〉 보급의 경과와 그 의미」, 『고시가연구』 21집(한국고시가
    문학회, 2008.2).

_____, 「관서·관북 지역의 시가 향유 양상」,"『한국고전연구』 24집(한국고
    전연구학회, 2011.12).

_____, 「이정구의 가곡과 풍류에 대한 인식 고찰」, 『반교어문연구』 32집(반
    교어문학회, 2012.2).

최재남, 「인평대군의 가곡 향유와 〈몽천요〉에 대한 반응」, 『고시가연구』 31집 (한국고시가문학회, 2013.2).

_____, 「17세기 전반 시가사 이해를 위한 예비적 고찰」, 『한국시가연구』 39집(한국시가학회, 2015.11).

_____, 「17세기 전반 시가사의 변화와 새로운 과제」, 『한국고전연구』 32집 (한국고전연구학회, 2015.12).

_____, 『사림의 향촌생활과 시가문학』(국학자료원, 1997).

_____, 『성현과 그의 시대』(새문사, 2017).

하윤섭, 「17세기 송강시가의 수용 양상과 그 의미」, 『민족문학사연구』 37집 (민족문학사학회, 2008).

한국시가학회 편, 『시가사와 예술사의 관련 양상』 II(보고사, 2002).

한명기, 『정묘·병자호란과 동아시아』(푸른역사, 2009) .

허권수, 『조선후기 남인과 서인의 학문적 대립』(법인문화사, 1993).

허태구, 「병자호란의 정치·군사학적 연구」(서울대 박사논문, 2009).

Peter Uwe Hohendahl, "The Specter of Power: Literature and the Political Revisited", New Literary History 45:4, Autumn 2014.

〈부록〉

17세기 전반 시가사 연표

연도		정치 · 사회 변동	시가사의 특성
선조 33, (1600)	1 6	이산해 영의정 이항복 영의정, 의인왕후 졸, 심희수 대제학	
선조 34, (1601)	6 10 12	왜인 피로인과 강화문서 이정구 대제학 정종명 간신의 자식 지목	박인로, 〈조홍시가〉
선조 35,	6 7	김제남 딸, 계비 김씨 이호민 대제학 김제남 집 연회(삼정승 등)	이정구, 〈임강선〉〈억진아〉
선조 36,	5 9	정명공주 탄생	이정구, 〈유삼각산기〉
선조 37	10	유영경 영의정 유근 대제학	
선조 38, (1605)	12		박계숙·금춘, 수작시조 박인로, 〈선상탄〉
선조 39 (1606)		구인후, 정충신 비밀리에 경성에 감	김지남, 〈천만리〉한역 조우인, 〈출관사〉 신흠, 〈은병정사중수기〉
선조 40		칠신에게 유교	
선조 41, (1608)	1 2	정인홍의 유영경 비판 선조 승하, 광해군 즉위 영의정 유영경 → 이원익	
광해 1	7 9	이정구 대제학 이덕형 영의정	최립, 〈고산구곡담기〉 유몽인, 〈조천별곡〉
광해 2, (1610)	2 5 9	여악 재설치 장악원 기악 재설치 5현 문묘 종사	양덕수, 〈양금신보〉
광해 3, (1611)	8 10	이원익 영의정 광해군 창덕궁 이거	유몽인, 〈양금신보발〉 이수광, 〈조천가〉 박인로, 〈사제곡〉〈누항사〉

연도		정치·사회 변동	시가사의 특성
광해 4, (1612)	2 8 9	이정구, 이이 시장 완성 이덕형 영의정 정인홍 우의정	장경세, 〈강호연군가〉
광해 5, (1613)	4 8	박응서·서양갑 사건 계축옥사 이이첨 대제학	신흠, 〈방옹시여〉
광해 6,	1	기자헌 영의정	
광해 7			
광해 8, (1616)	12	윤선도 병진소	조우인, 〈출새곡〉
광해 9,	9		관서기 향란·문향 상경 이시, 〈조주후풍가〉
광해 10, (1618)	1 2	정인홍 영의정 대비 김씨 서궁 유폐	은개 가사 이항복, 〈철령가〉 윤선도, 〈견회요〉〈우후요〉 최찬, 〈억대군가〉
광해 11, (1619)	2 3	명 청병 후금 정벌 박승종 영의정	이진문, 〈경번당가〉 박인로, 〈독락당〉
광해 12, (1620)	9		이득윤, 〈답정하숙〉 이득윤, 〈현금동문류기〉 이정구, 〈님을 미들것가〉
광해 13		수로 조천 중 사망 사고	
광해 14 (1622)			이민성, 〈이가〉 12수 한역 조우인, 〈속관동별곡〉
광해 15, (1623)	3	반정, 인조 즉위 이원익 영의정 이이 시장 제출	강복중, 〈계해반정가〉
인조 원년,	4 9 윤10	신흠 대제학 정명공주 홍주원에게 하가 김류 대제학	
인조 2,	5	정철 추복 이괄의 반란	이경석, 〈상대별곡〉 노래

연도		정치·사회 변동	시가사의 특성
인조 3, (1626)	3 6 7		이귀, 〈연군가〉 〈상시가〉 〈금의포상〉 동요 이안눌, 〈귀안가〉
인조 4			
인조 5, (1628)	1 9	정묘호란 윤방 영의정 신흠 영의정	
인조 6,	6 11	장유 대제학 오윤겸 영의정	
인조 7,	11	정경세 대제학	
인조 8			이정구, 〈유조계기〉
인조 9,	4 9	장유 대제학 윤방 영의정	
인조 10			
인조 11,	5	최명길 대제학	
인조 12		『광해군일기』 완성	강복중, 〈훈민가〉 화답가
인조 13,	8	홍서봉 대제학	
인조 14, (1636)	1 11 12	김상헌 대제학 김류 영의정, 이식 대제학 병자호란	이정환, 〈비가〉
인조 15,	9	이홍주 영의정	
인조 16,	3 9	이경석 대제학 최명길 영의정	
인조 17			
인조 18,	1 윤1	홍서봉 영의정 이식 대제학	
인조 19,	10	이성구 영의정	
인조 20,	2 8 10	이명한 대제학 최명길 영의정 이식 대제학	윤선도, 〈산중신곡〉

연도		정치·사회 변동	시가사의 특성
인조 21,	3	신경진 영의정	
	5	심열 영의정	
인조 22,	3	홍서봉 영의정	
(1644)	4	명 황성 함락, 황제 자결	
		김류 영의정	
	12	홍서봉 영의정	
인조 23,	2	소현세자 귀국	김선립, 〈난리장가〉 연주
(1645)		김류 영의정	윤선도, 〈산중속신곡〉
	4	소현세자 사망	
	윤6	봉림대군 세자 책봉	
인조 24,	2	정홍명 대제학	
(1646)	3	소현세자빈 강씨 사사	
		인평대군 조계별업	
	5	김자점 영의정	
	7	이식 대제학	
	10	조경 대제학	
인조 25			
인조 26			
인조 27,	5	인조 승하, 효종 즉위	
(1649)			
효종 1			
효종 2			윤선도, 〈어부사시사〉
효종 3			윤선도, 〈몽천요〉
효종 7			윤선도, 〈몽천요〉 한역
(1653)			이후원, 〈경민편〉 보급 제기
효종 9			이후원, 〈경민편〉과
			〈훈민가〉 합편 건의

찾아보기

최재남(崔載南)

이화여자대학교 국어국문학과 교수(현재)
경남대학교 국어국문학과 교수 역임(1989.3~2007.8)
『사림의 향촌생활과 시가문학』(국학자료원, 1997)
『장르교섭과 고전시가』(월인, 1999, 공저)
『서정시가의 인식과 미학』(보고사, 2003)
『조선후기 시가와 여성』(월인, 2005, 공저)
『체험서정시의 내면화 양상 연구』(보고사, 2012)
『물고기 강에 노닐다 : 어득강의 삶과 시』(한국문화사, 2014)
『노래와 시의 울림과 그 내면』(보고사, 2015)
『성현과 그의 시대』(새문사, 2017) 외 다수.

17세기 전반 정치·사회 변동과 시가사

2018년 4월 30일 초판 1쇄 펴냄
2019년 1월 2일 초판 2쇄 펴냄

지은이 최재남
펴낸이 김흥국
펴낸곳 보고사

책임편집 이경민
표지디자인 손정자

등록 1990년 12월 13일 제6-0429호
주소 경기도 파주시 회동길 337-15 보고사 2층
전화 031-955-9797(대표)
     02-922-5120~1(편집), 02-922-2246(영업)
팩스 02-922-6990
메일 kanapub3@naver.com / bogosabooks@naver.com
http://www.bogosabooks.co.kr

ISBN 979-11-5516-794-6 93810
ⓒ 최재남, 2018

정가 32,000원